古典新义丛刊

中国古代白话小说
艺术形态学导论

鲁德才　著

南开大学出版社

天　津

图书在版编目(CIP)数据

中国古代白话小说艺术形态学导论 / 鲁德才著. 一天津:南开大学出版社,2013.6

(古典新义丛刊)

ISBN 978-7-310-04174-9

Ⅰ.①中… Ⅱ.①鲁… Ⅲ.①古典小说—小说研究—中国 Ⅳ.①I207.41

中国版本图书馆 CIP 数据核字(2013)第 086469 号

南开大学出版社出版发行

出版人:孙克强

地址:天津市南开区卫津路 94 号　　邮政编码:300071

营销部电话:(022)23508339　23500755

营销部传真:(022)23508542　　邮购部电话:(022)23502200

*

天津泰宇印务有限公司印刷

全国各地新华书店经销

*

2013 年 6 月第 1 版　　2013 年 6 月第 1 次印刷

230×155 毫米　16 开本　24.75 印张　2 插页　310 千字

定价:52.00 元

如遇图书印装质量问题,请与本社营销部联系调换,电话:(022)23507125

目　录

话说与却说——开卷诗——有诗为证与胡曾诗为
证——……如何？诗曰——正是与真是——只见与但
见——恁地恁地，如此如此——原来——看官所说

前　言

　　上世纪五十年代末，我跟随华粹深先生、师兄宁宗一先生研究中国地方戏曲，一九六〇年十月，又到北京中国戏曲研究院戏曲理论研究生班专攻戏曲史和戏曲理论。然而，一九六一年，王达津先生突然患病，没有人接续他的课，只有我这个闲人在外游学，于是系主任李何林先生一声令下，紧急召回，讲授中国古代文学批评史。一九七二年归队，继续研究和讲授明清小说戏曲，一九七九年中文系小说戏曲研究室成立，专攻古代白话小说。

　　上述教学和研究经历，让我从理论和史料角度，涉足了传统文化和小说戏曲的各个层面，深感中国白话通俗小说，包括戏曲，有其独特的表现形态和发展规律，换言之，有不同于别个国家和民族的独特性格。遗憾的是，晚清引进西方文化，"五四"的文学革命，强烈冲击中国文化的各个领域，否定中国古代白话小说形式，代之以模仿西方小说的创作模式；与此同步，欧美文艺思想和小说理论，逐渐为中国学者观照小说和小说批评的尺度。五十年代始，苏联的文艺理论，如毕达克夫的文艺理论教程，为时人奉为圭臬，中国传统的小说观念和小说批评，反而成为古董，被研究的对象，历史记忆越发淡漠了。改革开放之后，西方各种理论，各种时尚的小说批评，如结构主义、叙事学、符号学、接受美学、传播学、主题学、心理学、比较文学等等，像潮水般涌入中国，许多学者（包括本人）为了开拓学术研究的思维空间，借鉴西方某些批评理论和方法，论证中国古代小说的表现形式。问题是，学者们运用西方批评理论分析中国古代白话小说时，却本末倒置，没有把某种理论批评当做一种工具，当做参照，而是衡量标准，某种模式。人们按西方理论规范的某种命题，如典型、情节结构等等，从小说中选取若干例子往模子里填塞，看来论说的头头是道，但所论放之四海而皆准，根本讲不出某部小说的独特性。更令人遗憾的是，某些西方学者竟然以西方小说做为判定高下的模式，否定中国古代白话小说。

我在一九八七年天津百花文艺出版社出版的拙著《中国古代小说艺术论》的后记中，曾明确说过，我并不是一个食古不化者，不认为中国古代白话小说一切绝对的好，并不排斥西方文艺批评方法。事实是我在本书中就借鉴了叙事学、文体学、符号学、比较文学的批评方法；但是我反对一味模仿外国，甚或以为本民族的小说传统落后原始，进而轻视否定自己的东西。而在借用西方小说批评时，随意照搬，脱离中国古代白话小说的实际，那也推导不出正确的结论。

因为每个国家每个民族的小说都因其政治、经济、社会、形态、传统思想、民族心理、风格习惯等等因素，形成独特的性格，独特的形态，从而在历史发展过程中，也呈现了不同于别个国家民族小说的特点。小说研究者的任务，就是客观地研究中国人的传统心理和习惯，民族的认知方式和思维活动的特点对中国小说艺术形态构成的影响，细密地探索中国古代白话小说的发展规律，分析发展过程中的种种变异，总结出中国是特别东方的小说性格。这就是我研究中国古代白话小说艺术形态学的宗旨，不过那时较偏重于小说艺术形式，也因此，一九八二年，我为本科生和研究生开讲中国古代小说艺术论，一九八三年手稿被天津百花文艺出版社索去，拖延至一九八七年才出版。

　　随着研究的深入,我则由关注小说艺术表现形式转入艺术形态学的研究。

　　应当说明,形态学的概念和形态学研究并不是我的发明。它是最初由生物学、解剖学而被引入语言学和文学艺术领域。美国学者托马斯·门罗在《走向科学的美学》中说:"用科学的方法对艺术进行分析、描述和分类,对这种尝试我们称之为'审美形态学'。"①著名的苏联当代美学家莫伊谢伊·萨莫伊洛维奇·卡冈在《艺术形态学》的序中,对艺术形态学的任务说得更为明确:"1、显示艺术创作活动分类的所有重要水准;2、揭示这些水准之间的坐标联系和隶属关系,以便了解艺术世界作为类别、门类、样式、品种、种类和体裁的系统的内部组织规律;3、从发生学的观点研究这个系统形成的过程:历史研究——研究这个系统不断演变的过程,预测研究——研究它可能发生的变易的前景。"②卡冈的《艺术形态学》是从宏观角度论证艺术的分类,他在第一编《艺术发展史和方法论》中,从古希腊罗马美学中的形态学观念,论述到苏联和国外马克思主义美学思想史上对艺术的形态学的分析,诠释诸家各派,但没有一派是专论小说形态学的。令人欣慰的是,今人徐岱《小说形态学》③的问世,让人眼睛一亮,受益匪浅。不过徐氏是只论中外小说共有形态,中国古代小说只是做为例证偶尔出现。本稿则是专题论述中国古代白话小说的艺术形态学,探索如下问题:

　　一、中国人的小说观念,欣赏习惯怎样认知小说的本质、功能及文体。宋元人何以把说话中的小说(银字儿)冠以小说?何以将小说和讲史列为说话四家的两家?明代何以将说话艺术认定为小说,其对中国白话叙事小说的形成有何意义?

　　二、说书艺术的出身对小说取材、构思、叙事、情节、结构、人物、语言以及文体等层面有何影响?形成了怎样的内部结构和形态?

　　三、中国的传统思想和文化心理怎样影响白话小说形态的构成？特别是小说结构、人物形象，以及形象的模式化、程式化是否受传统文化思想的制约。

四、白话小说是个综合艺术，戏曲、绘画、书法、歌舞、曲艺、史传、文言小说同白话小说相互吸收，相互渗透，形成迥异于西方小说的形态。

五、探求白话小说的源头和发展过程中的变异，是形态学不可或缺的题目。事实是唐前、唐、宋元均有不同形态。宋元时的口头说话转换为书面的短篇话本和长篇白话小说，是一次突变。明中叶及清代的《儒林外史》、《红楼梦》，力图摆脱说书体小说的影响，向纯阅读小说转化，无疑是革命性变革。而清末西方小说涌入，白话小说又发生了变异，其形态走向更值得关注。

本书稿共分八章。第一章系统论实为全书的总纲。因为既然古人把说话艺术性质的小说当做小说，尽管明代转化为书面阅读小说，但仍未改变说书体小说的性质，说与听的审美关系是笔者考察中国小说性格的关键词；正是这说与听的审美关系，或者说含有点表演艺术的"说"，不同于看与读的小说欣赏，决定了叙事、话语、人物性格、情节结构的特殊性。可悲的是，许多研究古代小说的学者，忽视甚或不懂得把握中国小说由说话艺术转型而来的说与听的特性，因而其论著常常是隔靴搔痒，差了一层。

既然中国小说是由说书艺术转型，那么，笔者始终坚持中国古代小说有两个发展系统，即文言小说系统与白话小说系统，各有自己的源流和发展脉络。在发展过程中，文言与白话并不是孤立的井水不犯河水，而是彼此交叉互动，相互影响，你中有我，我中有你。值得注意的，宋元讲史中讲说武王伐纣、七国春秋、秦并六国、前后汉书、三国志、五代史、唐宋故事。小说话本中烟粉、灵怪、传奇、公案、朴刀、杆棒、神仙、妖术等名目，起初是分科讲授，久之，从题材内容到形式，形成了各自独立的叙事模式，这个模式为明清小说接续，形成了子系统。

第二章文体论。开篇就说明短篇话本小说，也包括白话小说文体是文兼众体的，什么讲史体、文言话本体、变文讲经体、韵散相间的说唱体、散文体话本等等兼而有之，并不如西方小说乃至现代小说那么单一纯正。因为中国白话小说就是从百戏杂集，同台献艺的剧场中生长而来。悠久的史传统和诗歌传统，不能不影响小说家的创作，于是诗词曲赋渗入小说，史传的信史观念和叙事方法也培育了小说。小说诗化、戏曲化、史传的别体就成为中国小说文体不能拒绝的趋向。

第三章叙事论。较详细剖析了说书体小说"看官听说"的第三人称全知全能的叙事观点、叙事套语及小说开头与结尾的评述模式。在这一章中，我特别强调中国小说叙述者（说话人）和读者（听书人）的关系，必然如中国戏曲中的演员和观众形成的疏离意识和间离效果，这与西方小说不同。而流动的多视角组合的内视点，是古代小说叙事学上的亮点。比较十八世纪末美国作家亨利·詹姆斯提出人物内视点与戏剧化手法，即所谓人物视点，或称单一内视点，被赞颂为伟大的发现，其实小说戏剧化手法早已在《三国演义》《儒林外史》中运用，而人物的内视点，则是中国说书体小说，如《水浒传》必用的叙事方法，发现这一方法并作理论说明的，是明末清初的小说评点家金圣叹。

第四章时空论。毫无疑问，要读懂中国小说的时空处理，必须理解中国人的时空意识，如天人合一、天道循环的观念。简而言之，中国古人在谈论人与时空关系时，强调天人合一的人生共相，强调人在天人合一中的精神作用。因此中国小说和中国戏曲、中国绘画有一致的时空意识和处理方法，即把现实时空放在心理时空的基础上，按照主观心理的原则重新加以组合，让空间呈现于流动的时间过程中，于是由人物的运动制约时空的存在与转换，由人物的眼睛看出时空场面。但是，在小说的实际创作中，时空为人物活动，自我性格的展现提供坐标和载体，但时间与空间又是矛盾体,彼此比例得当与否,常常决定小说成败。

第五章结构论。说书艺术的属性,在情节结构上,要求有吸引人的、有趣味的好故事,于是一部书中大故事中套若干中型故事,中型故事中又套若干小故事,形成连环体结构。同时中国小说家们开篇用各种形式告诉读者演说的内容,结尾时再予以照应。传统思想中因果循环论影响了小说首尾组织,显然不同于西方小说严密的逻辑结构。古先民开始发展的阴阳对立、对称及转化观念,又为中国小说家们平衡情节结构,设置人物类型提供了理论指导。现实情节与非现实情节的结合,特别是偶然性情节的运用,中国小说也有自己的特点。

第六章性格论。儒家的人格理想,实用理性的文艺功能限定了小说家的形象创造,产生了模式化的人物性格。但是中国人在认知形与神之间的关系,对神的内涵,即除了表现小说人物性格特质外,这个神还包含作家的主观精神。此外,讨论中国小说人物性格塑造时,不能死死盯着封建伦理观念的影响。说书艺术要求人物性格单纯明晰,夸饰与戏剧化的动作,同样是学者不可忽视的问题。庄禅精神启示了小说家的形象创造。因此《红楼梦》接受了庄禅意识,颠覆了传统的塑造人物性格的模式。

第七章言语论。说话语言、书面阅读的仿话本语言,以及明清时期,按照说书体叙事形式创作的长短篇小说的语言,各有不同特点。我们探究中国白话小说言语时,紧紧抓住说书体小说的特征,分析中国小说叙述者的评论性语言、叙述性语言和人物的语言,在不同小说发展阶段的存在形态,在变异过程中口语、白话及文言三者互动情状,怎样推动中国古代白话小说摆脱说书体而向现代意义小说转型。研究小说转型与成熟,绝对不可忽视《儒林外史》、《红楼梦》、《儿女英雄传》、《老残游记》的语言范式。

第八章细节论。说话艺术的细节描写是最丰富的,铺垫、描写、刻画都离不开细节。啰嗦、絮叨,既是说话的缺点,又是其必不可少的手段。转入书面阅读，令人惊奇的是细节描写少了，但更精致简练了，可以说进入小说艺术的典型化细节，尤以《儒林外史》、《红楼梦》为代表。细节构成仍通过人物行动体现出来，大约是"说"的表演艺术留下的特征。

　　内行看门道，外行看热闹。《导论》是否触摸到并把握住中国古代白话小说的形态，这要经过历史的考问，但说来说去，我们的研究不能脱离中国人写的中国小说实际，才能正确说出中国小说的实际。

注释：

　　①门罗《走向科学的美学》，中国文联公司1984年版。

　　②卡冈《艺术形态学》，生活·读书·新知三联书店，1986年12月版。

　　③徐岱《小学形态学》，杭州大学出版社，1992年12月版。

第一章 系统论

一、中国古代白话通俗小说的特殊性格

文人创作的志怪小说、志人小说以及篇幅较长的传奇小说,学界统称为文言小说,而传播民间的、口说的说话艺术,短篇名为小说(银字儿),长篇称为讲史。从唐代始,特别是明初,文人凡依照民间说话艺术的叙事模式改编、移植、创作的长短篇说书体小说,小说界学者将短篇命名为话本小说,长篇为通俗小说,其实笔者认为,无论长短篇小说均可称之为白话通俗小说。

严格地说,说话艺术是曲艺而不是现代意义的小说,可宋元人偏偏把说话四家中的短篇话本叫做小说,后来文人们又把话本小说转换为书面阅读的短篇小说,话本与讲史嫁接而形成的长篇白话通俗小说,即说书体形态的小说,统统命定为中国白话小说,它显然同西方小说具有不同的形态和性格。"小说"只是个符号,值得研究的是中国古代白话小说是在怎样的情势下形成如此的特性。

研究其特殊性格的形成,应从两个方面挖掘:

一是从说与听的审美关系入手,说得具体点,宋元时的说话,是说话艺人面对听众讲说(配合形体动作)各类故事和朝代历史。

转入书面阅读的小说仍是虚拟的说话人(叙述者)向虚拟的听众(读者)讲说小说世界中的人物和事件,因此说与听的审美关系决定了长短篇白话小说"看官听说"的叙事语式,开卷诗或入话,"有诗为证"的诠释,"我且问你"的种种套语,散场诗的收尾,以及讲究故事性缀段式情节结构,单纯明晰的人物性格,善于铺排而又装饰性的语言等等,都有别于西方小说。

　　二是中国人的哲学思想、审美意识、审美情趣怎样制约和影响着小说和小说家的创作。如天人合一的哲学思想,中国人的历史意识、实用理性主义,阴阳二元既统一又矛盾对立的观念,中国人的时空观念,处理情与理、形与神、道与器的思维特点,儒家、道家与佛教对中国人思想与生活方式的影响。总之,不了解中国传统文化思想就读不懂中国小说,不了解古代戏曲、绘画、书法,特别是史传文学对小说的影响,也同样弄不清古代小说的性格及其表现形态。问题是中国古代白话小说的特殊性格并未被许多学者所理解,特别是西方的学者,即便他们多少捕捉到了古代小说脱胎于说书人的艺术形式,可是又以西方的文艺观念贬低了中国古代小说。美国汉学家夏志清在《中国小说导论》中就说:"无论大陆上批评风尚如何,我认为有一点是不辩自明的:尽管我们清楚地知道中国小说有许多特色,但这些特色唯有通过历史才能充分了解,而除非我们以西方小说的尺度来考察,我们无法给中国小说以完全公正的评价(除了像《源氏物语》这种孤立的杰作而外,所有非西方传统小说与中国小说相比都显得微不足道,但在西方小说冲击之下,它们在现代都采取了新的方向)。……我们不指望中国的白话小说,以其脱于说书人的低微出身满足现代高格调的欣赏要求。"①

　　夏志清先生虽然也承认中国古代白话小说"有许多特色","所有非西方传统小说与中国小说相比较都显得微不足道",言外之意,西方传统小说,或是受西方小说冲击之下"采取了新的方向"的小说优越于出身低微的说书人说的小说。与此同理,在夏氏看来,我们在评价中国古代小说时,"除非我们以西方小说的尺度(作者按:可能也包括西方小说的批评理论)来考察",否则"我们无法给中国小说以完全公正的评价",显然,这话有点绝对,并且散发着文化沙文主义和欧美文化中心论的气味,至少潜意识中含有文化优越感的傲慢。

客观地说,研究中国古代白话小说的艺术形态时,西方小说的艺术创作经验及其批评理论可以做为借鉴和参照,但要以此为"尺度"判定中国古代小说的优劣,高雅与低俗,则未必准确公正。因为各个国家民族小说形态的形成,都有其独特的社会、经济、文化、心理诸因素的原因,无论哪种形式,都显露出本民族的审美意识,不同于别个国家和民族而存在,反映了某个特定历史时期的文化现象,无所谓高低之分,更不必扬此抑彼。中国古代小说研究者的任务,是探究和分析白话小说形态形成的原因与特征,诸种表象在发展过程中的种种变异,而不是借用西方理论,一般性的论说小说典型、情节等等缺乏个性的判断,更不应以某个国家的小说形态去否定另一个民族形态的小说。比较优劣,固然有历史错位的可笑,驴唇不对马嘴的牵强,同时也含有企图建立世界统一的、唯我独尊的文艺尺度,把自己的价值观强加于人之嫌,"你为什么要求世界上最丰富的东西——精神——只能有一种存在的形式呢"?②

二、文言小说与白话小说是两个系统

文言小说与用口语讲说故事的说话艺术,包括明清沿袭宋元说话叙事体制的书面小说——说书体小说,虽然都是通过语言实现的艺术创作形式,但两者有别。其区别既涉及小说的创作目的、过程、结构与作品的审美知觉的性质,也涉及作品在社会生活中的交际作用。

1. 传播媒介不同

说话人以讲说作为传播媒介。说话人是一个活生生的人,心理是常变的,这就不可避免地具有即兴或半即兴的表演,随着穿插敷演,其"说话"也是随时变动、不稳定的,根据场次与听众的审美心理和审美需要,灵活对待既定的话本。这即兴表演,体现了说话人对人物情节的感受和深化的结果,也是由有见解的听众和听众的反应促成的。而文言小说家不与听众面对面地直接交流,失去了即兴创作的自由,也因此获得了新的重要的审美特质——高度的结构技巧。作家没有将作品正式出版时,对作品的思想、各部分之间的调配、语言的修改与锤炼,可以"披阅十载,增删五次",不受时间和次数的限定。所以,有声语言作为口头文学创作的材料,可以说是这种创作所表现的理智与情感内容的"第一性符号",而书面语言已是"第二性符号"。比起书面小说中的语言,讲说文学中的语言所具有的感情信息量要多得多,而书面小说的理智因素、思维因素则被提到了相当重要的位置。可以肯定地说,宋元民间艺人讲说的段子,一定比现今留存的宋元话本小说的语言丰富得多。今存的本子,不过是文人加工记录的结果,非是原来的全部风貌。扬州评话艺人王少堂的录音本《武十回》,虽不能说是宋元旧本,但至少和明清说武松有渊源关系。由王本说武松,可以推想叙述评论都远远超过书面话本小说。《三言》的语言较比宋元话本更规范、精炼、圆润,但却丧失了抒情性和音乐美感的原因也在这里。

2. 听觉与视觉之分

说话艺术是诉诸听觉的艺术,而书面阅读的小说是通过视觉而诉之读者想象,它们具有两种不同的心理学机制。视知觉和听知觉、感情和思维的联系上却是相背的。说和听、写和读不同的审美关系必然构成了不同的审美形式。尽管明清白话小说早已转化为书面阅读的小说,但作者和整理者仍承袭宋元话本的叙事体制,并且仍然以读者为听众,假想自己为说书人在向假想听众——读者讲说故事,因而并未改变白话小说的说书体的性格。

因此,凡是以说书体作为叙事体制的白话小说,无疑的要采用全知全能或第三人称的叙事观点。"看官听说",夹叙夹评为其主要的"话说"形式。说书人时而是书中的角色,时而又跳出来,以说书人的观念评议书中的人物和世态,与书情融为一体,而与听众保持一定距离。跳出来评说时,又与听众直接交流,促膝谈心,而与小说中的人物和小说世界保持一定距离。反之,文言小说的作者所写多为自己亲闻所见,第一人称的叙事就常为作者采用。王度的《古镜记》曰"王度得侯生古镜,遂记古镜事",用的是"度"的口气。张鷟《游仙窟》用"余"记述自己的一段艳遇。李公佐《谢小娥传》、沈亚文《秦梦记》、韦瓘《秦行记》,都用的是"予"和"余"第一人称叙事。明刊本《痴婆子传》开篇以"郑卫之故墟有老妇焉"叙起,接着便是老媪自叙痛苦的堕落经历,又是第一人称的叙事观点。沈复的《浮生六记》,全文都以第一人称的手法,记述了他和妻子的坎坷遭遇,以及当时人情世态。这种回忆录性质的自传小说,完全继承了传统的叙事散文的笔法,有利于个人情感的剖露,但对外在世界的描写却是有限的。

3. 特定地区的话语

说和听的审美关系,也要求说话人陈述内容时所使用的语言,必须为某个地区的话语对象所理解和把握,从而达到最佳的传播效果。不难想象,日本的慢才,中国的相声,虽同属相声系统,两国却认同自己的相声。苏州人欣赏弹词,扬州人听评话,听得有滋有味,而北方人却不知所云,可见具有相同或大致相同的语规,是说和听两者可以合作的首要条件。

不仅如此,为了调动读者的感受、思考、联想、想象等心理活动的积极运转,缩短说书人与听众的心理距离,在章段中有时候遇到某个出场人物和环境描写时,说书人就直接出面提出设问,而后引诗为证作为回答。对于某种事件的轻重利害关系,听众还不能立即做出判断,或者为了引起人们的注意,也往往用"怎见得"的句式加重事件的紧张性和严重性。假如某个人物角色和事件含混不清,可能影响读者正确判断事件时,说书人便公开介入诠释人物或事件的背景材料,交代故事情节,说明·原委。《水浒传》第十六回,晁盖用吴用计智取生辰纲,说书人最后站出来交代吴用是怎样智取的:"我且问你:这七人端的是谁? ……却怎的用药? 原来……"云云便属此类。倘若人物的行动、人物之间的关系,事件的发展可能影响读者的正确判断,或者说话人考虑到听众未能注意说书人的引导,可能导致误判时,说书人便站出来用"原来"、"看官听说"补充交代以往发生的事件,预示着事件的结果。此外对小说中的典章制度、典故、地理、风情、行会用语等等,有时也做必要的说明解释。甚或说书人为了沟通与听众的思想感情,加强抒情功能,说书人竟直接和听众对话,同听众一起讨论书中发生的问题,在关键的地方,改变叙事观点,用小说中人物的口吻叙述。如《碾玉观音》,当郭排军奉命去抓秀秀和崔宁时,说话人说道:"三个一径来到崔宁家里,那秀秀兀自在柜身里坐地,见那郭排军来得恁地慌忙,却不知他勒了军令状来取你。"用"你"取代了"他",即用第二人称取代了第三人称,说书人在说"你"字时,是情急的切进,是为秀秀的性命担忧。但是,说书人面对听众说的这"你"字,显然是说书人站在局外人角度说出的,不大符合书面语言语规,所以这"你"字也指向听众。正是说书人利用了这突然袭击,加重了事件的紧张气氛,收拢听众的注意力,造成一种强烈期待。

再看《醒世恒言》卷二《三孝廉让产立高名》开篇说:"说话的,为何今日讲这两三个故事?"卷六《小水弯天狐贻书》:"说话的,那黄雀衔环的故事,人人晓得,何必费讲!"卷十五《赫大卿遗恨鸳鸯绦》:"说话的,我且问你。"卷三十四《一文钱小隙造奇冤》:"说话的,我且问你:朱常生心害人……"《警世通言》卷三《王安石三难苏学士》:"说话的,你这三句都是了。则那聪明二字……"《古今小说》卷三《新桥市韩五卖风情》:"说话的,你说吴山平生鲠直,不好花哄,因何见了这个妇人,回嗔作喜?"这里的"你"都指的是说话人,是说书人故意设置的反诘语气,目的自然是强调突出他讲说的内容,解除疑团。

无论是说话人所指涉陈述的内容必须为语言所胜任陈述,而又能为话语的对象所把握,说者和听者具有相同的语规,也无论是说话人采用提示、设问、重复、诠释等语规,在话本和说书体类型的小说中,都有多方面的功能,其中重要的是线路功能的作用。因为说话艺术的欣赏受时间限制,是在听众场合讲给世人听的,不同于文言小说不受时间限定,可以由读者自己去体味。所以,演员为了收拢听众的注意力和帮助听众透彻理解讲述的整体内容,不得不在开头就明确地向听众阐明要讲说的话题,让听众对故事的主题有个基本了解,引起听众的兴趣。而在叙述过程中又要考虑到听众的反应,不时调整叙述线路,所谓"按下散言,且说","按下一头,却说一人","话休饶舌"等等,结束上文,开启下文,都有线路功能的作用。包括说话人讲说过程伴以超语言因素的手势,表演动作,也是为了确保接触,以完成其传达任务。③虽然宋元和明清刊本通俗白话小说不再记述物理的及超语言的因素,但却全面继承了说书的叙事体制,自然不会改变假定的说书人与假定的听众的审美关系。

4. 表白评融为一体

说书艺术和说书体小说要求表(叙述、描绘)、白(人物对话)、评(说书人的评论)融为一体。说表时不同于文言小说的凝练、概括,讲究话语的平实、跳脱、活泼、口语化,叙事的细腻,善于铺垫,把故事情节的发展过程和动作行为交代得清清楚楚,让听众或读者准确把握和理解讲说的内容。这种啰嗦是适应听众的需要和欣赏趣味而必须采用的。

笔者要特别指出,对比文言小说,除以第一人称为叙事观点的小说而外,小说中的叙述者不等同于作者,因此小说中人物之间的对话属于小说世界中人物的话语,与叙述者毫无关系。但中国传统说书体小说却有别于文人创作的书面阅读小说,说书人依据某个成文与不成文的底本讲说故事时,临场的叙述者就把自己当做是底本中的说话人,临场说书人和书面小说中的说话人是一个人,是临场说书人直接用话语讲述某某故事,而不是讲述底本中叙述人讲述的故事。既然是由假定的说书人说给读者听,那么叙述与评论的部分自然是说书人的话语,而人物对话则是说书人模拟小说角色的言语,这既表露了人物性格应该有的语言,又加进了说书人的装饰成分,不完全是人物的语言。且看《三侠五义》第六回,仁宗派包公与杨忠到玉宸宫镇妖邪,杨忠贪睡不醒,错过了审鬼魂的时间,包公说明日见了圣上各奏各的。杨忠闻听,不由着急道:

> 嗳呀!包,包先生,包老爷,我的亲亲的包,包大哥,你这不把我毁透了吗?可是你说的,圣上命我同你进宫;归齐我都不知道,睡着了,这是什么差使眼儿呢?怎的了,可见你老人家就不疼人了!过后就真没有用我们的地方了?瞧你老爷们这个劲儿,立刻给我个眼里插棒槌,也要我们搁的住呀!好包先生,你告诉我,我明日送你个小巴狗儿,这么短的小嘴儿。

不难看出,"毁透了"、"归齐"、"差使"、"疼人"、"老爷们"、"插棒槌",是天津和北方一带的方言,应是说者的声口。"我的亲亲的包","小巴狗"之类,则是说书人取悦于听众的噱头。

不过,相比较而言,白话小说常保持完整的戏剧性的双向对话,而文言小说有时只用一句关键性的话语,即单向性的语言说明人物和事件,不一定有明确的对话场合,听众也是假设不固定的。如唐传奇《李娃传》:"有常州刺史荥阳公者……知命之年,有一子,始弱冠矣;俊朗有词藻,迥然不群,深为时辈推伏。其父爱而器之,曰:此吾家千里驹也。应乡赋秀才举……"其父在什么场合,对谁而言千里驹,对方有何反应? 都不明确,也毋须明确,因为文言小说采用了史传笔法,只求概括性的判词,而不需对方回应。

5.人物性格塑造有别

有学者说,《红楼梦》问世之前,古代小说的人物典型是类型化的典型,这话是有一定道理。④但是,笔者这里不讨论《三国演义》、《水浒传》等小说是否是类型化的典型,我感兴趣的,是探究形成白话小说典型形态的原因,确切地说,在说和听审美关系制约下,是怎样规范人物形象及其典型的。抛开种种原因,可说者有二:一是中国人的传统思想抑制了小说家的创造;二是说话艺术塑造人物性格的方法束缚了小说家的手脚。⑤

就前者而言,作家的审美意识与封建伦理观念紧密地结合在一起,审美情趣里沉积着伦理观念和道德要求,传统的义务本位精神强烈影响作家的审美情感,这就使得古代小说家在创造每个典型人物时,都要经过理性主义染色板的调制,美与丑、善与恶都要非常明晰和确定,以强烈的理智形态呈现出来。为此,小说家以个体与社会统一作为典型创造的前提,个体性格只有服从伦理道德原则,与社会相统一才是美的。不同于西方突出自我的确立,认为每个人都是他自己内在因素的创造物,强调个人的美感,欣赏自我意识和意志能否实现,能否以自我组织的方式面对社会的挑战,完成自我。所以西方文学必然要表现主体的灵与肉激烈冲突的人物。灵与肉的分裂,个体与社会的对抗,必然形成人物性格的复杂多面。而中国小说家却以个体与社会的统一作为典型创造的前提,力求从中寻找美。因此,从本质上说,中国传统文化心理造成了小说人物自我性格的压缩。小说家们为突出某一层面的审美理想和伦理观念,往往较多地突出某些方面的性格特征,赋予人物以明确的是非善恶形态,抑制了人物性格其他侧面的表现。即使是描写了性格的多样性,也还是一种平面的并列结构,次要性格与主要性格在量与质的比值上并非对等,而只是衬托、深化主要性格,形成多谱色。由此,文言小说与白话小说的人物无不受传统文化影响而具有浓重的理智形态。

　　但是,面对文化水平不高的市井小民讲说人物故事,首要的是适应听众的审美需要,然后再征服听众。人物性格应单纯、明确,能使听众很快把握每个人物的主要特征,不大可能接受和理解所谓人物性格内部的二极观照、交融组合的性格形态,以及复杂的人物之间的关系。可以肯定地说,古今中外凡是将"初看容易细思难"的《红楼梦》搬上说部者,没有一部能获得世人的首肯。其原因就在于《红楼梦》所概括的生活,具有生活的丰富性和复杂性,那种靠伦理判断和理性观念的外在规范及直接干预典型性格的塑造遭到了排斥,非英雄和非道德楷模已成为人物性格的主调。人物不再以单一、严整、和谐作为形式美的追求,而转向多面、复杂、独特个性描写。作家对社会与人自身危机的忧患意识,促使作家关注人物内心世界的剖析。人物的印象、体验、幻想、想象等心理活动和人物生活场景、社会环境胶合在一起,这一切内在的哲学底蕴,只有靠读者个人的诠释、体味,谁也不能用"讲"说清楚的;更何况,舞台搬演,稍纵即逝,也同样无法传达其深藏的底蕴,只能靠宝黛这条线,以葬花、黛玉焚稿之类情节,以情动人而已。至于由说话转为长篇白话小说,从重故事情节转移到以刻划人物性格为主导,由于许多作家没有突破说书体形式的制约,仍然遵循说书艺术的规律,保留着听觉艺术的某些特点,因而,人物性格内在本质和整体机制,没有得到充分展示。并且,除了《三国》、《水浒》、《西游》、《金瓶梅》、《儒林外史》、《红楼梦》少数名家名作外,绝大多数作家深受儒家功利主义文艺观的影响,急于要通过小说中人物说明对生活的伦理思考和审美理想。当这种表现自我的欲望不能自制,超越了艺术思维的自我,甚或用政治的价值观念代替艺术的审美价值观念,那必然忽视人物性格的塑造,追求伦理化而造成人物性格的类型化。文言小说与白话小说都不可避免地按照这个理性模式进行创造。

6.叙事结构不同

宋元说话与明清说书体小说的叙事结构迥然异于文言小说。短篇小说以入话照应点明主题,然后进入正文,时而叙事,引出对话,时而插入诗词,最后以诗作结。长篇小说采用线型结构,把各个故事连结起来,扩展开去,分成若干个回目,几个回目依人依事构筑一大段故事,每段故事可以独立,自成整体。而每一中段或一大段之内又交错着许多小故事。同时,在每个故事结束之前,就给后一段故事紧紧地挽上一个扣子,留下悬念,使前一段故事和后一段故事之间的关系一环套一环,一个波澜追逐另一个波澜,在此起彼伏的故事发展当中,人们就对那个历史时期的历史风貌及人物性格,得以清楚把握。而且形象与结构错综复杂,唤起欣赏者或张或弛的感觉,赋予故事情节以强烈的节奏感。偶然的巧遇牵引出一个个人物,偶然性因素加强了矛盾的节奏。偶然性往往又和悬念结合起来,紧紧扣住读者心弦。按这种结构法编织起来的小说,无疑是反映了说书人的趣味,既不同于散体的、用简雅语言据闻而录的文言笔记,也不同于诗意化的精致传奇,属于文人的小说观念。

7.娱人与自娱

文言小说和白话小说作者的创作动因和目的不同。文言小说作者骋其笔力,展其才思,大多是自娱,或愉悦周围同好,可资谈论,供笑语的材料,所谓以文为戏,来满足文人的趣味,并不顾及市民的嗜好。⑥他们或是于旅途之中,"方舟沿流,昼宴夜话,各征其异说。众君子闻任氏之事,共深叹骇,因请既济传之,以志异云",⑦或"用请酒杯流行之际,可谓善谑"。⑧有的落魄穷愁,或居官遭贬谪而借小说"特以泄其暂时之愤懑,一吐胸中之新奇,而游戏翰墨云耳"。⑨至于宋叶梦得在《避暑杂录》中除了说"士大夫作小说、杂记所闻见,本以为游戏"之外,"暴人之短私为喜怒"者,也是文人创作文言小说动因之一,但这毕竟是少数人所为,非是主要创作倾向。抒发自己胸怀,以文为戏,玩文学却是文言小说家创作的动机和目的。也因此,以文为戏的作家常常遭到强调文以载道作家的批评。

毫无疑问,宋元说话靠说书卖艺为生,属商业性演出,明清白话通俗小说的书坊主,根据市场销路印行小说是为了营利。明陆容《菽园杂记》说:

> 宣德、正统间,书籍、印版尚未广。公所在书版日增月益,天下古文之家,愈隆于前已。但今士习浮靡,能刻正大古书以惠后学者少,所刻皆无益,令人可厌。

所谓"无益"、"可厌"之书,大半指小说。叶盛《水东日记》点评得很明确:"今书坊相传,射利之徒伪小说杂书……农工商贩,抄写绘画,家畜已人人有之,痴騃女妇,尤所酷好。"又如,《肉蒲团》第一回作者说:"近日的人情,怕读圣经贤传,喜看稗官野史,就是稗官野史里面,又厌闻忠孝节义之事,喜看淫邪诞妄之书",也是"盖自说部逢世,而侏儒牟利苟以求售,其言猥鄙无所不至"。⑩显然,性爱小说在明末清初盛行,同书商之射利谋求不无关系的。印刷出版发达的近代更是如此,康有为《闻菽园居士欲为政变说部诗以速之》诗云:"我游上海考书肆,群书何者销流多? 经史不如八股盛,八股无奈小说何。"又《日本书目志》也云:"吾问上海点石者曰:何书宣售也? 书经不如八股,八股不如小说。宋开此体,通于俚俗,故天下读小说者最多也。"书坊主根据不同时期的时好,不断推出适合读者口味的书籍,文人们创作整理改编白话小说,也是"因贾之请",⑪应书肆之请而作此,少不了润笔费的。

文人创作文言小说的兴趣化和情绪化,不必考虑读者的胃口,信笔写去,可以呈现不同样式的小说;白话小说为了适应市场上读者的审美需要,不断改进表现形式,而产生新形态的小说。笔者甚至设想:撇去说话艺术的体制,可否创造性地转化为新的小说形态呢？明万历时期先后刊出的《详刑公案》、《详情公案》、《律条公案》、《廉明公案》、《杜骗新书》等，文人已将两种小说形态结合，歪打正着，完成了一次转换；《儒林外史》、《红楼梦》的作家沿着小说意味，自觉地进行了转换。可惜文人小说的作者并不想放弃已熟悉的形式，自觉地进行创造性的改造。白话小说的作者倡导通俗小说为己任，习惯利用现成法式，依样画葫芦。书商为了牟取利润，不时干预小说家的创新，白话小说的革新与转换始终是很艰难的。

三、探究各自源头与发展轨迹

倘若我们承认文言小说与白话小说分属于各自不同的发展系统，那么应当从说和听、写与读的审美关系角度探究其不同源流与发展链，进而探究形成不同艺术表现形式的元素。

如果说文言小说与白话小说都起源于古代的祭祀、歌舞与说故事，那么，随着文字的产生与发展，史官制度的建立，史官对天道的记述，私家著述繁盛之后，文言与白话则各自吸收有益于培育自己文体的因素发展自己的形式。例如文言与白话同受史传的长期熏陶，效法史传的叙事，同史传有着难以割舍的血缘关系。比较来说，文言小说同史官文化为直系血缘关系，而白话小说则是它的远亲。所以，文言小说始终按照文人的情趣，用史传的叙事方法，沿着杂史、列传、志怪、志人、唐宋传奇、明清文言中短篇小说的线路发展。总之是文人创作的书面阅读的小说。反之，白话小说承继的是说与听的审美形式，凡是面向听众叙说的或带有表演性质的，都将成为孕育说话艺术成长的因素，促进了说话向独立伎艺发展。在其发展过程中，下述历史阶段的文化现象对白话小说的影响很值得关注。

1. 秦汉时期的优与优语

中国古优或俳优,是指先秦两汉时期,以乐舞戏谑为业的艺人的统称。大约在公元前八世纪或者八世纪前就已有优的存在。《国语·郑语》、《国语·晋语》、《国语·齐语》、《国语·越语》,汉司马迁《史记·滑稽列传》、班固《汉书·游侠传》等都记载了优的故事。优能歌善舞并且会说些笑话为国王解闷;但他们正是借用说笑话来讽喻国君,这成为他们一种特殊的职能。如《史记》记载优孟讽刺楚庄王以大夫礼葬马的故事,优旃讽刺秦始皇、秦二世的故事。这个故事加上文献记载的其他材料,说明优的主要职能是讽喻君主,别人不敢向君主提意见,优敢于用笑话进行批评,不怕掉脑袋,颇有点斗争精神,所谓“谈言微中,亦可以解纷”。⑫后来优讽喻的对象不仅限于对国主的讽刺,也讽刺那些犯了错误的官员,显然,优在政治生活中有着不可忽视的作用。优的讽喻、讲笑语职能和艺术表现原则,为小说提供了生长因素。⑬

（1）一人或二人表演

参加表演的为一个或两个演员,如是两个人,一个是进行讽刺的角色,叫做“苍鹘”,另一个演员装扮成被讽刺的对象,叫做“参军”。唐以后优的表演形式又有了重要变化,演员已由两个发展到三到四个。这种现象说明,优逐渐向表演艺术,即以动作的戏曲方面发展,成为后来戏曲中的喜剧角色。到了宋杂剧,又发展为五个演员:“末泥”(或叫正末)、“引戏”、“装孤”(或叫装旦)、“副末”、“副净”。“副净”是个滑稽角色,就是唐代的参军,被讽刺的对象。“副末”就是原来的“苍鹘”,专门讽刺参军的。金杂剧仍然以“副末”、“副净”为主,其他角色居于次要地位。元杂剧却是以正末正旦主唱,同居于重要地位,而净行居于次要位置。他们中又大致可以分为两类:一类反面人物,如权豪势要,贪官污吏等。另一类是滑稽角色。这类角色在明清戏曲中为“二面”(副净)和“三面”(丑),一直到今天的地方戏曲也是这两类。

不仅如此，优语又渗透到相声和笑话领域，促进了相声艺术和笑话故事的成熟。相声虽然是语言艺术，同笑话属于两种不同的表现形式，但他们仍有着相同或相近的表现方法，尤其是笑话在描写它所讽刺的对象时，善于抓住事物某些典型特征，以夸张的手法，极简练的笔墨，勾勒出诸种丑恶人物的面目，使人回味无穷。

优与优语渗透转化为戏曲、相声、笑话艺术，而小说则将优中讽刺与被讽刺的对象，改造为喜剧性的人物性格。说书艺人强调表演艺术要"曰（白）得词，念得诗，说得话，使得砌"，也即是"打砌"、"点砌"的"砌话"，显然也源自优语。

（2）"言非若是，言是若非"

唐司马贞《索隐》解释《史记》《滑稽列传》的"滑稽"概念时说："滑，乱也；稽，同也。言辩捷之人，言非若是，言是若非，言能乱异同也。"表面看，司马贞谈的是优人凭着口才可以把是说成非，把非说成是，其实不妨说司马贞提出了优的一条主要表现原则。所谓"言是若非"，"言非若是"，就优者（或角色）论辩的问题，表面看是合理的，而实际是荒诞不经的；同样的，语言形式不合逻辑，而命题的归宿却得出了正确的结论。优人正是通过这"是"与"非"，"非"与"是"的自相矛盾及矛盾的错列；或是在"是"中隐藏着"非"，"非"中含着"是"，让人们体味到"非"与"是"的真意。

例如"贱人贵马"的优语，[⑬]这实际就是用一种反证法来进行讽刺。一只马死了，怎么可以用人君之礼下葬，并且让友好邻邦也来为马送葬呢？显然是不合事理的。可是优人恰恰是利用这表面看来合理的"是"，让人立即感到这"是"背后的荒谬，而达到讽刺的目的。

（3）"顺其所好，攻其所蔽"

语出宋马令《南唐书》之《谈谐传》序。马令说："秦汉之滑稽，后世因为谈谐而为之者，多出乎乐工、优人，其廊人主之褊心，讥当时之弊政，必先顺其所好，以攻其所蔽。"用我们的话来说，顺着被讽刺对象的假想逻辑运动,而到运动的终点再突然改变方向,揭开谜底,攻其所蔽。顺其所好,也可以说是铺垫的过程。铺平垫高,着力渲染,制造假象,甚至把相同的事情一而再,再而三地强调,一直到顶点,待到把问题说足了再破假象还其真相,揭露出问题的实质。再举"贱人贵马"为例。

楚庄王欲让群臣为马举行葬礼,并且还要以大夫之礼葬之,优孟就顺其所好,故意把礼仪的规格提高,提出"以人君礼葬之"这荒谬的命题,在优是为了最后揭破命题的实质——攻其所蔽,因此为了攻得有力,优孟做了五层铺垫和强调:"以雕玉为棺,文梓为椁,梗、枫、豫章为题凑",这是一层。"发甲卒为穿圹,老弱负土",这是二层。"齐、赵陪于前,韩、魏翼卫其后",这是三层。"庙食太牢",这是四层。"奉以万户之邑",这是五层。到最后才指出问题的要害:"皆知大王贱人而贵马。"

"顺其所好,攻其所蔽"是古优常用的手法,这手法对后来唐宋参军戏、杂剧,对于相声都有影响,形成一种传统的技法。宋张知甫《可书》里记载:"金人自侵中国,惟以敲棒击人脑而毙。绍兴间,有伶人作杂戏,云:'若要胜金人,须是我中国一件件相敌,乃可。且如金国有粘罕,我国有韩少保;金国有柳叶枪,我国有凤凰弓;金国有凿子箭,我国有锁子甲;金国有敲棒,我国有天灵盖!'"用的也是如今相声的三翻四抖手法,讽刺南宋时一些饭桶将军,打不赢金人,只好用脑壳来抵挡。讽刺是很有力的。

(4)咸淡见义

无论是唐参军戏的"参军"、"苍鹘",还是宋元杂剧中的"副末"、"副净",以及明清戏曲中的丑角,都是以科白为主的。唐参军戏、宋金杂剧就很讲究要咸淡见义。"义"指戏的主题所在。"咸淡"指表现主题的方式,即角色与角色刚柔对比,情节的呼应,形态表情及角色问答。特别是角色之间的回答,要有呼应,有抑扬,处理得巧妙。参军戏以科白为主,那么问答的重心偏在答的一面,而问仅启发逗引陪衬而已,这如同相声中的逗哏与捧哏。参军戏以苍鹘为咸,参军为淡,宋杂剧则以副末为咸,副净为淡。问与答两者密切配合,刚柔、冷热、隐显、浓淡相间,恰如其分,全局结束之后能使观者回味不尽。⑮优语、唐参军戏以及宋金杂剧的语言形式,毫无疑问为中国古代讽刺小说家提供了艺术创作经验。《儒林外史》中人物的对答,不是有点像优语或者说参军戏的话语结构形式么?

　　不过,优语也好,唐参军戏也好,还只是一种客观描述性的语言,没有做到鲜明的性格化,也没有变成剧中人物的性格行动。只有到了元杂剧,明代传奇以至清代戏剧,原来优语和参军戏的调笑戏谑的传统继续发展着,出现了一批又一批以讽刺见长的喜剧。如关汉卿的《救风尘》、郑廷玉的《冤家债主》、明代徐渭的《歌代啸》、孙仁儒的《东郭记》、徐复祚的《一文钱》。即便是正剧或悲剧,如《窦娥冤》也往往安排插科打诨式的净丑,发挥着调笑讽刺的作用,这几乎是中国戏曲特有的不可缺少的成分。那些明快如洗的对白,类似快板、顺口溜的散白,风趣隽永的话语,常常使得观众捧腹大笑。然而这一切不是单靠叙述,而是靠语言化为语言行动,成为富有性格化与行动性的语言。从这一点来说,同样可以为小说家们提供怎样通过人物的行动,来塑造喜剧人物形象的经验。

　　此外,古优、参军戏和宋金杂剧中运用夸张的手法,把某种现象扩大,尖锐、突出、鲜明地表现事物的本质。如宋郑文宝《江表志》载五代后梁末帝时"魏王知训为宣州帅,苛暴敛下,百姓苦之!因入觐,侍晏。伶人戏作绿衣大面胡人,若鬼神状者。傍一人问曰:'何为者?'绿衣人对曰:'我宣州土地神。王入觐,和地皮掠来,因至于此。'"连深藏于地内的土地爷都刮了来,构成一种超乎常情的古怪的形象感,可见苛暴至极!又如将人们熟知的事情故意给以曲解,看似有理,实为无理的"歪讲",利用字音相同或相近,构成含义不同的双关法,等等,成为我国讽刺文学传统手法而被巩固下来,并影响着中国古代小说。

2. 魏晋时诵俳优小说数千言

《三国志·魏书》卷二一《王粲传》裴松之注引《魏略》："植初得淳（邯郸淳）甚喜，延入坐，不先与谈。时天暑热，植固呼常从取水自澡讫，谓淳曰：'邯郸生何如邪？'于是乃更著衣帻，整仪容，与淳评说混元造化之端……"《北史》卷四三《李崇传》（附《李谐传》子李若）："若性滑稽，善讽诵。数奉旨诗咏，并说外间世事可说乐者，凡所话谈，每多会旨，帝每狎弄之。"《南史》卷六五《始兴王传》："夜常不卧，执烛达晓，呼召宾客，说人间细事，戏谑无所不为。"《隋书》卷五《陆爽传》附《侯白传》称："侯好学有捷才，性滑，尤辩俊，举秀才，为儒林郎，好俳优杂说，人多爱狎之。所在之处，观者如市。"又，《太平广记》卷二四八引侯白《启颜录》："白在散官，隶属杨素，爱其能剧谈，每上番日，即令谈戏弄，或以旦至晚始得归。后出省门，即逢素子玄感，乃云：'侯秀才可以（与）玄说一个好话'。白留连不获已，乃云：'有一大虫欲向野中觅肉。……'"

"诵俳优小说"、"说外间世事"、"说人间细事"、"好俳优杂说"、"说一个好话"等，都是说者面对听众讲说故事、笑话、戏弄性的言谈和上层的玄谈，同为一时的风尚，民间也应当有伎艺性的说俳优小说，可惜没有遗留文本资料，我们无法判断其说话形态。

3. 敦煌话本和俗讲为话本小说叙事体制确立了雏形

汉末佛教输入中国，通俗的讲经形式为唐俗讲和唐话本在隋唐的勃兴做了必要准备，也因此唐俗讲和话本初步确立了说话艺术的体制，为宋元话本小说的发展奠定了基础。

（1）说与唱给听众听的话本

诸种文献资料显示，唐代已有话本小说和与话本有极为密切关联的变文和词文。它们都是说和唱给观众听的，虽然形式有别，但均为叙事体，都可算作广义的小说。

变文是一种独立的文体。原卷明确题为变文的，如《汉将王陵变》、《舜子变》、《刘家太子变》、《破魔变》、《降魔变文》、《大目乾连冥间救母变文》、《八相变》等。

"俗讲当为对未出家的人所讲,而僧讲当为对出家人所讲。"⑯
为未出家人讲变文的在戏场,戏场在寺院。钱易《南部新书》:"长
安戏场多集于慈恩,小者在青龙,其次荐福、永寿。"《资治通鉴》卷
二四八、宣宗大中二年(848 年)条也云:

> 十一月,庚午,万寿公主适起居郎郑颢。……诏公主执妇
> 礼,皆如臣庶之法,戒以毋得轻夫族,毋得预时事。又申以手
> 诏曰:"苟违吾戒,必有太平、安乐之祸。"颢弟颛,尝得危疾,上
> 遣使视之,还,问"公主何在?"曰:"在慈恩寺观戏场。"上怒,叹
> 曰:"我怪士大夫家不欲与我家为婚,良有以也!"亟命召公主
> 入宫,立之阶下,不之视。公主惧,涕泣谢罪。上责之曰:"岂
> 有小郎病,不往省视,乃观戏呼!"

孙棨《北里志》"海论三曲中事"条,亦记载保唐寺有俗讲:

> 诸妓以出里(北里,妓女楸集之地)艰难,每南集保唐寺有
> 讲席,多以月之八日,相率牵听焉。……故保唐寺每三八日士
> 子极多,盖有期于诸妓也。

《资治通鉴》卷二四三记载,敬宗宝历二年六月,皇帝也亲自到
寺院听讲:"己卯,上幸福寺,观沙门文溆俗讲"。《酉阳杂俎·续
集》卷五《寺塔记》,记文溆法师于元和末年住锡菩提寺,宝历间又
移兴福寺,文宗时入内大德寺,仍司主讲之职,声誉大噪,无人可与
比肩。

唐代这种在寺院讲说变文话本的,也叫做"变场"。唐薛昭蕴
《幻影传》:"虞部郎中陆绍,元和中尝谒表兄于定永寺。众邻僧偕
李秀才来,寺僧诋为不逞之徒。曰:'望酒旗,玩变场者,岂有佳者
乎?'"在正统的士大夫看来,"玩变场者"是"不逞之徒"。

和尚在变场俗讲,一方面为了张皇佛法,宣传教义;另一方面

是为了敛钱。日本沙门园珍《佛说观普贤菩萨行法经纪》中对俗讲
敛财物的目的说得很明确:"只会男女,劝之输物,充造寺资。"⑩单
纯的宣讲佛经不见得为世人所接受。《资治通鉴》卷二四三、宝历
二年,敬宗至兴福寺听文溆俗讲,胡三省注云:"释氏讲说,类谈空
有。而俗讲者又不能演空有之义,徒以悦俗邀布施而已。"换言之,
变场已逐渐戏场化,俗讲者为了取悦听众,迎合他们的情趣,讲述
市人生活的内容。今存变文更证明了俗讲向说话转化的轨迹。也
许当时最负盛誉的文溆俗讲过分市俗化,被认为离经叛道,而遭到
非议,乃至杖责流放远边。唐赵璘《因话录》卷四有详尽说明:

> 有淑(溆)僧者,公为聚众谈说,假托经论,所言无非淫秽
> 鄙亵之事。不逞之徒,转相鼓扇扶树。愚夫冶妇,乐闻其说,
> 听者填咽寺舍,瞻礼崇奉,呼为和尚教场,效其声调以为歌曲。
> 其盯庶易诱,释徒苟知真理,及文义稍精,亦甚嗤之。近日庸
> 僧以名系数功德使,不惧台省府县,以士流好窥其所为,视衣
> 冠过于仇仇,而淑僧最甚,前后杖背,流在边地数矣。

所谓"淫秽鄙亵之事",自然是指男女之间的爱情故事。让人
不解的,唐传奇的文人们写了那么多爱情故事,却反对"聚众谈说"
市俗故事,看来是维护宗教圣地的声誉,可这正透露出俗讲向市俗
化、戏场化发展的趋势。

事实是,除了寺院演出之外,市区内已有固定的演出场所和专
业性的说唱演员。段成式《酉阳杂俎·续集四》载:

> 予太和末,因弟生日观杂戏,有市人小说,呼"扁鹊"作"褊
> 鹊"字,上声。予令任道升字正之。市人言:"二十年前尝于上
> 都斋会设此,有一秀才甚赏某呼'扁'字与'褊'同声,云世人皆
> 误。"余意其饰非,大笑之。

"市人"可视为市民,也可理解为艺人。而市人小说尚处于百

戏之中,但已是独立的一门,讲述市人小说的此位艺人至少已有 20 年以上的演艺历史,属于职业性的演出,有的是流动性的卖艺,类似后世的跑堂会。请看五代韦縠《才调集》卷八,收晚唐吉师老《看蜀女转昭君变》诗:

> 妖姬未著石榴裙,自道家连锦水涯。
>
> 檀口解知千载事,清词堪叹九秋文。
>
> 翠眉颦处楚边月,画卷开时塞外云。
>
> 说尽绮罗当日恨,昭君传意向文君。

　　说唱的形式虽然是转变文,而不是话本,但说者是“蜀女”,并且是“未著石榴裙”的“妖姬”类的歌女,演出场所好像是私人堂会。王建《观蛮奴》诗也云:“欲说昭君敛翠额,清声委曲怨于歌。谁家少年春风里,抛与金钱唱好多。”又像是在固定的剧场、职业化的歌女唱说昭君故事。再参照南京图书馆藏明抄本《类说》卷二六《汧国夫人传》所记:

> 姬封汧国夫人,旧名《一枝花》元稹(稹)《酬白居易代书一首(百)韵》云:“翰墨头(题)名尽,光阴听话移。”枉(注)云:“乐天从逝(游),常题名于桂(壁),复本说《一枝花》,日(自)寅及巳。”

　　但四部丛刊本《元氏长庆集》(据南京图书馆藏明嘉靖壬子三十一年,1552 年,董氏刊本)、南京大学图书馆藏明万历三十二年(1604 年)马元调鱼乐轩刻《元氏长庆集》却没有“复本”的名字。⑬无论诸本是否有无说话艺人“复本”的名字,抑或是白居易说给元稹听,都说明当时确有《一枝花》话本,否则白行简不会写出如此感人的《李娃传》,惜原话本不传于世,能够窥视话本形态全貌的是敦煌话本。

　　敦煌话本中明确标有“话”字的,只有《庐山远公话》。《韩擒虎话本》，原卷前缺，本无标题，结尾处写有"画本既终，并无抄略"，抄写者可能把"话本"误写成"画本"，或者"话"、"画"谐音的借用，所以，《敦煌变文集》⑩的编者"依故事内容拟题"而改为"话"字。《叶净能诗》，原卷前缺，但卷尾却题"叶净能诗"，因此《变文集》依此题补。可看全文，无一篇有诗，大约"诗"也是"话"之误。残存的《唐太宗入冥记》、《秋胡变文》似属话本小说之列。⑳此外，话本小说虽然以讲说为主，但话本的体制并不完全一致，除了散说的话本，还有有说有唱的诗话体话本，以及以韵话为主的或全部是韵文的词话体话本。明代《清平山堂话本》就包容《张子房慕道记》、《快嘴李翠莲》韵文体小说。那么，也不妨把《季布骂阵词文》看为韵文体小说。

变文与话本有区别，但又有一致性。两者都是在固定的场所，由专业人员面向观众讲说或唱的叙事体。演出场所的戏场化，创造了演员与观众直接交流的氛围，规范了表演程式，说与听的审美关系，铸定了变文和话本的叙事形态。

（2）说话人的叙事角

今日所见的变文和话本抄本，大约是讲说人的底本。底本已是后衍的文体，后衍自"说话"，保存了说话人许多叙事语式和语言成份，但减弱了超语言性的部分，与临场话本有根本性的差异。变文、话本由说话人讲述故事，处处见说话人在"说"的口吻。先看《庐山远公话》的开头：

　　盖闻法王荡荡，佛教巍巍，王法无私，佛行平等。王留玫教，佛演真宗，皆是十二部尊经，惣是释迦梁津。如来灭度之后，众圣潜形于像法中。有一和尚，号曰旃檀。有一弟子，名曰惠远。说这惠远，家住雁门，兄弟二人，更无外族。兄名惠远，舍俗出家，弟名惠持，侍养于母。

毫无疑问，这是话本小说常用的开篇格式。"盖闻"云云，简要地概括佛法无边，然后进入本文故事。按中国小说惯例，先是拎出人物，再叙本文，不同形态的小说人物切入的方式不尽相同。文言小说，如唐传奇《霍小玉传》："大历中，陇西李生名益，年二十，以进士擢第。"《李娃传》更简洁："汧国夫人李娃，长安之倡女也。"《东城老父传》则是："老父，姓贾名昌，长安宣阳里人。"等等，无疑是史传笔法。尽管话本的叙事方法也受史传影响，可话本用口头语言面对观众讲说故事，故"说这惠远"的"说"字，就如同后世白话小说中的"话说"、"且说"的语规，有起始下文的作用，也有强调提醒听众关注讲说内容的功能。《韩擒虎话本》也是用"说"转入本题：

> 会昌既临朝之日，不有三宝，毁坼（拆）迦蓝，感得海内僧尼，尽惣还俗回避。说其中有一僧名号法华和尚，家住邢州，知主人无道，遂复裹经题，真（直）至随州山内隐藏，权时系一茅庵。

《庐山远公话》有时也用"道"，和"说"为同一语义："所有听人，尽于会下，说此会中有一老人，听经一年，道这个老人，来也不曾通名，去也不曾道字，自从开讲即坐，讲罢方始归去。"《汉将王陵变》的"二将斫营处，谨为陈说"，"兵马校多，趁到界首，归去不得，便往却回，而为转说"，《李陵变文》的"具罝（看）李陵共兵士别处若为陈说"，《王昭君变文》的"若为陈说"，《张淮深变文》也是"若为陈说"。这里"陈说"是俗讲人的"说"，与《韩擒虎话本》、《庐山远公话》的"说"，均属叙事主体的话语。然也有区别，凡变文者，韵散相间，散说之后必有一段韵文相随，这"谨为陈说"就有承前启后的联接作用，同话本中"说"的功能有着根本的差异。因此，当说话人介绍人物和叙述人物的动作行为处境时，常用提问句提醒听众的注意，打通或是保持说与听交流线路的畅通。如《庐山远公话》："远公还在何处？远公常随白庄逢州打州，逢县打县，朝游川野，暮宿山林，兀发肩（眉）齐，身卦短褐，一随他后。""远公还在何处？"是说话人的提问,无须听众回答的。"远公知契诸佛如来之心,遂乃却请其笔空中而下。争得知? 至今江州庐山有掷笔峰见在。"这"争得知"的反诘句,就是明清白话小说中的"怎见得",后面的文字,是对"怎见得"的补充说明。《韩擒虎话本》:"贺若弼才请军之次,有一个人不恐。是甚人? 是即大名将是韩熊男,幼失其父。……""是甚人"的反问,也是为了突出、强调下文。

值得注意的是,《八相变》里反诘句后常以诗作答,如"于此之时,有何言语"? "当此之时,有何言语"? "当尔之时,道何言语"? 又,《破魔变文》也有"魔王当时道何言语"? 这是不是同明清白话小说,如《水浒传》的"怎见得,有诗为证",属于同一类的说话人语规,带有感染功能的作用呢?

虽然俗讲变文韵散交错,但为达到宣讲目的,仍要靠说经人的语言行为,完成指涉内容,那么,说话的指涉能否为众所把握,则取决说经人是否说得生动感人。梁慧皎《高僧传》卷十三《说唱导》,对说讲人的说有明确要求:

> 谈无常,则今形战慄;话地狱,则使怖泪交零;征昔因,则如见德业;覆当果,则已示来报;谈怡乐,则情抱畅悦;叙哀戚,则洒泣含酸。

无独有偶,南宋罗烨《醉翁谈录》甲集卷一《舌耕叙引》之《小说引子》,对说话人说书时的感情色彩也有相似提示:

> 说国贼怀奸从佞,遣愚夫等辈生嗔;说忠臣负屈衔冤,铁心肠也须下泪。讲鬼怪令羽士心寒胆战;论闺怨遣佳人绿惨红愁。说人头厮挺,令羽士快心;言两阵对圆,使雄夫壮志。谈吕相青云得路,遣才人着意群书;演霜林白日升天,教隐士如初学道。噇发迹话,使寒门发愤;讲负心底,令奸汉包羞。

很明显,说经与说话面对听众讲说书篇,采用相似的语规,无疑的是与话语对象有关,也与说话、俗讲的体裁有关。

（3）变文俗讲与话本的叙事语式

变文俗讲与话本都是第三人称的叙事体,是以说讲者为叙事主体的第三人称,口头语言为第一性符号,直接同对观众讲说文本,因此除了叙述故事内容的功能为其主干外,就是线路功能及后设语功能的相当加强。押座文或引子入话、叙事话语、人物话语、诗赞、解座文或结尾诗,应是俗讲变文和话本的基本组成部分。

关于变文的押座文,其功能为静摄座下听众和引起下文。如《温室经讲唱押座文》:"已舍喧求出离,端坐听经能不能? 能者虔恭合掌着,经题名字唱将来。"《三身押座文》:"既能来至道场中,定是愿闻微妙法。乐者一心合掌著,经题名字唱将来。"《八相押座文》:"西方还有白银台,四众听法心总开。愿闻法者合掌著,都讲经题唱将来。"⑳

所谓解座文,自然是讲罢经解席之意。《三身押座文》:"今朝法师说其真,坐下听众莫因循。念佛急手归家舍去,迟归家中阿婆嗔。"《不知名变文》:"合掌阶前领取偈,明日闻钟早听来。"这如同宋元话本小说的散场诗,但无话本小说概括全文的内容。

据方家考证,不仅佛教有押座文,道教也有相类的构成,叫做"定座咏"㉑。《道藏》唐字号上《要修科仪戒律钞》:

大道无为中　积气运无形　为众设桥梁　故遣无等经

修之得长乐　莫有三界生　烧去六尘垢　一心静念听

又,《灵宝领教济度金书》卷十六《补职说戒仪》:

天尊告太上曰:今当普说法音,开悟众生。……修斋求道,皆当一心。奉请十诫,谛受勿忘。专心默念,洞思自然。毋得杂想,挠乱形神。能如是者,便当静听。

由于几个敦煌话本多为残本,有类似宋元话本小说"得胜头回"的,仅为《韩擒虎话本》。故事开头说法华和尚讲经,有八个人日日来听讲,原来这八个人是八大海龙王。为表报答,送一盒龙膏给和尚,告其杨坚患头痛,为其换头盖骨,再涂抹药膏便可痊愈,戴稳平天冠。接着叙说杨贵妃毒死皇帝,册立杨坚为帝,陈王不服,拜肖磨呵、周罗侯二人为将,领兵二十万攻打秦,于是转入韩擒虎自动请军讨陈。

严格说来,《韩擒虎话本》篇首还算不上是纯正的头回,因为话本小说在诗词和入话之后插入的头回,叙述和正话相类或相反的故事,这个故事可以相对独立;反之,《韩擒虎话本》只是一篇引文,同正文密切相连,引文是因,正文是果,有杨贵妃害死皇帝,册封杨坚为帝,才引起了陈王起兵,而陈王起兵,则引出韩擒虎挂帅出征。以此而言,《韩擒虎话本》较接近于历史小说的叙事体制;进而言之,说《韩擒虎话本》是长篇历史演义小说之祖,并不过分。

也因此,敦煌话本亦文亦白的叙事话语,突破了文言历史传奇的雅言模式,有许多篇子更是运用白话口语叙事,故鲁迅先生在《中国小说史略》中,据《唐太宗入冥记》、《秋胡变文》,认为"白话作书者实不始于宋","仍为唐人之作也"。且看《唐太宗入冥记》:

> 皇帝见使人久不出□□(来,心)口思维:"应莫被使者于催(崔)判官说朕恶事?"皇(帝)□时,未免忧惶。于(是)催(崔)子玉忙然索公服执槐笏□□下厅,安定神思。须史,自通名衔唱喏,走出,至□(皇)帝前拜舞,时呼万岁,匍面在地,专侯进旨。

再看《秋胡变文》的一个段落:

> 其秋胡妻,自夫游学已后,经历六年,阴(音)符隔绝。其妻不知夫在已不?来孝养勤心,出亦当奴,入亦当婢,冬中忍寒,忧(夏)中忍热,桑蚕织络,以事阿婆,昼夜勤心,无时暂舍。其秋胡母,愧见新妇独守空房,心无异想,遂唤新妇曰:"我儿

当去,元期三年,何因六载不皈？不知命化零洛（落）？仰愧新
妇无夫,共贫寒阿婆,不胜珍重！不可交新妇孤眠独宿,不可
长守空房,任从改嫁他人。阿婆终不敢留住,未审新妇意内如
何？"其新妇闻婆此语,不觉痛切于心,便即泣泪,向前启言阿
婆："新妇父母匹配,本拟恭勤阿婆；婆儿游学不来,新妇只合
尽形供养,何为重嫁之事,令新妇痛割于心？婆教新妇,不敢
违言；于后忽尔儿来,遣妾将何申吐？"婆忽闻此语,不觉放声
大哭,泣泪成行,彼此收心。

《唐太宗入冥记》和《秋胡变文》都是不完整的本子,我们不能
全面考察并进而确切判断此两书的话本形态。虽然有学者认为
"《秋胡》是记录说话的底本,不是变文,应当属于话本小说",⑧但细
按两篇的体制,再比较《韩擒虎话本》、《庐山远公话》,说话人的叙
事主体、话本的体制、叙事语式、时间空间转换的方法等等,都缺少
话本形态的强烈显现,与其说是话说的小说,不如说是用白话写的
小说。

因此,只要是面对观众讲说的俗讲与话本,特别是标名为话本
的两部小说,常常用"忽见"、"忽时"、"忽遇"、"唯见"、"见"、"具看"、
"又见"、"且见"作为转换视点,转换空间,介绍人物的后设语规。
如《庐山远公话》："忽时寿世（洲）界内,有一群贼姓白名庄,说其此
人,少年好勇,常行劫盗,不顾危亡,心生好煞。"这"忽时"既转换了
时空,又起到推进变换情节的作用。"且见远公标身长七尺,白银
相光……"用"且见"介绍人物,自然也转换着叙事视点,因为"且
见"之前有"是时远公来至市内,执标而自身卖。是时万众千人,无
不叹念",然后才有"且见"的转换与强调。"且见重楼重阁……",
"且见其山非常,异境何似生"？这两个"且见",是介绍景物。又,
《秋胡变文》："正见兹母独坐空堂,不知儿来……"《伍子胥变文》:
"女子泊（拍）纱于水,举头忽见一人,行步獐狂……""波上唯见一
人,唱讴歌而拨掉……芦中忽见一人,便即摇船就岸。……"等等,

无不是由"见"来转换的。

应当指出,"且见"、"忽见"可以是当事人的所"见",也可能是众人的所见,或者说没有任何确指,只是说话人转换叙述的习惯用语,起着关联话文的功能;它既包含叙事视点的功能,又不完全同于西方小说批评家所谓的叙事观点的内涵。总之,它是中国话本小说特有的语规,为后代话本小说和白话小说所广泛采用,这不能不说是敦煌话本的创建。

不仅如此,敦煌话本和俗讲还承继了中国诗化传统,用骈丽的排比句描写景物、场面和人物。先看《庐山远公话》几个例子:

> 且见重楼重阁,与切(忉)利而无殊,宝殿宝台,与西方无二。树木蓁林,拥(蓊)郁花开,不拣四时,泉水傍流,岂有春冬殴(段或一断)绝。更有名花嫩口,生于觉司之傍,瑞鸟灵禽,飞向精舍之上。

用"且见"带起韵文,是常见的模式,但也有前设问,后列诗赞的。

> 且见其山非常,异境何似生?嵖(嵯)峨万岫,垒掌千山人尖(层),峚坑高峰,崎岖峻岭。猿啼幽谷,虎啸深溪。枯松□万岁之藤萝,桃花弄千春之色。

"异境何似生"是反问句,如同《水浒传》中的"怎见得好雪?有《临江仙》词为证","那冷气如何?但见"的句式,同样是状物写景特有的格式,因此《敦煌变文集》的编者,点此句为句号,显系忽视了话本小说的形态。

同样的,《伍子胥变文》叙述子胥发兵讨楚,那征战队伍的声威,写得甚有气势,也是话本的笔法,而且是后来长篇演义小说袭用的笔式。

> 子胥辞王以(已)了,便即征发天兵。四十二面大鼓笼天,

三十六角音声括地，傍震百里山林，隐隐轰轰。搠生手（先）
锋，乃先踏道。阵云铺于四面，遍野声满平原，铁骑磊落巳
（以）争奔，勇夫生宁（狰狞）而竞透（进）。飞腾千里，恰似鱼
鳞；万卒行行，犹如雁翅。长枪排肩，直竖森森，刺天屑角，对
掌开弦，弯弯如写月。白旌落雪，战剑如霜，弩发雷奔，抽刀剑
吼。将军告令，水楔（泄）不通，大总管出教严咛，飞鸟难度。
兵马浩浩瀚瀚，数百里之交横，金甲玲珑，银鞍焕烂，腾踏山
林，奔波闹乱。胡莵（狐兔）怕而争奔，惊龙蛇而竞窜。

　　显而易见，上述铺排还没有摆脱骈语的影响，堆砌词语过多，
也不够简练，但比骈文浅近，也不套用典故，容易为听众所接受。
这种俏丽的排比句子用于描绘人物的形貌，几笔就勾勒出人物的
气象，有如刀刻似的线条力度。《庐山远公话》："山神曰：'今天是
阿谁当直？'有坚牢树神，走至殿前唱喏，状如豹雷相似，一头三面，
眼如悬镜，手中执一等身铁棒。"又如："于是白庄子细占视远公，心
生爱慕，为缘远公是菩萨相，身有白银相光，身长七尺，发如涂漆，
唇若点朱。"比较一下《三国演义》第一回张飞的出场："玄德回视其
人：身长八尺，豹头环眼，燕颔虎须，声若巨雷，势如奔马。"再如刘
备看关羽的形貌："身长九尺，髯长二尺；面如重枣，唇若涂脂；丹凤
眼，卧蚕眉：相貌堂堂，威风凛凛。"这一比较就清楚了，《庐山远公
话》是话本小说的写法，《三国演义》也是说书体小说的描写方法。
但由短篇话本汇为长篇的《水浒传》，多用诗赞来描绘人物，那么
《庐山远公话》是否属于历史演义小说的形态系统呢？值得深入
研究。

　　（4）人物话语的转述

　　布思在《小说修辞学》中认为："小说中的对话，是全部经验的
中心，在对话中，作者的声音仍然起主导作用。"[24] 人物对话不只是
能刻画人物性格，还可以起到推动情节发展、交代背景、点化主题、
烘托气氛、完成结构的作用。尽管作者模拟人物的性格、身份，用

自己的言词转述人物的话语,但"作者的声音仍然起主导作用"。考究作者主导作用多与少,即作者的干预程度,可以帮助我们判断小说的形态;仔细分辨人物话语的性质与构成,可判断小说的成熟程度。

对人物话语的表达方式,在柏拉图的《共和国》第三卷中,苏格拉底就区分了"摹仿"和"讲述"两种叙述方式。"摹仿"即直接展示人物话语,相当于后来批评家所说的直接引语;"讲述"则是作家用自己的言词转述人物的话语。对直接引语与间接引语的分类与功能,西方小说学家、文体学家、叙述学家提出了诸多眼花缭乱的见解,笔者只希望从简易的角度剖析敦煌话本俗讲的人物话语和间接引语。

细按话本的人物话语,实在没有显现多谱色彩。这一方面是说话艺术还刚刚起始成长,作家或艺人还不可能纯熟地运作人物话语的艺术;另一方面,敦煌话本还未摆脱宗教影响,作者干预了人物话语,人物话语成为作者意识的载体,宗教宣讲和推进流程为人物话语的主要功能。《庐山远公话》即为此类话本小说的典型例子。

《庐山远公话》说的是东晋名僧慧远的故事。慧远是当时的佛教大师,梁曾佑《山三藏记集》、慧皎《高僧传》均有传。《庐山远公话》故事基本上是虚构的,其中有许多离奇荒诞的情节,目的无非是宣扬佛法,邀请布施。幻想与虚构扩展了小说艺术构思的空间,可是在幻想世界里,惠远还未能解脱作者的控制,成为独立的主体存在,自己设计自己的命运,或讲述自己的故事,因而惠远的意识是宗教的,也是作者意识的客体,缺少他自己的独特的语言形式。尽管惠远被侠盗白庄掳去,他却甘愿为奴,"随白庄逢州打州,逢县打县,朝游川野,暮宿山林,兀发眉齐,身卦短褐,一随他后"。后来为了给白庄沽酒买肉,又自愿以五百贯卖与崔相公家为奴。原来十方诸佛已在梦中向惠远提示:崔相公前世是个商人,白庄也是个商人,崔相公前世向白庄借了五百贯钱,由远公作保。之后崔相公故去,远公本当代他还债,不幸也死去。"以后却卖此身,得钱五百贯还他白庄",故做了六年奴隶。这就是宗教所谓的因果轮回观念,人物之间所有对话都围绕着这一个命题展开。主人公惠远充满宗教意味的话语,虔诚的宗教精神,体现了他宗教的意识形态,既是他个人的话语,又是作者给予他的意识和声音。在张扬某种宗教的意旨下,惠远的话语只能传达出宗教符号,而不能展现人物的个性。小说的后半部,转入崔相公在道光寺听道安讲解《涅槃经》,回家之后,又给夫人及家下人等讲说人生要受生苦、老苦、病苦、死苦、五阴苦、求不得苦、怨憎会苦、爱别离苦的煎熬。接着又与善庆讨论四生十类及三等人的具体所指。道安在道光寺讲《大涅槃经如来寿量品第一》,崔相公前去同道安论辩经义,同样是表露宗教观念。十方诸佛的梦示陈述了远公的前世及与白庄、崔相公的因果关系,倒是承担了代替作者叙述角色和推进情节的作用。

相比较而言,如果每个人物都是自己话语的创造者,远离作者的干预,拉开与叙事者的距离,用自己的观念来理解和解释世界,那就会较多地显现人物特有的言语,《秋胡变文》即是如此。

《敦煌变文集》拟题为《秋胡变文》,鲁迅《中国小说史略》则称之为《秋胡小说》。鲁国儒生秋胡辞别母亲妻子,出外游学求官,数年后衣锦还乡,在桑树下戏妻的故事。汉刘向《列女传》、晋葛洪《西京杂记》均有记载。元石君宝作杂剧《秋胡戏妻》,今京剧有《桑园会》。《秋胡小说》较深刻地表现了秋胡妻淳朴、恭诚事母、矢志不二的道德品格。秋胡在外游学居官九载,其妻怎样孝养婆婆,只是由叙述者概括地说"出亦当奴,入亦当婢,冬中忍寒,忧(夏)中忍热,桑蚕织络,以事阿婆,昼夜勤心,无时暂舍",没有具体情节和行为动作的展示,这大约是因此类小说还没有彻底从史传文学中分离出来,或是本属书面小说,只沿袭了《列女传》的故事敷演,增加了一些细节,不是以说话人的口吻叙事的。反之,秋胡妻矢志不二的精神，却是由人物自己"说"出来的。

当秋胡九年不归，不忍儿媳独守空房，让其"任从改嫁他人"时，秋胡妻则说："新妇父母匹配，本拟恭勤阿婆；婆儿游学不来，新妇只合尽形供养，何为重嫁之事，令新妇痛割于心？"显然，秋胡妻信守着和《琵琶记》蔡五娘相同的道德观念，都属于善良的女性。

之后，离家九年的秋胡回乡探亲，脱下紫袍金带，"变服前行"。秋胡何以"变服前行"呢？是为了测度其妻是否贞节？还是卖关子，给家人一个惊喜？没有文字说明。但举头忽见贞妻在桑间采叶，"向前上熟看之"，他并"不识其妻"，"良久占（瞻）相"："容仪婉美，面如白玉，颊带红莲，腰若柳条，细眉段绝。"这虽然是作者描绘的词语，可贞妻的仪容是秋胡"良久瞻相"的，那么，这既是叙述者的赞誉，又是秋胡的心态，他已被贞妻的美心动了，所以即赠诗一首：

> 玉面映红妆，金色弊采桑。
> 眉黛条间发，罗襦叶里藏。
> 颊压春桃李，身如白雪霜。

其后才露相，公开地挑逗贞妻：

> 娘子！不闻道：采桑不如见少年，力田不如丰年！仰赐黄金二两，乱采（緑）一束，暂请娘子片时在于怀抱，未委娘子赐许以不？

秋胡的无耻要求，自然遭到贞妻的痛斥：

> 新妇夫婿游学，经今九载，消息不通，阴（音）信隔绝。阿婆年老，独坐堂中，新妇宁可冬中忍寒，下（夏）中忍热，桑蚕织络，以事阿婆。一马不被两鞍，单牛岂有双车并驾？家中贫薄，宁可守饿而死，岂乐黄金为重？忽而一朝夫至，遣妾何申吐？纵使黄金积到天半，乱采（緑）似丘山，新妇宁有恋心，可

以守贫取死。

甘愿"守贫"而不以"黄金为重"，道出了秋胡妻的生活观念，这不能不使秋胡"闻说此语，面带羞容，乘车便过"。可是当秋胡妻听说丈夫回来，"喜不自胜，喜在心中，面含笑色"，紧忙妆束仪容，身着嫁时衣裳去见丈夫，岂料她见到的竟是调戏过她的男人，因此当着婆婆面指斥丈夫"于家不孝，于国不忠"。惜以下残缺，不知如何结局。

另一部有趣的对话是《叶净能诗》里净能与唐明皇的对谈。也许唐明皇游月宫是唐代非常流行的传说，因而唐明皇和叶净能的话语很有特色。

八月十五日夜，皇帝与净能及随驾侍从，于高处既（玩）月，皇帝谓净能曰："月中之事，其可侧（测）焉？"净能奏曰："臣说亦恐无益，臣愿将陛下往至月宫游看可否？"皇帝曰："何以得往？"净能奏曰："陛下自行不得，与臣同往，其何难哉？"皇帝大悦龙颜。皇帝曰："可能侍从同行？"净能奏曰："剑南看灯，凡人之处；月宫上界，不同人间。缘陛下有仙分，其可暂住。"皇帝又问曰："着何色衣服？"净能奏曰："可着白锦绵衣。"皇帝曰："因何着白锦绵衣？"净能（奏曰）："缘彼是水晶楼殿，寒气凌人。"

由赏月想到月宫，"可测焉"的"测"字，道出了唐明皇想测一测月宫的心情。净能说可以带他游月宫，唐明皇又问可否带侍从，仍不能忘记帝王的身份和排场；再问穿什么颜色的衣服，颇有点像小孩子玩世界的喜悦，筹划着出行的穿戴了。

有的直接引语省略了前导词"问"与"答"，如《汉将王陵变》、《伍子胥变文》，还有《降魔变文》、《张淮深变文》、《董永变文》、《捉季布变文》等陈说中的唱词，也是省略问答的，这大约是说唱类同属于戏剧化的表演形式，故可以由说唱者模拟替代。

与直接引语相比，间接引语在中国古代小说中较少见，但在《韩擒虎话本》中还可看到相类间接引语的例子：

　　皇帝闻语,亦见衾虎一十三岁妳腥未落,有日大胸,今阿奴何愁社稷! 拟拜韩擒虎为将,恐为阻着贺若弼。拟二人拜为将,殿前上(尚)自如此,领兵在外,必争人我。卿二人且归私地(第),后来日朝前,别有宣至。

　　《敦煌变文集》对这段话语没有加人物话语标点,也难以标定。因韩擒虎请兵剿除陈王的叛变之后,"亦见衾虎一十三岁妳腥未落",是杨坚看韩擒虎才是个十三岁乳臭未干的年轻人,显系说话人的叙述语。"有日大胸,今阿奴何愁社稷"! 又像是杨坚的话语。"拟拜韩擒虎为将……领兵在外,必争人我"云云,似杨坚内心的自我考量,"卿二人且归私地(第),后来日朝前,别有宣至",则是杨坚的话语。本来是直接引语和间接引语交错的形式,改为间接引语,可减少问答程序,加快叙述过程。《伍子胥变文》中伍子胥率军攻克楚军,捉到楚昭王,伍子胥"即捉剑斩昭王,作其百段,掷着江中,鱼鳖食之,还同我父"。"还同我父"是人物的话语——直接引语,前者是叙述人的叙述,为叙述人的话语滑落到直接引语,这也是变文和小说的一种灵活的自由的叙事形式;再插入表现人物内心活动的"心自思维"、"心口思维",使小说呈现了多样表现形式,为古代白话小说的发展,提供了有益的参照。

四、文言与白话交叉互动

　　徐复观先生在《中国文化的层级性》中曾提出中国文化是个"层级性"结构,即在同一文化中呈现有不同的横断面。⑤余英时参照人类学家雷德裴提出的大传统与小传统之说以及西方学界提出的精英文化与通俗文化的观念,认为"大传统或精英文化属于上层知识阶级的,而小传统或通俗文化则属于没有受过正式教育的一般人民"。"中国文化很早出现了'雅'和'俗'的两个层次中,恰好相当于上述的大、小传统或两种文化的分野"。⑥

如果我们把文人创作的文言小说看做是雅文化范畴，而把宋元说书看做是通俗文化；如果古人认定由宋元说书转为话本小说、讲史小说或变形为明清的说书体的通俗小说，那么，小说史的发展事实说明，原生态的说书艺术，仍按照传统的说与听的形式活跃在民间，而经过文人记录整理改编的白话通俗小说则以书面的形式供人阅读，形成另一条发展路线。其实未经文人整理改编的说唱文学属于通俗文化，而经过文人之手整理或再创作的通俗小说，严格地说，很难再保存原来俗文化或小传统的原貌。因为无论是书会才人，也无论是有点笔墨的文人，如冯梦龙，他们在修整俗文化作品时，常常按照雅文化的标准文雅化，提升俗文化的品位的同时，把自己的意识观念也揉进其中，俗作品就具有雅与俗的双重性格，你中有我，我中有你。以说三国为例。无论唐前及隋唐时期是否有专职说书艺人说三国故事，可《三国志通俗演义》里的"死诸葛走生仲达"，就是从民间传说而来。这个故事不见正史陈寿的《三国志》，但裴松之注《蜀书·诸葛亮传》"其年八月，亮疾病，卒于军，时年五十四"时，引东晋习凿齿《汉晋春秋》云：

> 杨仪等整军而出，百姓奔告宣王，宣王追焉。姜维令仪反旗鸣鼓，若将向宣王者，宣王乃退，不敢偪。于是仪结陈而去，入谷然后发丧。宣王之退也，百姓为之谚曰："死诸葛走生仲达。"或以告宣王，宣王曰："吾能料生不便料死也。"

诸葛亮临终前是否嘱姜维密不发丧，仍装扮生时模样，迷惑司马懿，没有说明，只说是杨仪等整军而出，司马懿追赶，姜维令杨仪反旗鸣鼓，摆出反击姿态，司马懿看到了"活"诸葛而被吓走的。

这个故事流传到唐代，在佛书中却有具体描写。《四分律删繁补阙行事钞》卷下三《僧像致敬篇》说世俗贤人如能内心刚正，外有威仪，便获得世人敬重。书中小注云："似刘氏重孔明者。"唐大觉《四分律行事钞批》卷二六，对此小注又加注说：

　　注云"似刘氏重孔明"者,刘备也。意三国时也……蜀有智将,姓诸葛,名高(亮),字孔明,为王(刘备)所重。刘备每言曰:"寡人得孔明,如鱼得水。"后刘备伐魏,孔明领兵入魏。魏国与蜀战。诸葛高(亮.)于时为大将军,善然谋策。魏家唯惧孔明,不敢前进。孔明因致病垂死,语诸人曰:"主弱将强,为彼所难,若知我死,必建(遭)彼我(伐)。吾死已后,可将一袋土,置我脚下,取镜照我面。"言已气绝。后依此计,乃将孔明置于营内,于幕围之,刘家夜中领兵还退为蜀。彼魏国有善卜者,意转判云:"此人未死。""何以知之?""踏土照镜,故知未死!"遂不敢交战。刘备退兵还蜀,一月余日,魏人方知,寻往看之,唯见死人,军兵尽散。故得免难者,孔明之策也。时人言曰:"死诸葛亮怖生仲达。"……亦云:"死诸葛走生仲达。"其孔明有志量,时人号为卧龙,甚得刘氏敬重。㉗

　　晚唐僧人景霄的《四分律行事钞简正记》卷一六对"刘氏重孔明"者也有一条注疏,内容与大觉的注疏大同小异,都是不见正史的俚巷传闻。刘知之的《史通》卷五《采撰》也说:"至如曾参杀人,不疑盗嫂,翟父不死,诸葛犹存,此皆得之于行路,传之于众口。"所谓"诸葛犹存",就是大觉与景霄注疏中说到的"死诸葛走生仲达",而这个故事原来在唐代已是"传之于众口"了。晚唐胡曾《咏史》诗陈盖注后半部也说:

　　居岁,夜有长星堕落于原,武侯病卒而归。临终为□□□仪曰:"吾死之后,可以米七粒,并水于口中,手把笔并兵书,心前安镜,□下以土,明灯其头,坐升而归。"仲达占卜未死;有百姓告云武侯病死,仲达又占云未死,竟不取趁之。遂全军归蜀也。㉘

　　这显然也是引述当时流行于民间,脍炙人口的三国故事。故事的基本情节与佛书记载大致相似。讲史平话《三国志平话》卷下的《西上秋风五丈原》，无疑也是依据民间传说编撰，但与佛经注疏略有区别：

> 当夜，军师扶着一军，左手把印，右手提剑，披头，点一盏灯，用水一盒，黑鸡子一个，下在盒中，压住将星。武侯归天。……军中一发哭起来，哀声动地，百姓奔告司马益，言武侯身死。司马闻之，领军来劫武侯尸……即时两军对阵。司马曰："吾惧者武侯，今死；可留下武侯之尸；若不留下，使片甲不回！"姜维大怒，纵马横刀，直取司马……姜维败走，司马后赶。锣声一响，横处一彪军杀将来，乃杨仪……司马大败，军折太半。还寨更不敢出。长安为之言曰："死诸葛能走活仲达！"仲达闻之，笑曰："吾料其生，岂料其此（死）！"

无论是平话本的《秋风五丈原》，也无论是传说"死诸葛走生仲达"，都忽视了司马懿的性格，做为小说家的罗贯中，有必要在上述两说的基础上，大胆创造木雕原身吓走司马懿的细节，着力渲染诸葛亮悲壮之死，刻画司马懿多疑的性格。

明高儒在《百川书志》中说罗贯中"据正史、采小说、征文辞"⑳而创作了《三国志通俗演义》。这里的"小说"就指讲史平话和流行于民间的说话故事。事实也是如此，虽然最早的弘治本题"晋阳侯陈寿史传，后学罗贯中编次"，表明演义是根据史传编写的。但所叙三国故事的骨架，却是《三国志平话》。罗贯中把平话中不符史实的荒诞故事全部删去，参照裴松之注中征引的野史杂记和司马光的《资治通鉴》，更博采平话本以外的其他有关三国故事的传说、杂剧中的三国故事，尽量补充进去，便成了血肉丰满的历史演义小说的开山之作。而当罗贯中据正史采小说征文辞时，并不兼收并蓄，一古脑儿把所有材料都塞进小说，而是根据他对三国历史的判断，前代各朝盛衰成败的观察，通过魏蜀吴三国历史悲剧，描写了封建社会分裂与统一的过程，总结军事集团的各类人物在镇压了黄巾军起义后,怎样争得霸权又怎样丧失政权的经验教训。罗贯中正是基于这个理念来提炼历史情节,移动人物性格,彻底改动《三国志平话》以张飞为中心的结构布局。如果说说唱三国志转为《三国志平话》是一次互动,书会才人为历史小说的语体确定了叙事框架,透出说书艺人更偏重于娱乐性。罗贯中在《平话》及其民间传说的基础上重新创造性的改编,又是一次互动过程,反映了文人的历史沉思。

再举晚清侠义小说《三侠五义》为例。

《三侠五义》的作者署名为石玉昆。严格起来,石玉昆说唱的《三侠五义》(或谓《龙图公案》、《包公案》)是个有说有唱,韵散相间的说唱本,非是说评书,当然也不是小说体的《三侠五义》;况且当时石玉昆并未全本刊出《三侠五义》,只是几个文人记录整理了石玉昆讲说的《包公案》,形成各自独立的段子,"按段抄卖"。⑧后来无名氏根据他的听书记录,可能还参照了当时的散段抄本整理为《龙图耳录》,因"知此书乃听《龙图公案》时笔受之本,听而录之,故曰《龙图耳录》"。⑨现存谢蓝斋抄本《龙图耳录》卷首有一段说明,可了解成书的经过:

> 《龙图公案》一书,原有成稿,说部演了三十余回,野史内续了六十多本,虽则传奇志异,难免鬼怪妖邪。今将此书翻旧出新,不但删去异端邪说之事,另具一番慧妙,却攒出惊天动地之文。

《龙图耳录》正式刊出之前已"原有成稿",这个成稿即"说部演了三十余回",也就是文人们记录整理,由当时书坊乐善堂、百本堂或是别野堂现抄现卖的段子,⑩如今人刘家复、李家瑞编《中国俗曲总目稿》、傅惜华编《北京传统曲艺总录》著录的《小包村》、《九头案》、《救主》、《召见展熊飞》、《审郭槐》等说唱包公案故事五十余种。所谓"野史内续了六十多本",大约是指假冒石玉昆的名字而流行在社会的传抄本续书,而这些续书难免有"鬼怪妖邪"的内容。

事实也的确如此,据笔者看过的四种说唱《三侠五义》(《包公案》、《龙图公案》)的本子:北京首都图书馆存清蒙古车王府说唱《包公案》与《三侠五义》,日本东京大学东洋文化研究所藏双红堂石韵书《全本救主盘盒打御》、《全本小包村》等七种散段抄本以及说唱《龙图公案》王茂斋抄本(共四十一部、相当于《龙图耳录》与《三侠五义》的第七十五回)。仔细推察这四种本子,再参照《小五义》中重述的故事情节和人物关系进行反证,可以分为带鬼怪妖邪与不含鬼怪妖邪两种版本系统。王茂斋抄本《龙图公案》,车王府藏抄本《三侠五义》与《包公案》属于一个血缘关系的本子,鬼怪妖邪的内容就存在于王抄本与车王府本之内,而散段石韵书尽管不是全本,但有些情节文词同王抄本、车府本相异,接近《龙图耳录》。

对比《龙图耳录》,王抄本、车府本从首部或卷一狸猫换太子始,到第四十八部或卷一百零八,蒋平扮云游道人私访,桑花镇巧遇韩章,二人合力捉花冲,基本情节大体与《龙图耳录》相似。可从第四十九部或卷一百零九,相当于《龙图耳录》的八十四以后的情节,同《耳录》的救沙龙,定君山劝钟雄反正丝毫不搭界,而是赵襄王派人盗取小儿心肝放入聚魂瓶内,联合马忠起兵,事败后逃往赫郎山,蔡世雄与碧霞真人朱道灵布下八卦铜网阵,仁宗命高钦、党怀忠率领五鼠征讨,其间又穿插智化、欧阳春、艾虎大战黑猿精,白玉堂贸然独闯赫郎山通网阵,被碧霞真人朱道灵吐出的白丝裹住,咬破咽喉而亡。包拯借游仙枕赴阴府查看朱道灵出身,原来是千年蜘蛛在陷空岛内修炼成人形。于是阴府秦王带领包拯拜见天帝,请求降服。玉帝下旨,命众神协助,并赠给包拯照妖镜,去锁住妖道现身,再派雷部轰击妖道。与此同时,火云圣母又送给其弟子贺兰英一个仙葫芦,内有纯阳三昧真火,然后众将围攻赫郎山。吴飞天原来是只全蜈蚣,天神用诛妖剑斩杀了蜈蚣。哪吒三太子奉李天王之命助阵,用九龙神火罩破邪法,最后捉住了赵王。欧阳春、丁氏兄弟、治（智）化、芦芳等五义功成辞官归隐。原本是侠义公案，变成了神怪斗法，擅长轻功、暗器、剑术、刀法的侠客们却穿上铁甲，骑着高头大马，手拿长枪，出阵高叫："来将通名！"这岂不是历史演义小说的写法，还能看下去么？㊳

令人生疑的是，迄今没有文献证明石玉昆说唱《三侠五义》是带鬼怪妖异，抑或不带妖邪的。但我们肯定地说，无名氏在编撰《龙图耳录》时，不只是删去唱词保留白文，在原有少部分成稿和野史的基础上，"不但删去异端邪说之事"，而且是"翻旧出新"，重新进行了创造性的转换。换言之，整理者按照自己的理念，去掉了妖邪内容，却保留了北方评书体小说的特征。那叙事人调度时空的能力，活泼、跳跃、幽默的叙事语言，各有性格的人物，丰富有趣的故事情节，可以说是由当时口头说书转向书面说书体小说的佼佼者。人们评价小说常把视点投向《三侠五义》，而忽略了《龙图耳录》的价值。其实由说唱《三侠五义》转向小说《三侠五义》，《龙图耳录》实为转换的关键。至于之后的《忠烈侠义传》、《三侠五义》，或《七侠五义》，不过摘除了《龙图耳录》中的评点、注释，改写了第一回"狸猫换太子"故事，个别文字做了修饰调整，基本格局和叙事流程并未改变。

因此，雅俗互动，文言与白话的艺术形式相互融合，文言小说的题材转入话本小说和白话小说（拟话本），这已是小说发展的必然，而且也必然发生某种变异，已同原生态的说话艺术形式不同。

反之，文言小说家却把话本小说的市民情趣和语式带进小说，这突出的表现在宋代文言小说家以话本法写传奇。鲁迅先生在《中国小说史略》第二十篇曾批评宋代文言小说"既平实而乏文采"，不如唐代小说玄虚空灵，藻绘可观，这正是话本小说的俗文化冲击雅文化，发生了小说文体的变异，没有话本的侵入，不能发生向现代小说的转换。先看几个用话本小说的笔法写文言小说的例子：

晋祖才发京师，襄阳安从进遂叛……从进乃跃马引数百骑乘高，去晋阵百步，厉声叫郭金海。金海独鞭马出于阵数十步，免胄侧身，高声自称曰金海。从进又前行数十步，劳之曰："金海安否？我素待你厚，略不知恩，今日敢来待共我相杀！"金海应声答曰："官家好看大王，负大王甚事？大王今日反，金海旧事大王，乞与大王一箭地，大王回去。若不去，吃取金海枪。"言讫，援枪鞭马，疾趋其阵，高勋亦继进。从进惧，跃马而退，师遂相接，大为金海所破，焦继勋押阵。㉞

如果不看作者和篇名，人们还以为是历史演义小说中两位战将阵前对仗。在白话小说中常见的"官家"、"大王"之类的称呼，也搬进了文言小说，甚至"到恁田地，藉个甚"，含有强烈个性化色彩的地方方言，也出现在小说台面上，这不能不让人感受到话本小说对文言小说的冲击力。不仅如此，即便是描写鬼狐神怪的传奇小说，有的也平民化，通俗化了。如何薳《春渚纪闻》卷五《杂记》之《陇州鹦歌》，记陇州通守韩奉议家人放生鹦哥之事：

家人得鹦歌，忽语家人曰："鹦歌数日来甚思量乡地，若得放鹦歌一往，即死生无忘也。"家人闻其语甚怜之，即谓之曰："我放你甚易，此去陇州数千里外，你怎生归得？"曰："鹦歌亦自记得来时驿程道路，日中且去深林中藏身，以避鹰鹞之击，夜则飞行求食，以止饥渴尔。"家人即启笼……至数月，旧任有经使何忠者，自陇州差至京师，投下文字。始出州城，因憩一木下，忽闻木杪有呼急足者……不免仰首视之，即有鹦歌，且顾忠曰："你记得我否？我便是韩通判家所养鹦歌也。你到京师，切记为我传语通判宅眷，鹦歌已归到乡地，甚快活，深谢见放也。"

有趣的是，为话本小说家用来转换视点和时空介绍人物的内视点"见"、"忽见"也传染给了文言小说。

　　万州白太保,名廷诲……忽有客谓廷让曰:"剑客常闻之乎?"……见五六人席地环坐……⑤

　　侍儿见桂英跨一大马,手持一剑……忽有人自空而来……乃见桂英披发仗剑……⑥

　　法悟……在本家道堂内,忽以剪刀断其发……忽见眼前黑暗,见远处有火光……忽见一老僧……忽梦前所见老僧……母忽见之⑦

　　见母妻于烛下共坐……忽见一白发老人……见明仲之尸卧涧仄……忽梦一老人告之曰……忽觉少倦……⑧

　　这种传奇法与话本法的互动,必然催生一种新的文体的诞生。《绣谷春容》、《国色天香》等所收明长篇传奇小说,是此种文体过渡形态,明末清初才子佳人小说则是两种写法融合后的结晶体。

　　说长篇传奇是过渡形态,指的是它没有完全脱离文言小说的叙事语式,可也没有衍化为话本小说的叙事模式。只不过是按着说话人的情趣所在,把市民的性爱观念和情感,转化为书生小姐们的情感,并且学着说话人捏合提破的手段,时不时采用话本小说介绍人物的笔法,描绘人物的形体,如《万锦情林》卷四《情义奇姻》的开篇:

　　浙江杭州府,昔元时有一人,姓陶名定,同进士出身,受广州府同知,死于任中。夫人刘氏,止生一子,名启元,字春华,年一十九岁,随父任所搬柩归丧,母守孀居,元生未娶,博览经书,贯通古今,不题。却说熊梦龙者……

又如《花神三妙传》对锦娘、琼姐、奇姐的描述:

　　适有三姬在庙赛祷明神。绝色佳人,世间罕有。……一姬衣素练者,年约十九余龄,色赛三千宫貌,身披素服,首戴碧花,盖西子之淡妆,正文君之新寡;愁眉娇感,淡映春云,雅态

悠闲,光凝秋水,乃检躬以下拜愿,超化夫人亡人。一衣绿者,
容足倾城,年登十七,华髻饰玲珑珠玉,绿袍集雅丽莺花,露绽
锦之绿裙,恍新妆之飞燕;轻移莲步深深拜,微启朱唇款款言;
盖为亲宦游,愿长途多庆。一姬衣紫者,年可登乎十五,容尤
丽于二姝。一点唇朱,即樱桃之久熟;双描眉秀,疑御柳之新
钩;金莲步步流金,玉指纤纤露玉,再拜且笑,无祝无言。

尽管词语模仿华丽的骈文,但由"白生门外视"人物形态的描
述,其笔路显然是受话本小说叙事方法的影响,已非是文言小说的
叙述者简括鉴定式的介绍人物。

有趣的是,文言小说家们有时也采用话本小说"但见"、"正是"
加诗词的格式强调或赞颂描绘的场景和人物情态:

锦与生同入寝所,仓卒之间,不及解衣,搂抱登床,相与欢
会。斯时也,无相禁忌,恣生所为。秋波不能凝,朱唇不能启,
昔犹含羞色,今则逞娇客矣。正是:春风入神髓,袅娜娇娆;夜
露滴徐颜,融融厌邑。

生护以白帕,琼侧面无言。采撷之余,猩红点点,于视之
际,无限娇羞。正是:一朵花英,未遇游蜂采取;十分春色,却
来舞蝶侵寻。

啐洒交欢,摘花相赠。琼姐不胜酒力,顿觉神马思沉酣。
正是:竹叶缀三行,桃花浮两脸。愈加娇娇,酷似杨妃矣。

生于此时,兴不能遏,乃为解衣,并枕而卧。但见:酥胸紧
贴,柳腰款款春浓;玉脸斜似半面嫦娥,神带桃花,眉蹙似病心
西子……⑧

偶望见玉贞上衣绛罗衫,下着翠文裙,坐停之前。正是:
卓越比玉有清香,娇艳如花能解语。㊵

不仅如此,在白话小说中,作为转换视点的"见"、"忽见"、"忽
然"更频频在明传奇小说中出现,如《张于湖传》:"见座黑门楼半

开,挨身而入。见十余姑道盘环而坐……正看之际,忽然琴弦已断。"如《钟情丽集》:"生侍祖姑于春晖堂上,忽见堂侧新一池……正见瑜倚墙而观焉……"等等。

用传奇法写小说,或用话本法写小说,其实都是小说文体变异,说明小说家们将两种或几种文体相互融合,寻找一种新的小说形态。可惜小说家们只是个别的少数人将词语通俗化,或撷拾某些话本小说的语规,并未从本质上颠覆母体,那么其基本形态仍然是文言传奇小说,或是话本小说,不能说是新的文体。

注释:

①参见夏志清《中国小说导论》第一章《导论》,安徽文艺出版社,1988 年 9 月版。

②马克思《评普鲁士最近的书报检查令》,《马克思恩格斯全集》第一卷,人民出版社,1956 年 12 月版。

③古添洪《从雅克慎底语言行为模式以建立小说的记号系统——兼读〈碾玉观音〉》,用记号学分析话本小说,很有参照价值。参看台北《中外文学》第十卷第十一期,又见宁宗一、鲁德才编《论中国古典小说的艺术——台湾香港论著选辑》,南开大学出版社,1984 年 11 月版。

④付继馥《古代小说艺术典型基本形态的演变》,《明清小说的思想与艺术》,安徽人民出版社 1984 年 6 月版。

⑤详参本书第四章。

⑥李昌祺《剪灯余话》自序曰:"学士曾公子棨过余,偶见焉,乃抚掌曰:'兹所谓以文为戏者非耶?'"

⑦唐沈既济《任氏传》。

⑧马端临《文献通考》之《杂纂》。

⑨刘敬《剪灯余话序》。

⑩杜睿《觉世名言序》。

⑪绿天馆主人《古今小说序》:"家藏古今通俗小说甚富,因贾人之请,抽其可以嘉惠里,凡四十种,畀为一刻。"

⑫司马迁《史记》卷一百二十六《滑稽列传》。

⑬关于优与优语的社会作用及对小说戏曲的影响,可参看前辈学者任半塘《唐戏弄》十《参军戏》,作家出版社,1958 年出版;《优语集》,上海文艺出版社,1981 年 1 月版。冯沅君《冯沅君古典文学论文集》第一篇《古优解》,山东人民出版社,1980 年 8 月版。张庚《戏曲艺术论》中国戏剧出版社,1980 年 4 月版。又拙著《中国古代小说艺术论》第二章《中国古优与小说》,百花文艺出版社,1987 年 10 月版。

⑭任二北《优语集》,上海文艺出版社,1981 年 1 月版。

⑮参见任半塘《唐戏弄》第二章《辩体》十《参军戏》,作家出版社,1958 年版。

⑯汤用彤《康复杂记》,《新建设》1961 年 6 月号。

⑰参见《大正藏》卷五十六。

⑱参见黄进德《"说话"史料辩正》,《扬州师范学院学报》1981 年 4 期。黄氏对《元氏长庆集》的九种刊本和抄本有详尽考辨,断定有说书艺人为白居易、元稹讲说《一枝花》,艺人名为"复本",我采黄说。

⑲王重民、王庆菽、周一良、启功、曾毅公编《敦煌变文集》,人民文学出版社 1984 年 8 月版。以上各篇引文均摘自《文集》。

⑳参见程毅中《唐代小说史话》第四章《通俗小说与游仙窟》,文化艺术出版社,1990 年 12 月版。张锡厚《试论敦煌话本小说及其成就》,《河北师院学报》1981 年第 2 期。

㉑关于押座文与解座文言与白话的功能,前辈学者孙楷第、郑振铎、王庆菽等均有详尽论证。各家宏文均收入周绍良、白化文编《敦煌变文论文录》,上海古籍出版社,1982 年 4 月版。

㉒转引自宋毓珂《变文笔记》两则,参见《敦煌变录》。

㉓参见注⑳。

㉔布思著,华明、胡苏晓、周宪译《小说修辞学》第十章《作者沉默的作用》,北京大学出版社,1987 年 10 月版。

㉕参见《徐复观文录选粹》,台湾书局 1980 年 9 月。

㉖余英时《士与中国文化》四《汉代循吏与文化传播》(一)《中国文化的大传统与小传统》,上海人民出版社,1987 年 12 月出版。

㉗见《续藏经》第一辑第六十八套第一册第十五叶,1924 年上海涵芬楼影印本。

㉘见《新雕注胡曾咏史诗》(四部丛刊三编)卷二。

㉙参见高儒《百川书志·古今书刻》,古典文学出版社 1957 年版。

㉚参见李家瑞《从石玉昆的〈龙图公案〉到〈三侠五义〉》,《文学季刊》1934 年一卷二期。

㉛参见孙楷第《中国通俗小说书目》卷六《明清小说部乙》之《龙图耳录》,作家出版社,1957 年 1 月版。

㉜于盛亭在《石玉昆及其著述成书》文中推断,记录下散段,然后转抄成书的可能是《儿

女英雄传》作者文康的同门兄弟文康。文载《明清小说研究》1988年第二期。

㉝有关四种说唱三侠五义的版本区别，说唱本与小说《龙图耳录》的异同，参见拙文《四种〈三侠五义〉》说唱本与《〈龙图耳录〉的异同辩证》，载《文学遗产》2007年第二期；又见拙著《鲁德才说包公案》，中华书局2008年1月版。

㉞〔宋〕张齐贤《洛阳缙绅旧闻记》卷一《襄阳事》。

㉟〔宋〕张齐贤《洛阳缙绅旧闻记》卷一《白万州遇剑客》。

㊱〔宋〕夏疆《王魁传》，见《类说》卷三十四。

㊲〔宋〕黄庭坚《尼法语》，见《宋人小说》本《投辖录》。

㊳〔宋〕何薳《春渚纪闻》卷三《杂记》。

㊴《万锦情林》之《花神三妙传》。

㊵《燕居笔记》之《怀春雅集》。

第二章 文体论

一、文兼众体的《六十家小说》

罗烨在《醉翁谈录》卷一《舌耕叙引》之《小说开辟》条中指出说话艺人应具备"曰得词，念得诗，说得话，使得砌"的才能，为培养此种才能，要"幼习《太平广记》，长攻历代史书"，"烟粉奇传，素蕴胸次之间"，"《夷坚志》无有不览，《琇莹集》所载皆通"。"论才词有欧、苏、黄、陈佳句；说古诗是李、杜、韩、柳篇章"。换言之，小说虽为末学，但非庸常浅识之流，而应有博览通史之功。

罗烨是否夸大了说话艺人的能力，说话艺人能否博览经史文集，暂且不论。值得注意的，做为说话艺术的小说和讲史中参有诗词、传和说笑的戏剧成分，说的是白话口语故事，但肯定有文言小说的内容。一旦由说话转换至书面阅读的小说，各类等次的文人必然依据自己的习好，把文言、史传、唱本、经书等揉进小说，白话小说从正式亮相起就是文兼众体的模样，《六十家小说》(《清平山堂话本》)即是典型的例子，这也是笔者论文体开篇就举《六十家小说》为例的原因。

按收藏家、版本目录学家马廉所发现的宁波范氏天一阁旧藏残本的书根上分别标有集名，如《雨窗集(上)》、《欹枕集(上)》、《欹枕集（下）》，证清代顾修《汇刻书目初编》载有《六家小说》，分《雨窗》、《长灯》、《随航》、《欹枕》、《解闲》、《醒梦》六集，每集十篇，共六十篇，那么《六家小说》实应名为《六十家小说》。由于嘉靖时刻书版心刊《清平山堂》，所收话本系统的小说居多，故今人又称《清平山堂话本》。①洪楩编辑此书只是简单的分类，并没有进行严格筛选，基本保持了话本小说的风貌，但收入的宋元篇什，严格说来，非是纯粹的话本小说文体，而是杂糅进了其他文体，细思之，至少有五种文体形态：

1. 讲史体

《老冯唐直谏汉文帝》、《汉李广世号飞将军》就属讲史类的叙事体制。事件源自史书，甚或直接抄自史传，中间穿插点民间传说和元代讲史平话同类。请看其间的用语，就同史传没有多大差异：

> 乾德五年，太祖车驾幸国子监，听诸儒讲说前代史书。
>
> 时有丞相赵普，尚书宝仪、张昭（侍）侧……
>
> 太祖听讲周齐太公用兵之法，圣情大喜，随问……张昭奏曰……太祖驾往武庙，上殿烧香……
>
> 后太祖崩，太宗传位真宗，国家升平无事……

2. 文言话本

除了开篇标有"入话"并开卷诗，文中个别处间有"且说"、"是夜"说话语式外，几乎全是文言的笔法，这以《柳耆卿诗酒玩江楼》、《蓝桥记》为代表。明刊《繡谷春容》、《万绵情林》及清重刊《燕居笔记》皆收，《清平山堂话本》几乎是原文照转，且看《柳耆卿诗酒玩江楼》白话与文言的区别：

《清平山堂话本》

> 当日酒散，柳县宰看了月仙，春心荡漾，以言桃之。月仙再三拒而弗从而去。柳七官人交人打听，原来这周月仙自有个黄员外，情密甚好。

《万绵情林》上层

　　当日酒散，柳县宰看了月仙，春心荡漾，以言桃之。月仙再三拒而弗从而去。柳七官人交人打听，原来这周月仙自有个黄员外，情密甚好。

《蓝桥记》出自唐《裴铏传奇》之《裴航》，宋罗烨的《醉翁谈录》辛集卷一《裴航遇云英施蓝桥》，文字略有不同。

3. 变文讲经体

如《董永遇仙记》。敦煌写本句道兴《搜神记》载有董永的故事，变文中有《董永变文》。但变文全是韵文，话本虽未承袭变文，仍用话本小说的通俗说词，可读起来有如中古语的白话文，近似变文的句子，如：

　　时直荒旱，井内生烟，树头生火，米粮高贵，有钱没买处。
　　董永心思……乃对父曰：“如此饥荒，无饭得吃，天色寒冷，孩儿欲去傅长者家，借些钱米来过活。”父言：“你去，借得与借不得，便回，免交我记念。”

4. 韵散相间说唱体

如《快嘴李翠莲》以韵代言，属诗赞系，颇像今日的快板书形式。《刎颈鸳鸯会》插入十首“奉劳歌伴，先听格律，后听芜词”，或“奉劳歌伴，再和前声”，用的是[商调醋葫芦]，小说结尾时，又引用[南乡子]做为散场。这和赵令畤用[商调蝶恋花]演唱崔鸳鸯的故事，都属于鼓子词系统。其实这种话本小说和长篇白话小说的“有诗为证”如何如何的功能格局相同，只是《刎颈鸳鸯会》用的是词曲罢了。

《张子房慕道记》则是韵散相间，以诗代言。散文体叙述张良辞官修道的故事发展过程，但张良回答汉高祖往哪里去修行，为何不能留下来辅助朝纲，协立社稷，共享荣华富贵，却用二十几首诗回答，连夫人劝说张良在家中修行，免受旷野荒郊，孤身独自受苦，张良也"有诗为证"答对。

5. 散文体话本

如《简帖和尚》、《三现身》、《碾玉观音》、《错斩崔宁》、《合同文字记》等等。比较来说,这应是纯正典型的宋元话本小说。开篇是入话,用以肃静场面,等待后来者。多用诗词一首或若干首,点明正文意旨,但有时与正文没有联系。开篇诗词后是入话故事,又称"笑耍头回"、"得胜头回",或简称"头回"。入话故事与正文故事,"或取相类,或取不同,而多为时事。取不同者由反入正,取相类者较有浅深,忽而相牵,转入本事,故叙述方始,而主意已明,耐得翁之所谓'提破',吴自牧之所谓'捏合',殆指此矣"。^②相类的如《错斩崔宁》,不同的如《简帖和尚》。

正文故事之后都有个煞尾,同开篇诗词一样,用一首诗词结尾,是说话人对故事的评价,因此具有相对的独立性。

小说故事的叙事者就是说话艺人,他用全知全能的叙事角度面对看官讲说故事,因而时不时提醒听众"那人如何打扮","怎见得",甚或对人物和事件做必要诠释,引领听众的思考路线。

二、小说的文体概念与小说家的观念

笔者在本文着重讨论的是长短篇白话通俗小说的文体概念。小说文体的概念与小说家的小说观念是有区别的。小说的文体概念是指小说应具备怎样的特性与功能,而区别其他文体,而小说家的小说观念,则指作家或某个小说家在主观认识上,他认为什么是小说,把什么样的文体认定为小说,小说的文体特征是什么?

必须指出,对小说或小说文体的界定,有各国小说家和学者都接受的标准,例如福斯特在《小说面面观》第一章,对小说的定义,借用法国批评家阿比尔·谢活利的话说:"小说是用散文写成的某种长度的虚构故事。"第二章《故事》中福斯特又特别强调:"小说是

说故事。故事是小说的基本面,没有故事就没有小说。这是所有
小说都具有的最高要素。"概括地说,散文体、故事、虚构、某种长度
的体制是小说应有的特征。这如同近代小说家和批评家认为人
物、情节和环境是小说样式的基本特点一样,可以做为人们界定小
说文体的基本标准。但不是绝对的真理,因为各个国家民族的小
说有迥然不同的生长历史和发展形态,例如你说小说应是散文体
的,可《快嘴李秀莲》却是韵文体,算不算是小说? 宋元时人说是。
又如"某种长度"指多长? 谢活利可能在"量"上具体界定,他所言
的长度是包括长短篇小说的。可中国古代宋元人把短篇话本称做
小说,长篇的是讲史。因此,当我们运用被某个专家认做是定义、
定律的东西,去检验小说的体制时;我们既要遵循普遍法则,同时
我们也要特别尊重某个国家民族小说的特殊性格;我们既要用当
代观念和标准做为参照(仅仅是参照),同时我们也不能忽视古代
小说家的观念和小说实际。这非是强词夺理的诡辩,而是反对理
论界的主观主义和沙文主义。

　　如若判断《六十家小说》提供的信息价值,进而探讨古代小说
的文体,我们必须返回宋元说话时代。严格地说宋元说话是伎艺
的一种,并非是现代意义上的小说,但古人却把源自于说话艺术的
话本小说认定为小说,并经明代文人大力推扬,我们的探索也就有
必要从宋元说话着眼。因为笔者在第一章《系统论》中就已明确指
出文言小说与白话通俗小说是两个不同的系统,要从说与听的审
美关系角度挖掘中国白话小说的始祖。即话本小说起源于古代先
民神话、传说故事和祭祀说唱。之后,凡是面向听众叙说或带有表
演性质的,都将成为说话艺术成长的因素。可惜除了优语留存点
文本材料,秦汉街谈巷语,魏晋时《三国志·魏书》卷二十《王粲传》
裴松之注引《魏略》所谓"诵俳优小说数千言",《南史》卷六十五《始
兴王传》载"呼召宾客,说人间细事",《太平广记》卷二四八引《启颜
录》记侯白"能剧谈",云云。"说"什么,"谈"什么,记述的很简略,

甚或没有明确具体的说明。

如果说唐传奇始有意为小说,标志着文言小说文体的成熟,那么唐话本和变文为话本小说叙事体制确立了雏形,从发现的文体中可以判断出小说文体的构成因素。遗憾的是,变文和话本总有一股浓重的宗教味道,元稹《酬白学士代书一百韵》诗中"光阴听话移",元氏自注云:"尝于新昌它说'一枝花话'。"段成式《酉阳杂俎》续集四《贬误》中所谓"有市人小说",《唐会要》卷四载"(韦)绶好谐戏,兼通人(民)间小说",更贴近市俗,可惜没有当时的文本可考。

有唐市人话本小说的兴盛,才有宋元说话艺术的成熟。由说话转为书面阅读的话本小说,当时的评论家、史料家如孟元老的《东京梦华录》、《武林旧事》、耐德翁的《都城纪胜》、《古杭梦游录》、吴自牧的《梦粱录》、罗烨的《醉翁谈录》等著作,记述了宋元艺人和小说家对话本小说文体概念的界定与小说家的观念。

首先值得我们注意的是宋元说话四家数的提出,其中讲史、小说各家都列入,其余二家有说是说经、说参请的;有说是合生、说浑话的,如此等等。③

有一点可以肯定地说,所谓说话四家并非指小说四家而是说故事或具有故事性质的四家。以宋元人的观念而言,能冠以"小说"这个名称的只有"银字儿",即短篇话本小说。宋人把"银字儿"称做小说,显然是沿袭了秦汉时的小说观念,借用了丛残小语的文体体制的概念,因而在叙事原则和创作原则上,讲史和话本两者属性,从现代小说观念来看相类,可在宋元两者分属不同形态。

1.讲史是演说前代兴亡成败的历史故事。《都城纪胜》之《瓦舍众伎》条云:"讲史书,讲说前代书史文传,兴废争战之事。"《梦粱录》卷三十《小说讲经史》亦云:"讲史书者,谓讲说通鉴,汉唐历代书史文传,兴废争战之事。"又,《醉翁谈录》甲集卷二《舌耕叙引》之《小说开辟》:"史书讲晋、宋、齐、梁。三国志诸葛亮雄材;收西夏说狄青大略。"讲说历史当然着重于重大的历史事件,有征战,有著名历史人物的业绩,当然也有乱臣贼子的劣行,所谓"说国贼从佞,遣愚夫等辈生嗔;说忠臣负屈叫冤,铁心肠也须下泪。"④拨乱反正的春秋精神乃是讲史的主要功能。但忠奸的斗争,又会成为历史小说的人格模式。

话本小说讲说的内容,按《醉翁谈录》之《小说开辟》条所列,则为烟粉(如《灰骨匣》)、传奇(如《王魁负心》、《鸳鸯传》)、灵怪(如《红蜘蛛》、《巴蕉扇》)、公案(如《三现身》、《八角井》)、朴刀(如《花和尚》、《武行者》)、捍棒(如《狄昭认父》)、神仙(如《四仙斗圣》)、妖术(如《贝州王则》),显然触及了市民生活的各个方面。

2.讲史是长篇。《醉翁谈录》说:"说收拾寻常有百万套,谈话头动辄是数千回。"不一定是泛指所有话本,应偏指讲史的。元杂剧《对玉梳》第二折正旦唱云:"因甚的闹炒炒做不的个存活？ 每日间八阳经便少呵也有三个卷。五代史至轻呵也有二百合。"《罗李郎》第三折也用演千场五代史比喻家中无休止的吵闹:"人都道你是教师,人都道你是浪子。上长街百十样的说事;到家中一千场五代史。"显然讲史是演说上百场上千场长篇大书的。今存元刊《平话五种》之《五代史平话》分上下集,《宣和遗事》分前后集,《武王伐纣平话》、《七国春秋平话》、《秦并六国平话》、《前汉书平话》及《三国志平话》均为上中下三集。

话本小说的体制按《都城纪胜》、《梦粱录》的界定是"顷刻间提破"的短篇。⑤事实是《六十家小说》,冯梦龙《三言》中收录的宋元话本都是短制,这无须讨论。

3.按史与虚构。罗烨《醉翁谈录》之《小说引子》中明确指出:"试将便眼之流传,略为从头而敷衍。得其兴废,谨按史书;夸此功名,总依故事。"后有小字云:"如有小说者,但随意据事演说云云。"一个是"谨按史书",一个是"随意据事演说"的虚构。

宋元史料学家和小说批评家的上述议论并非是学术性的空谈,应是对宋元话本创作实际和演出形式的总结,并且以小说文本加以验证的。

无疑的,元刊本《平话五种》是讲史小说体制的展示,话本小说的参照,文本应选择接近宋元的本子,似有三家可选:洪楩《六十家小说》、《京本通俗小说》,以及冯梦龙的《三言》,都收有宋元旧篇。其中几篇如《错斩崔宁》首见于近人江东老蟫缪荃孙 1915 年刊《烟画东堂小品》丛书,但学界多持否定态度,认为是缪氏伪作。比较而言,冯梦龙的《三言》晚出于《六十家小说》之后,因此,《六十家小说》应是界定宋元小说文体的重要参照,这就是我们何以讨论中国小说文体概念之前要从《六十家小说》说起的原因。与此同时,由于话本小说的出现,标志着古代白话小说文体的成熟,而唐传奇则标志着文言小说创作走向自觉。

不过笔者始终认为,无论是依照当时的小说理念,抑或参照现时的观念,没有转入书面阅读的说话艺术属于曲艺范畴,同其他技艺同场献艺,同台表演,不免要吸收其他文体的表现手段。由量变到质变,倘若曲艺文体的手段还不足以动摇乃至改变小说散文叙事文体的本质,那么说话艺人就不拒绝吸纳百川,何况中国古代小说家们的文体观念的外延比较宽泛,没有像西方人那么精确,分得那么清楚。

三、诗词曲赋渗入小说的作用与变异

1. 话本小说的诗词不是唱的

《都城纪胜》之《瓦舍众伎》条谓"小说谓之银字儿",《梦粱录》也说"小说名银字儿",换言之银字儿是小说的别名。何以叫银字儿呢? 一说是乐器的名称,大约属笙类,于笙之按孔处,细之以银,用这种笙管来歌唱小说中的唱词;一说说话人讲说的烟粉、灵怪、传奇、公案之类多为哀怨悱恻的故事,因此借用银字儿声调之哀艳纤缓,脱离了音律上意义。⑥ 所以叶德均在《宋元明讲唱文学》文中明确提出："宋元小说一类的话本原是韵散夹用的讲唱文学,到了明代,一部分小说篇幅加长,又趋向全部散文化,就和长篇的讲史混而不分,所以到明清时就很少知道宋代小说原是短篇讲唱文学了。"⑦叶氏把讲唱部分分为诗赞系一类,如《快嘴李翠莲》,如《碾玉观音》篇首入话用诗词十一首。《西山一窟鬼》入话用咏春词十五首,这些诗赞也以歌唱为主;其次是乐曲系,如《刎颈鸳鸯会》等等,是用音乐配唱的。

其实叶德均先生把宋代的陶真、涯词、鼓子词和以散文叙述为主的话本小说混为一谈,以为凡插入诗词都是有音乐配唱的,可迄今为止,没有更多文献能证明话本小说是配乐歌唱的。最能说明宋元话本小说演出情景的,如罗烨的《醉翁谈录》之《舌耕叙引》,论说"讲论处"、"敷衍处"、"冷淡处"、"热闹处"技艺要求时,只说"曰得词,念得诗,说得话,使得砌",未提唱得如何。《小说开辟》条说"吐谈万卷曲和诗",也是"谈"而不是"唱",显然是在守卫散文叙述的小说体制。可是我们也不能绝对地说话本小说内的诗词是不可以吟唱的,既然说话艺人"靠敷衍令看官清耳",⑧说话艺术就是表演艺术的一种,说者在念小说诗词时,深知利用音乐的音律和节奏感吸引听众的抒情功能,无论是开卷诗概括点化全篇意旨,文中插入诗加强描绘人物及人物与人物之间的关系,渲染环境,尔后收尾诗进一步提升主题,总结人生体验,都是为了时时收拢、提示听众的注意力,打通收听线路所必需的。《碾玉观音》(《警世通言》改为《崔待诏生死冤家》)就引用了十一首咏春归的诗词。《西山一窟鬼》(《警世通言》改为《一窟鬼癫道人除怪》)用十七首词解释入话词。《西湖三塔记》说不尽西湖好处前后引了九首诗词,说话人无论是"说古诗",还是"论才词",都为小说增加了音乐的美感。转入书面阅读的话本小说的体制依如说话,但更为小说化。

如果说《六十家小说》(《清平山堂话本》)只是未经加工的选本,那么,冯梦龙的《三言》则是经过小说家遵照小说的属性改编整理过的本子。因此,《张子房慕道记》、《阴骘积善》、《董永遇仙记》、《花灯轿莲女成佛记》应属变文体制而不收入。《老冯唐直谏汉文帝》叙事口吻和体例颇似史传,同话本小说的顷刻间提破的虚构不合,故也被删除。

《三言》每一言应为四十卷,《醒世恒言》第二十三卷《金海陵纵欲亡身》缺佚,故《三言》总计119篇,每篇入话的开卷诗,除《警世通言》第十八卷《崔待诏生死冤家》、第十四卷《一窟鬼癞道人除怪》,保留了宋元话本多首诗的排列。第四卷《拗相公饮恨半山堂》开卷词之后,"开话已毕,未入正文,且说唐诗四句"外,其余116篇开卷入话诗均为四句诗、八句诗或一首词,较《六十家小说》更加规范。

文中的插入诗,如"正是"后的诗一般是二句概括性的句子,个别的是四句或六字句。因此《三言》将《六十家小说》中的六字句都改为二字句,与此同时,冯梦龙也撤换了说书场的话头。如《六十家小说》的《陈巡检梅岭失妻记》结尾正是曰:"虽为翰府名谈,编作今时佳话。话本说彻,且作散场。"这在当时的说书场是常用的套语,对阅读的小说来说却是多余的。所以冯梦龙改为有诗为证:"三年辛苦在申阳,恩爱夫妻痛断肠。终是妖邪难胜正,贞名落得至今扬。"

对某些不合情理的诗句也作了调整。如《简帖和尚》入话"错封书"中,宇文绶赴长安考学,屡试不中,妻子王氏写一《望江南》词有句云:"枉念歌馆经数载,寻思徒记万余秋。"初看此词,好像是一个妓女思念她的情人在"歌馆"的欢爱日子,为此,《古今小说》第三十五卷《简帖僧巧骗皇甫妻》改为"枉念西门分手处",这就符合夫妻身份了。《错认尸》中周巡检病故,大夫人扶灵柩返乡,途中商人乔俊看上了小夫人,让船工说合。梢工问老夫人"眼前这个小娘子,肯嫁与人否"后突然插入"见说言无数,话不一席,有分交这乔俊取了这个妇人为妾,直使得:一家人口因他丧,万贯家资一日休……家国一齐休"的有诗为证和评论,显然断了文气,而且有点突然。《警世通言》卷三十三《乔颜杰一妾破家》,则将梢工的问话调在诗句之后,有梢工问老夫人"这个小娘子,肯嫁与人么",才有老夫人答:"你有甚好头脑说他?若有人要娶他,就应承罢,只要一千贯财礼。"一问一答,顺理成章。与此同时,"直使得"后的六句诗,只用了前两句的"一家人因他丧,万贯家资指日休",已暗示了乔俊娶回小夫人之后家破人亡的结果,至于后四句"两脸如香饵,双眉似铁钩。吴王遭一钓,家国一齐休"云云,就是多余的废话。

按凌濛初在《拍案惊奇》序中说他已将"宋、元旧种,亦被搜括殆尽",而在搜括编辑、修订时规范了话本小说的叙事体制,追求了小说的情理,表现了中国古代小说家的自觉,那么,凌濛初的《二拍》,则是"偶戏取古今所闻一二奇局可记者演而成说,聊舒胸中磊块",⑨就是说他是根据传闻而进行再创作,可以说较比冯梦龙更具小说家的自觉,如果要讨论小说家创作的独立性与自觉性,那是应当以凌濛初为转折点的。不过凌濛初刻意模仿话本小说的叙事体制,乃至模仿过了头。这不仅是因为话本小说中的开卷诗、诗解、头回故事比《三言》还齐全。《初刻》、《二刻》每本共四十篇,《二刻》的第四十卷为《宋公明闹元宵杂剧》,不属于小说,小说篇子实为七十九篇,其间二十篇没有卷首诗评,这大约是头回故事过长,无法再容纳诗评,实际是凌濛初把评述移到头回故事之后。不仅如此,在头回转入正文之后,叙述者常常模仿说话艺人惯用语,如"说话的,你又差了",不断的发表评论。

值得注意的是,说话人爱发表价值判断,参与和干预小说进程,这是说书体小说的模式,并非始于《三言》与《二拍》。长篇小说《水浒转》、《金瓶梅》中的叙述者就有许多评论,但那时的评论采用的是社会公认的道德判断,含有强烈的伦理色彩。而凌濛初的评论则是率性而发,喜用风趣的、反讽的口吻,表现出强烈的个性。特别是改变了话本小说的说话人(叙述者)在讲说别个人写的故事的叙事口吻,而像唐传奇的作者,把叙述者和作者融为一体,叙述者不否认他就是作者，是他在讲故事，有时他向读者交代采编的源头。如《初刻拍案惊奇》卷十二《隐家翁大雨留宾 蒋震卿片言得妇》说："此本说话，出在祝枝山《西樵野记》中。事体本等有趣。只因有个没见识的，做了一本《鸳鸯记》，乃是将元人《玉清庵错送鸳鸯被》杂剧与嘉定篾工徐达拐逃新人的事三四件，做了个扭名粮长，弄得头头不了，债债不清。所以，今日依着本传，把此话文重新流传于世，使人简便好看。"卷二十《李克让竟达空函 刘元普双生贵子》："这本话文出在《空缄记》，如今依传编成演义一回，所以奉劝世人为善。"西方所谓小说内的第二作者不等同于作者的理论不见得适合于中国小说家的创作。

2. 以诗(曲)代言

以曲代言，以诗代言，本来是戏曲和赋体词话体变文，或是某种讲唱曲艺使用的表现手段，有趣的是小说《金瓶梅》却多处借用了这种手法，如：

第一回，潘金莲自从嫁给武大，甚是憎嫌，常无人处弹个《山坡羊》为证："想当初，姻缘错配奴，把你当男儿汉看觑……随他怎样到底奴心不美……奴是块金砖怎比泥土基！"

第八回，西门庆自娶了孟玉楼长时期不来看潘金莲，玳安劝她不必太认真，潘金莲道："玳安，你听告诉。另有前腔为证：秀才心邪，不来一月。奴绣鸳衾冷了三十夜。……常言道容易得来容易舍。兴，过也；缘，分也。"那妇人又等了几日，西门庆仍是不露面，有一晚同王婆一起喝了酒，送王婆一根簪子，让她第二天去西府请西门庆来，晚上独自弹着琵琶，唱一个《绵搭絮》为证："当初奴爱你风流……你若负了奴真情，正是缘木求鱼空自守。"接着又唱了三支曲子，述说她对西门庆的思念和埋怨。

第十二回，西门庆、应伯爵在妓女李桂姐家胡闹，小丫头送来七钟茶，应伯爵道："我有个《朝天子》，单道这茶的好处……"

第二十回，李桂姐被西门庆包占，近日见西门庆不来，偷偷接了客，西门庆发现，命家人砸了李家，老虔婆说了几句闲话，西门庆心中激怒起来，指着虔婆骂道，有《满庭芳》为证："虔婆你不良，……我骂你句真伎俩，媚人狐党，衡一片假心肠。"虔婆也用唱词回答道："官人听知：你若不来，我接下别的……你怪俺全无意。不思量自己，不是你凭媒娶的妻。"

第二十九回，吴神仙给月娘、李娇儿、孟玉楼、李瓶儿、雪娥等人相面，让几个女人走几步，然后"神仙道"的判词，都是七言诗。

第三十回，李瓶儿突然肚子痛，月娘叫人去请接生婆蔡老娘，迟迟不到，待蔡老娘进门，月娘埋怨她"怎么的这咱才来"，蔡老娘道："老人家听我告诉：我做老娘姓蔡，两只脚儿能快……"云云，也是近似快板书的唱词。

第三十八回，潘金莲见西门庆许多时不进她房来，取过琵琶，低低弹了个《二犯江儿水》，以遣其闷。

第五十九回，李瓶儿的儿子官哥被潘金莲放出的猫吓死，瓶儿见两个小厮要抬走入殓，一头撞倒在地下，放声哭道，有《山坡羊》为证："叫一声，青天你，如何坑陷了奴性命……奴情愿和你阴灵，路上一处儿行。"到了房中，见床头挂着官哥玩的拨浪鼓儿，由不得又哭了，《山坡羊》全腔为证。

第六十一回，李瓶儿病重，西门庆请何老人诊治，可又请了赵捣鬼来看视，应伯爵问赵治何生理，赵却自我调侃，念了一通顺口溜，道其梗概。

第七十九回，西门庆临死前向吴月娘交代后事，西门庆道："你休哭，听我嘱咐你，有《驻马听》为证……"

第八十三回，潘金莲央及春梅，递给她束帖，让她去请陈经济，说道："好姐姐，你快些请他去。有《河西六娘子》为证……"又，陈经济应时挨身进入潘金莲房中，陈经济说有失问候，潘金莲道："有《四换头》词为证……"

第八十六回，吴月娘命玳安把陈经济骗进后院，审问他与潘金莲通奸事,月娘便道:"有词为证……"

　　第八十九回,吴月娘在清明节时,带了孟玉楼、小玉,奶妈如意儿抱着孝哥儿给西门庆上坟,玳安把纸钱点着。有哭《山坡羊》为证。玉楼向前插上香,深深拜下,哭唱前腔,接着又按《步步娇》曲牌,述说自己思念西门庆之情。春梅也向前放声大哭,有哭《山坡羊》为证。孟玉楼顺便给潘金莲坟上烧点纸,取出汗巾儿来,放声大哭,有哭《山坡羊》为证。

　　第九十三回,陈经济做了乞儿,夜梦在西门庆家里怎生受荣华富贵,从梦中哭醒。众花子问哭什么,陈经济便道:"你众位哥哥,听我诉说一遍,有《粉蝶儿》为证……"

　　上述十四个例子均属于以诗或以词曲代言的。除了这十四首单向或双向的例子外,小说还插入开卷诗词一百首,"有诗(词)为证"一百零八首。"正是"后的诗为六十九首,"但见"后诗六十八首,"格言说得好"、"道得好"、"史官有诗"之类的诗词二十六首,唱曲七十七段,引用套曲二十套,其中十七套是全文。赞词、祝词及吴神仙对西门庆、吴月娘、李娇儿、孟玉楼、潘金莲、李瓶儿、孙雪娥、春梅、大姐等人的判词,和尚、道姑的十二次讲经卷唱曲,各种酒令等,总计各种韵语近五百余首。

　　值得研究的,作者何以要塞进这么多的诗、词、曲、赋而以散曲为主呢?何以要以曲代言的形式呢?冯沅君先生认为:"这些代言语的韵语都是用以供'说话'时歌唱的,至少也是这种体例的遗迹。不然的话,一个人在骂架的时候居然会骂出一支曲子来,不是大不近情理吗?"⑩徐朔方先生说得更明确:"《金瓶梅》并不像曹雪芹那样纯然是个人创作,而更像罗贯中、施耐庵之于《三国志》、《三国演义》、《水浒传》那样的关系,是在艺人说唱——词话的基础上写定的。"⑪换言之,在小说推出之前就流传着有说有唱的"词话"本,作者——不只一位作者,而是多位作家修订的,所谓世代累积型的作品。⑫可是当今的学者只能从现存小说词话本推论民间的说唱本,并不像《三国志通俗演义》有元话本《三国志平话》和正史《三国志》,《水浒传》有《大宋宣和遗事》及民间《武十回》有迹可寻。

无论是小说在词话的基础上写定的,也无论"是故事中大量夹进的曲子与其他描述性的韵文……许多都是可以删除而于故事无碍的",⑬可值得我们注意的,一个作者或是几个作者按照什么样的小说观念如此放肆地把韵文引入小说?他或他们以怎样的心态描写他们小说世界里的人物?

第一,已如前所论证,中国古代小说观念,或泛小说观念,在文体上,西方小说理论家不会赞同以曲代言,可中国小说却允许;西方小说恐怕没有一部散文体小说中如《金瓶梅》插入众多的韵语。因为中国古代小说原本就是从说唱艺术脱胎而来,文兼众体,形成不同于西方小说的特点。见怪不怪,倘若小说文体论有如西方的严格界定,作家就不会毫无顾忌地堆积唱曲。冯梦龙编辑《三言》时,没有将《清平山堂话本》的《张子房慕道记》收入,大约是文体靠近变文,不见得是反对"以诗代言"的形式。因为《警世通言》第一卷《俞伯牙摔琴谢知音》中,伯牙听说钟子期为他而病故,并取出解手刀,割断琴弦,摔破古琴,钟父问其缘故,伯牙道:"摔破瑶琴凤尾寒,子期不在对谁弹?……"第十一卷《苏知县罗衫再合》,黄衣酒女对李生说她是无过之女,李生问怎见贤姐无过,酒女道:"妾亦有《西江月》一首……"第二十四卷《玉堂春落难逢夫》,玉堂春放走了三公子,反要告官说老鸨子谋害了公子,众人好言好劝,王姐说:"列位,你既劝我不要到官,也得我骂他几句,出这口气。"王姐骂道:"你这忘八是喂不饱的狗,鸨子是填不满的坑……"这一骂如同《金瓶梅》第二十回西门庆骂老虔婆。第三十三卷《杜十娘怒沉百宝箱》,李甲为赎杜十娘四处告贷不果,十娘问:"莫非人情淡薄,不能足三百之数么?"公子含泪而言,道出二句:"不信上山擒虎易,果然开口告人难。"第三十七卷《万秀娘仇报山亭儿》,陶铁僧勾结苗忠、焦吉打劫万府,杀死了万秀娘丈夫,留下万秀娘做个扎寨夫人,秀娘问苗忠姓甚名谁,苗忠乘着酒兴,说:"我是襄阳府上一个好汉,不认得时,我说与你道,教你顶门上走三魂,脚板下荡散七魄。"第三十九卷《福禄寿三星度世》,大街上一伙人围着,只见一个先生把着一个药瓢在手,开科道:"五里亭亭一小峰……"《醒世恒言》第三卷《卖油郎独占花魁》,美娘千千万个孤老都不想,倒把秦重整整想了一日。有《挂枝儿》为证:"俏冤家,须不是串花家的子弟,你是个做经纪本分人儿……"第十一卷《苏小妹三难新郎》,苏东坡和他妹妹苏小妹是聪明绝世的才子才女,兄妹俩常以诗互相嘲戏,小妹"嘲云"、东坡"答嘲云"。秦观与苏小妹考较学问,也是用诗"打个问讯云","应声答云","又问讯云","又答云"。第十七卷《张孝基陈留认舅》,有人问某尚书为何只让长子读书,以下四子农工商贾各执一艺。老尚书呵呵大笑,说出一篇长话来:"世人尽道读书好,只恐读书读不了。读书个个望公卿,几人能向金阶走?……"第二十一卷《吕洞宾飞剑斩黄龙》,吕洞宾和黄龙赛输赢,拔出宝剑,插在石缝里,谁输就受斩,黄龙让吕道出原因,"先生言"、"和尚言",均是七言诗。《古今小说》第一卷《蒋兴哥重会珍珠衫》,天上下着大雨,只见薛婆衣衫半湿,提个破伞进来,口儿道:"晴干不肯去,直待雨淋头。"第十四卷《陈希夷四辞朝命》,后唐末年间,契丹兵起,百姓避乱,陈希夷在路上看见一妇人挑着一个竹篮而走,篮内两头坐两个孩子。先生口吟两句,道是:"莫合皇帝少,皇帝上担挑。"那两个孩子,大的是宋太祖赵匡胤,小的是宋太宗赵匡义。第二十九卷《月明和尚度柳翠》,法空长老手捻火把,打个园相,口中道:"自到川中数十年,曾在毗卢顶上眠。……"第三十三卷《张古老种瓜娶文女》,八十岁的张古老要娶个媳妇作伴,恭人说找个七十来岁的,六十来岁的,五十来岁的,都被张公用唱词驳回,他却要讨韦谏议的十八岁女儿为妻。原来这女子七岁时,不会说话,一日,忽然间道出四句言语来:"天意岂人知?应于南楚畿。寒灰热如火,枯杨再生稊。"

　　以上仅摘引了《三言》中的例子,可见在话本小说,乃至在长短篇小说中,以诗代言是常用的语式,《金瓶梅》作者是按中国小说的习惯应用着,并不是什么词话本的残留。

　　第二,人们太看重《金瓶梅》的性描写,而忽视了它是一本政治性很强的小说。尽管小说家立足于劝世,使用因果报应的批判武器,可是却客观真实地写出了西门庆这样一个官僚、恶霸、官商三位一体的典型。这类人物的贪婪、虚荣、霸道,对物质和妇女强烈占有欲的性格及其发展的历史,对于我们了解早期商人和封建势力结合的诸种特征,具有经济和政治上的认识价值。不过让我最感兴趣的是小说家用写实的笔法(前辈学者名为自然主义),写了一堆俗而不能再俗的市井人物:流氓、混混、虔婆、妓女、媒婆、说宝卷的道姑、小商贩、争风吃醋的婆姨们等等。我相信小说家是怀着厌恶批判的精神写西门庆和他的妻妾,他的结拜哥儿们的生活的,否则为什么那么多“但见”和“有诗为证”来提醒读者,不断用“原来”发表自己的道德批判? 如此诗词语式使用频率都超过了任何一部世情小说。而几十套杂剧、南戏、传奇曲辞的引入,更突显了市民生活的内容、生活方式和情趣。这一方面说明明代戏曲的繁盛,其影响遍及市民阶层许多层面;另一方面,戏曲的受众者,欣赏戏曲的,当然是官吏、知识分子、举办堂会的商人、会唱曲的妓女——擅长某种曲艺乃是妓女职业的一种技能。

　　但是西门庆和他哥儿们的欣赏水平实在不高明,远不如《红楼梦》贵族之家的审美选择,如薛宝钗看重词藻音律,贾母听《寻梦》的曲子,只用箫和笙笛伴奏,听那曲子韵意。而西门庆和薛蟠的“女儿乐”属于一个欣赏档次。凡夜宴必唱曲,而唱曲者必是妓女,这已成为西门庆和“会中朋友”不可或缺的生活内容和乐趣。这如同西门庆的婆姨们唱小曲表达自己的情思,听道姑说唱宝卷消磨光阴,要么就是争风吃醋的内斗。

　　令人惊诧的,《金瓶梅》中的曲子,大多源于《雍熙乐府》、《辟音

乐选》、《南宫词记》、《词林摘艳》,有的则转引自《水浒传》,很少有
作者的独撰,因此,学界有人怀疑《金瓶梅》是戏剧家李开先所作,
不无道理。有趣的是,作家信手拈来,嬉笑怒骂,按在不同人物身
上,在特定场景,由特定人物唱出,产生不同的艺术效果。第十一
回,西门庆和拜把的兄弟在花子虚家饮酒,妓女李桂姐唱《水仙
子》,竟公然骂妓院是个陷人坑、迷魂洞、检尸场,招牌儿大字写得
明白,认钱不认人,没钱甭想逛妓院。第十二回,应伯爵陪西门庆
在李桂姐家品茶,唱一曲《朝天子》,也云嫖妓女"一篓儿千金价"。
第三十五回内的《玉芙蓉》,明代戏曲家李日华写此曲的原意是描
述一个少妇在春夏秋冬四季思念恋人之情,应伯爵把西门庆的书
童装扮成一个女孩子,唱起这个曲子,如同妓女面对嫖客,以第一
人称口吻唱青年男女相思、相恋的情歌,不免文不对题,思念的是
情还是金钱呢? 第五十二回,李桂姐唱《伊州三台令》"思量你好辜
恩",也是相思曲,问题是李桂姐唱曲时,应伯爵不断插话,歪解曲
意,哄西门庆开心。于是这唱曲既表露西门庆们的生活内容和情
趣,也揭示了帮闲者的无聊。鲁迅在《从帮忙到扯淡》一文中说:
"帮闲的盛世是帮忙,到末代就只剩了这扯淡。"⑭《红楼梦》中的贵
族子弟们沉溺于物质享受,忽视传统文化的改造与提升,失去了精
神家园,这个社会和这个阶级必然腐败而退出历史舞台。《金瓶
梅》中市民的生活如此低俗不堪,毫无顾忌的追求物欲,那么,这个
社会和阶层也是没有什么希望的。

　　3. 小说诗化

　　小说没有诗构不成诗化,但诗化并非如清初才子佳人小说的
作者为了掉书袋而填塞众多诗词,但也不能说清末刘省三的《跻春
台》,用民间唱词做为人物对话就是诗化,而是指将诗的隐喻、象
征、节奏、音律等因素渗进小说文体,散文叙述中含有诗的性格。
　　倘若小说含有隐喻、象征的因素,小说常出现两种色调:文字
表层是一种价值系统,潜藏着的则是另一种含义,有可能是作者创

作的本意,这就形成二律背反的复调文体形式。这不仅是贾宝玉与甄宝玉追求的男女之间的真情与秦钟的世俗之情,贾琏皮肤之私的对立,贾雨村的人世与甄士隐的出世,以及冷与热、正与反、悲与喜情节场面的设置,乃至回目对称的小说书写的常态,而是指以诗化的方法写人和点染场面。太虚幻境中金陵十二钗画册与判词,借虚象,用过去发生过的情景,象征实象和现实的时空,预示人物的命运。第二十三回,林黛玉回潇湘馆时路经梨香院,听见十二个女孩子演唱《牡丹亭》戏文,掀起了她内心的波澜。她一边听,一边想,尤其听到杜丽娘唱到:"只为你如花美眷,似水流年……"不觉心动神摇,又听到"你在幽闺自怜"等句,越发如醉如痴,站立不住,便一蹲身坐在一块山子石上,细嚼"如花美眷,似水流年"八个字的滋味。杜丽娘对生命青春的感叹,对理想爱情的追求引起了黛玉的共鸣。又想到前日见古人诗中,有"水流花谢两无情"之句;再唱词中又有"流水落花春去也,天上人间"云云;又兼刚才所见《西厢记》中"花落水流红,闲愁万种"之句,都一时想起来,凑紧在一处。仔细忖度,不觉心痛神弛,眼中落泪。林黛玉已超出了男女情爱层面,开始思索人的生命与自然变换的关系。接下去,第二十七回,作者让林黛玉作了一首《葬花吟》,借花喻人,花开花落唤起黛玉对生命有常的怜惜,无限感伤。此时诗的格式已不同于传统说书人"有诗为证",以第三人称旁观者的口吻叙事,而是第一人称的,自家说自己事,含有强烈的抒情性;并且诗中有景,景中有情,情景交融,充塞着说不尽的情愫。

　　第七十六回,林黛玉和史湘云在凸碧山庄联诗,小说给诗人们设置了风恬月淡、寂无人语的清冷诗境,而这是通过远处悠扬的笛韵,白鹤的飞起反衬出的。这颇似梁代王籍"蝉噪林愈静,鸟鸣山更幽"的诗句运用的手法,动中有静。断片的蝉声,鸟的幽鸣似乎要冲破寂静,不仅没有造成喧闹,反而被静所消磁,所降伏。因为静才听出咻咻的鸟声,而此时的笛、鹤声与天上的皓月,池中月影无声交替,似更拓展了空间的冥冥,增加了空间的厚度,给予人的不只是静,更多的倒是悲凉的感觉。也因此才引出黛玉"寒塘渡鹤影,冷月葬花魂"的警句。毫无疑问,这诗句既预示大观园女子的悲剧,也偏指黛玉自己未来的命运。此时的诗不单纯是歌咏之类,而是叙事的诗,用诗的形象,隐喻的手法和节奏,叙述人物的未来。这也如同湘云、黛玉评议"葬花诗"是否颓丧时,妙玉却从山后转出来,三人遂一同来至拢翠庵,妙玉拿出自己的所谓"续貂"诗篇。尽管妙玉批评黛玉诗"太悲凉了",可是她写的诗也同样是很凄凉的。诗中透露出她云空未必空,不喜欢空寂、凄凉的寺院生活;特别是"露浓"以下五联抒说自己在梦中所见的幻觉。妙玉深夜无法入睡而出来游走,漆黑的夜中产生幻觉,以为山石木有如神鬼怪兽向她扑来,到了黎明她才清醒。诗写得很诡异,让人不能不怀疑妙玉修为的成果。她没有在佛的世界中安顿好自己的灵魂,探索佛的真性。反之,在诗中让读者看到的是一个不甘于青灯寂寞的佛门生活,以及紧张不安的心灵,好像她始终在忧虑某种邪恶的力量侵害她,这可能是小说家通过诗暗示给读者的思考。

毋庸置疑,《红楼梦》的小说诗化,无疑是逐渐摆脱了"看官听说","有诗为证"的叙事模式,显露出叙事诗的因素和诗的形象语言,显然是由俗回雅的突出特征。所谓由俗回雅,并非是返回到文言成分较多的语言结构,如清初才子佳人小说,而是在北京方言的基础上,用古代各种叙事文体做为模子,提炼小说语言的品位,于是《红楼梦》的叙事语言,看似俗,实是雅(非指文言的雅),具有诗歌般的流动节奏。可是叙述者在叙事时,只有第一称才出现的,叙述他经历过或正在经历的事件,因而含有一种由内向外的抒情性,不同于其他小说由外向内的叙事,这可能是《红楼梦》小说诗化的一种表现。

四、小说与戏曲是孪生兄弟

我们至今都弄不清楚,是戏曲文体生成在前,从而影响小说,还是小说产生在前,影响了戏曲文体,孰前孰后无法说清,也不必说清楚。因为做为说的(包含唱的因素)小说与唱的(包括说的因素)戏曲,在萌芽时期就是一种综合艺术,你中有我,我中有你,同时孕育而生,文体上有许多相似之处,探寻古代白话小说的文体形态,绝对不能忽视古代戏曲对小说的影响。⑮

1. 文体形式有相似点

（1）题名

面对观众或听众的戏曲和小说,演出前都有个题目,让观和听的观众了解演唱的内容。《水浒传》第五十一回:"锣声响处,那白秀英早上戏台,念了四句七言诗,便说道:'今日秀英招牌上明写着这场话本,是一段风流蕴藉的格范,唤做《豫章城双渐赶苏卿》。'说了开话又唱,唱了又说,合棚众人喝彩不绝。"招牌又叫招子,开场前,戏曲或话本、讲史都要招告客官,写明本场演说的内容。有趣的是,戏曲与话本小说的题目常常是互用的,如元无名氏有《包待制智赚合同文字》,而小说《清平山堂话本》则名为《合同文字记》,都冠以"合同文字",但话本的情节与杂剧略有不同。明万历二十五年刊《全补包龙图判百家公案》第二十七回《拯判明合同文字》,万历二十五年刊《包公演义》第二十七回《判刘氏合同文字》的题名同元杂剧相似,可情节文字与宋元话本相同,别于杂剧。宋罗烨《醉翁谈录》甲集卷一《舌耕叙引》之《小说开辟》条记有《三现身》条目,明《警世通言》第十三卷刊有《三现身包龙图断冤》,应是同一母题,巧的是戏曲中也是三现身的标题。如《武林旧事》卷十《宋官本杂剧段数》中就有《三现身》,金院本也有《现身》名目,大约属于同一类内容,并且是当时流行的关目。就如同杂剧有《玎玎珰珰盆儿鬼》,明初说唱词话有《包龙图断乌盆传》,万历本《包公演义》第八十七回则为《瓦盆子叫屈之异》。杂剧有《包待制陈州粜米》,词话本也有《包龙图陈州粜米记》,显然小说与戏曲的题名是互用的。

长篇小说也是如此。从现在仅存的宋元讲史平话来看,大都分若干卷,每卷有目录。《三国志平话》分三卷,每卷分节,如卷上《桃园结义》、《王允献董卓貂蝉》、《关公刺颜良》等。题名是单目,没有字数的限制。明弘治本《三国志通俗演义》,依然保持了说书回目的原始状态,分卷,每卷十节,每卷标题皆七字单句,而《三国志平话》三、四、五、六、七、八字不等,显然不够精致。待到《三国演义》则为双目双韵对称的排列,扼要概括了本回目的主题。如从第四十二回《诸葛亮舌战群儒 鲁子敬力排众议》至第五十回《诸葛亮智算华容 关云长义释曹操》,概括了赤壁之战的全过程,而每一回又标明了每一阶段战争内容,主要的矛盾冲突。

(2)上场诗与自报家门

小说在唐宋是由说话艺人说唱故事,戏曲是面对观众演出故事。中国的小说和戏曲都不怕把要演说的故事和人物的面貌告诉给观众,换言之,开场就把讲说或演出的内容,上场人物的身世,行动的缘由向听众或观众作简要交代,才能吸引听众。话本小说在入话中,由说话人出面,讲说一个同正文相似或相反的故事相对应。《清平山堂话本》卷一《简帖和尚》的入话是宇文绶的《错封书》,来对衬正文的"错下书"。进入正文,仍由叙述者说话人介绍即将上场的主人公:"东京沛州开封府枣槊巷里有个官人,复姓皇甫,单名松,本身是左班殿直,年二十六岁;有个妻子杨氏,年二十四岁;一个十三岁的丫环,名唤迎儿。只这三口,别无亲戚。"《西湖三塔记》的入话,只列若干首单道西湖好处的诗词,不谈故事,好像只给主人公活动的背景西湖做一映衬。进入正文,说一个后生,只因清明来西湖闲玩,惹出一场事来。这故事发生在何年,其家庭身世若何云云,说话人均扼要介绍,然后人物再上场,展开故事。

　　无独有偶,戏曲中人物的身世状况和剧本中的故事,无法如小说中的叙述者出面叙述,只能通过剧中人的台词来交代,于是中国戏曲中的角色,在第一折、楔子或第一出上场后先念一首七言诗,然后就自报家门。请看元杂剧《玎玎珰珰盆儿鬼》的楔子,杨从善上场诗曰:"暑往寒来春复秋 夕阳西下水东流。少年莫恃容颜好,不觉忙忙白了头。"接着老汉介绍自己是"汴梁人氏,姓杨名从善。有个孩儿,唤做杨国用,今早到长街市上,寻个相识去……"上场诗透露出杨从善希望年轻的儿子,应当趁着年青做出一番事业,不要仗着自己年青,而让时光白白流逝。杨国用本意寻个相识,合伙去做买卖,营运生理,可却遇着一个算卦先生,告诉他一百日之内有血光之灾,尽早躲到千里之外。并且警告杨国用:"一百日之期,一日不满,一日不可回来。"只用二个上场人物就把矛盾提出来,系上扣子,至于是何种血光之灾,因何而发生,杨国用能否躲过去,让观众跟随剧情的演进,逐步解开扣子。

　　(3)题目正名与散场诗

　　元杂剧剧本第四折结尾处都写有题目正名,大多是七字一联的韵文,如《金水桥陈琳抱妆盒》的题目正名是:"李美人御园拾弹丸,金水桥陈琳抱妆盒。"如《感天动地窦娥冤》第四折结尾的题目正名:"秉鉴持衡廉访法,感天动地窦娥冤。"题目正名也有二联的对句,如《张孔目智勘魔合罗》:"李文道毒药摆哥哥,萧令史暗里得钱多。高老儿屈下河南府,张平叔智勘魔合罗。"《刘晨阮肇误入桃花源》:"太白金星降临凡世,紫霄玉女夙有尘缘。青衣童子报知仙境,刘晨阮肇误入桃源。"

　　单从字面看,好像题目和正名各表一个意思,其实两者是不可分割的整体,都概括说明剧中的主要情节,只是最后一行则为剧名的简称,既表示剧中某个段落,又概括说明全剧的意旨。这如同话本小说结尾时念几句诗做为散场,不同的是叙述者常借诗词发表道德评价,如《错斩崔宁》的结尾:"善恶无分总丧躯,只因戏语酿殃危。劝君出话须诚实，口舌从来是祸基。"如《三现身包龙图断冤》的结尾是有诗为证："诗句藏谜谁解明，包公一断鬼神惊。寄声暗室亏心者，莫道天公鉴不清。"虽然评述多于情节的概述，但是戏曲与小说结尾时以诗作结，应是相互影响的结果。

　　(4)折、出与则、回

　　元杂剧一般分四折，每折是一个段落。四折前有楔子，有的没有。王实甫《西厢记》则是五折，明清时分五卷五本二十折。明代传奇则分齣或出，段落划分比元杂剧多。高则诚的《琵琶记》是四十二出，汤显祖的《牡丹亭》为五十五出，清朱㿥《十五贯传奇》，上卷十二出，下卷十三出，共二十五出，《长生殿》为五十出，相等于一部中篇小说。

　　中国古代小说的情节也划分段落。短篇话本小说属于顷刻间提破，无须划分段落，不过话本小说虽然只有三五千字，或六七千字，说话人根据临场情况也可分回讲说。如《碾玉观音》分上下两回，《史弘肇龙虎风云会》是"做几回花锦似话说"，《错认尸》分十回说完，《西山一窟鬼》则分做十多回。分回只是便于说话人拿住听众，那个"看官们牢记这话头，待下回再表"的段落，恰是矛盾冲突最为尖锐的时刻，用"且听下回分解"吊听众的胃口。长篇小说也必然分为若干回叙述，每一回都自成段落，有始有终，如同中国戏曲的折子戏，在整本戏中为一个组成部分，拿出来单独演出，亦能为观众所接受。小说戏曲分出分回的组织结构，体现出面对观众和听众表演的艺术，重视观众与听众的接受能力，或者说首先适应观众与听众的欣赏要求，然后再征服观众与听众。⑯

　　2.审美意识相同

　　小说或戏曲相互影响，彼此接受对方因子组成自己独特的文体，根本原因在于同在一个传统文化思想的熏陶下，同属于舞台上，面对观众(听众)表演自己的艺术，因而有许多相同的审美意识，如人物性格塑造、时空处理、结构形式、文体特征等等，将在下列各章中论证。这里要强调的是,不懂得古代小说草根文化的起源,对中国传统文化思想没有深切了解,你就弄不懂中国小说。

3.小说戏曲化的困惑

金圣叹在《第五才子书施耐庵水浒传》之《读第五才子书法》中说:"《三国》人物事体说话太多了,笔下拖不动,趓不转,分明如官府传话奴才,只说把小人声口替得这句出来,其实何曾自敢添减一字。"金圣叹所谓的"人物事体说话太多了",想必是指人物的对话。小说中的言语,除了叙事者(说话人)的语言而外,就是描述性语言和人物之间的对话,这都是不可或缺的。但是通过人物之间的对话来介绍别个人物的身世、性格,交代已发生和预测将要发生的事件,可以变换叙事角,免得只听叙事人(说话人)的一种声音。问题是量变达到质变,过多的戏剧对话,造成各种叙事成分的不平衡,改变小说的性质,如抒情与叙事的缺少。这也如同"看官听说"、"我且问你"、"原来"种种说话人近乎第一人称的问话,就叙事方法而言,说话人由第三人称或全知全能的叙事突然转换到第一人称,从小说世界中跳出来,抛开小说中的人物,直接和听众对话,这在面对听众讲说故事的说话艺术是必需的、合理的,而且是中国曲艺特有的叙述方法。可是转入阅读的小说,仍频频使用,如凌濛初的《初刻》与《二刻》,必然压迫了小说形式的发展,所以,小说化的戏剧与戏剧化的小说,在化的时候必须有个"度",过度则发生化学反应。

不过,清代的李渔,把戏曲艺术的一些特点引进到小说创作,有意识按照戏曲的编剧法组织情节,模仿戏曲生、旦、净、末、丑安排小说中的角色,因此,他把小说称之为"无声戏"。在他看来,小说是无声的戏,戏曲则是有声的小说,这里不争论他的提法是否准确。就李渔倡导趣味小说,文字求新,情节求奇,求巧合,不同于世俗写法,常常反其道而行之。值得研究的,过分追求娱乐和趣味,游戏笔墨,大团圆结局,则小说的思想内容流入浅薄而缺乏厚重,按生旦丑配方设置小说中人物,忽视了生活的复杂性,而形成曹雪芹在《红楼梦》第一回中所批评的才子佳人等书,"故假捏出男女二人名姓,又必旁添一小人拨乱其间,如戏中的小丑一般"的老套,只不过李渔变了花样而已。

五、史传培育了白话小说文体

中国古代以人为本位,注重人伦关系的文化基因,创造出新生的文化形态,即史官文化。中国人的历史意识促进了史官文化的发展,史官制度的建立,又加深了中国人的历史意识。先秦诸子百家及其典籍,在从事中国文化最初建构时,毫无例外的打上了历史性格的烙印,成为中国传统文化的基调和神髓。毫无疑问,中国古代文言小说的文体与创作意识,叙事意识,直接源于史官文化,白话小说虽源于古代说故事,却也经过史传熏陶与培植,形成独特的小说形态。

1. 六经皆出于史

黄帝时代有无史官建制,颇可怀疑,不过夏商周设史官和巫官共同掌管文化,[⑰]却是可信的。这不仅在钟鼎文中有"作册"、"史"、"太史"、"内册史"等史官职称名字出现,《尚书》、《逸周书》、《左传》、《国语》、《吕氏春秋》等秦汉古籍也都有记载。这说明秦汉时期已设史官职务,并有左史、大史、小史、内史、外史、御史等诸种职务名目。[⑱]

由于上古时期政权与政教不分,政治与学术一致,史官不只履行巫师的职能,而且也掌管文书起草,策命诸侯、卿大夫,记载史事,编纂史书,掌管国家典籍,可以说一切文字工作都由史官运作,所谓"史之外无有语言焉;史之外无有文字焉;史之外无人伦品目焉"。[⑲]或如《经书·经籍总序》所云:"史官既立,经籍于是兴焉。"是为六经皆史观念形成的原因。龚自珍《古史钩沉论二》对《六经皆史》的渊源作了较详尽分疏。概言之,有史官才有较规范的文字记载,有不同职守的史官,就有诸种记载内容与形式,不同的记载形式,必然形成不同的文体类型,这很可能就是后来诸种文体形态的来源。特别是孔子作《春秋》之后,私家著述勃兴,史乘逐渐发生分流,突破了周王室垄断历史记载的局面,记载的形式不限于史官文书,而是多种体裁多种形式。有记历史事实的史书,如《战国策》。即便是史书,有编年体的,也有非编年体的;有着重记述某时发生的某个事件,也有专门记言的,或以记言为主兼及记事,如《国语》、《国策》便属于此类。此外还有逸事、传记类,如《穆天子传》、《晏子春秋》。记事中论说成分较大的《论》、《孟》、《庄》、《荀》、《韩》、《墨》诸书。地理博物为《山海经》,天文星历的《星经》,筮、医术的《师春》、《归藏》、《神农本草》等等。再加之汉司马迁《史记》、班固《汉书》先后向世,官家修史盛行,史传文体直接影响了小说文体。

古代的目录学家们,无论是汉班固《汉书・艺文志》,抑或是唐刘知几《史通》、明胡应麟《少室山房笔丛》之《九流绪论》下、《二酉缀遗》中,以及清纪昀《四库全书总目》,都把小说看成是史家的一支,小说家批评家们几乎都不否认小说的历史性格,"稗史"、"野史"、"小史"、"外史"是小说的别称。

如果说文言小说直接脱胎于史书与文言杂体,那么白话小说尽管其始祖为古代说故事与街谈巷议,但在发展过程中则经过史传文学的培育,带有史传文学的文体痕迹。

2.历史演义是史传的别体

古人把小说看做历史,事实上又不绝对的等同于历史,其主要原因有二:

一是叙述功能和方法同历史一致。班彪《史记论》赞司马迁曰:"善述序事理……盖良史之才也。"《晋书・陈寿传》评陈寿云:"时人称善叙事有良史之才。"唐史学家李肇在《唐国史补》卷下评《枕中记》、《毛颖传》也说:"二篇真良史才也。"宋人赵颜卫《云麓漫钞》卷二评唐人小说时也说:"盖此等文备众体,可以见史才、诗笔、议论。"细按诸家所谓的"史才",大多指叙事的能力。

　　再者,既然"稗史"也是一种史,同正史一样记述社会生活中发生的事件和人物,展现某个时期的民情风俗。那么,小说与历史产生发生学上联系的实质,就在于小说创作本来就是要求真实的,即通过艺术的真实反映生活的真实,在这点上,正如钱钟书先生所说:"史家追叙真人实事,每须遥体人情,悬想事势,设身局中,潜心腔内,忖之度之,以揣以摩,庶几入情合理。盖与小说、院本之臆造人物,虚构境地,不尽同而可相通。"㉑因此,中国叙事文学中的小说,因同史传的紧密关系,培养了作家以史传的叙事能力来写小说,批评家以史衡小说,就是非常自然的事情。但是讲史和历史演义则是史传的别体,有别于其他小说。

　　宋元说话四家的一家讲史,即是"谨按史书",讲说前代兴亡的故事,通俗一点说就是利用说书的形式进行中国历史的教育。所以,一方面要"谨按史书",不能太多的虚构;另一方面还要考虑票房价值。说话艺人毕竟是靠说书维持生计,倘若讲说的段子引不起听众的兴趣,就失去听众的支持,于是讲史中常常穿插民间传说和神仙志怪的内容,今存的宋元讲史平话充分证明了这个特点。问题是说书艺人对历史事实和非历史实成分比例的拿捏,并不像文人那么严谨,那么讲究,较偏重于民间传说和神仙志怪,这就形成了真人真事与民间传说中的人物和事件的混合,但融解的并不紧密。

　　《三国志通俗演义》的问世,开创了中国章回体历史演义小说的文体,仿效之作纷纷出炉,几乎二十四史都有了小说。历史演义小说创作群体的出现,必然引起怎样处理历史与虚构之间关系的争论。金圣叹在《水浒传》总叙中说"《史记》是以文运事,《水浒》是因文生事。以文运事,是有事生成如此如此,却要算记出一篇文字来";"因文生事即不然,只是顺着笔性去,削高补低都由我"。问题是历史演义小说,既不是《史记》,也不是《水浒》,文和事怎样处置?由于作家们对于历史演义小说的性质功能认识不同,因而有不同的侧重点。

(1)通过艺术的真实反映历史的真实。这以罗贯中的《三国志通俗演义》为代表。尽管弘治本首题"晋阳侯陈寿史传后学罗贯中编次",表明演义是遵正史编写的,但所叙的三国故事的骨架,却是以《平话》本为参照的原身。高明的是罗贯中把平话中不符合史实的荒诞情节,如司马仲达断狱全部删除,遗落的部分,参照裴松之注中征引的野史杂记,司马光的《资治通鉴》,更博采平话本以外的其它有关三国的传说,杂剧中的三国关目,构成了血肉丰满的历史演义小说的开山之作。而当罗贯中据正史采小说征文辞时,并不兼收并蓄,而是有取有舍,有省略有集中,然后依照他所确立的主题思想来提炼情节,有些情节和细节看来是正史所无,但却符合人物性格的逻辑。正因为罗贯中是遵照小说艺术的规律构思小说,而不是写历史,正因为他写的是三国,但也凝聚了对前代各朝盛衰成败的观察,提出了封建社会发展过程中带有普遍意义的历史经验教训,因此,自《三国志通俗演义》问世后,再也看不到能与之比肩的作品。

(2)忠实的信史论。修髯子(张尚德)《三国志通俗演义》引中主张:"是可谓羽翼信史而不违者矣"!林瀚《隋唐志传》序中也说:"此是编为正史之补,勿第以稗官野史目之。"陈继儒在《叙列国志传》中说"《列传》亦世宙间之大账簿也。如是,虽与经史并传可也。"清褚人获《隋唐演义序》进而提出"大账簿"与"小账簿"之分,历史演义小说为"小账簿",所以"历朝传志演义诸书所以不废于世也"。蔡元放的要求更严格,在《东周列国志读法》中说:"有一件,说一件,有一句,说一句,连记事实也记不了,那里还有功夫去添加。故读《列国志》,全要把作正史看,莫作小说一例看了。"

其实信史论者也不完全信史,并非不允许添加,如杨慎批点的

《隋唐志传》(《隋唐两朝史传》)中就有"敬德三鞭换两简"、"薛仁贵降服火龙"等民间传说的情节,当然是有违正史的。因此历史演义的创作困难不是量化问题,而是如何处理好历史真实与艺术真实的关系。倘若缺少创造性的构思,只是按史传体例,罗列历史事件和人物,缺少深刻描写,也就是像《南北宋志传》、《大宋中兴通俗演义》、《全汉志传》、《两汉开国中兴志传》之类的历史演义,推出不久便消失,没有在读者中引起强烈反响。至于用杂抄、邸报、尺牍、书信、传闻写成的时事小说,如《近报丛谭平虏传》、《征番奏捷传》,很难称之为历史演义了。

(3)戏说历史。同文人讲史对应的民间艺人或书会才人创作或编撰的历史小说,并不严格遵守正史规则,故事情节是否符合历史,也不像正统文人那么考究,大多只用几个真实历史人物作全书的主脑,其余人物情节都是杜撰,距历史事实甚远,有点戏说的味道。当依史作书,重事不重人的历史小说不能获得市场效益时,书场便将适应大众欣赏口味的民间说书拿来转为书面小说刊出,如《说岳全传》、《隋唐演义》、《说唐后传》、《瓦岗寨演义》。

3. 本纪与列传

本纪,亦称纪。唐刘知几《史通·本纪》曰:"又纪者,既以编年为主,唯叙天子一人。有大事可书者,则见之于年月,其书事委曲,付之列传。"本纪是专叙帝王的专传,其所记为一朝的国家大事,帝王的日常生活言行却很少记述,除非开国君主或政绩突出的帝王,如刘邦、唐太宗、宋太祖等则着墨较多,其他者省略,因此叙事极其简要。列传不同于本纪,司马贞《史记·伯夷列传》索隐云:"列传者,谓列叙人臣事迹,令可传于后世,故曰列传。"无论是单传、合传、附传都是写各类典型人物的事迹,具有注释和演绎本纪的功能,这仍如刘知几《史通·列传》所说:"夫纪传之兴,肇于《史》、《汉》,盖纪者,编年也;传者,列事也。编年者,历帝王之岁月,犹《春秋》之经;列事者,录人臣之行状,犹《春秋》之传。《春秋》则传

以解经,《史》、《汉》则传以释记。"人物、事件的具体化、形象化是传的特性。㉑

毫无疑问,史传结构中本纪与列传两体,为历史演义小说家提供了文体参照和编织小说的参考。问题是小说家利用本纪与列传提供的史料措置历史小说时,是按照本纪的路子,还是列传的格式呢? 如果取法本纪的叙事形式,以某朝代君王的变迹发泰为叙事主角,以年月为序,记述与王朝盛衰有关的政治、经济、外交、军事等事件,再将列传中主要人物事迹适当扩大,穿插其间,不以塑造人物性格为本位,追求历史形象的再现,人物只是说明历史事件的角色符号,而不是被刻画的中心,这是坚持历史演义小说为正史之补的作家通常写法。

不过重历史轻文采,只作为辅翼历史的小说发展到一定阶段,必然有作家提出悖论,修正历史小说创作的轨迹,从重视历史事件的叙述,转向列传中描绘人物命运,从以帝王为中心,转向下层英雄人物和世情生活,走向英雄传奇,这以明末袁于令的《隋史遗文》为代表。

《隋史遗文》着力于豪杰之士秦琼的奇情侠气、逸韵英风的性格描绘,历史事件已淡化为背景,而不是描述中心。在《隋唐两朝志传》中,隋炀帝巡幸江南用了两回书,而在《隋史遗文》只用了七八百字便交代了大业元年至七年的历史。秦叔宝在《隋唐两朝志传》只是众多人物中的一个角色,对其身世遭际没有任何介绍,而《隋史遗文》则用三回书描写秦琼落魄潞州王小二店的情景。描绘具有侠义色彩的侠义之士,无疑是继承了列传和《水浒传》的创作传统,并杂糅了流传于民间的英雄传奇故事,与正史本传已相去甚远。

有趣的是,明崇祯年刊《七十二朝演义》,既不是朝代演义,又不说历史人物的经历,只叙述某个朝代,某个名人的某一种性格悲剧,某一种观念的价值判断,可以说是对传统道德价值和人生体验

的评说，一种特殊的文体。如卷一《楚国之宝惟善以为宝》、卷八
《孰谓微生高直》、卷十二《墨子兼爱》等。每则不过三千多字，却采
用宋话本的叙事体制，又以夹叙夹评为主，反诘的语式，精炼活泼
的文字，显现了讲述的魅力。

注释：

①马廉《清平山堂话本序目》，转引自石昌渝校点《清平山堂话本》附录，江苏古籍出版
社，1990 年 4 月版。

②鲁迅《中国小说史略》第十二篇《宋之话本》，人民文学出版社，1973 年版。

③有关说话四家数，参见胡士莹《话本小说概论》上第四章《说话的家数》，对国内前辈学
者王国维、鲁迅、孙楷第等四家数争议有详尽介绍。书刊于中华书局，1950 年 5 月版。

④罗烨《醉翁谈录》卷一《舌耕叙引》之《小说开辟》，古典文学出版社，1957 年 4 月版。

⑤同④注。

⑥关于银字儿与小说概念之间的关系，银字儿的本意，参见中华书局 1950 年 5 月版胡
士莹《话本小说概论》第四章第三节《银字儿与铁骑儿》有详尽讨论。

⑦叶德均《戏曲小说丛考》卷下《宋元明讲唱文学》，中华书局 1959 年 5 月版。

⑧同④注。

⑨凌濛初《二刻拍案惊奇·序》。

⑩冯沅君《古剧说汇》五《金瓶梅词话中的文学史料》，作家出版社，1956 年 12 月版。

⑪徐朔方《论金瓶梅的成书及其他》之《论金瓶梅》，齐鲁书社 1988 年 1 月版。

⑫见⑪注。

⑬参见孙述字《金瓶梅的艺术》之《各种真假缺点》，台湾时报文化出版事业有限公司，
1978 年 2 月版。

⑭鲁迅《且介亭杂文二集》，参见《鲁迅全集》第六卷，人民文学出版社，1981 年版。

⑮参见许弁生《中国古代小说戏曲关系论》，文化艺术出版社，2002 年 6 月版，对小说与
戏曲的关系论证较详尽。

⑯王朝闻先生在《以一当十》、《再再探索》的专著中，反复强调曲艺、戏曲、小说、绘画等
艺术，应先适应读者然后再征服读者的观点很有启示，可惜当今学界重视不够。

⑰《周易·异卦》："用史巫纷若。"又《国语·楚语下》："夫人作亨，家为巫史，勿有要质。"
清汪中《述学·左氏春秋释疑》、章太炎《訄书·清儒》、《訄书·衰清史》附《中国通史略例》等
文，都论证了史出于巫，春秋时代的史官可以"司天"、"司鬼神"、"司灾祥"、"司卜筮"，代替原

巫官的职责。

⑱关于史官名目，参见《大戴礼记·盛德篇》、《孔子·玉藻》、《汉书·艺文志》、《周礼·春官春伯》、郑玄《郑氏遗书》、荀悦《申鉴》、杜预《春秋左氏传序》、《隋书经籍志》、刘知几《史通·史官建置》、章学诚《文史通义·书教上》。

⑲曾巩《南齐史·序》。

⑳钱钟书《管锥编》第一册，中华书局，1979年版，第164—165页。

㉑参见王锦贵《中国纪传体文献研究》，北京大学出版社，1996年8月版。

第三章　叙事论

一、叙事人称与视点

　　每部小说都有一个叙述者向读者讲故事,介绍小说世界和人物。值得注意的是,叙述者以什么样的身份即人称跟读者讲话?是第一人称、第二人称,抑或第三人称? 叙述者在讲故事时,是站在什么位置,什么角度,是从小说人物的内视点,还是全能的外视点? 最后则是叙述者通过什么渠道把作者的思想观点传达给读者,是叙述者直接站出来说话,还是通过小说中人物的言语行动?如此等等。[①]

　　就小说的叙述人称而言,小说批评家分为三种类型和三种模式:第一人称、第二人称和第三人称叙事。第二人称叙事在古代小说中罕见,暂且不论。我们着重讨论第一人称和第三人称。

1. 第一人称叙事与有限视点

　　叙事者作为小说中的一个人物,讲述他(她)所经历、感受的事件、人物和场景,始终是作品中事件的参与者和见证人。他(她)们有时作为故事中的主角现身,如《痴婆子传》的老妇上官婀娜,《浮生六记》的"余"(沈复),《二十年目睹之怪现状》的九死余生,叙述自己的亲身经历,事件的种种活动,以及对人生的体验和判断。

　　另一种是充当次要人物,在故事中仅仅是事件的参与者,虽然或多或少的熟悉主人公和其他人物,但只做为见证人讲述所见所闻。如《谢小娥传》的"予",《异梦录》的沈亚之,脂评八十回本《石头记》中的石头。

　　由于是"予"和"我"的见闻,当然有其可靠性、真实性和权威性,可以同读者建立信任感。但是这种第一人称的叙述身份,视角的所见所闻是有限的,只能限制在他(她)个人的观点之内,不能超出其感受能力、知识范围和语言能力,否则叙述者的叙述就失去可信力,甚或产生一种戏剧性的反讽效果。脂评八十回本《石头记》第十五回,秦钟与铁槛寺小尼姑智能偷情被宝玉发现,秦钟埋怨宝玉早不来晚不来,偏偏入港时按住,不让宝玉嚷出来,宝玉说:"这会子也不用说,等一会儿睡下咱们再慢慢儿的算账。"此时石头插入说道:

　　　　凤姐怕通灵宝玉失落,等宝玉睡下,命人拿来,塞在自己枕边。宝玉不知与秦钟等算何账目,未曾记得,此系疑案,不敢纂创。

　　通灵宝玉被塞在枕边,失去了观察能力,当然不知宝玉与秦钟算何账目。倘若石头越界,超出其视野叙述宝玉算账的内容,那就是"纂创"而不真实了。

　　《二十年目睹之怪现状》中的九死余生,记述的故事,除了九死余生的亲身经历外,大多听之于他的好友继元、述农、账房先生和手下人,向他转述别人的见闻。但他捕捉到的是他临场时空的话语,至于人物内心的活动,九死余生遵循第一人称的叙事原则,拒绝包办一切:"究竟不知他是何用意,做书人未曾钻到他肚子里去看过,也不便妄作愚拟之词。"

2.第三人称叙事与无限视角

　　第三人称叙事用"他"(她)来讲故事,可以是小说中的一个角色,介入其内;也可不介入,站在局外,以旁观者口吻叙述故事。倘若是小说中的一个人物来讲述故事,尽管名为第三人称,但其视点是有限的,很容易滑入第一人称。因此第三人称多采用全知叙事,即全知全能的视点。第三人称叙事与无限视角的结合,那么,叙事者就成为上知天文地理,下知鸡毛蒜皮,无所不知的向导,从古至今的小说家们大多喜欢用此种叙事模式,古代白话小说"看官听说"就是第三人称的全知全能的叙事观点。

这种叙事观点简捷、方便、调度灵活,情节移动迅速,时空跨度大小长短任凭叙述者掌控,几句话交代了一切,省却了许多描述;特别是能窥视人物的内心活动,随时评述人物及事件的得失。

也许由于叙述者公开介入,给小说提供了比较确定的叙述人。叙述者说书人式的富于个性的叙述语言,往往会在听众(读者)那里产生一种亲切感,好像是说书人与听众站在小说世界和人物的旁边,共同评判事件的发展。

问题是在说与听的说话艺术,面对没有文化或文化水平不高的看客,全知全能的叙述,叙述者不时的介入和干预,可从帮助和引领听众理解小说内容。但是,转入读者阅读的审美过程,仍然采用看官听说的叙事模式,叙述者不断介入,读者的审美幻觉经常被打破,妨碍读者的思考,况且说话人的评论未必都是正确的,有的是陈腐的说教。

这样看来,第三人称叙事喜好干预,强烈的表现叙述者自己的是非观念,早期的宋元话本小说,讲史平话以及《水浒传》、《三言》等说书体小说均属于此类。而《红楼梦》则采用了客观观察的观点,把叙述者的介入减少到最小程度,对小说中发生的事件和人物的行动,基本上不做是非评价。《儒林外史》的叙事方法则更接近现代意义的小说。尽管小说的叙述者为第三人称身份,可除了有一段五河县风情的批语外,叙述者则退居幕后,隐蔽自己,看不出是谁在叙述故事,这使得作者、小说、读者的距离缩短,省去"但见"、"只见"、"有诗为证"、"看官听说"等说话人的语规和诗词套语，作者始终站在观察者地位，并不参与故事中角色的活动，让读者直接进入小说世界，尽量使小说和读者对生活的认识保持一致。于是人物和身世，形体物貌，有时由人物自我介绍，有时由小说中人物说出，使小说多了几个视点，减少了作者全知角度的叙述。这大约是因为《儒林外史》是部讽刺小说，无须叙述者描写和评价，而是让人物通过自身的语言行动，把可笑可鄙的嘴脸暴露在读者面前，正所谓"无一贬词，而情伪毕露"。②

其实经典性的小说，承担叙述任务的不只是叙述者，小说中的人物也充当叙述者，如《红楼梦》第二回冷子兴演说荣国府；或如通过诗词韵语介绍人物，提供背景材料，如第五回贾宝玉神游太虚幻境中的判词与《红楼梦》十二支曲。

此外，叙述人称也不只一种，常常是第三人称和第一人称的混合，于是在叙事中必然出现跨界或越界现象。如《红楼梦》中第三人称叙事中常插入第一人称叙事，或第三人称叙事中包含第一人称的叙事因素。《二十年目睹之怪现状》第一人称身份，却又嵌入看官听说的叙事模式，如此等等，我们将在下一节详细论证。

二、文言传奇多第一人称叙事

福斯特在《小说面面观》，乔纳森·雷班在《现代小说写作技巧》中，③都把第一人称叙述角度的出现，第三人称和第一称的相互交换，视为二十世纪小说创作的伟大成就，有的学者就以西方小说作为尺度，证明中国古代小说是如何幼稚低级，似乎第一人称叙事和叙事观点的转换移动是欧美小说的专利。其实在一千年前的唐宋，中国古代小说小说家们，早已用第一人称写小说了，如唐代王度《古镜记》、张鷟《游仙窟》、唐亘《唐亘手记》、李公佐《谢小娥传》、元稹《莺莺传》、沈亚之《异梦录》、韦瓘《周秦纪行》、白行简《三梦记》、李复言《薛伟》等。

宋代主要有苏辙《梦仙记》、《高婆子传》、清虚子《甘棠遗事》、刘斧《仁鹿记》、余嗣《出神记》。

此外，明代的《痴婆子传》，清代沈复的中篇自传小说《浮生六记》。纪昀《阅微草堂笔记》卷四《痴鬼》，在运作第一人称内视点最为精彩。

1. 作者充当叙事主角

按一般的通理，小说的作者和小说内的叙事者不能等同，应是两个人，可中国古代小说家们却偏偏说小说内的主人公就是他自己，他是在叙述自己所经历的事情。如王度《古镜记》，前半部王度以第一人称"余"自述其持宝镜的经历，其后王度弟弟王绩也以第一人称形式向王度讲述携镜游历的过程。张鸶的《游仙窟》，假托途经积石山，遇神仙窟的仙女，实则是风流文人所谓的艳遇。《唐亘手记》的作者唐亘，自叙他梦中与亡妻相会的情感。读者考究的不是唐亘谎言的可信性，而是对妻子的深厚情感。作者拿自己说事，构思情境，这应当是创作自觉，有意为小说的表现。至于宋代，如苏辙《梦仙记》，自叙梦中进入金泉洞府，与苍颜白发者剧论儒老之同异。《高安赵生》记亲见狂人赵生，自言一百二十七岁，死后其父发其葬，空无所有，惟一仗及两胫在。余嗣《出神记》，也说"余嗣"于绍兴十八年十九日住大中寺，被司命真君召去，熟视之，原来司命真君就是建炎年间越州时同事"某"，大约是阴府中一级官史，掌握人间生死福禄，可延一纪。故事发生的时间地点说得明明白白，好像实有其事，其实不过是以文为戏的自娱，或是借幻梦宣传某种观念的假语村言。只有清代沈复的《浮生六记》，才是可信的第一人称的内视点。

比较《红楼梦》，尽管内中所叙，多是曹雪芹所经历过的生活，但《红楼梦》不是作者的回忆录，而是假语村言的小说。而《浮生六记》则是自传体小说，作者较真实的记述了他同妻子陈芸的家居生活,游历各地的见闻。特别是由于陈芸失欢于翁姑,两次被逐,乃至病死,生离死别,都是有事实可考,不同于其他第一人称的鬼画符。

2. 内视者只看不说

最精彩的是清纪昀的《阅微草堂笔记》卷四《痴鬼》。先看原文:

> 鬼名某,住某村,家亦小康,死时年二十七八。初死百日后,妇邀我相伴,见其恒坐院中丁香树下,或闻妇哭声,或闻儿啼声,或闻兄嫂与妇诟谇声,虽阳气逼烁不能近,然必侧耳窗外窃听,凄惨之色可掬。后见媒妁至妇房,愕然惊起,张手左右顾。后闻议不成,稍有喜色。既而媒妁再至,来往兄嫂与妇处,则奔走随之,皇皇如有失。送聘之日,坐树下,目直视妇房,泪涔涔如雨,自是妇每出入,辄随其后,眷恋之意更笃。嫁前一日,妇整束奁具,复徘徊檐外,或倚柱泣,或俯首如有思,稍闻房内嗽声,辄从隙私窥,营营彻夜。媪太息曰:“痴鬼何必如是。”若弗闻也。娶者入,秉火前行,避立墙隅,仍翘首望妇。吾偕妇出回顾,见其远远随至娶者家,为门尉所阻,稽颡哀乞乃得入,入则匿墙隅,望妇行礼,凝立如醉状。妇入房,稍稍近窗,其状一如整束奁具时。至灭独就寝尚不去,为中霤神所驱,乃狼狈出。时吾以妇嘱归视儿,亦随之返,见其直入妇室,凡妇所坐处眠处,一一视到。俄闻儿索母啼,趋出环绕儿四周,以两手相握,作无可奈何状。俄嫂出,挞儿一掌,便顿足拊心,遥作切齿状,吾视之不忍,乃径归,不知其后何如也。后吾私为妇述,妇啮啮自悔。

文章开头是纪昀的口吻,说太夫人外家曹氏,“有媪能视鬼,外祖母归宁时与论冥事,昨日某家见一鬼,可谓痴绝”,于是老媪向外祖母讲述了这一段令人痴绝,情状可怜,使人心脾凄动的故事。

"媪"何以有视鬼的特异功能,作者没有交代。好像这位老太太只能看而不同鬼直接对话。她的眼睛像一个摄像机的镜头,客观地、冷静地捕捉鬼的一切动作情态,因此在叙述上形成了以老媪为视角的第一人称的叙事形态。这种通过"我"的客观叙述,透过"我"的眼睛窗口看到的事物,不参与与鬼的直接交流,这样就能把全部光束集中到鬼的身上,光照随他而转动。其他人物只是作为陪衬和背景出现,如"媒灼至妇房","妇每出入","娶者入,秉火前行"等等,也都是极其简略的动作,没有任何言语,也不同鬼交流,许多处用声音作为引发痴鬼心动的媒介,如闻妇哭声,儿啼声,兄嫂与妇诟谇声。这样处理,必然把鬼置于舞台中心,充分展现他内心的情感。令人赞佩的,纪昀并不赋予痴鬼以魔法,改变生活中的事物和进程,而像一个普通人一样,眼睁睁地看着妻子改嫁,幼子无人看顾而无能为力。于是老媪的眼看痴鬼,痴鬼的眼睛又看着妻子,视点中套着视点,演出一幕精彩的哑剧。

　　痴鬼死去已百日,他太爱恋小康温馨的家庭和妻子,挂念幼小的儿子,因此他的游魂徘徊飘荡在家院中,迟迟不肯离去。妻子的哀泣声,儿子的哭叫声,兄嫂对妻子的诟谇声,都撕裂着他的心,可"阳气逼烁不能近",他已无力保护妻子和孩子,只能"窗外窃听",内心的焦虑痛苦是可想而知的。

　　最让他痛苦不安的是妻子改嫁。他深知兄嫂不容她,迟早要把妻子赶出家门的,可他希望妻子留下来,这可能出于传统的从一而终的思想,或是希望自己的身影在妻子的内心中仍占有位置,害怕失落,更何况妻子走后谁能更好地照护幼小的孩子呢?因此痴鬼内心的痛苦与喜悦,随着媒婆的出入,议婚的成败而波动。待到嫁前送聘之日,竟然坐在树下,"目直视妇房,泪涔涔如雨"。那就是说妻子再嫁后就不是痴鬼家中人,他没有理由再去看她,甚或可以说他不能总围绕着妻子转,该去城隍那儿报到了。他和妻子相处的日子不多了,于是"妇每出入,辄随其后,眷恋之意更笃"。妻子出嫁前的晚上,痴鬼"或倚柱泣,或俯首如有思",房内稍有动静便从缝隙中偷看。

不知娶者何以"秉火前行",晚上举行婚礼。是因二婚? 作小? 抑或照顾鬼的身份而故意把婚礼放在晚上进行? 事实也是如此,倘若把婚礼放在光照大地的白天,痴鬼就不能现身,就不能通过他的眼睛看到妻子怎样被娶走,当然读者也就看不到痴鬼凄惨的表情。因为他是个"鬼",只能"避立墙隅","远远望妇"。跟随娶者进家门时,还要被门神拦阻,几经哀乞才放行。进到院中,又是"匿墙隅",看着妇行礼,人家洞房花烛夜时还赖着不走,自然被中雷神驱赶。

痴鬼彻底失落了,他回到原来妻子的卧室,凡妻子坐卧处都一一看到,好像是追忆也是留恋他和妻子生活过的地方。如今斯人已去,仅仅是回忆而已。连幼儿也失去了母亲的关爱和保护,痴鬼也丧失了保护家人的法力,因此"儿索母啼",痴鬼只能"环绕儿四周,以两手相握,作无可奈何状"。嫂挞儿一掌,更是"顿足拊心,遥作切齿状",他能有什么作为? 只好离去,"不知其后何如也"。

3.两种叙事人称的互换

由于文言小说家多记述自己的闻,为了证明故事的可靠性,常在开头用第三人称做一引子,然后进入正文,由主人公以第一人称叙述故事,结尾时再回到第三人称的作者评论,或是交代后来的发展,如清虚子的《甘棠遗事》。

《古镜记》主叙述层中包括两个层次:第一层由侯生介绍古镜的来历、形状、特征以及侯生赠镜过程,所占篇幅不多;第二层次说的是古镜种种异状,仍是第一人称的回忆形式叙述的。这其间有曾在苏绰做过家奴而今在王度家为仆的豹生。告诉王度古镜原为苏所有,苏临亡之际,曾卦卜,预示苏死后将失此镜。这段插入是交代镜主的传承过程,自然要转入第三人称叙事。接下来,大业十年,王度弟弃官遍游山水,带走宝镜壮胆。大业十三年归长安,还度宝镜时，详告宝镜种种神功。这是王绩讲给王度听的，而不是王度的亲身经历，所以王度在转述时，第一人称有限视点限制了王度，不可能叙说他没有经历过的事件，故采用第三人称的王绩的内视点。

《谢小娥》的人称移位较比《古镜记》流畅。开篇是第三人称叙述小娥与父亲、丈夫航海经商，途中遇强盗，小娥幸免于难。夜梦其父言仇人为"车中侯，门东草"。其夫则言凶手为"禾中走，一日夫"。小娥虽广求智者辩证破解，终不可得。"元和八年春，余罢从事"，拜访瓦官寺僧齐物，由于"余"的登场，那么，叙述人称则由第三人称滑至第一人称。由于老和尚齐物的推荐，"余"为小娥破解了十二字谜语，杀害其父其夫的是申兰、申春兄弟。此时，叙述者是作为小说中人物直接参与小说世界的活动。这个移位不像其它小说分居两个不同的叙述分层，彼此毫无粘连。于此同理，当小娥女扮男妆，庸保于江湖间，遍访仇家，终于找到申氏兄弟。她受雇于申兰门下，隐蔽两年，取得信任，手刃申兰，擒获申春。这主层内发生的故事，系谢小娥便装复仇的个人活动，第一称"余"的视角触及不到，只能转移至第三人称。待到小娥复仇后落发开元寺，某年"余"归长安，过善义寺，重遇小娥，感叹小娥的节烈精神而写"谢小娥传"，叙述角又回到第一人称。这几次移位，都因为叙述层内故事性质的不同而采用不同叙述人称和观点，虽运用很纯熟，可我们不能不赞佩唐代小说家的创造。

白行简的《三梦记》的第一梦采用第三人称，第二梦为第一人称"予"的视点，第三梦又回到第三人称，结尾的"白行简云"，显然是第一人称的评述口气，但评中三个梦叙述了三种不同的梦境，因而采取了不同叙事人称，不同于《谢小娥传》，在一个故事中出现人称移动。

明代中篇文言小说《痴婆子传》也是第三人称开头，谓郑卫故虚有老媪年已七十岁，发白齿落而逸态飘动，丰韵潇洒，寄于陋巷，喜谈往事。有笔客访之，媪即将"一生往事"侃侃而述，小说即转入老媪的第一人称叙事，回忆她年青时的风流艳史，七十岁"回头自念"罪孽。到小说结尾处，再回到笔客的评论。他认为媪假如不言少妇时之事人们不会知道，既然说出，"堪付一笑，殆痴婆子耶"，所以作《痴婆子传》。看来先由第三者作引子，引入第一人称叙事者叙事，最后再返回第三人称作结，是一种叙事模式。白话小说《二十年目睹之怪现状》也采用这种第三人称——第一人称——第三人称的圆形模式。

三、"看官听说"的全知模式

宋元话本及明初期白话小说，是以第三人称全知视点为主要的叙述形式。叙述者以说话人的身份介入情节中，超离各个人物之外，以凌驾的眼光交代一切人物事件，引导读者或听众进入故事，并时时表明主观态度和价值判断，发挥陈述和解释的作用。这种叙事观点，依照西方的观念，属于"全知的叙述者"，而全知者在西方批评家看来是位令人生厌的向导。他总是把每个人物的一切都和盘托出，一览无余。其结果这些人物被写得索然无味，他们的动机极容易被人一眼识破。中国晚清小说家黄摩西也发表过类似的批评："小说之描写人物，当如镜中取影，妍媸好丑令观者自知。最忌搀入作者论断，或如戏剧中一角色出场，横加一段定场白，预言某某若何之善，某某若何之劣，而其人之实事，未必尽肖其言。即先后绝不矛盾，已觉叠床架屋，毫无余味。故小说虽小道，亦不容着一我之见，如《水浒传》之写侠，《金瓶梅》之写淫，《红楼梦》之写艳，《儒林外史》之写社会中种种人物，并不下一前提语，而其人之性质、身份，若优若劣，虽妇孺亦能辨之，真如对镜者之无遁形也。夫镜，无我者也。"①当代有的批评家更是贬斥传统小说那种全能的说书人的口气，认为这种方法破坏了作品的真实感，反映了古代作家的原始意识,显然他们都是以西方小说的观念来批评中国小说的。

其实,叙事观点本身没有好坏之分,也不能说哪一种比较高级,问题是什么样的艺术形式和故事内容适合于哪一种观点叙述。更何况任何一个民族小说的叙事形式都有其历史发展过程,任何一种叙事形式的形成,绝非偶然。"看官听说"的叙事观点,虽同西方早期小说一样同属于传统的写作模式,但形成的原因和表现形态并不一律。读明清小说明明是写给人"看"的,何以在篇首或章段中冠以"话说"、"且说"、"看官听说"、"说话的"这类用语呢?单从叙事结构看,显然是唐代变文和宋元说话的影响,而明代文人刻意模仿这种体制,清代小说家更是成功的运用,赋予新的写法,都是千世一系,同说话艺术有着不可割绝的血缘关系。

说话是诉诸听觉的艺术。说话人直接面向广大"看官"(听众)讲说故事。特别是说话人的表演场所,大都是勾栏瓦舍、茶楼、酒肆、场院,听众们来听书完全是为了娱乐。在这样嘈杂的场所,面对文化程度不高的贩夫走卒、手工业工人、市民等等不同的欣赏对象,这就要求首先要使听众听懂,抓住听众的注意力,并使他们的注意力保持愈久愈好。因此就要给欣赏者造成期待,并且不时调整变换叙事的速度和节奏,因为人的注意力处在一个集中与分散的矛盾中,不易长时间停留在一种固定的状态上。人的感官在接收外界信号时,如果始终听取一种单调的相似的频率,势必使听众的注意力消失,使他们感到厌烦和困倦。为了调动听者的感受、思考、联想、想象等心理活动的积极运转,缩短说书人与听众的心理距离,除了讲说能够使听者保持情绪稳定性的有趣的故事情节和人物外,在叙事语言上,则采用接近日常生活用语的讲说故事的口头语言。它在语言结构上经常使用提示、设问、提问、交代、说明、揭示、预示、诠释等语气。

1. 提示

提示听众或读者对人物和事件的关切,造成一种兴趣,一种期待心理。多用在话本小说的入话部分,以此来拎起正文的故事。

《古今小说》第十五卷《史弘肇龙虎君臣会》:"这未发迹的好汉,却姓甚名谁? 怎的变迹发泰?"《警世通言》第二十八卷《白娘子永镇雷峰塔》:"单说那子弟,姓甚名谁? 遇着怎般模样妇人? 惹出甚般样事?"《古今小说》第三十一卷《闹阴司司马貌断狱》:"说话的,就是司马重湘,怎地与阎罗王寻闹? 毕竟那个理短? 请看下回便见。"

2. 设问

在章段中有的时候,碰到强调某个出场人物和描写环境时,说书人就直接出面提出设问,而后引诗为证做为回答。

《碾玉观音》中说话人介绍秀秀时先后用了两个提问句:"当时虞候声诺,来寻这个看郡王的人,是甚色目人? 正是……""铺里一个老儿,引着一个女儿,生得如何? 云鬓轻笼蝉翼……"《史弘肇龙虎君臣会》说到郭威步入孝子店寻找史弘肇,说话人插入一句:"这来底人姓甚名谁? 正是……"《水浒传》第三回,写鲁达、史进等去酒店:"怎见得好座酒肆? 正是李白点头便饮,渊明招手回来。有诗为证……"《清平山堂话本》之《杨温拦路虎传》写杨温尾随杨青,"行得二里来田地,见一所庄院,但见……"

3. 提问

对于某种事件的轻重利害关系,听众还不能立即做出判断,或者为了引起人们的注意,往往用提问句加重事件的紧张性和严重性。

如《宣和遗事》叙述到贾奕看徽宗留与李师师的绞绡直系时,"认的是天子衣,一声长叹,忽然倒在地"。紧接着说话人强调一句:"不知贾奕性命如何? 三寸气在千般用,一日无常万事休。"此外如两将对杀,说者常用"怎见得如何厮杀"? "二人性命如何"?

来提顿。说人的穿戴，先用"怎生打扮"设问，然后"但见"或"有诗为证"细细描绘，这几乎成为一种套语在白话小说中广泛使用。

4. 交代

假如某个角色和事件含混不清，可能影响读者正确的判断和对事件的认识时，叙述者便公开介入，提供人物或事件的背景材料，交代故事情节，说明原委，或是介绍登场人物。

如《碾玉观音》秀秀的父亲，向郡王府的虞候介绍女儿的本事时，不直接说出是什么本事，却说："有词寄《眼儿媚》为证：深闺小院日初长，娇女绮罗裳。不做东君造化，金针刺绣群芳样。斜枝嫩叶包开蕊，唯只欠馨香。曾向园林深处，引教蝶乱蜂狂。"听众骤然听这首词，不易理解和把握这首词的意思，所以说话人紧接着点出原意："原来这女儿会绣作。"《水浒传》第十六回晁盖吴用智取生辰纲，写得虚虚实实，神出鬼没，说书人最后出来交代吴用怎样智取的："我且问你：这七人端的是谁？不是别人，原来正是晁盖、吴用、公孙胜、刘唐、三阮这七个。却才那个挑酒的汉子，便是白日鼠白胜。却怎的用药？原来挑上冈子时，两桶都是好酒。七个人吃了一桶，刘唐揭起桶盖，又兜了半瓢吃，故意要他们看着，只是教人死心塌地。次后，吴用去松林里取出药来，抖在瓢里，只做赶来饶他酒吃，把瓢去兜时，药也搅在酒里，假意兜半瓢吃，那白胜劈手夺来，倾在桶里。这个便是计策。那计较都是吴用主张。"《金瓶梅》第十回作者详细介绍了李瓶儿的出身："看官听说，原来花子虚浑家，娘家姓李，因正月十五日所生，那日人家送来一对鱼瓶儿来，就小字唤做瓶姐。先与大名府梁中书家为妾。梁中书乃东京蔡太师女婿。夫人性嫉妒，婢妾打死者多埋在后花园中。这李氏只在外边书房内住，有养娘扶持。只因政和三年正月上元之夜，梁中书同夫人在翠云楼上，李逵杀了全家老小，梁中书与夫人各自逃生。这李氏带了一百颗西洋大珠，二两重一对鸦青宝石，与养娘妈妈，走上东京投亲。那时花太监，由御前班直升广南镇守，因侄男花子虚没妻室，就使媒人说亲，娶为正室。太监在广南去，也带他到广南。住了半年有余，不幸花太监有病；告老在家，因是清河县人，在本县住了。如今花太监死了，一分钱多在子虚手里，每日同朋友在院中行走，与西门庆都是会中朋友。西门庆是个大哥。第二个姓应，双名伯爵，原是开细绢铺的应员外的儿子，没了本钱，跌落下来，专在本司三院，帮缥贴食，会一脚好气途，双陆棋子，件件皆通。第三个姓谢，名希大，字子纯，亦是帮闲勤儿，会一手好琵琶，每日无营运，专在院中吃些风流茶饭。还有个祝日念、孙寡嘴、吴典恩、云里手、常时节、卜志道、白来抢，共十个朋友。卜志道故了，花子虚补了，每月会在一处，叫两个唱的，花攒锦簇玩耍。众人见花子虚，乃是内臣家勤儿，手里使钱撒漫，都乱撮合他，在院中请妹子，整三五夜不归家。正是……"由介绍李瓶儿顺便介绍了西门庆一伙流氓、帮闲，恰是这帮人组成了鬼域世界，同时伏下西门庆借把兄弟关系，暗中偷上李瓶儿，活活气死花子虚这一笔。《红楼梦》第三回林黛玉抵达荣国府初见贾母，黛玉方拜见外祖母，叙述者向读者提出："此即冷子兴所云之史氏太君也——贾赦、贾政之母。"（甲戌本）脂砚斋评云："书中人目太繁，故明注一笔，使观者省眼"。其实就读者而言，作者的提醒，实际是标出贾母在贾府内的至高无上的地位。第七回周瑞家送宫花，过了穿堂，顶头忽见她的女儿来找她，作者补叙道："原来周瑞家的女婿便是雨村的好友冷子兴，近日因卖古董，和人打官司，故叫女人来讨情。周瑞家的仗着主子的势，把这些事也不放在心上，晚上只求凤姐便完了。"作者描此一笔的重点在于暗示周瑞家的与冷子兴的关系。人们还记得，第二回书里冷子兴向贾雨村如数家珍似的演说荣宁二府，当时作者没有向读者点明冷子兴与贾家的关系，读者自然不能完全肯定冷子兴讲话内容的可靠程度，待到叙述者在此指明冷子兴原来是周瑞家的女婿，这就解释了冷子兴如此熟悉贾家的原因，自然他对贾家的介绍就比较可信了。第三回介绍宝玉的丫头袭人时，也采用了相同的叙述语气:"原来这袭人亦是贾母之婢,本名蕊珠,贾母因溺爱宝玉,恐宝玉之婢不中使,素日蕊珠心地纯良,遂与宝玉。宝玉因知他本姓花,又曾见旧人诗句有'花气袭人'之句,遂回明贾母,即把蕊珠更名袭人。"贾母把花袭人转给了宝玉,表示了老祖宗溺爱之情。但是,黛玉刚进荣国府,作者便特意介绍了花袭人的更名,就比喻谐音而言,这里是否隐喻着这位花大姐日后要"偷袭"林黛玉,同时,预示她与蒋玉函的婚姻呢?第二十四回交代小红的来历:"原来这小红本姓林,小名红玉,因'玉'字犯了宝玉、黛玉的名,便改换他做'小红',原来是府中的世仆,他父亲现在收管各处四房事务。这小红年方十四,进府当差,把他派在怡红院中,倒也清幽雅静。不想后来命姊妹及宝玉等进大观园居住,偏生这一所儿,又被宝玉点了。"小红头一次出现引起了贾芸的注意,想问她的名字,因她是宝玉的贴身丫环而作罢。第二次出现又引起了宝玉的兴趣,隶属他房中的丫环,竟然不知其姓名。小红的称名两次延宕,一则可以保持读者对小红的兴趣;一则是引起读者对延搁事件的注意。小红的自身表演给贾芸、宝玉以及读者的印象是妩媚、聪明、能干、口齿伶俐而有野心,作者画龙点睛的补述,更是直接点出小红"向上攀高"的心理依据。

　　5.说明

　　倘若人物的行动、人物之间的关系、事件的发展可能影响读者的正确判断,或者作者考虑到读者未能注意作者的引导,可能导致误判时,说书人或作者便站出来加以说明。

　　《古今小说》第三十六卷《宋四公大闹禁魂张》补充说明宋四公怎样装扮茶点老儿的儿子,骗过众做工的:"原来众人吃茶时,宋四公在里面,听得是东京声音,悄地打一望,又像个干办公事的模样,心上有些疑惑,故意叫骂埋怨。却把茶点老儿的儿子衣服,打换穿着,低着头,只做买粥,走将出来,因此众人不疑。"《古今小说》第三十五卷《简帖僧巧骗皇甫妻》,简帖僧的真实面目,直到小说的后半部才由说书人揭开："这罪人原是个强盗头儿，绰号'静山大王。'"《金瓶梅》第三十四回，潘金莲冲着西门庆挖苦李瓶儿吃了双席儿，作者写道："看官听说，潘金莲这几句话分明讥讽李瓶儿，说他先和书童儿吃酒，然后又陪西门庆，岂不是双席儿，那西门庆怎晓得就里。正是情知语是针和线，就地引起是非来。"《红楼梦》第三十三回宝玉被打，贾政指控贾宝玉罪状之一是"在外流荡优伶，表赠私物"。贾宝玉与蒋玉函交换汗巾，只有两个人知道此事：薛蟠当场抓住他们交换汗巾，后来贾宝玉又将汗巾转给袭人。由于薛蟠一向为蒋玉函而嫉妒贾宝玉，读者自然怀疑是薛蟠告密，就连袭人、宝钗也曾认定是薛蟠，其实薛蟠跟此事毫无关系，作者说："原来宝钗素知薛蟠情性，心中已有一半疑是薛蟠挑唆了人来告宝玉了，谁知又听袭人说出来，越发信了。究竟袭人是听焙茗说的，那焙茗也是私心窥度，并未据实，大家都是一半猜度，竟认作十分真切了。可笑那薛蟠因素日有这个名声，其实这一次却不是他干的，竟被人生生的把个罪名坐定。"

6. 揭示

有时为了让读者更清楚地把握人物之间的矛盾冲突和人物行动的内在依据，叙述者也常常以"作者全知观点"，随时出入书中人物的内心世界，并揭示人物内心活动的奥秘。典型的例子如《红楼梦》第二十九回："原来宝玉自幼生成来的有一种下流痴病，况从幼时和黛玉耳鬓厮磨，心情相对，如今稍知些事，又看了些邪书僻传，凡远亲近友之家所见的那些闺英闱秀，皆未有稍及黛玉者，所以早存一段心事，只不好说出来。故每每或喜或怒，变尽法子暗中试探。那黛玉偏生也是个有些痴病的，也每用假情试探。因你也将真心真意瞒起来，我也将真心真意瞒起来，都只用假意试探，如此'两假相逢，终有一真'，其间琐琐碎碎，难保不有口角之事。即如此刻，宝玉的心内想的是：'别人不知我的心，还可恕；难道你就不想我的心里眼里只有你？你不能为我解烦恼，反来拿这个话堵噎我，可见我心里时时刻刻白有你，你心里竟没我了。'宝玉是这个意思，只口里说不出来。那黛玉心里想着：'你心里自然有我，虽有'金玉相对'之说，你岂是重这邪说不重人的呢？我就时常提这'金玉'，你只管了然无闻的，方见的是待我重，无毫发私心了。怎么我只一提'金玉'的事，你就着急呢？可知你心里时时有这个'金玉'的念头。我一提，你怕我多心，故意儿着急，安心哄我。'那宝玉心中又想着：'我不管怎么样都好，只要你随意，我就立刻因你死了，也是情愿的；你知也罢，不知也罢，只由我的心，那才是你和我近，不和我远，黛玉心里又想着：'你只管你就是了；你好，我自然好。你要把自己丢开，只管周旋我，是你不叫我近你，竟叫我远了。'看官，你道两个人原是一个心，如此看来，却都是多生了枝叶，将那求近之心，反弄成疏远之意了。此皆他二人素昔所存私心，难以备述。如今只说他们外面的形容。"作者钻到两个人的内心，时而站在作者观察的角度，从外向内看，向读者交代这对恋人之间的种种误解，并加入了自己的评语；时而通过人物自己的内心独白，各自吐露心思。这种作家剖析和人物主观抒情交叉的叙述方式，可以使读者直接了解人物内心活动的实质性问题，把握他们爱情发展的趋向，否则没有作者说明，读者只能按照各自的认识，去推断发生种种矛盾冲突的原因，或是从人物观点的角度来看这对恋人的复杂纠葛，也会和书中人物一样得出相同的判断，而这往往是不可靠的。如第二十回贾环与香菱、莺儿下围棋输了钱赖账，莺儿不服，恰值宝玉走来，问是怎么了，贾环不敢则声。作者写道："宝钗素知他家规矩：凡做兄弟的怕哥哥。却不知那宝玉是不要人怕他的。他想着：'兄弟们一并都有父母教训，何必我多事，反生疏了。况且我是正出，他是庶出，饶这样看待，还有人背后议论，还禁得辖治了他？'更有个呆意思存在心里。你道是何呆意？因他自幼姐妹丛中长大，亲姊妹有元春、探春，叔伯的有迎春、惜春，亲戚中又有湘云、黛玉、宝钗等人，他便料定天地间灵淑之气，只钟于女儿，男儿们不过是些渣滓浊沫而已。因此把一切男子都看成浊物,可有可无,只是父亲、伯叔、兄弟之伦,因是圣人遗训,不敢违忤,所以弟兄间亦不过尽其大概就罢了,并不想,自己是男子,须要为子弟之表率。是以贾环等都不甚怕他,只因怕贾母不依,才只得让他三分。""凡做兄弟的怕哥哥",这是薛宝钗依照贾府的规矩,也是遵循封建礼法得出的结论。倘若读者拿这个判断分析贾宝玉与贾环的关系,当然是不准确的。事实是贾环从来就不甚怕贾宝玉。"只因怕贾母不依,才只得让他三分";而贾宝玉也"不要人怕他",原因是"有个呆意思存在心里"。贾宝玉内在观点的怪异由于叙述者的补充说明,使读者更加深入的看到薛宝钗与贾宝玉思想之间有着不可逾越的鸿沟。对于薛宝钗来说,遵照封建伦理道德的教导,主子与奴婢发生矛盾,一定要维护主子;做哥哥的教训弟弟是天经地义的规矩,但是鉴于自己的丫头搅在里边,便不得不替贾环掩饰。

7. 预示

用作者观察的观点或作者全知观点叙事的,也公开向读者交代以往发生的事件,预示事件的结果,让读者有一个完整的认识。

《金瓶梅》第十九回,"看官听说,后来西门庆果然把张胜送至夏提刑守备府,做了个亲随,此系后事,表过不提"。第三十一回,"看官听说,后来西门庆死了,家中时败势衰。吴月娘守寡,把小玉配与玳安为妻,家中平安儿小厮,又偷盗出解当库头面,在南瓦子里宿娼,被吴驿丞拿住,痛刑拷打,教他指攀月娘与玳安有奸,要罗织月娘出官,恩将仇报。此系后事,表过不提"。等等,都属于这类叙事方法。

8. 诠释

作者对小说中的典章、制度、典故、地理、风情、行会用语等等,有时也作必要的解释说明。如《水浒传》第八回"宋时途路上客店人家,但是公人监押囚人来歇,不要房钱"。"看看正走不动了,早望见前面烟笼雾锁,一座猛恶林子。……这座猛恶林子,有名唤做野猪林,此是东京去沧州路上第一个险峻去处。宋时这座林子内,但有些冤仇的,使用些钱与公人,带到这里,不知结果了多少好汉在此处"。如《警世通言》第三十七卷《万秀娘仇报山亭儿》:"原来强人市语唤杀人做'推牛子'。"《喻世名言》第二十四卷《杨思温燕山逢故人》:"说话的,错说了,使命入国,岂有出来闲走买酒吃之理?按《夷坚志》载:那时法禁未立,奉使官听从与外人往来。"等等。

　　从上面的分析,我们可以说提示、设问、重复、诠释等语规,在话本或说书体类型的小说中,具有多方面的功能。其中很重要的一点是线路功能。因为说话艺术欣赏受时间限制,是在群众场合说给大家听的,不同于小说不受时间限制,可以由读者独自去体味。所以演员为了收拢听众的注意力和感受,以至帮助听众较透彻的理解讲述的整体内容,不得不开头就明确地向听众阐明他要讲说的内容,让听众对故事的主题有个基本了解,引起听众的兴趣。而在叙述过程中又公开考虑到听众的反应,不时调整叙述线路,比如在前段叙述过一件事,转入下一段故事,常常使用"按下散言,且说……","按下此处,且说……","按下一头,却说一人","话休饶舌","却说"、"且说"等等,来结束上文,开启下文。或者用设问、提示的语气,提醒听众注意人物性格和戏剧冲突的重点,促进人们的思考。说书人对典章制度的诠释,也是为了清除障碍,让听众清楚的把握故事内容。

四、楔子、入话、第一回的评述

　　在中国古代小说的楔子、入话、第一回中,最明确不过的表现了叙述者的观点。而这同我国说话艺术的特征相联系的。受说话艺术影响的白话小说,作者不向观众保守任何秘密,总是用一条符合逻辑发展的线索把一连串的事件连缀起来,诸种事件中有一个中心事件,而这个中心事件又有它的前因后果,来龙去脉,故事情节的发展也始终保持在符合前因后果的范围之内。这样,说话人或作家开篇便向观众或读者交代故事内容,创作动机。读者知道故事的中心意思,但不知道怎样发展;知道人物将有行动,却不知如何行动,从而引起了思考和兴趣。

利用楔子、入话和第一回简明揭示主题或题材,发表叙述者的观点,也是中国古代小说的特点。这种叙述体制,若论其渊源,则上推至唐宋。

在现存早期的白话叙述变文里,"押座文"就是变文的楔子。郑振铎先生说:"所谓'押座文',实在并不是'变文'的本身的别一名称;所谓'押座文',大约便是'变文'的引端,或'入话'之意。"⑤向达先生也说:"押字本有隐括之意,所有押座文,大都隐括全经,引起下文。……此当即后世'入话'、'引子'、楔子之类耳。"⑥按"押"与"压"为同属一韵的通假字,"押即是镇压之压,座四座之座"。⑦"压座文"就是在俗讲开讲以前,用来摄伏大众,概隐经义,引起下文的一段文字。文字不长,多用七言,用韵也不规则,很显然,押座文已具有楔子、入话的性能。

从唐代俗讲押座文演变下来,到了宋元及明代早期的白话小说,楔子、入话则有了新内容新作用。换句话说,楔子、入话在这个时代,为了适应娱乐性的需求,从原来简短、呆滞、平铺直叙的诗句型的引言一变而为上场诗或一系列的诗词,有时还掺杂一小段或更多的闲话(散文)和故事,表达某种生活哲理。它的韵文部分,采用唐宋时代流行的曲调,都是被以弦管鼓板来唱的。散文部分,是极流畅通俗的口语。从形式上看,说话艺人只是为了拖延时间,以便招来更多的听众,同时还要稳住已到的听众,举凡诗词故事,虽然多少跟正文发生关系,它以各种不同的方式将底下要讲的故事引出来,起着承上启下的作用,但这种关系并非必然联系,而是可有可无的。例如《碾玉观音》开头就用咏春诗词若干首。说者先念了一首孟春景致的词,念后说道:"原来又不如黄夫人做着季春词又好。"如此依次把描写三春景致的词都念完了,接着又引名人的诗来说明春是怎样归去的,最后又引王岩叟的诗,归结春的归去,是因九十月春光已过。这些卷头的春诗春词,实际上与下面的故事无关,只是说书人用这"入话"用语把"话文"本身联系起来,引渡到说书人心目中构好的线路:"说话的,因甚说这春归词? 绍兴年间,行在有个关西延州延安府人……当时怕春归去,将带着许多钧眷游春……"从此开始了故事的叙述。再看《错斩崔宁》,开篇是一首七言律诗,紧接着说书人讲了一个读书人酒后戏言以至杀身破家,误害了几条无辜性命的故事,然后再开讲错斩崔宁。这个"得胜头回"(楔子)与《碾玉观音》的入话不同。楔子里所讲的故事同正文故事性质相似,都是因一时戏言遇祸,严格地说,仍属于延长时间的作用,删去这段入话部分,并不影响正文故事的发展。

这种格局不只话本小说运用,其他宋元讲唱文学亦如是。如北宋赵德麟的《元微之崔莺莺商调蝶恋花鼓子词》,韵散互用,散文叙述故事情节的发展,每段结尾都加上"奉劳歌伴,再和前声"的字样,这同宋元话本小说《刎颈鸳鸯会》的体制极为相似,不同的是《刎颈鸳鸯会》在"奉劳歌伴,先听格律,后听芜词"开始之前,是一首诗和一首词作为入话,接下来是一小段关于一个有夫之妇私通他人的故事,故事终了,有"权做个笑耍头回"字样,之后才开始正文,显然这"笑耍头回"就是蒋淑珍故事的楔子或入话。而崔莺莺鼓子词"奉劳歌伴,先定格调,后听芜词"之前,只是简要的开场白,介绍取材民间,配以音律的目的,也属于楔子类。但用语雕琢,恐怕已非是原来楔子的风貌。

又,金朝董解元的《西厢记诸宫调》(简称董西厢)开篇〔仙吕调〕(醉落魄缠令)下有一"引辞",和〔般涉调〕(哨遍)下"断送引辞"字样。顾名思义,"引辞"这两个字,就是引起下文话语的意思,换句话说,就是楔子或入话的作用,因为曲中所唱的内容跟正文故事全然无关,不过是过渡性质,"引辞"和"断送引辞"之后才是"此本话说:唐时这个书生,姓张名珙……",这和宋元话本小说中唱完诗词之后,再用"话说"展开正文,同属一类。此外像弹词中的"开篇",也就是话本小说里的"入话"、"得胜头回",与正文相关或不相关的短唱,借以待客,再开正书的引子。

　　至于在中国戏曲中正戏之前加"引首"、"楔子"、"副末开场",几乎成为固定的体制。《辍耕录》载金院本中"冲撞引首"一类,即正院本演出之前,先演点歌舞、音乐、武术、杂技之类的小节目,以待正戏演出。宋元南戏《张协状元》卷首,就保存着正戏开场前外加的小节目。元末明初的杂剧剧本开始出现了"楔子"或"楔儿"的称谓。王骥德《曲律》说:"登场首曲,北曰楔子,南曰引子。"如《太和正音谱》在〔仙吕端正好〕曲牌下,注着"无名氏《拂尘子》楔儿"。朱有燉的《曲江池》,在第一支曲子〔赏花时〕之上标明楔子,到明代中期刊刻的元杂剧剧本选集,才把属于首曲的曲词和宾白,列为单独部分,称为楔子,并加标题。明弘治本《西厢记》,卷首的"引首",简要介绍崔张的爱情故事,也和"楔子"相类。明清传奇剧本把第一出通称"家门",或叫"副末开场",同样是正戏开场前的剧情介绍,属于楔子、引首的另一名称了。

　　上面赘述许多,无非是想说明笔者这样一个观点:凡是直接面向听众的说唱文学,一般的说,在表演时一定有"楔子"、"引首"、"开篇"、"引辞"、"入话"、"得胜头回"。它们的内容构成不尽相同,与故事主题有关连或毫无相涉,但究其作用和性质,不外是聚集听众、稳定听众、概隐大意、引起下文。这特定的审美关系决定了文艺的表现方法。就白话小说的楔子、入话的发展而论,说话时期的"'话本'既是说书先生的'底本',我们就说书先生的实际情形一观看,便知他不能不预备好那么一套或短或长的'入话',以为'开场之用'。一来是,借此以迁延正文开讲的时间,免得后至的听众,从中途听起,摸不着头脑;再者,'入话'多用诗词,也许实际上便是用来'弹唱',以肃静场面,怡悦听众的"。⑧说书人天南海北,上下古今,随手拈来,"借此以迁延正文开讲的时间","用来'弹唱'以肃静场面怡娱听众",虽有叙事者的褒贬评论,但仍然是娱乐性的,故音乐性较强,入话的内容和正文的逻辑关系,并不特别讲究。到了明代拟话本已不是说书人底本,由"听"转为"读",这是小说发展上的一个新阶段,可惜那时的作家太沉浸在话本形式里,从取材到形式、技法诸方面,完全模拟宋元话本,未能突破传统的因袭。不过也正由于文人们参与模拟,从阅读的角度出发,雕琢入话、楔子的内容,使它与正文的联系更为紧密,不是可有可无的成分;但与此同时,娱乐性、音乐性的作用丧失,道德说教的内容加强,似乎又复归到变文押座文宗教迷漫的时代。例如凌濛初的《二拍》,无名氏的《石点头》、《醉醒石》、《照世杯》、《幻影》,李渔的《十二楼》,周济的《西湖二集》等等,入话的开卷诗硬邦邦地像教条,缺少宋元话本那种娱乐性的美感,这也说明由"说"到"看",在楔子、入话上的变化。

明清长篇小说可以说是三变。楔子、第一回与全书故事水乳交融,成为全书不可缺少的间架。作者的创作意图,故事的梗概,事件发生的因由和背景,几乎都在第一回作了明确交代,可以说作者以各种不同的方式将底下要讲的故事强调出来,不同于西方小说家隐藏自己创作意图的写法。中国小说的楔子或第一回引导读者进入作品情境的叙述方法,它的性能和作用是多种多样的,这里我们分为以下几类:

1. 评述模式

作者就是叙述者,以第三人称身份作主观判断,他借楔子或第一回书,把故事的主题直接点明,正文的内容说得一清二楚,不时加入含意明显的一个至两个以上的相类、相似与相反的故事类比、衬托。或对比、反衬,进行冗长的解释和评论,以及直接向读者询问,有时唯恐读者不能完全领会,更掰开揉碎,不惮其烦地细说。前面笔者曾说过,这种评述模式,早在宋元话本和明清拟话本的入话中即已十分流行，几乎篇篇开首都有评述。如《古今小说》第三十六卷《宋四公大闹禁魂张》，一开始是一首七言律诗："钱如流水去还来，恤寡周贫莫吝财。试览石家金谷地，于今荆棘昔楼台。"这短短的四句诗已把作者的意图透出，然后再用一则石崇因富得祸的故事做引子，反衬正文，接着叙述者就所要讲的故事中心意旨公开告诉听众："如今再说一个富家，安分守己，并不惹事生非；只为一点悭吝未除，便弄出非常大事，变做一段有笑声的小说。"《醒世恒言》第二卷《三孝廉让产立高名》，也是用一首诗词开卷，不同的是，说话人借诗中蕴涵的三个典故，讲了历史上三个兄弟和顺的故事，反复阐发正文题意，归到正文后，再次交代故事本意："说话的，为何今日讲这两三个故事？只为自家要说那兰孝廉让产立高名。这段话文不比曹王忌刻，也没子建风流，胜如紫荆花下三田，花萼楼中诸李，随你不和顺的弟兄，听着在下讲这节故事，都要学好起来。"《初刻拍案惊奇》卷四《程元玉店肆代偿钱　十一娘云岗纵谭侠》，开篇一首诗赞，隐含几个侠女的名字，然后逐一介绍她们的故事作为入话。正传中韦十一娘的侠义行为，很容易叫人联想到聂隐娘和红线，这篇入话起到了正衬作用。

　　话本里的楔子并不是都含故事的，换句话说，作者不一定仅仅靠楔子中所举故事来补衬说明正文意旨，有的引述一首诗或词之后，便"话说"起正文故事来，这诗词就已概括了故事要旨。如《京本通俗小说》第十一卷《菩萨蛮》，《古今小说》第十一卷《赵伯升茶肆遇仁宗》，《清平山堂话本》的《快嘴李翠莲》、《洛阳三怪记》、《合同文字记》、《张子房慕道记》、《董永遇仙传》等等。讲史的话本中，如《前汉书平话》、《武王伐纣平话》、《五代史平话》，也都是属于此类。不过平话的评述跟小说类话本不同。短篇的白话小说只能"讲一朝一代故事，顷刻间捏合，与起令随令相似，各占一事也"。⑨基本上是一人一事，完全可以在开卷诗词或是通过叙述者的直接评述中，交代作者的创作意图和故事大意。而讲史是"讲说《通鉴》、汉唐历代书史文传,兴废战争之事"。^⑩一整代的历史文传,难以概括进一两首诗词中,只能简要说明平话的内容,如《乐毅图齐》,或是以诗作为评论的发端,如《新刊大宋宣和遗事》,更多是说话人根据内容需要,先话后评,或先评后话,不断进行评说。

这种评述模式,在后来长篇小说中还保留着踪影。例如《儿女英雄传》,缘起首回一首〔西江月〕就把书名点出:"侠烈英雄本色,温柔儿女家风;两般若说不相同,除是痴人说梦!儿女无非天性,英雄不外人情;最怜儿女又英雄,才是人中龙凤。"八句提纲道罢,作者又借燕北闲人(实际是作者化身)的一梦,提出忠、孝、节、义的道德观念,然后再借悦意夫人和天尊的对话,对怎算得儿女英雄进行评论,衡量了许多历史人物,最后得出儿女英雄的标准:"立志要做个忠臣,这就是个英雄心;忠臣断无不爱君的,爱君这便是个儿女心。立忠要做个孝子,这就是个英雄心;孝子断无不爱亲的,爱亲这便是个儿女心。至于'节义'两个字,从君亲推到兄弟、夫妇、朋友的相处,同此一心,理无二致。"一句话,忠、孝、节、义便是衡量儿女英雄的标准,作者"作一场儿女英雄公案,成一篇人情天理文章",其本意就是为了宣扬封建伦理道德观念。《醒世姻缘传》的"引起",《歧路灯》和《花月痕》的第一回,也属于评述模式,但作者省却了开卷诗词,入首便宣明自己的创作意旨,而且作者的世界观,跟《儿女英雄传》的作者也是相同的。在叙述的风格上,都采取了意思明显的字眼,整段整段的评述,超然于物外的生活观察。

这种评论形式,越是发展到晚清,就越加主观化和多样化,其中最突出的是李宝嘉的《中国现在记》,吴趼人的《恨海》、《涌史》、《九命奇冤》,张春帆的《九尾龟》。

李宝嘉的《中国现在记》已发现的仅十二回,在楔子中,作者表述了他对中国未来前途的看法:

　　哈哈!列位看官,你可晓得现在中国到了什么时候了?
一个人说道:"中国上下相蒙,内外隔绝,武以弓刀为重,文以贴括见长,原是个极腐败不堪的。"在下答道:"成事不说,既往不咎,这是过去之中国,你说他做甚?"又一个说道:"中国兴学通商,整军经武,照此下去,不难凌轹万国,雄视九州。"在下又答道:"成效无期,河清难俟,这是未来之中国,我等他不及。"那两个人一齐说道:"这又不是,那又不是,依你看了来,中国将无一而可的了?"在下道:"不然!不然!你我生今之时,处今之势,前不见古人,后不见来者,独立苍茫,怆然涕下!过去之中国,既不敢存鄙弃之心;未来之中国,亦岂绝无期望之念?但是,穷而在下,权不我操,虽抱着拨乱反正之心,与那论世知人之识,也不过空口说白话,谁来睬我?谁来理我?则何如消除世虑,爱惜精神,每逢酒后茶余,闲暇无事,走到瓜棚底下,与二三村老,指天划地,说古论今,把我生平耳所闻,目所见,世上怪怪奇奇之事,一一说与你们知道.他们虽然是乡愚,久而久之,亦渐渐地心领神会,都道原来现在的事,不过如此。我又怕事情多了,容易忘记,幸而在下还认得几个字,于是又一一地笔之于书,以为将来消遣之助。唉!虽如此说,古今来稗官野史,很有些与人心世道,息息相通,在下又何敢妄自菲薄?佛说云:'欲知来世因,今生作者是。'这便是作书人的微旨了。诸公不厌其烦琐,听在下慢慢道来。"

对过去腐败的中国"既往不咎",对未来中国的强盛又感到"成效无期",非常渺茫,那么作者的笔锋就转向了丑恶现实的揭露和抨击。

吴趼人在《痛史》第一回中也发挥了类似见解,但他是以优胜劣败的进化论观点,大声疾呼人们要生有血性,认定其祖国,奋发图强,那么"只要全国人都有志气,存了个必要如此,方肯亡国的心,他那国就不会亡了;纵使果然是如此亡法,将来历史上叙起这些话来,还有多少光荣呢"!吴趼人不过是借写南宋贾似道卖国求荣,苟安无耻,颂扬力主抗战的爱国志士,来影射晚清的腐败朝廷。

　　这里要特别指出吴趼人《二十年目睹之怪现状》中楔子的评述方法。这部小说的正文由"九死一生"的回忆构成,用的是第一人称的叙述形式,这在中国小说史上是个创举,但是楔子的开头却用了第三人称的评述:

　　　　上海地方,为商贾麕集之区,中外杂处,人烟稠密,轮舶往来,百货输转。加以苏扬各地之烟花,亦都图上海富商大贾之多,一时买掉而来,环聚于四马路一带,高张艳帜,炫异争奇。那上等的,自有那一班王孙公子去问津;那下等的,也有那些逐臭之夫,垂涎着要尝鼎一脔。于是乎把六十年前的一片芦苇滩头,变做了中国第一个热闹的所在。

　　接着而来的是"许多骗局、拐局、赌局,一切稀奇古怪,梦想不到的事,都在上海出现,于是乎又把六十年前民风淳朴的地方,变了个轻浮险诈的通逃薮"。楔子的开头部分,显然是为了点出人物活动和发生种种丑恶现象的背景——十九世纪末叶的上海。正是在这个"乐园"里,当时的官吏士子们有的以仆妾姿态阿谀取容,有的像狗马一般卑贱,去追求功名利禄,沉溺于声色。没有操守,没有志节,到处是阴险、欺骗、陷害、卑劣、糜烂,无数青年堕落沉沦,"死里逃生"就是其中一个。到此巧妙地引出"死里逃生"这个穷困的上海人,第三人称叙述转向第一人称,焦点转换到"死里逃生"身上。只见他到城里闲逛,见一汉子卖书,接过来看时,上面写着《二十年目睹之怪现状》,篇首署名"九死一生笔记",不觉心中动了一动,因为他自己的名字与遭遇跟手稿的作者非常相似。卖书人看他是个"知音",便分文不取,把书稿送给了他。"死里逃生"决意将手稿所叙之事写成小说体裁,剖作若干回,加了些评语,寄往日本新小说社发表。按《二十年目睹之怪现状》最初刊载于《新小说》,一九〇六年(光绪三十二年)至一九一〇年(宣统二年)先后印成单本八册,后编为四卷。所谓"九死一生"就是吴趼人的影子,也就可见,那么"《怪现状》盖低徊身世之作,根据昭然"。⑪

第三人称的叙述者引出了"死里逃生"的轶闻。说明了故事的由来,证明非作者的杜撰,造成一种真实可靠的感觉。可是既然"九死一生"和"死里逃生"是作者的化身,在楔子中已作了明确暗示,那么吴趼人也就会把他的生活体验融进小说。"作者经历较多,故所叙之族类亦较夥,官师士商,皆著于录"。⑫不过作者并非是可靠的叙述者,由于"描写失之张皇,时或伤于溢恶,言违真实,则感人之力顿微,终不过连篇'话柄',仅足供闲散者谈笑之资而已"。⑬

2. 隐喻象征与评述的混合

这类小说的第一回,既有以象征比喻来勾画出故事发生的背景原因,也有作者的评述,两种叙事方法并存。例如李伯元的《文明小史》的开场白,他把中国比喻成日出前的晨晓和风雨欲来的天空:

有一年坐了火轮船在大海里行走,那时候天甫黎明。偶至船顶,四下观望,但见水连天,天连水。白茫茫一望无边。正不知我走到那里去了。停了一会子,忽然东方海面上现出一片红光,随潮上下。虽是波涛汹涌,却照耀得远近通明。大家齐说:"要出太阳了!"一船的人,都哄到船顶上等着看,不消一刻,潮水一分,太阳果然出来了。记得又一年,正是夏天午饭才罢,随手拿过一张新闻纸,开了北窗,躺在一张竹椅上,看那新闻纸消遣。虽然赤日当空,流金烁石,全不觉半点敲热,也忘记是什么时候了。停了一会子,忽然西北角上起了一片乌云,隐隐有雷声响动,霎时电光闪烁,狂风怒号。再看时,天上乌云已经布满。大家齐说:"要下大雨了!"一家的人,关窗的关窗,掇椅的掇椅,都忙个不了,不消一刻,风声一定,大雨果然下了。

很明显,作者是在暗示那时的旧中国。东方海面上出现的一片红光,可能是比喻西方和西方文化思潮。作者预感到在西方资本主义及其文化思潮的冲击下,清帝国"虽是波涛汹涌",终究不能阻挡光明的到来,社会肯定要发生变革,而且是已经到了"山雨欲来风满楼",风暴即将来临,新旧过渡,黑暗和光明交替,中国将无法避免要接受一次空前的洗涤。对这个比喻,叙述者还嫌不够清楚,又直接对读者进一步评述说明:

> 诸公试想:太阳未出,何以晓得他就要出?大雨未下,何以晓得他就要下?其中却有一个缘故。这个缘故,就在眼前。只索看那潮水,听那风声,便知太阳一定要出,大雨一定要下,这有甚么难猜的?做书的人,因此两番经历,生出一个比方,请教诸公:我们今日的世界,到了甚么时候了?有人说:"老大帝国,未必转老还童。"又一个说:"幼稚时代,不难由少而壮。"据在下看来,现在的光景,却非幼稚,大约离着那太阳要出,大雨要下的时候,也就不远了。何以见得?你看这几年新政新学,早已闹得沸反盈天,也有办得好的,也有办不好的,也有学得成的,也有学不成的。现在无论他好不好,到底先有人肯办,无论他成不成,到底先有人肯学。加以人心鼓舞,上下奋兴,这个风潮,不同那太阳要出,大雨要下的风潮一样么?所以,这一干人,且不管他是成是败,是废是兴,是公是私,是真是假,将来总要算是文明世界上一个功臣。所以,在下特做这一部书,将他们表扬一番,庶不负他们这一片苦心孤诣也。

《孽海花》里,第一回用虚构的"奴乐岛"和"孽海"来象征中国的晚清社会状况。象征比喻中就含有作者的评述,倾向非常鲜明,不同于《文明小史》比喻后的评述。楔子叙述地球五大洋之外,是一个大大的海,叫做孽海。那海里有一个岛,叫做奴乐岛。岛子虽然山川明丽,花木美秀,但是缺乏新鲜空气。作者评道:

　　列位想想：那人所靠着呼吸的天空气，犹之那国民所靠着生活的自由，如何缺得！因是一般国民，没有一个不是奄奄一息，偷生苟活；因是养成一种崇拜强权献媚异族的性格，传下来一种什么运命，什么因果的迷信。因是那一种帝王，暴也暴到吕政、奥古士都、成吉思汗、路易十四的地位；昏也昏到隋炀帝、李后主、查理士、路易十六的地位。那一种国民，顽也顽到冯道、钱谦益的地位；秀也秀到扬雄、赵子昂的地位。而且那岛从古不与别国交通，所以别国也不晓得他的名字。

　　用不着解释，作者指的是封建专制保守落后的中国。这个岛国的居民醉生梦死，天天歌舞快乐，富贵风流，禁不得月啮日蚀而全部毁灭。但他们始终不明白死因是由于缺乏自由，缺少新鲜空气。一个叫做"爱自由者"的新闻记者寻访这次灾难的实情，有一位美丽的女子提醒他，如今到处都有奴乐岛，不必寻找所谓真的奴乐岛，同时交付给他一卷"新鲜有趣的历史"（也就是小说的"正文"），记者又转给他的朋友东亚病夫编成小说发表。

　　《孽海花》的楔子如同《二十年目睹之怪现状》，属于中国小说传统叙事模式向西方现代小说叙事方法转折期间的典型例子。一方面用象征比喻性语言和情节来预示中国的命运；另一方面，借此强调故事来源的真实性可靠性。这种叙事方法在《红楼梦》第一回中就已采用，但隐喻象征寓言的内容不像晚清小说那样明确，而是隐晦曲折，读者一时不能完全猜透作者的本意，评述部分也不见得是对隐喻内容的补充说明。

　　3. 以楔子为反衬的体式

　　这是在正文之前，用一个别的故事做引子，陪衬出正文的内容，在话本小说中很流行，而在长篇白话小说中，只有《儒林外史》的第一回《说楔子敷陈大义　借名流隐括全文》，是特殊的一例。卧闲草堂本评语云："元人杂剧，开卷率有楔子。楔子者，借他事以引起所记之事也。然与本事毫不相涉，则是庸手俗笔，随意填凑，何以见笔墨之妙乎？作者以《史》、《汉》才,作为稗官。观楔子一卷,全书之血脉经络,无不贯穿玲珑,真是不肯浪费笔墨。"那么,楔子里描写的王冕故事,与小说的全体部分,看来没有直接联系,但是开端就写王冕,实际是先"敷陈大义",即阐明作者对推行八股科举制度的否定态度,用王冕的思想品格来"隐括全文",映照儒林中的种种丑行。

王冕是吴敬梓的理想人物,属于闲斋老人序中说的那类"辞却功名富贵,品地最上一层,为中流砥柱"的人物。不过吴敬梓笔下的王冕,非是历史上的王冕。按《明史·文苑传》、宋镰《王冕传》记载,王冕具有春秋战国策士们的抱负,侠客的慷慨好义,魏晋人的放诞风度。而小说中的王冕,却是个贫苦牧民,靠自己的劳动来养活自己,虽画得一笔好画,有为人称颂的高洁品格,却不求官爵,不事权贵,终日以天地为家,山川为友,享受自由,过着适性而又平凡朴素的生活。通过王冕这类人物,再联系小说结尾中的四个市井"奇人",吴敬梓似乎暗示着真正的理想在市井细民身上。他们自食其力的纯净品格,远较那些靠出卖灵魂来取得地位、权力和财物的"儒林"中人高尚。所以作者在楔子里首先抬出王冕,形象化的宣明了自己的理想,进而突出主题,点醒读者。

五、小说结尾与最后一回

本节讨论的是中国古代小说结尾时作者的评述部分,而不探讨处理结尾的艺术。

如果说小说的开头或第一回是交代背景,提出矛盾,而结尾是解决矛盾冲突,作家的思想立场在这里表现得最明确的话,那么,作者的评论也同样强烈的表露着作者的政治观点。利用小说结尾发表政治见解,是中国古代小说家常用的手段。但表现形态远不如小说开头和第一回那样多样化。

　　白话短篇小说一般都有个煞尾。其组成内容已如胡士莹先生在《话本小说概论》中所论证:"话本的煞尾却是附加的,往往缀以诗词或题目,具有相对的独立性。它是连接在情节结局以后,直接由说话人(或作者)自己出场,总结全篇大旨,或对听众加以劝诫。主要是对人物形象及现实斗争作出评定,含有明确的目的性。"结尾的形式,有只用诗词的,如《错斩崔宁》的结尾:"善恶无分总丧躯,只因戏语酿灾危。劝君出语须真实,口舌从来是祸基。"也有先用说白作评论,再加诗词的,如《志诚张都管》的结尾:"只因小夫人生前甚有张胜的心,死后犹然相从。亏杀张胜立心至诚,到底不曾有染,所以不受其祸,超然无累。如今财色迷人者纷纷皆是,如张胜者,万中无一,有诗赞云:谁不贪财不爱淫? 始终难染正心人。少年得似张都管,鬼祸人非两不侵。"如《大宋宣和遗事》尾云:"世之儒者,谓高宗失恢复中原之机会者有二焉:建炎之初失其机者,潜善、伯彦偷安于目前误之也;绍兴之后失其机者,秦桧为虏用间误之也。失此二机,而中原之境土未复,君父之大仇未报,国家之大耻不能雪;此忠臣义士之所以扼腕,恨不食贼臣之肉而寝其皮也欤! 故刘后村有咏史诗一首云……"

　　除总结性的评说外,也有在诗词前用几句话交代题目,再假托后人进行评论的,如《警世通言》第三十七卷《万秀娘仇报山亭儿》:"话名只唤做《山亭儿》,亦名《十条龙陶铁僧孝义尹宗事迹》。后人评得好:万员外刻深招祸,陶铁僧穷极行凶,生报仇秀娘坚忍,死为神孝义尹宗。"

　　有交代故事来源的,如《醒世恒言》第十三卷《勘皮鞋单证二郎神》。"原系京师老郎流传,至今编入野史。"如《清平山堂话本》的《陈巡检梅岭失妻记》:"虽为《翰府名谈》,编作今时佳话。"

　　也有说明故事是由唱本改编的,如《古今小说》第二十八卷《李义卿义结黄贞女》:"有好事者,将此事编成唱本说唱,其名曰《贩香记》。"

　　以上种种结尾格式,有的就为后来的长篇小说所沿用。但较多的是对事件和人物的评价,而不是材料性的说明。如《三国志通俗演义》的结尾,先是"后史官有诗叹东吴曰",然后再总叙一句:"后主刘禅亡于晋太康七年,魏主曹奂亡于太康元年,吴主孙皓亡于太康四年:三主皆善终。自此三国归于晋帝司马炎,为一统之基矣。"最后作者用"后人有古风一篇",简要概括了三国的兴亡过程。《英烈传》的结尾用了一首"长歌",《东周列国志》则用了两首:"史臣有《列国歌》曰"、"髯仙读《列国志》,有诗云"。《金瓶梅》、《说唐全传》、《定情人》是"有诗为证",《平妖传》是一首七言诗,而《说岳全传》连续用了两首诗对赵宋王朝败亡原因和岳飞的忠义进行了评论。

　　由于长篇小说事件、人物和矛盾冲突纷繁交错,气象万千,很难用一两首诗词概括说明的。所以,有些小说的结尾诗,只对最后一回的事件和人物的结局作评述。如《水浒传》"太史有唐律二首哀挽"宋江。如《杨家府世代忠勇全传》用"有诗为证"、"后人览罢此书,有诗赞玉知机云"、"又诗赞云",称颂杨家后代忠于朝廷而又视富贵如浮云的精神。

　　但也有的小说结尾只有评而无诗。如《梼杌闲评》收结时只说:"这一部书,只因一小小阉奴,造下弥天大罪,以致冤仇深重,沉郁难解。后之为宦官者,不可不知所警也。"《醒世姻缘传》亦如是:"说这晁源姻缘事故已完,其余人等,不用赘说。只劝世人竖起脊梁,扶着正念,生时相敬如宾,死去佛前并命,西周生遂念佛回向演作无量功德。"

　　《二十年目睹之怪现状》结尾又不同于一般。说白部分只交代小说出版的过程,末尾的诗又颇像话本和戏曲的散场诗:"看官!须知第一回楔子上说的,那在城门口插标卖书的,就是文述农了。死里逃生得了这部笔记,交付了横滨新小说社;后来《新小说》停版,又转托了上海广智书局,陆续印了出来。到此便是全书告终了。正是:悲欢离合廿年事,隆替兴亡一梦中。"

小说结尾用诗或用评论作为收煞,固然取决于作家的美学趣味,传统写法对小说家的影响,但这种格局并不是最理想的形式。随着小说艺术形式的发展,无论是说书体小说,抑或小说家的小说,如《红楼梦》、《儒林外史》,愈来愈多的作家感觉到小说故事情节的结束,就是人物行程的完结。既然小说的形象已提供了读者选择和感受的内容,再附加任何一点说明都是多余的赘笔,不如让欣赏者遵循着作者构思的顺序,去回忆、思索、探求,开掘艺术形式的美和隐蔽着的内在的美,完成对作品的认识。

事实证明,有些读者对于艺术形象的理解,可能超过于作者。当说话人或作家的判断不能促进读者的思考,反而成为艺术感受的障碍,有不如无。更何况作家在小说结尾的评断,往往把人们的注意力引导到虚幻的不可知的境地,掩盖了矛盾的本质。如话本《错斩崔宁》就是典型的例子。本来崔宁和陈二姐无辜被杀的冤狱,是那个吃人的封建制度造成的罪恶结果。但是古人不能认识这一点,却把偶然性的原因当成必然性的结果。因为从表面上看去,这桩冤案似乎全出于偶然,故事中一连串巧合造成了事件的假象,然而偶然、假象并不都是必然的反映。所以,把偶然性的泡沫看做是本质的反映,不是陷入主观主义做出错误的判决,便是陷入不可知论的泥潭。正是因为作者过分夸大了偶然性的作用,猜测不到隐蔽在偶然性背后的必然性的东西,由此才导出"只因戏言酿殃危"的非必然性结论。并且偶然性在作者看来是如此的不可捉摸,人的前途命运简直无法预测,因此在这"世路狭窄,人心叵测"的社会里,只有"最宜谨慎","劝君出话诚实",因为"口舌从来是祸基",反映了当时社会黑暗,小民们惶惶然的心理。

应当说明,当我们谈论古代小说家们的失误时,不必苛求古人,具体问题应做具体分析。古代作家的认识只能达到他所属时代的最高水平,而不能超越时代的局限。这是作家之所以出现矛盾的根本原因。再者,从思想方面来说,明清时期的作家思想呈现了极其复杂的情况,不同于前代。那时资本主义萌芽经济不断发展,商品货币关系侵蚀着封建的自然经济,瓦解古老的宗法制度。市民的意识冲击着儒学正统,如对人的价值,人的社会地位的肯定,反对封建主义的人格依附关系,宣扬平等而真挚的情爱,特别是对爱情的热情、留恋、执着的追求和忠诚,讲究朋友间的信谊,以及炽烈的发财幻想,对金钱顶礼膜拜和冒险投机等等,构成了市民文学的显著特色。但是,资本主义萌芽仅仅是萌芽,还未发展成为占社会主导地位的经济力量,市民还很弱小,当然也就未能形成强大的政治力量,没有完整系统的理论体系。占统治地位的封建思想,死死控制着社会的各个角落,所谓死的紧紧抓住了活的,无法摆脱封建思想的影响。所以,民主主义萌芽与封建落后意识的渗透,交错与混合,是明清时期文学的基本特征。作家的评述也反映了这方面的特征:他们虽有叛逆思想,或受市民阶级思想的影响,但仍然是站在地主阶级立场上讲话,并没有成为农民阶级或市民的代表。他们感到旧的统治是腐败的,并不反对狠狠地揭露这个制度,甚至在一定条件下也不反对有限度地用武器批判这个制度,但他们又离不开这个制度,另外指出前途。他们痛恨贪官污吏,却相信好皇帝和正直大臣。现实主义的态度和超出于一般地主阶级知识分子之上的见解,使他们能够睁开眼睛看世界,某些偏见又使他们具有传统的浓厚的封建主义色彩。

此外从小说艺术创作规律来说,形象的客观性和作家的主观判断并不是等同的。古今中外小说家们的创作实践表明,作家创造的人物一旦获得了生命,按着事物内在的逻辑发展,循着人物本身的性格逻辑行动,人物的行动有时和作者原来的设想发生矛盾,尽管逻辑的推动力是作家赋予的,人物的性格是作家塑造的。再者,作家反映的是社会生活,虽经过作家的概括提炼,但客观思想往往大于主观思想,作家未必都能做出准确的判断,所以作者在作品中提出的问题往往是深刻的,而对问题的解释有时是片面的,甚或是错误的,这几乎成了中国古代小说家们不可避免的历史必然。

六、疏离意识与间离效果

中国古代小说"看官听说"的叙事方法,既不同于西方传统小说的写法,也不同于现代小说的叙述模式。西方小说作者只是客观的叙述故事情节,以自己的切身感受打动读者,让读者自己去体味小说的内在含义,并不和读者直接对话。现代小说的作者隐藏在后面,隐藏得越深越好,用第一人称或第二人称,开卷就同读者照面,直接进行感情上的交流。作家对人物和事件的态度变幻莫测,很难看出他持哪种观点。中国古代小说并非如此。就作家、说话人和读者、听者的关系来说,直接面向广大"看官"讲说故事,进行交流,希望这个距离越缩短越好,可是在欣赏者与故事的关系上,又让听众保持一定距离,保持清醒的分析判断能力,形成作者(说书人)和欣赏者一道做为一个观察者来评断故事。也许正是这种疏离意识的介入,叙述者和小说保持了一定距离,从而才使作者可以随意调动他的笔力,尽可能提供给读者多种意义和解释。而对于听众和读者来说,由于作者的疏离意识介入作品,也就必然造成听众和小说保持间离,不可能移情到完全忘我的地步,总要保持相当的自我,较理性的判断小说中的人物和事件。因此,说书人为了沟通与听众的对话,同听众一起讨论书中发生的问题或者是在关键的地方,改变叙事角度,用第一人称对听众叙事。如《醒世恒言》第二卷《三孝廉让产立高名》开头说:"说话的,为何今日讲这两三个故事?"第六卷《小水湾天狐贻书》:"说话的,那黄雀衔环的故事,人人晓得,何必费讲!看官们不知,……"第十五卷《赫大卿遗恨鸳鸯绦》:"说话的,我且问你:赫大卿死未周年,虽然没有头发,夫妻之间,难道就认不出了!看官们有所不知。……"第三十四卷

《一文钱小隙造奇冤》："说话的，我且问你：朱常生心害人……"《警世通言》第三卷《王安石三难苏学士》："说话的，这三句都是了。则那聪明二字，求之不得，如何说聪明不可用尽？……"《古今小说》第三卷《新桥市韩五卖风情》："说话的，你说吴山平生鲠直，不好花哄，因何见了这个妇人，回嗔作喜，又替他搬家伙？"这里的"你"都指的是说话人，是说书艺人故意设置的听众的反问语气，目的仍然是强调突出他讲说的内容，解除疑团。反之，《水浒转》第十六回："我且问你：这七人端的是谁？……"这里的"我"是说书人，"你"自然是指听众，说书人向听众提出问题，让听众思考，有利于说书人抓住听众心理，加强故事的吸引力。有时为了加强感染作用，说话人又转换了人称，也进入故事。如《错斩崔宁》："若是说话的同年生，并肩长，拦腰抱住，把臂拖回，也不见得受这般灾晦，却教刘官人死得不如《五代史》李存孝，《汉书》中彭越。"一百二十四回本《水浒转》第三十一回也有相似的语气："若是说话的同时生，并肩长，拦腰抱住，把臂拖回去，便不使宋江要去投奔花知寨，险些儿死无葬身之地！"假如说话人真的是和宋江是同时生，把宋江拖回，不投向花知寨，自然就不会发生浔阳楼题反诗，黄文炳告密，宋江也就不会问成死罪，最后被迫上梁山。恰恰是作者和书中人物不是同年生，那么这个悲剧事件的发生才是必然的。说书人以第一人称形式强调问题的严重性，这如同第三十一回武松血溅鸳鸯楼，两个丫环见着提刀的武松，端的是惊得呆了，"休道是两个丫环，便是说话的见了，也惊得口舌不展"，都是一样用"说话的"，并且是当作第一人称，直接对着听众说的。

　　不仅如此，中国古代小说家们很重视他们作品中褒贬劝惩的意义，在节骨眼上，在只用叙述还不够劲的时候，"说话的"还公开的进行批判，表明叙述者的政治观点，从社会政治到世俗人情，统统都加以评论。如《错斩崔宁》批评糊涂问官的率情断狱，草菅人命；如《金玉奴棒打薄情郎》说话人对于莫稽忘恩负义的义愤；如

《杜十娘怒沉百宝箱》结尾处,作者借"后人评论此事",深切同情杜十娘的悲剧命运;如《金瓶梅》第二回,介绍西门庆发家史时,对其交通官吏,调占良人妇女恶劣行径的揭露,第三十回对宋徽宗重用高俅、蔡京六贼把持朝政,"以致风俗颓败,赃官污吏,遍满天下。役烦赋重,民穷盗起,天下骚然"的状况所作的批评,以及各回中对三姑六婆害人,僧道迷信,妻妾婢女的种种矛盾是非,说书人都发表了自己的见解。用"看官听说"、"原来"发表的种种评论,无疑是说给听众或读者的,而不是和小说中人物的交流,这就是宋元民间说书艺术必须有的技法,而后却成为中国古代小说疏离意识的表现手法上的重要特点。

毋庸讳言,叙述者时进时出,评论过多,不时打断故事及小说里所描绘的事件或社会现象,这样容易中断文气,破坏了叙述的流畅。同时叙述者的评论往往散发出浓烈的封建气味,他们的判断未必都是准确的。许多作家作品的事实是,通过艺术形象,揭露社会中的诸种矛盾是非常深刻的,清醒的,当作家解释产生社会矛盾的原因,分析复杂的人与人之间的关系时,却又陷入命定论,如《聊斋志异》中蒲松龄"异史氏曰"的评论,就是如此。当然作家的评论,不见得就是代表着作家的观点,有时候,只是反映作家对人物所做的观察,顺应小说的情境,人物性格的逻辑,客观地进行评述;或者是作家有意用反讽的形式评述,然后和下文里的人物行动相对照,造成内在冲突,从而达到否定的效果。例如《红楼梦》第三十回,王夫人午睡时听见宝玉与金钏的戏言,翻身起来打了钏儿,不管金钏儿怎样苦苦哀求,仍旧被撵了出去。作者评论道:"王夫人固然是个宽仁慈厚的人,从来不曾打过丫头们一下子,今忽见金钏儿行此无耻之事,这是平生最恨的,所以气忿不过,打了一下子,骂了几句。虽金钏儿苦求,也不肯收留;到底叫了金钏儿的母亲白老媳妇儿领出去了。那金钏儿含羞忍辱的出去,不在话下。"读起来好像是作者为王夫人的行为辩解,细细琢磨并非如此。王夫人"从来不曾打过丫头们一下子",这是事实,但是爱打人的主子不算是最凶的,不动手的主子反而更凶狠。金钏儿被撵出不久,即投井自尽,薛宝钗立即去安慰王夫人:

> 王夫人点头叹道:"你可知道一件奇事? —— 金钏儿忽然投井死了!"宝钗见说,道:"怎么好好儿的投井? 这也奇了!"王夫人道:"原是前日他把我一件东西弄坏了,我一时生气,打了他两下子,撵了出去。我只说气他几天,还叫他上来,谁知他这么气性大,就投井死了,岂不是我的罪过!"宝钗笑道:"姨娘是慈善人,固然是这么想;据我看来,他并不是赌气投井,多半他下去住着,或是在井傍边儿玩,失了脚掉下去的。他在上头拘束惯了,这一出去,自然要到各处去玩玩逛逛儿,岂有这样大气的理? 纵然有这样大气,也不过是个糊涂人,也不为可惜。"

王夫人虽然掩饰了金钏儿投井的真实原因,但她毕竟承认自己有"罪过",而薛宝钗比王夫人更虚伪,她为了给姨妈开脱逼人投井的罪责,竟然歪曲事实,颠倒黑白,诬蔑无辜的死者。王夫人和薛宝钗都不是经常打下人的主子,然而踩在受害者的尸体上评论是非,这比王熙凤嘲笑被迫自杀前的司棋,岂不更加冷酷,更加卑劣! 再看第七十七回,王夫人命人把"四五日水米不曾沾牙"的晴雯,现打炕上拉下来挽架出去,并吩咐:"把他贴身的衣服撂出去,余者留下,给好的丫头们穿。"看来并不怎么"宽仁慈厚",照样是很凶狠的。至于认定"金钏儿行此无耻之事",这倒是王夫人的观念,因为在王夫人看来,凡是头脸整齐一点的,便是"轻狂","唱戏的女孩子,自然更是狐狸精了",必定要勾引男主子了。这里,作者的陈述是冷峻的、客观的,没有明显的线索可以看出作者对于王夫人的行为做如何判断,他只是写出了生活的复杂性、多样性。但拿作者原先的评论和王夫人后来的行为对比,便深刻地揭露了王夫人的虚伪。作者的倾向性是通过人物个性的差异来说明的。

七、流动多视角组合的内视点

中国古代小说从宋元话本到清初的小说,虽然多采用第三人称的评述视点,但在描绘背景,介绍人物与人物之间的关系,每一个人物的动作和说话时,作者偏偏又非常吝惜笔墨,很少作主观抒情性的叙事,或大段大段的说明,而是把叙事任务交给了小说中的人物,透过人物自己的眼睛来看世界,这是一种内在的主观笔法,这笔法在西方称为"单一视点",[14]并被认为是西方小说技法上的进步,因为运用这写法,作者本人就在书中人物与读者之间退居二线,读者与小说人物马上接近起来,由人物直接向读者交代人物和场景,而不像传统小说所常用的,由作者来说出一切。比较西方十八、十九世纪的小说,数百年前的《水浒传》早已大量运用作品中人物的内视点进行描写。

1. 一个人内视

金本《水浒传》第二十六回,描写王婆服刑一段:"大牢里取出王婆,当厅听命。读了朝廷明降,写了犯由牌,画了伏状。便把这婆子推上木驴,四道长钉,三条绑索,东平府尹判了一个:剐。上坐,下抬,破鼓响,碎锣鸣,犯由前引,混棍后催,两把尖刀举,一朵纸花摇,带去东平府市心里,吃了一剐……"金圣叹评云:"上文数行,都自武松眼中看出,非作者自置一笔也。"所谓"武松眼中看出","非作者自置一笔",都说的是人物的内视点,那时金圣叹就已看出作者并不现身,或者很少出现在读者面前,这是小说技巧的上乘。所以"腰斩"《水浒传》的同时,删掉繁赘的诗词,缩短了读者与人物之间的距离,保持了小说本身的节奏和韵律,这说明金圣叹是很懂得小说艺术创作规律的。毫无疑问,《水浒传》的创作经验,金圣叹的艺术发现,都会给后代小说家以启示,因而主观笔法的运用，也就更加精妙。请看《红楼梦》第三回林黛玉见贾宝玉的描写。
"一语未了，只听外面一阵脚步响，丫环进来报道：'宝玉来了。'黛
玉心想：'这个宝玉不知是怎样个惫懒人呢！'及至进来一看，却是
位青年公子：头上戴着束发嵌宝紫金冠，齐眉勒着二龙戏珠金抹额
……面若中秋之月，色如春晓之花……项上金螭缨络，又有一根五
色丝绦，系着一块美玉。"贾宝玉的服饰、面目情态从林黛玉的眼睛
一一透出。林黛玉进贾府之前，对贾宝玉的行状早已有所耳闻，还
"不知是怎样个惫懒人呢"！待看到宝玉，却是一位美貌的青年公
子，并且"倒像在那里见过的，何等眼熟"！所以林黛玉才凝视贾宝
玉，从头看到脚。又从面孔看到颈项，也因此作者才运用类如电影
的特写手法，循着林黛玉视点所及，上下扫描，而林黛玉的视角又
追随贾宝玉的行动，不断改变观察角度："只见这宝玉向贾母请了
安，贾母便命：'去见你娘来。'即转身去了。一回再来时，已换了冠
带：头上周围一转的短发，都结成小辫……身上穿着银红撒花半旧
大袄，仍旧带着项圈、宝玉、寄名锁、护身符等物，下面半露松绿撒
花绫裤；锦边弹墨袜，厚底大红鞋：越显得面如傅粉，唇若施脂；转
盼多情，语言若笑……""只见"仍然是林黛玉的"见"，但由正面观
看转为侧面的默默观察，透过林黛玉的眼睛，再一次描绘换了便服
的贾宝玉的神采。

　　人物的内视点与作者的客观描写交溶于一，人物的行动与内
心活动同时展露，由视线转移而带动叙事视点的转换，这不能不说
是中国古代小说一种独特的表现方法，当今第一流小说里也是少
见的。⑮

　　也正因此，中国古代小说家们最善于运用人物的眼睛，来担负
叙事任务，其中作用之一是引进和介绍人物，而小说中的"只见"、
"但见"、"忽见"，都是人物主观的观察。《水浒传》第二回史进向茶
博士探问王进的下落，"道犹未了，只见一个大汉大踏步竟入进茶
坊里来。史进看他时，是个军官模样：头裹芝麻罗万字顶头巾，脑

后两个太原府纽丝金环,上穿一领鹦哥绿丝战袍,腰系一条文武双股鸦青绦,足穿一双鹰爪皮四缝干黄靴;生得面圆耳大,鼻直口方,腮边一部貉腮胡须,身长八尺,腰阔十围"。史进问那人姓名,才知是经略府的提辖鲁达。第六回鲁智深在菜园中练武,林冲喝采,鲁智深"看时,只见墙缺边立着一个官人,头戴一顶青纱抓角儿头巾,脑后两个白玉圈连珠鬓环,身穿一领单绿罗团花战袍,腰系一条双獭尾龟背银带,穿一对磕爪头朝样皂靴,手中执一把折迭纸西川扇子;生的豹头环眼,燕颔虎须,八尺长短身材,三十四五年纪……"这是从一个人物的眼睛看出另一个人物的形貌。

2. 两个人内视

《水浒传》第十二回对索超的介绍,却是透过两个内视点完成的。"杨志神色不动,下了马,便向厅前来拜谢恩相,充其职役。不想阶下左边转上一个人来叫道:'休要谢职,我和你两个比试!'杨志看那人时,身材七尺以上长短,面圆耳大,唇阔口方,腮边一部落腮胡须,威风凛凛,相貌堂堂,直到梁中书面前声了诺…… 梁中书看时,不是别人,却是大名府留守司正牌军索超"。杨志不认识"那人"是索超,看到的是形貌,索超是梁中书的部属,由他来"看出"(介绍)人物的姓名,自然是符合叙事情理的。《三国演义》第三回董卓掣佩剑欲斩丁原,被李儒制止,因为"时李儒见丁原背后一人,生得器宇轩昂,威风凛凛,手执方天画戟,怒目而视",先从李儒眼中虚画吕布一笔,隔了一段再描写吕布:"卓按剑立于园门,忽见一人跃马持戟,于园门外往来驰骤。卓问李儒:'此何人也?',儒曰:'此丁原义儿:姓吕,名布,字奉先者也。主公须避之。'"也是从两个角度来介绍人物。

由一个人或众人看到出场人物的形体动作,然后再由被看者自报家门,也属于内在的主观笔法。如《三国演义》第一回,刘备与张飞在村店中饮酒,见一大汉,推着一辆车子,到店门前歇了,入店坐下,便唤酒保,"玄德看其人:身长九尺,髯长二尺;面如重枣,唇若涂脂;丹凤眼,卧蚕眉:相貌堂堂,威风凛凛。玄德就邀他同坐,叩其姓名。其人曰:'吾姓关,名羽,字长生,后改云长,河东解良人也。因本处势豪,倚势凌人,被吾杀了,逃难江湖,五六年矣。今闻此处招军破贼,特来应募。'"再看赵云的出场:"忽见草坡左侧转出一个少年将军,飞马挺枪,直取文丑。公孙瓒扒上坡去,看那少年:生得身长八尺,浓眉大眼,阔面重颐,威风凛凛,与文丑大战五六十合……瓒忙下土坡,问那少年姓名,那少年欠身答曰:'某乃常山真定人也,姓赵,名云,字子龙。本袁绍辖下人。因见绍无忠君救民之心,故特弃彼而投麾下。'"

3.内视与全知交错

　　人物的内视点与作者全知全能的视点交错并行地介绍人物的笔法,在中国古代小说里亦屡屡可见,如《水浒传》中对武松身世形体气象的描述,作者就采用了主客观并行的叙事视点。第二十二回宋江问武松道:"二郎因何在此?"武松答道;"小弟在清河县,因酒后醉了,与本处机密相争,一时间怒起,只一拳,打得那厮昏沉。……今欲正要回乡去寻哥哥……"武松自我介绍了家在清河县,有一个哥哥。兄长姓氏名谁作者伏下一笔不提;之后,武松路过景阳冈山脚下酒店,喝了十二碗还要求添酒,酒家道:"你这条汉子,倘或醉倒了时,怎扶得你住?"武松的气度由酒家眼中口中看出说出。在阳谷县大厅,知县"看了武松这般模样,见了这个老大锦毛大虫,心中自忖道:'不是这个汉,怎的打得这个虎?'"知县不只看到了武松这个壮士的身材,也从老虎"老大"的架势感受到武松的神勇。最后,当武松见到武大,说书人才直接出头,对弟兄二人做了介绍:"看官听说:原来武大与武松是一母所生两个。武松身长八尺,浑身上下有千百斤气力,不恁地,如何打得那个猛虎?这武大郎身不满五尺,面目丑陋,头脑可笑。清河县人见他生得短矮,起他一个诨名,叫做'三寸丁谷树皮'。"这些关于武大武松身长、年貌、气力的概述,对我们来说不是很有吸引力的,可是如果把这几句仿佛不过是调侃的点缀性的话语，当作对比照应来看待，它自身好比是在给下文的人物的冲突做了提示。武松和武大是嫡亲兄弟。一个打虎英雄偏偏有一位猥琐、短矮、懦弱的哥哥，而这个本分善良的人偏有个年轻漂亮的老婆。武松敬重自己的哥哥，潘金莲却与西门庆勾结谋害了自己的亲夫。潘金莲毒杀武大，当然是不可饶恕的，然而真正的罪魁祸首，应当是代表那个社会统治势力的西门庆和逼嫁她的大户。武大之死表明了当时忠厚、善良与世无争的城市贫民，怎样不断遭受恶势力的压迫，而这不能不引起他们的反抗。复仇的理想也寄托在武松式的英雄人物身上。因此作者设置武松与武大两个人物，就不是什么噱头式的安排，而有其深刻的社会内涵；同样的，武松与西门庆的冲突展开之前，作者插入了"看官听说"，提供了发生诸种矛盾冲突的依据，这是符合需要的提示，而不是什么无关紧要的闲笔。

再看《三国演义》第十五回，孙策引军马行至历阳，"见一军到。当先一人，姿质风流，仪容秀丽，见了孙策，下马便拜。策视其人，乃庐江舒城人，姓周、名瑜，字公瑾"。这是孙策眼中看出的周瑜。"原来孙坚讨董卓之时，移家舒城，瑜与策同年，交情甚密，结为昆仲。策长瑜两月，瑜以兄事策。瑜叔周尚，为丹阳太守；今往省亲，到此与策相遇"。叙事视点又转向了作者，由作者来补叙孙策与周瑜的关系。

4. 文献补充内视

值得注意的是，在历史演义小说中，由于吸收了史传文学的叙事方法，因而作者常用几个小故事说明人物的性格，补充内视的内容，这是一种非常特殊的叙事格式。如《三国演义》第一回对曹操的介绍：皇甫嵩、朱隽领军攻黄巾军，杀到天明，张梁、张宝引败残军士，夺路而走。

忽见一彪军马，当头来到，截住去路。为首闪出一将，身长七尺，官拜骑都尉；沛国谯郡人也：姓曹，名操，字孟德。操父曹嵩,本姓夏侯氏;因为中常侍曹腾之养子,故冒姓曹。曹嵩生操,小字阿瞒,一名吉利。操幼时,好游猎,喜歌舞。有权谋,多机变。操有叔父,见操游荡无度,尝怒之,言于曹嵩。嵩责操。操忽心生一计,见叔父来,诈倒于地,作中风之状。叔父惊告嵩,嵩急视之,操故无恙。嵩曰:"叔言汝中风,今已愈乎?"操曰:"儿自来无此病;因失爱于叔父,故见图耳。"嵩信其言。后叔父但言操过,嵩并不听。因此,操得恣意放荡。时人有桥玄者,谓操曰:"天下将乱,非命世之才不能济。能安之者,其在君乎?"夕南阳何颙见操,言:"汉室将亡,安天下者,必此人也。"汝南许劭,有知人之名。操往见之,问曰:"我何如人? 劭不答。"又问,劭曰:"子治世之能臣,乱世之奸雄也。"操闻言大喜。年二十,举孝廉,为郎,除洛阳北部尉。初到任,即设五色棒十余条于县之四门。有犯禁者,不避豪贵,皆责之。中常侍蹇硕之叔,提刀夜行,操巡夜拿住,就棒责之。由是,内外莫敢犯者,威名颇震。后为顿丘令。因黄巾起,拜为骑都尉,引马军五千,前来颍川助战……

"忽见一彪军马",系众人所见,非特指一个人的视点。"官拜骑都尉"以下转向了作者的外视点,即用全知的视点介绍了曹操的祖籍,这当中又插进曹操幼时的诡谲狡诈,桥玄、何颙、许劭对曹操的评议,任洛阳北部尉时不避豪强权贵的情节片段,叙述观点又转向小说中人物的内视点,把读者带到了曹操过去的生活,使读者对于曹操的历史,基本性格特征,有了概括性的认识,而现在时态与过去时态,内视点与外视点交替使用,使读者时而卷入,时而游离。

同样的,在对刘备、糜竺、孔融的介绍中。也采用了增插历史故事说明人物性格的叙述形式。过去发生过的事情用现在时态讲述。这就把读者与小说中的人物联系在一起,消除读者与故事情节之间在时间上的隔阂,以为事件就发生在现在,不仅给小说增加了亲切感,同时也具有某种形象的说服力量,更具有可信性。

　　内视点除了介绍人物方面的作用外,它同时还有表现人物心理活动的作用。人物的眼睛就像一架透视镜,一方面照出外部世界的种种幻相;另一方面,又透露出人物对所看物象的内心反映。如《水浒传》第四十四回,潘巧云请裴如海做法事,两人眉来眼去,以目送情。道场上,"只见"这贼逗精神高声念诵,"只见"那淫妇潘巧云乔素梳妆,来到法坛上,那一堂和尚见他两个并肩摩倚,这等模样,也都七颠八倒……,都是石秀"瞧科"出来的。但是三人又各怀心思,潘巧云心思在裴如海身上,色急而不顾及左右,裴如海时而放肆地迎奸卖俏,时而又不断窥测石秀反映。而石秀"布帘里张看",疑心"这婆娘倒不是个良人";"板壁后假睡,正礁得着"潘巧云和裴如海的调情,"却自寻思",断定"哥哥恁的豪杰,却恨撞了这个淫妇"! 人物之间的矛盾关系和各自的心理活动,环境气氛,都藉石秀主观呈现。妙的是石秀的视点透露出裴如海、潘巧云的视点,由石秀的眼睛(镜头)协调视点的转换、场景的过渡,空间的变化隐含着时间变化,串联了故事情节的各个环节,推动了情节的发展,这主客交叠之法,不能不说是中国古代小说技巧高妙之处。

　　也正因为如此,古代小说家们常用"只见"引出、介绍人物的同时,也作为转移叙事视点,变换场面的手段。《水浒传》第三回,鲁提辖和金老行不得半里,到门首,"只见老儿揭起帘子叫道:'我儿,大恩人在此。'""只见首座与众僧自去商议道:'这个人不似出家的模样。一双眼却恁凶险!'"第二十回,"只见那婆惜柳眉踢竖,星眼圆睁,说道:'老娘拿是拿了,只是不还你! ……'"《三国演义》第八回,(王允)"乘马而行,不到半路,只见两行红灯照道,吕布骑马执戟而来,正与王允撞见,便勒住马,一把揪住衣襟,厉声问曰:'司徒既以貂蝉许我,今又送与太师,何相戏耶?'"第二十一回,"却说玄德正行之间,只见后面尘头骤起,谓关、张曰:'此必曹兵追至也。'"《金瓶梅》第五十五回,"西门庆来到太师府前……西门庆恭身进了大门,只见中门关着不开,官员都打从角门而入,西门庆便问:'为何今日大事,却不开大门?'"第五十六回,(西门庆)"正说着,只见书童托出饭来,三人吃了,常时节作谢起身,袖着银子,欢的走到家来。刚刚进门,只见那浑家闹炒炒,嚷将出来……"《儒林外史》第十七回,"只见大路上两个人,手里拿着红纸帖子,走来问道:'这里有一个姓匡的么?'"第二十五回,"那日早上,正要带着鲍廷玺出门,只见门口一个人,骑了一匹骡子,到门口下了骡子进来"。《红楼梦》第七十四回,"袭人方欲替晴雯开时,只见晴雯挽着头发,闯进来,豁浪一声,将箱子掀开,两手提着底子往地下一倒,将所有之物尽都倒出来。"

　　上述的例子都说明,各个时期的小说家们最善于运用"只见"的视线转移、带动情节、变换场面,达到叙事视点的转移。这"只见"有时是不确指的几个人的视点,大多数是一个人的"只见"。倘若是一个人物的"只见",那么,叙事视点的转动就更为灵活。请看《红楼梦》第二十四回,贾宝玉要喝茶,见没有丫头们,只得自己下来,拿了碗,向茶壶去倒茶。只听背后有人说道:"二爷,看烫了手,等我倒罢。"说话人是谁,作者不作说明,也不到交代的时候,假如这时作者硬插进来向读者介绍小红的来历,势必截断小说的节奏和韵律。若由宝玉问小红姓氏名谁,再由小红自报家门,对这样一个很有个性的"小"人物的介绍又嫌简略,于是曹雪芹故意转折笔墨,让贾宝玉一面吃茶,一面仔细打量那丫头,又同她谈了一会话。"刚说到这句话,只见秋纹、碧痕嘻嘻哈哈地笑着进来:两个人共提着一桶水,一手撩着衣裳,趔趔趄趄,泼泼撒撒的。那丫头便忙迎出去接。秋纹、碧痕,一个抱怨'你湿了我的衣裳',一个又说'你踹了我的鞋'。忽见走出一个人来接水,二人看时,不是别人,原来是小红。二人便诧异,将水放下,忙进来看时,并没有别人,只有宝玉,便心中俱不自在。只得且预备下洗澡之物,待宝玉脱了衣裳,二人便带上门出来,走到那边房内,找着小红,问他:'方才在屋里做什么?'""只见"之前是贾宝玉的主观视点看小红,"只见"之后叙述视点转向了秋纹、碧痕，但仍然没有脱离宝玉的视线。这当中又有秋纹、碧痕的"忽见"，看来是两人的所见，其实也有宝玉见到她们的"忽见"。那么由"只见"引出秋纹、碧痕，接着由她们"忽见"来看小红，由贾宝玉直接看小红，转移到秋纹、碧痕的主观，并且由二人点破了小红的名字，这时贾宝玉则转到了旁观者。"待宝玉脱了衣裳，二人便带上门出来，走到那边房内"审问小红，宝玉停止了观察，叙事视点完全转换为秋纹、碧痕。

这里我们要指出，中国古代小说除了单独使用"只见"外，有时用"看"、"望"，有时在"看"、"望"后加"见"或"只见"、"但见"，如《水浒传》第二回，"郑屠看时，见是鲁提辖……"第四回，"大头领看时，只见二头领红巾也没了，身上绿袍扯得粉碎"。第十四回，"吴用看时，但见阮小五斜戴着一顶破头巾……"第二十一回，"知县看时，只见一个婆子跪在左边，一个猴子跪在右边"。第五十五回，（时迁）"悄悄望时，只见徐宁归来，望家里去了。只见班里两个人提出灯笼出来关门，把一把锁锁了，各自归家去了"。《三国演义》第五十一回，"瑜上将合观看，只见女墙边虚搠旌旗，无人守护；又见军士腰下各束缚包裹"。

上述用法毫无疑问都起到了内视点的作用，但在具体运用上是有区别的，"看"、"见"、"望"前面常有明确的施动者，"只见"就不一定有明确的动作主体。

并且，当小说中人物看某个客体时，比较注意符合视觉规律，符合小说的情理，而"只见"就不一定十分讲究。请看《水浒传》第二十六回，武松和两个公人一直奔到十字坡边看时，为头一株大树，四五个人抱不交，上面都是枯藤缠着。"看看抹过大树边，早望见一个酒店。门前窗槛边坐着一个妇人，露出绿纱衫儿来。头上黄烘烘的插着一头钗环，鬓边抽着些野花"。酒店、妇人是武松从远处望见的，看不真切，映入眼帘的只能是"绿"色的纱衫，"黄烘烘"的"一头"钗环和一些野花。从远而近，来到门前，那妇人站起身来迎接,才看到她"下面系一条鲜红生绢裙,搽一脸胭脂铅粉,敞开胸脯,露出桃红纱至腰,上面一色金钮"。近看后才能看到一排金钮。反之,武松将孙二娘按压在地上,"只见门前一人挑一担柴,歇在门首,望见武松按倒那妇人在地上,那人大踏步跑将进来叫道:'好汉息怒!且饶恕了,小人自有话说。'"这时的"只见",不过是视点和叙事的转换,勿须按照视觉顺序描写人物,只有武松"看那人时",才细细写出武松的所见。

可见由说书人担任叙事任务的小说,要不断地改变叙事口气,运用"只见"、"忽见"等等内视点转移叙事视点,从而引发读者兴味。

5.流动的多视点

也许因为白话小说还保留着说话人捷辩的语式,善于从各个角度推进故事情节,从不同侧面刻画人物性格,所以,古代小说的叙事视点就不可能是一种叙事角度,而是多角度的;既然是多角度的,也就必然形成流动的多面的视点,而这些恰是中国古代传统小说叙事方法上的特色之一,《水浒传》是这种特色最精彩的体现。

举几个例子。例如第十三回杨志与索超比武,"两个在教场中间,将台前面,二将相交,各赌平生本事。一来一往,一去一回,四条臂膊纵横,八只马蹄撩乱。……当下杨志和索超两个斗到五十余回,不分胜败。月台上梁中书看得呆了;两边众军官看了,喝采不迭,阵面上军士们递相厮觑道:'我们做了许多年军,也曾出了几遭征,何曾见这一对好汉厮杀?'李成、闻达在将台上,不住声叫道:'好斗!'"本来写杨志与索超比武,却不知作者把视点转向教场的各个角落。时而作者站在观察视点叙述二将格斗,时而转向月台上的梁中书、两边众军官,时而又转向阵上军士们的评论,李成、闻达的喝采。流动的、游移的、散点透视的叙事方法,从多种视点反映这一对好汉的厮杀,衬托出杨志、索超武艺非同一般。这不能不使人惊叹施耐庵用笔的活泼跳脱。

第九回林冲在柴进庄上与洪教头相遇的写法也是如此。一段写柴进，一段写林冲，一段写洪教头，视点总是处在游移活动的位置上，让读者从三个人的视点去看彼此之间的关系，现出各人光景，各自的心思。写得错错落落，夹夹杂杂，而且叙三人，如云中斗龙，忽伸一爪，忽缩一爪，虽着墨不多，却很有戏。再如第四十回，"梁山泊好汉劫法场"的视点就更是跳动多变。整个场面看来像是一个广阔的圆形空间，以宋江、戴宗为中心，呈放射线的扩展到四周，又从四周回到宋江、戴宗这个中心，那么视点也由中心转移到各个方面，而后又回到中心，形成多视角的巧妙组合。这时作者叙述视点也就采用了全知视点与作者的观察视点。

这一回开头是蔡九知府早晨先着地方打扫法场，饭后点起士兵、刀仗、刽子手在大牢门前伺候；巳牌时分，狱官请监斩。孔目呈犯由牌，判斩字。然后将犯由牌贴于芦席上……都是作者的观察视点，客观而不加评论地叙述刑前的牢外部署。作者视点时而注目于知府大堂，时而移到大牢门前，时而又回到大堂。早晨，饭后，巳牌时分也随着视角的频频移动而快速流动。但把矛盾冲突的焦点始终集中到宋江、戴宗午时三刻问斩上。之后，作者笔锋一转，又转换到全知视点上。向读者介绍节级牢子的心情："江州府众多节级牢子，虽是和戴宗、宋江过得好，却没做道理救得他。众人只替他两个叫苦。"这一笔大约是为了加强事件的严重性，引出下文必须做的铺垫，所以作者的视点又移到大牢，用观察视点细细描写捆扎宋江、戴宗。将胶水刷头发，各绾作鹅梨角儿，又各插红绫纸花，又各吃了长休饭，永别酒，辞了神案，然后六七十个狱卒一齐推拥出牢门。急煞人事，偏用缓笔，偏又写得极细。而且当"宋江、戴宗两个面面厮觑，各做声不得。宋江只把脚来跌，戴宗低了头只叹气"时，偏又把视角转向"江州府看的人，真乃压肩叠背，何止一二千人"。写得闹动已极，为下文众好汉劫法场张本。于是视点回转到空间中心。写士兵用枪棒团团围住二人，一个面南背北，一个面北背南坐地,这是作者的观察。宋江、戴宗到了法场,应当是动兵了,妙的是,作者又勒住了,把视点又推向了看客:"那众人仰面看那犯由牌上写道……"

总之,这一切都是为了铺垫。即越是渲染临刑前种种情势,就越能衬托出宋江、戴宗生命危在旦夕;而越是密云不雨,就越能吊读者的胃口,让人读一句吓一句,读一字吓一字,待到情势蓄足了,气氛渲染够了,这才把视点转向梁山好汉。此时作者,一连用了四个"只见":

> 只见法场东边一伙弄蛇的丐者,强要挨入法场里看,众士兵赶打不退。正相闹间,只见法场西边一伙使枪棒卖药的,也强挨将入来。一闹犹未了,只见法场南边一伙挑担的脚夫,又要挨将入来……只见法场北边一伙客商,推两辆车子过来,定要挨入法场上来……

作者置身于行动之外或之上,像一个无所不知的旁观者一样,站在一个特定角度,用空间飞渡的方法,视点射向东西南北四方,把强行挨入法场的弄蛇者、使枪棒卖药的、脚夫、客商——实际是梁山好汉引入法场,用了四个排比式的"只见",字眼里渗透着作者同时也包含着读者,对梁山英雄终于在午时三刻前赶到了法场的喜悦、兴奋,看出吴用计谋的用意,而在矛盾冲突的发展上,由缓而急,逐渐逼近矛盾的顶点。

多视角的组合,虽然不是中国传统小说家所独有,但是中国传统小说,特别是《水浒传》,却用游移的、流动的视点,把一个个画面串联起来,赋予了它运动形态,从而造成一种人物行动的连续性,这却是中国传统小说的特点,一直为各家所承继。

八、"看官听说"框架内难容第一人称叙事

中国古代白话小说史的发展说明,只要采用说话艺术的"看官

听说"的叙事模式,就不可能再允许第一人称的叙事者充当主要的叙事者;换言之,倘若以第一人称作为主要叙述者,但又把它放在"看官听说"的框架内,或者说第一人称叙事时(不是人称自然移动),小说家不愿彻底抛弃全知的看官听说的叙事模式,不时插入"话说"、"看官听说"的口吻,争夺话语权,而造成叙事者的混乱,脂砚斋评本《石头记》与《二十年目睹之怪现状》就是突出的例子,先看《红楼梦》。

按甲戌本《脂砚斋重评石头记》凡例第三段云:"此书开卷第一回也。作者自云曾历过一番梦幻之后,故将真事隐去,而借'通灵'说此《石头记》一书也,故曰'甄士隐'云云。……自己又云:'……当此日,欲将已往所赖天恩祖德,锦衣纨袴之时,饫甘餍肥之日,背父母教育之恩,负师友规训之德,以致今日一技无成,半生潦倒之罪,编述一集,以告天下。……'"叙述者公开宣明自己是本书作者,而且还毫不掩饰的依据已往的经历,"背父母教育之恩,负师友规训之德,以致今日一技无成,半生潦倒之罪"的教训,用"假语村言敷衍出来","提醒阅者",显然是以"我"的身份追忆往事,而不是传统的说书人讲说别人写的故事,这无疑是对传叙事模式的突破,向第一人称叙事转化。

问题是转入正文,叙说故事缘起时,又云"曹雪芹(作者)于悼红轩中,披阅十载,增删五次,分出章回,又题曰《金陵十二钗》,并题一绝。——即此便是《石头记》的缘起",好像《石头记》不是作者写的,他只负责编辑整理事务,小说的故事情节同作者毫无干系。既然开篇自云《石头记》是他创作的,何以又掩盖第一作者的身份只承认是增删呢?脂砚斋早已看出了这个矛盾:"若云雪芹披阅增删,然(后)开卷至此这一篇楔子又系谁撰?足见作者之笔,狡猾之甚。后文如此处者不少。这正是作者用画家烟云模糊处,观者万不被作者瞒弊(蔽)了去,方是巨眼。"脂砚斋指出的是曹雪芹的"狡猾之甚",其实甲戌本第一回是以"列位看官,你道此书从何而来?

说起根由，虽近荒唐，细谙则深有趣味"作为开端的，之前的文字统统都是"凡例"，包括"此书开卷第一回也。作者自云……"及题诗均不是正文，为后来抄手不察，将此段总评和诗混入正文，现在通行的程伟元、高鹗的整理本即是此种体例。

　　抛开哪一种体制是原本的形态，也抛开凡例（楔子）中文字是否是曹雪芹故设的狡狯之笔，但有一点作者没有回避，即现实的作者说他"经历过一番梦幻"，"欲将已往所赖天恩祖德，锦衣纨袴之时，饫甘餍肥之日，背父母教育之恩。负师友规训之德，以致今日一技无成，半生潦倒之罪，编述一集，以告天下"。小说中隐含的作者石头"上面字迹分明，编述历历"，同样是幻形入世后的记忆，都属于回顾性叙述。我们不必因小说是虚构的艺术，而否认《红楼梦》中有曹雪芹家世和身世的影子，否则脂砚斋在庚辰、甲戌本评语中何以说"与余三十年前目睹身亲之人，现形于纸上……然非领略过乃事，迷临过乃情，即观此茫然嚼蜡，亦不知其神妙也"，"三十年前事见书于三十年后，今余想恸血泪盈（面）"呢？反之，亦不必认定《红楼梦》就是曹雪芹的自传，混淆了传记同小说之间的区别，总之是你中有我，我中有你，不必切割得那么清楚。通常而论，回顾性的小说为了证明自己的真实性，常常用第一人称叙事观点追忆往事。也许石头有着幻形入世后的经历，石头是整个事件的亲身经历者和观察者，因而学人有理由怀疑石头是作为叙事者并采用第一人称的叙事角度叙述故事，脂评八十回本《石头记》中曾有四处石头直接对读者对话：

　　第六回甲戌本：

　　　　按荣府中一宅中合算起来……你道这一家姓甚名谁，又与荣府有甚瓜葛，诸公若嫌琐碎粗鄙呢，则快掷下此书，另觅好书去醒目，若谓聊可破闷时，待蠢物逐细言来。方才所说这小小一家姓王……

第十五回甲戌本、庚辰本：

> 凤姐怕通灵玉失落，便等宝玉睡下，命人拿来，塞在自己枕边。宝玉不知与秦钟等算何账目，未见真切，未曾记得，此系疑案，不敢篡创。

第十八回庚辰本、己卯本、王府本、有正本：

> 按此四字并"有凤来仪"等处，皆系上回贾政偶然一试宝玉之课艺才情耳，何今日认真用此匾联？……岂无一名手题撰，竟用小儿一戏之辞，苟且搪塞……岂《石头记》中通部所表之荣宁贾府所为哉。据此论之，竟大相矛盾了。诸公不知，待蠢物将原委说明，大家方知。当日……

第十八回庚辰本、己卯本、王府本、有正本：

> 此时，自己回想当初在大荒山中，青埂峰下，那等凄凉寂寞，若不亏癞僧跛道二人携来到此，又安能得见这般事面？……按此时之景即作一赋一赞，也不能形容得尽其妙，即不作赋，其豪华富丽，观者诸公亦可想而知矣。所以到是省了这工夫纸墨，且说正经的为是。

上述四条中，明确标志叙述人"蠢物"的有两条，第十八回"说不尽这太平气象，富贵风流"之后的"自己回想"，在甲辰本则为脂砚斋的评语，庚辰、己卯、王府、有正诸本将其混入正文。因此，严格说来，属第一人称回顾性叙述的也只两条，这说明，曹雪芹可能考虑过让石头充当第一人称述者，问题是第一人称叙事毕竟是有限的，大观园内外的景象，天上地下的幻象与现实社会政治关系，文化风俗，诸种意识形态，几百个人物的心理意识，错综复杂的人际关系，非是有限视角的单镜头能摄到的。为此曹雪芹不能不求助于全知全能的视点，假设传统说书人的口吻和程式叙述故事，如开卷诗、话说、况且、原来、有诗为证、再看下回等等。这也就形成了脂评本石头的第一人称的残留，程甲本、程乙本干脆统统删除石头的话语，全部转化为第三人称叙事，大约是为了统一叙事风格而做的修饰。

不过《红楼梦》第三人称的全知视点不同于传统的职业说书人，或虚拟说书人向临场听众或虚拟的听众讲述别人写的故事，站在故事之外评述与他的现实生活无关的故事情节和人物，同小说世界保持一定距离。而《红楼梦》第三人称的叙述者则是存在于故事世界之内，如同小说世界的一个角色，家族中的一个成员讲述家族中他（她）们的故事。贴近人物的情感，富有感情色彩的话语，细微的观察与描述，同人物的感觉大体一致，并不比小说中的人物知道得多。请看第四十六回一段描述：

> 凤姐知道邢夫人禀性愚弱，只知承顺贾赦以自保，次则婪取财货为自得；家下一应大小事务，俱由贾赦摆布，凡出入银钱，一经他的手，便克扣异常，以贾赦浪费为名，"须得我就中节省，方可补偿"。儿女、奴仆，一人不可靠，一言不听。

谁在评价邢夫人呢？是作者还是叙述者？两者都是。叙述者的观察角度和凤姐的判断是一致的。由于没有传统说书人常用的"原来"、"那"、"且说"作为引导句，叙述语与人物的看法之间不存在任何阻隔和过渡，读者可直接进入人物的内心，体验人物的情感。不过，《红楼梦》叙述者即便是用"原来"、"那"为引导句标志，进行评议、诠释，可叙述人的评论，仍与人物的判断保持一致。这种客观的很少表露作者主观意识的评述，突破了传统全知视角说书人喋喋不休的说教。

不过虽然《红楼梦》以第三人称叙事为主，但是隐含石头影子的叙述人（包括作者）所叙述的故事，实际是带有第一人称回顾式的经验视角的性质，作家经验自我与石头叙述自我有合二为一之嫌,何况第一人称叙述与第三人称有限视角叙述在视角上虽有差异,但也有许多相似点。因此,叙述人在叙述时,常常不自觉地由第三人称滑落至第一人称,以增强叙事的可信性,前文曾提到的"蠢物"自言,就是典型的例证。不过这纯粹是第一人称语式被程甲本、程乙本统统删除,大约是为了统一艺术风格而做的必要修饰。可是一旦描述个人心态时,第三人称的叙述时态就慢慢向第一人称时态靠近,将"他"换做"自己",这样例子俯拾皆是。如庚辰本第六十三回:

> 贾珍下了马,和贾蓉放声大哭……尤氏等都一齐见过,贾珍父子忙按礼换了凶服,在棺前俯伏;无奈自己要理事,竟不能目不睹物,耳不闻声,免不得减了些悲戚,好指挥众人。

庚辰本第六十九回:

> 凤姐虽恨秋桐,且喜他先可发脱二姐,自己时抽头,用"借剑杀人"之法,"坐山观虎斗"。等秋桐杀了尤二姐,自己再杀秋桐。主意已定。

庚辰本第七十七回:

> 宝玉……他独自掀起草帘进来,看见晴雯睡在芦席土坑,幸而衾褥还是旧日铺的,心内不知自己怎么才好……宝玉听说,自己尝了尝,并无茶味……宝玉看着,眼中泪直流下来,连自己的身子都不知为何物了。

上述例证,与其说是第三人称向第一人称的侵袭,不如说是自由直接引语,因为它不是典型的用第一人称叙事,只是有限的自我说明。因此,叙述者要想详尽地揭示人物的内心活动,只能变通人称时态,侵入全知模式。且看第二十九回,张道士为宝玉提亲,赤金点翠麒麟与史湘云佩带的相似,引发了宝玉与黛玉的误会。

原来宝玉自幼生成来的有一种下流痴病……那黛玉也是个有些痴病的,也每用假情试探。因你也将真心真意瞒起来,我也将真心真意瞒起来,都只用假意试探……其间琐琐碎碎,难保不有口角之事。即如此刻,宝玉的内心想的是:"别人不知我的心,还可恕……"宝玉是这个意思,只口里说不出来。那黛玉心里想着:"你心里自然有我……"那宝玉心中又想着……黛玉心中又想着……

从"原来"到"宝玉想","黛玉心里又想着",到最后"看官,你道"的评述,是全知叙事视角,毋庸置疑,能够透视两个人复杂内心活动的全知模式,是唯一的理想模式,其他的视角都是有限度的。不过,作者采用这超出角色的视角时,并不像传统的全知叙述者来说明一切,而是严格遵循人物性格逻辑,有限制地展示人物应该有的内心活动。

如果说脂评本《石头记》没有协调好第一人称叙事和第三人称全知叙事的关系,说明作者以谁担当小说主要叙述者的困惑,或者说《红楼梦》作者书写回忆往事的小说时,现实的我过分投入小说中的"我",于是第三人称的叙事就含有第一人称的因素,形成小说叙事的特色,那么,《二十年目睹之怪现状》则遭遇了第一人称叙事被罩在看官听说模式下的尴尬。

第一回楔子,作者用第三人称的评述口吻引出一个少年人物"死里逃生",他在街上看到一个汉子拿着一本书售卖,篇首写着"九死一生笔记"小说《二十年目睹之怪现状》,不觉心中一动,原来"九死一生"是他的别号,有人却用他的名字写出小说,那汉子说作者托他代觅一个知音的人,请他传扬出去,"死里逃生"想起日本横滨《新小说》发行极广,便把书寄到新小说社,以便将小说逐期刊布出来,从第二回起,"自此以后之文,便是九死一生的手笔与及死里逃生的批评了"。那就是说充当小说叙事的有三个:开篇的第三人称叙事,类如全知视点的说话人,九死一生叙述为主要叙事者,再夹杂死里逃生的评述。

问题是文中经常插入"看官们听着"说话人的套语,如第二十一回,"看官们听着:这位王伯述,本来是世代书香的人家……",第三十二回,"你道那人是谁? 原来是……","看官们听我叙来……"。第四十五回"你道那和尚是谁? 原来不是别人……",等等。字面上看,说这话的应是笔述者九死一生,可在小说开头已经有一个用第三人称说话人的口吻引进了死里逃生,由死里逃生再带出小说的主述人,在此还用说话人惯用的套语,显然有点不符合记述者的身份。这也如同第六十三回说"凡做小说的有一句老话,有话则长,无话便短",第九十三回补充说明"从第八十回之末,苟才出现,八十七回起,便叙苟才的事,直到此处九十四回已终,还不知苟才为了何事再到上海……",诸如此类话语,好像是小说家吴趼人在向读者交代故事的编辑过程,偏离了记述者的身份。

上述例证说明近代小说家吴趼人从日本引进"私"小说的第一人称叙事方法的同时,却又不能忘怀说书体小说的叙事模式和用语,还不能沿照第一人称追忆往事的要求,创造性的转换新的叙事体制,于是让读者有旧瓶装新酒的感觉。

九、叙事套语

1. 话说与却说

这是说书人开讲时常用的套语。另起一大段故事时,也以"话说"抬头;"却说"常用在一小节,如作文另起一行之意。情节与场面转换,有时亦用"却说"。

2. 开卷诗

总括全书内容,指明讲述意旨,发表说书人政治和道德判断。

3. 有诗为证与胡曾诗为证

以诗证文,表述说话人的评议,或小说中人物借诗明志。凡事

件、人物的行为、心态情感及景象变化等等,均可举诗为证,深一层
描绘。

有诗为证的诗,本是说书人的为证,应属讲述语范畴,可有时
也混杂人物的转述语。如《武王伐纣平话》,太子奶母冯氏被纣王
贬入冷宫一段:

> 奶母每日作念太子,怎知俺冤屈之事。怎见得? 有诗为
> 证。诗曰:诈祈妲己寿生辰,冯氏同为祝寿人。误落金杯欺诳
> 我,贬于冷地屈难伸。

引导句中的“奶母”句,无疑是讲述者的讲述语,“怎知”句则滑
向了直接式转述语,不加标点,可视为自由式直接引语。诗中句子
的性质更可疑。第二句“冯氏同为祝寿人”,毫无疑问是讲述语;第
三句中的“我”字,当指奶母冯氏,这又转向了自由式引语。这大约
是由于七言诗字数限制,不得不选择“我”字而造成了语式的转换。

为了增加为证的可信性和权威性,讲史平话也常用胡曾诗、史
官诗、咏史诗为证 。在排列格式上,标准的套式是“怎见得,有诗为
证,诗曰”,但也有变通的句式,如“怎见得,有诗为证”,后无“诗
曰”;或无“怎见得”,直接用“诗曰”,或“有诗为证”,但无论怎样加
减,以诗证言的性格并没有改变。

4. ……如何? 诗曰

说话人为了引起听者的关注,用提问句加重事件的紧张性和
严重性。常用的句式有多种,如“怎生结束?”“性命如何”? “言者
是谁”? “且看胜败如何”? 等等。先设问,后描绘说明,也属此类,
但侧重点在描绘。如“怎见高”? “说个甚的”? “打扮得怎生”? 等
等。设句之后有的加诗,有的只问,不附加诗,起暂时休止作用,好
像是电影中的定格,休止后接着再加描述。

5. 正是与真是

相似的词语还有“真个是”、“可谓是”、“分明是”、“这正唤作”,

均为判词的导语,然后跟从两句判词,多引入含生活哲理性的民间成语,告诫人们怎样处理复杂的人际关系,人谓处世哲学。如"螳螂正是遭黄雀,黄雀提防挟弹人","人无害虎心,虎有伤人意",说的是提防宵小阴谋。"相逢不下马,各自奔前程",比喻话不投机分道扬镳;或刚刚相聚,因情事突变而不得不分手的境况,说明世事多变。

但是,平话中判词并不全取民间成语,有的则是整理者的杜撰,或摘取别家诗句凑成,大多不合人物心意。如《五代汉史平话》卷上,形容刘知远的母亲阿苏思念被继父赶出家门的刘知远的句是:"玉容寂寞泪阑干,梨花一枝春带雨。"人们不清楚这是思子,还是少女思春、思夫呢?

6. 只见与但见

"只见"与"但见"的作用相同:引进介绍人物,转换情节和空间场面。

讲史平话虽然采用全知全能的叙述视点,但在描绘背景,介绍人物与人物之间的关系,转换情节场面,则交给了小说中的人物,透过人物自己的眼睛来看世界,这是一种内在的主观笔法,尽管此时期不如明清小说运用得充分广泛。

引进或介绍人物,与情节场面的转换往往是同步进行的,如《五代梁史平话》:"只见一个大汉开放门出来。黄巢进前起居,问丈人高姓。那大汉道:'我姓尚名让……'"先是黄巢见一个大汉开门出来,然后是尚让的自报家门,再转入黄巢与尚让商谈"做些歹生活"。《秦并六国平话》卷上,"只见一下锣声,喊杀连天,不知高低,左畔撞出李仲,右边撞出韩员,后面秦斌杀至……"由"只见"引出数路人马。《宣和遗事》前集:"忽见一个从东而来,厉声高喝,师师道……"又,《七国春秋平话》:"三日,腹中饥馁不可忍,忽见一妇人在淄河洗衣裳,齐王问觅饭……""忽见"、"但见"的功能一致,也是引出人物,转换情节。此外,说话人用"却见"、"看"、"忽"等字眼代替"只见"，其作用相同。

应当指出，"只见"、"但见"、"忽见"有时确指当事人一人之所见，有时是泛指众人之所见，或者只是一种习惯用语，不一定起引进转换作用。

7. 恁地恁地，如此如此

讲史平话和长篇说书体小说中，人物话语有时夹带"恁地恁地"，先看《秦并六国平话》的例子：

> 楚王问曰"尔计如何？"项梁附耳道："恁地恁地。"楚王大悦："依卿之言。"楚王吩咐诸卿大将："今日定计杀秦兵，恁地恁地。"

> 庞会通奏上燕王曰："臣闻大王有难，故来退秦之患。"王大悦曰："全仗卿等退秦人兵。"庞会通再奏曰："恁地恁地。"燕王依奏。

> 齐将田资定计杀秦王人兵，告招讨："恁地恁地，杀秦兵报仇。"

这"恁地恁地"即明清小说的"如此如此"与"如此这般"。如二十回本《三遂平妖传》第十八回："左黜道：'磨盘既压他不死……'与王则附耳言道：'来日交战，必须恁地恁地。'"又，第十九回："马遂直走到文招讨身边，附耳低言道：'小人去如此，如此，必斩王则。'"

"恁地恁地"与"如此如此"系讲述者的省略语，在两种情况下出现：前文已经发生或交代过的事件，此处不再重复；实施某种隐秘性的计划，不宜让第三者知晓，实际是故意吊听众的胃口，而"如此如此"。问题是讲述者并没有在前文交代"恁地"原委，那么，此处的"恁地"指何而言呢？与此同理，既然是二人密语，言者只"恁地恁地"，未讲清楚其设计，听者不明事理，如何表态？显然"恁地恁地"不是说者的原话，而是讲述者的插入语，难以判定为直接引语。倘若把话语中人物的话语（直接引语）与讲书人的话语（讲述语）严格分清，"恁地"后面的转述语与引语脱离了关系，那又破坏了引语的完整性，因此隔与不隔开着实很难说这是白话小说特殊的转述语句式，有别于西方小说和现代小说。

8. 原来

多用于揭示事件真相，补充说明事情原委，预测故事情节和人际关系发展的走向。如《水浒转》第八回，林冲发配至牢城，拿出五两银子给差拨，又取出十两交差拨转送管事，此时说话人插言道："原来差拨落了五两银子，只将五两银子并书来见管营，备说林冲是个好汉。"第四十八回，毛仲义把解珍、解宝骗进庄内，命庄客捆绑了二人，叙述者补充说明道："原来毛仲义五更时，先把大虫解上州去了，却带了若干做公的来捉解珍、解宝。不想他这两个不识局面，正中了他的计策，分说不得。"《金瓶梅》第十回补充说明李瓶儿的身世："原来花子虚浑家，娘家姓李，因正月十五日所生，那日人家送了一鱼瓶儿，就小家唤做瓶姐。"第十一回，"原来西门庆每日从衙门中来，只到外边厅上，就脱了衣服，教书童叠了。"

9. 看官听说

本来是提示听众注意某个人物和事件的用语，但有的长篇小说，如《金瓶梅》，却常常借"看官听说"说明事件原委的同时嘲讽小说中人物，或发表政治性的评述，好像按捺不住他对当时社会的不平。如第十八回："看官听说：自古谗言罔行，虽君臣父子，夫妇昆弟之间，犹不能免，况朋友乎？"第八十回："看官听说：但凡世上帮闲子弟，极是势利小人。见他家豪富，希图衣食，便竭力奉承……一见那门庭冷落，便唇讥腹诽……"

注释：

①关于小说叙事学的理论,西方小说批评家和语言学家有许多独特的见解,国内学者也有精确阐释,但有些概念并不与笔者相同。参见罗兰·巴特《叙事作品结构分析导论》(《外国文学报道》1984 年第 4 期)、热拉尔·热奈特《叙事话语、新叙事话语》(王文融译,中国社会科学出版社 1998 年版)。又,申丹《叙事学与小说文体学研究》(北京大学出版社 1998 年 7 月版)、赵毅衡《当说者被说的时候》(中国人民大学出版社 1998 年 10 月版)。

②鲁迅《中国小说史略》第二十三篇《清之讽刺小说》,人民文学出版社,1973 年版。

③乔纳森·雷班《现代小说写作技巧》,《外国文学》,1982 年 2 月刊。

④黄摩西《小说小话》,转引自阿英《晚清文学丛钞·小说戏曲研究卷》。

⑤郑振铎《中国俗文学史》第六章《变文》,作家出版社,1954 年 2 月版。

⑥向达《唐代俗讲考》四《俗讲话本问题》,参见周绍良、白化文《敦煌变文论文集》,上海古籍出版社,1982 年 4 月版。

⑦孙楷第《唐代俗讲轨范与其本之体裁》,参见周绍良、白化文《敦煌变文论文集》,上海古籍出版社,1982 年 4 月版.

⑧郑振铎《中国文学研究》上《明清二代的平话集》,作家出版社,1957 年版

⑨吴自牧《梦粱录·小说讲经史》,参见《东京梦华录》,上海古典文学出版社,1956 年 11 月版。

⑩同上书。

⑪李葭荣《我佛山人传》,参见《吴趼人研究资料》,上海古籍出版社,1980 年 4 月版。

⑫⑬鲁迅《中国小说史略》第二十八篇《清末之谴责小说》,人民文学出版社,1973 年版。

⑭1884 年 9 月,美国小说家亨利·詹姆斯发表了《小说的艺术》,在此书前后,詹姆斯在为自己的小说写的序言中,提出人物视点与戏剧手法问题,强调小说从一个中心人物,即主人公的视野来观察和描写,这就是所谓人物视点,或者称为单一视点,内视点。参见亨利·詹姆斯的《小说的艺术——亨利·詹姆斯论文选》,上海译文出版社 2001 年版。应当指出,詹姆斯强调发挥小说人物的内视点及戏剧手法的作用,是就整部小说的叙事结构而言。《水浒传》及其他小说的某些内视点还是局部的,只有《儒林外史》可谓是开创了中国古代小说新的叙事结构。

⑮参见胡菊人《红楼、水浒与小说艺术》,台湾远景事业出版公司,1981 年版。

第四章　时空论

一、中国小说家的时空意识

列宁在《唯物主义和经验主义》中曾说：“世界上除了运动着的物质，什么也没有，而运动着的物质只有在空间与时间之内才能运动。”①前一句讲世界在本质上是物质的，后一句说运动着的物质是在时间空间中运动，所以时间、空间是物质存在的形式。小说中的事件、情节、人物也是在特定的时空形式内运动的。

哲学家们对时间、空间和物质的不可分性，时间有没有始终，空间有没有边际，时空的相对性与绝对性，以及空间的间断性与持续性等等问题感兴趣，而对于我们小说史家和小说理论批评家来说，则是要探讨中国古代小说家们是怎样认识和处理时空的。所谓小说的时间和空间，特别是空间，是指人物在特定时间内赖以生活、行动和人物之间发生矛盾冲突的区域。它包括自然环境和场面，偏重于物理性的结构，区别于政治意义上的社会环境。既然客观现实空间是物质运动的基本存在形式，与运动着的物质密不可分，那么事物内部各个部分之间，这事物与另事物之间，必然发生并列关系和相继关系，由此也就必然存在物质运动过程中的阶段性和发展变化的顺序性。小说时空受现实时空的制约，同时又反映现实时空的内容（当然要反映现实时空的形态）。小说反映的生活，是作家按照小说提炼生活的方法提炼生活，已不是现实生活的原貌；同样的，小说中的时空也是按照小说要求提炼过的，不同于生活中真实的时空。各个国家各个民族的作家，由于文化传统之不同，审美习惯、审美趣味各异，切割生活流程，重新组合时空流程的意识也有不同的特点，因此我们要讨论中国古代小说家的时空意识，必须回答三个问题：

第一，什么是中国人的时空意识，即中国人的哲学观、审美意识、审美情感怎样影响着小说家们的时空意识，古代小说家们是按照一种什么样的美学原则来处理时空的。

第二，处理时空的具体方法是什么，这里既包括一个时空场面，也包括多重时空处理。

第三，小说家在处理小说的时间与空间场面时融合了其他艺术部门的什么因素，从而加强了表现力，取得了美感效果。

中国人的审美观反映在艺术的各个部门。中国小说在发展过程中深受传统文化思想，深受说唱、戏曲等艺术的影响，形成了独特的处理时空艺术的方法，许多学者和批评家恰恰忽视了中国小说的特殊性，搞不懂中国古代小说家的时空意识和处置方法。因此，为了弄清上述问题，有必要探索和中国小说有密切联系的艺术形态在审美观方面，相同或相通的方面，同时也要探讨反映在小说时空处理上的特殊性方面。从普遍来看特殊，或以特殊来反证普遍，进一步看出事物的特殊性。

1. 天人合一

说古代小说家的时空意识，不能不讨论中国古人的天人合一观念，因为天人合一是中国文化中最基本的思想模式，中国哲学的中心观念。它包含的意义是多方面的，从文化的、心理学的、生态学的种种角度切入，可求证出许多理论，显然这不是本文研讨的目的。

　　比较地说，先秦诸子对于天和人关系的论述，进而积淀为传统文化思想，反而对小说家们的时空意识有深刻影响。简而言之，殷周时期，先民就已把天地人视为同一而并举，甚至把鬼（祖先）排在第一位，死去的祖先同神具有同样作用，可以降祸福于子孙。换言之，地上的王者愈爱民，天帝才能降福于民，地上的王者才能坐稳江山，所以王者修养自己的道德是非常重要的。此时天人合一的观念中仍有天主宰命定的含义。

　　孔子最伟大之处，是将人从信仰鬼神的心理状态中分离出来，强调人在现实人生的义务和责任，强调祭祀中的道德与社会价值。但孔子所说的"天道"，不具有本体论和宇宙论意义的道，而是有道德法则的意义。在"敬鬼神而远之"②这一点上，并不表示孔子反对迷信，不信鬼神，而是看重人和人事，所谓"未知生，焉知死"，"未能事人，焉能事鬼"，③孔子的天人合一思想是天人同德的思想。

　　老子也讲天道，但老子讲天道即自然，这自然是物质性的自然世界，不为意志和目的所操纵的生活，自然的本来面目，物性之本然，不具备伦理的内容。因此老子主张的天人合一的境界，则是通过致虚守静的功夫，达到返朴归真的境界。

　　庄子则侧重在主体境界一面，即人的生命和精神。《齐物论》中庄子主张"天地与我并生，万物与我为一"，把人的自身和宇宙浑成为一体，这才是永恒的生命，也就是一种化境，显然这主客合一，主客两忘的美的观照，对后代文人，对中国艺术的影响特别深远。

　　自此之后，汉代董仲舒的天人合一，又以阴阳五行（天）与人事政治，主要是王道政治（人）互相一致而彼此影响，提出"天人感应"思想。人似乎只有顺应五行图式才能获得行动自由，使个体与社会保持存在与发展。至于宋代的程朱理学，认定天即是理，即是道德是心性，实际是人主观道德意识的投射，并将这种投射提高到道德本体上，将伦理作为本体，与宇宙自然相连而合一。④

2. 天道循环

尽管古人讲天人合一的人生共相,强调人在天人合一中的精神作用,可是却承认天——自然有自己的始终的变化规律。《易·说卦》说:"乾为天,为圜。"《吕氏春秋·圜道》做了具体补充:"天道圜,地道方……日夜一周,圜道也。月躔二十八宿,轸与角属,圜道也。精行四时,一上一下,各与遇,圜道也。物动则萌,萌而生,生而长,长而大,大而成,成乃衰,衰乃杀,杀乃藏,圜道也。云气西行,云云然,冬夏不辍,水泉东流,日夜不止,上不竭,下不满,小为大,重为轻,圜道也。"《礼记·孔子闲居》也说:"天有四时,春秋冬夏。风雨霜露,无非教也。"看到并承认周而复始的生辰变化,这反映了古人对自然现象的朴素的唯物主义的认识。但是古人不能解释自然界运行变化的原因,好像有一种神秘的力量主宰着世界。《淮南子·泰族训》就持如是说:"天设日月,列星辰,调阴阳,张四时。日以暴之,夜以息之,风以干之,雨露以润之。其生物也,莫见其所养而物发。其杀物也,莫见其所丧而物亡,此之谓神明。"司马迁在《史记·太史公自序》中评论阴阳家时,尽管怀疑"夫阴阳四时、八位、十二度、二十四节各有教令,顺之者昌,逆之者不死则亡,未必然也",并不认同其理论根据,但不否认"其序四时之大顺,不可失也"的自然界的发展规律。

天道循环论必然派生两种意识,一为自强不息的浪漫主义情怀,一为命定论的悲剧意识。循环论似乎鼓舞人们迎接周而复始的生活,不计暂时的挫折和失败,自强不息的存在下去。命定论又让人觉得"谋事在人,成事在天","死生有命,富贵在天",一切都由不可知的天所决定,或是宇宙中不可知的神明主宰。因此,秦赵高弑秦二世,"引玺而佩之,左右百官莫从;上殿,殿欲坏者三。赵高自知天弗与,乃招始皇弟,授之玺",⑤不是赵高不想坐皇帝,而是天命不与而不敢称帝。韩信公开评论刘邦得天下是"所谓天授,非人力也",⑥而项羽败则自叹"此天之亡我,非战之罪也"⑦。《三国志通俗演义》中刘备三顾茅庐,请诸葛亮出山,水镜先生认为"未得其时",崔州平则认为"欲使孔明斡旋天地,补缀乾坤,恐不易为,徒费心力耳"。诸葛亮尽管未出茅庐,已知三分天下,可天不与刘备,终不能统一天下,他诸葛亮只能鞠躬尽瘁而已。

天道观推而观察历史,判断王朝更迭,则得出分久必合,合久必分,一乱一治,由乱而入治,由治而入乱,治乱无常的历史时空发展规律,而参与争夺霸权的英雄,就如杨慎在《临江仙》词中所曰:"滚滚长江东逝水,浪花淘尽英雄。是非成败转头空,青山依旧在,几度夕阳红。白发渔樵江渚上,惯看秋月春风,一壶浊酒喜相逢,古今多少事,都付笑谈中。"因此,政治家们,如曹操,常常因人生短促,政治怀抱不得实现而感叹:"对酒当歌,人生几何!譬如朝露,去日苦多。慨当以慷。……山不厌高,水不厌深。周公吐哺,天下归心。"⑧少女们则因花开花落而感喟青春的失去。《牡丹亭》第十出,杜丽娘游园之后,因春感伤,想到自己"年已及笄,不得早成佳配,诚为虚度青春,光阴如过隙耳。可惜妾身颜色如花,岂料命如一叶耳"。《红楼梦》第二十二回,林黛玉听见梨香园十二个女孩子演习《牡丹亭》戏文,再联想《西厢记》,由"则为你如花美眷,似水流年","水流花谢两无情","流水落花春去也"的唱词想到人的青春生命与大自然时空变换的关系,感悟到人的生命是有限的。第二十七回的《葬花吟》,又是由花谢花飞,引起了黛玉以花自喻,为了保持高洁的品格和理想,像花一样,宁肯洁来洁去,也不随波逐流,同流合污;但是春残花落,便是红颜老死时,预感到自己孤独而去的悲剧命运。

上述简括的论证,无非是想说明,无论是中国古代哪一派的哲学思想家在天(自然)与人的关系上有共同的认识,即心天合一的人生共相——主观的心境与客观自然融合为一,和谐共生,生活的节奏紧密地符合自然界的韵律。而古人天道循环的观念,赋予了流动的、循环的事物以强烈的生命意识,将人的有限生命同无限的时空变换,紧密的联系在一起,于是中国的艺术家,包括小说家将自然世俗化、生活化,以人与人生为中心的运思趋向,将时间人性化,偏重于时间流动,追求心理时空,把空间放在时间平台上进行组合。可以说在处理时空关系上,戏曲、绘画、书法、园林有共同的艺术性格,显然,脱离中国人以人为中心的时空意识与处理方法,就不能理解中国古代小说。

二、戏曲的时空处理

任何艺术都要受时间和空间的限制,戏剧受时空限制更严格,它不像小说处理时空那么自由。这种限制是受舞台法则决定的。戏剧中的人物在固定的舞台空间内相互交往,空间场面环境的改变也就是一场一幕的结束,拉上大幕便转向另一个空间。一般来说,这是话剧处理空间的方法。戏剧舞台如同四面墙的房子拆掉了一堵墙,台口是一个无形的墙,演员在"墙"里生活,被观众自由观看。事实上现代戏剧已逐渐突破了"三一律",像话剧《上海屋檐下》,一个小楼里住了五个人家的十多个人物,上下各划分成几个房间,面向观众,人物几乎同时各自发挥表演动作,交替活动,扩大了空间的容量。现代戏剧,尤其是西方戏剧更是如此,由于吸收了电影、戏曲的手法,空间转换更为灵活、自由。

中国戏曲空间处理有自己的特点,不同于话剧。话剧舞台在规定的情境之中,无论是环境和生活,都必须合乎现实生活的逻辑,严格遵守生活的规律,演员要像现实生活一样生活在角色里,行动在舞台虚构的规定情境。中国戏曲里的时空意识却不然,它并不独立存在于戏曲舞台之上,虽然也借助于一定程度的舞台装置来表现时空,但主要是通过演员的程式化的唱、念、做、打体现出来。离开演员唱、念、做、打等这种程式表演,舞台上的戏剧空间就不存在。如《打渔杀家》、《秋江》里的堤岸、柳荫、水、浪、风,完全是靠演员的虚拟动作表现出来的。通过演员的表演,观众不但感觉到船的存在,而且还能感觉到船在水波中间动荡。倘若演员离开了创造的场面环境,或者演员下场,那么空间的一切便不复存在。与这个特点相联系的,舞台上的空间又是流动的、可变的,不受舞台空间和时间的限制,根据剧情和刻画人物的需要,随着人物的流动,可以展示几个顺序相连的空间,如《柳荫记》的"十八相送";可以压缩或延长空间比例,如《穆柯寨》、《林冲夜奔》;可以在舞台平面上表现出立体的高低变化,如《大闹天宫》、《阳平关》;也可以表现多重的舞台空间,如《乌龙院》、《张古董借妻》。

中国戏曲这种时空处理方法,是在有限的舞台时空内,去反映无限的时空,从而扩大了时空表现力,取得了展开戏剧冲突、刻画人物的最大自由。毫无疑问,同中国戏曲一同成长起来的小说,时空处理的原则乃至具体方法,不能不受戏曲的影响。这主要表现在两个方面:

1. 人物的主观感觉世界并体现世界

中国戏曲是由古优、唐参军戏、宋元杂剧、说唱(唱诗、唱词、唱故事、诸宫调)、歌舞(民间歌舞、宫廷歌舞、角抵、傩舞)等综合而成的艺术,表演艺术也是由上述几方面的技艺而形成的表演形式。可以这么说,中国戏曲最大的特点是通过演员的唱念做打的舞蹈表演来刻画人物,描写客观环境。无论是人物的大动作,还是细微的内心活动,都要外形化,让观众看得清清楚楚。

这风格化的舞蹈动作既不同于话剧的动作,也不同于西方的戏剧行动,而是线条化飞动的美。由于是流动的,但又是戏剧性的,所以在空间意识上讲究由人物的主观世界来感觉和体现客观世界,就是说靠演员自己特殊的表演,一边虚拟环境,一边就在虚拟环境的过程创造生活幻觉,进入角色和生活事件,因此,戏曲就不受舞台空间和时间的限制。为了创造戏剧情景,它要求自由地改变舞台空间、时间的关系。观众也同时随着演员的创作启示,通过自己的想象来补充演员所创造的空间情景,这不仅使得他觉得可信,而且认为是真实的。

2.追求虚实相生的意境

这个问题既是中国戏曲空间处理的方式,又是中国绘画空间表现的方法。

上面我们已经说过,舞台上规定情景的出现,是通过演员结合剧情的发展,灵活地运用表演程式和虚拟的表演方法,呈现特定的空间场景,不需要借助于实物的布置来显示空间,避免累赘的布置阻碍表演的集中和灵活,因为观众看戏不是看布景,而是看人。其所以要布景,是为了戏里需要制造一种气氛。布景不只是代表一个环境,而是代表一种情绪氛围。在布景上拼命追求真,是十九世纪的舞台处理方法,现在西方舞台上已经逐渐改变了这种做法。像当代苏联著名导演留比莫夫导演的美国作家、记者约翰·里德创作的《震撼世界的十天》,用梅耶荷德表现派的方法打破了三堵墙的老框框,摆脱了生活幻觉束缚的舞台美,而追求舞台布景的写意化,他运用了戏剧的假定性,借用多种造型手段和灯光技巧,把毫无布景的舞台,变成一个变化多端的现实世界。如剧中《监狱》的一个场景,在这场戏里演员用交叉成四方形的手臂,虚拟成监狱铁窗的形象,而男女演员的一张张脸正好在这手臂组合的一块块四方形中看出,象征着囚禁在敌人监狱中的不屈战士的英姿。这就打破传统舞台时空限制,扩大戏剧行动的自由天地,增加戏剧形象的形象美。

中国戏曲当然不属于现代表现派艺术范畴,它之所以不追求实景,是为了留出空间来让演员充分地表现剧情,让剧中人和观众交流,使观众深入到艺术创作的意趣之中。这就是艺术的真,而不是自然主义所谓的逼真,是"真、神、美"三者的统一。

通过戏曲演员创造的空间是化实为虚,把客观真实化为主观的表现,又以虚为实,在观众的想象中再现客观的真实。虚实结合,情感和景物结合,提高艺术的境界,达到传神的目的,这是戏曲的空间意识。

　　虚实结合,实质上是欣赏的直接性与间接性的配合,是把客观的直接的形象(景)与主观的间接形象(情感)互相交织融合,直接的形象(实)唤起读者或观众体味间接形象的无限内容,同时又制约或者规范间接形象(虚),控制观众的想象自由。否则,由于失去规范而使间接形象变得含混不可理解。而间接形象(虚)要扩大直接形象(实),丰富直接形象,这样才实而不死、虚而不空。简言之,直接形象是要少而精,而不是绝对的虚。间接形象是要深而广,使欣赏者的想象既自由又必然,这大概就是中国戏曲处理虚实结合的原则。

　　从这一方面来说,中国古典小说在处理时空的虚与实的关系,是否有如戏曲一样的原则呢? 比如人物活动的空间场景往往并不特意着实地写,要写也只是选择有特征性的,对刻画人物有关的,能传达出有深远意境的东西,这些都值得我们研究。

三、中国绘画的时空意识

　　研究中国绘画的时空意识,不能不首先讨论中国画家是怎样观照对象的。中国画家的观照,是能动的、在行动中观照自然对象。不是在一个视点内割取画面,不受视觉规律的约束,而是用画家心灵的眼睛纵横俯仰的观照世界,然后把景界组成一幅气韵生动、有节奏的、和谐统一的画面。这也就是宋沈括在《梦溪笔谈》中所说"以大观小之法"。近代美术家们把这种观照方法叫做散点透视。

　　在中国绘画历史上并不是完全反对焦点透视的,早在一千五百年前南北朝时有一位山水画创始人兼理论家宗炳,就在《画山水序》中论述了焦点透视的中心思想——远小近大的规律,同时也说明了画家与描绘对象应保持的距离以及透视画面的科学原理。东晋顾恺之在《画云台山记》中说:"山有面则背向有影,下为涧则物影皆倒。"这显然是物体的明暗投影及反影的记述,指出了物体在光照下明暗投影以及反影的规律,自然是符合透视法则的。像中国画中楼阁宫殿的描写,就采用了斜投影法(有焦点透视的原理),给人以立体造型的感觉。

不过,中国绘画传统的做法还是散点透视。由于画家的视角不固定在一角,可以在广阔的空间游移挪换,自由驰骋,以广阔的视点观察有限的事物,可以放眼远眺,可以登高鸟瞰,可以近看详察,也可以俯仰自如,就像摄影机的镜头推拉摇移,从多种角度反映事物全貌。于是不在同一空间而不能尽收眼底的事物也可以集中到同一个画面。就是不同时间的桃、杏、芙蓉、莲花等等四时花卉,在画家笔下也可以压缩到同一空间之内。

所以中国绘画由"三远"而构成了富有诗意的有节奏的空间。清人画论家华琳在他的《南宗抉秘》里有一段论"三远法",很有见地。⑨所谓"三远"法为北宋著名画家郭熙提出,即是高远、深远、平远。由下往上看其顶谓之高远,自前而看其后曰深远,自近而望其远谓之平远。怎样才能造成高远、深远、平远的空间呢?按一般画法,欲显山之高,则画泉水;欲写深远,则以云托映;欲显其平远,则以烟反衬。其实在华琳看来,不必借第二者托出,利用事物本身运动的节奏就可以造成高、深、远的空间感觉。所谓高者由低推之,深者由浅推之,平者亦由浅处推及深,自然获得高远、深远、平远之神,华琳把此法称为"推法"。宗白华先生则名之为力线律动,即由生动线条的节奏趋势以引起空间感觉。⑩

但推法不是堆叠穿斫的几何学的机械式的透视法,以形推而不以神推。神推,则是高与深与平之间要"似离而合",处处合成一片,高与深与平,推之不远;倘如离开,也同样推之不远,只有"似离而合",才得推法之神髓。

华琳提出来的"推法",恰恰反映了中国绘画的空间意识。即依据物体的虚实、明暗、高低起伏的流动节奏,运用传统的构图方法和远近法来表现物象。像宋人夏圭所作的《长江万里图》,气势磅礴而又带抒情意味的长卷,就是个例子。它名为"万里图",实际上是概括地表现了长江具有代表性的几个地段,使一泻千里、奔腾咆哮、浩浩荡荡的大江在画面上连贯起来。如果机械地用地理观念,是无法画出来的;同样,如限用焦点透视的原理来画更是无法表现。这个长卷在构图上体现了取景角度的灵活自由,它经常用近景和远景、平视和俯视交替的手法来表现长江及其两岸自然风貌的丰富和多变,在笔墨的浓淡虚实上更造成了画面的广阔空间。

宋人张择端的《清明上河图》,可算是运用远近法的杰出代表。画家采用了高视点,充分表达汴河及其河面上的船只、两岸的田野、街道以及人物。只有把假定的视点提得很高,才能把河的两岸、街道乃至把更远的景物和屋内人物的活动都明晰地表现出来。只有采用散点透视的方法,从动力学的角度,像现代拍电影似的把镜头自由移动,才有可能在长卷的形式中表现自然连续的、使人可以逐步欣赏的丰富内容。相反,如果用一般的写生和焦点透视的办法,就是站在一定的地点,凭着视域所见的实际形象来画,就不可能达到这样的效果。如果站在平地写生,看到屋前就不看到屋后,看到桥头就看不见桥尾。并且用焦点透视的方法画全幅长卷显然办不到,即使是用许多焦点透视法把所画的局部连接起来也同样不可能,只有采用游移的视点,才能使画面景象向上下方或左右方自由发展。

中国画家由这"三远法"所构成的空间是诗意的创造性的艺术空间,它着力表达的是作者的创作思想(所谓立意),体现描绘对象的生命特征(所谓神似),而当把这两者有机地统一起来反映在画面时,其空间又往往含有浪漫色彩和抒情的诗意。南宋被称为"马一角"或"马半边"(马远画山,常画山之一角。画水,则常画水之一涯,其他景物,也是减到不可再减)的马远山水画里,空间感非常突出。如他的《寒江独钓图》,画中只画了一叶扁舟漂浮在水面上,一个渔翁在船上独坐垂钓。四周除了寥寥几笔的微波,几乎全为空白,但却有力地衬托出江面上一种空旷漠漠、寒色肃杀的气氛,从而更加集中地刻画了渔翁的凝神贯注于一线的神气,也给欣赏者提供了一种空阔的意境。扬州八怪之一的郑燮画中的竹子,却是欣欣向荣而又兀傲清劲,又是在不同的历史条件下,赋予了某些新的思想感情。

像马远、夏圭这种计白当黑、以虚代实、以一当十,即以最省略的笔墨获取最深远的艺术效果,以减削形象来增加意境的空间观念,在中国画史上并非是独创,然而,由形似中求神似,有限中体味无限,应当是各门艺术处理时空的原则。而在空间场景中既是有我又是无我。有我,是说空间中必然有如王冕、郑燮画中主观浪漫的内在情感,或如元曲《单刀会》中"鏖兵的江水犹然热……二十年流不尽的血"。在戏曲特定的情境下,江水可能像英雄的热血,也可能像《西厢记》莺莺在"长亭送别"中的"红叶沾着离人的眼泪",给人以颜色的感染,从物理上说似乎失真,而从心理和感情上看则更真。相反,像宋徽宗控制的画院派花鸟画,注意客观形象的精确描绘,却丢失了深远的空间意境。可是,画家又须无我,主观情感不能无限膨胀,乃至让欣赏者看出了作家的手脚,直接损伤了空间美感。

四、心理时空意识与视觉节奏

综上所述,中国古代小说同戏曲、绘画有相同或相似的观照事物的意识:把现实时空放在心理时空的基础上,按照主观心理的原则重新加以组合,让空间呈现于流动的时间过程中。人物的运动制约了空间的存在、规模及转换的方式。不同于西方十八、十九世纪的小说,人物被限定在一个由作家安排好了的空间,有如舞台空间的稳定性,较少改换,人与周围事物以及与大自然的关系极其密切,描绘非常详尽,使其空间转换的方向与规模有一种限定性。而中国小说的空间,如同戏曲的舞台体现,讲究通过人物的行动或人物主观世界的感受来描写客观世界。甚至可以说它以人物的"自我"为中心,空间场面随人走,行动的感觉和空间意识并存,空间场面环境或大或小,或详或略,场面转换和转换幅度,完全由人物行动的流程来决定。有时为了写人,几乎舍去了物体与背景的描绘,只在与人物行动、心理情绪有关联处,简略的描上几笔,如"风雪山神庙""雪"的描述就是如此,而这一切存在又都是由人物的眼睛看出来的。这样,运动就成了构图的要素,而当人物运动的时候,空间本身也就替换或变更。

1. 眼睛看出来的空间场面

用视觉节奏来处理空间行动的方法,应当说是中国小说对世界小说艺术发展的特殊贡献。由于作者把视点转移给小说中人物的眼睛,如同摄影机的镜头,可以突破空间时间限制,将不同的视角加以融合,以致造成连续动作的印象。请看《水浒传》第二十九回武松醉打蒋门神。武松一路吃酒,来到丁字路口,早"见"一个大酒店,檐前立着望杆,上面挂着一个酒望子,写道四个大字:"河阳风月。"转过"看"时,门前一带绿油栏杆插着两面锁金旗,每面上五个金字,写道:"醉里乾坤大,壶中日月长。"随着武松的走动,视角由远而近慢慢推进,空间内的景致,也由隐而显。接近松林,酒店被树林遮挡看不真切。抢过林子背后,"看见"蒋门神在槐树下乘凉,武松不惊动他,直抢过去。又行不到三五十步,先"望"到高杆上的望子,然后是门面;再近前,才"看"到店堂内的布局陈设。快活林酒店内外,显然是由武松的眼睛看出的,其实这里也刻画了武松的性格。要知道,武松不是李逵。虽然武松从未把蒋门神放在眼里,要把"这厮和大虫一般结果他",然而,在战术上,武松又不能不重视这个敌手。因为蒋门神毕竟是"有一身好本事,使得好枪棒"的恶霸,所以武松动手前先把店堂内外观察一遍,勿宁说是表现了武松的精细。也正因为如此,武松才把蒋门神的小娘子和两个酒保丢进缸里,随后抢出店堂,在大路上,施展玉环步鸳鸯脚,打倒了蒋门神。

再看第四回,鲁智深取些银两揣在怀里,一步步走下五台山,出得那"五台福地"的牌楼来,却是一个市井,约有五七百人家。鲁智深"看"那市镇上时,也有卖肉的,也有卖菜的,也有酒店。鲁智深寻思道:"干呆么!俺早知有这个去处,不夺他那桶酒吃。也自下来买些吃。这几日熬得清水流,且过去看有甚东西买些吃。"听得那响处,却是打铁的在那里打铁。间壁家门上写着"父子客店"。不用说小镇上的景象,随着鲁智深的行动由眼睛逐一看出,富于动态感并渗透着鲁智深的主观情绪。因为鲁智深揣银子下山,按金圣叹的评点,本来就"其心不良",所以一路上凝神注视,细心研究并特别感兴趣的是肉菜酒,当然就会在自己的感觉中改变实际的空间和时间比例,把远处的东西拉近,去掉多余的场面而集中注意主要之处。

《金瓶梅》第三十九回《西门庆玉皇庙打醮》,玉皇庙天宫般的构架、色彩,殿堂内诸般设施,万天教主玉皇张大帝的服饰、形貌,众道作法事时庄重而又做作的表演,统统都是西门庆"睁眼观看"出来的。妙的是作者通过小说中人物的视觉所能感知的空间事物,描写存在于视觉之外的思想感情。这就是为一个刚刚出生的孩子还愿打醮,做得如此浮华阔气,不仅表现了西门庆的自我炫耀,而且还表现了他对独子所寄托的幻想。因此,西门庆眼里映现出的空间事物无不带有强烈的主观色彩,并从心理上夸大了外界事物的形貌。所谓"群云影里,流星门高接青霄。瑞霞光中,郁罗台直侵碧汉";所谓"朝天阁上,天风吹下步虚声。演法台中,夜月常闻仙风响。只此便为真紫府,再于何处觅蓬莱"。主观情感色彩,远远超过客观事物本身的色彩。与其说是说话人描绘景物常用的套语,不如说这样的描绘是西门庆情绪的物象化,是他从主观心境出发对自然物象夸张了的反映。而这一笔恰和后文潘金莲折磨死官哥儿相照映,衬托出家庭内部的矛盾。

2.人物运动串出空间场面

在中国古代小说中,以冲突为基础,动作为主导,沿着人物的行动线,朝着一个视角的特定方向,依次展开空间,《红楼梦》七十四回"抄检大观园"最为典型。王熙凤带领王善保家的、周瑞家的一群奴仆,深更半夜在同一时间抄检了七个地方,可以说是顺序相连的空间。"一支笔难写两家事",同时描写七个并列空间场面,显然是困难的,而且这不见得能深刻揭示作品的主题思想。因为这一回书是贾府统治集团内部矛盾的总爆发,是对奴隶进行的一次公开清洗和镇压。在这次抄查中,女主子和女奴婢中主要代表人物,都呈现了各自的独特性格。那么,由王熙凤与王善保家的(代表邢氏集团利益)矛盾冲突贯穿所有场面,随着抄检队伍的运动,各个场面,如同分镜头,一个个顺序映出,是再好不过的结构方法。不过作者对待这七个空间场面并不平均的使用力量,而是"近山浓抹,远树轻描",有虚有实,有集中有省略。像"上夜的老婆子屋内",不是作者描写的重点,只说拣出多余的"蜡烛灯油"等物,便一笔带过了;待到怡红院,作者则细细描绘,无疑是抄检的主攻方向。如果读者不曾记错,宝玉被打之后,花袭人曾向王夫人曲折而又明确地提供了保存"二爷一生的声名品行"的策略,话里咬了两个人:直接点出名字的是林黛玉、薛宝钗。点薛宝钗间接贬林黛玉,因为同是姑表关系的薛宝钗,并没有和宝玉"日夜一起坐",花袭人的倾向性和目的性是很明确的;另一个,花袭人说是"我们队里的人",没有道出名字,用不着解释,她暗示的是晴雯。花袭人这许多若即若离,又近又远的说法,能在王夫人脑中留下深刻印象,对黛玉、晴雯受害者的命运起着重要作用。抄检大观园的前夕,王善保家的公开挑出晴雯的名字,王夫人"僵坐触动往事",认定了"有一个水蛇腰,削肩膀儿,眉眼儿又有些像你林妹妹的"晴雯,是"轻狂"、"浪样儿"、"妖精似的东西",于是怡红院中的奴婢,特别是晴雯必然是王熙凤抄检的目标。所以抄手们不管宝玉"不知如何","直扑丫头们的房门去"。作者很有层次的从远景摇向中景,分割成两个小空间:一是王善保家的搜查丫头们的房间,按下不写;另一个是王熙凤在宝玉屋里"一面说,一面坐下来吃茶"。在这样的规定情境中,作者为什么要这样去描述?可能有不同的解释。例如,王熙凤是个主子,执行王夫人下的抄检任务的主帅,不用她动手搜检,这符合她的身份。但还可以有更深一点的理解,就是王熙凤本不大同意王夫人抄检大观园的主张,正如凤姐向探春所作的声明:"我不过是奉太太的命来,妹妹别错怪了我。"既是为了避免自己介入一场尴尬的事件,唯恐包括王夫人、邢夫人在内的贾家因此"落人褒贬",她保卫贾府的贵族尊严,也就是保卫"我"的尊严。可是邢夫人却企图利用"绣春囊"事件告王氏集团持家不严,进而搞倒王夫人和王熙凤,形势对王熙凤极其不利。对立双方各怀鬼胎,互有打算,都在寻找适当时机给对手以毁灭性的打击,随时想抓住对方的小辫子使对方栽跟头。王熙凤坐着喝茶何尝不是等待时机?又何尝不是怕王善保家的在丫头们房中抓住点把柄,因而内心不安又自我故意掩饰的做样呢?所以当王善保家的未搜到什么"可疑之物",且又遭到晴雯一阵痛骂之时,凤姐"心中甚喜",幸灾乐祸,然她对王善保家的以及王善保家的靠山——邢夫人的愤恨,却用轻松、讥笑而又刻毒的方式发泄出来。凤姐说:"妈妈,你也不必和他们一般见识",恰是说王善保家的是奴才般见识。"你且细细搜你的;咱们还到各处走走呢。再迟了,走了风,我可担不起"。这几句仿佛无关紧要的叙述,很有潜台词,包含着丰富的心理内容,对凤姐性格也很有表现力。读者不难明白,这既讥笑了王善保家的无效果的搜查,也开脱了自己的责任;她怕"走了风",实际是故意走风,当着众人宣布抄检的主意不是她王熙凤出的,你看下一句:"你可细细地查;若这一番查不出来,难回话的",不是曲折地把矛头引向了邢夫人,并且嘲弄了王善保家的企图寻找小辫子,不过是徒劳的无事忙吗?

再看第三个空间场面——抄潇湘馆。看来是个过接的场子,不是作者描写的侧重点,可是却大有深意。抄检队伍进人潇湘馆之前,王熙凤与王善保家的有一段对话颇值得人们体味:

> "我有一句话,不知是不是。要抄检只抄咱们家的人,薛大姑娘屋里,断乎抄检不得的。"王善保家的笑道:"这个自然,岂有抄起亲戚家来的!"

让人好奇怪:薛大姑娘不属于"咱们家的人",免去抄检,那林姑娘算是贾家的人? 既然"岂有抄起亲戚家来的"理,那林黛玉是不是亲戚家? 对这些作者却伏下一笔不作说明,有意留给读者去思考,这也许是凤姐下意识地流露出她对王家一党的祖护,也许是出于对宝钗的尊重,人们不能不体察到寄人篱下的林黛玉,比不得贵戚宝姑娘,照样要受到搜查,当然搜到的可疑之物,"皆是宝玉往日手内曾拿过的",从正面描述了林黛玉与贾宝玉的亲密关系。"直到如今,我们两下里的账也算不清",场面空间内却蕴含着双重含义。

第四个场面应该是作者描写的重点,空间转换依然是靠人物的行动来推动的,可是作者却赋予场面极妙的开场:探春带领众丫环"秉烛开门而待",一霎时气氛紧张到了极点,空间节奏随着人物的冲突而加速,场面核心人物贾探春,为贾府的"自杀自灭"而痛心疾呼,对王善保家的这个老奴才的放肆,赏了她一个耳光。这如同凤姐反对抄检大观园一样,是为了保卫贾府的尊严,捍卫贵族少女的尊严。

本来贾探春打王善保家的一个耳光,是对准主子王凤姐来的。

然而凤姐并不为此生气,却一再曲折地把矛头引向邢夫人。当她跨进探春院子,看到探春摆出的阵势,就首先声明"我不过是奉太太的命来,妹妹别错怪了我"。把责任推到王夫人、邢夫人身上,王善保家的挨了打,侍书又挖苦了她之后,凤姐笑着说:"好丫头,真是'有其主必有其仆'。"这既是凤姐看到邢夫人的奴才受奚落而压抑不住她那高兴之情的自然流露,也是凤姐借夸奖探春的丫头来讥讽王善保家的靠山邢夫人的一招。"有其主必有其仆"的成语,出现在此时此地的凤姐嘴上,无疑是含有双关语的。凤姐劝探春:"好姑娘,别生气,他算什么,姑娘气着倒值多了。"也分明是反语,是让探春气上加气,凤姐这句话果然发挥了作用,激怒了探春;探春说:"我但凡有气,早一头碰死了!不然,怎么许奴才来我身上搜贼赃呢!明儿一早,先回过老太太、太太,再过去给大娘赔礼。该怎么着,我去领!"曹雪芹在这个有限的空间场面里,真真是把凤姐这样的权术家写活了。

如果说抄检探春院内是整个情节的高潮,由李纨、惜春第五、第六空间转入尾声,但是由第五到第六个空间场面——抄检惜春房内是两个空间场面,草草了结,直奔结尾,显得没有后劲,而且也还未能更深刻揭示对立双方斗争的结果。过分用力着墨又影响了结尾,于是李纨一处略过不详说,惜春也只是借入画私藏银子和一包男人的鞋袜等物,点出惜春胆小怕事,但同时作家也用笔描了王熙凤一笔。试想王熙凤对探春的丫环们不敢动手脚,而对惜春房里的入画居然"黄了脸",敢于说出:"若这话不真,倘是偷来的,你可就别想活了。"可见惜春在贾府、在凤姐心目中是怎样的地位了。

抄检迎春住处是几个并列空间场面的"凤尾"。由于"可疑之物"却从王善保家的外孙女司棋的箱子里搜出来,便构成了带喜剧色彩的冲突。

抄检大观园一开始,凤姐的处境很被动,纵然心里不满,也不便对王善保家的发作。于是她表面上"隔岸观火",不露声色,暗中却在寻找战机。当发现了潘又安给司棋的一封私信的时候,"凤姐看了,不由得笑将起来"。趁对方露出小辫子,便杀了一个回马枪。而她所使用的战术,却是一句开心的玩笑话:"这倒也好。不用他老娘操一点心儿,鸦雀不闻,就给他们弄了个好女婿来了。"

这句笑话,是凤姐念了司棋私信,瞅了羞得只恨"没有地缝儿钻进去"的王善保家的"喜喜的笑"了一阵之后才说的。凤姐这类笑话较之"黄了脸",用"不要脸"、"你可别想活了"之类的谩骂或威吓,显得更有力量。王善保家的又气又愧,用手打自己的脸,骂自己是"老不死的娼妇,怎么造下孽了。说嘴打嘴,现世现报"。这种描写虽然有点漫画化,却在表现作者对凤姐憎恶的同时,揭示了封建观念对王善保家的思想上的严重影响。这也如周瑞家的在旁边"笑着凑趣儿",众人在旁笑个不住,显示了封建主义道德观念对人们无所不在的影响。王熙凤拿着司棋私信大做文章,可能是出于她那权势受到邢夫人挑战之后,反而抓住把柄战败了对手的喜悦,司棋和王善保家的却成了她们首当其冲的打击对象和牺牲品。司棋至少感觉到了人们在污辱她的人格,践踏她美好的追求,此时此地司棋"并无畏惧惭愧之意",倒可能是感受到了环境冷酷而采取了"低头不语"的态度。她不悔恨追求自己爱情之后要承担的后果,正因为如此,一旦潘又安外逃,迎春狠心不留,惟可信赖的人击碎了她最后一点生存希望,只能是抱屈走向人生的彼岸。

上述七个空间场面,有长有短,但却是一直连续不断。它们组合起来,成为一场丰富、完整的戏。由于场面与场面之间的联系,以及每个场面的开端与收尾是按冲突的起、承、转、合为顺序,每一个场面都要求有头有尾,前后呼应,环环相接,因此读者可以按照作者单线纵向反映的生活,比较清楚完整地把握故事情节和人物性格。当然这种格式往往会给人单调、平铺直叙的感觉,尤其是像抄检大观园的空间场面处理。按凤姐执行的任务而论,无非是搜查各房住室,处理不好是很容易雷同的。作者却敢于"犯中求不犯",用活法而不用死法处理空间,以特定的人物关系为前提来设置场面,充分抓住人物性格的多侧面,写出在无数矛盾纠葛的人物关系交汇点上浮现出来的人物的观照、运动来推动空间场面的转换。这样,每单个空间场面中呈现出来的人物性格就具有不同的特色,不同的侧面,不仅让读者看到不同侧面,而且又看到了侧面中的重点,重点的转化,人物性格显得非常丰满,层次非常丰富;除了在有限的空间交代事件的主要内容以外,又顺笔写出别的事和人,体现了生活现象的完整性和鲜活性。

　　但是时空处理有其特殊价值与意义,各空间一旦平行并列,把它们串联在一起,组成一个含意时,各个部分在艺术上就发挥了不同作用。比如抄检的场面,作者就从时间上缩短,空间上扩大,突出表现贾府内部的种种矛盾。同时充分发挥了对比原则。或在一个场面里进行性格对比,如晴雯与袭人,展示她们反抗与顺从的不同性格;或者隔场对比,如探春与惜春、迎春,透出一个愤懑于家族内自相残杀,一个懦弱,一个自私。同是描写"已睡了"的黛玉,"已经睡着了"的迎春,作者对这相同场面的处理也不是对等的。对多疑爱使小性儿的林黛玉,王熙凤是"忙按住他不叫起来","且说些闲话",而对于迎春,却是"不要惊动姑娘"。场面赋予人物性格潜在涵义,只有在对比中才能显现。也正由于小说家们注意了场面的对比、繁简、缓急、高低不同的比例关系,使得空间的运动、转换形成一个波浪形的曲线,产生了叙述性的节奏。

　　第十七回"大观园试才题对额"的空间场面,也是沿着贾府统治集团的矛盾斗争的轨迹而运动,基本上遵循生活的流程,表现大观园内的主要场景。本来大观园是作者虚构的理想世界,贾宝玉、林黛玉的叛逆思想,晴雯、司棋的反抗封建人格依附关系,追求理想生活的思想,正是在这个理想世界中成长起来。然而这个世界却建筑在肮脏的现实世界的基础上,同现实世界有着密切的联系,现实世界不断地影响冲击乃至要摧毁这个理想世界,在大观园里演出了一系列悲剧事件,那么设置好大观园的环境就至关重要。庚辰本脂批云:"大观园系玉兄及十二钗之太虚幻境,岂可草率?"既然不可不细写,但是偌大的园子从何说起呢?静态的客观描述是一种技法,可是这种长篇大论的描述园内景色,总不免使人有乏味之感。曹雪芹在这回书里,巧妙地用游园题对额代替了叙述。通过贾宝玉与贾政和众清客边走边评议争论的连续动作,穿过了一个又一个空间,让人们充分领略了刚刚落成的大观园的旖旎风光。这种写法不仅显得场面活泼、流畅,富于流动性,而且把游园所见和贾政父子的思想矛盾和艺术见解的对立,以及贾政虽喜欢宝玉有文才,又放不下做严父的臭架子的矛盾心理糅合在一起,人的性格渗透进景物,景物映衬了人物,总之空间存在的一切,都赋予了运动的状态。

　　有一点要指出,作者在描写大观园时,并不排斥客观的静态描写。因为园内诸般景色不可能都借助于人物说出来,就是过渡空间也不宜于让人物带出来,所以直接的环境描写是必要的。当直接描写和通过人物言语行动的描写相配合的时候,读者才比较容易把握空间的一切,尤其是为各处院落、亭榭、山石赋予的对联、匾额、诗词,从散点透视的角度,把空间景物的色彩、力度、温度、结构、形态描绘得栩栩如生,调动起读者的想象,在想象中变成造型的可感觉的形体,这就扩展了意境,开拓了空间深度。

　　第七回周瑞家的送宫花,第三十一回至三十二回史湘云送戒指,虽说仍由人物的行动串联了各个空间场面,可是空间运动根本不按某个特定矛盾冲突流动,空间与空间之间并没有严格的内在逻辑关系,有时由一个事件,一个细节跳跃到另一个不相连属的事件或细节,但是人物性格的发展却是连贯的。它只是展览式的把触角伸向各个方面,呈现了生活的复杂性。作者借周瑞家的送宫花,贯穿了五个顺序空间,每个空间场面都以特定的人物关系为前提来设置场面,刻画人物性格,每到一处便带出无限丰富的内容。像花送到林黛玉处,当黛玉听说"各位都有了,这两枝是姑娘的",便冷笑道:"我就知道么!别人不挑剩下的也不给我呀。"不论是从人与人的关系着眼,还是从人物的精神活动本身着眼,这样的话都是个性鲜明的。如果离开了林黛玉在贾府中的特定地位,她同贾宝玉的特殊关系,就不会体味出这句话的内涵,这只不过是表露黛玉的褊狭,场景对于显示和丰富性格所具有的意义和作用也就减低了。再比方说,周瑞家的拿着宫花刚出房门遇着金钏和香菱,周瑞家的拉着香菱手细细看了一回,笑道:"这个模样儿,竟有些象咱们东府里的小蓉奶奶的品格儿。"金钏儿道:"我也这么说呢!"周瑞家的又问香菱:"你几岁投身到这里?"接着又连问:"你父母在那里呢?今年十几了?本处是那里人?"香菱听问,摇头说:"不记得了。"

　　且不说作者"闲中着色",描绘人物外貌用秦可卿的"品格儿"比附香菱,一笔写了两个人,一箭双雕,一击两鸣,单说香菱这"不记得了"四个字,却具备着促使读者思索香菱遭遇的内在含义。作为不幸遭遇的主角香菱,这句话说得很平淡;然而阅读过小说第一回有关社会状况的描述,第四回门子向贾雨村介绍香菱的遭遇,我们完全了解这四个字所包含的丰富的社会内容。这种顺笔写出的真实而又富于代表性的细节,手挥目送,来去匆匆,如同飞驰的生活现象。可是作家却在瞬间捕捉了它,把它固定下来,把生活的丰富性和完整性放在了读者面前,使得空间画面免于空疏。这也如同周瑞家的女儿火急火燎地请求妈妈向贾府讨个人情,搭救扣押在衙门里的丈夫,而周瑞家的却认为"这算什么大事,忙的这么着"!"小人儿家没经过什么事,就急的这么个样儿"。这些话对于周瑞家的怎样以自我欣赏的口吻,埋怨自己为了刘姥姥跑了半日和显示这个高级奴才的奴才气,是直接描写,而这话对间接描写了贾府的显赫权势,和官府衙门的关系,更有表现力。

　　由于作者善于把握生活的丰富性和完整性,在单个空间场面中无疑是有很深的艺术容量,读者可以体味无限内容,而且由这个空间转向另一个空间是活的、圆的、流线型的,过渡衔接丝毫不见生硬转折。

顺序相连的空间运动,空间的延伸与扩展同小说本身的风格和故事情节所要求的节奏有关。《三国演义》关羽五关斩将的顺序空间的处理与《红楼梦》迥然不同。它只是让人物在大的空间场面活动,着力于关羽的忠勇,从而达到对历史事件价值的认识,不可能也不要求空间的意境和深度,空间转换是迅疾的,空间时间都高度压缩,因而形成了快速跳荡的节奏。这种时空压缩和省略中间过程,大约是同英雄说部小说的特点有关。

3.视觉映照并列空间

在上面举出的这些例子里,说明中国小说家沿着人物运动的流程,透过视觉,映照出一个个顺序性的空间场面,但是用眼睛这个"镜头"也可以映出并列性的空间。如《红楼梦》林黛玉遥望怡红院。曹雪芹很懂得透视法,他先从"黛玉仍旧立于花荫之下。远远的却向怡红院内望去"写起,映入读者眼帘的是黛玉独自伫立的远镜头。人们还记得,宝玉被打之后林黛玉探伤时,曾含泪说过一句:"你可改了吧!"这话里包含着一个叛逆者对另一个叛逆者——意中人的关切、劝慰,同时也有对封建家长制的愤懑和恐惧。可是宝玉矢志不改,并送绢子表示深情,而林黛玉"由不得余意缠绵","也想不起嫌疑避讳等事",在旧帕上题诗三首,表露她"为君那得不伤悲"的真情。然而,林黛玉不能自制自己的情感,不忍心再去怡红院探视,也许不愿勾起宝玉的痛苦,或者是为了避开人们的议论,可是黛玉想得又那么深,那样痛苦,于是此时此刻黛玉只有伫立在花荫下远望。默默地想着宝玉。接着作者从远景推向近景,通过林黛玉的眼睛(也是镜头)推向怡红院,只见李纹、迎春、探春、惜春进入院内,镜头(黛玉的眼睛)又摇回林黛玉,她猜疑王熙凤何以不来"打个花胡哨",讨老太太、太太的好呢?林黛玉哪里知道,

王熙凤的花胡哨不是随便乱打的,她要打在节骨眼上,以获取最大
的效果。你看"说曹操,曹操到",黛玉一面抬头再看时(镜头又推
向怡红院),"却是贾母搭着凤姐的手",后头邢夫人、王夫人,跟着
周姨娘都进院去了。引起黛玉动心的,是"想起有父母的好处来",
引动读者想象的,倒是这组镜头里王熙凤揣摩、迎合、奉承贾母的
影像。更有意思的是,少顷,林黛玉又见薛姨妈、宝钗也随后进去
了。人们还记得,起先宝玉被抬至贾母屋里,薛姨妈、宝钗、湘云、
袭人都在场。尔后,宝玉回怡红院养伤,又是薛宝钗第一个以送药
丸为名探视宝玉,如今又陪薛姨妈三进怡红院,而且是在贾母、王
夫人刚刚进入怡红院之时,那么薛宝钗是不是也在贾母、王夫人面
前"打花胡哨"呢?

　　用眼睛这个镜头,依照人物的内心活动,视角的远近而飘瞥四
方,映现了各种不同空间,同时也创造了一个自由进行艺术思维的
天地,读者遵循着人物的心理律动(节奏),去体味外部的形式美和
隐蔽着的内在美。倘若由作家预制好了一个固定空间,然后把人
物装在这个框框里,只限制他们在一个空间里,那么,能否取得上
述例子说明的人物与空间相互交融转化的艺术效果? 我看未必。

　　4. 按戏曲时空意识把矛盾冲突集中于一个场面

　　比较一下《水浒传》与《红楼梦》,《水浒传》颇有点像戏曲视觉
节奏处理空间行动的方法,由人们行动进程来创造一个空间场面,
各个大小不一的场面联结起来表现人物性格和人物之间的相互关
系,似乎是通过各个空间的逐点前进串联情节发展的各个环节,造
成时间感觉。《红楼梦》比较追求稳定的空间场面,力求使小说具
有造型艺术和戏曲表演艺术近似的艺术效果。于是作者采取了表
演艺术和造型艺术的表现方法,选择动态中的一个特定空间和时
间,构成一幅最能勾画出人物特征的动作,和人物相互关系的画
面,使空间动势化。

　　请看第三十三回宝玉被打的场面。作家处理的是贾政与贾宝

玉的激烈冲突,所以在同一画面中,众多人物不像刘姥姥说村话,固定在一个大空间里分别介绍,而是颇像中国戏曲处理场面的方法,依据戏剧冲突的展开,人物先后有次序地登场,有次序地传达和揭示人物的性格特征。对场上的人物,作家按照他所设计的读者视线的轨道、主要冲突张力的大小强弱,来考虑如何把各种人物的行动尺度分配到场景的各个方面,构成有节奏的行动线:

(1)贾宝玉信步走至厅上,可巧同贾政撞了个满怀;

(2)忠顺王府长府官点名要宝玉交出蒋玉菡;

(3)贾政唤出宝玉责问,宝玉申辩;

(4)贾环诬告宝玉,贾政大叫"拿宝玉来";

(5)宝玉拉住聋子老妈妈,让她快去告诉太太;

(6)贾政命小厮打宝玉;

(7)贾政夺过板子,狠命地毒打宝玉;

(8)王夫人抢上场来抱住宝玉大哭;

(9)李纨、凤姐、迎、探上场;

(10)贾母训斥贾政;

(11)众丫环把宝玉送至贾母屋里。

(1)、(2)、(3)、(4)提供了宝玉被打的客观原因,其方式不是说明式的,而是形象化了的。这里作家分成三个阶段,三种不同的律度。每一阶段的运动都有双重的作用——一方面向"打"的方向逼近,构成总的行动线,一方面又延续各方面矛盾的运动,辅助主题的展开,例如贾家与其他政治派系之间的对立,贾府内部嫡庶之间的矛盾等等。所以由(1)到(4)矛盾冲突的节奏由低到高,愈变愈强烈,贾政先是"三分气",而后是气得"目瞪口歪",气得"面如金纸",直到高叫:"拿宝玉来!"冲突到了顶点。看来真的要开打了,但却突然转入(5),插入聋子妈妈的打岔,运动的韵律降了一度,用喜剧性的场面来加强后文紧张气氛的突变,同时闲中着墨,顺笔勾勒出一个失去了同情心的、麻木了的老奴婢形象,间接描写了封建主义给她的毒害，使她扭曲了性格。在这个小插曲之后，作家立刻又拉回到"打"这个主旋律。场面(6)很明显的是冲突加剧，一直到(7)贾政亲自动手，狠命打宝玉，作家才把前几个矛盾的焦点统统汇集到这一打上。贾政"一脚踢开掌板的"，"自己夺过板子来"，"狠命的又打了十几下"，这三个连续性动作，传达出贾政对于宝玉"祸及于我"的愤怒，甚至含有贾宝玉不走封建正统道路，可能酿到杀父弑君，危及本阶级的恐惧，也包含有自负的情感被忠顺王府乃至于长府官刺伤后的发泄。

至于第(8)、(9)、(10)王夫人、李纨、凤姐、贾母登场方式，可以说是相类动作原素的重复，即都以"急急风"的情态抢上场来，都以急促的、强有力的言辞为保存贾宝玉申明自己的观点。但是任何种类的相似行动衔接在一起，必然是一种增加强度的方法，而且不可避免地产生出不同的意思。王夫人和贾母从不同的角度保护贾宝玉，王夫人是为了保护贾宝玉实际的嫡长子地位（原长子贾珠故去的特殊地位，打死了宝玉就失去了在财产和权益继承方面的领先地位，就等于失去了一切）。贾母也是要保护这个根苗的，但她反对贾政的教育方针和教育方法。在她看来，贵族之家的子弟，理所当然的要做官，不必因为读书而损坏了身体，更何况宝玉的身段气派像他爷爷，出世又不凡，更增加了她对贾宝玉的特殊感情。贾政打宝玉，岂不是给贾府这位老祖宗难堪？很明显，从王夫人、贾母上场之后，矛盾冲突由贾政与宝玉转到王夫人、贾母与贾政，冲突的节奏、旋律没有变，冲突的表现形式、场面的色调却带有喜剧意味了。

我相信，如果用戏曲的眼光来读这一回书，那么，人们自然会体验到在一个场景，如何用真正的情绪和运动来写这场戏的秘密，作者从一开始就让人物处于流动变换之中，始终让读者的欣赏视点保持清新的感觉，去追踪作者提出的一个又一个问题，思索生活的复杂性。

5. 时间空间化^①

打破传统小说依照时序叙事故事的时空观，截取时间的一段流程，浓缩成孤立的片刻，并以空间形式呈现出来，这似乎在传统的经典小说中并不少见，如《三国演义》的温酒斩华雄、三顾茅庐，如《水浒传》的武松打虎等等。但笔者所论证的时间空间化，是指同主题有联系的反映人的生命及命运的时间意识。而这只有隐喻性、象征性很强的小说，如《红楼梦》才有此形式。第五回贾宝玉神游太虚境，翻看金陵十二钗正副册，画册上的图象、歌词，以及后来舞女们演唱的《红楼梦·仙曲十二支》，说明的是人物已经遭遇过或暗示未来的命运和归宿。有趣的是，现在的我，现实的我在看将来的我的命运结局，把两个不同的时间断层空间化，放在同一个空间环境加以表露，必然产生隐秘的象征意义。第三十七回咏菊花，第五十回芦雪庭争联即景诗，第七十回填柳絮词，第七十六回凹晶馆联诗，咏叹不同季节的花卉，映照人物性格，而花的生长衰败，又预示了人物的命运。

第二十七回，黛玉葬花一节里，空间景物化为情思，情思又反转来和空间内景物交融，使得林黛玉的悲剧命运更为浓烈。绘画般的空间也融进了诗的意境，读者感受的是生命的有常与无常的时间意识。葬花的首句是"花谢花飞飞满天"，黛玉感花伤己，她从桃花的飘零想到人生的无常，又从人生无常联想到自己的身世。林黛玉并不是彻底的悲观主义者，她对无常的思索，恰是她对人生的强烈留恋。而这正是在对金钱、门第、封建道德价值怀疑的基础上产生出来的。内在的追求与外在的"风刀霜剑严相逼"的否定联系在一起，无可抗拒大自然的摧残，预示着她的悲剧命运。不被人理解是痛苦的，而美的理想生活不得实现，是更加倍的痛苦。到头来只有"质本洁来还洁去，不教污淖陷渠沟"。如果说《红楼梦》写出了黑暗王国里美的被毁灭，那"葬花"则是林黛玉悲剧结局的象征。起初，宝玉在山坡上只听到黛玉吟唱的葬花诗的前段时，

"先不过点头感叹"，尔后听到"侬今葬花人笑痴，他年葬侬知是谁"？尤其是唱到"一朝春尽红颜老，花落人亡两不知"时，便意识到这诗的含意，于是"不觉痴倒"。不要多做解释，黛玉葬花安排在十分绚丽的自然环境，这本身就迷漫着既抒情又是悲剧的气氛，宝玉在场更加重了悲剧色彩，沟通了两个人的思想情感，那思想境界又获得了新的升华了。

五、用声音结构空间

不用说中国古代小说家们是很懂得声音的表现力量的。撇开声音种种效用不说，单就空间角度而言，声音可以表现空间，补充人们对于空间的了解。众所周知，人们认识空间主要靠视觉，因为视觉能够相当精确地辨别出一定范围内空间景物的体积、形态、层次与纵深。其实听觉也有识辨的能力，它不但能听出音波中的音调、音强与音色，还可通过这些来识别出它是来自什么样的空间，更可以根据两个耳朵所感觉的不同刺激而判断出它的远近距离。心理学和事实都证明，一个盲人能根据屋子里的脚步声来测量出那间屋子的面积大小。声音既然有这种特点，当然要为小说家们利用来描写或暗示空间环境的大小、深浅、空旷或褊狭。例如《红楼梦》第七十六回林黛玉与史湘云中秋夜月联诗，那凸碧山庄风恬月淡、寂无人语的清冷氛围，就是通过远处悠扬的笛韵，白鹤"嘎"的一声从河里飞起渲染反衬出的。而此时的笛、鹤的有声，与天上皓月、池中月影无声的交替，似更拓展了空间的冥冥，增加了空间的厚度，给予人的不只是静，更多的倒是悲凉的感觉。

根据小说对空间处理的特点，声音也可以发挥结构的功能，通过"声音桥梁"联结同一时间不同空间的各个场景，分别表现不同空间发生的动作，使它们很自然地贯串为一组，在读者心目中造成相互关联的完整的印象。《三国演义》第五回关羽温酒斩华雄就是一个突出的例子。小说开头极力渲染华雄的勇武,他不仅轻易地斩了鲍忠、祖茂,而且还咄咄逼人地到寨前骂阵搦战。有骁将俞涉出战,"战不三合,被华雄斩了",接着上将潘凤迎战,"去不多时"又被斩了。华雄连损数将,中军帐内诸侯大惊失色,一时战将中无人敢迎战,袁绍长叹曰:"惜哉!吾上将颜良、文丑未至!得一人在此,何惧华雄!"不料马弓手关羽却提刀上马,奔出帐寨,纵马直取华雄,并且"云长提华雄之头,掷于地上。其酒尚温"。在这个片断中,作者不具体描写关羽与华雄一刀一枪的战斗过程,只是从"众诸侯听得关外鼓声大振,喊声大举,如天摧地塌,岳撼山崩",以及"众皆失惊",透出战斗的激烈,并且在"其酒尚温"的顷刻之间便轻取华雄,突出了关羽的神威。虚幻空间的战斗行动,映衬了实在的人物精神。这里的虚,从时间关系看,虚写空间是为了说明"温酒"之间关羽就解决了战斗,其威勇是惊人的。倘若正面描述战斗过程,在读者的心理上造成的时间相对延长,那么"顷刻"就无从谈起了。从空间关系看,由声音勾连的两个空间,并且由众诸侯听觉反应造成的众皆失惊的气氛,引起读者对关羽神威的感受,似乎比起直接描写关羽与华雄一招一式的战斗更加印象深刻,更能调动欣赏者的想象,也节省了笔力。这如同京剧《打渔杀家》中,萧恩打跑了教师爷,赶到县衙门去抢个原告,萧桂英独自在家里等候父亲回来。这时舞台上是桂英惦念不安的表演,而后台传出县官吕子秋令人责打萧恩的声音。萧家不在衙门隔壁,自然也不可能在家中听到公堂上传来的声音。其所以如此处理,是有意把明场暗场中同时或不同时进行的动作从视觉听觉两方面给以综合交代,使其互相映照、补充,既交代了萧恩告状的结果,又使观众更加同情桂英,增添了桂英唱做的表现力,同时还节省了笔墨,使后面萧恩父女见面时,在交代上可以从略。这声音与画面一实一虚,一真一幻,一明一暗,一客观一主观,恰是中国式的声画对位。

　　这种处理方法倘若运用在悲剧性的场面,那虚幻的空间往往加重了悲剧性。《红楼梦》第九十八回林黛玉气绝时,"正是宝玉娶宝钗这个时辰","一时大家痛哭了一阵,只听得远远一阵音乐之声,侧耳一听,却又没有了"。这悲与喜两种对立因素同时出现,如同川剧《柳荫记》里痛苦的祝英台被迫上轿之前,和悲哀穿插在一起的,也是室外传来的喜庆乐声。都是在声画交互映衬中发挥了点题的作用。这"音乐之声"——贾宝玉与薛宝钗的婚礼大典,加强了林黛玉死时的悲惨气氛,反衬地表露出贾母、王夫人和王熙凤的无情冷酷。不过造成空间感的声音还有另一种结构职能,即它可以扭转局势,促进动作。当故事情节发展到某一关键时刻,某个空间人物的信息传达给另一空间的人,就使感受者心理起了变化,从而在行动上作出新的决定,引导情节朝着新的方向发展。如《水浒传》第九回,陆虞候等人火烧了草料场之后,作者却把陆虞候、富安,管营、差拨引向山神庙,设置两个并列相连的空间,让陆虞候等人站在庙檐下,隔着庙门谈论放火,好像是"说"给林冲听的:"数内一个道:'这条计好么?'一个应道。'端的亏管营、差拨两位用心!回到京师,禀过太尉,都保你二位做大官。这番张教头没得推故'。一个道:'林冲今番直吃我们对付了,高衙内这病必然好了。'又一个道:'张教头那厮,三回五次托人情去说:你的女婿没了。张教头越不肯应承,因此衙内病患看看重了。太尉特使俺两个央浼二位干这件事,不想而今完备了。'又一个道:'小人直爬入墙里去,四下草堆上,点了十来个火把,待走那里去!'那一个道:'这早晚烧个八分过了。'又听得一个道:'便逃得性命时,烧了大军草料场也得个死罪。'又一个道:'我们回城里去吧!'一个道:'再看一看,拾得他一两块骨头回京,府里见太尉和衙内时,也道我们也能会干事。'"短短几百个字写得极为生色,场面如此丰富,其原因是作者交代背景的手法用得好,在特定的空间场面把过去发生的事件和现实交会起来,隐含着人物性格发生变化转折的原因。在这段文字里,交代了林冲发配以后,高太尉和高衙内继续迫害张教头和林冲的妻子,张教头严词拒绝了高衙内的无耻要求,高衙内的心病更重了,他要想尽办法除掉林冲,因此才有火烧草料场的毒计。在这个空间里,作者借管营与陆虞候谈论火势,说出林冲即使烧不死,那么烧了大军草料场,由于失职也得定个死罪,这就把林冲逼到死路,不反没有活路,林冲逼上梁山的最后契机,深深嵌在事件的叙述中,形成对林冲行动的一种暗示。在叙事节奏上,作者很懂得运用转换视点,谈论的内容不由一个人说出,也避免作者自己出现,而是"一个道","又一个道","又听得一个道",几个人的视点轮流交替,像锤子一样敲打着林冲的心房,并且这"一个道","又一个道"的口气,分明透出阴谋家得手后的喜悦,甚或还想捡几块林冲的骨头回去报功。从某种意义来说,这种叙事节奏必然造成喜剧性的色彩。空间设置也很有喜剧性。陆虞候并不知道庙门后有林冲在,他们说得越有兴头,越是增加了喜剧性。《红楼梦》的作者也常常运用声响信息安排鲜明的空间场面,从而使作品人物的感受变得新颖、强烈,然后再提供出精确的人物心理刻画,如第二十三回林黛玉在梨香院墙角外,听到十二个女孩子演习《牡丹亭》游园唱词,听得黛玉心痛神驰,唤起了她对爱情的强烈追求。梨香院内女孩子们的唱曲,不过是做为一种声响信息传送出去,根本没有意识到她们的曲子会引起别人的烦恼。从画面空间看,作者所强调的重点,是墙外人林黛玉主观情绪的变化。第八十三回,黛玉卧病在床,探春、湘云前来探病,正要告辞,忽听外面一人道,"你这不成人的小蹄子! 你是个什么东西,来这园子里混搅!"黛玉听了,大叫一声道:"这里住不得了!"一手指着窗外,两眼反插上去。半晌,黛玉才回过这口气,还是说不出话来,那只手仍向窗外指着。探春会意,开门出去探问,原来是一个老婆子骂外孙女。探春回来安慰黛玉道:"他是骂他外孙女儿;我才刚也听见了。这种东西说话,再没有一点道理的。他们懂得什么避讳!"黛玉叹了口气,拉着探春的手道:"姐儿——"叫了一声,又不言语了。作者巧妙的利用黛玉对窗外声音的反应,描写了林黛玉与贾府的矛盾,趋于难以平衡的地步,她内心的幽怨、痛苦,已发展到无法抑制的程度,任何一个小小刺激,都使她难以忍受。她已经经受不了生活的变故。这便预示了黛玉不久便将离开人世,为人物性格的发展作了铺垫。

运用声画对列的空间结构,为展开故事情节,刻画人物提供有效形式的方法,并不只是中国古代小说一家,但为小说中人物选择一个精确空间,并且空间中既展示此时此刻的性格和心境,又能预示未来的发展——空间中含有时间因素,并不容易。

六、超现实时空

写实的小说,在处理过去未来的时空,不是绝对自由的,有很多限制。倘由作者和说话人来描述,不具有时空结构性质,为了加强警示、预测、对比,或是自由的挥洒作者的意念,小说家们常在现实情节的时空中插入超现实的时空形式,这有两种:

1. 梦幻时空

梦幻是人的一种思维形态,是潜意识的形象化了的反映,所谓"日有所思,夜有所梦"。梦中的内容有的和人物的焦虑、纠结及同其他人物的矛盾冲突有关,如《红楼梦》第八十二回,林黛玉痴魂惊恶梦,在梦幻的时空中随着意识的流动,映现各种人物和细节。先是贾雨村来看她,并给她道喜,说南京有人来接她;接着,凤姐、邢夫人、王夫人、宝钗等也给她道喜、送行,说她父亲升了官,将她许给了继母的什么亲戚。黛玉急着辩白,众人不言语,冷笑而去。之后梦境又发展到黛玉向贾母求救,说自己情愿做个奴婢过活,也不愿回南京。这些请求都遭到了贾母的回绝,坚持赶她走。最后林黛玉只好直白地向宝玉吐露自己的爱情,宝玉为了表示他对黛玉的真诚,用刀子剖开自己胸膛,要挖出心来给她看。但当他割开胸膛时,只有血流出来,心却不见了。受惊的林黛玉痛苦地抱着宝玉痛哭。宝玉喊道："不好了！我的心没有了，活不得了！"说着，眼睛往上一翻，"咕咚"就倒了。也许林黛玉意识活动的时空所表现的内容，是她潜意识的自由联想，虽然是现实的折射，但并不以外部生活逻辑的合理性为规定，许多事件和人物彼此之间没有必然的因果关系，如故去了的父亲不会活着回来做官，为她娶继母，为她定下不如意的亲事；她虽然无依靠，人们还不会公开嘲笑她，贾母也不会赶她走，贾宝玉更不会动刀子挖心。这种心理幻影和外部生活的时空程序是不同的，但它又是真实的。因为梦幻时空内提出的问题，恰是由于她同贾母、王夫人、王熙凤的特定冲突发生关系，而反映出她对于婚姻成败的关切、执着和恐惧。或许她企望父亲还在世和出任高官，改变她寄人篱下的地位，提高她的尊严。或许她感叹生母弃世，没有亲人关心她的婚姻。或许怨恨宝玉"无心"而抛弃了她……总之，这里有对历史的回顾，也有未来发展的心理的前因，同以后的内心状态，情节发展，都是有关连的，并不是多余的穿插。

　　有的小说情节插入梦幻时空，并非展示人物的潜意识，而是预示情节的发展，人物的命运走向。如金评本《水浒传》第四十一回，赵能、赵得引领四五十人，捉拿宋江，宋江躲进一所古庙神厨里，正当赵得说："只是神厨里不曾看得仔细，再把枪去搠一搠。"宋江听后吓得发抖，百般无计，只见两个青衣童子，走到厨边，说奉娘娘法旨，请"星主"说话。宋江跟随童子进入宫中，这个娘娘原来是九天玄女。娘娘赐三杯仙酒，三枚仙枣，更赐三卷天书，警告宋江："汝可替天行道，为主全忠仗义，为臣辅国安民，去邪归正，勿忘勿泄。"又提示宋江，他本是天上的一个星主，"玉帝因为星主魔心未断，道行未完，暂罚下方，不久重登紫府"。说完让童子送回，走到石桥，看水里二龙戏水，宋江凭栏看时，二童子往下一推，"宋江大叫一声，却撞在神厨内，觉来乃是南柯一梦"。这梦有点匪夷所思，不合规定情境。四五十人拿着火把，在庙里各处翻找，宋江怎能安安静

静地睡去？连宋江都觉得"这一梦真乃奇异，似梦非梦"！若说是做梦，"如何有这'天书'在袖子里，口中又酒香，枣核在手里，说与我的言语都记得，不曾忘了一句"？若说是非梦，他宋江一个人在神厨里，一夜颠将入来，他怎么能见到神明？其实不是宋江在做梦，而是小说家故意设置了一个梦境，让宋江做梦，通过梦作者为宋江确定了只反贪官不反皇帝，忠实地效忠天子，并且按照这个行动路线改造梁山队伍，所谓去邪归正。

这也如同《红楼梦》第五回，贾宝玉睡在秦可卿的卧房内，梦中进入太虚幻境，看金陵十二钗正副册，听了《红楼梦·仙曲十二支》，警幻仙姑又告诫贾宝玉要留意于孔孟之间，委身于经济之道，这统统都是小说家借梦传达有关小说主题的某种意旨，而不是贾宝玉的意识。于此同理，第一回甄士隐一梦，引出神瑛侍者与绛珠仙草的神话故事，折射贾宝玉与林黛玉的悲剧命运。第十三回，秦可卿死时，托梦于凤姐，讲了许多"乐极生悲"、"否极泰来"、"月满则亏，水满则溢"的警示，显然是小说技法上的安排，并不准确契合人物的性格。因此，金圣叹在评梦中见九天玄女时说："入梦时不说是梦，至出后始说，此法诸书遍用，而不知出于此。"初试者新鲜，诸书遍用，成了套式，未必是高明的选择。

唐传奇沈既济的《枕中记》，邯郸卢生不安于种田务农的穷困生活，道士吕翁让他借枕入梦，经历了五十年的富贵生活，所谓"建功树名，出相入将，列鼎而食，选声而听，使族益冒而家益肥"，可是刹那间梦醒之后，一切依然如故，又回到起点，卢生大彻大悟，原来人生如梦，人的寿命也就不必过分关注了，这是作者借梦表达的本意。《南柯太守传》也属此类。《金瓶梅》第九十三回，陈经济走投无路，顶替火夫，打梆子摇铃巡街。病花子躺在墙下，恐怕死了，总甲命他看守，他却歪着睡着了，梦见那时在西门庆家，怎生受荣华富贵，和潘金莲勾搭，顽耍戏谑，从睡梦中哭醒了。这一梦没有任何时空内容，用叙述语气回念过去的富贵生活，感叹眼下生活的穷困,还未如邯郸生悟到富贵生活的虚幻。

　　还有一种梦,表层看只起推动情节发展的作用,细考究仍是日有所思的结果。如根据唐传奇《谢小娥传》改编的《初刻拍案惊奇》第十九卷《李公佐巧解梦中言　谢小娥智擒船上盗》,谢小娥的父亲和丈夫被海盗杀害,小娥逃脱,发誓捉到凶手,为父亲和丈夫复仇。一夜父亲和丈夫梦中告其几句谜语,破解谜底,即可捉到凶手。李公佐为其解开谜语,历经数年,终于手刃凶手。《二刻拍案惊奇》第二十一卷《许察院感梦擒僧　王氏子母因风获盗》,也是被害者给判案官夜梦提示谜语而破案。其实宋明话本小说许多篇都采用梦示的模式协助裁判官破案,即便是包拯破案遇到难题时,也常常祈求神明梦示。如宋话本《三现身包龙图断冤》、明长篇小说《百家公案》(亦名《包公演义》)诸篇。

　　《醒世恒言》第二十六卷《薛录事鱼服证仙》梦得不同一般。不是他梦别人,或是别人,或神明给梦主提示,而是他本人在自己的梦中时空生活,这就形成了虚实两种对应时空,内视点与外视重叠。于是薛少府病危停在床的时候,灵魂出窍,飘飘忽忽,进入梦中世界——实为现实世界的延伸,因而小说时而用第三人称的全知视点,叙述少府所到之地;时而以少府的视点叙述他看到的一切。先是到东潭,便脱下衣服,下潭中洗澡,偶然想到人游的到底不如鱼,怎么借得这鱼鳞,生在我身上,也好游到各处。岂知少府既动了这个念头,便坠了那重业障,变做金色鲤鱼了。自此三江五湖,无不游过。一时却被青城县渔户赵干钓走,赵干又把鱼(薛少府)卖给县府公差张弼,从此形成两个虚幻与现实的时空,各不相通,各说各话。鱼(少府)本来认识赵干、张弼,赵干钓起金鲤鱼时,少府(鱼)连声叫赵干,让他快送鱼回水里,赵干却不应,穿了鱼鳃,放在舱里。张弼是少府(鱼)手下公差,在赵干船舱里发现了金鲤鱼,不管赵干是否卖,提了鱼便走。薛少府(鱼)又大叫,说张弼应认得他,为何"见我不叩头,倒提着走"? 张弼一路走,少府一路的骂。有趣的是,在两个并列时空中,鱼(少府)看着张弼和把门的胡健聊天,全不把他放在眼里,又看见司户吏和刑曹吏两个人下棋,看见张弼提的鱼,议论怎样处置。少府非常不满,怎么见了他都不站起来,一些儿不怕他。更令薛少府(鱼)愤怒的,他的同僚邹二衙、裴五衙竟然当着他的面争论该不该杀鱼吃鲜。现实的空间,邹二衙对裴五衙说不该吃,主张送青城山上老君祠前放生池内,雷四衙支持邹二衙的提议。在虚幻的空间,尽管薛少府(鱼)在阶下感激邹年兄,没有主张送入庖人之手,可是他又不满意送到山上的放生池。现实空间的裴五衙则主张杀鱼吃鲜,按他的观点,天生万物,专为人养的,如同鱼这一种,就是被人吃的。至于修善,全在心上,不在口上,所谓"佛在心头坐,酒肉腑肠过"。虚幻的空间,少府(鱼)骂裴五衙情薄,邹二衙、雷四衙都主张放生,而他却偏要吃鲜。更让薛少府(鱼)不解的,原本支持邹二衙放生的雷四衙,听完裴五衙的论证,也同意杀。虚幻空间的薛少府(鱼)当下大喝声,批评雷长官两边讨好。少府虽然乱叫乱嚷,那三人根本听不见,最终交给厨子王士良去收拾。在砧头上,少府(鱼)拼命挣扎,一边痛骂王士良忘恩负义,一边后悔不该思量变鱼,突然王士良一刀把鱼头剁下,那边薛少府在灵床上,猛地跳起来还魂了。青城山的牧童——实为太上老君告诉薛少府,他的前身是神仙中的琴高,骑着赤鲤升天的时候,偷看了一眼王母座旁的田四妃,动了凡心,故此二人并谪人世。做官之后迷恋尘世,不能脱离,所以又罚做东潭赤鲤,受着诸班苦楚,让他回头。牧童一番话点醒了薛少府,夫妻二人弃家升天。

　　毫无疑问,真人离魂的故事,不过是小说家借梦以明志,把道家的虚无观念投射到小说中某个人物的身上,谁人也不会相信实有其事。何况离魂的故事,南北朝刘义庆《幽明录》之《庞阿》就已开了先河,唐陈玄佑的《离魂记》承其后,都是一种写作模式。唐戴孚《广异记》的《张纵》,段成式《酉阳杂俎》的《支诺皋下》中的韩确,都喜好吃鱼,一个是入冥后被罚做鱼转世,一个入梦后化做鱼,经过种种痛楚又还为人身,这和唐李复言《续玄怪录》的《薛伟》及据此条改编的短篇白话小说,均系同一母题。

2.神仙鬼怪世界时空

由现实时空进入梦幻时空,靠梦引渡,所梦内容多为梦主非逻辑的臆想,不具有完整的生活内容,如林黛玉的忧虑,因此现实时间与梦幻时间的连接是线型的,梦幻时间与现实时间基本上一致。薛少府变鱼后游玩江湖,好不惬意。被赵干钓走后,用薛少府的眼睛——实际是鱼的眼睛和感觉看现实世界,形成有生活内容的时间结构,但在时间次序上仍和现实时空相连接的。

但是神仙界的时空标定却不同,好像神仙生活在另一个星球,神仙界一日等于世上一年。《西游记》第四回,孙悟空从天宫回到花果山,群猴祝贺:"恭喜大王,上界去数十年,想必得意荣归也!"孙悟空很诧异:"我才半月,那里有数十年?"群猴道:"大王,你在天上,不觉时辰,天上一日,就是下界一年哩。"第八十三回太白金星也说"天上一日,下界就是一年"。

倘若对于佛教经书没有精深的研究,说不清楚天堂或天宫在那里。据李丰懋《汉魏六朝佛道两教之天堂地狱说》的论证,天堂佛家称之为天趣或天道,简称为天。佛教的天堂分布在三界中,即欲界、色界、无色界,每一界都有一天王领导。^⑫据姚秦、佛陀耶舍、竺佛念译《长阿含经》卷十八《世纪经阎浮州品》中说,天在须弥山,高出水面八万四千由旬,深入大海中又是八万四千由旬。每一由旬,玄奘《大唐西域》卷二称为四十里,那么简单的计算,四天王所居天堂距地面高度,约为一百六十八万里,即便是孙悟空一个跟斗打十万八千里也打不上去。至于诸王的寿命,真谛所译《阿毗达摩俱舍释论》卷九《中分别世间品》中说:"人中五十年,彼天一日夜……偈曰:'以此彼寿五百年。'"具体言之,人间五十年为四天王一天一夜。一年以三百六十日计,再乘五十,为天王寿一年,而天王寿命为五百年,合人间寿九十万年。

　　又安世高译《佛说十八泥犁经》内载八热及十寒地狱。八热地狱众生的寿命为万年,地狱中一日,合人间三千七百五十岁,万年共合人间百三十五亿岁,活的寿命比天王还长。原来是罪愈重者,所受的苦愈大,寿命也愈长,让你多受点苦,严格说来这只是宗教经典夸张性学说。小说戏曲中描写地府时空的,未必都像《幽明录》的刘晨、阮肇入天台山遇仙女后又返回人世间,所谓"此间三年,是世中三十年",否则《席方平》中的席方平几次出入冥府为父伸冤,《龙图耳录》第二十七回,包拯到阴阳宝殿查看白玉莲、屈申性别颠倒案后返回阳间,如按阴间的时光计算,岂不物去人非,换了人间,还怎么办案?

七、时空比例与刻度

　　亚里士多德在《诗学》中就曾以荷马史诗为例,提出文学作品有必要对时间作出分割,可以"只选择其中一部分,而把许多别的部分作穿插"。[13]亚里士多德明确指出了小说文本时空不同于现实生活中的时空。文本时空是作家切割现实生活中的一部分,当然是省略集中后变了形的文本时空。

1. 时间向度

　　也许中国古代小说受史传意识影响,在时间刻度上总喜好利用前朝故事演说生活哲理,即使采用现实题材也标以过去时间。这种时间度上的过去式,如果是历史演义小说,则有总结前朝兴亡,讴歌英雄人物,贬斥奸佞的审美效果;倘若是以回忆为主干构思小说,如沈复的《浮生六记》,如曹雪芹的《红楼梦》,时间向度上的过去式,就使小说具有一种感伤的悲剧色彩。反之,向度的未来式,如梁启超《新中国未来记》、曾朴的《孽海花》,则充满煽情话语,而描写现时生活的小说,则常常含有批判、反讽的意味。

2. 时间与空间的比例成反比

时间跨度越大，故事情节的密度就相应缩小，生活容量也小，时间与事件的转换速度也快，甚至不考虑时间的逻辑联系，跳跃式的推进时间进程，多重性的时间结构。反之，空间度扩大，故事情节、场面、人物对话就占有相当多的比重，但如着力描绘，必然影响时间的推进。因此，时间与空间的比例必将牵涉小说的讲述与显示的调控，叙事节奏的快慢，省略与集中的剪裁。

八十回《红楼梦》总共写了十五年的事儿。[14]由于曹雪芹采取了模糊时间的笔法，压根儿就不想告诉读者他写的是哪朝哪代，哪年哪月的事。因此时间联接的逻辑关系不严密，不受时间限定，有条件扩大空间的容量，细细描写某个场次，某个事件中人物的性格，人物之间的矛盾冲突。《金瓶梅》却是编年的，采用宋徽宗的纪年，从政和二年写起，直写到南宋建炎元年，共十六个年头。其实围绕着西门庆发生的重大事件，或者说对西门庆性格的描绘，都集中在西门庆生前的六七年间。尽管有逐年的时间刻度，但是有话则长，无话则短，不影响作家对场面的控制和人物的刻画，似乎世情小说的空间密度比例大于时间，空间转换的频率和速度都低于时间，否则小说家只能采取加快叙事节奏，快速推进，没有多少笔墨来描绘人物。历史演义小说就遭遇到时间与空间比例失衡的矛盾。例如林瀚编撰的《隋唐两朝史传》(又称《隋唐志传》)，[15]共十二卷，百廿二回。除卷十一、十二为十一回外，其他各卷均为十回，但卷九却标有两个十八回，那么本卷实为十一回，比其他卷多出一回，全书应为百廿三回。小说从隋炀帝大业元年乙丑岁起，至僖宗中和二年，共写了二百九十五年。卷十二这十回书中竟然讲述了一百二十年的事件，可以想见，讲述二百九十五年，历经二十个王朝，时间跨度超过了任何一部小说。既要纳入各王朝的重大历史事件，又要顾及小说形式，显然是很难措置的。时间跨度越大，递进速度越迅速，故事情节的密度就缩小；反之，侧重于故事情节和空间场面的展现,将细节扩大,必然阻隔时间进程,压缩了时间单位,这为英雄传奇类小说采用,而不适合于《隋唐两朝史传》类小说的要求。

3. 表现与再现、省略与集中

也许《隋唐两朝史传》的作者只是形象地展示唐开国至衰落的过程,重点突出介绍唐太宗的事迹,人物性格的刻画不是作者的追求。事实是也不可能细致描绘二百九十五年历史事件中的主要人物,或者说前后措列的二十个王朝,无法用几个长寿人物串连到底,所以只能用讲述的方式叙述故事。讲述强调叙事的时间性,如同扫描,可上可下、可快可慢地操纵时间幅度,不着眼于情节与细节的描述,自然也常省略了背景。

如卷一第五回《杨玄感兵起黎阳》写李密逃亡:

> 岁饥,民削木皮以食。密见周文举兵多,粮饷不足,势不奈久,遂止之不去。乃变姓名为刘智道,就郡中设馆,教授诸小聊以自给。郡县疑而捕之,密又逃走,去投妹夫丘若明,若明转寄于游侠王秀才家。早有人报知郡守汪,汪即领兵将秀才之宅四面围绕,正值李密出外得免。

七件不同时间内发生的事全靠作者第三人称说话人的讲述,省略了许多细节和事件过程,如果一一写出,那将是一大篇文字。再看卷十二,共十一回,记述了从代宗至僖宗“凡一百二十年事实”,代宗至宪宗尚记几件史实,而从穆宗以后,捉襟见肘,没有多少篇幅展现,只好一笔带过,迅即推进。再看第一百二十一回:

> 却说帝(穆宗)自即位以来,好学神仙之术,多服金丹以求长生,不料反添躁怒……帝在位四年遂崩,传位太子,称号敬宗皇帝。时天下承平,敬宗游戏无度,性复偏急,宦官动遭垂箠挞,皆恐且惧。夜猎还宫,酒酣为宦官刘克明所杀,在位三年,改元宝历。宦官王守澄迎穆宗次子江王即位,称号文宗皇帝,改元太和。却说文宗为宦官所立,至是宦官益权……是年

三月，帝亲策制，举人贤良方正。有昌平县一人，姓刘名姜，对
策极言宦官威权甚大，为害百端……帝在位十四年，遂崩。传
位太弟颖王即位，是为武宗皇帝，改元会昌。自武帝在位六
年，至宣宗在位十三年。至懿宗在位十五年，共计三十四年，
海内清宴，俱各承平。是年秋七月，帝崩于内殿，宦官刘行深
挟太子即位，称号僖宗皇帝……

　　毫无疑问，这种史传式的由讲述推进时空的方法，作者的主体
性显得特别突出，而人物的话语行为则比较模糊，大约是此类历史
小说常用的方法。不过，《隋唐两朝史传》并不全部采用讲述。仔
细推敲各回目的文字，编撰者按时代顺序，选择了史传记述的重大
事件，也拾取了部分传说加以排列，甚或也有相当的空间展现。如
卷一第六回《瓦岗群英雄聚义》，卷二第十八回《李密诱杀翟让》，卷
四第三十一回《秦王北邙山射猎》，第三十五回《秦叔宝洛阳大战》，
第三十六回《魏徵四马自投唐》，卷五第四十九《叔宝污敬德画像》，
卷六第五十三回《秦良川秦王跳涧》，第五十四回《敬德三鞭换两
铜》，卷七第六十七回《单雄信割袍断义》，卷八第七十一回《刘黑闼
反唐报仇》，卷九第八十二回《秦琼含血喷敬德》，第八十五回《唐太
宗跨海征辽》，第八十六回《薛仁贵五箭取榆林》，第八十九回《白岩
城红袍战白袍》，卷十第一百回《李太白立扫番书》，卷十一第一百
七回《马嵬驿杨氏伏诛》等，都是很有影响的节目，可惜《隋唐两朝
史传》仍以讲述为主，只是间或插入几句戏剧性对话，远不如话本
小说和词话本有较多的描述。只要以《古今小说》第九卷《李谪仙
醉草吓蛮书》与《隋唐两朝史传》第一百回《李太白立扫蛮书》对照，
可见两种形态小说的区别。前者通过立体的空间画面，依靠人物
的行动与冲突推动故事发展，史传则是靠讲述叙述故事，显然不如
话本鲜活。

　　倘如同《三国志通俗演义》相比照，人们不难发现演义虽然从
汉灵帝建宁元年写起，至晋武帝咸宁五年止，一百一十一年，时间

不亚于《隋唐两朝史传》。然而，罗贯中讲述与描写并用，以简练的叙述推进时间进程，压缩时间流速，又以描述的语气，写好每回的中心场景，加强人物之间戏剧性对话，其话语摆脱了叙述主体的影响，超越了叙述主体的中介，直接同读者照面，因而有一种客观性体验。

更令人惊叹的，在线型叙事流程中，沿着东汉的背景(宦官专权、张角起军、董卓祸乱宫廷)，展开群雄争霸、三雄争霸、三国没落与西晋一统天下的历史发展。在每一个发展阶段上构织众多的中型故事，如董卓之乱、连环计、官渡之战、关公约三事与千里走单骑、三顾茅庐、刘备巧取荆州、赤壁之战、三气周瑜、夺汉中、关羽之死、夷陵大战、七擒孟获、六出祁山、曹魏灭蜀等等。每个中型故事中又穿插若干小故事，如白门楼、煮酒论英雄、祢衡击鼓骂曹、古城会、赵子龙单骑救主、张翼德大闹长坂桥、华容道、刮骨疗毒等等。这些小故事，或作为事件情节的过渡，或交代事件背景和人物，或刻画人物性格，有的是素描，有的浓彩细笔。各单幅汇集成全幅，读者对某个人物性格获得了整体把握；而且前台的中心人物，如曹操、诸葛亮、刘备、关羽、张飞、孙权贯穿全书的大部或贯连到底。第二排重要人物，如吕布、袁绍、周瑜、鲁肃等，也有自己的起止历史，许多事件均围绕核心人物和主要人物展开，读者的阅读视点也始终追逐中心人物和主要事件，其体验和判断也是整体的。可以说讲述与描写，时间流程与空间展现的巧妙安排，背景与人物行动扭合在一起，这是《三国志通俗演义》之所以获得卓越的艺术成就的原因。

应当指出，尽管《三国志通俗演义》问世后，小说家和出版商群起模仿推出诸如《唐书志传》、《隋唐两朝志传》、《南北宋志传》、《大宋中兴通俗演义》、《全汉志传》、《两宋开国中兴志传》等等，可这些小说家并未沿着罗贯中的创作路线进行创作，其塑造人物性格，提炼情节的原则自然也没有被广泛接受，成为普遍的审美倾向。这大约是如余象斗、熊大木似的书商,直接编撰通俗小说的创作,把小说作为商品推向市场,牟利的法则促使写家相互翻抄,缀联辑补,很少推出较高质量的作品。而参加编写的多为书贾招请的下层知识分子,其才能远不能与罗贯中比肩。特别是参加各类历史演义小说的所谓写家,根本就没有把历史演义当做小说艺术来创作,仅视为普及历史知识的通俗读物。余象斗在《全汉志传》序中交代得很清楚:"书林余氏文台,有感于目而感于心,遂请名公修辑西汉志传一书,加之以相刊传四方,使懵然者得是书而叹赏,曰西汉之出处如此,我今日有如亲见西汉世者矣。"所以编撰者大多参照《资治通鉴》、《通鉴纲目续编》提供的材料,基本的历史情节不变,甚至许多人物话语也撷自史书,对历史事件的时间进程及事变中道德价值的追求,远远超过了人物性格的塑造,于是历史时间的刻度与讲述,必然多于空间的描述。

4. 史传的时间刻度

在史传中,历代王朝以某帝王的名字和年号作为计算年代的坐标,时间随着统治者更迭而更换,某一皇帝的历史就是王朝的历史,史家的撰写就是如何将两者统一在一起,形成一种历史性记述。所以专记帝王本纪,以帝王的存在与活动年月为基础,选择重大的历史事件进行排列,非常明确地确认帝王的正统地位。

一般说来,本纪中记述某一事迹的同时,必须记述其在位时某年某月发生的重大事件,更强调交待事件的因果关系。这样,史传叙事类型的时间刻度,自然成为历史演义小说的模式;确切地说,嘉靖、万历期间,以传布历史知识为务的历史演义小说,则以年表为经,串连时空内发生的历史事件和人物,各回之间明确标示时间起止。如《唐书志传通俗演义》共八卷,九十一节,每卷都记有起迄年代,如卷一:"起自隋炀帝大业十二年,迄于隋恭帝义守二年,首尾共二年事实。"万历四十七年刊,林瀚编撰、杨慎评《隋唐两朝史传》,每卷也标以年号起止。卷一是:"隋炀帝大业元年乙丑起,至大业十三年丁丑岁止,凡十三年事实。"最后一卷第十二卷,年代标志是"唐代宗广德元年癸卯岁起,至僖宗中和二年壬寅岁止,凡一百二十年事实"。又,熊大木《大宋中兴通俗演义》,共八卷,每卷也记起止年月,如卷八:"起绍兴十一年辛酉岁,止绍兴廿五年,首尾凡十五年事实。"

　　为了保持小说的真实感,许多小说在每回内,也以帝王的名字和年号为年代指标,同时表示王朝统治的更迭。如《全汉志传》卷三,刘邦逝世时间明确标出:"大汉十二年夏四月甲辰,帝崩于长乐宫。"又如记新帝继位:"大汉十七年八月十三日,文帝继位,天下太平,五谷丰登。"重要人物的变动和重大历史事件也标以时间。如卷六:"大汉壬戌三年,魏相薨,帝以丙吉为丞相,肖望之为副丞相,至次年丙薨。"有时用"按"引用文献史料补充事件发生的时间。如卷三吕后谋杀韩信后作者曰:"按《鉴》:大汉十一年九月十一日,斩未央宫长乐宫钟室之下。"对人物过去的时间经历,也常用"按"交代,免去了许多描写。这"按"有时相当于话本小说中"原来"的功能。如《两汉开国中兴志传》卷一介绍刘秀的出身时写道:"按《汉纪》,此人姓刘,名秀,字文叔……乃汉祖九世孙,出自景帝长沙定王刘发之后,刘钦之子。九岁彼王莽灭刘氏族,钦夫妇投井死,刘秀独自脱走,迷失道路,乃得穷苍,掷腰间玉环指其路,得一黑鸦前引。后至白水村刘良养之,居隐为农。"

　　其他形态的小说,如世情、公案、侠义、情爱等小说的时空刻度多效法列传。开篇先是标示本传的主人翁,确认人物姓氏,再介绍其乡里、出身、家世以及人物的主要品格,发迹前的特异行为,乡党的评价等,接着按此人的经历次序,选择某一段经历,或足以说明人物思想和性格的主要事件情节,以帝王年号作为经纬串连成本传,这几乎成为小说家撰写小说常遵循的模式。

　　文言传奇小说同史传有直接的血缘关系,当然要沿袭史传列传的开篇。如唐陈玄佑《离魂记》:"天授三年,清河张镒,因官家于衡州。"沈既济《任氏传》："任氏女妖也。有韦使君者，名鉴，第九，信安王祎之外孙。少落拓，好饮酒。……天宝九年，夏六月，鉴于郑子偕行……"元稹《莺莺传》："贞元中，有张生，性温茂，美风容……"宋代佚名《范希恩》："建炎庚戌岁，逢州凶贼范汝为，因饥荒啸紧，至十余万。"佚名《鸳鸯灯传》："天圣二年元夕，有贵家出游，停车乾明寺侧。"余嗣《出绅记》："字绍组，福州罗源人，官朝散郎，潮州通判。绍兴十八年……"

　　宋元时话本小说对主人公生活的年代，活动的地域较文言传奇更为详尽，这大约是面对听众讲说的话本，必须向听众交代所讲故事的来龙去脉。如《清平山堂话本》卷一《柳耆卿诗酒玩江楼记》："当时是宋神宗朝间，东京有一才子，天下闻名，姓柳，双名耆卿，排行第七……"《合同文字》："话说宋仁宗朝庆历年间，去这东京汴梁城离城三十里，有个村，唤做老儿村。村里有个农庄人家弟兄二人……哥哥名……兄弟名……生得一个孩儿……"

　　长篇世情小说有的在第一回明确标识年代，故事发生的地域，如《金瓶梅》开篇讲了一通情色的危害，进入正题则"话说宋徽宗皇帝政和年间"的故事，各回内则较少标示年代。第七十九回作者只说西门庆死于正月二十一日，三十三岁而去，而没有说哪一年。《儒林外史》第一回楔子说的是元代末年王冕的故事。第二回就"话说山东兖州府汶上有个乡村，叫做薛家集"，"那时成化末年，正是天下繁富的时候"，故事发生的时间和地点都交代得很清楚。从第三回范进中举始，时间标识越发语焉不详，只言"次年"，是哪一年的"次年"，则不作说明。翻到二十回，牛布衣住在甘露庵，不想一病不起，断气身亡，叙事者却突然插入一句："此时乃嘉靖九年八月初三日"，读者才知由开篇周进成化末年至第二十回牛布衣之死，小说已推进了四十三年。此后，第三十五回，写皇帝要召见庄徵君，着意标明了日期："这时是嘉靖三十五年十月初一日。"由牛布衣嘉靖九年死去，至三十五回的嘉靖三十五年十月，跳跃了二十六年。之后是"又过了二年","又过了三年","又过了半年",直演化到第五十五回,"话说万历二十三年,那南京的名士都已渐渐消磨尽了",小说收尾,总计是一百零八年的叙事时间,明确有年代刻度的不过是三次,可见世情小说的时空刻度并不像历史演义小说,包括以真人为主角如包公案小说也没那么讲究,可以模糊时间的。

5. 模糊时间

古代小说走向成熟和自觉之后,作家必然要突破史传乃至话本小说刻度时间的套子,不由说话人出面讲述故事背景和人物活动的时间,而是用再现的手段,如春夏秋冬季节的变换,元宵、中秋等各节气的描写,呈现叙事时间的刻度。或者借用人物的话语,传达过去时空发生过的事件,如《红楼梦》第十六回王凤姐同赵嬷嬷回忆贾府与王府接驾的盛况,显然有倒叙的作用。第六回,刘姥姥云:"听见薛大妹妹今年十五岁。"第七十八回,晴雯夭逝,宝玉心想:"虽然临终未见,如今且去灵前一拜,也算尽这五六年的情意。"宝玉和晴雯大约相处有五六年。《芙蓉诔》有句云:"窃思女儿自浊世,迄今十有六载……相与共处者,五年八月有奇。"那就是说晴雯死时正十六岁。

如果说《儒林外史》假托写明代社会的知识分子,有躲避家族和同行攻击之嫌,那么,《红楼梦》完全模糊讲述的朝代,不提哪个王朝,哪一纪年的事件,则是惧怕承担攻击现政权政治的责任。否则在小说开头,何必一再提醒读者读懂"此书本旨",特别强调"此书不敢干涉朝廷"呢?因此凡纪年则只模糊地说"本年"、"那年"、"今年",而不说哪个王朝的哪个年,可见作者是有其用心的。

注释：

①《列宁全集》第十四卷，人民出版社1957年版。

②《论语·雍也第六》。

③《论语·先进第十一》。

④参见杨慧杰《天人关系论》，台湾大林出版社，1981年版。

⑤司马迁《史记》卷八十七《李斯列传》。

⑥司马迁《史记》卷九十二《淮阴侯列传》。

⑦司马迁《史记》卷七《项羽本纪》。

⑧曹操《短歌行》。

⑨参见韩拙《山水纯全集》之《论山》，转引自《画论丛刊》卷上，人民美术出版社，1960年2月版。又可参看《画论丛刊》卷下华琳《南宗抉秘》。

⑩宗白华《中国艺术表现里的虚和实》、《中国诗画中所表现的空间意识》，参见《美学散步》，上海人民出版社，1981年5月版。

⑪时间空间化这个概念，西方小说理论家已有论证，但他们所界定的内容同我的论述有区别。参见陈晨房《空间型式、作品诠释与当代文评》，台湾《中外文学》，第十五卷第一期。

⑫李丰懋《汉魏六朝佛道两教之天堂地狱说》第一章《汉魏六朝佛教"天堂"说》，台湾学生书局，1989年11月版。本文谈论天堂地狱的引文转引自该书。

⑬亚里士多德《诗学》第四章，人民文学出版社1986年版。

⑭参见朱一玄《红楼梦人物谱》附录周汝昌《红楼纪历》，百花文艺出版社1986年8月版。

⑮罗贯中著《隋唐两朝史传》（又称《隋唐志传》），原本已佚，今得见标有罗贯中名字的《隋唐两朝史传》，以明万历己未（万历四十七年，公元1619年），姑苏书林龚绍山所刊《镌杨升菴批点隋唐两朝史传》为最早的版本，今藏日本东京前田育德会尊经阁文库，系海内孤本。1986年11月，日本学者横山弘购得万历己未金间永寿堂刊本。横山弘氏藏本与尊经阁本，在内容文字、版式各项均相同，很可能是同一雕版印成，但两者文字略有区别。参看横山弘《隋唐志传版本小考》，日本奈良大学文学部研究年报第31号，笔者在日本见到的是日本东京大学据尊经阁文库影印本。

第五章　结构论

一、中国小说家并不忽视结构

中国古代白话小说的情节结构,历来遭到西方小说批评家的讥评,甚或不乏为中国文学大师们诟病。陈寅恪先生就说过:

> 至于吾国小说,则其结构远不如西洋小说之精密……如《水浒传》、《石头记》、《儒林外史》等书,其结构皆可议。寅恪读此类书甚少,但有《儿女英雄传》一种,殊为例外。[①]

胡适先生也说:

> 《水浒》便是一例。但这类小说是没有布局的,可以插入一段打大名府……拉长了可至无穷。这是演义体的结构上的缺乏。《儒林外史》虽开一种新体,但仍是没有结构的。……如《金瓶梅》,如《红楼梦》,虽然拿一家的历史做布局,不致十分散漫,但结构仍是很松的。[②]

胡、陈二公均为执中国古代文学历史牛耳的大家,尽管陈先生说"读此类书甚少",可胡适先生对中国古代小说,如《三国》、《水浒》、《西游》、《红楼》,乃至近代小说《三侠五义》的研究都有很深的造诣,何以不满中国传统小说的结构技巧呢?原来他们是以西方小说作为衡量标准的。特别是否定传统文化的五四时代,且不要说胡、陈二公,就连五四时期其他小说家都对传统小说持否定态度,因而才被夏志清当做口实,洋洋得意地说:

> 他们像胡适一样,早年非常喜爱中国传统小说,但是一旦接触到西方小说,他们就不得不承认(如果不是公开承认的话,至少也是暗地里承认)西方小说创作态度的严肃和技巧的精熟。③

在文化上,各个民族都有其独特的性格,不必分什么高雅与低下。其实中国古代的小说家和戏曲家对创作的态度同样是很严肃,很重视小说和戏曲的结构的。清初既是小说家又是戏曲家的李渔在《闲情偶寄》的《词曲部》中把"结构第一"列为开篇总论,他说:

> 至于结构二字,则在引商刻羽之先,拈韵抽毫之始。如造物之赋形,当其精血初凝,胞胎未就,先为制定全形,使点血而具五官百骸之势。④

李渔虽然讲的是戏曲,但是他强调结构的整体美学思想对小说创作同样适用。因为李渔第一次提出"结构"这个概念,要求完整的结构,来自健全的创作胚胎并奠基于萌芽之中,是从创作之初,从内容上整体把握结构,而不是事后凑成。⑤

在小说批评领域,明代的金圣叹以"字有字法,句有句法,章有章法,部有部法"⑥剖析结构,进而把握文本,为历代小说评点家提供了批评范式。清代的毛氏父子评改《三国志通俗演义》,分析小说"有首尾大照应,中间大关锁处",认为"凡若此者,皆天造地设,以成全篇之结构者也"。第九十四回回前总评又说:"文如常山蛇然,击首则尾应,击尾则首应,击中则首尾皆应,岂非结构之至妙者哉!"但《三国》又"不似《西游》、《水浒》等书,原非正史,可以任意结构也",⑦有其史传文学的特点。同是清代人的张竹坡评点《金瓶

梅》,把作家结构小说比喻做盖房子,把批评家比做拆房子。盖房
子要讲究"要做梁柱、柱、榫眼却合得无一缝可见"。而拆房屋,"要
使某梁、某柱的榫皆一一散开,在我眼中也"。⑧都说明中国古代的
小说家和批评家的创作态度和批评态度很严肃,技巧很精熟,只是
结构观念和结构方法有自己独特的认识,不同于西方小说家,这是
我们研究的侧重点。

二、因果循环的结构观念

　　亚里士多德在《诗学》中早已强调安排情节时要注意头、身、尾
的处置。⑨亚里士多德乃至以后的西方小说家要求的情节组织是从
内在的文本角度,按照情节自身的发展整合情节,情节与情节之间
形成密切的逻辑关系。所以,小说的开头和第一回或前几回矛盾
的提出,事件的破题,小说的结尾应是事件与人物矛盾冲突的解
决,人物性格发展的完成。可中国小说家却有自己的结构观念。
他们常常按照循环的、宿命的因果观念,在第一回开头和结尾构筑
一个神话或准神话故事框架,解释王朝成败与人物矛盾冲突发生
的原因与结果。⑩不过作家们的结论和历史事实并不符合。如《三
国志平话》卷上开卷曰:"江东吴土蜀地川,曹操英勇占中原。不是
三人分天下,来报高祖斩首冤。"三国故事扯上了汉高祖刘邦。原
来一个叫司马仲相的书生,某日在洛阳御园中饮酒,取出一卷文
本,看至秦始皇南修五岭,北筑长城,东填大海,西建阿房,坑儒焚
书而大怒,痛骂"天公也有见不到处,却教始皇为君",于是被迎入
"报冤之殿",玉皇封为阴司之君,"断得阴间无私,交你做阳间天
子,断得不是,贬在阴山背后,永不为人"。司马仲相接手的第一个
冤案,便是韩信、彭越、英布鬼魂状告汉高祖刘邦、吕后屈杀功臣。
仲相审清案情,让各人详明事实,写表奏闻天子,玉帝判决三人分
其汉朝天下:韩信分中原为曹操,彭越为蜀川刘备,英布为江东吴

王孙权,汉高祖则转生为汉献帝,吕皇为伏皇后,蒯通生洛州为诸葛亮,而司马仲相转生为司马仲达,最后三国并收,独霸天下。卷下曹丕受禅时也有一句说:"屈斩东宫绝汉孙,善台魏祖立仇君。都来五帝阴司报,司马图王杀未轻。"同开卷诗和司马仲相的故事相呼应,成为说三分艺人对三国缘起的共识,并且刘邦杀功臣转世说也流传于世,和《三国志平话》同时刊行的《五代梁史平话》卷上开篇,也有相似的记载:

> 这三个功臣,抱屈衔冤,诉于天帝。天帝可怜见三功臣无辜被戮,令他每三个托生做三个豪杰出来:韩信去曹家托生,做着个曹操;彭越去孙家托生,做着个孙权;陈豨去那宗室家托生,做着个刘备。这三个分了他的天下:曹操篡夺献帝的,立国号"魏";刘先主图兴汉室,立国号曰"蜀";孙权自兴兵荆州,立国号曰"吴"。三国各有史,道是《三国志》是也。

前世因果转为后世因缘的,还有清钱彩的《说岳全传》。第一回《天遣赤须龙下界　佛谪金翅鸟降凡》,第二回《泛洪涛虬王报怨　抚孤寡员外施恩》,说宋徽宗元旦郊天上表时,将"玉皇大帝"误写作"王皇大帝",玉皇大帝恼怒,遂遣赤须龙下界为金兀术,搅乱宋室江山。而岳飞的前身本为佛祖顶上的护法神大鹏金翅鸟,因啄死了女土蝠,女土蝠转世为秦桧之妻王氏。大鹏又啄伤铁背虬龙,为报一啄之仇,发黄河水欲淹死刚刚出世的岳飞,触犯天条而被斩首,转世为秦桧。曾被大鹏啄死的团鱼精则转世万俟卨,岳飞下狱后对其百般迫害折磨,以报前世之仇。第八十回岳飞冤案昭雪,秦桧暴病而亡,金兀术气死,岳飞悟得正果,又复为鹏鸟,佛前护法神。

有趣的是,清褚人获《隋唐演义》在描写隋炀帝与朱贵儿,唐明皇与杨玉环的爱情时也用两世因缘解释情感缘由。第一百回结束时鸿都道士结证隋唐因果,说隋炀帝生前为终南山怪鼠,朱贵儿前身为元始孔升真人，因宿缘而得相聚，后来朱贵儿转世为唐明皇，隋炀帝则转生杨贵妃。由于隋炀帝生前残暴淫乱，最后敕以白练系颈而死，罚为女身，仍转为杨氏，又恃唐明皇宠爱而扰乱朝廷，所以让其与朱贵儿的后身唐明皇完结宿缘后，仍以白练系死。这种因果轮回两世姻缘的说词，据褚人获在《隋唐演义》的自序中说："昔箬庵袁先生曾示予所藏《逸史》，载隋炀帝、朱贵儿、唐明皇、杨玉环再世因缘事，殊新异可喜。因与商酌，编入本传，以为一部之始终关目。"那就是说隋炀帝、朱贵儿的"两世因缘说"并不是他的独撰而是根据《逸史》转化而来。《逸史》为唐卢肇所著，今已佚，不可考，究系唐肇的独撰，还是民间早就有此传说而被褚人获引入呢？

"两世因缘循环论"不只表现于历史演义小说，也出现于世情小说。《金瓶梅》只描写了西门庆为情为色而死，转世为月娘之子，在百回结尾时，永福寺老和尚普静向月娘道出了孩子的前身："当初你去世夫主西门庆，造恶非善。此子转身托化你家，本要荡散其财本，倾覆其产业，临死还当身首异处。今我度脱了他去，做了徒弟。"跳出三界之外，离开世俗世界，人生就得到了解脱，否则还将受轮回果报之苦。所以明代最早一部《金瓶梅》续书《玉娇李》，仍坚守因果观念，"与前书各设报应因果。武大后世化为淫夫，上蒸下报；潘金莲亦作河间妇，终以极刑；西门庆则骏憨男子，坐视妻妾外遇，以见轮回不爽"。①这也就是清丁耀亢《续金瓶梅》四十三回所强调的："一部《金瓶梅》说了个'色'字，一部《续金瓶梅》说了个'空'字。从色还空，即空是色，乃因果报转入佛法，是做书的本意。"

明末清初西周生的《醒世姻缘传》也是两世姻缘的框架结构。开篇的引起指点得很清楚："只因本朝正统年间曾有人家一对夫妻，却是前世伤生害命，结下大仇，那个被杀的托生了女身，杀物的那人托生了男人，配为夫妇。那人间世又宠妾凌妻，其妻也转世托生了女人，今世来反与那人做了妻妾，俱善凌虐夫主，败坏体面，做出奇奇怪怪的事来。若不是被一个有道的真僧从空看出，也只道是人间寻常悍妾恶妻，那知有如此因由果报？"

　　鲁迅先生说："自有《红楼梦》出来以后，传统的思想和写法都打破了。"⑫可细按第一回绛珠仙草以泪报神瑛侍者浇灌之恩，似并没有彻底打破传统因果循环的模式，但《红楼梦》确也不同于因果报应小说架构目的。联系神圣的大荒山与世俗社会的对应，神瑛侍者是已具人形的神仙，由于日以甘露浇灌绛珠仙草，使其脱了草木之胎，幻化人形修成女身。她向警幻仙子表示，神瑛要下世为人，她也要随之而去，把一生的眼泪还他，这就预示神瑛侍者是贾宝玉的前身，绛珠仙草下世则为林黛玉，于是两个人的爱情悲剧构成了小说故事的发展主线，似乎落入两世缘的俗套。问题是作者写的是贾宝玉与林黛玉木石前盟的真挚爱情，而在世俗社会遭到金玉缘的冲击，封建家长们不赞同贾宝玉的选择，因此绛珠不断还泪，最后"泪尽而逝"。当然曹雪芹不单纯是设定绛珠与神瑛侍者前世缘，演绎后世的爱情悲剧。我们不妨换个角度来理解第一回超现实的大荒山本体世界。据我看作者不过是为转世的贾宝玉提供了最基本的人格特质：纯洁的本性，真挚情感，对青春生命的追求，对美好事物的同情与爱心。神瑛侍者———贾宝玉到了现实的世俗社会，曹雪芹如同《儒林外史》的作者吴敬梓，同样是想通过贾宝玉探求理想的人性与人格。吴敬梓是在保留儒家思想前提下的探索，而曹雪芹则是在基本上怀疑乃至否定儒家传统人格定势，追求一种真实的人格，可惜那时的社会并不能给曹雪芹提供足够的思想支援，到头来只能无可奈何的恢复本真，同僧道返回大荒山。从前后照应的意象结构而言，作续书的高鹗，并未说贾宝玉去做和尚，因此并未猜错曹雪芹的原意。

　　值得注意的，《儒林外史》头回与结尾的设置则属另类。第一回说楔子敷陈大义，借名流隐括全文中点到的王冕，第五十五回尾声中又写了四位懂得琴棋书画的市民，都同小说中的人物没有任何关系,不参与小说世界的活动。作者不过是借赞扬王冕不慕名利,痛恨权势,不愿与封建官吏同流合污的恬淡高洁的品格,来照应和批判科举制度对士子们的毒害,乃至礼乐崩坏,失去核心价值思想指导,各个阶层都受到庸俗思想侵蚀。传统价值体系遭遇现实生活价值的挑战,礼乐、品德和学识,泰伯时代的古朴生活和礼让精神成为昔日记忆,于是"礼失而求诸野",寄希望于底层市民。吴敬梓可能意识到市民是不可忽视的力量,可未必理解市民在未来现代社会中的中流砥柱作用,因而也未必参透市民思想体系中最核心的价值是什么,以为懂得琴棋书画,带点书卷气的有文化的自食其力的市民,超然于物外,才是高雅的人格,从而以他们做为范式,映照林林总总知识分子的丑态。

　　按因果循环观念整合小说情节结构的模式,既是古代小说家诠释社会矛盾的一种思维方法,也是小说构思的一种手段。

　　不必作过多解释,果报思想源自于佛教,或古代的天道循环观念。但像唐敦煌话本《庐山远公话》按"三世报应"说结构情节,或是如《报应记》之类,纯粹是宣传因果报应教义的,毕竟是少数。事实是佛教传入中国同儒道融合,同传统意识中的天人合一观念、循环人生观、阿Q精神、内省意识的汇合,形成了判断事物的标准和普世价值。特别是当小民们面对社会制度的腐败,贪官污吏横行不法,恶势力猖獗,遇害而不能自救时,除了寄希望于侠客清官外,那就借助阴府善恶有报的审判。因此,明代的文言小说《轮回醒世》用前世有缘,后世现报,惩罚官吏、地主、地痞、无赖等众生中的凶恶之徒,报应说又成惩恶的精神武器,作家们的重点在予惩恶扬善,不一定是宗教教义本身。至于冯梦龙《古今小说》卷四的《闲云庵阮三偿冤债》,商贩子弟阮华私会太尉之女陈玉兰为情所伤,突然死亡。小说的意义在于封建婚姻制度下的男女青年的悲剧,而不是前缘冤债。总之,一千个人看哈姆雷特就有一千个哈姆雷特,作品的客观意义总是大于作家的主观意旨的。

三、阴阳对立与转化

旧说孔子著《系辞传》的上传中说:"一阴一阳之谓道。"这个道就是太极,太极生两仪,两仪生四象,四象生八卦等等。笔者感兴趣的,或是要强调的不是孔子怎样诠释《周易》六十四卦每卦的义理,而是探求阴阳论的宇宙观及认识论对小说结构学的影响;换言之他们从《周易》那里接受了怎么样认识事物的观点和方法来安排小说情节结构和人物角色设置的。

1. 阴阳对立

朱熹说:"试看天地之间,别有甚事?只是阴与阳两个字,看是甚么物事都离不得。"[13]所以庄子说:"阴阳不和,寒暑不时,以伤庶物。"[14]"两者交通成而万物生焉"[15]。墨子在《墨子·芦用下》中也说:"凡回于天地之间,包于四海之内,天壤之情,阴阳之和,莫不有也,虽至圣不能更也。"法家的管子也承认:"阴阳者,天地之大理也。"[16]

上述诸家是从宇宙本体论角度讨论阴阳二气构成了宇宙万物,倘若把阴阳对立的观念去观察社会现象、精神现象,乃至一切事物,无不存在相互对立、相互排斥的阴阳两报,如安与危、治与乱、曲与直、亏与盈、进与退等等。有趣的是,连主张虚空的佛家也不否认两极对立事物的存在。有一次慧能对门徒说:"若有人问汝义。问有将无对。问无将有对。问凡以圣对。问圣以凡对。二道相因,道中生义。"[17]在禅家看来,宇宙是个有机的整体,有动有静,有空有有,有正有偏。对这两边,既要看到和承认动、空、正,又要看到静、有、偏的存在,不可否定或偏执于任何一方。因为万物的每一范畴都是相因相应的两极作用所构成。这正如孔颖达在《周易疏注》中所概括:"天下之万声,出于一阖一辟;天下之万里,出于一动一静;天下之万数,出于一偶一奇;天下之万象,出于一方一

圆。尽起于乾坤二画。"那么,深受古代传统文化教育的小说家们,
不可能对《周易》的阴阳二极论无动于衷,不反映在小说创作上的。

事实是无论二元背反观照事物的观点,也无论是小说自身创
作的规律,都提醒作家在情节结构的安排上注意冷热场面的交叉
互济。武松打虎之后则写遇兄嫂,王婆说风情,郓哥闹茶肆,王婆
计啜西门庆,潘金莲害死武大郎,才引出武松杀嫂和斗杀西门庆,
小说家不能让自己的英雄人物始终处在疲劳的打杀之中。以群雄
争霸为主要描写内容的历史演义小说,更需讲究情节、场面的安
排。毛宗岗《读三国志法》说得好:

> 《三国》一书,有笙箫夹鼓、琴瑟间钟之妙。如正叙黄巾扰
> 乱,忽有何后、董后两宫争论一段文字;正叙董卓纵横,忽有貂
> 蝉凤仪亭一段文字;正叙催、汜猖狂,忽有杨彪夫人与郭汜之
> 妻来往一段文字……正叙赵云取桂阳,忽有赵寡嫂敬酒一段
> 文字;正叙昭烈争荆州,忽有孙权洞房花烛一段文字……至于
> 袁绍讨曹操之时,忽带出郑康成之婢,曹操救汉中之日,忽带
> 叙蔡中郎之女,诸如此类,不一而足。人但知《三国》之文是叙
> 龙争虎斗之事,不知为凤、为鸾、为莺、为燕,篇中有应接不暇
> 者,令人于干戈队里时见红裙,旌旗影中常睹粉黛,殆以豪士
> 传与美人传合为一书矣。

与此同理,在人物性格设置上,切忌性格塑造上的平均数,而
是寻找性格上差异,乃至能引起冲突的火花点,才能显现性格的区
别。如出世的崔州平与入世的诸葛亮,刘备与曹操,诸葛亮与周
瑜,鲁智深与上梁山前的林冲,晁盖与宋江,贾宝玉与甄宝玉,贾宝
玉与秦钟,史太君与刘姥姥,王熙凤与尤二姐,林黛玉与薛宝钗,探
春与惜春,晴雯与袭人等等。

至于结构历史演义小说的虚与实的矛盾,幻想小说《西游记》
之类现实与超现实情节的对立与搭配。深藏潜意识的《红楼梦》中

的色与空、真与假的对立,木石前盟与金玉缘,大观园女儿国与世俗和贵族世界的冲突,女儿是水,男人是泥巴,源自于太虚幻境阴性世界的石头与降生世俗世界的矛盾,话本小说与世情小说、历史小说叙事者(说话人)与人物自我再现的对比,总之阴阳对立或二元背反的认识论与思维方法运用的成熟与否,深深影响小说的品位。

2. 阴阳对称

《周易》学者称今传八卦图有两个,一为"伏羲八卦图",伏羲创造,产生远古,是最早的八卦图。另一为"文王八卦",或称"后天八卦",是周文王所作,从"伏羲八卦"变易而出。八卦中阴阳各四组符号左右排列对称。方位对称、结构对称、数字对等,表现出崇尚对称的原则,⑱于是建筑、工艺美术、绘画、书法等讲究对称原则,或为中国古人乃至今人的审美意识。中国古代小说家们毫无例外的在小说创作中遵守和应用对称的原则。

说对称,当然指偶数的排列,而非奇数。古人习惯于用百年说明生命年限和政权周期,忌讳用奇数。《水浒传》第二十一回,宋江对卖汤药的王公说:"你百年归寿时,我却再与你送终之资。"《金瓶梅》开场诗说:"日坠西山月出东,百年光景转飘蓬……"

人的生命周期以百年计,家族、朝代的历史变迁也以百年整数推算。如元王恽《鹧鸪引》十四《赠驭说张秀英》词中说:"由汉魏到隋唐,谁叫若辈管兴亡。百年总是逢场戏,拍板门锤未易当。"《红楼梦》第五回:"吾家自国朝定鼎以来,功名奕世,富贵流传,已历百年,奈运终数尽不可挽回。"

此外,小说家在设计回目时,不仅题名自明以后为对偶两联,全书回目多以偶数累计,如《三国志通俗演义传》二十四卷二百四十回,李卓吾评《三国志》为一百二十回,《残唐五代史演义传》八卷六十回,《隋唐两朝志传》一百二十回,《大宋中兴通俗演义》八卷八十回,《南北两宋志传》一百回,《西游记》一百回,《金瓶梅》一百回,

《说岳全传》一百回,《醒世姻缘传》一百回。此外明清的中篇小说也多为十二回、十八回、二十回等等。《水浒传》分繁本简本,繁本中除百回本、百二十回本,又出现金圣叹评改的《第五才子书施耐庵水浒传》七十回本,将"梁山泊英雄排座次"改写为"梁山泊英雄惊噩梦",因此才出奇数。但繁本中也有万历刊刻的《鼎镌全像忠义传》,清聚德堂刊《新刻出像京本忠义水浒传》、《绣像汉宋奇书》,皆为一百十五回本。这种全回目出现奇数排列当然还有几种,如《于少保萃忠全传》十卷七十回,《承运传》四卷三十九回,《西汉演义》一百零一回,《东西两晋演义》十二卷五十回等,从已知小说回目统计看,毕竟是少数,作者何以如此安排,需要做版本学上的研究。

不只回目字数讲求偶数对称,而且有的小说在小说回目(则)题名和故事内容的排列上也严格追求对称,最典型的是明末清初大字本《龙图公案》。

《龙图公案》分繁本与简本。繁与简指"则"的多寡而不是文字的繁简。繁本为五卷本、六卷本、八卷本、十卷本,简本系有六十六则、六十二则两种。作者以明刊本《百家公案》为底本,去掉原小说的诗词韵语和多余的描写,只保留基本故事,通过包拯的断案,意在道德的教育,而不同于《百家公案》侧重于断案。因此选篇排目就严格采用了对偶的原则,则目字数对等,描述的内容性质相近的编排一组,每组二个故事。且看五卷一百则卷一的排列:《阿弥陀佛讲和》与《观音菩萨托梦》是六字句,《嚼舌吐血》与《咬舌扣喉》为四字名,《锁匙》与《包袱》为二字句,《蒿叶飘来》与《招贴收去》也为四字句,《夹底船》与《接迹渡》是三字句,《临江亭》与《白塔巷》也是三字句,《血衫叫街》与《青靛记谷》又是四字句对称。

再看以内容性质相类而编为一组的形态:卷一《阿弥陀佛讲和》与《观音菩萨托梦》均属于和尚奸情,一是逼奸不从而被杀,一是为日后复仇而暂时屈从;一是杀人的和尚念阿弥陀佛不灵验,一是受难者哭拜观音菩萨而脱难。《嚼舌吐血》与《咬舌扣喉》虽属奸情杀人,但被杀的两人都是贞妇。前者是强奸不从,嚼舌吐血而死,后者是受害者咬断杀人者舌头而被扣喉而死。《夹底船》与《接迹渡》,都系外出经商者被船工所害。《白塔巷》与《临江亭》属淫妇与奸夫私通谋害亲夫案。如此等等。

上述分疏的各组题目,大致可了解各卷则目组合的原则。无论是繁本或简本,也无论是分几卷本,或卷内列置几则,但各卷必须按对偶原则排列,不能溢出奇数,否则是异版。

3. 阴阳转化

《红楼梦》第三十一回,丫环翠缕向史湘云问阴阳属性,史湘云发表了精彩的高论,归纳湘云的论点,一是万物都有阴阳对位,两者相辅相成,相互依存,缺一不可。二是天地间都赋阴阳二气所生,或正或偏,千变万化,都是阴阳顺逆,相互斗争的结果。三是阳尽了,就是阴,阴尽了,就是阳,不是阴尽了又有了阳生出来,阳尽了又有个阴生出来。简而言之,阴阳可以向各自相反的方向转化。或如《老子道德经》五十八章所云:"祸兮福所依,福兮祸所伏。"

古人不仅认识到万物中,包括精神领域,社会上诸方面,都含有相互矛盾对立的现象,而且也认识到两种矛盾对立的事物既矛盾对立,互相排斥,但又互相依赖,相反相成,特别是在一定条件下向对立面转化。问题也在这里,谁能敏锐地发现和捕捉到对立双方是在怎样的内在与外在条件作用下发生转化,将决定作品的思想深度,情节的选择。我们不能不赞佩百二十回和百回本《水浒传》作者,向读者深刻揭示了梁山起义队伍由胜利走向失败的教训。其间领导人宋江的双重性格,怎样将队伍引向招安道路,而众英雄的皇权观念,狭隘的私义情感,以及朝廷的颠覆政策等等,都值得深思。《三国演义》中的袁绍,手中握有几十万大军,自信自己能够成为中原霸主,却遭到了失败命运,过早的被曹操踢出了历史舞台。记得美国作家马克·吐温曾说过,人生最大悲剧不是失败,而是该赢未赢。袁绍何以未赢呢？性格悲剧注定了他的悲剧命运,他是被自己打败的。那么,各自称王的魏蜀吴在什么样的条件下,胜利的果实最终被司马氏轻而易举的窃取？

更值得人深思和令读者赞佩的,曹雪芹在《红楼梦》中,毫不掩饰的指出,道德的堕落,腐朽的宗法制,僵硬的礼仪,主仆之间的矛盾,上层集团内部财产与权力的争夺,贾家必然由色而空,好便是了,由盛而衰。贾家的接班人贾宝玉,执着地追求青春与生命价值,探求真情真性的人格理想,抗争儒家的人格模式。但是,人的本性不只是阴(女)和阳(男)的两厢对立,而是一个男性或女性的个体中同样有男性特质与女性特质的共存,所谓双性同体。贾宝玉倡扬的女儿是水做的,男人是泥做的歪论,固然有对青春生命的追求在。可他却过分追求女儿国,自愧自己不是女孩子,且又自恋女人的爱好与生活习惯。他钟情的男孩子,也多为有较多女性特质的人,因此龄官误以为他是个丫头,焙茗说"二爷来生也变个女孩儿,和你们一处玩耍",说得宝玉"忍不住笑了",并没有表示强烈的反对。男性意识过度向女性意识转化,排斥男性世界的理论支援,到头来贾宝玉没有探寻到真性世界。反之,自幼以男儿教养的王熙凤的阳性特质过分膨胀,具有男性层面的凶残、强悍、贪婪、果断的特性。

阴阳相反相成或二元背反的认识论,无疑为小说家提供审视人物性格和社会现象的角度,并以此结构情节,安排细节描写,也因此提升了小说的品位,这就是笔者何以推崇《水浒》、《三国演义》和《红楼梦》的原因。

四、要有个好故事

讲究故事性是中国小说结构的特色。

说话艺术是面对听众讲说故事,靠三寸不烂之舌赢利维持生计,而且是同杂剧、杂技,以及其他说唱技艺同场甚至是同台献艺的。故事不生动,拿不住人,就粘不住听众,没有了听众就宣告了你这门技艺的失败和灭亡。中国老百姓看小说看的就是故事,这是传统的欣赏习惯。但这并不是说忽视了人物。故事中必须有人活动,为人物提供了活动的时空,好的人物又增加了故事的趣味生动,决定了故事的意义。由说话转型为书面阅读的话本小说和长篇小说并未改变重故事性的习惯,相反作家们更重视小说故事的容量、趣味、曲折、新奇、偶然性等等。

小说故事性特色同中国传统小说重视情节段落性的结构方式相联系,因而培养了听众和读者的欣赏习惯。因为大故事中套无数个小故事,每一个小故事有头有尾,自成一个独立系统,各个系统串连起来成为一个复杂的大系统,成为一本故事。所以情节复杂也是故事性的一种表现形态,关于这个问题我们在下一节还将详细说明。

文言小说家们玩小说是为了自娱和娱乐同好,而不是谋利。白行简《李娃传》传末云:"贞元中,予与陇西李公佐话妇人操烈之品格,因遂述汧国之事。公佐拊掌竦听,命予为传。"这是白行简说给一个人听的。陈玄祐在《离魂记》也说:"玄祐少常闻此说,而多异同,或谓其虚。大历末,遇莱芜县令张仲规,因备述其本末。镒(按:倩女之父张镒。)则仲规堂叔祖,而说极备悉,故记之。"倩女离魂的故事早已在民间流传。沈既济《任氏传》说:"既济自左拾遗于金吾将军裴冀、京兆少尹孙成、户部郎中崔需、右拾遗陆淳,皆适居东南,自秦徂吴,水陆同道。时前拾遗朱放因旅游而随焉。浮颍涉淮,方舟沿流。昼宴夜话,各征其异说。众君子闻任氏之事,共深叹骇,因请既济传之,以志异云。"显然传奇小说也有从口头传说到文字书面记载的发展过程。⑩既然是讲说给别人听,那么就得选择有点"异说",听起来感兴味的故事,所谓无奇不传也。观众喜欢听的看的是武松打虎而不是打狗,是十二寡妇征西而不是十二寡妇上坟,是百岁挂帅而不是百岁养老,是木兰从军而不是木兰出嫁。

　　这个"奇"不只指神仙志怪类的题材,而是现实的、贴近市民生活的真实的故事。在平凡中寻找和表现某种独特的不寻常的性格和事件。人们欣赏《水浒传》前七十回各路英雄被逼上梁山的惊天动地的故事和刚烈的性格。《三国演义》展示人们的不仅是战争的艺术,经营的智慧和策略,而是对封建社会王朝兴盛成败原因的经验教训的总结。在争霸过程中,为了夺取霸权,各个军事集团使尽了军事的、政治的、外交的、公开的、隐蔽的,总之是调动了一切斗争手段。甚至连家庭、婚姻、朋友及其他一切人与人之间的关系,统统都被卷入了斗争的漩涡,服从斗争的需要,成为斗争的工具。公平正义被堂而皇之的谎言所掩盖。吕布、袁绍、关羽等人的悲剧性格值得人们深思。魏蜀吴三国分而又合,交叉换位的矛盾关系的处理,至今都应是大国们学习的课程。《西游记》多彩的童话故事,取经师徒们的独特性格和心态,让人百看不厌。故事托人,人保故事,传统小说中经典性的作品,都是因一连串传奇故事,传奇的人物拿住人的。短篇的话本小说和白话小说也不例外。《错斩崔宁》通过一系列巧合的偶然性情节揭示了无辜小民冤案。话本小说家从偶然中得出"口舌从来是祸基"的不可知的结论;而今人却看到主审官只根据偶然性假象便定案的主观主义思维方法的可怕。《杜十娘怒沉百宝箱》的杜十娘有眼无珠,错看了李甲,她绝不把自己当作他人的附属品而向李甲委曲求全,更不愿把自己降低为商品,用万价珠宝向孙富赎买。为了人格自尊,宁为玉碎,不为瓦全,奋力投江而去。同样的,《卖油郎独占花魁》的绝色妓女,偏偏爱上了卖油的后生,表现了那个时代对美好人性的追求,当然是奇人奇事。

五、情节的段落性

　　说书体小说的情节组织安排,仍沿袭宋元说书的结构形式,分回讲说。《水浒传》五十一回雷横和李小二到勾栏里，只听白秀英说到：“今日秀英招牌上明写着这场话本，是一段风流蕴藉的格范，唤做‘豫章城双渐赶苏卿’。”公开向听众告知讲说的内容和题目。元代讲史平话如《三国志平话》，每一卷后都标若干个字数不等的则目，以示区分。明弘治本《三国志通俗演义》以七字句构成单回目，至毛宗岗评改的《三国演义》则为七字句的双回目。

　　长篇大书分卷分回，便于说书艺人把握讲说的速度。当然一回书可能只说一件事，一个小故事，几回书才能说清较完整的大一点的故事。但这足以透露出中国古代小说很讲究段落性；⑩换言之，每部书都有几个大的情节段落、中级段落和许多小段落。每个段落都有自己的独立性，就是说主题独立，首尾俱全。大中小段落按照一个主线演进，组成网状结构或是线型结构。但中国小说家在组织结构时并不把情节单摆浮搁，而是彼此间有照应，有起伏，有轻有重，有宾主，有转承终始，显然是创作态度严肃，很讲究章法的。

　　《三国志通俗演义》基本上按照历史事件的发展顺序组织段落与事件，可以说是本传纪年与列传的结合。

　　全书可分为四大段：第一回至第九回为一大段。第一回、第二回为小段，提供小说的背景：张角之乱搅乱了社会秩序，是外乱；宫廷内十常侍专政，是内讧，内外交困，何进不顾众人反对召外兵董卓平叛，结果引狼入室，董卓专权，祸乱朝廷，于是曹操，袁绍等采取各种手段欲除掉董卓。这一大段落实是董卓传，其间又穿插吕布传，也就是第三回吕布见利忘义杀丁原，投靠董卓，到第九回白门楼殒命，重彩描写了吕布的一生，算做中级段落。至于桃园三结义、连环记、孙坚跨江击刘表等等则属于小的段落。

　　第十回至第四十二回为第二大段落。董卓被杀后即转入群雄争霸阶段。既然书写群雄争霸，就必须描写军事集团代表人物的作为，但不能面面俱到，写许多人或不分主次用笔，只能写主要代

表人物,于是刘备、袁绍、曹操集团就成为本段描写的重点。关羽
被俘屯土山约三事、挂印封金、千里走单骑、五关斩六将,直至古城
聚义则构成中级段落。官渡之战也是本大段中重要的中级段落。
袁绍的悲剧性格导致战争的失败,继吕布之后被踢出政治舞台。
袁绍的失败很发人深思,而曹操的胜利验证了郭嘉"绍有十败,公
有十胜"的判断,同样给争霸者以警示。第三十四回至第四十回为
中级段落,集中写另一个争霸英雄刘备,颠沛流离没有自己的根据
地,也没有强大的军队和军师,当然也没有明确的战略思想。三顾
草庐,诸葛亮为刘备提出了一整套夺取政权的思路。

　　正因为如此,赤壁一战,确立了三足鼎立的局面,所以第四十
三回至五十回应划为一大段,其中的火攻计、苦肉计、诈降计、义释
曹操可分为中级段落。

　　赤壁之战之后形成魏蜀吴三国鼎立的态势。三雄争霸阶段,
魏蜀吴三家矛盾关系的处理,不仅决定赤壁之战的胜负,三国鼎立
后,三家矛盾关系的正确把握也决定自身的存在。三个政治集团
依据自己集团的利益,时而联合,时而分裂争斗。掌握主导权的是
曹操,决定蜀吴存在的是两家是联盟还是分裂。曹操采取了分化
瓦解,各个击破的策略,以吴攻蜀,最终蜀吴覆灭,魏政权也被司马
氏篡夺。所以五十一回至第一百二十回为一个大段落,描绘三国
的兴衰。第五十一回至第五十七回,三气周瑜与卧龙吊孝为中级
段落,揭示了因荆州归属而引发蜀吴联盟的破裂,周瑜之死加重了
两国的危机,诸葛亮过江吊孝也未能挽救联盟解体。第五十八回、
五十九回为一小节,马超为报父仇攻曹操,为日后归顺刘备伏笔。

　　第六十回至第六十五回是一中级段落。按照隆中对策,趁张
松献图之机以诈力取蜀,刘备终于有了自己的根据地。

　　曹操得汉中后却不接受司马懿的建议攻蜀,所谓得陇而不望
蜀,是吸取了远行疲惫,跋涉江河,致有赤壁之败的教训。何况如
攻蜀,守荆州的关羽兵力会合东吴,乘虚北伐,有可能许昌失守,遂

分兵屯合淝,按兵不动。诸葛亮劝刘备将江夏、长沙、桂阳还吴,并策动吴起兵袭合淝,曹操必提兵向南而不再攻蜀。看来只要蜀吴联盟,相互策应,曹魏是不能灭掉刘备和孙权的。问题是任何一个联盟都首先考虑自身的利益,不可能建立永久的巩固的联盟,因此孙权在濡须与曹军相拒月余,不能取胜,张昭、顾雍说服孙权向曹操求和,孙权却从其言,"许年纳岁贡",与曹结成联盟,孙、刘从此相离,也埋下孙、刘败亡的种子。这就是第六十八回至第七十二回段落叙说的内容。

尽管孙权求和于曹操,俯首称臣,但仍不能断绝和刘备的关系,特别是守荆州大任的关羽,依照诸葛亮将守荆州重任交给关羽时的嘱咐,要"北拒曹操,东和孙吴",才可保守荆州。事实是关羽对东吴诸将,甚或连鲁肃也不放在眼内,平时与吴相处得不和睦,已使东吴诸臣疑忌。鲁肃死后,吕蒙、陆逊少壮派军人掌兵权,根本抛弃老一代蜀吴联盟的战略,屡屡劝孙权袭关羽,收复荆州,孙权意动而未决,先为子求婚,以作试探。按古代国与国之间的关系而论,以联姻固国交本是常用的外交手段,孙权不是把自己的亲妹妹嫁给了刘备吗? 关羽真要是为刘家天下计,何尝不可以牺牲一个女儿? 纵然不同意,亦应善言却之,关羽竟用不堪之言,痛辱使者,甚或扬言拔樊城后灭吴。在蜀吴联合阵线已破裂的严重时刻,关羽忘记了"东和孙吴"之言,想到的是自尊心的伤害。感情胜于理智,任性而不顾大局,驽下无能,对外失好东吴,终于丧失荆州的战略要地,他自己也遭到杀身之祸。第七十三回至第七十七回深刻描述了关羽失荆州的过程和悲剧性格。接下来,第七十八回至第八十回曹操病故的同时,写亲兄弟曹丕与曹植相煎何太急的权力争夺的矛盾。

可是第八十一回至第八十五回,异姓兄弟张飞急兄仇不先伐魏,而先伐吴,结果遭部属暗害。刘备为雪两弟之恨,兴兵讨吴,表现了桃园三结义的义的精神。与其说在这几回书中描述了张飞和刘备为了贯彻桃园精神，不惜付出任何代价，甚或自己生命，不如说是作者批评了这种精神。因为正史《三国志·蜀书·先主传第二》中，虽记"先主忿孙权之袭关羽，将东征，秋七月，遂帅诸军伐吴"，可并不像小说写得那么疯狂，秦宓等人谏阻不听，甚至囚禁了秦宓。诸葛在救秦宓的表中，明确提醒刘备："但念迁汉鼎者，罪由曹操；移刘祚者，过非孙权。窃谓魏贼若除，则吴自宾服。"主要的敌人是魏而不是吴，联吴抗曹仍是当前的根本大计。可惜刘备始终为感情所驱使，还是起兵伐吴，结果几乎全军覆没，到白帝城托孤时才责备自己"何欺智识浅陋；不纳丞相之言自取其败"。显然罗贯中突出描写刘备为报关羽被杀之仇而任情用事，不顾全局的教训，对于争霸图王者而言，是有深刻启示的。

　　第八十七回至第九十一回，写诸葛亮七擒孟获后即领兵三十万，实施北伐的计划。值得注意的是，记得诸葛亮在隆中为刘备制定的成就霸业，复兴汉室的战略，一是夺取荆、益州为根据地，外结孙权，积蓄力量夺取中原。经略可以两路入手：天下有变，则命一上将将荆州之兵以窥宛（南阳）、洛（阳）；一路是刘备亲率益州之众出汉中以向秦川，以钳形攻势夺取中原。当时曹操以许昌为首都。而荆襄距许昌最近，用兵也最简便，所以诸葛亮以荆襄为主，汉中为辅，主力部队集中在荆州，诸葛亮亲自坐镇荆州。后来庞统战死，诸葛亮不得不奉刘备之命进川，把守荆州大任委任关羽。关羽失守荆州并战死，刘备兴兵复仇，企图收复荆州，却又遭到毁灭性失败，从此蜀国国势由盛而衰，实际上失去了夺取汉中的实力。诸葛亮虽承先主遗诏，决心继续伐魏复兴汉室，不过是不可为之而强为之。因为失去荆州之后，从荆州出击已不可能，只能改为益州北伐。奇怪的是，诸葛亮北伐时，并没有由益州而至秦川，以达汉中而越秦岭，却绕道西行，经天水、武都各地而出祁山，小说并没有说明诸葛亮改道的原因。历史事实是诸葛亮想借助马超、马岱、姜维在凉州一带的影响，解决兵源粮草的不足，用兵的形势已从进攻趋向保守,遗憾的是,此时又失去了上庸,尔后又失街亭。荆州不失,则可由荆州定襄樊;上庸不失,则可由上庸以取宛洛。如今出祁山征伐时失上庸,根本无取胜的希望,街亭失几乎使诸葛亮无退足之处;加之玩闹皇帝刘禅听信谗言干扰北伐事业,也让诸葛亮做不得事,最终只能鞠躬尽瘁,秋风五丈原,完结了伟大的一生。

　　至于第一百零六回至第一百二十回,则交代了曹操、刘备、孙权在马上得的天下,如何被他们的后代曹丕、曹奂、孙亮、孙休、孙皓、刘禅等马下失天下,以及司马氏如何篡夺了魏政权,进而统一了天下的过程,同样为世人提供了深刻的经验教训。

　　《水浒传》可谓是长篇讲史与短篇话本小说的结合体。全书分两部分:第一回到第七十一回梁山英雄排座次止为上部份,采用列传形式,描述诸英雄被逼上梁山的过程。无疑的,各人的单传是一大段落,其中又安排了许多中级段落,如鲁智深传有拳打镇关西、大闹五台山、大闹桃花村等。武松传中有著名的段子如打虎、杀嫂、醉打将门神、血溅鸳鸯楼等等。不过每个单传中不只写传主,而是穿插了和传主有密切联系的人物,本传结束后即可自然转入另人的叙述。如第二回至第八回以鲁智深为主,但第七回花和尚倒拔垂杨柳,演练浑铁禅杖时,恰好被过路的林冲看到,喝了一声彩,把林冲引进场内,接着是豹子头误入白虎堂,转入林冲传。第八回鲁智深大闹野猪林,解救了林冲,同时为鲁智深作结。第十二回梁山泊林冲落草,王伦刁难林冲,要求他弄一个投名状来才答允入伙。林冲两天都没抓到一个过路之人,第三日终于等到一个大汉,谁知那汉子武功了得,同林冲打个平手,原来那汉子是杨志,于是第十二回之后则转入杨志传。可以说一环套一环,循环不已。

　　下一部分用本纪的叙事方法以事件为主,叙述群体作为,如两赢童贯、三败高太尉,第八十二回全伙受招安之后,作为赵家王朝的工具,参与各种战役,人物性格描述就不如上部分了。

　　《红楼梦》情节结构的方式又不同于《三国演义》与《水浒传》,

没有惊天动地的战争场面,你来我往的斗狠,而是家庭生活内无休止的矛盾,看来结构较散漫,但同样排列许多段落性的故事情节,更讲究通过段落情节写人。

上述三类不同形态小说的情节结构方法,都说明中国小说受说书艺术的影响,是以大中小的情节作为结构单元,按照主题需要,形成连环套的结构。

六、情节的提炼

小说中的故事情节和人物,是根据现实生活、历史资料创作而成的。文献资料仅仅是素材,并不等于小说中的故事情节。如若转化为小说,则需要作家根据创作要求,即在小说中表达的意旨,进而形成小说的主题思想,进行加工改造,舍弃与补充,强调与夸张,这个过程就是提炼过程,也即是构思过程。换言之,把生活中常见的,一般性的材料提炼为典型性的情节,因此作家在典型化过程中,必须考虑用什么样的情节来表现人物的行动,选择何种言语行动推动情节发展,采用什么样的细节刻画人物性格。

1. 寻找新主题

小说家——有头脑的高明的作家在提炼情节时首先要寻找新主题,可以说寻找新主题,或是在原素材的基础上,进一步挖掘深层次含义,赋以人物性格新解释,是跟解决小说的结构方法同步进行的。以历史演义小说《三国演义》为例。

众所周知,历史演义小说大多谨依史传而编写的。问题是历史小说质的规定性和社会功能的认识差异,决定了作家主题的选择。宋元讲史艺人强调述说历史的目的,是"说国贼怀奸从佞,遣愚夫等辈生嗔;说忠臣负屈衔冤,铁心肠也须下泪。"①忠奸斗争是讲史艺人的关注点。明代以降,自罗贯中推出《三国演义》之后,小说仿效《三国》,编撰出多种历史演义小说,几乎把二十四史都写尽了。但他们对历史演义小说的性质和功能的认识不同于罗贯中，认为历史小说本来就是对史传的"留心损益"，"事纪其实，亦庶几乎史"，[②]"稗官野史实纪正史之未备"，[③]甚或要"羽翼信史而不违"[④]的。因此他们反对《三国演义》"七实三虚"，惑乱正史的写法，只主张运用通俗小说形式，展示某个朝代的兴衰过程，进行历史教育，也就完成了作家的使命。但罗贯中的创作思想并非如此。明王圻辑录的《稗史记编》"院本"条说：

> 文至院本、说书，其变极矣。然非绝世轶才，自不妄作。如宗秀罗贯中，国初葛可久，皆有志图王者，乃遇真主，而葛寄神医工，罗传神稗史。

我们不讨论"有志图王者"，是自己"图王"还是帮助别人"图王"。但这句话至少透露出罗贯中绝不会像书商兼小说家余象斗、熊大木那样趋尚时利而创作《三国志通俗演义》，宣讲三国的历史和什么忠奸斗争；他也不会如《三国志平话》，胡乱改动三国的历史，以张飞为中心，加进许多匪夷所思的调侃内容。可以肯定的说，罗贯中一方面忠实的面对三国时期的历史资料，记述那个时期错综复杂的斗争，但又不能全部依照古史家"实录"精神转述历史，为了主题的需要，不得不改动某些历史事实，通过艺术真实而达到历史的真实；另一方面，如同司马迁从历史变化中，研究和解释王朝成败兴亡的发展趋势和因果关系，进而探究天道与人道治乱兴亡之间永恒的常道，道德价值的根本，寄托理想，成就永垂不朽的一家之言。

也因此，我们不能不赞佩罗贯中这位天才作家在社会思想上惊人的观察力和社会概括的能力。他写的是魏蜀吴三国的历史悲剧，但也凝聚了对前朝盛衰成败的许多观察，提出的是封建社会发展过程中带有普遍意义的历史经验教训。不过罗贯中毕竟是个小说家在写历史小说，他更关注人性的弱点，性格中的悲剧因素，怎

样主导人的命运,乃至影响政治斗争与军事斗争的成败。比如说
袁绍的成败很发人深思。在群雄争霸时,袁绍豪门贵族出身的社
会地位,袁家门生故吏遍天下的社会影响,坐拥重兵的军事实力,
所谓"合州之地,收英雄之士,拥百万之众",被称为"一世之杰",⑥
比任何一个争霸对手都硬梆。然而,坚信自己能够成为中原霸主
的袁绍,却遭到可悲的命运,原因何在呢? 郭嘉对曹操和袁绍十胜
十败的比较法,固然有对曹操面谀之嫌,但人们不能不承认郭嘉道
出了袁绍的致命弱点,其间特别是外宽内忌,好谋无决,有才而不
能用,闻善而不能纳的为人。罗贯中正是把三国历史提到历史哲
学的高度进行反思,重新解释了主题,自然对人物也作了重新解
释,抓住袁绍的性格特点,虚构了诸如"温酒斩华雄"的情节,扩充
官渡之战的情节范围,把历史叙述变成具体的艺术形象,深刻揭示
了袁绍的悲剧性格。

　　反之,罗贯中对曹操的形象也有新诠释。尽管罗贯中不见得
同意曹操的人生哲学,曹操的为人,甚至在某些方面丑化了曹操,
例如曹操死前的描写。但作者却承认只有曹操和刘备这两类英雄
人物才能夺得天下。历史中的曹操,按陈寿《三国志》的观点,是理
应得到天下,因为他是个英雄,虽然曹操篡夺刘汉政权不合正统;
《三国志通俗演义》中的曹操,按罗贯中的观点,也是能争得天下的
人物,因为他是个又奸又雄的超级奸雄,于是虚构了曹操献刀刺卓
和杀吕伯奢及全家的心态。据史载杀吕伯奢有各种不同说法。大
体有两类:站在捧曹操一面的陈寿《三国志》,根本不提杀吕伯奢这
回事。站在贬曹操方面的裴松之注引的诸书,多半说曹操杀了吕
伯奢的儿子和宾客。其中《魏书》说吕伯奢的儿子和宾客不认识曹
操,竟然动武抢夺曹操财物,曹出于正当防卫剑杀数人而去。《世
说新语》作了进一步补充,说吕伯奢不在家,其子尽礼为操准备酒
席,操起了疑心,以为为了稳住自己而故设酒宴,趁夜间吕家毫无
防备的情况下杀了八人。值得注意的是,此书点出曹操多疑的性

格和无端杀人的狠劲,但也未提杀吕伯奢。孙盛的《杂记》对杀吕奢全家的原因作了补充:"太祖(曹操)闻其食器声,以为图己,遂夜杀之。既而凄怆曰:'宁我负人,毋人负我!'遂行。"在这里我们不能不佩服孙盛的概括,"宁我负人,毋人负我"这句话点出了曹操献刀刺卓,行刺不成才仓皇出走。到了吕家,吕伯奢匆匆离去沽酒准备款待老友,操闻庄后有磨刀之声,误以为要杀他,又怀疑吕伯奢出门买酒,一定是借故告发,所以曹操才动了杀机,杀了吕伯奢全家,也因此给了吕伯奢一刀。陈宫指责曹操"知而故杀,大不义也"!

　　罗贯中引申虚构"献刀刺卓"、"杀吕伯奢",一方面写出曹操在什么样情况下杀吕伯奢和他全家;另一方面,用孙盛的论断,点出了曹操为了什么目的,在怎样的思想支配下杀吕伯奢全家。从汉末群雄争夺霸主地位的情势看,曹操是非杀吕伯奢不可的,因为作为地主阶级代表人物,超级奸雄,奉行的本来就是"宁教我负天下人,休教天下人负我"的处世哲学。假如曹操没有损人利己的狠劲,那就混不下去,就不能击败对手,就可能早做了董卓的刀下鬼。问题是曹操不同于一般的奸者,似乎比别个更奸险,更毒辣。因为由疑而错杀一家已是做错了事,曹操却一不作,二不休,骗得吕伯奢回头,一剑又将他杀死,免除被跟踪的威胁,并且杀了自己父亲的好友之后,一点惭愧都没有,这是大奸大恶者的特征。所以,倘若依照现代史学家的观点,认为《魏书》比较可信,比较符合曹操的性格,但那是历史上的曹操,而不是小说家笔下的曹操。历史的事实和艺术的真实不是同一的。凡是符合历史的不见得都适合小说创作上的需要,这里的关键在于是否有助于深刻揭示主题。倘若罗贯中对三国历史不作深层诠释,形成不同于正史和《三国志平话》的主题,曹操既奸又雄的性格就不会如此深刻的震惊读者。

2. 按人物性格核心提炼情节

　　上文已涉及到选择主题表现人物性格的问题,本节强调的是按照人物性格的核心来提炼情节。所谓人物性格核心，是指人物诸多性格中最能体现人物性格特征的核心性格。小说家的任务，就是寻找和把握核心性格，并提炼出表现核心性格的情节形式。如《三国志通俗演义》中吕布的性格提炼就很值得玩味。陈寿《三国志》的吕布传尾评价吕布时说："吕布有虓虎之勇，而无英奇之略，轻狡反覆，唯利是视。"所谓"唯利是视"，也就是小说判定的"勇而无谋，见利忘义"。陈寿的判断虽然很重要，但对于吕布反复无常的性格刻画缺乏具体描写。如吕布何以要杀丁原而投靠董卓呢？本传只说"卓以布见信于原，诱布令杀原"，怎样"诱"的史传可以省略不作交代。元人郑德辉的《虎牢关三战吕布》杂剧第二折，吕布上场有一段自述，解释他为什么杀死丁原而投靠董卓时，说有一次丁原让吕布为他洗脚，看到丁原左足上长个黑瘤子，丁原说这是五霸之福的征兆。吕布心想我脚掌上有两个瘤，福分岂不大于你，于是拿起金盆砸死了丁原，骑上赤兔马离去，拜董卓为父。很明显，这个情节只能说明吕布的蛮混、迷信，无助于揭示吕布见利忘义的性格。元《三国志平话》吕布杀丁原则是因为"屡长主公常辱我，以此杀了丁丞相是实"，没有突出"见利"的原意。罗贯中抓住"唯利是视"的性格基调，稍加改动，虚构了李肃用一匹千里马，几颗明珠收买吕布杀丁原而依附董卓。之后王允设连环计，吕布中了美人计，又"见利忘义"杀了董卓，更透出"轻狡反覆"的一面。这较比杂剧与《平话》，罗贯中善于抓住特征的情节，而这个情节又与上下情节能够形成紧密的逻辑关系，推动人物性格的发展，这大约是《三国演义》情节构思比其他历史演义小说巧妙深刻之所在。

3.寻找性格差别

做为情节线索的原始素材，毫无疑问包含着事物的矛盾，人物之间的纠葛，但仅仅忠实地罗列矛盾纠葛，只不过是初级创作。只有把事件中的矛盾加以尖锐化，人物性格达到本质差别，达到对立，对立双方的矛盾上升到顶峰，这样，双方的差别才是多样的、能动的,人物动作才能获得内部搏动从而获得形象的生命力。如《三国志通俗演义》赤壁之战中,小说家罗贯中为了加强人物性格之间的纠葛而改动原型人物性格,把分散状态的性格光彩集中在主要人物身上,而动人的场面也集中在主要人物身上,并设计一系列"计"的情节,表现性格纠葛与冲突,且看作者是怎样提炼的。

三国的历史时代表明,曹操扫平了北方群雄以后,即调转矛头,挥师南下,击破了刘琮的荆州水师,占据江陵,企图一举消灭刘备和孙权的势力,进而席卷南方。此时此刻,不仅刘备面临着被吞灭的危险,就连观望成败的孙权也感到战火烧身,再也观望不下去了。这样,群雄争霸就进入了三雄争霸阶段,而赤壁一战,终于形成了三国鼎立的局面。

这段历史时间不长,但情况很复杂。有曹操同孙权、刘备的矛盾,有刘备和孙权的矛盾;而且在孙权内部也有主降与主战派的矛盾。罗贯中面对这段历史,怎样既不完全违背历史的真实,又符合艺术的真实,遵照小说创作规律构思情节,怎样通过艺术形象反映赤壁前后三方的矛盾关系,看来是煞费苦心的。例如赤壁之战曹操失败的原因,按《三国志·魏书·武帝纪》说:"公(曹)至赤壁,与备战,不利。于是大疫,吏士多死者,乃引军还。备遂有荆州、江南诸郡。"《三国志·吴书·周瑜传》裴注引《江表传》中记曹操给孙权信也有类似说法:"赤壁之役,值有疾病,孤烧船自退,横实周瑜虚获此名。"赤壁之战时曹军吏士有大疫是事实,但把失败原因归之于疾病,这是曹操的遁词。要说曹操备战不利加上大疫而败退,这又张大了刘备的力量。实际是刘备立足江南不稳,步骑只二三万余,难以抵御曹操八十八万大军的。《三国志·蜀书·先主传》又是一种说法:"先主遣诸葛亮自结于孙权,权遣周瑜、程普等水陆并进,追到南郡,时又多疾疫,北军多死,曹公引归。"《三国志·吴书·周瑜传》对怎样利用火攻战胜曹操又作了补充。

时刘备为曹公所破,欲引南渡江,与鲁肃遇于当阳,遂共图计,因进往夏口,遣诸葛亮诣权。权遂遣瑜与程普等与备并力逆曹公,遇于赤壁。时曹公军众已有疾病,初一交战,公军败退,引次江北。瑜等在南岸。瑜部将黄盖曰:"今寇众我寡,难与持久。然观操军船舰首尾相接,可烧而走也。"乃取蒙冲斗舰数十艘,实以薪草,膏油灌其中,裹以帷幕,上建牙旗,先书报曹公,欺以欲降。又预备走舸,各系大船后,因引次俱前。曹公军吏士皆延颈观望,指言盖降。盖放诸船,同时发火。时风盛猛,悉延烧岸上营落。顷之,烟炎张天,人马烧溺死者甚众,军遂败退,还保南郡。备与瑜等复共追。曹公留曹仁等守江陵,径自北归。

《资治通鉴》卷六十五、献帝建安十三年,具体形象地描述了诸葛亮过江游说孙权联合抗曹的情节,看来曹操败于孙刘联合,败于北兵不习水性而遭到火攻,恐怕是历史事实。然而历史毕竟是历史,虽然上述材料提供了赤壁之战的简略过程,但是缺少性格描述,也缺少人物之间多样性的冲突,尤其是缺少把诸种矛盾凝聚在一起的核心情节,而小说的叙述则增强了其内在的紧张性和冲突的尖锐性。

面对头绪繁杂的材料,罗贯中选定了以周瑜和诸葛亮的冲突作为情节的磁力线,来联结两个集团的矛盾:一方面反映曹操和孙刘联盟的矛盾(这是主要矛盾);另一方面反映孙权和刘备集团的矛盾(这是次要矛盾)。这对中心人物——诸葛亮与周瑜,正像蜗牛的一对触角一样,从两个方面触及了赤壁之战中多方面的矛盾。

为了集中突出地反映曹操、刘备、孙权三强的矛盾,罗贯中不能不改动原型人物的性格特点。例如周瑜,按《三国志·吴书·周瑜传》说瑜"性度恢廓"。裴注引《江表传》对周瑜的性格有类似的记载:"(程)普颇以年长,数陵侮瑜。瑜折节容下,终不与校。普后自敬服而亲重之,乃告人曰:'与周公瑾交,若饮醇醪,不觉自醉!'时人以其谦让服人如此。"《江表传》又载孙权曾称赞周瑜"器量广大"；蒋干游说周瑜不成，回曹营后称瑜"雅量高致"。很明显历史中的周瑜是"性度恢廓"、"折节容下"、"谦让服人"、"雅量高致"的统帅。照历史的原型塑造周瑜，显然是不能同雍容大度的诸葛亮发生性格冲突的，所以作者才把周瑜描绘为忌刻、狭隘的统帅。鲁肃的性格作者也做了改动。在小说中鲁肃被刻画成有政治远见而又纯厚的老好人。鲁肃主张联刘抗曹的政治远见是依据《鲁肃传》，心地纯厚是作者的虚构。曹操阵营中的蒋干和历史原型的蒋干也不一致。《江表传》非常推许蒋干："干有仪容，以才辩见称，独步江淮间，莫与为对。"看来蒋干也是三国时期一流人物，非是小说中自作聪明的书生。

人物冲突中心线的确立引起了整个情节的变动。在情节上罗贯中对历史素材进行了引申、移植和虚构。"草船借箭"，裴注引《魏略》说是孙权亲自乘船受箭，时间是在赤壁之战后，地点也不在赤壁，并且非出于事前的计谋："权乘大船来观军，公（曹操）使弓弩乱发，箭著其船，船偏重将覆，权因回船，复以一面受箭，箭均船平，乃还。"在《三国志平话》里，这件事移到周瑜身上：

> 却说周瑜用帐幕船只，曹操一发箭，周瑜船射了左面，令扮棹人回船，却射右边。移时，箭满于船。周瑜回，约得数百万只箭。周瑜喜道："丞相，谢箭！"曹公听的大怒，传令："明日再战。依周瑜船只，却将箭来！"

演义又移为诸葛亮借箭。"火攻计"无论是《三国志》，还是《后汉书》和《资治通鉴》，均记为黄盖提出，原不始于周瑜。《平话》开始变化，说自周瑜至众官手心上都写了"火"字，大家都主张用火攻。到了罗贯中手里，再加想象创造，不但保留了《平话》中周瑜用火，而且把这一着也转给了诸葛亮，似乎诸葛亮早已看透了周瑜的心思。"祭东风"在历史并无其事，作者大概是根据《周瑜传》云："盖（黄盖）放诸船，同时发火，时风威猛，悉延烧岸上营落，倾之，烟炎张天,人马烧溺死者甚众 ……"又据《江表传》"时东南风急,(瑜)因以十舰最著前 ……"等记载,参照民间类似传说,虚构夸饰了这段情节。"舌战"、"三气"、"吊孝"则几乎全出自罗贯中虚构,历史上的周瑜是征四川的路上病死的,而演义却改为被诸葛亮气死。这样改动的历史情节还很多。

罗贯中何以如此这般改动呢?原来是由主题要求和艺术要求决定的。对于一个小说家来说,在艺术构思上,总是要把社会矛盾集中凝注到人物性格上,让人物之间的矛盾,人物自身的矛盾来反映社会生活中的矛盾。而人物性格常常是与另一种性格相比较而存在,或者说是在对比中显露出来,对比愈显眼,则个性愈鲜明,愈有强烈的艺术效果。罗贯中把历史上"恢廓大度"的周瑜改为心怀忌刻,是为了加强周瑜与诸葛亮性格冲突的强度、性格对比的色度。让鲁肃以忠厚长者面目出现,参与其事,穿插来往于孙、刘两个集团和孙权内部各派之间,不止政治上表示鲁肃由于他的远见促进孙、刘联盟,即从艺术上说由于他的存在而辉映出孙权、周瑜和刘备、诸葛亮相互关系和各个人的性格。这种性格对比和衬托,都体现了事物的对立统一法则。把这一法则运用到创作上,对构成形象美是重要的,它避免了性格刻画的平均数,而使人物性格呈现异彩。如蒋干性格的变动即是如此。正当周瑜暗窥曹军水寨,出乎意外地发现曹军水寨部署井井有条,"深得水军之妙",欲除蔡、张而无策的情势下,蒋干却来策反,恰好被周瑜利用,设置了反间计,借用曹操的手除了蔡、张。作者通过对蒋干的间接描写,体现了曹操总是逊人一筹的才智。直接中有间接,间接中有直接。可见,如果罗贯中不改动历史原型的蒋干的性格,不虚构盗书的情节,或是仍保留《平话》中蒋干的军师身份,假书是黄盖交给蒋干而不是盗,那就不会有群英会这一篇热闹文字。因为蒋干盗书是赤壁之战整个事件发展的重要环节,它促使曹操中反间计,以至连环计,最后被孙刘联军的火攻烧得铩羽而归。

　　但是,人物的自身性格、性格与性格之间的冲突有待于情节来体现。古代小说中,有的故事情节简单,有的故事情节复杂。可成功的小说,总是情节集中,重点突出,围绕着小说的主要矛盾冲突,着重地、反复地刻画主要人物性格,而在集中简练的情节中,再穿插细节描写,使情节有迂回,有松弛,有反复,从而完成表现人物性格和人物命运的任务。《三国演义》赤壁之战里,很多地方都十分巧妙地运用这种技巧,作者把历史事件张冠李戴,移花接木,提炼出符合人物自身逻辑的情节,正是为了把"戏"集中到几个主要人物身上,给主要人物提供表现的场合和机遇。这样,从人物性格冲突中导出故事情节,又从故事情节的发展中表现人物,人物在故事情节中一面解决旧的矛盾,一面产生新的矛盾冲突,于是又敷演出新的故事,人物性格也在故事情节的发展中不断获得发展。如此循环往复,不仅写好了人物,而且也同时写好了战争过程。所以作者用"计"构织每个情节,又把各个"计"串连为连锁情节,让诸葛亮与周瑜的性格发生激烈的撞击,从而反映赤壁之战前后的历史。

　　从人物性格刻画,人物关系看,诸葛亮与周瑜的性格冲突,是《三国演义》描写得最精彩的部分。这两个人的聪明才智一个胜似一个。可诸葛亮过江舌战群儒,劝说孙权抗曹时,作者并不使诸葛与周瑜直接交锋,却先写以张昭为首的投降派同胸有成竹的周瑜对话,一句"吾亦欲降久矣"故示同心的反语,获得了张昭等人的赞赏,但也引出了以程普、黄盖为首的武将们主战的决心,这倒是周瑜想知道的反应,看来周瑜狡黠,实际是表现了他从容不迫的大将风度。

　　待到周瑜同众人讨论降与战,周瑜竟然提出"战则必败,降则易安"的主张,实则试探刘备、诸葛亮抗曹的决心和力量。秉性忠厚的鲁肃不明周瑜真意,胸有成竹的诸葛亮却站在一旁"只袖手冷笑",早猜透周瑜的真意,周瑜与诸葛亮暗里撞出了火花。此后,"群英会"周瑜巧设反间计,蒋干盗书回来,曹操由疑而信,杀了蔡

瑁、张允。但是沉吟之间，曹操惊悟自己误杀蔡、张，立刻命二蔡去
东吴诈降，却不料又中了黄盖的苦肉计，这不能不说明曹操刚看了
蒋干盗来的信就怀疑周瑜玩反间计，他的机敏高于那位也很精明
能干的蒋干。可是终生多疑奸诈的曹操，终于中了反间计，二蔡诈
降又被周瑜看破，曹操又中了苦肉计，周瑜的雄才大略又高于曹
操。然而，强中更有强中手，周瑜的一切行动，都没有骗过诸葛亮
的眼睛。周瑜处处以为自己计谋机敏，但处处被诸葛亮看穿，这不
能不使周瑜惊呼诸葛"见识胜吾十倍，今不除之，后必为我国之
祸"。几次出难题，几次都被诸葛轻而易举地化解。乃至周瑜万事
齐备，观风得病，又被诸葛亮一语道破，引出了借东风，一把火烧得
曹军大败，同时也触动了周瑜的杀机。

　　可是诸葛亮没有被周瑜杀掉，周瑜却在赤壁之战之后，被诸葛
亮气死了。有意思的是，诸葛亮三气周瑜，把这位少年周郎气死以
后，小说又虚构了一段诸葛亮过江吊孝的情节。诸葛亮这一大胆
行动，不仅使刘备感到惊诧担忧，怕"吴中将士加害于先生"，就是
对读者也是很意外的。周瑜在赤壁之战中是孔明的战友，战后又
曾是他的敌人，诸葛亮气死了对手又专程过江吊孝，而且读了祭文
便"伏地大哭"，哭得那么真诚、哀痛，连在场的鲁肃和众将"亦为感
伤"了。

　　诸葛过江吊孝本意是什么？倘如按毛宗岗评论的"此来正为
寻访贤士"庞统，起着情节联系的作用，或是为了向东吴表示成功
的得意，玩弄东吴众将失帅悲伤感情，在精神上对周瑜鞭尸，这就
把罗贯中的创作意图看偏了，也把诸葛亮性格看得太浮浅了。其
实诸葛亮在祭文中对周瑜的功业、丰度、气概、文武韬略歌颂备至，
他是赞赏周瑜的。诸葛亮何尝不敬畏这位东吴英雄呢？倘若周瑜
顾全孙刘联盟的大局，没有妒忌之心，那么孙刘两家"若存若亡，何
虑何忧"呢？周瑜之死，从两个争霸的统治集团来说，固然是诸葛
亮的胜利，但周瑜之死，应该会感到寂寞的。诸葛亮说的"从此天

下更无知音",恐怕不是夸张之词。不过诸葛亮过江吊祭,更重要的,当然还是政治上的原因。赤壁之战后,曹操仍陈兵巢湖、寿春、樊城一带,虎视眈眈,采用拆散孙刘联盟的和平攻势,软硬兼施,极力拉拢孙权,以便各个击破。因此,孙刘两个集团的稳定和团结,继续保存赤壁之战中缔结起来的联盟仍是十分重要的。所以对于诸葛亮来说,周瑜是他的对手,但他更希望在曹操称霸天下的情况下,巩固和发展孙刘联盟。想当初,诸葛亮不仅几次完成周瑜交给的任务,而且在明知周瑜要杀害他的情况下,草船借箭,登坛祭风,获得了赤壁大战的胜利,这本身说明了诸葛亮坚持联吴破曹战略的政治家风度。周瑜之死,正是这个人物的性格悲剧,也是孙刘政治联盟破裂的悲剧。正是在孙刘两家越来越加深裂痕,关系紧张的时候,诸葛亮过江吊孝,表面看,好似故意触动孙吴痛苦的伤痕,实质是诸葛亮想修补两家裂痕,加强孙刘联盟,依然表现了诸葛亮的政治远见和顾全大局的政治家的风度。在这一层面上,小说家罗贯中对于诸葛亮性格的理解和刻画,及其描写的侧重点远远超出了史学家陈寿。

七、情节的偶然性

1. 偶然性是伟大的小说家

小说需要通过偶然性创造出典型的性格和心理,没有偶然性就不成其为小说。因为科学和文学艺术都是通过对个别性、偶然的观察分析而发现必然的。但是科学对于现实必然本质的反映,在于它最后不迷恋于个别情况,偶然的事件,而是以逻辑形式从现实现象中提取事物的本质,并以抽象的形式表现本质。文学艺术则不然,它需要由作家发挥创造性的想象,对生活中大量个别的偶然然现象加以集中概括,再通过丰富多样的个别的偶然形态表现出来。这样与必然性,与一般相对立而又统一的偶然性和个别,就成为小说以及其他艺术部门的特性,所谓"无巧不成书"。对个别性偶然性的忽视,就将使文学艺术和科学等同起来,必然流于空洞一般最终取消了艺术。

2. 捕捉表现独特命运和性格的偶然

文学艺术中的偶然,特别是小说中的偶然与个别,是经过作家提炼概括,是与必然联系的,特别是小说中的偶然性,或是普遍常见的偶然。具体一点说,小说家应以艺术家的敏感,善于发现和捕捉含有一定必然意义的独特的人物性格,独特的人物命运,激化性格冲突的偶然机会,并能把两者统一起来的独特形式。《卖油郎独占花魁》中京城绝色妓女莘瑶琴,却嫁给了一个卖油郎,是独特的偶然。《杜十娘怒沉百宝箱》的杜十娘把终身托付给"忠诚至厚"的李甲,可恰是这位"忠诚至厚"的知识分子李甲把十娘转卖给商人孙富。十娘宁为玉碎不为瓦全,抱着万贯珠宝沉江而死,人物独特的命运决定了独特的结局。

秦香莲与陈世美的角色变更,更能说明人物性格越独特,人物冲突越充满独特的偶然性,那么就越是显现不同的含义。其实秦香莲的故事最早见于明万历刊小说《百家公案》与《包公演义》的《秦氏还魂告世美》。大意是秀才陈世美娶妻秦氏,有子瑛哥,女东妹。赴京大比,一举登科,状元及第,授翰林修撰,贪恋爵禄,两年不与家通音信。香莲便携子女往京寻夫,在京城张元老处安歇。元老让香莲扮做弹唱女子,趁陈世美生辰宴进入陈府相认。岂知世美不但不认,反派人棒打香莲,又派部属赵伯纯刺杀秦香莲、瑛哥、东妹。虽然秦香莲被害,三官菩萨感香莲贞节,命土地判官保护尸体,待日后还魂。又化作法师黄道空教兄妹武功。恰逢乌凤海源贼竟起,朝廷出榜招贤,兄妹揭榜,收服海贼,封瑛哥中军都督,封东妹为右军先锋夫人,封秦香莲为镇国夫人,同时封陈世美为镇国公。兄妹二人到白虎山拜祭秦香莲,秦氏还魂说不报陈世美之冤,死不瞑目,于是三人联名告到包拯。包公见到秦氏诉状,大怒,申报朝廷,皇帝判陈世美逆天盗臣,欺罔圣君,断夫妇之情,灭父子之恩,免死发配充军,刺客赵伯纯也发配云南。

　　这个故事进入清地方戏曲《赛琵琶》演出时做了许多改动,焦循《花部农谭》有较详细的介绍。主要改动是陈世美派人刺杀时三官神救之,授香莲以兵法,西夏用兵,香莲有战功,与儿女均显贵。王丞相得知陈世美遣人杀妻子,甚不平,以陈有前妻欺君罪劾之,下狱。有意思的是,秦香莲率儿女以功归,皇帝以若干案子让其裁断,恰好陈世美杀妻案也在其中。秦香莲坐公堂,陈世美匍匐堂下,见是故妻,惭愧无所容,秦香莲痛数其罪。秦香莲判陈世美何罪,焦循没有交代,据我看过《夜审》的地方戏(忘记哪个剧种),是秦香莲建功还朝,封为大都督后夜审,并且手刃了陈世美。我们再以清末民初,乃至今日演出的京剧、评剧和梆子的《秦香莲》、《铡美案》相比较,可看出相似的捕捉和鲜明的歧异:在《百家公案》小说中,陈世美只是一个普通官吏,而不是《赛琵琶》中的郡马,或《铡美案》、《秦香莲》中的驸马爷身份。倘若是普通官吏犯罪,只要申诉到开封府,定罪后奏请皇帝批准即可。郡马驸马的刑罚比官吏复杂,须沿袭唐代的"八议"原则处理。梆子、评戏改变陈世美的身分,加强了矛盾冲突的强度,因为包拯处理的是皇亲,必然在激烈的冲突中考验人物的性格。

　　其次,《百家公案》与《赛琵琶》都说三官神保护秦氏母子,教授武功。不同的是《百家公案》中的秦香莲已死去,学武的是秦氏兄妹,建功立业的是瑛哥与东妹。而《赛琵琶》则把复仇的利剑由秦香莲的子女转到了秦香莲自己的手中,由秦香莲决定陈世美的生死。这种安排体现了平民大众的弱者,幻想自己变成强者,亲自惩治邪恶的心态。可在《铡美案》、《秦香莲》中,惩治的权力又复归于包拯,包拯成为中心人物。

　　再次,矛盾冲突的处理,人物性格的刻画,京戏、梆子、评戏远远超过了小说与《赛琵琶》。因为《百家公案》把决定陈世美命运的权力交给了秦香莲母子,包拯只是在最后接受申诉,报告朝廷处以徒刑。《赛琵琶》一方面沿袭了《百家公案》,三官菩萨教化的线索,描绘秦香莲的发展轨迹;另一方面又强化了王大人同陈世美的矛盾。因王大人让秦香莲在陈世美生日筵席上弹唱,陈与王相诟,之后王于深夜将秦氏母子送入陈府遭拒,得知陈曾派人刺杀秦氏,甚不平,以欺君罪弹劾,同包拯无联系,自然就不属包公案范畴。但是,在京、梆、评戏,王丞相同陈世美的矛盾是次要的、辅助性的,只为激化加深包拯与陈世美的矛盾而起铺垫作用。由于陈世美转换为驸马身份,公主、太后乃至皇帝介入,干预包公断案,皇家特权已使包拯不能按法制程序进行,这时包拯与陈世美的矛盾,实际上转向同皇族特权的矛盾,转向法治与人治的矛盾。争论的焦点,上升到王子犯法是否与庶民同罪,具体到陈世美的杀妻灭子行为,是否因其是驸马而享有赦免权,不予追究,或者采取妥协的政策,抚慰秦香莲,给点金钱赔偿,让其撤诉呢?面对毫无自卫能力的弱者,京戏、梆子还原秦香莲为平民,正义与良心促使包拯硬是不顾朝廷的压力,斩了陈世美。可话又得说回来,倘若包拯手中没有钦赐的铡刀,他能擅自动刀,先斩后奏吗?

3. 无巧不成书

作为说书体小说,所谓"无巧不成书",所谓通过偶然表现必然,不只是满足于论证文学艺术与科学反映生活,反映必然的思维形式的区别,也不仅是追求独特的人物命运,独特的性格。为了吸引听众和读者,说书艺人更喜欢运用巧合的遭际和情节,这才是"巧"的本义。例如《警世通言》的《苏知县罗衫再合》,说苏云偕夫人乘船到兰溪上任,谁知坐上了徐能的贼船。徐能把苏云缚了推入河中,又强迫郑氏为妾。郑氏誓死不从,趁徐能不备,逃到一所尼庵,生一子。因为在尼庵中不便抚育孩子,便忍痛将孩子摆在十字路口,以罗衫和金钗作为信物。孩子恰好被强贼徐能拾起,收为义子,起名徐继祖,供读书,十九年后继祖应试中进士,封监察御史。苏云被徐能推下水后被人救起,居三家村教书。徐继祖巡视南方,郑氏含冤告状,告的恰是徐继祖的"父亲"徐能。此时苏云也控告徐能,受理案子的则是徐继祖的同年林御史。这使案情复杂了,后来几经查勘,加上罗衫、金钗等信物证明,徐能终于伏法,苏云一家相认,大团圆结局。

　　这个故事是由几个偶然性环节连结的,徐能收养郑氏的儿子,是重要的环节,这一方面省却了许多笔墨,把矛盾始终集中到徐能与苏家的冲突上,围绕着苏家的命运展开情节,造成紧张有致的情节跌宕。如果郑氏之子是被另外一个人收养去,势必要叠床架屋,节外生枝,分散了矛盾中心,人物行动的脉络与情节发展之间不一定构成和谐一致的逻辑关系。另一方面,由于徐能收养的偏偏是苏云的儿子,而徐继祖居官后受理的案子,又偏偏是他亲生父母告他养父,这样,就把徐能推到矛盾斗争漩涡的焦点上,在解决疑案的过程中考验人物。不过话本小说采用偶然性巧合时,往往注重情节的偶合,不大重视性格的塑造,因此徐继祖在两个矛盾顶端上没有显露出有个性特征的性格。

　　情节偶合的处理手法常常被小说家用来宣传善有善报、恶有恶报的观念。《肉蒲团》中的未央生风流纵淫,终遭报应,妻子被人拐卖到京师妓院,他竟然去嫖自己的女人。《聊斋志异》中的《韦公子》也写了一个一生寻花问柳,作恶多端,十几年后,竟然淫污了自己的亲生女儿与儿媳。这样的巧合在现实生活中是少有的,大约是作者想用偶然性把问题提到尖锐的程度,引发人们深思害人必害己的果报观念。

　　不过遇然性巧合可以增加故事的曲折趣味,使小说富有吸引力,这几乎是话本评书、说书体小说的必用的手段。如《三侠五义》第二十五回,记述屈申、屈良兄弟二人,山西人,开设一个木厂。有一日屈申出外购置木料,途中被李保夫妇杀害,丢在北坡下,天亮人们发现,那屈申并没有死,众人抢救,屈申呻吟了多时,开口说话了。有趣的是一嘴巴胡子的屈申,却细声细气,一身女态。原来是范仲禹的妻子白玉莲,被威烈侯葛登云逼死后,白氏还魂,阴错阳差,竟附体屈申,屈申魂灵附在白氏身上,包拯借仙枕到阴府查明,是土司多误事,因此错还魂。后来包拯返回阳间,按判官册籍的提示,挂起古镜,让屈申、白氏二人手指上的血滴在镜上,再临镜细细看自己形象,不由气闷神昏,归本还原。

严格说来,此类错中错的偶然际合,不具什么深刻的思想意义,不过是说书人为增加趣味性而添加的穿插,而这是必需的,不同于书面阅读的小说。因为说者面对的是不同阶层,他讲说的故事情节必须是有趣的、能粘住听众,否则就将失去票房价值。

4.偶然与必然的交叉点

从理论上说,必然性是通过偶然性表现出来的,偶然性是必然性的补充和形式。但相对的说,偶然性不一定都反映必然,偶然与必然并不绝对一致,这就给人们造成假象。普列汉诺夫在《论个人在历史上的作用》中说得好:"偶然性是一种相对的东西,它只是在诸必然过程交叉点上出现。"⑩在这个交叉点上,作家通过偶然性走向必然性的王国,得出正确的结论,也可推导出错误结论,甚或陷进不可知论的泥坑。宋元话本《错斩崔宁》的主审官在诸多偶然性与必然性的交叉点上看错了方向,铸成了一对冤案。

《错斩崔宁》的描写都着眼在一个"错斩"的"错"字上,而错斩的主题是通过一系列偶然性巧合的情节表现出来的。刘贵从丈人那里借了十五贯钱回家,叫门时,他的妾陈二姐晚开了门,那刘贵一来有了几分酒意,二来责怪二姐开门迟了,便用戏言吓她,说是生活困难,一时无奈,把陈二姐典给了一个商人,卖银十五贯,日后有钱便赎回,无钱便作罢。刘贵偶然说的一句戏言,让陈二姐信以为真,便趁刘贵夜晚熟睡逃回娘家,逃离时忘关了门。这匆忙中可能产生的疏忽,恰巧为歹徒(后来的静山大王)提供了进屋作案,杀死刘贵的条件,这也是一种偶然巧合。之后,陈二姐在回娘家的路上巧遇崔宁,两人结伴而行,崔宁身上刚巧带着卖系线赚的十五贯钱,这又是一个偶然,也是情节的关键因素,昏官县尹正是据此推断是奸夫淫妇谋杀作案。何况崔宁是个青年后生,身上恰好带着十五贯,倘若陈二姐路遇的是老者,就不见得引起淫杀的嫌疑,于是就更认定崔、陈是犯罪嫌疑人,使得事件复杂起来,为主观主义者提供了错判的依据。其实案子再怎么复杂,仍然可从仔细推详出来的。可是糊涂县尹却不问青红皂白,认定"妇人家里夜行走"必定有奸情,由崔、陈同行引申到"同宿",率意下决论,不信有这等巧事,却又以这等巧事为依据,过分夸大了偶然性片断、碎片、小段,不调查研究,在偶然性与必然性的交叉上,向着偶然性泥坑走去,挥手间把真正的是非冲没了,无辜的小民被当作真赃罪犯处斩。

尽管小说把批判矛头指向封建官府的率意断案,草菅人命,可是却把悲剧发生的原因归之为"只因戏酿殃危",得出非必然性的结论。并且现实生活中的偶然性在作者看来如此的复杂、神秘,不可捉摸,人的生死祸福简直无法预见,因此在这"世路狭窄,人心叵测"的社会里,只有"最宜谨慎","劝君出话须诚实",因为"口舌从来是祸基"这个结论,一方面反映了当时社会黑暗,小民的身家性命毫无保障,时有飞来横祸,闹得家破人亡的惶惶然心理;另一方面,也说明当时作家过分夸大了偶然性的作用,不能看到偶然性背后本质的东西,得不出正确结论。

明代小说家冯梦龙将这篇话本收入《三言》时,干脆把题目改为《十五贯戏言成巧祸》。从题目看,他强调的也是戏言,也没有获得必然的结论。

清初戏剧家朱素臣根据小说改编为《十五贯传奇》,大大丰富和发展了原来的情节,由小说的崔宁、陈二姐改为熊友兰与苏戍娟;又据《后汉书》的《谢承传》留穴得珠的情节,推演为熊友蕙和侯三姑的冤狱,并将二个事件串合为一,刻画了过于执、况钟、周忱三个官吏对案子的不同态度,其思想性比话本提高了,但由于剧本着意于偶然性巧合,忙于表现曲折的情节,以致没有形成矛盾冲突主线,主题被淹没在复杂的情节之中,神秘主义色彩更浓了。

上世纪五十年代浙江昆苏剧团对《十五贯》做了存菁去芜的工作,从原传奇两桩案所构成的两条平行线中删去一条线,使情节更加集中,主题更突出,冲突更尖锐,人物性格更鲜明。它通过三个不同官吏对同一个命案的不同态度,强烈地讽刺了对案件不做调查研究,仅凭个人猜测,轻率判决的主观主义和官僚主义作风。特别是自命为清官实为昏官,偶然性东西摆在他们的手里变成了重要的罪证,他们的推断越理性,越是逻辑性强,事情办的就越糟。

《聊斋志异》的《胭脂》也描写了一位清官在必然性与偶然性的交叉点上误入歧途,错断了案子,被另一位清官从偶然性中看出了破绽,可以说写得偶然性环环相扣,案中有案,冤外有冤,蜿蜒曲折,变化莫测。事件的起因是贫苦牛医的女儿胭脂偶尔送女友到门口,偶然遇见从门前路过的青年男子鄂生,王氏一句戏言引动胭脂对鄂生的爱慕之情,其实不过是胭脂的一厢情愿,可因这招来了一个一个灾难。祸患还是由王氏引起。王氏与宿介私通,而王氏又是无赖毛大垂涎的对象。王氏把胭脂之事告诉了宿介,宿便冒鄂生之名夜中会胭脂,强行求欢遭拒,掠去胭脂一只绣履。不料宿将鞋遗失在王氏窗外,恰好被窜入王宅企图调戏王氏的毛大拾去,又听宿向王氏介绍会胭脂的原委,于是毛大也想托名去行奸,刚巧误入胭脂父亲的住房,无法逃避,便杀翁弃履而去。至此,一句戏言牵动了好几个人物,偶然性的变故迭出不穷,矛盾冲突推进的速度、运动的节奏如此快速,情节曲折得让人目眩神迷。作者把网撒开得很开阔,好像是摆阵设伏一样:王氏与鄂生本是同里关系,王氏答应去说亲,却隐而不说,埋下鄂生这条线。忽然一转,牵出宿介与王氏的暧昧关系,让宿介制造了一个偶然的,但又是与必然相联系的假象。接着又一转,拎出王氏与毛大的纠葛,又留下一堆矛盾。一时间黑白混淆，真假难分，良莠难辨。但万变不离其宗，通过王氏向各方射出的诸多冲突线索又都汇集到胭脂身上，仿佛数不清的恶意的眼睛，盯着贫穷的少女在一千次小心翼翼中的一次不检点，而这次不检点，也更容易为偏执的办案者做为判定罪恶的口实。

孤立地看每一条线索，或每一个偶然性泡沫，都可以被看做是必然性的反映，而做出所谓公正性的判决，但它未必是整个事件的必然。邑宰和郡宰正是根据胭脂"不忍贻累王氏，言鄂生之自至而已"（胭脂推测冒名私会的宿介就是鄂生）这个泡沫，并以鄂生谨讷、羞涩的性格弱点，和在堂上无言答对，"惟有战栗"的现象，便误作是畏罪所致，判为行奸未逞而杀翁。济南府吴南岱是位请官，比邑郡宰略高一筹，比较注意了事物的联系性，看出鄂生"不类杀人者"，查出王氏与宿介参与其间，平反了鄂生的冤狱，却又从宿介夜会过胭脂，以及宿介与王氏的不正当关系，按"宿妓者必无良士"，"窬墙者何所不致"的逻辑，推导出宿介就是杀人罪犯，又陷入了另一个偶然性泥坑的错误。只有学使施愚山分析了宿介日常所行，联系到毛大屡次调戏过王氏的劣行，排除了种种偶然性，终于抓住真凶。

这篇小说在偶然性情节的运用上较比《错斩崔宁》要复杂，犹如山峦叠嶂，错错落落有许多层次。可以看出，前一部分矛盾提出的是那样迅速，人物的良莠，真假凶手统统都告诉了读者，形成一种强烈期待。而在后一部分，解开矛盾时却又是那样缓慢艰难，矛盾是在多次急骤变化，经几重转折后才走向结局，可以说蒲松龄在如何运用偶然性情节，反映生活的多样性复杂性方面，提供了许多宝贵经验。

八、现实情节与非现实情节的结合

中国古代小说就反映生活的角度而言，有两种类型：现实情节与非现实情节。顾名思义,现实情节是以现实生活的矛盾斗争为依据,按照生活的本来样式构造事件和矛盾冲突,展示人物生活和斗争过程。而非现实情节虽然也以现实为依据,但那是经过作家主观幻化了的现实,表现幻想世界人物的生活。

　　中国古代小说,无论是历史演义、侠义公案小说,也无论是反映政治生活、家庭生活的小说,以及描写爱情婚姻的小说,几乎都有神怪的内容,构成超现实情节。毫无疑问,某些神异情节的运用,正是古人天命观念的反映。按照传统的天命观念,大凡国家的兴亡、人间祸福、征战胜败,以及自然界的一切变化都受神的意志支配。神甚至负有对人的功过和道德责任,人世间谁也不能逃脱神灵的赏罚,社会的命运,个人的命运都受着一种无形力量支配。当然,弱者借用神异的力量,甚或自己变做鬼魂去惩罚恶者,这只能是时代混乱,法制建设不健全,个体人格不独立的弱者心态的反映。

　　应当提出,有些小说家的作品,如蒲松龄的《聊斋志异》,写的是鬼怪世界,实际上写人间世。他把人情移于神狐鬼怪之身,不仅多具人情,而且同人一样和蔼可亲,或者勿宁说他们就是活动在人世间的人。但是鬼狐神怪不完全等同世人,仍具有神怪的某些特性。不过蒲松龄不是全面地再现神的特性或动物的自然属性,只强调其与主题密切联系的某些特征,于是由于似人又非真人的鬼狐神怪步入小说,并作为矛盾冲突的一方面存在,这样,《聊斋志异》的情节就有空灵虚幻的特色,而且小说里的现实世界与幻想世界又都水乳交融,打破了时空限制,所谓"出于幻域,顿入人间",[①]在读者面前展现了一个奇伟瑰丽的境界与崭新的天地。我们将以《聊斋志异》为中心,结合其他志怪传奇小说,探索两种情节的结合形态与功能。

1. 现实情节展开矛盾,幻想情节解决矛盾

　　这是中国古代戏曲和小说常见的一种形态。主人公在现实世

界遭到摧残迫害,变成鬼魂后进行复仇,如北朝志怪小说中就有颜之推《冤魂志》的冤报故事。唐传奇《霍小玉传》中贵族子弟李益对出身贱庶的霍小玉始乱终弃,小玉死前痛斥了李益背恩忘义的卑劣行径,死后化做厉鬼报仇雪恨,让李益永不得安宁。霍小玉复仇的方式是很奇特的,她既由情而生恨,由恨而死,死后的报复也就在李益的猜忌、情妒上做文章。先是"生方与卢氏寝,忽帐外叱叱作声。生惊视之,则见一男子,年可二十余,姿状温美,藏身映帐,连招卢氏。生惶遽走起,绕慢数匝,倏然不见。生自此心怀疑恶,猜忌万端,夫妻之间,无聊生矣"。接着"生复自外归,卢氏方鼓琴于床,忽见自门抛一斑犀钿花合子,方圆一寸余,中有轻绡,作同心结,坠于卢氏怀中。生开而视之,见相思子二,叩头虫一,发杀觜一,驴驹媚少许。生当时愤怒叫吼,声如豺虎,引琴撞击其妻,诘令实告"。霍小玉的报复取得了效果,李生从此猜忌、妒忌,转而暴戾、残忍,以至"生侍媵妾之属,暂同枕席,便加妒忌。或有因杀之者"。甚至外出时,竟把爱妾用浴盆罩在床上,周围贴上封条,归家后再开启审视。这一段描写,对揭示一个被侮辱、被损害、被折磨致死的女子,对于负心汉愤恨至极的感情,是很深刻的。《聊斋志异》的《武孝廉》和《窦氏》篇写得更激烈,报复的手段也更残苛,在气氛、情调上同现实情节的悲剧美,似有点不协调连贯,但是,鬼魂复仇是一定历史条件下的产物。在阶级社会,由于被剥削被压迫者缺乏科学的世界观来指导自己认识客观世界,反抗压迫者,因而创造了复仇的厉鬼冤魂,以表达对压迫者的仇恨,对现状的不满和对理想生活的追求。小说家们编排非现实情节,虚构鬼怪形象,其实他们并不一定就相信鬼故事。他们写鬼,无非表现了对屈死者的同情,对作恶者的憎恨。"人话"意有未尽,而以"鬼话"足之,似乎鬼怪形象不但善于表达思想,感染观众和读者,而且由于想象的飞驰,感情的深化,这一些幻想性的"鬼话",有时比"人话"更富于艺术的魅力。

　　运用仙界的力量来惩恶扬善,也是中国古代小说内容表现之一,如《醒世恒言》中的《灌园叟晚逢仙女》。秋先老翁爱花如命,数亩薄田种满了各种花木,"四时不谢,八节长春",不料宦家子弟张委带人到秋翁花园去排闷,随意糟踏花卉,还想霸占园子。当张委和灌园叟两种力量悬殊的势力斗争时,出现了花神。美丽的女神施展法术,使昏聩的官员受到恶诫,被折断的花朵重新回到枝头,而那个摧残香花、欺压秋翁的张委,落得两脚朝天,倒插在粪窖里呛死的下场。《聊斋志异》中通过幻想情节揭露封建社会的黑暗,并给予严厉的批判和惩治,更有一番意味。幻想情节在蒲松龄手里,不过是驰骋想象的形式,并且幻想性情节中的神狐鬼怪的性格又掺合了徘优调侃诙谐的成分,于是就构成了文情幽默,倾向鲜明的情节。你看《梦狼》篇借白翁一个可怕梦境的描写,把封建官吏比做一群吃人的虎狼,那个作恶多端的贪官被人杀死在路上,神人虽将他的头重安在脖腔上,但头却倒转了方向,"目能自顾其背",成了申公豹式的人物。《续黄粱》中惩办贪官酷吏的办法更绝。孝廉曾某在幻梦中当了宰相以后便贪赃枉法,无恶不作。后来因为各地的劾奏太多了,皇帝不得不把他充军云南,路上被冤民杀死。有趣的是,幻中又幻,作者又让曾某死后魂入冥府,下油锅,上刀山,将平生贪污的三百二十万钱全部堆在阶上,鬼王令熔化后灌到他口里。"流颐则皮肤臭裂,入喉则脏腑腾沸,生时患此物之少,是时患此物之多也"! 在这里,幻想性情节虽然沿袭了唐传奇《枕中记》,借助冥府的力量来惩治奸恶,可是并非宣传因果报应观念,倒是透出作者对贪官酷吏的切齿痛恨。所以,作者尖利的笔决不只是一针见血,而是一针插入了人物的筋络,以至打入了人物的心脏。

　　应当指出,除了惩恶扬善的内容外,男女青年通过幻想形式实现自己的爱情生活,在中国古代小说中也占有相当比重。不过有如戏曲《牡丹亭》杜丽娘式的和自己的恋人生活在幻想世界里较少见，倒是幻想性情节与现实主义情节糅在一起，人与神狐鬼怪杂处，真真假假，扑朔迷离，现实世界不能实现的理想移到幻想中完成，然后再回到现实。唐传奇《离魂记》即属此类。倩娘貌美绝伦，表兄王宙幼聪悟，风范翩翩，倩娘父非常器重，曾言他时当以倩娘妻之。后各长成，倩娘父毁前约，将倩娘许他人，女闻而郁抑，知王宙深情不易，便杀身奉报，化鬼魂与王结合，生二子。一日倩娘思念父母，回家探望，魂灵与尸体合为一体。这故事，产生在武则天天授年间，作者说他是从张镒（倩娘之父）的堂侄张仲规那里听来的。作者不过是力图使人们相信这虚幻之事为必有。其实在创作上作者采用了幻想性的手法，表达了青年女子反对包办婚姻，争取自由恋爱的强烈感情。这也如同汤显祖《牡丹亭》的杜丽娘，为了追求自己的理想生活，生可以死，死又复生，从而真实地反映环境的冷漠，青春的被毁灭。明代戏剧批评家王骥德在评论汤显祖的剧作时曾说："戏剧之道，出之贵实，用之贵虚。《明珠》、《浣纱》、《红拂》、《玉合》，以实而用实者也，《还魂》、《二梦》，以虚而用实者也。以实而用实也易，以虚而用实也难。"难在由实翻到虚要翻得轻巧，虽虚而实为现实生活的变体，人理想的外化，这也正是蒲松龄所谓的"避实击虚之法"。

再如《京本通俗小说》的《碾玉观音》（《警世通言》名为《崔待诏生死冤家》），裱画匠的女儿璩秀秀被硬召到郡王府去做奴婢，秀秀不愿过这种生活，便借一次失火的机会和王府中的碾玉匠崔宁一同逃到外地，靠劳动过活。不巧，有一次她被郡王府的郭排军发现，捉回府中活埋了。秀秀死后，她的鬼魂仍和崔宁做夫妻，但是这一对人鬼夫妻又再一次遭到郭排军的迫害，秀秀无奈，只好带了崔宁一同到阴间做夫妻，最后，还向郭排军讨还了血债。秀秀被打死变为鬼和崔宁继续过着夫妻生活，没有显现鬼气，是把秀秀的鬼魂当成"人"，表现秀秀对爱情的追求，这是符合生活逻辑的。但是，正因为作者只把鬼魂当做"人"，忽视了作为"鬼"的神异特点，因此现实情节多于幻想情节,而当秀秀暴露了鬼的身份,便"双手揪住崔宁","一块儿做鬼去了",现实情节翻空到幻想性情节也翻得并不很精妙,幻是幻,真是真,两者好似没有幻化加以沟通,或者说没有充分利用幻想性情节来进一步点染主题,刻画性格,从情节构思的角度来说,话本小说的作者还没有自觉地意识到幻想情节的美学特性。

蒲松龄的《聊斋志异》则把幻想性情节的运用提到了自觉的纯美的阶段。一般来说,蒲松龄往往是把现实情节作为起点,铺开后便极力把真引向幻,让人物在幻变的情节中翻腾,人物性格和主题在幻中透出真,在幻变中求真切。从现实情节中提出矛盾,矛盾的解决则借助于幻想,其方法新颖奇特,千变万化。且以《骂鸭》为例。一民某盗走邻翁鸭子烹而食之,不料浑身长了茸毛,奇痒无比。夜梦一神人告曰:"须得失者一骂,毛乃可脱落。"谁知偏偏失者雅量,没有"闲气"骂人,某实告,翁乃开金口,盗者毛退。这个短小故事,把矛盾幻想得多么新奇。在现实情节提出的矛盾,只为主题的表现奠定了基础,却引向幻想情节,以"茸生鸭毛,触之则痛"的惩罚来深化矛盾。而老翁不肯骂人,又构成了故事的幽默、风趣,老人竟然以"骂行其慈",才解脱了盗者的痛苦。一个平常的世俗道德教育的主题,却以如此幽默的形式表现,实在让人耐看。

《向杲》篇也是如此,它描写一个有钱有势的庄公子随意打杀了向杲的堂兄,向杲告于官府,庄公子广行贿赂,使向杲理不得伸,在要路刺杀庄公子也未得计。一日雨暴下,向杲避雨山神祠,道士见他衣被淋湿,以布袍授之。向杲易衣,身化为虎,心想虎可吃人,便伏道中待庄公子。次日庄公子果然经此,虎暴出,断庄公子首咽之。庄的护卫以箭射虎,中虎腹,虎还原为向杲。在封建社会,小民常常遭到达官贵人的迫害,被迫害者要起来反抗,这是历史的必然。但抗争者往往要失败,这也是历史的必然。蒲松龄却在幻想性情节中,写了虎吃人这个生活中的现象。而在迫害者与被迫害者斗争中不可能发生的变虎吃人的幻想中,表现了被迫害者的反抗意志,其情节构思也是新颖奇特的。

2.现实情节展开矛盾,幻想情节推进高潮

如果说唐传奇《霍小玉传》,《聊斋志异》的《武孝廉》、《窦氏》,元杂剧《窦娥冤》,明传奇《红梅记》、《牡丹亭》都是借助超现实的力量,在幻想情节中来伸冤复仇,或是实现美好理想,完成对现实世界的批判,那么蒲松龄《聊斋志异》的《促织》篇,却在超现实的情节中让主人公进一步遭到迫害,借以增强批判的强度。

成名为了交纳岁贡好不容易捉了一头“巨身修尾”的蟋蟀,不料被儿子弄死了,儿子怕责罚,跳井自杀,成名是人虫两亡,悲痛欲绝。若按低劣手笔的写法,这正是可借用成子投井的事件,开展对皇帝大控诉大批判的好机会,应当是大书而特书的,或者说故事就在此煞尾,也不失为一个很有批判意义的悲剧。蒲松龄却没有让他的主人公滥用感情,反而是一笔带过之后,便突然翻腾到幻想情节——儿子幻化为蟋蟀。这一幻化出乎读者意外,在读者瞠目惊奇之际,不能不思索作者的意图,去体会它内在的悲剧含义。因为成名之子不是化做一种超现实的力量,为他父亲复仇,却是作为贡品交纳上献,其意义何在呢? 这幻化是为了进一步加强成名一家和当时小民的悲剧性,人们不但要捉蟋蟀去供皇帝娱乐,而且连人都不得不化做小虫去取乐于统治者。可以想见,人们的生活痛苦到了何种地步!

悲剧性幻想情节,倘离开现实情节孤立去发展,那很容易走向鬼狐传的离奇,减弱它的批判力量。成子化蟋蟀,虽然出于虚构,却有生活根据。我们可以把它看成是成子在极度惊慌时的一种幻想,是人的精神状态的特殊表现。成子在病床上望着“气断声吞”的父母,想着自己闯下的大祸,梦想自己的灵魂化为一只敏捷善斗的蟋蟀以帮助父母解脱苦难是可以理解的。因此幻想情节和现实情节紧紧相连,越来越向深度发掘,推进到斗促织的高潮。斗盆里

　　两只虫子角斗胜败决定着成名一家的生死祸福,可是角斗的双方强弱又非常悬殊,一只是成名之子的灵魂幻化成的促织,短小劣弱,另一只是庞然修伟的"蟹壳青"。在这极端不利的情况下,成名为自己的促织担心,读者也为成名捏一把汗。蒲松龄真是善用悬念来捉弄读者,他不让小虫立即显现超人力量,却一勒再勒,经过"小虫伏不动,蠢若木鸡","撩拨虫须,仍不动"的情节顿挫,然后放开手,直奔而下,小促织居然斗败了庞然大物。成名随着斗盆内情势的发展,他忽而惊呼,忽而顿足失色,忽而又惊喜欲狂。与其说成名关心斗蟋蟀,毋宁说他关注自己可悲的命运。悲剧内容在这里以喜剧的形式表现出来,成名胜利后的喜悦,是包含着悲伤泪水的。那是一个不懂事的、不应当承担生活重担的孩子,被迫化作虫子,为他父亲和家庭的生死荣辱而争斗。人要异化为虫豸去争生存,岂不令人伤痛!

　　成名因小虫胜利而大喜过望,到此作者可以结束本篇了,可是就在这高潮即将过去的时刻,作者又翻空一笔,引进意外情况:一只凶猛的大公鸡突然向小促织扑来,一啄、二逼,到第三回合,小虫已落在鸡爪之下,成名"仓猝莫知所救,顿足失色"。本来高潮出现以后就要逐渐煞尾,然而蒲松龄在情节的高潮上,用意外的偶然性来重新跌宕一次。以更大波澜激起读者感情的摇荡,使读者和作者感情发生共鸣。

　　众所周知,小说情节的高潮部分,往往是强度最高,冲突最激烈的地方,也是人物性格表现最充分的时刻。蒲松龄很注意高潮的处理,往往把高潮写得充分,甚至在高潮部分刻意盘旋,有意掀起新的波澜,新的跌宕,从而呈现事件的意义和人物的心灵。且不要说一头弱小的蟋蟀,能与凶猛的"蟹壳青"相匹敌,就是在战胜同类之后,作者又引进公鸡,让小虫与公鸡搏斗,并能战胜之,这一跌宕纯系想象,纯系偶然。但是,正是在这偶然性的跌宕中,读者看到了人的精神、意志、力量的化身。这正是成名之子意念的投影,或者不妨说是被迫害者对不公平的社会的愤怒。在封建社会中，迫害者与被迫害者相较量，常常是统治者得胜。屠宰虐杀像成名这样的人家，犹如碾死一只蝼蚁一样轻而易举，怎么会有成名这样人家好的归宿呢？现实生活的逻辑却在小说幻想情节中颠倒过来，在幻想中使弱者取得了精神上的胜利(不是指阶级斗争的胜利)。这正是处于深重苦难的人们，希望自己战胜恶势力的反映。这样看来，高潮部分的反复跌宕，就不单纯是艺术上的一种表现手法，而是包含了作家某种理想，某种象征。因此，以深刻的现实为基础的必然，却以浓重的幻想形式表现出来，并且两者紧紧给合在一起，才构成了《聊斋志异》不同于其他志怪类型小说的艺术美。

3. 幻想情节与现实情节的对比

《清平山堂话本》的《羊角哀死战荆轲》(《喻世明言》卷七改名为《羊角哀舍命全交》)，描述了左伯桃与羊角哀至诚的友谊。羊角哀与左伯桃结为义友，欲求仕于楚。途中遇寒不得行，盘费罄尽，饥寒交迫，伯桃自度两人不能俱生，便脱下衣服给角哀，劝角哀独自一人负粮去楚，自己甘愿守死。角哀不从，伯桃执意让角哀一人离去，角哀无奈挥泪而别，至楚元王拜为中大夫。羊角哀因左伯桃的自我牺牲取得功名富贵，向楚元王申明原因，楚元王感伯桃之贤，以上卿礼葬伯桃。夜伯桃托梦于角哀，谓坟地与荆轲相连近，每夜荆轲仗剑骂伯桃居其上肩，夺取风水，如不迅迁他处，即发墓取尸，掷之野外。天明羊角哀至荆轲庙指像痛斥，伯桃仍遭荆轲凌侮，角哀束草为人，各执刀枪器械，建数十于墓侧，以火焚之，助伯桃战，但皆被荆轲、高渐离战败，伯桃又求角哀支援。角哀即上表楚王辞官，自刎于伯桃墓侧，化鬼魂投向阴间，助伯桃杀败荆轲。

现实情节与幻想情节都表现了患难生死之交，肝胆相照的精神。伯桃为了角哀的前程，甘愿自我牺牲，让角哀负粮赴楚。伯桃有难，羊角哀则放弃高位，毫不迟疑地下黄泉助战。两种性质不同的情节是对列的，都说明"士为知己者死"的精神，但由于角哀助战采用了幻想情节,角哀轻生重义的精神就表露得更为壮烈。

《聊斋志异》的《香玉》表现爱情与友情的真挚上更加别致。崂山下清宫中白牡丹花神香玉和在宫中读书的书生黄生相爱,他们又和耐冬树精绛雪保持着无邪的友谊。这些都是在幻想情节中进行的,有一种抒情的喜剧气氛,可是现实社会的人们却经常插进来破坏,先是到下清宫游览的人掘走了白牡丹,夺去了香玉的生命,黄生作《哭花诗》五十首,天天到白牡丹的土穴哭泣凭吊。花神为黄生的真情感动,让黄生以一种草药和硫磺掺和到水中天天浇灌,由于黄生精心浇灌,白牡丹复生,后来道士营造房屋又要砍伐耐冬树,威胁绛雪的生存,经黄生力劝才得免。黄生为了与白牡丹朝夕相处,竟化做白牡丹花旁的赤芽。赤芽被小道士砍掉后,白牡丹、耐冬也都憔悴而死。在这里幻想情节与现实情节起着对比的作用,分别表现不同的意思。不知道蒲松龄是否有意利用现实部分来象征现实社会中那种多事的、好干预别人生活的人,或者说就是比喻社会上的恶势力。因此幻想情节中实现了的美的理想生活,却被现实所毁灭,两种情节相互对比交织,表达了作者对淳朴民风的企望。

《翩翩》也属于这种类型的小说。一个无知少年罗子浮被社会上邪恶之徒引诱而堕落,嫖妓宿娼,得了满身毒疮被冷酷地抛弃,流落在街头要饭,罗子浮怕死在外乡,便沿路乞讨。当罗子浮陷入绝境时,仙女翩翩却把他接入仙洞,既不鄙弃,也不送他走仕途科举的富贵之途,而是用仙境的泉水治好了他满身毒疮,剪蕉叶做衣裳,又取山叶作饼食,剪作鸡、鱼烹食,后来仙女又同罗子浮结为夫妻,但是只要罗子浮复生邪念,袍裤便顿觉失去温暖,还原为秋叶,使之惊骇知觉,不敢再生妄想,治好了他从污浊社会里染上的恶习。小说描写的仙境是非常奇特的,这大概是反映了贫困农民的幻想,但就是在这幻想情节中主人公的生活又有如现实社会的生活方式。比如仙女们的交往谈笑,简直就是民间妇女的走亲戚拉

家常。翩翩的儿子长大成人娶花城女为媳,高兴的唱道:"我有佳
儿,不羡贵官。我有佳妇,不羡绮纨。今夕聚首,皆当喜欢。为君
行酒,劝君加餐。"这两种情节说明,在现实中罗子浮堕落,没有人
肯给予帮助,世间人与人之间的关系是那样的冷酷,而在幻想世界
中却得到了温暖。这个幻想情节起着对比现实情节的作用,作者
在充分描绘幻想情节的奇幻内容时,又掺和了现实情节的真实性,
由此这幻想中包含着现实,表达作者希望人世间应由真诚友爱和
互助去代替欺诈、贪婪和虚伪的理想。虽然蒲松龄的理想世界和
道德改革思想离开了社会制度的改造,不过是一个空想。

4. 现实情节在幻想情节中再一次重复

重复的手法本来是在诗歌、音乐、建筑乃至戏曲、电影、小说常
用的一种手法,运用得好能造成一种回环往复的美。运用不当就
只能造成雷同。但是高明的艺术家却偏要在险处取胜,有意使用
重复,在重复中写出变化,又寓变化于不变之中,使它能起到突出
重点,深化、对比、贯穿、渲染、铺垫等作用。如《三国演义》中的三
请诸葛亮,三气周瑜,《水浒传》的宋江三打祝家庄,《西游记》中的
三打白骨精,《红楼梦》的刘姥姥三进荣国府,都是很突出的例子。
这种重复有的是小说中主角性格的某一特征的重复,有的则是情
节和人物动作的重复。在蒲松龄的小说中,常常一开头就点明主
人公性格中最突出的一个特点,随后通过情节的重复反复地刻画,
而达到深化主题的目的。这时倘若有幻想情节接续,那它不是突
然翻空,而是现实中人物性格逻辑发展的继续。幻想情节进一步
展示了人物性格,它虽然比现实情节中的人物性格有所夸张放大,
超越了现实的可能性,但由于遵循了人物性格发展的必然趋向,因
而在艺术上是可信的、真实的。例如《席方平》就属于这类小说。
东平人席廉和富户有矛盾,那个富户死了以后在阴间贿赂了阴间
官吏,使得席方平父亲遭受阴间鞭打而死去。其子席方平不平,魂
离躯体,到阴间代父伸冤。由城隍告到郡司,又告到冥王,遭到了

种种迫害。先是郡司给他施加刑法，他没有屈服，让鬼役押送他还阳回家，鬼役刚离开，席方平转身又告到冥王。城隍、郡司又派鬼役压服席方平，并答应给他千金，席方平不受，坚持上诉。谁知阴官也官官相护，冥王不但不主持公道，代为雪冤平反，反而鞭打席方平，席方平高喊道："受笞允当，谁教我无钱耶！"冥王大怒，又置火床烧烤，接着锯解其体，席方平还要上告，冥王无奈，假意骗席方平说其父案已平，为表彰其孝心，让席方平托生富贵之家。席不信冥王许诺，托生婴儿三天不食而死，魂灵又到阴间告状，最后途遇二郎神，其父冤案才得平反。

　　告状伸冤的情节几乎从头重复到底，蒲松龄在这重复中写出了不重复的情节内容，形成一种回环往复的曲折，好比拧螺丝，一层层向底里深钻，而每一次重复，都更深入地刻画了席方平百折不回的伸冤复仇的精神，暴露了各级衙门里黑暗的普遍性和冥府官吏的狡诈多变。

　　在《婴宁》中作者紧紧抓住婴宁的笑，在现实情节与幻想情节中反复铺写：有时拈花含笑，有时倚树憨笑，有时纵情大笑，有时边说边笑，有时强忍而又忍不住地笑。像婴宁这样的人物性格在现实生活中是少有的。作者为她安排在与世隔绝的深山幽谷中生长，幻想情节在这里点染人物，而从她拈花含笑来到人间，作为情节的发端，在非现实世界里笑得那样忘情，对人那样天真袒露。但同王子服结合之后迈入现实世界，却招来人世间责难、敌对、污辱，甚至因为笑被讼于官府，连累亲人，婴宁终于因封建社会的恶俗而失去了笑，也失去了婴宁的性格。这种情节构思又不同于《席方平》，情节作用恰好倒置，幻想情节中点染出了人物性格特征，在现实情节中多次重复而引起种种矛盾冲突，结果一个理想性格被毁灭，进而批判了世俗礼教的虚伪。

　　《妖术》中于公三次斗恶鬼，也是通过同中有异的反复，表露了于公不怕恶鬼的精神。

5. 现实与幻想交错,在幻想情节中强化夸张放大人物性格

刘勰在《文心雕龙·神思》篇中说:"意翻空而易奇,言征实而难巧。""言征实"的作品,现实世界中矛盾的发展受到非常严格的限制,除非探寻到表现矛盾的非常偶然的形式,否则是很难巧起来的。可是把某种意念翻空,获得意料不到的情节,也是不容易的。关键在于遵循人物性格的逻辑而翻空。请看《聊斋志异》的《阿宝》篇,小说从主人公孙子楚性格迂讷,人诳之辄信为真,因而被人称为"孙痴"。城里富翁某之女阿宝,有绝色,大家子争联姻,皆不当翁意。有人戏弄孙子楚,怂恿他求婚,孙"殊不自揣,果从其教"。阿宝通过媒人笑言曰:"渠去枝指,余当归之。"孙子楚果然以斧断其指,阿宝虽奇之,但又戏请孙再去其痴,孙争辩不痴,然转念阿宝未必美如天人,不过是自我称扬,由此前情顿冷,视阿宝为路人。求婚和断指是两个现实情节,对表现孙子楚的迂讷性格是相当有力的。作者写一个见着女人便红脸的人,居然向美女阿宝求婚,并且是一个绝痴者向一个绝色者求婚,这开头便创造了有声有色的戏剧性情势,激发了读者的期待。

不过,蒲松龄在现实情节中,用夸张对比的方法,把两个极端的事物联在一起,使矛盾从性质上尖锐化、激烈化,而后在矛盾突变时,又把现实情节突然翻空到幻想情节。蒲松龄所显示的不是孙子楚生理上的痴,而是情痴;不是单纯的情痴,而是极大的情痴。"性痴则其志凝",让断枝指便自断,虽"大痛彻心,血溢倾注,濒死"也不悔,可谓情痴志凝矣。但孙子楚情痴的性格,受到阿宝揶揄,"曩念顿冷",作者在现实情节中略加点明,小作顿挫之后,立即转入幻想情节中进一步深化。清明节阿宝出游,轻薄恶少围观如墙堵,孙子楚见到了阿宝,"审谛之,娟丽无双"。当阿宝离去后,恶少品头评足,唯独孙子楚却呆立故所,魂魄出舍,从女而归,家人竟然要到阿宝家招魂。从科学的真实性来说,孙子楚魂随女走,朝夕相共,看来很不合理。作为对情痴性格的歌颂,又有其合理的根据。

因为无论如何,这正是孙子楚爱慕心情的一种曲折反映,特殊心境的合理描写。应当说将情痴志凝的性格形象化和立体化,是符合孙子楚的性格逻辑的,这也是在更大范围内反映现实的手法。这种方式的可能性和合理性,是建立在作者对生活的特殊感受经验和欣赏者感受经验的基础之上的。作家不拘于现象的如实模仿的艺术形式,应用变格来表现孙子楚情痴到出魂,情痴到"思欲一返家门,而迷不知路",到了忘乎所以的地步,不就是人们在日常生活里某种感觉经验形象化的反映吗?人们在日常生活里既有这种感觉经验,作家也就敢于大胆地能动地进行形象的创造。

如果说"断指"发生在现实情节里,较多的表露孙子楚的愚讷执着,而魂魄出舍的幻想情节,已是情深不能自拔,感情发生了一次飞跃。但是,阿宝虽"阴感其情之深",浴佛节往水月寺降香途中遇孙生,女"自车中窥见生,以搀手搴帘,凝睇不转",对孙子楚也产生了好感。然有情人毕竟未成眷属,矛盾冲突还没有得到完满解决,孙子楚和阿宝的性格,还需要在深处再刻一下,不但使读者看到人物心灵的表层,还要向深处再揭开一层,让人看到更不寻常更感人的东西。于是作者又翻空一次,让孙子楚幻化为鹦鹉飞进阿宝住室,挥之不去,他人饲之不食,女饲之则食。女坐,则集其膝;卧则依床,真是把孙子楚对阿宝的诚挚爱情做了淋漓尽致的渲染,终于赢得了阿宝的爱情。这样多次的翻空,多次的转折,让主人公游弋在现实与幻想两个不同的天地之间,显然可以看出作者有意运用这种幻象化的表现形式,尽情挥洒人物的性格和特殊心境,谁又能说这些夸张放大没有根据!因为这一切只不过是用了变形的手法来展示人物性格的发展过程,常常带有幻想的色彩罢了。

6. 幻想情节为刻画人物性格,深化主题提供了虚拟的典型环境

前面我们举过的例子,如《聊斋志异》的《续黄粱》、《梦狼》都属于此类。也许由于作者生活于黑暗的末世,不能毫无忌讳的直抒胸臆,不得不涉于杳冥荒怪之域,借神狐鬼怪寄托孤愤,因此常常把现实生活中的矛盾移到幻想领域里。可是从情节构思来说,在幻想情节里,作者的浮想联翩,不仅上穷碧落下黄泉,而且夸张、变体、突转等等手法可以并用,可以选取最出人意外的情势,最不平凡和富有效果性的场面,用幻想现实的“个别”,表现现实世界的“一般”,比较用现实主义的方法具有更大的灵活性,小说主题就越是在虚幻的情节中表现得鲜明突出。如《续黄粱》中曾某贪鄙特点,完全是在幻想情节中完成的。虚拟的幻梦的环境为揭示人物的丑恶灵魂提供了广阔天地,使他的卑劣性格充分地表露了出来。

有时蒲松龄并不一定着力刻画某种性格,只是通过假想幻境表露一种意念。如《三生》,从刘孝廉能记三生之事开篇,结构了他三生经历的故事。一世为官绅,因贪赃枉法,死后受到阴间审判,罚其二世为马。做马时因不堪鞭打,绝食而死。因其罚限未满,又罚其三世为犬。做犬时又因咬伤主人而罚做蛇。用做马、做犬、做蛇的非现实情节,痛谴世上贪官。

另一篇《天宫》,写郭生因“仪容修美”,被一老妪灌醉而引入“天宫”,充当“女仙们”的面首。郭生在“天宫”中,惘然不知所以,问婢子时,婢说:“勿问! 即非天上,亦异人间,若必知确耗,恐觅死无地矣!”写得似真似幻,说是“天宫”,实为人间。这个巧妙的构思,揭露了权贵们荒淫无耻的生活。

《司文郎》讽刺试官鼻目皆盲,取士唯亲,衡文唯故,对有真才实学的读书人寄予深切的同情。小说主题是十分明确的。但小说的前部分,只叙述王平子入省城赴试,在报国寺结识余杭生、宋生。王平子对人谦恭持重,宋生才气横溢,余杭生则胸无点墨而又目中无人。在三人交往期间,宋生对余杭生的文章很不以为佳,王平子却在宋生的指导下文思大进,考场结束后“以文示宋,宋颇许”。这开头情节看来是交代三人的身份学识、性格特征,为下文做铺垫,情节是现实性的。作品的主题思想还荫蔽着,人们暂时还猜不出作者要说明的问题。待到在寺内殿阁遇一盲僧，宋生说"此奇人也！最能知文"。王生与宋生和余杭生一同来请教盲僧。到此小说开始进入幻想情节，这幻想情节仍然坐实在现实中，可是盲僧以鼻代目，嗅文稿纸灰品评文章优劣，却增加了虚幻色彩。僧曰："三作两千余言，谁耐久听！不如焚之，我视以鼻可也。"众从之，先烧王作，僧嗅后赞许，认为"君初法大家，虽未逼真，亦近似矣。我适受之以脾。"推测王生可以中举。余杭生不信盲僧判断，以古大家文烧试之，僧嗅后惊呼曰："妙哉！此文我心受之矣，非归（有光）、胡（友信）何解办此！"再嗅余杭生之文，"僧嗅其余灰，咳逆数声，曰：'勿再投矣！格格而不能下，强受之以膈；再焚，则作恶矣！'"谁知放榜后，被盲僧判定为"亦可中得"的王平子却落第，胸无点墨的余杭生竟领荐，僧叹曰："仆虽盲于目，而不盲于鼻，帘中人并鼻盲矣。"盲僧向"意气发舒"的余杭生提出："君试寻诸试官之文，各取一首焚之，我便知孰为尔师。"烧到第六篇，僧"忽向壁大呕，下气如雷，众皆粲然。僧拭目向生曰：'此真汝师也！初不知而骤嗅之，刺于鼻，棘于腹，膀胱所不能容，直自下部出矣！'"这文笔多么幽默，讽刺得何等强烈！作者到此才把主题明朗起来，暗示出当时主试官简直是"论命"而不"论文"，结果当然真才见黜而使宵小得志，文运颠倒如是，难怪宋生痛哭了。到此本篇只透出作者对科场弊端的揭露，接着小说随着情节的发展更加虚幻，主题也表现得愈加充分了。原来，盲僧为一鬼，前生为名家，因"生前抛弃字纸过多，罚作瞽"。宋生"乃漂泊之游魂"，少负才名，不得志于场屋，死后想在王平子身上为"他山之攻"，实现生平未酬之愿，尔今阴府任司文郎之职，决心使"圣教昌明"。表现了作者的理想，主题至此才得到完满的体现。

注释：

①陈寅恪《再生缘》，参见《寒柳堂集》，上海古籍出版社，1980年版。

②胡适《胡适文存》二集《五十年来中国文学》，黄山书社，1996年版。又，胡适曾多次讲过"红楼毫无价值"，这毫无价值说当然包括《红楼梦》的艺术。参见郭豫适《红楼梦毫无价值及其他》，《中外学者论红楼梦》，北方文艺出版社，1989年版。

③夏志清《中国古典小说导论》第一章《导论》，安徽文艺出版社，1988年版。夏氏为了证明五四时代如郑振铎、茅盾怎样欣赏西方小说，对旧小说的不满，摘引了他们许多论点，以佐证西方小说所谓"创作态度的严肃和技巧的精熟"。

④李渔《闲情偶寄》，参见《中国古典戏曲论丛集成》第七集，中国戏剧出版社，1960年2月版。

⑤关于戏曲的结构以及李渔《闲情偶寄》的结构论，已故戏曲史家、戏曲理论家祝肇年先生有许多精辟的论述，参见《祝肇年戏曲论文选》，文化艺术出版社，1998年10月版。

⑥参见金圣叹《第五才子书施耐庵水浒传》之《序三》与《读第五才子书法》，中州古籍出版社，1985年3月版。

⑦参见毛宗岗评《三国演义》之《读三国志法》、第九十回回目前总评。内蒙古人民出版社，1981年4月版。

⑧张竹坡评《金瓶梅》第二回总批，华中师范大学出版社，1986年8月版《张竹坡评点金瓶梅辑录》。

⑨参见亚里士多德《诗学》第六章、第七章，转引自马奇主编《西方美学史资料选编》上卷，上海人民出版社，1987年版。

⑩参见王昊《敦煌小说及其叙事艺术》第五章《敦煌通俗小说的叙事艺术》第五节《敦煌通俗小说的情节结构》，安徽人民出版社，2005年8月版。

⑪参见沈德符《万历野获编》卷二十五。

⑫鲁迅《中国小说的历史变迁》，参见《鲁迅全集》第八卷，人民文学出版社1957年版。

⑬朱熹《朱子语类》卷六十五《易·纲领上之上》。

⑭《庄子·渔父》。

⑮《庄子·四子方》。

⑯《管子·四时》。

⑰参见《六祖坛经》之《付嘱品第十》。

⑱参见赵国华《生殖崇拜文化论》第一章《八卦符号原始数字意义的发现》，中国社会科

学出版社,1990 年 8 月版。

⑲关于唐传奇的发展过程,参见李剑国《唐五代志怪传奇叙录》上册《唐稗思考录——代前言》南开大学出版社,1993 年 12 月版。

⑳现代研究中国古代小说的西方批评家终于发现所谓"缀段"的特点,正是这段与段的连接构成了中国古代小说的结构特点,但是他们并不认为段与段的连接是结构问题,而归入到技巧,似还未参透中国古代小说结构的特色。参看浦安迪《中国叙事学》第二章第一节,北京大学出版社,1996 年 3 月版。

㉑罗烨《醉翁谈录》卷一《舌耕叙引·小说开辟》。

㉒蒋大器《三国志通俗演义》序。

㉓熊大木《新刊大宋演义中兴英烈传》序。

㉔张尚德《三国志通俗演义》引。

㉕班固《后汉书·袁绍传》。

㉖参见普列汉诺夫《论个人在历史上的作用》,商务印书馆,1989 年版。

㉗鲁迅《中国小说史略》第二十二篇《清之拟晋唐小说及其支流》,人民文学出版社,1973年版。

㉘王骥德《曲律》卷三《杂论》三十九上,中国戏剧出版社,1959 年版。

第六章　性格论

一、儒家的人格理想

有学者说《红楼梦》问世之前,古代小说的人物典型是类型化的典型,[①]这话有一定道理。但是笔者感兴趣的,是探究形成白话小说类型化的原因,确切地说,在说和听审美关系制约下,是怎样规范人物形象和塑造人物典型的。如若探讨中国古代小说家形象塑造的特点,就不能不研究中国人的传统思想怎样影响和制约了小说家的创造,说和听的审美关系是否限定了小说家的艺术表现形式。

先说传统文化思想对小说家形象塑造时的影响。

可以肯定的说,中国传统哲学精神和传统文化意识之间,有着千丝万缕的联系,但两者并不等同。在对人格问题上,传统文化设计的理想人格模式,无非是儒家的"归仁养德",道家的"顺天从性",以及赖力仗义的侠士人格。[②]可中国人的人格模式不只是由孔孟老庄及荀子所界定,也取决于各种客观条件,如自然条件(半封闭的大陆性地理环境)、历史条件(氏族社会宗法制度的残余和与之相应的意识形态的积淀物)、社会条件(以农业为基础的政治、经济、文化)于一体的影响。

　　但是做为中国文化思想的核心思想孔孟为代表的儒家思想代代相传,不断强化和改造,又不断僵化,形成了一个牢固的、排他的文化意识,成为传统文化思想的主流。

　　徐复观在《中国人性论史》论证中国文化发展的性格时曾指出:"中国文化的发展性格,是从上向下落,从外向内收的性格。由下落以后再上升以言天命,此天命实乃道德所达到的境界,实即道德自身之无限形。由内收以后再向外扩充,以言天下国家,此天下国家实乃道德实践之对象,实即道德自身之客观性、构造性。""换言之,中国思想的发展,彻底以人为中心,总是把一切东西消纳到人的自身上,再从人的身上向外展开。"③

　　所谓"从上向下落",是言人与自然的关系时,首先强调人的作用,人与人之间的关系。

　　所谓"从外向内收",就是重视和强调人格道德的内省,提升之后再面向群体,向社会扩散。《大学》所谓的修身、齐家、治国、平天下的过程,就是儒学的人格提升过程。尽管徐复观先生论证的是中国文化发展的性格,其实就是儒家在处理人与自然,人与社会的思维性格;换言之,经过长期的发展考验,儒家的思想观念被几代统治阶级奉为统治思想,转化为传统文化思想的核心思想和文化性格,当然也包括人格塑造的内涵与标准,而儒家的人格设计,又离不开中国政治制度的制约。因为中国古代建立在血缘关系上的宗法制度,实际是政治权利制度;血缘关系上的长幼亲疏,同时也就是政治上的尊卑贵贱。政治组织与伦理关系融为一体,每一个品级的人都要各自尽自己的义务。在家族则要尽孝,把孝推向政治领域,即对君王要尽忠。忠君和忠于祖国和人民的观念联系起来,则升华为正义感和使命感。历史上诸如屈原、苏武、诸葛亮、魏徵、杜甫、包拯、范仲淹、宗泽、岳飞、文天祥、海瑞、史可法、况钟等等忠臣义士,正是这种精神的完美体现。反之,沿着愚忠愚孝的道路发展,也产生了一批令人扼腕的悲剧性人物。

正因为中国人的传统思想以人和人的义务为本位,所以很注重现实的人与人的社会关系,永远把眼睛盯着现实的人生。

先秦诸子以其学论天下,汉儒之注经,宋儒之言心性与格物,无不是治理人生现实问题的哲学思考。儒家言伦常,法家主法术,墨家讲兼爱,皆为现实政治寻求可行道路。在个体人格同社会关系上,虽然也强调个体人格的自主与自尊,重视人的价值,可是思想家们又从来不脱离社会人伦关系评判人的价值,人格只有放在决定人格价值准则的社会天平上才能显现出价值。因此儒家倡导从"仁"出发培养道德情感,使人的思想行为符合"礼"的要求,以适应社会的规范。"修己以安人","修己以安百姓",④形成对人、对社会、对国家的责任感与使命感。《大学》说"修身、齐家、治国、平天下",就是人格完成过程,把道德理想转化现实政治,就是所谓"圣王"思想。

秦汉以前"圣王"的理想人格,无论是孔孟推崇三代古帝,也无论是荀子主张"法后王",抑或墨子反对孔子崇周的文化理想,但都主张"圣王"首先必须是道德上的完人。儒家提出的理想的圣王人格是透过把古帝理想化的方式铸成的,这不只是成为人们评判帝王的价值标准,而且也成为史家描述历史人物性格的模式,从而成为历代人们效法的样板。事实是秦汉大一统帝国的建立,政权由多元走向一元,"道德"与"政治","修己"与"治人",始终处于紧张状态。政治往往凌驾于道德之上,乃至干预道德的实现,儒家的"圣王"思想仅仅是理想化的政治而已。所以,汉以后先秦诸子构想的"圣王"形象悄悄地转移到儒者修身立言和教化。先秦诸子理想人格的最高典型是"圣王",秦汉以后知识分子所向往的却是成为一个儒者,前者以天下为志,后者以修身立己为本,多属于切实可行的规范,尤其是汉武帝定儒学于一尊,董仲舒补充完善了儒学,并使儒学神化,建立了一套严格等级关系的思想体系,成为当时知识分子学习的主要内容和行为准则,这也使各色人等在社会中扮演什么样角色被规范化制度化,角色一旦被规范化制度化,人的个性也就被界定在规范之内,得不到自由发展。

　　尽管中国古代思想史上出现过魏晋南北朝、唐代及明代关于人的本质、人的自觉的思潮,但没有冲垮封建主义的堤防,获得自我解放,社会经济还未能提供人的主体解放的条件。即便是经济上为人的个体解放提供了土壤,只要是统治者们坚持封建专制主义制度,照样不能实现个体人性的自由与解放。何况先行者们使用庄禅思想做为武器,可以引导人们超越社会,寻求自我生命的安顿,却不能在现实社会实现意识、人格平等、个性独立和个人尊严。因此传统文化中始终以儒家为主导制约人们的思想。而封闭的地理环境,农业社会的特征,宗法制度及官本位体制,又加强巩固了儒家思想。王朝存在的合理性依赖儒学提供哲学辩护,儒学的延续发展也有赖于王权的扶持。但是儒家思想一旦被钦定为官方的正统思想,便失去了原有的真实性格,使儒家政治化、驳杂化,尤其是明清科举制度盛行,科举考试成为联合地主阶级及其知识分子的纽带,知识分子有可能通过科举的阶梯爬进官僚集团,那么,到清代,八股文就成为士子们必修课程和敲门砖,先秦儒者论政以德性为基础的主张,汉儒所关心的修身、立言和教化问题,统统被抛到九霄云外,士子们像狗马一样卑贱,追求功名利禄,没有操守,没有志节。没落的封建制度培植了知识分子的靡烂风气,实际是显现了传统思想的破产。

二、功利主义文艺功能限定了小说家的形象创造

　　以人为中心的运思趋向,一切思想理论都以政治伦理为始点的思维方式,形成中国文学对封建政治紧密联系的关系,这也影响中国小说家们一开始就把基础奠基在人间,重点放在人情上,重视小说在伦理道德上惩恶劝善,涤虑洗心,有补于世道人心的"喻

世"、"警世"、"醒世"的作用。表现在人物塑造上,便是选择那些最能表现社会伦理和人际关系的典型人物,通过对人的反思,一方面揭示外在关系的规定性,如三纲、四端、五常、八目等规范;另一方面表露人格的自我实现,歌颂圣王和理想人格的高尚精神与道德情操,这种人生化、理性化的艺术,是中国小说十分显著的特征。

一般的讲,儒家的文艺观里较多的含有政治关系和伦理规范,这同中国民族务实的性格、务实的义务观念暗合,因而占据了思想的统治地位。道家主张超俗出世,追求客观本体之外的本体,精神艺术化的自然,所以较多地注意审美观念和艺术自身的特性。但是,这里要指出,儒家要求人在现实上有所成就,成己还须成物,内圣必贯通于外王,要做圣人、仁人;道家是向超越方面发展,让人做真人、至人。由于他们都强调做"人",实际上道家也并不否定文学艺术在人生当中的地位和作用,只是强调的侧重点不同罢了。

孔子在许多地方都谈到了"文"和"文学"的作用。他所谓的文和文学意指"文化"、"文明"、"文雅"、"文饰"或"学问"、"学识",而不是今天的文学的概念,但是包括"文"和文学艺术在内的实用价值。"诗三百,一言以蔽之,曰:'思无邪'",⑤已经表露了对诗歌内容上的道德要求。"小子何莫学夫诗?诗可以兴,可以观,可以群,可以怨。迩之事父,远之事君,多识于鸟兽草木之名",⑥不但指出了诗歌的思想教育作用,而且也提出了认识作用和艺术感染作用。《毛诗序》则从政治伦理的角度,提出诗的政治功能:"故正得失,动天地,感鬼神,莫近于诗,先王以是经夫妇,成孝敬,厚人伦,美教化,移风俗。"文学和统治阶级的"教化"联系起来,从此造成了中国文学对封建政治的依附地位。

我们不必把一切主张文学的功利主义的作家,都归属于儒家系统,但是强调文学的实用主义,却贯穿整个文学史,它在中国传统文学思想中,是最有影响力的。如王充在《论衡·佚文篇》就认为文学是劝善惩恶的工具:"文岂徒调墨弄笔,为美丽之观哉?载人之行,传人之名也。善人愿载,思勉为善;邪人恶载,力自禁裁。然则文人之笔,劝善惩恶也。"郑玄则强调了"作诗者以诵其美而讥其过"的讽谏作用。魏晋六朝时期的刘勰在《文心雕龙》中,不仅如曹丕一样把文章、文学的地位抬得极高,所谓"唯文章之用,实经典枝条,五礼资之以成,六典因之致用。君臣所以炳焕,军国所以昭明",而且还提出"政化贵文"、"事迹贵文"、"修身贵文"的功能,"文变染乎世情,兴废系乎时序",以及"时运交移,质文代变","歌谣文理,与世推移"等文学发展与时代政治的关系。尔后,唐代的白居易更明确提出"文章合为时而著,歌诗合为事而作"的口号,⑦所谓"为时""为事",提的是"为君、为臣、为民、为物、为事而作,不为文而作也",⑧最终目的是为了"救济人病,裨补时阙"。韩愈自诩为儒家"道统"的传继人,虽然被苏轼讥讽为"盖亦知好其名矣,而未能乐其属"。⑨朱熹说他"只是要作好文章,令人称赏而已",⑩但是文要明儒家之道,强调文学的道德影响,实用主义的观点是很清楚的。也因此,宋代的理学家把道的内涵界定为道德原则而非宇宙原理的要素,如周敦颐所说:"文所以载道也,轮辕饰而人弗庸,徒饰也,况虚车乎? 文辞,艺也,道德,实也,笃其实而艺者书之。美则爱,爱则传焉,贤者得以学而至之,是为教。"⑪周敦颐"文以载道"说几乎成为后代儒家正统作家的创作主张和批评标准。清代的沈德潜就如是说:"诗之为道,可以理性情,善伦物,感鬼神,设教邦国,应对诸侯,用如此其重也。"⑫又《重订唐诗别裁》序也说:"诗教之尊,可以和性情,厚人伦,匡政治,感神明。"

　　上述功利主义的文学主张,其影响不只限于音乐、诗歌、散文,小说艺术亦如此。"是编虽稗官之流,而劝善惩恶,动存鉴戒,不可谓无补于世",⑬同样主张小说同道德教化、同一种特定的历史生活联系起来,揭示历史和现实社会的种种矛盾,广阔而多面的展现社会风貌和各阶层的心理结构,所以许多作家和批评家都认为小说应,"风刺箴规",⑭"惩戒善恶,涤虑洗心",⑮"有补于世道人心",⑯

让读者"若读到古人忠处,便思自己忠与不忠;孝处,便思自己孝与不孝。⑰"说国贼怀奸从妄,遣愚夫等辈生嗔;说忠臣负屈衔冤,铁心肠也须下泪",⑱起到"喻世"、"警世"、"醒世"的作用。晚清近代资产阶级改良主义思想家,如康有为、梁启超、严复更是强调把小说做为启蒙工具,宣传维新改良思想,以达改造社会的根本目的。

　　很明显,无论是哪一派作家,他们的审美意识与封建伦理观念紧密地结合在一起,审美情趣里沉积着伦理观念和道德要求,传统的义务本位精神强烈影响作家的审美情感,这就使得中国古代小说家在创造每个典型人物时,都要经过理性主义染色板的调制,美与丑、善与恶都要非常明晰和确定,以强烈的理智形态呈现出来。人物性格的结构不可能是多层次的,性格的光谱也不可能是多色的,而是比较单纯的,并且往往强调那些具有社会普遍意义的伦常观念,描写那些最能培养高尚品质和高尚情操的东西。于是小说家们歌颂忠勇报国的杨家将、岳飞马革裹尸,战死沙场;为国捐躯的宗泽、史可法,不畏权贵、刚正不阿的包拯、况钟、海瑞;敢于进言,恪尽职守的魏徵,反对暴君独夫的周文王、周武王、姜尚;鞠躬尽瘁,死而后已的诸葛亮;深明忠义的关羽、张飞、赵云,斩除人间妖魔的孙悟空;诛邪扶正,为民除害的鲁智深、武松、林冲、李逵等梁山英雄;争取作人的权利和自由生活的杜十娘,反抗封建礼教,向往自主婚姻的婴宁、小翠、连城、晚霞、青娥、林黛玉、晴雯;与此同时,中国古代小说家们也塑造了一批有如殷纣王、董卓、秦桧、张邦昌等等昏庸失德,荒淫无耻,奸佞凶残的反面典型,既奸又雄的曹操,阴险狠毒但又机敏过人的王熙凤……这与西方小说家们的典型观念多么不同啊!

　　这种不同并不是中国古代小说家们缺乏艺术创造能力,写不出性格的多面性、复杂性,事实是在中国古代小说中,如武松的主要性格是忠勇,但又如金圣叹所说:"固具有鲁达之阔,林冲之毒,杨志之正,柴进之良,阮七之快,李逵之真,吴用之捷,花荣之雅,卢

俊义之大,石秀之警者也。"⑱诸葛亮虽然神机妙算,腹谙韬略,奇计
用兵,善于识人用人,却误用庸才马谡,招致街亭失守,进军中原失
败。他虽然执法严明,坚持原则;但不得不照顾刘备的关系,搞点
妥协,让关羽接续镇守荆州的重任,结果被陆逊、吕蒙利用关羽孤
傲的弱点,乘隙而入,袭取荆州,最后败走麦城。曹操虽冷酷无情,
却有着感人的诗人气质,能宽恕替袁绍起草檄文,大骂曹操乃至他
祖宗的陈琳,却不能容忍猜透他心思的杨修。至于像宋江、林冲的
性格不只是一面,而是多侧面多层次,并且作家写出了性格的发
展,很明显,我们不能把这类典型人物归之于类型化典型。

　　问题是中国长期历史发展形成的伦理观念与民族审美情趣,
特别是义务本位的观念又把人限定在各各本位之内,在特定的范
围内尽自己的义务,不准有任何逾越。个体的性格只有服从伦理
道德原则,与自然和社会相统一才是美的。而不同于西方突出自
我的确立,认为每个人都是他自己内在因素的创造物,强调个人的
美感,欣赏自我意识和意志能否实现,能否以自我组织的方式去面
对社会的挑战,作自我完成。近世的存在主义自我疆界的观念更
为明确,他们主张一个人只有从所有的社会角色中撤出,并且以自
我作为基地,对这些角色作出内省式的再考虑时,他的存在才开始
存在。所以西方的文学必然要表现个体的灵与肉激烈冲突的人
物。灵与肉的分裂,个体与社会的对抗,必然形成人物性格的复杂
多面。而中国小说家却以个体与社会的统一作为自己典型创造的
前提,力求从这统一中寻找美,并且把美同伦理道德的善联结起
来,把美与善提到首位。因此,本质地说,中国传统文化心理造成
了小说人物自我性格的压缩。小说家们为了强调某一方面的审美
理想和伦理观念,往往较多地突出某方面的性格特征,赋予人物以
明确的是非善恶形态,抑制了人物性格其他侧面的表现。即使是
描写了性格的多样性,也还是一种平面的并列结构,不像西方小说
和中国当代小说的性格构成,属于性格的两极性交叉融合,肯定与

否定的二元对立,由于人物性格内的两极相互撞击冲突,推动了人物性格的发展。相反,次要性格与主要性格在量与质的比值上并非对等,而只是衬托、深化主要性格,形成多谱色。如曹操刺董卓的英勇行动同"宁教我负天下人,休教天下人负我"的自私心理,看似两者对立,其实都表现了一个地主阶级的政治家、军事家的积极进取精神。这也如同曹操在官渡之战后对陈琳等人的宽恕,对杨修的嫉恨,同样是为了刻画曹操奸诈的主要性格特征。如果说性格上出现矛盾冲突的话,那也多半是外向的,性格与性格之间的冲突,所谓忠与奸、善与恶的矛盾对立,而不是一个人物性格自身内既有忠又有奸,既有善又有恶的正反两极的斗争。可见,在典型构成上要求有明确的是非善恶的伦理规范,不能不说是中国封建宗法式社会体制和相应的儒家的思想观念,对艺术典型的具体形式起了决定作用,统一了作家的审美理想,于是,人物典型必然以模式化的形态出现。尤其是历史演义小说,由于中国历史上治乱兴衰,变幻浮沉,像磁石一样吸引着小说家,成为讲史小说家最爱处理的题材。他们或是描写野心勃勃的群雄,打着各种旗帜争霸,建立新朝的过程,如《三国演义》、《列国志传》、《新列国志》、《东周列国志》、《新编五代史平话》、《英烈传》。或是反映民族英雄英勇抵制外族入侵的题材,如《南北宋两朝志传》、《杨家府世代忠勇通俗演义》、《大宋中兴通俗演义》、《说岳全传》、《于少保萃忠全传》。或是描写所谓野心家推翻合法君主,中断正统统治权的内容,如写王莽篡汉的《两汉开国中兴志传》。或是描写平叛内乱、贬斥首恶的主题,如《王阳明出身靖乱录》、《祷杌闲评》、《斥奸书》、《皇明中兴圣列传》等等。无论是描写开国题材的小说,消除内患,巩固统治政权的小说,还是反抗外族入侵,忧患国家存亡的小说,都强调突出具有普遍政治意义的性格特征,人物按照忠与奸、正与邪、善与恶排列组合,形成对立营垒。倘若是正面角色,往往是誓死效忠的精神象征,具有超人的勇猛,史诗形态的道德情操,对坏人宽大为怀,忠于自己的情感和道德上的约束。但是,另一方面,小说里的反面人物通常被写成狡猾、阴险、玩弄权术,而又掌握实际权力,跟宦官及其他有势力的朝臣勾结,又与下层贪官污吏结党营私,形成派系,左右不明真相的昏君。这样一来,忠臣义士一开始出场便投入艰巨的斗争。要不断战胜种种困难,使故事始终保持着紧张的状态,而且这种内心的紧迫感使主人公左右为难,因为历史的使命感和民族情感,使主人公产生战胜困难的需要,不愿妥协;但是英雄人物往往遭到陷害,不能实现他们的主张,最终落下悲剧命运。也正是在这忠与奸、善与恶的对比中,将人物行动具象化,并赋予伦理观念以深度,完成讲史小说历史教育的目的。所以,历史演义小说构成典型的方法,虽然受主题性质的影响而有所不同,但是由于中国的讲史小说家取材于历史又不完全忠实于历史,而是大多把历史事实与虚构结合起来进行再创造,或者说对历史加以小说化的描写,目的是让人们作历史的反思而不是传播历史知识。因此小说中的正面人物,不等同于历史人物,而是某种精神道德的典范,带有黑格尔所说的"世界性历史人物"的特点,表现了中国民族的精神和特性。读者也在单纯的历史观和道德观的影响下,很少会像历史学家那样追究历史的真实性与可靠性,他们感兴趣的是具有民族意义的人物的命运,历史的教训和处理诸种矛盾关系的艺术。由此,历史小说家在刻画人物时,采取抽象和样板式的写法,强化某一方面的性格特征,这几乎是历史演义小说家们惯用的写法。也因此,中国小说才铸成了一批圣明君主如周文王、刘备、唐太宗与昏君如殷纣王、隋炀帝,贤相姜子牙、诸葛亮与奸相曹操、潘仁美、魏忠贤,忠勇报国的英雄杨家将、岳飞、宗泽、史可法与出卖民族利益的内奸秦桧。清官如包拯、况钟、海瑞,豪侠如鲁智深、林冲、武松等形象群体,乃至妓女、偷儿、媒婆也都各自形成群体形象。

对各类人物形象的共性审美概括,试图确立共同的审美标准,使它既是前人审美经验的积累,也是后人必须遵循的程式,这是历史发展的必然。中国古代戏曲中不仅演员的形体动作是程式化的,连角色的脸谱也是忠奸分明的造型程式。中国绘画理论中宋刘道醇的《圣朝名画评》、郭若虚《图画见闻志》、郭熙《林泉高志》,要求绘画形象符合"格制"、"格法"、"楷模"等固定的审美理想,传达出具有一定规范性的"神"。古代皮影艺术要求"公忠者雕以正貌,奸邪者刻以丑貌",力求鲜明突出,成为"寓褒贬于世俗之眼戏"。[①]在程式里人们肯定了对感情和艺术理想的尊重,但同时这种程式又能包含直率的个性刻画,未必都是典型的死对头。问题是一旦群体类型成为定型,以量和平均值铸造人物形象,或以一种程式化为小说仿做的模式,这就必然束缚了作家的艺术创造性和驰骋的想像力,难免不产生类型化的形象。

三、中国小说家的形神观念

小说中的典型是对实际生活的艺术概括,具有更加深刻、更加强烈、更加充分、更带有普遍意义的真实,从而具有高度的审美价值。但是,中国小说家对于怎样概括,怎样反映生活有自己的认识,因而在人物典型塑造上有不同于西方的构成方法。

"神"这一审美概念,最先引进造型艺术中的,是晋朝的庾和。庾和评戴逵所画像时说"神犹太俗,盖卿世情未尽耳"。[①]正式提出以形写神理论的是东晋顾恺之,[②]而南齐的谢赫提出了"气韵"说,[③]对顾恺之的传神论做了更明确的叙述。毫无疑问,魏晋时期人伦鉴识对人的本质、个性所用过的概念,如精神,风神、神气、神情、风情等,被画家转用到绘画创作与理论。我们不必细数形神说、气韵说同魏晋人伦鉴识的异同。[④]值得我们注意的是,中国艺术家是怎样以形写神的,神指何而言? 从读者和观者层面看,以形写神,系指透过表面形象,将视觉的知觉活动与想像力结合,而发现和把握对象的内在的本质即神。这个神应指观照对象的个性、真实的情感和精神特质。以形写神从艺术家的追求过程来看,则是艺术家深入于客观对象之中,抛弃表面的第一自然,超越了对象的形似,甚或超越了审美价值的第一自我,去捕捉对象潜藏着的本质,此时画家捕捉或把握到的对象的内在精神已和艺术家的主观精神合二为一,甚至是变成艺术家的全主观精神的表现,因而挥洒笔墨,运斤成风,⑤我想中国艺术家的创作思维应该和西方的画家是有区别的,除非是现代派画家的运思,尚有可近之处。

　　以形写神的创作思想已成为绘画界的创作原则,并且有宋苏轼《传神记》,宋陈造的《江湖长翁集》中亦有《论写神》,蒋骥更有《传神秘要》,那么,自幼接受传统文化教育和诗词曲画培育的小说家,不可能不了解形神论,不能不受形神论的影响,而将其移入小说创作与批评。

　　事实是明李卓吾批点《水浒传》第三回总评中就曾说:“描写鲁智深,千古若活,真是传神写照妙手。”⑥第一次把“传神”这个概念从绘画美学的领域引入小说批评。从字面看,这里的“传神”主要是指人物的表情动作所体现的独特的性格气质,心理状态,所谓“全在同而不同处有辨。如鲁智深、李逵、武松、阮小七、石秀、呼延灼、刘唐等众人,都是急性的。渠形容刻画来各有派头,各有光景,各有家数,各有身份,一毫不差,半些不混,读去自有分辨,不必见其姓名,一睹事实,就知某人某人也”。⑦第九回又评曰:“施耐庵、罗贯中真神手也,摩写鲁智深处,便是个烈丈夫模样,摩写洪教头处,便是嫉妒小人底身份,至差拨处,一怒一喜,倏忽转移,咄咄逼真,令人绝倒,异哉!”第二十一回:“此回文字逼真,化工肖物。摩写宋江,阎婆惜并阎婆处,不惟能画眼前,且画心上;不惟能画心上,且并能画意外,顾虎头、安道子安能到此?”第二十四回评也说:“说淫妇便像个淫妇,说烈汉便像个烈汉,说呆子便像个呆子,说马泊六便像个马泊六,说小猴子便像个小猴子。但觉读一过,分明淫妇、烈汉、呆子、马泊六、小猴子光景在眼,淫妇、烈汉、呆子、马泊六、小猴子声音在耳,不知有所谓语言文字也。何物文人有此肺肠,有此手眼? 若今天地间无此等文字,天地亦寂寞了也。不知太公堪作此衙官否?"第二十五回:"这种文字,种种逼真。第画王婆易,画武大难;画武大易,画郓哥难。今试着眼看郓哥处,有一语不传神写照乎? 怪哉!"

　　毫无疑问,李卓吾,包括李卓吾同时代的袁无涯小说批评中提出的传神说,[⑧]和西方小说批评中的典型论并无二致,都论证艺术形象与描写对象的关系。李卓吾高度评价《水浒传》的作家,塑造了真实的具有独特个性的人物形象,而这正是欧洲文艺理论家们所说的典型性格。不只如此,以李卓吾为首的,明代小说批评家们又特别强调典型塑造的基础是现实生活,现实生活先有其人,才有小说中之人,所谓"如世上先有淫妇人,然后以杨雄之妻实之;世上先有马泊六,然后以王婆实之;世上先有家奴与主母通奸,然后以卢俊义之贾氏李固实之。若管役,若差拨,若董超,若薛霸,若富安,若陆谦,情状逼真,笑语欲活,非世上先有是事,即令文人面壁九年,呕血十石,亦何能至此哉? 此《水浒传》之所以与天地相终始世与!"[⑨]特别是在评价特殊的历史人物时,更要注意结合其时代环境。按李卓吾的判定,"欲求巨鱼,必须异水;欲求豪杰,必须异人",井中钓鱼是不可得的;[⑩]换言之,时势造英雄,典型环境中的典型性格才有真实性。

　　如果说 1835 年,俄国的文艺理论家别林斯基在《论俄国中篇小说和果戈理君的中篇小说》中第一次提出小说的"典型性",[⑪]那么,中国古代小说家早在两个世纪之前就已提出传神论,即小说的典型性,并且成为明代小说批评的指导原则,特别是清代的金圣叹,进一步发挥了李卓吾的传神论,首次把"性格"作为一种概念,引入小说创作和批评中:"别一部书,看过一遍即休。独有水浒传,只是看不厌。无非为他把一百八个人性格,都写出来。"[⑫]"施耐庵寻题

目写出自家锦心绣口,题目尽有,何若定要写此一事? 答曰:只是
贪他三十六个人,便有三十六样出身,三十六样面孔,三十六样性
格,中间便结撰得来。"③ 不过金圣叹欣赏《水浒》的人物性格塑造,
不只是写出每一等人有一等人身份的共同的心理性格特征,而是
写出性格的个别性,如"《水浒传》写人粗鲁处,便有许多写法。如
鲁达粗鲁是性急,史进粗鲁是少年任气,李逵粗鲁是蛮,武松粗鲁
是豪杰不受羁勒,阮小七粗鲁是悲愤无说处,焦挺粗鲁是气质不
好"。③ 而这种区别是由人物性格的内在特质所决定的,也就是在
《圣叹外书》序三中所强调的,"人有其性情,人有其气质,人有其形
状,人有其声口"。在《水浒传》第二十五回总评中指出鲁达、林冲、
杨志之所以有不同性格,是因为"各自有其胸襟,各自有其心地,各
自有其形状,各自有其装束",显然触及到人的思想、性情、气质等
精神层面,决定着人个性的形成。

　　特别令人赞赏的,当金圣叹论说小说创作是"因文生事",即作
家遵循小说创作的规律,发挥作家的想象和虚构,削高补低的构织
小说,而在小说形象的塑造过程中,作家首先反观自省,探寻小说
中的人物性格与作家性格相近或相通的契合点,充分利用自身的
经验。倘若描写的人物及其性格同作家不相近或根本不熟悉时,
作家应采用"设身处地法",去体验所描写的人物的性格:

　　　　若非耐庵之非淫妇、偷儿,断断然也。今观其写淫妇居然
　　淫妇,写偷儿居然偷儿,则又何也! 嘻嘻,吾知之矣。非淫妇
　　定不知淫妇,非偷儿定不知偷儿也;谓耐庵非淫妇、非偷儿者,
　　此自是未临文之耐庵也。夫当其未也,则岂耐庵非淫妇,即彼
　　淫妇亦非淫妇;岂惟耐庵非偷儿,即彼偷儿亦实非彼偷儿。经
　　曰:"不见可欲,其心不乱。群天下族,莫非王者之民也。若夫
　　既动心而为淫妇,既动心而为偷儿,则岂惟淫妇、偷儿而已。
　　惟耐庵于三寸之笔,一幅之纸之间,实亲动心而为淫妇,亲动
　　心而为偷儿。既已动心则均矣,又安辨泚笔点墨之非入马通

奸,泚笔点墨之非飞檐走壁耶?"⑤

无独有偶,金圣叹的"设身处地法"和世界戏剧三大表演体系之一的前苏联著名话剧导演斯坦尼斯拉夫斯基的体验派理论不谋而合,⑥不过金圣叹又把"设身处地法"命之为"因缘生法"。

小说传神论的提出,正是讲说的话本和讲史小说转换为阅读小说的繁荣创作期,创作实践要求理论上的说明。李卓吾、金圣叹,以及张竹坡、脂砚斋正是依据几部经典小说结构、形象、语言等关键性问题,总结了创作的经验教训。问题是笔者上文曾指出中国画家主张以形写神,或是徐渭、朱耷、石涛及扬州八怪传神写意不画形貌的写意画风,从来就不把摹拟作为艺术的目的,而总是着眼于表现主体精神的美。所谓以形写神是说写出被描写物像的内在精神,与此同时又加进创作主体即艺术家的感觉、情绪、想象、意愿、理想以及认识等主观因素。这同西方也讲究神,但主要在客观物象中求得,通过审美主体对外在客观规律的理性探索,对物体和人物形象的精心刻画中,显露出物象的内部生命。所以形是神的基础,以形写神,神是在注重形的真实、具体的基础上达到的。

既然中国的小说批评家把绘画的形神论引进小说创作和批评,既然小说家和批评家和画家同受中国传统文化思想培育,具有相同的审美意识,那么小说家在塑造人物形象时,是否也要渗进作家的主观意识? 因为小说不同于绘画,小说要描写广阔而又复杂的社会生活的各个层面,再现诸色人等不同个性的人物,于是给中国古代小说家提出一个难题:一方面小说家要忠实的再现生活的模样,依照人物的性格逻辑塑造人物;另一方面,中国小说家深受儒家、老庄和佛教的思想影响,长期生活在封建的宗法制度下,必然把某种思想观念和情感揉进主要角色之中,根本做不到和作家的思想观念毫无关联。由此,纵观中国古代白话小说的形象发展史,形象与典型的内在结构呈现不同的思想倾向,显然是作家发酵的结果,其构成形态大致有四种:

1. 封建伦理道德的传教士

此问题笔者已在前文有较多论述，不必多述。我要指出的是，生活在封建社会条件下的各色人等，固然有浓重的封建意识，但在群体中也有反封建的民主意识。可在小说中的主角们演绎因果报应的篇子，喋喋不休的说教，显然是小说家把自己的主观判断塞给了人物。如《醉醒石》、《石点头》，如《三言》、《二拍》的某些篇章。

2. 史诗式的理想人物

如《三国演义》、《水浒传》中的人物，特别是《水浒传》，就典型的基本内涵和美学特征而言，《水浒传》的典型人物性格，无论是林冲、武松、鲁智深，抑或是武大、何九叔、牛二、王婆、潘金莲等等，都"因缘生法"，植根于生活土壤，运用"极近人之笔"，写出了现实生活中人物性格所固有的复杂性，每一个典型人物的性格，可以说都体现着社会关系总和，是典型环境中的典型性格。但是，人物的"怎样做"，不能不通过特定的细节来体现，所以施耐庵继承了说话艺术的细节描写方法，选择富于代表性和表现力的典型细节来刻画人物，描写事件，使得读者读来感到质朴、亲切，意味无穷。另一方面，作者又用"极骇人之笔"，塑造了一批"天人"、"神人"式的人物，他们超绝的武功，过人的力量，奇特的个性，绝非常人可比。很明显，作者把人民的理想愿望和自己的审美理想倾注在人物典型中，蕴含着强烈的表现成分，这绝不是用所谓浪漫主义的创作方法能够说清楚的。

当然，像武松式的复仇大力神的化身，其性格特征的主要成分，都来自现实生活，都是依靠作家对现实的感受和审美情感两个层次来完成的。不过被作家捕捉到并被表现出来的，往往是与主体的审美情感，某种精神最相契合的那些特征，加以突出的强调，绝不是简单的再现。从这个意义来说，表现中有再现，以再现达到表现。从《三国演义》、《水浒传》开始，经过《杨家府演义》、《隋史遗文》，降及《说唐全传》、《说岳全传》，构织了历史演义和侠义小说人物典型的主要形态。

3. 自我否定与变异

　　典型发展上另一种形态,是典型的自我否定和变异。这集中表现在董说的《西游补》。此书仅十六回,叙述方法离奇古怪,打破时间的自然程序和空间连续性,造成了故事背景紊乱、人物面貌扑朔迷离,根本谈不到什么人物性格,更不用说典型塑造。作家只是按照自我意识的流程,为了说明某种哲理而随意驱遣人物,感情无端跳跃,想象漫无边际。孙悟空时而化身为虞美人戏弄项羽,时而弃佛还俗做官生子,唐僧竟然在南宋的阴司扮演临时阎罗审讯秦桧,后来又决定放弃取经任务,与翠绳姑娘结婚,而后接到诏书征为杀青大将军,翠绳姑娘突然投井身死,其间的因果关系非常兀突,读者无法把握作家的真实意图,找不到思想感情上的逻辑联系。这种否定客观生活和人的思维活动的逻辑性,以及反逻辑性的形象,大约是《西游补》的特点。而一反传统的描写方法,大量采用幻想、夸张、隐喻、象征等艺术手段,将思想、感情等等化为某种形象,近似于现代荒诞小说,因而引起了海外学者的研究兴趣。

　　如果西方现代小说揭示的是西方畸形发达的现代物质文明对人的精神所造成的深重压迫,索求自我、自觉、无常与失落等等问题,其思想导源于唯心主义哲学和心理学,那么,生活于明末的董说,则用道释两家思想来讥弹明季世风。笔者在本章第一节曾指出,儒家对于文艺较多地注意它与社会的联系和功能,道家则注意艺术的自身特性和思维规律,它对后世文学创作影响最大的,是启示人们探求艺术品物质形式之外的观念形态的本体。因为在道家看来,艺术作品不过是艺术家观念的外化。换句话说,艺术作品是艺术家精神创造的产物,艺术家通过物质性的媒介——艺术作品表现艺术观念,所以艺术作品的真实性不存在于艺术本身的物质材料,而在于“意”(观念、精神),即所谓“世之所贵道者书也,书不过语,语有贵也。语之所贵者,意也,意有所随。意之所随也,不可

以言传也。而世之因贵言传书,世虽贵之,我犹不足贵也,为其贵
非所贵也。故视而可见者,形与色也;听而可闻者,名与声也。悲
夫,古人以形声名声为足以得彼之情"!⑩

　　可贵的是"意"而不是物质材料本身。道家把宇宙观本体论的
探求推衍到人类的精神产品,混淆了两者的区别,从而把精神产品
的观念本质看成是宇宙万物的绝对规律,当然是错误的。但是,道
家的思想,经由魏晋玄学落实到文学上,因而有对主体精神境界和
抽象审美意识的追求,开启了艺术鉴赏的方法,倘若把这种追求贯
彻到类似《西游补》小说形象创造中,那么,"言者所以在意,得意而
忘言",⑪重要的是言中隐寓的某种精神理念,而不是形象本身的合
理性与真实性,形象不过是观念的仆役,至此人物形象塑造已步入
非性格化与非典型化的歧途。这种排斥乃至否定典型形象的抽象
化的艺术观点,与传统的创作原则相距甚远,因而没有给小说界留
下深刻影响。这也许是董说看破了尘世,以其情太切才有透悟,认
为尘世是万事归于虚静的世界,所谓"四万八千年,俱是情根团结,
悟通大道,必须突破情根;突破情根,必先走入情内,走入情内,得
见世界情根之虚,然后走出情外,认得道根之实"。⑫所以才采取了
游戏人生的态度,无须着力于真实形象的刻画。

　　4. 按意象塑造人物

　　同样受道释两家思想影响的伟大小说家曹雪芹,却不同于董
说蒲团座上笑人生,也不做归隐青山,心归蓬莱的道士,他既悲愤
现世人生,又强烈地追求人生的艺术化,这种对人生的诗化情感成
就了一部伟大小说《红楼梦》,也影响了小说人物的诗化性格。曹
雪芹把中国古代小说的典型塑造提高到了一个崭新的审美阶段。
这不仅是因为作者"如实描写,并无讳饰"的刻画了人物性格的多
面性,形成了独特的"这一个"。值得注意的是"忘象忘言",从"这
一个"具象升腾到空灵的意境,追求形象之外更深潜的意义;又不
完全是"这一个"。所以林黛玉的苦痛,就不只是由于寄人篱下,爱

情不得实现的一位少女的悲苦,更主要的是作者把这种情感"净化"——或者说艺术化了,成为那时文人们对人生的有常与无常的普遍探求。"侬今葬花人笑痴,他年葬侬知是谁?试看春残花渐落,便是红颜老死时"。黛玉的葬花通过落花而抒发,落花所体现的悲愁,显然已超出了林黛玉的思想范围,葬花的情节所透露的,难道不正是阮籍、嵇康、陶渊明、陈子昂等等数不清的诗人们对人生的相同的感念? 关于意象塑造我们已在第五章做了详细论说,在此不再赘叙。

四、说话艺术要求人物性格单纯明晰

在中国古代小说人物典型发展过程中,除了中国人的传统思想影响和抑制了小说家的创造,使得人物比较单纯,呈现伦理的规范外,还有一个原因,即说话艺术塑造人物性格的方法限定了说话艺人的手脚,转换为白话阅读的小说也并未脱离说话艺术的窠臼,仍被说话艺术束缚。笔者在第一章曾明确说过,说话是诉诸听觉的艺术,说和听的审美关系,决定了说话艺术的表现形式,首先要适应听众的审美需要和趣味,然后再征服听众。例如人物性格要单纯明确,能使听众很快把握每个人物的主要性格特征,不大可能接受和理解人物性格内部的二极关照、交融组合的描写方法。否则听众则把握不住人物性格,失去了听书的兴趣,必然离开书坊,影响票房收入。

说来好奇怪,从《红楼梦》传抄至正式刊出后,没有一个艺人像说《水浒》、《三国》那样"说"全本《红楼》的,即便清末民初有说唱子弟书的红楼段子,之后的话剧、戏曲和电影有搬演《红楼梦》的情节,但多撷取场面张力较强烈,人物性格较鲜明的回目,如红楼二尤、王熙凤大闹宁国府、晴雯之死;或是突出情感戏,表现宝黛爱情的单一主题,而小说的多重主题的内在意蕴根本无法体现。哪怕是一段话语背后的潜台词,也很难在瞬间被观众领悟。且看第三回林黛玉进荣国府,王熙凤初见黛玉后的感叹。

　　　　"天下真有这样标致的人儿!我今日才算看见了!况且这通身的气派竟不像老祖宗的外孙女,竟是嫡亲的孙女似的,怨不得老祖宗天天嘴里心里放不下。——只可怜我这妹妹这么命苦,怎么姑妈偏就去世了呢!"贾母笑道:"我才好了,你又来招我,你妹妹远路才来,身子又弱,也才劝住了,快别再提了。"熙凤听了,忙转悲为喜道:"正是呢!看见了妹妹,一心都在他身上,又是喜欢。只是伤心,竟忘了老祖宗了,该打,该打!"又忙拉着黛玉的手问道:"妹妹几岁了?可也上过学……什么顽的,只管告诉我。丫头老婆不好,也只管告诉我。"

　　王熙凤连串的动作和言语都说明了王熙凤的特殊地位,而她表演动作的变换,都围绕着贾府权力核心的最高统治者贾母的喜恶而移步换形。王熙凤劈头就把林黛玉的美提到绝对的高度,所谓"天下真有这样标致的人儿",言外之意是现实生活中她没有看见过,包括贾府内的三位姑娘,迎春、探春、惜春也不属于"标致人儿"之列,所以才说"我今日才算看见了"。王熙凤说这句话不怕得罪贾府的三位姑娘,三位姑娘也猜测到王熙凤说这话的真正目的,何况林黛玉初进荣国府,琏二嫂子夸赞林黛玉无可厚非。接下来,王熙凤说:"况且这通身气派竟不像老祖宗的外孙女,竟是嫡亲的孙女似的。"本是"外孙女"偏要偷换为"嫡亲孙女",拉近了林黛玉和贾母的血缘关系。如果说林黛玉是天下少见的标致人儿,如果说林黛玉的通身气派像是嫡亲孙女,那么,贾母在年轻时岂不也是一个标致的人儿?王熙凤表面上夸赞林黛玉,实际是捧贾母,受益者是王熙凤。如同下一句"怨不得老祖宗天天嘴里心里放不下",更是捧贾母对林黛玉的深切关爱,而"只可怜我这妹妹这么命苦,怎么姑妈偏就去世了呢",也同样是说给贾母听的,表明她同老祖宗站在同一立场上，对林黛玉有相似的认同感，再配合"用帕拭目"的表演动作，贾母听着当然舒服高兴。"贾母笑道（请读者注意是'笑道'）：'我才好了，你又来招我……'"善于在贾母和众人面前做戏的王熙凤，听到贾母亲昵的责备，"忙转悲为喜"，她说是"一心都在"林黛玉身上，"竟忘了老祖宗了"。其实王熙凤的每一句话都在讨老祖宗的欢心，包括他拉着林黛玉的手，连续问三个问题，告诉林黛玉有什么需要，下人不服管的都要告诉她。接着又命下人为林姑娘准备房子，搬运东西。这一切都真实地反映了王熙凤巧言令色的权谋，喜好卖弄和指挥别人的心理。

再看第八回薛宝钗要求赏鉴贾宝玉的"玉"，笑说道：

> "成日家说你的这块玉，究竟未曾细细的赏鉴过，我今儿倒要瞧瞧。说着便挪近前来。宝玉亦凑过去，便从项上摘下来，递在宝钗手内。……宝钗看毕，又从新翻过正面来细看，口里念道："莫失莫忘，仙寿恒昌。"念了两遍，乃回头向莺儿笑道："你不去倒茶，也在这里发呆作什么？"莺儿也嘻嘻笑道："我听这两句话，倒象和姑娘项圈上的两句话是一对儿。"宝玉听了，忙笑道："原来姐姐那项圈上也有字？我也赏鉴赏鉴。"……宝钗…因说道："也是个人给了两句吉利话儿，錾上了，所以天天带着，不然沉甸甸的有什么趣儿？"……果然一面有四个字，两面八个字。……宝玉看了，也念了两遍，又念自己的两遍，因笑问："姐姐，这八个字倒和我的是一对儿。"莺儿笑道："是个癞头和尚送的，他说必须錾在金器上……"宝钗不等他说完，便嗔着不去倒茶。

不必笔者多做解释，读者从引文中可以品味到这位"安分守时"的小姐，竟然不安分的要赏鉴宝玉的玉，而且从怀里把自己的金锁掏出来给宝玉看，如果是出于少女的好奇，人们不必过多猜测。问题是主仆一唱一和的配合，着实可疑。薛宝钗念完玉上的八个字之后,竟然问莺儿发什么呆,那莺儿当然要代主子说出"和姑娘项圈上的两句话是一对儿",那么,宝玉必定要求薛宝钗把金锁拿出来赏鉴赏鉴。莺儿说"一对儿"时是"嘻嘻地笑道",不单纯指数量学的意义,也含有男女成双成对的暗示。贾宝玉傻乎乎地也说"这八个字倒和我的是一对儿",只有偶数的说明。薛宝钗说"也是个人给了两句吉利话儿",不说是谁,而莺儿又抓住机会做了注释:"是个癞头和尚送的。"这个癞头和尚是否来自大荒山,不得而知,至少是个神秘人物,他的话有一定的权威性,莺儿正是借着和尚的话暗示金石缘配对儿。我甚至认为薛宝钗已认定了贾宝玉是她理想对儿,她将借助各种力量,送她上青云的。

　　笔者不厌其烦的引述这两段原文,无非是想说明不同形态的小说对人物表象的层面和色素要求不同。直接面对听众讲说的说话艺人,为了适应听众"听"的需要,人物形象常常是单纯而又明晰的。单纯不是简单,只是结构上不作兴安排二极对应,灵与肉的自我搏斗。《红楼梦》尽管采用了看官听说的叙事模式,但已改变为写与读的审美关系。寓意、隐喻、象征,复杂的人际关系,多侧面的人物性格,所谓初看容易细思难,只有通过读者的反复阅读才能体味到小说的真谛。换言之,《三国》、《水浒》成书之前,长期在民间戏曲、说唱以及说书中流传,有着强烈的表演艺术的特点,即使转化为长篇小说,仍保留故事情节曲折动人,人物性格鲜明,动作尺寸较夸张,场面丰富,很容易转化为视觉形象的戏曲与电影。反之,改编为电影、电视、戏曲的《红楼梦》,观众很难在稍纵即逝的人物话语动作中,理解王熙凤赞美林黛玉潜台词的内在含义。

五、庄禅艺术精神启示了小说家的形象创造

　　比较地说,儒家与老庄的道家虽有形而下和形而上的区别,但其出发点和归宿点,都落实于现实人生上。不同的是儒家面对现

实人生积极入世匡救,所以在艺术精神上倡导实用功利主义的创作目的和社会效应,朴实自然的艺术风格。道家则面对忧患人生,力求解脱,追求超越本体的精神境界。老庄——主要是庄子的艺术精神对文人,特别是对小说家的艺术追求影响甚巨。

徐复观在《中国的艺术精神》第二章《中国艺术精神主体之呈现》中说:"当庄子从观念上去描述他之所谓道,而我们也只从观念上去加以把握时,这"道"便是思辨地形而上学的性格。但当庄子把它当作人生的体验而加以陈述,我们应对于这种人生体验而得到了悟时,这便是彻头彻尾的艺术精神。"⑩所谓人生体验的了悟,说的是超越本体的、感性的、可视的本体,去发现非物质的、非感情的、不可视的内容,从而在自己的精神中获得自适感和充满感。为要达到上述境界,则须破无用为有用,即从社会束缚中,从现实的实用观念中解放出来,不以社会的价值判断为判断,甚或要"无己"和"丧我",进入"心齐"(彻底排除心理上的欲望)、"坐忘"(排除由知识而来的是非)的意境,铸成"虚"、"静"(无欲无知的虚静之心)、"明"(由虚静而来把握宇宙万物本质的观照)的知觉主体。这个主体在进行美的观照时,能把万物的杂多归为一,主客两忘,主体与客体同属一个,所谓庄周化为蝴蝶,蝴蝶化为庄周,尔后才能天地万物相通而有共感,感悟到万物皆有灵性,有性格,有生命价值,将宇宙万物拟人化,有情化。⑪

老庄否定现实人生,追求艺术人生,所谓"有生于无"这个命题曾受到黑格尔的称赞,他说东方看来"绝对的原则,一切事情的起源者最后者、最高者乃是'无'……这种'无'并不是人们通常所说的无或无物,而乃是被认作远离一切观念、一切对象——也就是单纯的、自身同一的、无规定的、抽象的统一。因此这'无'同时也是肯定的;这就是我们叫做的本质"。⑫

我们不必纠缠于庄子由"无"追求"有"的论证是唯心还是唯物,笔者感兴趣的是追求艺术人生的思维过程,即如《庖丁解牛》所说的由始见全牛到未尝见全牛,到随心所欲的"神遇"的阶段,到此时为之踌躇满志,体悟到了精神享受,也就是庄子所谓的道,实际也应是艺术家所追求的最高的艺术精神。因此,庄子的艺术精神对中国艺术本质的最大的贡献,莫过于把认识判断转换为趣味判断,推进了对艺术本质的认识,即作家知觉视觉与想像力结合,超越审美价值的第一自我(现实生活的表层),而捕捉第二自然潜藏着的本质(精神),探求事物和人生永恒存在的价值和意义。这是一。

其次,庄子艺术超越,并不纯是思辨的形而上学的超越,而是把每一个自然事物看作是有生命的、人格化的,然后再从具体形象入手,体味内在的深、玄、远,即道的境界——作家追求的既不是儒家过分政治化伦理化的人格或专制等级下政治理想的探求,也不是过于玄远的道的追求,而是借用庄子的思维方法,竭力寻求理想人性和人生。

无独有偶,佛教中的禅宗从印度传到中国,结合老庄思想,形成了有中国特色的禅宗。因此禅宗超逸的远思方式同老庄有相似之处。或者说禅家自证自悟的宁静的审美观照,富有实践精神的想像力,同样开拓了作家的思维空间。例如禅宗的惟信有一次对他的学生说:

> 老僧未参禅时,见山是山,见水是水。及后来亲见知识,有个入处,见山不是山,见水不是水。而今得个休歇处,依前见山只是山,见水只是水。⑤

所谓"见山是山,见水是水",那是用意识看自己,用肉眼看万物,不免着实,偏执于个人的主观情感观念,过分停留执着于客观的物境。第二个修养层次,"见山不是山,见水不是水",也就是超脱空掉了世界,有所悟,已进到了忘境。非山非水,同时也忘了自己。但是忘境只是过渡境界,忘了后还要能化,继续追求,最终达到见山自己就是山，见水自己就是水，悟到了佛的本性。

惟信的悟道过程并不是他独家发明，其实禅宗第六祖慧能早就提出"对法相因"、"由相对而相舍"、"不舍不破，性相如如"修炼程序。佛家认为宇宙是个有机的整体，有动有静，有明有暗，有空有有等等。动静相摄，明暗交参，空有不离，正偏妙挟，万物的每一范畴都是相对相因的两种相反的作用所构成，不可偏执一方的，这就是对法相因，换言之是见山是山，见水是水。但是禅家承认客观现实的两边，并不是佛家追求的目的，佛家是讲虚空的，不能只徘徊于两边，而是要把相对的两边一齐抹掉，用自己的顿悟灵感超越两边，所谓由"相对而相舍"，见山不是山，见水不是水。问题是超越两边后，是否是离开现象界去探求禅的最高境界呢？也不是。在禅宗看来，现象界都是自然的，并无善恶美丑的差别，只是因为我们心中有了执着，才有相对的差别；况且在现象外无道体可言。因为现象和道体如同一个事物的两面，迷乱时即现象，悟时即道体。由此求道不假外求，只要消除心中执着，处相对世界而不粘着于相对，使我心与万物同游于自然，而无任何挂碍，最后是不舍不破，性相如如，修成正果，悟到佛的真性，也就是惟信所说的"见山只是山，见水只是水"。

庄禅意识启示文人不只是以禅理、禅典、禅趣入诗，用参禅论证学诗的过程和诗的创作，更主要的是，禅宗涵盖一切事物，同时也泯灭一切，超越形象、体用、主客、是非、时空、生死、动静，在妙悟中去发现领悟人生生命真正价值的思想，借具体以代抽象，以有限表现无限，由现象发露本体，由感觉到的具体事物，象征那不可感觉不可思议的自性的思维方法，必然启示小说家去把握人物形象的真谛，思索理想人格的特质。

六、《红楼梦》颠覆了传统的塑造人物性格的模式

在古代小说家族里，没有一部小说像《红楼梦》那样潜藏着深

刻内容,仅仅从字面很难捕捉到作者的意图。我们不能武断地说曹雪芹是按照庄禅精神写作《红楼梦》的,但是,庄禅意识却为曹雪芹提供了观察世界的方法,沿着庄禅的思想路线分析《红楼梦》,可能是阐释作者创作意旨和性格塑造的重要角度。曹雪芹在小说的开头交代得很清楚,他把社会的一切世相都建立在真假、有无、色空上来考察,而又超越两边的。

"从此空空道人因空见色,由色生情,传情入色,自色悟空。"从"空"出发,把现实世界的一切事物看做虚幻不实的假象,由假象产生种种妄念是"由色生情"。"传情入色,自色悟空",是对上两句的还原。

再看太虚幻境的那副对联:"假作真时真亦假,无为有处有还无。"第十二回,贾瑞病故,代儒夫妇哭得死去活来,大骂妖道,命人架起火来,烧那镜子,只听空中叫道:"谁叫他自己照正面呢! 你们自己以假为真,为何烧我此镜!"说的也是假中有真,真中有假,不能执著一边。《好了歌》则把事物的"对法相因"的关系说得更为明确。所以曹雪芹在《红楼梦》中提供的不只是一种观照事物的标准,而是一个审美价值系统。他不再把社会事物看做单向直线运动,而是透过对立的生活现象,观察社会发展的走向。这就是曹雪芹肯定一种价值的同时,又发现了相反的价值,这如同"风月宝鉴"的两面涵旨,"月满则亏,水满则溢","登高必跌重","乐极生悲","否极泰来"。"烈火烹油,鲜花着锦之盛"的贾府,到头来,"好一似食尽鸟投林,落了片白茫茫大地真干净"! 众多美女都要向一个坟穴,喜庆的宴席紧跟着不如意的事情发生。贾宝玉在他快乐的生日宴会中,跟群芳饮酒作乐,唱的是《赏花时》曲,可是曲中竟曰"春梦随云散,飞花逐水流"。总之,无论功名富贵,娇妻儿孙,都有二律悖反的性格。

正因为曹雪芹惨痛的生活经历,二元悖反的观照,才使他艺术地显现了封建社会面临着重重危机,这种危机不仅反映在意识形态领域,也表现在政治、经济、社会道德等等诸方面。但是,曹雪芹如同禅家,不仅仅粘着于两边,他是要超越两边的。具体一点说,曹雪芹采取两重认识形式的最终目的,绝不只是揭露贾府由盛而衰的过程。悲悼各色人等的悲剧命运,从而预示封建社会不可克服的内在矛盾和必然走向衰败的命运,或是提出后继无人的问题。这统统是我们的价值判断,而且是从政治观点和实用理性主义角度出发,未必是曹雪芹的原旨。超越价值的第一自然,苦苦探求第二自然潜藏着的本质——人生爱、欲、悲、欢、散、毁、败、老、死的内在原因,及其主宰万物变易的原动力,探索人生命的真正价值是什么。我以为这可能是《红楼梦》作者的本意。倘若我们对《红楼梦》的旨意理解得不错,那么,曹雪芹感到最痛苦的,或者在小说着重说明的,是对人生永恒的生命价值的探究上。既然"好便是了","了便是好",何以能由"好"转化到"了",为什么"了"便是"好"呢?曹雪芹不可能也不会用政治分析和经济分析的方法指出贾家由盛而衰的原因,较多的是从文化意识方面感悟到所属阶层和生存社会的腐败无能,而其判断又涵盖了对前代历朝盛衰成败的观察,浸透着老庄的悲剧意识。

如何摆脱悲剧世界和生死的惊忧?由于不能在物质世界中现实地实现,于是就落实在某种精神——人格理想的追求上了。曹雪芹正是按照庄禅精神来塑造贾宝玉,一个追求理想世界,实现自己人生价值的典型。

值得研究的,曹雪芹赋予贾宝玉以特殊的出身。小说写了一个弃在青埂峰下的石头,赤霞宫中的神瑛侍者和衔于贾宝玉(胎儿)口中降临人间的通灵宝玉,这三者是怎样的关系?谁是贾宝玉的前身?在小说中起着怎样的作用?本来脂评八十回本对这几者的关系交待得很清楚,程甲本做了改动,这几者的关系就混乱不清了。请看脂评甲戌本原文:

　　那僧笑道:"此事说来好笑,竟是千古未闻的罕事。只因西方灵河岸上三生石畔,有绛珠草一株。时有赤瑕宫神瑛侍者,日以甘露灌溉,这绛珠草便得久延岁月。后来既受天地精华,复得雨露滋养,遂得脱却草胎木质,得换人形,仅修成个女体。"

程甲本则改为:

> 那僧道:"此事说来好笑。只因西方灵河岸上三生石畔有绛珠草一株。那时这个石头因娲皇未用,却也落得逍遥自在,各处去游玩。一日来到警幻仙子处,那仙子知他有些来历。因留他在赤霞宫居住,就名他为赤霞宫神瑛侍者,他却常在灵河岸上行走,看见这株仙草可爱,遂日以甘露灌溉,这绛珠草始得久延岁月。后来既受天地精华……"

按脂评本的描写,弃在青埂峰下的石头与神瑛侍者是两个不同的形体。石头被弃在青埂峰下,自经锻炼,灵性已通,后听一僧一道谈论红尘中荣华富贵,不觉打动凡心,也想到红尘中经历,那僧大展幻术,变成一块鲜明莹洁的,且又缩扇坠大小的玉石,袖了那石,不知投奔何方何所。后来,又过了几世几劫,有个空空道人从青埂峰下经过看到石头上记述的离合悲欢、炎凉世态的一段故事,方从头至尾,抄录回来,向世传奇。

神瑛侍者是已具人形的神仙,由于日以甘露灌绛珠草,后来脱了草木之胎,幻化人形修成女体,她向警幻仙子表示,神瑛侍者要下世为人,她也要下去为人。把一生所有的眼泪还他,这就预示神瑛侍者是贾宝玉的前身,绛珠仙草是林黛玉的前身,演出了一段具有深层意蕴的凄美的爱情悲剧。而那个"蠢物"也被夹带其中,"使他去经历经历",也就是被宝玉衔于口中落世的宝玉。一方面,它既当故事的见证人,记述了它能看到和听到的贾家由盛而衰的过程,大大小小发生的事件,宝黛的爱情悲剧;另一方面,它象征着贾宝玉的神界的生命与灵魂,它知道宝玉的前身和今身以及未来。

每当贾宝玉心智被世俗迷失,实际是通灵宝玉被蒙蔽时,癞和尚跛道人便提醒宝玉,勿被声色货利所迷。

不过,我们不必把神瑛侍者和石头即通灵宝玉分得很清楚,以为各自独立,彼此毫无关联。其实按古文献所记,瑛即"美玉",有石头的属性,它虽不同于青埂峰下的顽石,但石头作为一种意象,对应着贾宝玉顽石的性格。所谓贾(假)宝玉——真顽石;真顽石——贾(假)宝玉。

如果说《红楼梦》描绘了三个世界:大荒山的本体世界、大观园内的女儿世界与大观园之外的男人世界。那么,超现实的大荒山的本体世界,为神瑛侍者下世的贾宝玉提供了最基本的性格特质:纯洁的本性,真挚情感,对美好事物和弱者的同情与爱护。而绛珠仙草"还泪"酬报灌溉之德,预示了正文故事中贾宝玉与林黛玉的爱情悲剧结局的主线,林黛玉最终"泪尽而逝"。

当然大荒山并没有造就神瑛侍者完整的人格结构,需要他在现实的男人世界和女人世界中继续锻造。事实是,他按照自己的真性,追求理想的人格模式,抵抗世俗观念的改造,可又不能不接受传统的世俗观念的改造。所谓"那宝玉原是灵的,只因声色货利所迷,故此不灵了",所谓"失去本来面目,换来新旧臭皮囊"。

下世之前,这块玉石如同顽石在女娲氏炼石补天之时,"众石俱得补天,自己无才,不得入选",幻形入世之后,仍然是"无才可去补苍天,枉入红尘若许年",用现代的语言说,像贾宝玉这类顽石,虽然生存于封建社会的母体,可是既不为那个社会他所属的阶级所用,也无力挽救家族和末世社会必然颓败的命运,所谓"纵然生得好皮囊,腹内原来草莽",所谓"可怜辜负好韶光,于国于家无望",所谓"天下无能第一,古今不肖无双",在许多根本问题上,同那个社会,同贾政所代表的正统观念格格不入。第二回贾雨村与冷子兴演说荣国府时,品评了历史上各种类型的人物,判定宝玉既非"大仁"者,又非"大恶"者,恰是灵秀气与邪气搏击之后,"一丝半缕误而逸出者"的邪气赋之以人体而后生。这种人"上则不能为人君子,下亦不能为大凶大恶","其聪俊灵秀之气,则在万人之上;其乖僻邪谬不近人情之态,又在万人之下",总之是非传统的人格形态。

　　传统文化设计的理想人格模式,如笔者前文所述,无非是儒家的"归仁养德",道家的"顺天从性",以及赖力仗义的侠士人格。儒家以仁为核心的人格结构和理想,随着在封建社会意识形态中占据正统和主导地位,日益精密具体,积淀为民族的深层的文化意识,成为当时人们的普遍追求。然而儒家的理想人格与现实生活的人格往往距离很大。因为在中国古代,任何人格都必须屈从于政治,服从某种政权的需要,按照当权者的标准修正自己的设计。仕途是士人取得一定社会地位的首要选择和途径,于是,理想人格设计一旦服从于实际政治需要而成为脱离现实的抽象时,这种人格设计,不仅不能体现时代精神,反而成为社会进步和人格发展的负性力量,永远还原不到理想主义的人格设计。于是受控于家族血缘关系和封建专制主义的束缚,道德化的政治与政治化的道德矛盾,从道与从势的两难,儒家的入世与佛道超然出世的两面思维的影响,滋养了林林总总的双重人格的人物。他们在社会上要换用几套人格面具,处处以封建道德的价值系统作为人的普遍人格特征,为适应社会规范,个人的真实情感被掩饰了,扭曲了。按照贾宝玉的判断,是人们为声色货利所迷,"空有皮囊,真性不知往哪里去了"!因此贾宝玉才痛骂那些像狗马一样的卑贱,匍匐在"功名仕进"底下的所谓"读书上进"为"禄蠹"、"国贼"。对当时八股,他也鄙视为"沽名钓誉"之阶,一提到"科举"、"仕途经济"便要激愤起来,"最厌这些道学话","懒与士大夫诸男人接谈,又最厌峨冠礼服",甚或把"文死谏"、"武死战"的封建最高道德骂得一钱不值,"都是沽名钓誉"罢了。显然贾宝玉否定了这条道路。

　　贾宝玉的"真性"观如同李贽的童心说,汤显祖的至情,三袁的性灵论,无疑是传统人格定势的悖论,对禁锢人性的反叛,人性全面复归的期冀和追求,带有个性解放的色彩。也因此他才敢于冒犯贾政的威严,针对贾政不爱那个人工造成的"稻香村"的呵责,发表了一通"正畏其地而强为地,非其山而强为山",破坏天然本色的议论。同样的,贾宝玉的"爱物论"也反映了他的自然本性的思想。认为"这些东西,原不过是借人所用,你爱这样,我爱那样,各有性情",顺乎人的自然情感自由行动,不必把自己的意志强加于人。他也正是按照自己的情感,在女子圈里,"喜欢时,没上没下,大家乱玩一阵;不喜欢时,各自走了,他也不理人。我们坐着卧着,见了他也不理,他也不责备。因此,没人理他,只管随便,都过得去"。这一切,显然是"不大合外人的式"——传统的礼法规范。

　　不过贾宝玉追求的自由人格,或人格理想,只是心中幻想的、有限度的自由,而不是健全的灵与肉的自由。贾宝玉渴求个性的复归,又必须接受封建伦理规范。这两重心理,一方面表现为真的我为社会所囚禁,真性处处受封建礼法的限定,不论贾宝玉对当时文人八股怎样"深恶此道",仍要遵从贾政的训示,"一律讲明背熟",只"因孔子亘古第一人,说下的不可忤慢,只得听他的话"。对子侄可以"不求礼数",对弟兄"尽其大概",对长辈却"礼数周全",不敢有半点越礼。在贾府的樊笼里,他甚至连走出大门一步的自由也没有,"我只恨天天圈在家里,一点儿做不得,行动就有人知道,不是这个拦着,就是那个劝的,能说不能行"。这一道藩篱,贾宝玉无时无刻不想冲出去,但欲出不得,欲抗不能。

　　另一方面,是真性我与社会我的激烈冲突。贾宝玉的叛逆性格,渴望自我价值的实现与满足,冲击着传统儒家思想和伦理规范对个性自由和人格独立的戕害。众所周知,这种冲突有时竟发展到你死我活的地步。

　　既然贾宝玉保守全真,鄙弃经世致用的道路,那么走什么道路?不明确。他具备历史上创造性人物敏感、幻想、怀疑、审视事物的天赋,却缺少创造性人物的特殊素质和行为。面对僵化没有生机的传统,没有适应社会发展所需要的思想武器作为支援意识,最终走向庄禅的虚空。

这说明传统文化缺乏一种在历史大变动时期进行自我更新的机制,代表市民阶层的新思潮难以指导人们从传统观念向一个新观念的转变,因而贾宝玉既不能也不可能在那个时代超升为"战士",又不肯做峨冠礼服的"君子"或淫魔色鬼,惟有在以自我为中心的传统文化的旋涡中挣扎,奋争,哀怨,寻求解脱之路。

用什么思想武器去解脱呢? 贾宝玉曾向庄禅寻找过精神上的力量。第二十一回贾宝玉剪灯看《南华真经》,至《外篇·胠箧》一则引起共鸣,趁着酒兴,提笔写了《续〈庄子·胠箧〉文》,想以"焚花散麝"的办法求得精神上的自我解脱。尽管林黛玉讥讽他无端弄笔,作践南华,脂砚斋也评曰"岂有安心立意与庄叟争衡",但庄子"殚残天下之圣法",张扬"归返自然"、"全性保真"的思想对贾宝玉是不无影响的。

此后,"听曲文宝玉悟禅机",贾宝玉非常赞赏《醉打山门》中《寄生草》的曲子。后来为了调解黛玉和湘云之间的小冲突,奔走来往于两人之间,不料越调解越糟,反而"落了两处的贬谤",联想到自己也如《寄生草》所说"赤条条来去无牵挂",又援笔立占一偈,并亦填一支《寄生草》。显示的层次,好似贾宝玉调解林黛玉与史湘云的矛盾失败后而触发了禅机;隐藏的意识层次,透露出贾宝玉已领悟到人生的苦恼,试图摆脱人生困扰,追求真如世界。然而此时的贾宝玉缺乏全面系统的世界观作为评判现实生活观点的基础,他的参禅不过是薛宝钗批评的,"美则美矣,了则未了",或如脂砚斋的判断,"宝玉不能悟也"。

贾宝玉不能悟还有一个重要原因,就是他排斥大观园外男人的世俗世界,主要活动在大观园的女儿国,不能长大成熟的原因也在这里。

　　在贾府周围,贾宝玉看到的男子,要么有如正统、权威、冷酷、精神空虚的贾政;有贾珍、贾琏、薛蟠之流,道德沦丧,行止污浊,思想贫乏,识见浅薄;也有如贾雨村似的虚伪、势利,见利忘义,反复无常。而从女子身上,确切地说,在丫环婢女和未出嫁的姐妹身上,发现了美和纯洁,由此也形成了一套呆论。按他的话说:"女儿是水做的骨肉,男人是泥做的骨肉。我见了女儿便清爽,见了男子便觉污浊逼人。"不过贾宝玉对女人的肯定有一个条件,必须是未出嫁的纯真少女。"奇怪,奇怪。怎么这些人只嫁了汉子,染了男人的气味,就这样混账起来,比男人更可杀了"。他把女子变化做三个阶段:"女孩子未出嫁,是颗无价之宝,出了嫁,不知怎么样就变出许多不好的毛病来,虽是个珠子,却没有光彩本色,是颗死珠子。再老了,更变得不是珠子,竟是鱼眼睛了。分明一个人怎么变出三样来。"宝玉这番议论使守园门子的婆子不禁发笑,她们问宝玉:"这样说,凡女儿个个是好的,女人个个是坏的了?"宝玉点头说:"不错,不错。"联系宝玉对史湘云出嫁以后又回到贾府的态度,不难明白他所说的"珠子"、"男人的气味"的含义指的是什么。贾宝玉心里想道:"我只说史妹妹出阁必换一个人,我所以不敢接近他,他也不来理我,如今听他的话,竟如先前一样。"就是说史湘云接近男人气味之后并没有完全变成一个"死珠子",还保持着女性的某些光彩。但他憎恶史湘云也包括薛宝钗劝他留心读书应举,与"为官作宦的,谈讲谈讲那些仕途经济"的"混账话",而喜欢没有说过"混账话"的黛玉。很明显,宝玉认为"更可杀了"的不止是"嫁了汉子"的女人,而是痛恨沾染了利欲熏心"气味"的一切男女。可见贾宝玉对"女儿"的崇拜,实际是对青春、生命、纯真的肯定与追求,这也如同"时常没人在眼前,就自哭自笑的;看见燕子就和燕子说话,河里看见鱼就和鱼说话,见了星星月亮,他不是长吁短叹的,就是咕咕哝哝的……"追求一种有情的世界,保有赤子之心的美好品性,按他的话说:"你可知古圣贤说过'不失赤子之心'? 那赤子之心有什么好处？不过是无知、无识、无贪、无忌。我们生来已陷溺贪、痴、爱中，犹如泥污一般，怎能跳出这般尘网？"所以贾宝玉常常为生成了一个男子之身而感到厌恶，在异性面前感到自卑，自贬自己为"浊物"、"浊玉"、"俗而又俗"，连焙茗都替他向洛神或是故去的女儿阴魂祷告说："你在阴间，保佑二爷来生也变个女孩儿！"

　　如果说薛宝钗体现传统文化高度自我完善的人格典型，具有传统文化所提供和所需要的一切最具体、最现实的美，成为大观园内道统的体现者；如果说林黛玉不同于宝玉那种强烈自我超越的人格追求，始终为生命的自我不得实现而苦，获得了一种象征的意义，那么，作者赋予贾宝玉双性同体的性格，反映男女两个世界的意识模式，是对理想男人性格的追求，也同样是超越了本体结构，具有象征意义。

　　问题是贾宝玉在铸造整个性格的过程中，沉溺在女儿王国里"心满意足，再无别项可生贪求之心。每日只好姐妹丫环们一处……以至描鸾刺凤，斗草簪花，低吟俏唱，拆字猜改，无所不至"。平时"甘心为丫头充役"，乐意为他们换裙，顺着晴雯的性子撕扇，痴迷的随着龄官画"蔷"字，只想到雨淋湿了龄官，而不知道淋了自己。甚至希望和女儿们永远生活在一起，"只愿常聚，生怕一时散了，虽有万种悲伤，也就无可如何了"，到那时，"等我有一日化成了飞灰——飞灰还不好，灰还有形有迹，还有知识的——等我化成一股轻烟，风一吹便散了的时候儿，你们也管不得我。我也顾不得你们了，凭你们爱哪去就完了"。但他希望死后浮泳在女儿们的眼泪所冲击的水流上，漂到一个无法叫出名字来的"鸦雀不到的幽僻之处"。

　　这样一来，由于贾宝玉过分眷恋执著女性世界和女性意识，排斥男人世界，结果为完成自我整体发展与超升的追求而发生了偏差，感性直觉的部分过度发展，理性的层面却受到遏制。早在第五回，警幻仙姑便受荣宁二公之托，引领宝玉神游太虚境，先醉以美

酒,沁以仙茗,警以妙曲,再许配以可卿,令其领悟尘世情欲声色之
虚幻,跳出迷人圈子,改悟前情,留意于孔孟之间,委身于经济之
道。就是说从女人世界和女性意识中解脱出来,认同男性群体的
思想和心理,体现双性共存之美,完成人格的完整创造。

　　笔者无意否定大观园的女儿国和女性意识对贾宝玉自我人格
铸造过程中的作用,如大观园是寄托贾宝玉人本主义理想的圣地,
提供了他所需要的安全感与舒适感,在女孩身上获得了审美情趣,
引发了他的想象力和创造力,或者说从女儿们身上寻求庄严的人
生,美好的品格,来抗衡市俗男子社会。但是,在以男子为中心的
封建社会,仅仅依靠女性意识能否构筑完整的人格结构和世界观
呢? 当然不能。反传统的价值取向和思想,哪怕是对传统的封建
思想进行局部性的否定,必须有新的规范和价值观作为武器;厌恶
内容陈腐,形式僵化和正宗文化,必须拿出值得人们认同的文化。
不具备处理复杂多变的世界的能力,丧失了对于创造活动的深切
意识就很难充当强有力的社会角色,到头来只有做一个“富贵闲
人”。贾宝玉的悲剧就在这里。正因为如此,他只有直观的感性而
无深刻系统的理性,对僵硬的文化意识不可能做实质性的批判;他
既怀疑、厌恶传统理性和道德,同时又不能信奉某些传统价值,没
有切实可行的行动;在大观园内我行我素,遇到贾政却像避猫鼠似
的,“一溜烟”跑掉,乃至连他和林黛玉的爱情都不敢公开地向贾
母、王夫人宣明,只会在梦中喊出几声反抗的声音。意识中强烈的
紧张,在理想与现实的矛盾冲突不可调和时,只有“你死了我做和
尚”的逃脱。只有随着大观园内外矛盾的加剧,几个奴婢惨死,特
别是晴雯之死,家世衰败,黛玉弃世,爱情理想破灭,万事成空,百
念俱灰,终于悬崖撒手。到此时,贾宝玉经历痛苦人生的洗礼,似
乎找到了人格超生的支点,远非是早期的逃禅,似乎更理性地看透
了人生而悟出了人生的价值,于是消除了一切欲求愿望,超越了时
空、因果、生死、主客、是非的限制,他的精神又重新返回到大荒山

那个本性世界。

七、略貌取神

　　我们不应当用《红楼梦》塑造人物形象的方法作为评判其他小说的标准，更不应当用现代人的典型观判断中国古代小说，事实是中国小说家常常是根据其创作意旨，选择描写人物的角度，不见得也不可能像曹雪芹创造一种多侧面、多层次，并带有探索性的人格形象，例如《儒林外史》的作者即如是。

　　按理说，吴敬梓和曹雪芹都生活于同一时代，比较前代说来，社会生活越来越丰富复杂，人自身的发展也比前代更加前进了。随着自身的发展，人对自身完整性和生动性的认识能力也提高了，越来越要求完整、鲜明、复杂的人物性格。曹雪芹就是在这个时代创造了一系列完整丰满的典型。吴敬梓何以没有像曹雪芹那样创造出完整、丰满、多层次性格结构？难道是吴敬梓艺术能力所不及吗？应当承认，吴敬梓艺术才能、生活经历不同于曹雪芹，但就他所熟悉的生活来说，不是他不能，而是着重于描写社会世相，借小说里封建末世诸色知识分子种种丑相，揭示科举制度、经济结构和社会结构的紊乱，进而指出现存制度的荒谬。完整丰满的性格似乎不是他所追求，抓住人物有突出特征的言行，进而渲染能表现特征言行的主要性格侧面，则是《儒林外史》塑造人物形象的基本方法，而这恰恰体现了中国传统讽刺文学的典型观。例如第五回对严监生弥留时性格描写就很说明问题。这个片段不长，抄录如下：

　　　　自此，严监生的病，一日重似一日，再不回头。诸亲眷都来问候，五个侄子穿梭的过来陪郎中弄药。到中秋以后，医家都不下药了。把管庄的家人都从乡里叫了上来。病重得一连三天都不能说话。晚间挤了一屋的人。桌上点着一盏灯。严监生喉咙里痰响得一进一出，一声不倒一声的，总不得断气，

还把手从被单里拿出来,伸着两个指头。大侄子走上前来问
道:"二叔,你莫不是还有两个亲人不曾见面?"他就把头摇了
两三摇。二侄子走上前来问道:"二叔,莫不是还有两笔银子
在那里,不曾吩咐明白?"他把两眼睁的溜圆,把头又狠狠摇了
几摇,越发指得紧了。奶妈抱着哥子插口道:"老爷想是因两
位舅爷不在跟前,故此记念。"他听了这话,把眼闭着摇头,那
手只是指着不动。赵氏慌忙揩揩眼泪,走近向前道:"爷,别人
都说的不相干,只有我晓得你的意思……你是为那灯盏里点
的两茎灯草,你不放心,恐费了油。我如今挑掉一茎就是了。"
说罢,忙走去挑掉一茎。众人看严监生时,点一点头,把手垂
下,登时就没了气。

人在弥留之际,有许多身后事需要郑重交代,要说的往往是关
心或最放心不下的事情。严监生却为点了两茎灯草迟迟不肯断
气,并且从被单里伸出两个指头,摇头、睁眼、闭眼,用最后的生命
执拗地抗争,而他抗争的却是一盏灯点两茎灯草而费了油! 吴敬
梓描写灵魂卑下的守财奴之悭吝、啬刻,真是入骨三分。世界文学
宝库中有许多守财奴的形象,如法国莫里哀《吝啬鬼》中的阿巴公,
巴尔扎克《欧也妮·葛朗台》中的葛朗台,《高老头》中的高老头,俄
国果戈理《死魂灵》中的泼留希金等等。这些人物形象的典型性格
是完整的、丰厚的,是作家在长篇巨著中用较多笔墨塑造出来的,
而中国古代的吴敬梓则继承传统文化中略貌取神的塑造人物的技
法,特别是吸收古优语和笑话中高度集中概括和漫画式的夸张手
法,如冯梦龙《广笑府》的《死后不赊》、《一钱莫救》,选择一个典型
事件,通过特定瞬间揭示人物内心,刻画人物性格最具有特质的一
面,而不做面面俱到的描绘。也因此,吴敬梓常常是捕捉住人物性
格的某个表征,然后用突转的规律加以否定,完成批判的目的。如
出身豪门的杜慎卿,自诩超然不群,却终日和季苇萧之类的流氓文
人相与。他当着朋友的面大骂:"妇人那有一个好的? 小弟性情,

是和妇人隔着三间屋就闻见他的臭气。"名实暌离，表里不一，显然
也属于"雅得这样俗"一族。

这种取其一点不及其余的手法，不只运用在人物性格塑造上，
而且对某种主张、观念的判断，也采取略貌取神的原则，放在同一
时空，或行为前后的反差，怀疑或否定其存在的合理性。如祭泰伯
祠，吴敬梓不厌其详地描写祭祀的每一细节，制造了庄严堂皇的景
象，并且由一位被视为品德高尚的古典理想主义者虞育德主持仪
式大典，可参加仪式的二十四位知识分子分属不同品类，没有几多
人想去实践古人的信条，或在当时的历史条件下能够恢复古老的
礼乐制度。因此，祭泰伯这一仪式纯粹是在形式上对往昔的回忆，
缺少真实的生命和现实价值，陈旧的观念不可能永远指导和规范
现实生活。于是，祭泰伯祠的仪式一结束，信仰的热情随之消失，
跟着就发生几起不合"礼"的事件，连泰伯祠也颓败荒凉，大殿的屋
山头倒了半边，一扇大门倒在地上，桶子楼板不剩一块，里面空
无一人，这难道不是从另一个角度对现代"泰伯"们的嘲弄吗？

由于作者着重在描写世相的形形种种，而不是为人物立传，也
不必篇篇写出人物性格的历史和性格的各个侧面，只着力于刻画
出每一个喜剧人物性格特有的审美特质，所以，在小说结构上，短
小精炼的篇幅最适于勾魂摄魄。因此全书无主干人物贯穿，这回
书中为主要人物，到另一回则退居次要地位，而以另一人为主，如
此传递、转换，各有中心，各有起止；每个以某人物为中心的生活片
段，又互相勾连，在时间空间上连续推进，彼此连贯，形成巨幅的画
面。每一幅画面，每一镜头，有以人为主的单体结构，表现人物由
善转恶，如匡超人、牛浦郎的堕落过程。也有以事为主的，如第十
回名士宴莺脰湖，有一回写一人一事的，如写范进；有数回写一人
之事的，如第十三回至第十五回写马纯上；有一回写数人之事的；
有一人数次在各回中出现的；也有事件的结果在后几回才交代的。
各回看似彼此不相属，但内里却由展示文人社会传统思想和生活

的崩溃这样一个总体构思串联。

八、假象见义

1.得意而忘言

如前文所述,道家(包括禅宗)较多地注意艺术的自身特性和思维规律,探求艺术品的物质形式以外的观念形态的本体,于是便出现了抽象性、象征性、理想性的性格形态。因为在道释两家看来,艺术作品不过是艺术家观念的外化,换言之,艺术作品是艺术家精神创造的产物。艺术家通过物质性的媒介——艺术作品表现艺术观念,所以作品的真实性不存在于艺术本身的物质材料,而在于"意"(观念、精神),即《庄子·外物》篇所谓"言者所以在意,得意而忘言"。重要的是"言"中隐寓的某种意念,而不是形象本身的合理性与真实性。梁吴均《续齐谐记》中记载的"阳羡书生",就是作家对现实生活中某种人际关系的认识,借小说形象表达某种理念,构思很巧妙:

> 阳羡书生,于绥安山行,遇一书生,年十七八,卧路侧,云脚痛,求寄笼中。彦以为戏言。书生便入笼,笼亦不更广,书生亦不更小,宛然与双鹅并坐,鹅亦不惊。彦负笼而去,都不觉重。前行息树下,书生乃出笼,谓彦曰:"欲为君薄设。"彦曰:"善。"乃口中吐出一铜奁子,奁子中备诸肴馔,珍馐方丈。其器皿皆铜物,气味香旨,世所罕见。酒数行,谓彦曰:"向将一妇人自随,今欲暂邀之。"彦曰:"善。"又于口中吐一女子,年可十五六,衣服绮丽,容貌殊绝,共坐宴。俄而书生醉卧,此女谓彦曰:"虽与书生结妻,而实怀怨。向亦窃得一男子同行,书生既眠,暂唤之,君幸勿言。"彦曰:"善。"女子于口中吐出一男子,年可二十三四,亦颖悟可爱,乃与彦叙寒温。书生卧欲觉,女子口吐一锦行障遮书生,书生乃留女子共卧。男子谓彦曰:

"此女子虽有心,情亦不甚,向复窃得一女人同行,今欲暂见之,愿君勿泄。"彦曰:"善。"男子又于口中吐一妇人,年可二十许,共酌戏谈许久。闻书生动声,男子曰:"二人眠已觉。"因取所吐女人,还纳口中。须臾,书生处女乃出,谓彦曰:"书生欲起。"乃吞向男子,独对彦坐。然后书生起,谓彦曰:"暂眠虽久,君独坐,岂悒悒邪?日又晚,当与君别。"遂吞其女子,诸器皿,悉纳口中,留大铜盘,可二尺广,与彦别曰:"无以藉君,与君相忆也。"㉑

书生口中吐出一女子,女子吐出一男子,男子口中又吐出一个女子,看似情理超常,逻辑悖谬,可又符合现实的逻辑,让人有许多回味。书生吐出的女子说:"虽与书生结妻,而实怀怨。"《太平广记》引作"外心",也就是今天说的"婚外恋",果然这位十五岁女子口中吐出了个二十三四岁的大情人。然而,这个男子也不钟情于他的情妇:"此女子虽有心,情亦不甚。""不甚"句,《太平广记》引作"不尽",那就是说他对小情人并不专一,只是小女子剃头挑子一头热。于是男子口中又吐出年可二十许的妇人,共酌戏谈。原来这帮男女各有外心,谁对谁都不专一,谁对谁都留了一手。

如果说书生的妻子有自己的情人,仅表明了个数的爱情婚姻的危机,那么相似的矛盾再自乘一次,也就是说三个人各吐出自己的情人,就不只是个数而是偶数增长,含有普遍性的危机和矛盾。也因此,由自乘的翻空,小说的意旨就超出了爱情忠贞与否的问题,也可推而广之,理解为小说家以志怪形式,讽刺人世间人与人之间缺少诚信,没有什么真情可言。相互欺骗,各怀异心,这无疑是作家对现实的体验而形成的认识。

明董说《西游补》的构思更为荒诞奇特。由于董说深受佛教思想的影响,其小说必然受佛家幻化虚空的启示,而使人物面貌扑朔迷离,根本谈不到刻画人物性格,更不用说是典型塑造。作者只是按照自我意识的流程,为了说明某种哲理,把不同时代人物捏到一起,随意驱遣。感情无端跳跃,想象漫无边际,人物言语行动变化的因果关系极不明确,读者无法把握作家的真实意图,简直找不到感情上的逻辑关系。这种非性格化非典型化的抽象,否定客观生活和人物思维活动的逻辑,以及反逻辑的形象,反传统的描写方法,大量采用幻想、夸张、隐喻、象征等艺术手段,将思想、心情化为某种形象,近似西方现代荒诞小说。

2. 形象的假定性

自秦汉以来,狐狸、蛇之类自然界中动物作为独立的艺术形象进入说部。先秦古籍《山海经》、《穆天子传》,东汉赵晔的《吴越春秋》,魏晋时期的《玄中记》、《抱朴子》等记载的故事中,已赋予动物以人的性格色彩。但它们还是动物,是以群体的类型,而不是以个体的典型出现的。不过在魏晋的志怪小说里,如干宝的《搜神记》、任昉《述异记》、王嘉《拾遗记》,从前代含某些人性的动物,演进到了动物性的人。动物被幻化为人物形象,既成为特殊世界的代表,同时又是一个完整的个别人。然而,六朝时志怪小说着重记事,较少注意人物形象刻画,所谓"多是传录舛讹,未必尽幻设语"。[⑤]

志怪小说至唐是一变。小说的现实因素加强,许多作者舍弃了动物的形态,注入了人的真挚情感,以情动人,进一步人情化,也像人类社会中的人具有了五光十色的性格,逐渐向传人间事之奇过渡。

宋至清涉及描写动物的小说,如《西游记》、《聊斋志异》,在处理人、动物和神统一上,较前小说成熟。创作经验说明,这三者不是并列的,首先是以社会中的人当作主要描写对象,因此小说中的孙悟空,或鬼狐的性格实质是人而不是动物。比较地说,《聊斋》中的神狐鬼怪,不仅具人情,而且如人一样平易可亲,或者毋宁说,他们就是世人活动在人间世,具有人的喜怒哀乐诸种心理状态。当然,《西游记》有更多的理想成分,寄托了人的某些情感和思想。然而,孙悟空只是象征和假定某一种人物,并不能说"他"("她")和社会中某一种类型人物绝对一致,等于某一种人。他(她)们还是鬼狐神怪。

其次,作者在以人的性格为主导性格的形象时,还融合了动物的属性,但不是把动物如猴子的一切属性都融进形象,而是强调突出与表现主题有密切联系的某些属性,和现实生活中人们的理想有联系的特征,如猴子的机灵、顽皮、狡猾、多变等特征再赋予神的力量,这样,小说家就创造了一个会七十二变,聪明而又能识别一切妖魔,既忠实唐僧事业,而又不守礼法,带点野性的孙悟空。

3. 象外之象

《红楼梦》作者为了揭示生活的复杂性、人物性格的多面性,又将"这一个"人物分做两个独立并行的形象,实际是用两个人物来写一个人物。如作者在塑造贾宝玉典型形象的同时,又写了一个与贾宝玉同名,同相貌,同性情的甄宝玉。用两个人物来写一个人物,在西方小说多用来表现人物梦幻时的心理矛盾,很少作为独立的实体而存在。但是,《红楼梦》的作者也许是受道家"破人我之分,物我之分",释家的"破我执,破物相"的思想启示,创造了双影形象,无疑是丰富了中国古代小说的典型理论。

曹雪芹何以要把贾宝玉分成两个人呢?

甄宝玉在前八十回中并未出场,只是由贾雨村向冷子兴介绍甄府时,读者才知甄宝玉的性情格调同贾宝玉一般行景;后来在第五十六回,甄府的管家娘子向贾宝玉提到甄宝玉,才引起贾宝玉的疑惑,于是梦中到了甄宝玉的大观园,临末见甄宝玉正在睡觉,甄宝玉醒来也说梦中到了都中一个大花园子里头,好容易找到宝玉房里,偏偏他也在睡觉,贾宝玉听了,便走向前去相认,两人正要合二为一时,突然有人说"老爷叫宝玉",便大叫而醒。这笔法颇似庄子里的梦蝶,不知我是蝴蝶,蝴蝶抑或是我,借此揭示相对主义的哲理。而曹雪芹则是用形象以外的形象来揭示人物的内心活动,表面看是写贾宝玉的心理恐惧,怕他的妹妹们不理他,不再认他。

但仔细体味甄宝玉说的"好容易找到房里，偏偏他也在睡觉，空有皮囊，真性不知那里去了"的话语，可能是要说明人物的"真性"的。可惜从第五十六回以后曹雪芹没有再让甄宝玉露面儿，我们不能确知曹雪芹的本意。

到了高鹗笔下，甄宝玉作为真实人物上场。先是甄府送来仆人包勇使甄贾两家联系起来，又借包勇之口，说甄宝玉一次大病中梦见自己到了一个有牌坊的庙里，看了好些册子和无数女子，个个变成了鬼怪和骷髅，病愈以后竟改了脾气，"惟有念书为事。就有什么人来引诱他，他也全不动心"，而且还"能够帮助老爷料理些家务"。到了第一百十五回，贾宝玉与甄宝玉正式相见，虽然相貌、生活习性相类，但甄宝玉满口忠孝仁义、文章经济、显亲扬名、立德立言，也入了国贼禄鬼之流，这使贾宝玉很反感，不愿同他接近。

高鹗把甄宝玉写成现实中的人物，不一定符合曹雪芹似幻似真的意愿，因此遭到了裕瑞的批评：

> 讵意伪续四十回家，不解其旨，呆呆造出甄贾两玉，相貌相同，性情各异，且与李绮结婚，则同贾府俨成两家，嚼蜡无味，将曹雪芹含蓄双关极妙之意荼毒尽矣！⑥

裕瑞批评续作不解曹雪芹原意未必准确。因为甄宝玉的出现，甄家同贾家的关系是由曹雪芹确定的，高鹗据此引申虚构也不必过分责难，特别是在第一回中有"欲将已往所赖天恩祖德，锦衣纨裤之时，饫甘餍肥之日，背父兄教育之恩，负师友规训之德，以至今日一技无成，半生潦倒之罪，编述一集，以告天下"的作者自云，第五回又有警幻仙姑对宝玉的告诫："从今后万万解释，改悟前情，留意于孔孟之间，委身于经济之道。"这虽然不是贾宝玉的话语，但并不等于说贾宝玉内心没有这方面的矛盾。因为贾宝玉毕竟不是一个彻底的叛逆者和民主主义思想家，不可能纯净得没有一点封建主义思想的影响，何况作者正是通过小说表述了封建功名利禄观念和名教观念，同贾宝玉某些叛逆思想的矛盾。那么，续书作者沿着曹雪芹提供的人物性格线索,把甄宝玉从虚幻的空间引向现实空间,作为性格的另一侧面和贾宝玉性格相对应,"假象见义",表现贾宝玉自身的双重性格,以及双重性格的矛盾。这就是,一方面,贾宝玉鄙弃功名利禄,不愿涉足官场;另一方面,悠游岁月,无所事事,所谓"可怜辜负好时光,于国于家无望"。一方面,贾宝玉对林黛玉的爱情是真挚、坚贞的;另一方面,他又对薛宝钗美貌神迷,耽溺于袭人的柔媚,实际上这两个人,一个是他同床伴侣,处于准姨娘地位,另一位后来成为他妻子,是他现实生活最亲密的人,他不能完全割舍,她们的思想观念对贾宝玉造成了极大的心理压力。尽管贾宝玉对薛宝钗、袭人的规劝常常鄙视,甚至生起气来骂人,然而贾宝玉要保持对这类女人的爱,又不能不听她们的话,有时候也用功几天,这就使贾宝玉游离于林黛玉、薛宝钗和袭人之间。同时贾宝玉的心理矛盾不限于这三个女子,对各类型的美女常常有非非之想,反映到贾宝玉身上,便透出贵族公子哥儿庸俗低级的特性。总之,作者把理想与现实、反封建的与封建的、坚强与软弱、高尚与庸俗……相对立的性格气质统一在贾宝玉身上,让甄宝玉作为贾宝玉性格的外像,或是内心矛盾的幻想,这或许是续书者高明处,因为只有这样,才进一步显现贾宝玉心理场的强烈张力。

　　如果说曹雪芹笔下的甄宝玉只是贾宝玉的幻影,而高鹗续书的甄宝玉则是有血有肉的实体。那么,我们不妨把甄宝玉看做是代表着不同人生道路的对立形象。两个宝玉最初性格完全相同,后来甄宝玉靠宗教的力量醒悟了,"改了脾气",为了"不致负了父亲师长养育之恩",走上了封建正统的道路。贾宝玉则继续发展他的反叛性格,"我想来有了他,我竟连我这个相貌也不要了"。"这个相貌也不要",可否说是贾宝玉与甄宝玉那种与现实妥协的人生道路决裂,靠内心的自觉由内向外超越,超越到云游世外。

　　这种"假象见义"的笔法,在《红楼梦》中又不限于一个人物,有时作者借人物群体共同构成一个意象。第五回贾宝玉神游太虚幻境，警幻仙姑许了他一个妹妹，这个绝色女子"鲜艳妩媚大似宝钗，风流袅娜又如黛玉"。然而"集二美于一身"的却是秦可卿。仙姑介绍说："乳名兼美，表字可卿。"脂砚斋注云："妙！盖指薛、林而言也。"林黛玉风流袅娜，情深意重，为宝玉的知己。薛宝钗端庄贤淑，深通人情世故，为标准的持家主妇。而秦可卿精于风月，红楼梦十二曲说他"主淫"。曹雪芹何以特别突出这三个人的特点，并将爱情、婚姻、肉欲三位一体呢？从表面上看，作者好像是为贾宝玉提出爱情理想和婚姻的归宿，但细思之，警幻仙姑借"千红一窟（哭），万艳同杯（悲）"之喻，暗示十二金钗都无好结局，并且贾宝玉"依着警幻所嘱，未免做起儿女事来"，却又受仙姑警告，要勿堕深渊，"作速回头要紧"，就不单单是对世俗爱情的否定，而是内含着对超然于物外的纯真生命的追求。因为爱情、婚姻、情欲三者很难兼美的，痴情女子未必是理想的家庭主妇，也不见得符合封建家族的标准，贤惠的不一定投契贾宝玉的心愿，皮肤之私虽为人本能的需求，但沉醉于肉欲，何异于禽兽？即便是三者兼美，按照曹雪芹的观念，最后都是幻念而归于虚空。

注释：

①参见傅继馥《古代小说艺术典型基本形态的演变》，《明清小说的思想与艺术》，安徽人民出版社，1984 年 6 月版。

②参见陈晋《悲患与风流》，国际文化出版公司，1988 年 5 月版。

③徐复观《中国人性论史》之《先秦篇》，台湾商务印书馆，1969 年 1 月版。

④《论语·宪问》第十四章。

⑤《论语·为政》第二。

⑥《论语·阳货》第十七。

⑦白居易《与元九书》。

⑧白居易《新乐府序》。

⑨苏轼《韩愈论》，参见《经进东坡文集事略》卷八。

⑩朱熹《沧州精舍论学者》，参见《朱文公文集》卷七十四。

⑪周敦颐《文辞》，参见《周子通书》卷二十八。

⑫沈德潜《说诗晬语》。

⑬凌云翰《剪灯新话序》。

⑭胡应麟《少室山房笔丛》之《九流绪论》上。

⑮欣欣子《金瓶梅词话序》。

⑯吟啸主人《平虏传序》。

⑰庸愚子《三国演义序》。

⑱罗烨《醉翁谈录》卷一《小说开辟》条。

⑲金圣叹评《水浒传》第二十五回总评。

⑳《都城纪胜·瓦舍众伎条》。

㉑参见〔唐〕张彦远《历代名画记》戴逵条。

㉒《世说新语》之《巧艺篇》第二十一：“顾长康（恺之字）画人，或数年不点目睛。人问其故，顾曰：‘四体妍蚩，本无关于妙处，传神写照，正在阿堵中。’”又顾恺之《论画》，参见〔唐〕张彦远《历代名画记》。

㉓谢赫《古画品录》：“虽画有六法，罕能该尽。而自古及今，各善一节。六法者何？一曰气韵生动是也。二曰骨法用笔是也。三曰应物象形是也。四曰随类付彩是也。五曰经营位置是也。六曰传移模写是也。”

㉔㉕参见徐复观《中国艺术精神》第三章第四节，春风文艺出版社，1987 年 6 月版。

㉖㉗李卓吾评《水浒传》第三回回末总评。

㉘参见袁无涯本《水浒传》第十七回何涛夫妻与兄弟何清说话一节眉批云：“许多颠播的话，只是个像，像情像事，文章所谓肖题，画家所谓传神也。”

㉙参见《明容与堂刻水浒传》卷首《水浒传一百回文字优劣》。此文未提作者名字，上海人民出版社于 1975 年影印容与堂本的出版说明中，认为卷首的四篇文字，均为怀林所作。

㉚李卓吾《焚书·与焦弱侯》，中华书局，1975 年版。

㉛别林斯基《论俄国中篇小说和果戈理君的中篇小说》：“创作独创性的，或者更确切点说，创作本身的显著标志之一，就是这典型性——如果可以这样说的话，这就是作者的纹章印记。在一位具有真正才能的人写来，每一个人物都是典型，每一个典型对于读者都是似曾相识的不相识者。”参见满涛译《别林斯基选集》第一卷，上海译文出版社，1979 年版。

㉜㉝㉞金圣叹评《水浒传》之《读第五才子书法》。

㉟金圣叹评《水浒传》第五十五回总评。

㊱参见斯坦尼斯拉夫斯基《演员修养》,电影出版社,1986 年版。

㊲《庄子·天道》。

㊳《庄子·外物》。

㊴董说《西游补·答词》。

㊵㊶参见徐复观《中国的艺术精神》第二章《中国艺术精神主体之呈现——庄子的再现》,春风文艺出版社,1987 年 6 月版。

㊷黑格尔《哲学史讲演录》,商务印书馆,1959 年 9 月版。

㊸瞿汝稷集《指月录》卷二十八,江苏广陵古籍刻印出版社,1991 年 7 月版。

㊹按〔唐〕段成式《酉阳杂俎》卷四"贬误"云:"释氏《譬喻经》云:昔梵志作术,吐出一壶,中有女与屏处作家室。梵志少息,女复作术吐出一壶,中有男子,复与共卧。梵志觉,次第互吞之,柱杖而去。"晋荀氏《灵鬼志》之"外国道人"也记有相似的故事,可以说"外国道人"与"阳羡书生"所述均源自于《譬喻经》。不同的是,《续齐谐记》把《譬喻经》中的"梵志作术",《灵鬼志》中的"道人"改为"阳羡书生",由宣讲佛教教义和道术转向表现社会的世俗问题。且"阳羡书生"的第二个男子又于口中吐出二十许的女子,比《譬喻经》和《灵鬼志》多了一次变化。

㊺胡应麟《少室山房笔丛》之《二酉缀遗》。

㊻裕瑞《寒窗闲笔》,转引自一粟《古典文学研究资料·红楼梦卷》,上海古籍出版社,1981 年版。

第七章　言语论

一、说书语言与说书体小说语言

凡文艺学概论之类教材书，在论述文学语言时，都说文学语言不是语言中某一种语言，而是全民族语言在语言艺术即形象地阐明思想领域的独特运用，是文学中创造文学形象的基本手段。[①]

不同的艺术门类，有不同的语言特点，对语言修辞有不同要求。中国古代白话小说从说话艺术转化而来，其语言运用区别于说话，也不同于西方小说。

1. 说话语言的特点

说话语言是口说的白话，话本则是用口语写成的文字——小说。[②]

说书艺术面对文化水平不高的听众，只凭三寸舌讲说的故事要有趣、动听，有头有尾，线路清晰，人物性格突出，但又要传神。因此，细致、善于铺垫、语言夸饰，是说话的艺术特色。张岱《陶庵梦忆》谈听柳敬亭说《水浒》时曾说：

> 余听其说《景阳冈武松打虎》白文，与本传大异。其描写刻画，微入毫发，然又找截干净，并不唠叨。哗力夬，声如巨钟。说至筋节处，叱咤叫喊，汹汹崩屋。武松到店沽酒，店内

无人，蓦地一吼，店中空缸空甏皆瓮瓮有声。闲中著色，细微
至此。

　　显然，民间说书的武松打虎，要比长篇小说《水浒传》的武松打
虎情节与细节丰富，描写也细致，肯定写了许多过程，有许多铺垫
的，不会像小说那么简单，可惜没有留下原本，我们无从比较。即
使是号称话本的，由于当时没有录音手段，只经过书会才人或好事
文人编辑，加工整理，属于二度创作，听而录之的，只不过录下主要
部分，而且抄手水平不同，录下的文字繁简不一，错误百出，以《龙
图耳录》第十一回的《天齐庙断后》为例，我看过的四种说唱抄本，
就有许多差别：[③]

《龙图耳录》第十一回

　　（包拯）即将马勒住，吩咐唤地方。不多时，地方来到马头
跪倒。老爷闪目观瞧，见此人有三旬上下，手提一根竹竿，双
膝跪在尘埃，口称："小人范华宗与钦差大人磕头。"包公问道：
"此处是何地方？"范华宗道："此处名叫草州桥。虽然有个平
桥，却没有河，也没有草，不知当初是怎么起的这个地名儿。
小人也很纳闷儿。"两旁吆喝道："少说！少说！"包公又问道：
"可有公馆无有？"范华宗道："此处虽是通衢之路，却不是镇店
马头，并无公馆。再者，也不是站头。"包兴在旁着急，暗道：
"你就答应没有公馆就完了，何必说这许多的话呢！"包公在马
上用鞭指着，问道："前面高大房子是何人家？"范华宗道："那
不是住家的，那是天齐庙。虽说是天齐庙，里面菩萨殿、娘娘
殿、老爷庙都有。旁边还有个土地祠，跨所里还有个财神殿。
就只有老道看守，也没有和尚。因没有什么香火，也不能养活
人。"包兴喝道："你太唠叨了，谁问你这些！"只听包公吩咐打
道天齐庙。

日本东京大学藏石韵书《全本天齐庙断后》

　　包公说道："叫本处地主。"包兴儿赶着大声说道："叫地

方！"众人也连忙接着道："地方！地方！"地方范华宗正在后面跟着伺候大人呢。因见前边一叠连声叫地方，他连忙飞跑到老爷马前，双膝跪倒，冲着文正公磕了几个头，口内说道："小的范华宗，是草州桥的地方，自从一十五岁就在此充当地方差使，今年四十岁，共在此处充当二十五年了……"包兴在旁边拦住说道："大人叫你原是有话问你，没有叫你来背履历！"地方答应："是，是。二爷说的是。"一面说着，一面把那两只小眼儿，左瞅瞅这个，右瞅瞅那个，回来又瞅瞅大人，那光景也不知他要怎样。大人问道："范华宗！"地方答应道："小的就是范华宗。"文正公说道："此处可是草州桥的地面？"地方说道："此间正是草州桥。只管都叫草州桥，可是净有桥，就是一座桥，可就并没有这么一个草州。"一旁喝道："少说！大人没问你这些事。"地方说道："二爷，你那不知道回话的是总得清楚，不家，大人要望（问）我要草州，叫我那儿找去？"包公问道："此间方（附）近地方可有公所？"地方答道："此处并无有公所。"包公说道："此处既无公所，可有庙宇？"地方答道："这里倒有庙宇，有这么大的一个天齐庙。天齐庙只管天天齐庙，可就是没有杨七郎打擂。"包兴儿暗说道："这小子说话一句一句代靶儿，倒也别致。"

日本东京大学藏王茂斋抄录《龙图公案》第十六部

大人命手下人唤地方，此处地方姓范名华宗。忽听得一遍声唤地方，这范华宗闻听跑至大人面前跪倒，报道："小的范华宗伺候大人。"包爷问道："此间甚么所在？"地方磕头说："草州桥。"大人又问前面高大房子，地方说天齐庙。这话未毕，那马已奔天齐庙去，大人吩咐，暂宿此庙。

首都图书馆藏车王府本《包公案》卷三十三

却说草州桥的地方，跑到大人马前跪倒，说："小人地方叫范华宗伺候大人。"包大人问道："此间什么地方？"范华宗叩头说道："此处叫作草州桥。"大人又问道："前面大房子是何所在呢?"这地方说："那高大房间,那是齐天庙。"大人吩咐,打道天齐庙。

首都图书馆藏车王府本《三侠五义》第十六部

大人命手下人唤地方,此处的地方姓范,名叫华宗,正在那里赶撵闲人。忽听一声音说唤地方,这范华宗闻听跪在大人的马前,报道："小的草州桥地方范华宗伺候大人。"包爷问道："此间什么所在?"地方叩头道："草州桥。"大人问道："前高大房子是何在?"地方说："是天齐庙。"大人吩咐打道天齐庙。

比较四种说唱本,石韵书《天齐庙断后》,较忠实于原说唱,记录下范华宗话多而又啰嗦的性格,大致符合说书艺人细致而又俏皮的风格。其他三个本子对范华宗缺少性格描写,文词也过于简略,显然是抄手的省笔。由说唱《三侠五义》转换为散文体小说的是《龙图耳录》。谢蓝斋抄本《龙图耳录》卷首说:"《龙图公案》一书,原有成稿,说部中演了三十余回,野史内续了六十多本,虽则传奇志异,难免鬼怪妖邪,今将此书翻旧出新,不但删去异端邪说之事,另具一番慧妙,却攒出惊天动地之文。"虽然称之为"耳录",其实也是在记录下的"原有成稿"的基础上,"翻旧出新"而成书的。但是我却认为整理者确知说书三昧,他懂得说书人叙事要细腻,会铺垫,把故事情节的发展过程和人物动作、行为交代得清清楚楚,让听众把握和理解讲说的内容。这种"啰嗦"恰是适应听众需要和欣赏趣味所必须采用的。且看第八十一回智化盗御冠的叙事语言。

第十一回白玉堂曾智偷过包拯的三宝,第八十一回智化也曾盗御宝。白玉堂是弄巧、弄险,耍小聪明,瞒过包公和展昭;智化靠的是智谋,经过缜密的思考,安排好"四件难事"之后才做。白玉堂不知三宝放在何处,公开"拍门投石问路",再放一把火,调虎离山,盗走了三宝。智化如同画工笔画,一笔一笔地画,一步一步地做,同时展现了说书人叙事语言魅力。

先是同双侠的老管家裴福,裴福的孙女英姐,扮作祖孙三代逃难的难民,靠近东京,流露出一脸憨厚的苦相,借用工头王大的同情,分派到紫城内挖御河,探察收藏珍珠冠四执库所在。恰好内相豢养的小猴儿窜上高树,智化将计就计,利用上树逮猴子的机会,暗暗察看了方向,也取得了太监的信任。接着同太监几次走动,日益稔熟,巧妙地套问宫内各大殿方位,当晚便奔内苑实施盗宝。如同探究四执库的方位,智化仍是做得有板有眼,滴水不漏。

　　且言智爷见那人上墙过去了,方引着火扇一照,见一溜朱红格子,上面有门儿,俱各粘贴封皮,锁着镀金锁头。每门上俱有号头,写着"天字一号",就是九龙冠。即伸手掏出一个小皮壶儿,里面盛着烧酒,将封皮印湿了,慢慢揭下。又摸着锁头儿,锁门是个工字儿的,即从囊中取出一都噜配好的钥匙,将锁轻轻开开。轻启朱门,见有黄包袱包定冠盒,上面还有象牙牌子,写着"天字第一号九龙冠一顶",并有"臣某跪进"。也不细看,智爷兢兢业业请出,将包袱挽手打开,把盒子顶在头上,两边挽手往自己下巴底下一勒,系了个结实。然后将朱门闭好,上了锁。恐有手印,又用袖子搭搭。回手百宝囊中取出油纸包儿里面糨子,仍把封皮粘妥,用手按按,复用火扇照了一照,再无形迹。脚下却又滑了几步,弥缝脚踪,方拢了如意绦,倒扒而上。到了天花板上,单手拢绦,脚下绊住,探身将天花板放下安稳。翻身上了后坡,立住脚步,将如意绦收起。安放斜岔儿椽子,抹了油腻子,丝毫不错。搭了望板,盖上锡被,将灰土俱各按拢堆好,挨次儿稳了瓦。又从怀中取出小笤帚扫了一扫灰土,纹丝儿也是不露。收拾已毕,离了四执库,按旧路归来,到处取了暗记儿。此时已五鼓天了。

智化的盗宝可谓是智、勇、技的充分发挥,而这一切都要依赖说话人那看似容易,但很丰富细致、很有行动性、很有心理内容的叙述语言,活灵活现地透露出这位黑妖孤沉稳、精细,思维缜密的性格特征。而且从其考虑之细,行动之谨慎,准备工具之周到,看得出是一位老道的窃手。

《三侠五义》属于北派评书,南派评书,如扬州评话的叙述铺陈还要"啰嗦",且看王少堂《武十回》中《康文辩罪》。老刑吏康文接受施恩的委托,明日要去见张都监,对张都监他要说些什么,张都监会有怎样的反应,他应怎样应对,要想出个办法来。

> 这件事关系很大,我们要斟酌斟酌。我明日去拜会张都监,咦喂,恐其这里头话不大好说。我虽是个书办,谈私情我的面子是很大的。去拜会张都监,张都监不好意思不见。不过见了面,这个话还不好说。面子大,是私情;打官话说,他却是个官,我却是个吏;他是堂堂现任三品大员,凭我这个书办跟他说话,是下对上。如顺嘴好说话,顺着他的意思说都能说。我去可能说好话呢? 没得好话说。见面就是坏话,开口打顶调。他要害武松,我要救武松,开口就是"水火"。我两句顶调一打,他理说不过去,谨防他跟我摆三品大员的牌子,要官腔,桌子一拍:"好大胆书办,你敢上来强词夺理! 来,代我把他叉下去!"好,那一叉,干干净净,不是把我人叉掉了,直接把我前后三千两都叉掉了。哎呀,这么一想啊,明日倒不能去了,要想个什么章程才好哩呀? 有,想了个法子来了。

扬州评话《武松》,是根据南京文化局的录音稿整理的,个别字句肯定做过修整,但仍保留了口语评话的风格。康文见不见张都监,见到张都监说些什么,本来是他内心的活动,倘如是用小说笔法来写,不过是平铺直叙不见得如此生动。因为由说话人叙述康文的心理活动,不是静态的描述,而是说话人(也是康文)面对听众诉说见到张监后可能出现的状况;甚至可以理解为和听众商量怎样不打顶调,把事情摆平,救下武松。其叙述口吻看似第三人称转入康文的第一人称,可实际上仍是说书人的代言,有显明的表演成分。

2. 宋元话本是阅读与说共用

由口头说话转为文字书写的话本小说,系根据说话提炼缩写而成,不是原本的说话底本,但可以作为说话底本的参照。如同《三国演义》、《水浒传》,作家在创作小说时吸收了说话的诸多元素,成文之后的小说又为说书艺人提供范本。

宋元话本小说(短篇说书体小说)开创了用白话叙述故事的体制,鲁迅先生说:"实在是小说史上的一大变迁。"①宋元白话已近似于现代白话,请看《错斩崔宁》刘贵与陈二姐的一段对话:

　　却说刘官人驮了钱,一步一步捱到家中敲门,已是点灯时分。小娘子二姐独自在家,没一些事做,守得天黑,闭了门,在灯下打瞌睡。刘官人打门,他那里便听见? 敲了半晌,方才知觉,答应一声:"来了"! 起身开了门。刘官人进去,到了房中,二姐替刘官人接了钱,放在卓上,便问:"官人何处挪移这项钱来,却是甚用?"那刘官人一来有了几分酒,二来怪他开得门迟了,且戏言吓他一吓,便道:"说出来,又恐你见怪;不说时,又须通你得知。只是我一时无奈,没计可施,只得把你典与一个客人,又因舍不得你,只典得十五贯钱。若是我有些好处,加利赎你回来。若是照前这般不顺溜,只索罢了!"那小娘子听了,欲待不信,又见十五贯钱堆在面前;欲待信来,他平白与我没半句言语,大娘子又过得好,怎么便下得这等狠心辣手? 疑狐不决,只得再问道:"虽然如此,也须通知我爹娘一声。"刘官人道:"若是通知你爹娘,此事断然不成。你明日且到了人家,我慢慢央人与你爹娘说通,他也须怪我不得。"小娘子又问:"官人今日在何处吃酒来?"刘官人道:"便是把你典与人,写了文书,吃他的酒,才来的。"小娘子又问:"大姐姐如何不来?"刘官人道:"他因不忍见你分离,待得你明日出了门才来,这也是我没计奈何,一言为定。"说罢,暗地忍不住笑,不脱衣裳,睡在床上,不觉睡去了。那小娘子好生摆脱不下:"不知他卖我与甚色样人家? 我须先去爹娘家里说知。就是他明日有人来要我,寻到我家,也须有个下落。"

《错斩崔宁》的故事情节既不属于幻化的玄奇类,超现实的反映生活中的矛盾,也非是侠义征战类,可谓是地地道道地描写市民中发生的小市民的问题,所以话本小说家,特别发挥了说话人以宋元时期质朴平实,谈家常似的语言,善于铺叙故事的特点,把过程交代得清清楚楚,细节描述,人物的心理活动又不时穿插其间。比较口说的评话,显然精炼许多。人物语言较多个性化,减弱了说话人模仿装饰性的色彩,反复铺垫,交代过程的手法,人物之间的关系,人物的性格,在行动过程中,在人物对话中呈现,而不全靠说话人的叙述。再看《简帖和尚》中一段对话:

等多时,只见一个男女托个盘儿,口中叫:"卖鹌鹑馉饳儿!"官人把手打招,叫:"买馉饳儿。"僧儿见叫,托盘儿入茶坊内,放在桌上,将条篾箄穿那馉饳儿,捏些盐,放在官人面前,道:"官人吃馉饳儿。"官人道:"我吃。先烦你一件事。"僧儿道:"不知要做甚么?"那官人指着枣槊巷里第四家,问僧儿:"认得这人家么?"僧儿道:"认得,那里是皇甫殿直家里。殿直押衣袄上边,方才回家。"官人问道:"他家有几口?"僧儿道:"只是殿直,一个小娘子,一个小养娘。"官人道:"你认得那小娘子也不?"僧儿道:"小娘子寻常不出帘儿外面,有时叫僧儿买馉饳儿,常去,认得。问他做甚么?"官人去腰里取下版金钱箧儿,抖下五十来钱,安在僧儿盘子里。僧儿见了,可煞喜欢,叉手不离方寸:"告官人,有何使令?"官人道:"我相烦你则个。"袖中取出一张白纸,包着一对落索环儿、两只短金钗子、一个简帖儿,付与僧儿道:"这三件物事,烦你送去适间问的小娘子。你见殿直,不要送与他。见小娘子时,你只道官人再三传语,将这三件物事与小娘子,万望笑留。你便去,我只在这里等你回报。"

当口语说话转入书面创作,叙事者的语言一般应采用第三人称的客观观察视点,而不再应用全知的说话人口吻,这是《简帖和尚》的突出转变。也许这本小说是叙述"和尚"设谋奸骗皇甫殿直妻子的,颇有点像写侦探小说,采用了吊诡的手法,把皇甫松的年龄、官职、家庭人口介绍得清清楚楚,而玩弄阴谋者却含而不露,见尾不见首,神秘兮兮的,让人觉得此人非同一般。因为那"官人"(和尚),早不来,晚亦不来,何以皇甫从边上回来便进入茶坊?何以知道枣槊巷里第四家是皇甫的住址?他怎么知道卖鹌鹑馉饳儿的僧儿常去皇甫家叫卖,而让僧儿去送三样东西?显然,"那官人"对皇甫的行动举止,茶坊的经营时间,都做了长时间的观察研究,了然于心的。这不能不吊起读者的胃口,引发读者的疑问:"这官人"是什么人?为什么皇甫家近在咫尺,他自己不去,却让僧儿前去送东西?他和皇甫娘子是什么关系?这时虚时实的开头唤起了读者的思索,期待小说挽上的扣子怎样解开。所以,"那官人"不断问僧儿是否认得"这家人",再核实"家有几口",最后问"你认得那小娘子也不"?僧儿的回答得简洁、准确,没有任何隐瞒,是小说的笔法。

宋元小说的语言古朴、简约、舒缓,叙事者好似同读者谈家常,所用词语带有宋元城乡风情。长篇小说惟《水浒传》尚有宋元古风,自明代中叶以后,白话小说的语言则始终在口语与文言之间徘徊,此问题笔者将在第三节详加论证。

二、小说语言的功能

1. 叙述者语言

小说语言主要由叙述者语言（包括叙事、抒情语言）与人物对话构成。而叙述者语言中有评论性的语言和纯叙事的语言。

（1）评论性语言

笔者在各章都反复强调不同的审美关系，决定不同的审美形式。小说是说给听众听的，还是作者写给读者看的，决定着叙述者（说话人）的出镜率和叙述语言的选择。毫无疑问，说给听众听的口语话本的叙述者，为了听众能迅即把握讲说的内容，从开篇始就明确的向听众宣明小说意旨，提示主要人物及人物的背景材料。在小说故事情节发展的中段，叙述者有时介入，评论发生的事件和人物动作行为。小说结尾时叙述者常常以诗总括全文，提出经验教训或是说明故事来源。

转入书面阅读的小说，由于中国小说仍沿袭说书体的模式，并未如西方小说的规范，作家和叙述者尽量隐没自己的身影，让人物自己说话。相反，明末清初模拟话本的白话短篇小说，如凌濛初的《二拍》，刻意模仿宋元话本小说说话人（叙述者）的用语习惯，模仿的有点过了头。如初刻、二刻每本共四十篇，总计八十，有卷首诗评的六十二篇，头回故事的则篇篇皆有，计八十篇，这要比冯梦龙的《三言》更为充分。尽管《二拍》中有十八篇没有卷首诗评，不等于说不合宋元话本格局，而是因为头回故事过长，无法容纳卷首诗评，实际上凌濛初把卷首诗评移到文中，不断发表叙述者的评述，再加上随时插入的评论，叙述中频频出镜的次数，超过了《三言》。

西方小说理论家说，小说中的叙述者（说话人）不等同于作者和小说中隐含的作者。理论层面来说看似对的，但联系中国古代白话小说的创作实际，则不必说死。用白话口语讲说的叙述者毫无疑问，他和小说中的叙述者是两个人，是不等同的；换言之，叙述人（现时的说话人）是在讲说小说中叙述人讲说的小说，以此同理，现时的讲说人当然不是小说中的叙述者，更不能等同于作者。但要做为刊印的阅读小说而言，书面小说中的叙述者，和小说的作者有等同之嫌。且看《初刻》卷十二《陶家翁大雨留宾　蒋震卿片言得妇》：

> 此本说话，出在祝枝山《西樵野记》中，事体本等有趣。只因有个没见识的，做了一本《鸳衾记》，乃是将元人《玉清庵错送鸳鸯被》杂剧与嘉定苋工徐达拐逃新人的事三四件，做了个扭名粮长，弄得头头不了，债债不清。所以，今日依着本传，把此话文重新流传于世，使人简便好看。有诗为证……

又，《初刻》卷二十《李克让竟达空函　刘元普双生贵子》：

> 这本话文出在《空缄记》，如今依传编成演义一回，所以奉劝世人为善。有诗为证……

从叙述者的口气看，所谓"依着本传，把此话本重新流传于世"，所谓"如今依传编成演义一回"云云，分明向读者说明叙述者就是作者，话本是他叙述者（也是作者）依旧文重新编撰而成的。这种叙述者与作者合二为一的嫌疑，不只是话本小说家，长篇小说如甲戌本《脂砚斋重评石头记》凡例中作者的自云，公开说明自己就是本书作者，书中又以第一人称蠢物叙事，而百二十回的程甲本删去石头的话语，统统纳入第三人称叙事，可第三人称叙事又常常不自觉地滑向第一人称，或者说第三人称中含有第一人称因素，如此等等，人们有理由怀疑叙述者就是作者。

（2）叙述性语言

只要是供阅读欣赏而不是供听说的小说，作者就不应让叙述者过多的评论，过多的发挥主观判断作用，而是应让人物按自己的性格逻辑行动和思考。但是，小说毕竟不是戏剧，靠人物的动作、对话和人物之间的矛盾冲突展示剧情，仍需要叙述者出面叙述，其叙述语言表现在如下几方面：

①引进人物，提供人物的背景材料

《清平山堂话本》卷一《简帖和尚》：

> 东京汴州开封府枣槊巷里，有个官人，覆姓皇甫，单名松，本身是左班殿直，年二十六。有个妻子杨氏，年二十四岁。一个十三岁的丫环，名唤迎儿。只道这三口，别无亲戚。

《醒世恒言》卷三十三《十五贯戏言成巧祸》：

> 今日再说一个官人，也只为酒后一时戏言……却说南宋时，建都临安，繁华富贵，不减那汴京故国。去那城中箭桥左侧，有个官人，姓刘名贵，字君荐，祖上原是有根基的人家，到得君荐手中，却是时乖运蹇。先前读书，后来看看不济，却去改业做生意。便是半路上出家的一般，买卖行中，一发不是本等伎俩，又把本钱消折去了。渐渐大房改换小房，赁得两三间房子，与同浑家王氏，年少齐眉。后因没有子嗣，娶下一个小娘子，姓陈，是陈卖糕的女儿，家中都呼为二姐。这也是先前不十分穷薄的时，做下的勾当。至亲三口，并无闲杂人在家。

百二十回本《水浒传》二十四回：

> 看官听说：原来武大与武松一母所生两个。武松身长八尺，一貌堂堂；浑身上下有千百斤气力——不怎地，如何打得那个猛虎？这武大郎身不满五尺，面目丑陋，头脑可笑；清河县人见他生得短矮，起他一个诨名，叫做三寸丁谷树皮。那清河县里，有一个大户人家，有个使女，娘家姓潘，小名唤做金莲；年方二十余岁，颇有些颜色。因为那个大户要缠他，这女使只是去告主人婆，意下不肯依从。那个大户记恨在心……

《金瓶梅》第一回:

> 那时山东阳谷县,有一人姓武,名植,排行大郎。有个嫡
> 亲同胞兄弟,名唤武松。其人身长七尺,膀阔三停,自幼有膂
> 力,学得一手好枪棒。他的哥哥武大,生的身不满三尺,为人
> 懦弱,又头脑浊蠢可笑,平日本分,不惹是非。因时遭荒馑,将
> 租房儿卖了,与兄弟分居,搬移在清河县居住。这武松因酒
> 醉,打了童枢密,单身独自逃在沧州横海郡小旋风柴进庄上。

　　说给听众的话本小说,由于是短篇,进入正文,叙述者引入主
角之后便介绍其身世,让听众有明确的把握。转为阅读的话本小
说,并未改变先入为主的叙事模式,仍是开篇就介绍人物,符合中
国人讲故事要有头有尾的格局。反之,长篇小说大多是先有人物
的活动,在适当时机再提供人物的背景材料。如《水浒传》第二十
二回,宋江杀了阎婆惜,逃到柴进庄上避难。柴进请宋江饮酒,酒
至半酣,宋江起身去净手。一个"大汉"正锄一锨火在廊下烤。宋
江酒沉,走路踉跄,一脚踏在锨柄上,把一锨火炭都掀在那"汉"脸
上,那"大汉"劈胸揪住宋江要打,柴进来了才解了围。此时柴进介
绍:"此人是清河县人氏,姓武名松,排行第二。今在此间一年也。"
　　令我惊奇的,在此之前,不见武松任何端倪和信息,宋江这一
脚却踏出武松出场,展开了武松传;更妙的是,由柴进介绍武松的
姓氏名谁,吃酒时再由武松自我说明何以来到柴庄:"小弟在清河
县,因酒后醉了,与本处机密相争,一时间怒起,只一拳打得那厮昏
沉。小弟只知道他死了,因此一径地逃来,投奔大官人躲灾避难,
今已一年有余。后来听得那厮却不曾死,救得活了。今欲正要回
乡去寻哥哥……"待到第二十四回武松打虎游街见到武大,才最后
由叙述者补叙哥俩的关系,顺笔补叙了潘金莲的身世,可见出《水
浒传》叙述语言之巧妙,可谓是高超的小说笔法。

②连接转换人物动作

不必多做解释,小说中人物的连续动作行为,需由叙述者来连接转换的,如《水浒传》第二十二回:"过了数日,宋江将出些银两来,与武松做衣裳,柴进知道,那里肯要他坏钱,自取出一箱段匹绸绢,门下自有针工,便教做三人的称体衣裳。"

《金瓶梅》第九回:"武二听言,沉吟了半晌,便撇下了王婆出门去,径投县前下处去,开了门,进房里了换了一身素净衣服。便教士兵街上打了一条麻绳,买了一双棉鞋,一顶孝帽,带在头上……"

《红楼梦》第二十一回:"宝玉不答。因镜台两边都是妆奁等物,顺手拿起来赏玩,不觉拈起一盒子胭脂,意欲往口边送,又怕湘云说。正犹豫间,湘云在身后伸手过来,啪的一下,将胭脂从他手中打落。"

③推动故事情节发展

中国古代白话小说叙事的时间,多则如《隋唐两朝志传》演义了二百九十五年,《三国志通俗演义》是一百一十年,《水浒传》为四十六年,《金瓶梅》是十六年,模模糊糊不明确标识时间的《儒林外史》,竟然讲述了一百零八年间的事,即便是顷刻间提破的短篇话本,也是叙过若干年时间不等。毫无疑问,叙述者不可能也没有必要按编年叙说发生的大小事件,必然是有省略有集中,所以叙述者摆布故事情节,实际是对时空的掌控。

古代长短篇小说叙述者,一般用"一日"、"日今"、"那一夜"、"又过一载"、"须臾"、"次早"、"过了几日"、"又过了两三日"、"那日"、"这日"、"不觉住了将及两年"等时间词语转换情节和时空的手段。或者是用"却说"、"如今且说"、"当下不言……且说"、"正值"、"正想着"、"说着"、"正说着,只见"等等,也是叙述者常用的词语,显现了说书体小说的特点。当然古代小说家并不排斥采用另起一行,直接叙述另一个情节和时空发生的事件,转换的跨度也比较大。如《三国演义》第五十六回说孙权命华歆去许都见曹操,联魏攻刘备。华歆领命启程,径到许都求见曹操。闻操会群臣于邺郡,歆乃赴邺候见,接着叙述者另起一行,说:"操自赤壁败后,常思报仇……"从华歆方面自然的转到曹操的自思。《红楼梦》第二十七回,晴雯等人见小红走过来,认为小红不干活闲逛,小红辩解,说琏二奶奶才使唤她去取东西,不信去问二奶奶,说着,将荷包给他们看,大家方没言事了。大家走开、叙述者以一句"晴雯冷笑道",完成了转换。

④描述自然环境

说书体小说以人为本,重故事情节,说话人对自然环境描写多采用赞颂韵文,如《水浒传》第四回,赵员外送鲁智深到五台山避难,鲁提辖看那五台山时,果然好座大山,但见:"云遮峰顶,日转山腰;嵯峨仿佛接天关,崒崔参差侵汉表……"第十一回林冲投靠梁山,见那八百里梁山泊,果然是个陷人去处,叙述者又是但见:"山排巨浪,水接遥天……"云云,仍然是套话,缺少个性描写。短篇话本小说也习惯引用诗词韵语赞美景物,如《清平山堂话本》卷一的《西湖三塔记》入话,连续引了十首诗词赞颂西湖景物。又如卷二《洛阳三怪记》,叙述者用一首词形容破败花园。卷三《杨温拦路虎传》小喽啰将杨温缚了,前去一个庄所,这座庄"园林掩映茅舍……"也是一首诗。明代冯梦龙的《三言》不用韵语,纯散文体描述的,读起来文言味很浓,如《醒世恒言》卷三《卖油郎独占花魁》,秦重挑着油担,绕河而行:"遥望十景塘桃红柳绿,湖内画船箫鼓,往来游玩,观之不足,玩之有余。"谁"遥望",谁的感受呢? 叙述者的描写和人物的身份不搭界。再往下看,"那一日是十二月十五,大雪方霁,西风过后,积雪成冰,好不寒冷。却喜地下干燥。秦重做了大半日买卖,如前妆扮,又去探信。"这一段景物描写除了透露时间,说明秦重准备了一年的银子,拖延了几个月才被花魁娘子同意见一面外,对刻画或衬托人物性格没有起到多少作用。

不过公平的说,《水浒传》第七回火烧草料厂,林冲怒杀陆谦的环境描写,则是绝妙笔法。小说的叙述者不只多处提到"正是隆冬天气,彤云密布,朔风渐起,却早纷纷扬扬卷下一天大雪来","看那雪,到晚越下得紧了";而且还描写了朔风吹撼摇振草屋,林冲雪地里踏着碎琼乱玉,迤逦背着北风而行去沽酒,回草料厂,两间草屋被雪压倒了,只得移到古庙安身。

　　众所周知,自然景物与环境描写,往往是作者配合情节发展点染人物的。林冲刺配沧州,被陆谦与管营预谋派到草料厂,十万禁军教头落到如此境地,可谓是英雄末路,非常悲惨。凛冽寒风,纷纷的白雪恰好衬托出英雄此时此地的境遇和心境。一间草屋四下里崩坏了,被风吹撼遥振,住人的两间草厅也被雪压倒,只能栖身古庙。清冷的风雪衬出凄凉的遭遇;纷飞的大雪更显万籁俱寂,犹如林冲的平静心境,其心未必如死水,可现时林冲是与世无争的。叙述者对风雪和林冲生存环境的描述,不妨说是林冲对生命和生活的追求。

　　然而,树欲静而风不止。把林冲逼到绝境的高俅集团并不罢手,又将实施最后的追杀,因此,小说的三次强调雪,象征着渐渐逼近的杀气,那第三次的"看那雪,到晚越下得紧了",可以理解为陆谦、富安、差拨放火烧草料厂的生死关键时刻;也可理解为林冲躲在庙门后,听到陆谦们谈论阴谋设伏过程后,内心愤怒到极点,有如火山即将喷发的时刻。同时,小说巧妙地用"雪"推动故事情节的发展。因为风雪,林冲觉得身上寒冷而去市井沽酒,店主为表接风,请林冲小酌三杯,又吃了一盘牛肉,停留了许多时间,躲过雪压倒草厅的灾难。也正是因为雪压塌了草厅,林冲才搬到古庙过夜,又躲过了陆谦火烧草料厂的灾难,由此促使林冲觉醒,怒杀陆谦、富安、差拨,可谓是情景交融,景随人走,但又衬托、预示、象征着情节的发展和人物的命运。这也如同《三国演义》第三十七回的刘备三顾茅庐,作者极力为刘备隆中之行染上清冷的神秘主义色彩:"时值冷冬,天气严寒,彤云密布。行天数里,忽然朔风凛凛,瑞雪霏霏",如此恶劣的天气,连张飞都认为"天寒地冻,尚不用兵,岂宜远见无益之人乎!不如回新野以避风雪",而刘备却说:"吾正欲使孔明知我之殷勤之意。"可见写天气实为写人。果然待到刘备见到孔明,隆中一对,石破天惊,纵论鼎足三分,为刘备提出了一整套图王霸业的战略决策。那么,到此时,一个成熟的政治家站在了读者面前,刘备礼贤下士的政治家风度也得到了充分体现。

再看《红楼梦》第二十三回,宝玉早饭后,携了一套《会真记》,走到沁芳闸桥那边桃花底下一块石上坐着,展开《会真记》从头细看:

> 正看到"落花成阵",只见一阵风过,把树头上桃花吹下一大半来,落的满身、满书、满地皆是花片。宝玉要抖将下来,恐怕脚步践踏了,只得兜了那花瓣儿,来至池边,抖在池内。那花瓣儿浮在水面,飘飘荡荡,竟流出沁芳闸去了。回来,只见地下还有许多花瓣,宝玉正踟蹰间,只听背后有人说道……黛玉道:"撂在水里不好,你看这里的水干净,只一流出去,有人家的地方儿什么没有? 仍旧把花遭塌了。那畸角儿我有一个花冢,如今把他扫了,装在这绢袋里,埋在那里,日久随土化了,岂不干净。"

联系第二十七回林黛玉的葬花词,作者为贾宝玉设置了一个青春气息的、诗一般的环境下看描写爱情的小说和戏曲。其间的故事情节,男欢女爱,男女主人公对纯真爱情的追求,无不启动了宝玉的爱情电波,更加激荡了内心青春的躁动。叙述者说宝玉坐在桃花树下看《会真记》,桃花纷纷飘落,他不忍心脚步踏了花瓣儿,兜了那花瓣儿,抖在水池内顺水流走。看似写花,实为写人。典型的人物形象,必须由典型的环境衬托,必须要典型的细节予以表现。爱惜花的人,必定爱惜人,其内心是纯洁有生命感的。比起贾琏抢着多姑娘叫娘娘的粗鄙情趣,简直有天壤之别。

　　不过还有一位护花者黛玉更纯真,您看黛玉的造型:肩上担着花锄,花锄上挂着花囊,手中拿着花帚。她告诉宝玉把花埋在花冢里,林黛玉已经把花看做是有生命的物体,要像爱护人的生命一样爱惜花的生命,其实质是崇尚物体的自然之美,而美的东西是不能被世俗生活糟蹋的,应保持其生命的纯洁。那么,薛宝钗做冷香丸需要白牡丹花蕊、白荷花蕊、白芙蓉花蕊、白梅花蕊,把一年四季的花蕊都捣碎,做成蜜丸吃下去,是否象征其某种冷漠的性格呢?

　　由第二十三回的落花,到第二十七回的葬花,在葬花词中,从花开花落感悟到人的生命如同花的命运一样,终有陨落的一天,人的命运是无可抗拒的。因此感叹生命的短暂,对美的事物消失的感伤。她幻想着胁下生出双翼,随鸟随花飞到天边,去追求自己的理想,可是天尽头又哪有自己理想的归宿之地呢?不如用锦囊收拢艳骨,用一堆净土掩埋花,原本纯洁的来到尘世,也应当保持着纯洁离开尘世,不要教她(花)陷在沟渠里污秽了。黛玉实际是以花自喻,决绝地发出为了保持高洁的品格和高尚理想,宁肯洁来洁去,也不会随波逐流,同流合污的抗争。可是人和花一样不能抗争自然法则,一朝春尽红颜老,花落人亡两不知,特别是"尔今死去侬收葬,未卜侬身何日丧?侬今葬花人笑痴,他年葬侬知是谁"?预感到自己孤独而去的悲剧命运。

　　上述几例不过是证明,叙述者用叙述语言描绘自然景物,自然时空,无非是两种方法,一是用诗词韵语赞颂景物;二是用散文体叙述自然景物时,不作兴像西方小说似的静态的、大段的描述,而是选择最精炼的词语,并且常常和人的形体动作,人的情感变化联系起来进行讲述,这是中国古代小说描绘自然环境的突出特征。

　　⑤代人物说出心里话

　　第三人称或全知全能的叙述者,可以自由出入人物内心,揭示人物的心理活动。如第二十六回,黛玉晚饭后到怡红院叩门,没人开门,自己又回思一番:"虽说是舅母家如同自己家一样,到底是客

边。如今父母双亡,无依无靠……"是自己一个人想。第二十九回,宝玉黛玉因道士提亲又闹了误会发生口角,叙述者才说:

> 原来这宝玉自幼生成来的有一种下流痴病,况从幼时……即如此刻,宝玉的内心想的是:"别人不知我的心,还可恕;难道你就不想我的心里眼里只有你?……"那黛玉心里想着:"你心里自然有我,虽有金玉相对之说,你岂是重这邪说不重人的呢?……"那宝玉心中又想着:"我不管怎么样都好,只要你随意……"黛玉心里又想着:"你只管你就是了……"看官,你道这两个人原是一个心,如此看来,却都是多生了枝叶……难以备述。如今只说他们外面的形容。

叙述者先是用"原来"提示两个人发生口角的原因,接着揭示宝玉"内心想的是",黛玉"心里想着"的,"那宝玉心中又想着"的,"黛玉心里又想着"的,最后,以说书人口吻,向"看官"总括说明两个人原是一个心,只是多生了枝叶,将那求近之心,反弄成疏远之意了。毫无疑问,叙述者只有运用第三人称的客观叙事或全知全能的视点才能出入于两人的内心。

2. 人物的语言

(1)人物代叙述者说出审美判断

任何一部小说不可能完全由叙述者介绍小说中的人物,特别是长篇小说如《三国演义》、《水浒传》,人物众多,叙述者没有这个能力,也没有必要承担代言的任务,所以小说作者也学习戏剧的叙事方法,把叙事任务分散给小说中的人物,通过人物的对话反映作者的审美判断,通过人物对话介绍描写其他人物性格,推动故事情节的发展。

值得注意的是,本命题是说作家或叙述者的审美观点、审美判断由小说中的人物反映出来,这样小说中的人物就身兼双重身份,既是叙述者又是小说中的某个角色。问题也在这里,小说中的人物在讲说某种观点时，必须说出符合他自己身份和性格的话语，否则就变成作者的传声筒。例如《红楼梦》第一回，空空道人与石头讨论创作方法时，把作者创作《石头记》的态度阐释得非常清楚，即作者是根据"我这半世亲见亲闻的几个女子"，"其间离合悲欢，兴衰际遇，俱是按迹循踪，不敢稍加穿凿，至失其真"。而空空道人，将这《石头记》再检阅一遍，因见上面大旨不过谈情，"亦只是实录其事"，所以才从头至尾抄写回来，闻世传奇。

用现代人的语言解释，所谓"实录其事"，就是把过去经历过的事件做为描写对象，并且要不失其真，要"追踪蹑迹，不敢稍加穿凿"，即符合客观现实生活发展逻辑的真实，符合性格的真实。所谓"实录其事"，并非将生活中的"事"直接转录到小说，而是遵照小说的创作规律，进行艺术虚构，用"假雨村言敷演"，创作出符合"事件情理"的小说。所以他反对明清"淫秽污臭，最易坏人子弟"的情爱小说，"千部一腔，千人一面"的才子佳人小说，也突破了野史小说"假借'汉''唐'的名色"，演义英雄传奇的模式。

从语言层次看，空空道人与石头在讨论幻形入世的经历，引出《石头记》不同于其他小说的创作观，可是仔细体味石头的演说，读者有理由怀疑石头不过是叙述者，甚或是作者的影子和代言人，石头不过是代作者发表审美判断。这种代言人的写法也表现在第二回冷子兴与贾雨村演说荣宁二府，其间贾雨村不同意冷子兴把贾宝玉看作是色鬼，认为一般人，包括贾政在内，都不理解贾宝玉性格的意义。据此，贾雨村发表一通秉气说。毫无疑问，这不仅仅是贾雨村的专论，而是反映了作者的哲学意识。我们毋须去探究作者或叙述者的秉气说是唯心的，还是唯物的，气是指物质的，抑或归入精神层面。其实作者强调的是贾宝玉具有多面性格，不同于传统的人格模式。

有趣的是，有时小说中的人物并不是代表叙述者或作者反映审美意识，而是代作者扮演某种角色，测试小说主人公，实际也曲折地反映了作者的意识。如第五回贾宝玉梦游太虚幻境，贾宝玉看过了正副册子，也听了红楼梦十二支曲子，却丝毫没有点醒悟，这时警幻仙姑却代表着世俗的贾政的观点同贾宝玉对话。仙姑说"今既尔祖宁荣二公剖腹深嘱"，"从今后，万万解释，改悟前情，留意于孔孟之间，委身于孔孟之道"云云混账话出自于神仙姐姐之口，显然代表作者对贾宝玉观念的考问，当然反映了作者的创作意图。

（2）人物代叙述者说别人

人物代叙述者介绍别人和代叙述者或作者说出叙述者或作者的审美判断是有区别的，区别就在于前者尽管是作者设置的戏剧化的叙述方法，让人物承担部分叙述任务，但是在特定情景、特定的人物关系的刺激下发出的评论，其评论又符合本人的身份和性格特点。如第六回刘姥姥初进荣国府，见到当家人王熙凤，周瑞家的向姥姥介绍说：

> 你还不知道呢！我们这里不比五年前了，如今太太不理事，都是琏二奶奶当家。你打量奶奶是谁？就是太太的内侄女儿，大舅老爷的女孩儿，小名叫凤哥儿的……嗐！我的姥姥，告诉不得你了！这凤姑娘年纪儿虽小，行事儿比世人都大呢。如今出挑的美人儿似的，少说着只怕有一万心眼子，再要赌口齿，十个会说的男人也说不过他呢！回来你见了就知道了。——就只一件，待下人未免太严些儿。

对某个有特色的人物的评价，并不是由一个人物一次评论就完成的，高明的作家善于用众多人物说一个人。第三回，林黛玉进荣国府见到王熙凤，贾母笑道："你不认得他：他是我们这里有名的一个泼辣货，南京所谓'辣子'，你只叫'凤辣子'就是了。"第十三回，秦可卿病故前梦中托心愿给凤姐："婶娘，你是脂粉队里的英雄，连那些束带顶冠的男子也不能过你……"贾珍请王夫人批准王熙凤来宁国府暂掌理家务说:"婶娘的意思,侄儿猜着了:是怕大妹妹劳苦了。若说料理不开,从小儿大妹妹玩笑时就有杀伐决断,如今出阁,在那府里办事,越发历练老成了。"宁国府中都总管赖升却有不同评价:"那是个有名的烈货,脸酸心硬,一时恼了,不认人的!"第二十一回,贾琏搂着平儿求欢,说:"你不用怕他,等我性子上来,把这'醋罐子'打个稀烂,他才认的我呢!他防我像防贼似的,只许他和男人说话,不许我和女人说话,略近些,他就疑惑;他不论小叔子,大的,小的,说说,笑笑,就都使得了!以后我也不许他见人!"第二十五回,赵姨娘不满王熙凤掌权,对马道婆说:"了不得,了不得!提起这个主儿,这一分家私要不都叫他搬了娘家去,我也不是个人!"第三十九回,袭人问平儿这个月的月钱为什么还不发,平儿说:"这个月的月钱,我们奶奶早已支使了,放给人使呢。等别钱收了来,凑齐了才放呢。"袭人道:"他难道还短钱使?还没足厌?何苦还操这心?"平儿笑道:"何曾不是呢!他这几年,只拿着这一项银子翻出有几百来。他的公费月例又使不着,十两八两零碎攒了,又放出去,单他这体己利钱,一年不到,上千的银子呢!"第四十三回尤氏也批评凤姐在钱上弄鬼:"我看着你主子这么细致,弄这些钱,那里使去?使不了,明儿带了棺材里使去!"第四十四回,贾母和众姐妹给王熙凤过生日,贾琏却趁机偷情,贾琏说:"如今连平儿他也不叫我沾一沾了。平儿也是一肚子委屈,不敢说。我命里怎么就该犯了'夜叉星!'"第四十五回,探春、李纨等人要起诗社,请凤姐做监察御史,实际是让他出开办费,王熙凤不肯,李纨批评她"专会打细算盘","天下人都叫你算计了去"!第六十五回,贾琏的小厮兴儿趁着酒兴,对王熙凤的品格为人做了全面概括:

我们奶奶的事,告诉不得奶奶!他心里歹毒,口里尖快。我们二爷也算是个好的,那里见的他?倒是跟前有个平姑娘,为人很好,虽然和奶奶一气,他倒背着奶奶常做些好事。我们有了不是,奶奶是容不过的,只求求他去就完了。如今合家大小,除了老太太、太太两个,没有不恨他的,只不过面子情儿怕他。皆因他一时看得人都不及他,只一味哄着老太太、太太两个人喜欢。他说一是一,说二是二,没人敢拦他。又恨不的把银子钱省下来了,堆成山,好叫老太太、太太说他会过日子。殊不知苦了下人,他讨好儿。或有好事,他就不等别人去说,他先抓尖儿。或有不好的事,或他自己错了,他就一缩头,推到别人身上去,他还在旁边拨火儿。如今连他正经婆婆都嫌他,说他:"'雀儿拣着旺处飞','黑母鸡——一窝儿',自家的事不管,倒替人家去瞎张罗。"我告诉奶奶:一辈子不见他才好呢。"嘴甜心苦,两面三刀","上头笑着,脚底下就使绊子","明是一盆火,暗是一把刀":他都占全了。只怕三姨儿这张嘴还说不过他呢,奶奶这么斯文良善人,那里是他的对手?

根据上述信息,我们完全可以为王熙凤写一个小传。也许每一个人都从自己的角度去评判王熙凤,不免带有主观色彩,可评论她的人都是了解她的,有一定的可信度,读者正是从不同人的反映,凤姐的言谈话语,动作行为,深刻了解王熙凤的性格和为人。比如贾琏心腹兴儿就曾告诉尤二姐千万别见两面三刀的王熙凤,可惜尤二姐失去警惕,或者她真不是王熙凤的对手,身不由己的被赚进大观园,王熙凤最终用借刀杀人法害死了尤二姐,而尤二姐到死都未看透每天嘴里喊"好妹妹"的王熙凤就是杀害她的凶手。

(3)人物代叙述者说自己

人物代叙述者说自己,系指作家在整体构思中,小说中的叙述者、人物都在从不同角度完成叙述的任务,但是小说中的人物,除非叙述者有意设置,现实的或超自然的人物表达叙述者或作者的审美观点外,作为小说世界中的人物每个人都是独立的个体,通过与别个人物交往、冲突中说自己的身世,表达自己各种观点,正是这些观点构成了小说的生活内容,是叙述者作者需要他(她)们表达的,但不一定和作者或叙述者的观点一致,甚或根本不一致。贾宝玉对"文死谏"、"武死战"封建最高道德的批评,痛骂那些像狗马一样的卑贱,匍匐在"功名仕进"底下的所谓"读书上进"者为"禄蠹"、"国贼",鄙视"沽名钓誉"的八股等等。联系他"女儿是水做的骨肉,男儿是泥做的骨肉"的高论,毫无疑问,是贾宝玉特有的观点,可能和作者或叙述者的认识是一致的,但薛宝钗、史湘云却未必认同,而薛宝钗、史湘云说的"混账话",未必是作者的观点。作者只是人物的设计师,通过人物的自我叙述,完成人物的塑造,从而也代叙述者完成叙述任务。

与此同理,《水浒传》第二十三四,武松向宋江、柴进说明自己身世后即回阳谷县寻找武大。景阳冈打死猛虎,怒斥潘金莲的挑逗,武大灵前怒杀潘金莲,狮子楼斗杀西门庆等场景,人们从武松的言语和作为,让人们认识到武松是一个有原则、有情有义、敢作敢为的硬汉,但又是一个狠角色。所以人物的自述不只是向读者提供自己的背景材料,更主要的是通过与别个人物交际与冲突,表述自我意识,当然要呈现自我性格。

3. 从说话看出人

鲁迅先生说:"高尔基很惊服巴尔扎克小说里写对话的巧妙,以为并不描写人物的模样,却能使读者看了对话,便好像目睹了说话的那些人,中国还没有那样好手段的小说家,但《水浒》和《红楼梦》的有些地方,是能使读者由说话看出人来的。"⑤看出人的什么?看出人的身份、文化层次、年龄,其间主要看出人物个性,因此小说语言的主要功能是刻画人物性格。

第六十七回,王熙凤是靠"说"把尤二姐赚进大观园的。她动员尤二姐的话,绵里藏针,看似服软,实为蔑视、贬低、威胁,真正是口蜜腹剑的阴谋家。第三十六回,有的姨娘向王夫人告状,说王熙凤克扣她们的月钱,王熙凤从王夫人屋里出来,凤姐把袖子挽了几挽,趿着那角门的门槛子,笑道:"这里过堂风,倒凉快,吹一吹再走。"又冷笑道："我从以后,倒要干几件刻薄事了!抱怨给太太听,我也不怕!糊涂油蒙了心,烂了舌头,不得好死的下作娼妇们,别做娘的春梦了!明儿一裹脑扣的日子还有呢。如今裁了丫头的钱,就抱怨了咱们!也不想想自己,也配使三个丫头!"这又说出了王熙凤粗俗、凶狠、贪婪的一面。而这些特性是王熙凤用自己语言铸造的。

再说薛宝钗,第三十七回,史湘云一时冲动,海棠诗社她要做东,宝钗邀请湘云往蘅芜院安歇,提醒她说:

> 既要开社,就要做东。虽然是个玩意儿,也要瞻前顾后;又要自己便宜,又要不得罪了人,然后方大家有趣。你家里你做不得主,一个月统共那几吊钱,你还不够使;这会子又干这没要紧的事,你婶子听了越发抱怨你了。况且你都拿出来,做这个东也不够。难道为这个家去要不成?还是和这里要呢?

宝钗这些话表现了她性格的重要特点,即"又要自己便宜,又要不得罪了人",很会设身处地的为他人着想,很会讲道理说服人。特别是针对史湘云的窘境,"已经有了个主意了",那就是从他们铺子里拿螃蟹来,请贾母来赏桂花吃螃蟹,然后再作诗。宝钗的确想得周到,她用自家的螃蟹做人情送给湘云圆了做东的心愿和解脱了困境,可实际上,是借湘云的名义"送我上青云",获得好名声的是薛宝钗。这种类似的话还说过一次。第五十六回,李纨、探春、宝钗商议蘅芜院和怡红院草花谁来管理,平儿提议让服侍宝钗的丫环莺儿妈妈来管,立即遭到宝钗反对,她不愿人们说她刚参加临时内阁便任人唯亲安排自己的人马,提议安排茗烟的娘:"那是个诚实的老人家,他又和我们莺儿妈根好……他有不知的,不必咱们说给他,就找莺儿的娘去商议了。那怕叶妈全不管,竟交与那一个,这是他们私情儿,有人说闲话,也就怨不到咱们身上。"毫无疑问,她反对自己出面来安插自己的人,并不反对别人出面来安插自己的人,这样既可避免人们指责她有私情儿,所谓怨不到咱们身上,又可使被安排的人感谢她的私情。这种善于平衡人际关系,不粘锅的性格,林黛玉却做不来。也许是处于寄人篱下的境地,也许是她对宝玉的爱情过分执着,为了保卫爱情的阵地,不断地测试宝玉爱情的忠诚度,只要是宝钗、宝玉在场,黛玉的话里就带刺儿,话里有话。心地单纯,说话不隐藏,言语尖刻,甚至好使小性儿,可是她对人格自身的捍卫,对自由、青春、爱情的追求,对生命价值的思考,远远超出薛宝钗。

4. 讽刺语言的妙用

鲁迅先生在《且介亭杂文二集·什么是"讽刺"?》一文中说:"一个作者,用了精炼的,或者简直有些夸张的笔墨——但自然也必须是艺术地——写出一群人的或一面的真实来,这被写的一群人,就称这作品为'讽刺'。"[⑥]中国是一个有幽默感的民族,其文学艺术也充着诙谐幽默;但中国人又极其乐观,于是中国的文学,特别是讽刺文学,尤其是戏曲艺术,从它开始形成起,就是悲喜剧因素相互融合,所谓"于歌笑中哭泣",[⑦]"苦乐相错,具见体裁",[⑧]"寓哭于笑",[⑨]二律悖反的互动。进而言之,二律悖反的互动,也表现在美与丑、高尚与渺小融合在同一部讽刺小说中。从语言格调来说,能够把喜剧性因素甚或荒诞闹剧因素,丑陋的渺小的因素,与悲剧的、高尚乃至诗的隐喻有机的融合在一个艺术整体中,当推吴敬梓的《儒林外史》。鲁迅先生说《儒林外史》:"其文感而能谐,婉而多讽:于是说部中乃始有足称讽刺之书。"[⑩]值得我们研究的是《儒林外史》怎样运用语言艺术,表现二律悖反的两种因素的。

(1)悲剧的内容喜剧的形式

《儒林外史》第三回,记述范进没有中举前,贫困得断粮绝炊,连母亲和妻子都不能养活,因此遭到丈人胡屠户和周围人的白眼。这种穷困处境和屡试不中的遭遇,自然形成他卑怯屈辱的性格。他每次赴试都充满着希望和幻想,而每次结果都是无例外的失望而归,积数十年的痛苦,他差不多陷入了绝望境地。虽然范进考中秀才,可是并不甘心安于老相公地位。虽然中了秀才,可是幸福的大门还没有向他彻底敞开,所谓自古无场外的举人,如不进去考一考,如何甘心。虽说自我感觉"火候已到",但能否金榜题名,还没有把握。希望和失望复杂的交织在范进心里,因此中举捷报传来,邻居向他祝贺,范进以为是哄他。当着他面对高中的捷报,证实了本来以为不可能到来的东西真的到来时,时而恐惧,继而惊喜,惊喜而后发疯,一边狂呼"我中了",一边往门外飞跑,胡屠户和邻居在后面追。众人劝胡屠户吓范进一下,不要打伤了,兴许能打醒范进。胡屠户却认为范进虽然是他女婿,可如今已晋升为老爷,就是上天的星宿,天上的星宿是打不得的,打了就要下地狱,阎王要打一百铁棍。后来胡老爹局不过众人,喝了两碗酒,壮了胆,一个嘴巴打将过去,竟然打醒了范进,胡屠户的巴掌仰着,再也弯不过来。报捷的喜庆场面,却上演了一出闹剧,而在这场闹剧中隐含着作者对于科举制度使人的尊严、人格遭到侮辱、损害的悲愤! 这里的悲剧不是浮在喜剧上,而是两者融为一体,范进身上的悲剧因素并未使他走向崇高,反而向滑稽渺小发展。

(2)喜剧内容闹剧形式

第十回鲁翰林招蘧公孙为婿,作者从送亲、迎亲、庆宴写得极细致,也极喜庆。假使小说只描述公孙入赘鲁府,饮酒宴乐后就打住,那不过是封建上层集团的交易,只能是一回平淡描写,依照故事情节发展而言,写到这里煞住,也未尝不可。但是令人惊叹的,在这庄重喜庆筵席进行的当口,突然转入闹剧场面:一只老鼠从梁上走滑了脚,摔了下来,恰好掉在滚热的燕汤碗里,把碗跳翻,从新郎官身上跳了下去,新制的大红缎子衣服弄油了。紧接着,作者峰飞天外,又设置了一出更让人绝倒的闹剧。这就是酒过数巡,捧着六碗汤粉的小厨役,站在院里看戏,管家拿走了四碗,还剩下两碗。他看戏看昏了头,认为盘子上的汤都端走了,把盘子往地下一掀,只听"叮当"一声响,把两个碗和汤粉都打碎在地上,他一时慌了,弯下腰去抓汤粉,两个狗争着抢着吃地上的汤粉。这厨役怒从心上起,使尽平生力气,跃起一只脚去踢狗,未曾踢着狗,却因用力太猛,一只钉鞋踢脱了,腾空而起有丈把高,陈和甫坐在左边第一席,席上上了两盘点心,那鞋正落在点心上,打了稀巴烂,陈和甫吓了一跳,慌立起来,衣袖又把汤碗带翻泼了一桌。如此等等,这是戏曲中闹剧甚或荒诞剧的手法,作者利用巧合逆转,把两种因素捏合在一起,并不是为了让读者获取感官上的满足,而是让读者思考意在言外的东西。

(3)圣洁与轻薄对应

第四十七回,大盐商方六送他母亲灵牌入节孝祠,知县、学师、典史、把总等送了执事,举行了知县祭、学师祭、典史祭、把总祭、乡绅祭、秀才祭、主人家自祭,吹吹打打安了位,好不热闹。祭祀刚结束,一个卖花牙婆走上阁来,哈哈笑道:"我来看看老太太入祠。"方六便同她站在一处,伏在栏杆上看执事。"方六老爷拿手一宗一宗的指着说与她听。权卖婆一手扶着栏杆,一手拉开裤腰捉虱子,捉着,一个个往嘴里送。"庄重与放荡,崇高与滑稽极不相称的联系在一起,表面形象看,仿佛直接显示方六的显富和假充孝子。可是,如果从内在潜藏的意义来看,方六向权卖婆介绍节孝祠"一宗一宗"的执事——封建伦理道德的标识,却和权卖婆捉虱子联系在一起,而且被权卖婆一个个吃掉了。这里"执事"和"虱子","一宗一宗"和"一个一个"的对称,绝不是偶然的巧合,而是作者按着对比的原则有意识的设置。介绍执事和捉虱子,这两种完全合不到一起的举动竟然合到一块儿,并且轻荡的行动又安排在圣洁的环境中进行,于是从直接的形象中必然产生某种象征性含义,形象立刻超出个别现象的范围,显现出概括性含义。这是隐喻形象的两面性作用,从直接的形象中感受到间接内容,从个别中体味到共性的、概括性的意义。

（4）理想主义与现实价值观的矛盾

第三十七回，众贤士祭泰伯祠，叙述者不厌其详地描写祭祀的每一细节，制造了庄严堂皇的景象，并且由一位被视为品德高尚的古典理想主义者虞育德主持仪式大典，可是参加仪式的二十位知识分子却分属不同品类，没有几多人想去实践古人信条，或是在当时的历史条件下能够恢复古老的礼乐制度。因此，祭泰伯这一仪式纯粹是在形式上对往昔的回忆，缺少真实的生命和现实价值，陈旧观念不可能永远指导和规范现实生活。于是，祭泰伯的仪式一结束，信仰的热情随之消失，跟着就发生几起不合古礼的事件，连泰伯祠也颓败荒芜，大殿的屋山头倒了半边，一扇大门倒在地上，楠子楼板不剩一块，里面空无一人，从另一个角度否定现代泰伯的不切实际，或是嘲弄理想主义的不合时宜。

（5）否定的否定

范进未考中举人之前，胡屠户以长辈资格痛骂范进是个"现世宝穷鬼"，"如今不知因我积了甚么德，带挈你中了个相公"，"想吃天鹅屁都没资格"。范进中举后胡屠户立即变了模样，称呼范进为"天上星宿"，为贤婿老爷，为"才学又高，品学又好的姑老爷"。胡屠户前倨后恭，两种情感如此截然对立，由一种情感转向另一种情感和行动的过程如此短暂，简直看不出转向的合理原因，那么这种突转较多是讽刺的。当然社会的功利风气促使这个小市民嘴脸的转换，自然也是悲剧性的。

第十二回，张铁臂自称是侠客，说平生有一个仇人，一个恩人。一夜二更半后，"忽听房上瓦一片声的响，一个人从屋檐上掉下来"，"满身血污"，手里提了一个草囊，说是仇人的人头，向娄府两公子借一百两银子去报恩人的大恩。令人诧异的是，既然是侠客"行步如飞"，为何又"一片瓦响"？如果真有轻功就不应是瓦响，落地更不是"从屋檐上掉下来"。这一片瓦响和掉下来，满身弄得血污，就捅破这位侠客一个窟窿。后来娄公子打开革囊，原来是个猪头，张铁臂是个骗子！

5. 象征与隐喻

　　我所说的隐喻，并非仅指暗中寄寓讽喻之意，而是指喻体对本体的存在或未来的发展采取了隐蔽的象征的手法，因此喻体与本体之间连接似是而非，亦非亦是，给人以多种想象空间。可以说象征隐喻丰富了小说语言表现，是小说成熟的标识之一。也许中国古代小说有写志怪小说的传统，象征隐喻中常含有志怪小说荒诞、神秘、奇幻的意象。如《水浒传》第一回，洪太尉叫人掘开压在万丈地穴的石板，只见穴内刮刺刺一声响亮，一道黑气，从穴里直冲上半天里，空中散作百十道金光，望四面八方去了。这"黑气"是否象征一百单八个"魔君"扫荡天下？《红楼梦》的木石前盟与金玉良缘就象征着两条婚姻路线和两种人格理想的追求，贾宝玉的玉隐喻多重含义。太虚幻境中金陵十二钗正副册画页，袭人那幅画的是一簇鲜花，一床破席。鲜花寓喻花气袭人，问题是用"席"做为"袭"的谐音，何以画了一床破席，暗含的象征意是说花袭人外表虽如鲜花般芬芳可爱，可她的本质却如破席一样下贱、丑陋。又一正册上画着两株枯木，木上悬着一围玉带，地下又有一堆雪，雪中一股金簪。这幅画暗示了薛宝钗、林黛玉的命运。甄家盛衰的虚写、象征、衬托，预示实写的贾家的多种作用。而甄宝玉又是作者借假象象征真象的贾宝玉，让读者去深思贾宝玉形象的价值。

　　诗词、谜语、酒令也极具隐喻性。黛玉葬花，借花开花落，喻人的生命过程，唤起林黛玉对生命有常无常的思考，进而为保持青春理想，人格自尊，而抗争污浊社会。可是第七十回，薛宝钗《临江仙》末句"好风凭借力，送我上青云"，暗喻薛宝钗想借助某种风力，或是进京参加选妃嫔，达到元春的级别，或是坐宝二奶奶的位置。然而第二十二回灯谜"梧桐落叶分离别，恩爱夫妻不到头"，又预示了宝钗的悲剧命运。

　　值得注意，《儒林外史》和《红楼梦》都善于运用戏曲的形象起着比拟象征的作用。如《儒林外史》第四十九回,秦中书宴请万中书、施御史、高翰林,点了《请宴》、《饯别》、《五台》、《追信》四出戏助兴。《西厢记》中张生赴宴时"笑吟吟,一处来",饯别时"哭啼啼,独自归"的景象,比喻四人的欢聚悲散。《五台》一出中杨六郎兄弟五台山的情义,反衬施御史弟为母送葬而反目。《追信》中萧何慧眼识英雄,月下追韩信,现实中的施御史却为假中书万青云买官奔走,使万青云摇身一变,竟然成了真中书,是历史讽刺了现实,抑或现实戏弄了历史呢?《红楼梦》第十八回,贾府庆祝元春归省,演出剧目有《豪宴》、《乞巧》、《仙缘》、《离魂》。从角色和场次看生旦净丑俱全,文武冷热,搭配均匀,但细推敲剧目内容,《豪宴》中严府子孙的恃势豪奢,到《仙缘》中卢姓大族的没落,隐喻贾府也将由盛而衰。《乞巧》中唐明皇乞巧订盟的爱情,到《离魂》中憔悴而死,预示元春日后失宠而夭折。①

6. 比喻

　　比喻的本体和被比喻者有相似点,或是整体相似,或是某一点相似。小说家利用比喻时必须选择最精炼的词语,典型的事物进行比附,突显主体的特征。例如《水浒传》第二十一回,晁盖写给宋江的书信被阎婆惜看到,极为兴奋:"好呀!我只道'吊桶落在井里',原来也有'井落在桶里'。我正要和张三两个做夫妻,单单只你这厮,今日也撞在我手里!原来你和梁山泊强贼通同往来,送一百两金子与你。且不要慌,老娘慢慢地消遣你。"常见桶吊在井里,根本不可能有井落在桶里的,如今宋江这口井真的落进了老娘的桶里,终于抓住了宋江的把柄,置他于死地而后快,她的兴奋喜悦溢于言表,但她要"慢慢地消遣"宋江,可见阎婆的刁钻心狠。

　　《儒林外史》第四十二回,土豪劣绅汤六在妓院里逼着细姑娘唱曲,细姑娘不肯,汤六道:"我这脸是帘子做的,要卷上去就卷上去,要放下来就放下来!我要细姑娘唱一个,偏要你唱!"把自己的脸比做帘子,已经足够无耻的了,一个人怎么可以把脸比喻做帘子呢？正因为汤六有这一比，再加卷上放下来的补充说明，就把这个无赖反复无常的性格形象化了，形象内部的矛盾被暴露在显著地位上，讽刺的形象所以区别于一般形象就在于此。最后一句"偏要你唱"，则直接暴露出汤六的横蛮本相。

7. 认证说话者的身份区域

小说中的人物做为语言传达的对象，具有不同的文化品位，从事不同行业，生活在不同区域，所以读者从人物的言语中，可以把握语言文化的各种信息。《红楼梦》第四十回，贾母等人吃酒行令，由鸳鸯做令主，轮到刘姥姥行令：

> 鸳鸯笑道："左边'大四'是个人。"刘姥姥听了，想了半日，说道："是个庄稼人罢。"众人皆笑。贾母笑道："说得好，就是这样说。"刘姥姥也笑道："我们庄稼人，不过是现成的本色，众位别笑。"鸳鸯道："中间'三四'绿配红。"刘姥姥道："大火烧了毛毛虫。"众人笑道："这是有的，还说你的本色。"鸳鸯道："右边'幺四'真好看。"刘姥姥道："一个萝卜一头蒜。"众人又笑。鸳鸯笑道："凑成便是一枝花。"刘姥姥两只手比划着，说道："花儿落了结个大倭瓜。"众人哄堂大笑起来。

不必多作说明，刘姥姥语言语域，无疑是农村语言，行令所指都是农村日常生活常见的事物，比起薛宝钗、林黛玉的引经据典要俗，但新鲜、活泼、形象。贾母说的则雅俗参半，头一句"头上有青天"，这是俗谚，城乡皆用的大实话。第二句"六桥梅花香彻骨"，系指杭州西湖苏堤的跨虹、东浦、压堤、望山、锁澜、映桥六座桥，桥上种梅花，所以说梅花开时香彻骨，以景应令，有七言诗句式，贾母略懂点诗。末句"这鬼抱住钟馗腿"，也是人所共知的民间故事，说明老人家积古的事知道，不过随手拈来，用句不甚考究，显现老祖宗的架势。

再看贾政的语式。第十八回元春省亲，贾政回答自己的女儿元妃的问话曰："臣草芥寒门,鸠群鸦属之中,岂意得征凤鸾之瑞。今贵人上赐天恩,下昭祖德……"云云,全是朝廷中臣子对王妃的官话。第九回,宝玉要去家学上学,贾政训斥道："你们成日家跟他上学,他到底念了些什么书!倒念了些流言混话在肚子里,学了些精致的淘气。等我闲一闲,先揭了你的皮,再和那不长进的东西算账!"贾政借批评李贵而骂贾宝玉,一派主子和严父的声口。第十七回大观园试才题对额,园内工程已告竣,贾珍请贾政验收,然后题匾额对联,贾政对众清客说："你们不知:我自幼于花鸟山水题咏上就平平的;如今上了年纪,且案牍劳烦,于这怡情悦性的文章更生疏了。便拟出来,也不免迂腐,反使花柳亭园而减色,转没意思。"从话语中不难猜出此人是都中勤恳的官僚,但古板僵硬。

出身草莽的就没那么斯文。《水浒传》描写的是一群具有侠客气的离轨者,粗犷豪气,话语简捷痛快,骂人也骂得痛快。《金瓶梅》写市井中的商人、帮闲者、媒婆、妓女、没落官僚、淫妇等等,人们丧失了最初码的道德,当然他就没有什么理想追求,如帮闲者应伯爵,没有独立的人格,没有羞耻感,到妓院、搂住小妓女就要求给他"温温嘴",西门庆与李桂姐做爱时,他也闯进去开玩笑混闹,像狗一样寄食于人,所以西门庆叫他"狗材",妓女骂他"应花子",连西门庆家的狗也不咬,走熟了的。西门庆把李瓶儿搞到手,你看他怎么奉承:

> 我这嫂子,端的寰中少有,盖世无双。休说德性温良,举止沉重,自这一表人物,普天下之下,也寻不出来,那里有这样大福!俺每今日得见嫂子一面,明日死也得好处。因唤玳安儿:"快扶你娘回房里,只怕劳动着,倒值了多的。"

应伯爵不顾及在大厅壁后偷听的吴月娘、孟玉楼、潘金莲的心理感受,竟然把李瓶儿的仪表捧上了天,这简直到了肉麻的地步,让人恶心,这是作者用反讽的笔法让他说出阿谀奉承的话语。

三、小说语言的组合

1. 口语、白话、文言互用

笔者在第二章《文体论》与本章第一节都涉及到中国白话小说口语、白话、文言交叉互用的现象,这里要强调的是互用度的把握:口语掺和多了,白话小说又复归说话,白话小说中文言介入多了,量超过质的规定性,则发生质的变化,又成了文言小说了。把握这个"度"的是作家或白话小说的整理加工者。因为不同层次的文化人,都受过传统文化的教育,熟悉四书、五经、诗、词、歌、赋、史书典籍以及官府文章,作起小说来,不免旧调重弹,之乎者也起来,但掺入的文言语式各有差别。

（1）浅易的文言语式

长篇小说以《三国演义》为代表。短篇白话小说（话本小说）,以《清平山堂话本》为例,卷一《柳耆卿诗酒玩江楼记》、《风月瑞仙亭》,卷二《蓝桥记》、《风月相思》,《雨窗集》上《戒指儿记》、《欹枕集》上《死生交范张鸡黍》、《欹枕集》下《夔关姚卞吊诸葛》等,严格地说,除了头尾用了说话人的套语外,正文基本上是文言语式,可以说向文言复归,与口语、白话渐远。

（2）诗词韵语过多介入

这可能同宋元说话要求艺人"论才词有欧、苏、黄、陈","说古诗是李、杜、韩、柳篇章","吐谈万卷曲和诗",所以宋元话本、白话小说都插入许多诗词,比如《西湖三塔记》入话就引入十首,这必然分散口语、白话成分。即便如《红楼梦》中大量诗词歌赋和谜语、酒令的涌入,固然反映了贵族家庭的情趣和生活内容,但从白话小说的品质而言,我不认为是适合的。

（3）亦文亦白

亦文亦白不是指量化的组合,一半是文言,一半是白话,而是白话的雅化,向文言靠近,既不是浅易文言,更不是流畅活泼的口语。且看《杜十娘怒沉百宝箱》与原型《负情侬传》的一段文字比较:

《负情侬传》

女挑灯俟生小饮,生目动齿涩,终不出辞,相与拥被而寝。至夜半,生悲啼不已,女急起坐,抱持之曰:"妾与郎君处,情境几三年,行数千里,未尝哀痛,今日渡江,正当为百年欢笑,忽作此面向人,妾所不解。抑声有离音,何也?"生言随涕兴,悲因情重,既吐颠末,涕泣如前。女始解抱,谓李生曰:"谁为足下画此策者?乃大英雄也!郎得千金,可觐二亲;妾得从人,无累行李。发乎情,止乎礼义。贤哉!其两得之矣。顾金安在?"

《杜十娘怒沉百宝箱》

却说杜十娘在舟中,摆设酒果,欲与公子小酌,竟日未回,挑灯以待。公子下船,十娘起迎。见公子颜色匆匆,似有不乐之意,乃满斟热酒劝之。公子摇首不饮,一言不发,竟自床上睡了。十娘心中不悦,乃收拾杯盘为公子解衣就枕,问道:"今日有何见闻,而怀抱郁郁如此?"公子叹息而已,终不启口。问了三四次,公子已睡去了。十娘委决不下,坐于床头而不能寐。到夜半,公子醒来,又叹一口气。十娘道:"郎君有何难言之事,频频叹息?"公子拥被而起,欲言不语者几次,扑簌簌掉下泪来。十娘抱持公子于怀间,软言抚慰道:"妾与郎君情好,已及二载,千辛万苦,历尽艰难,得有今日。然相从数千里,未曾哀戚。今将渡江,方图百年欢笑,如何反起悲伤?必有其故。夫妇之间,死生相共,有事尽可商量,万勿讳也。"公子再四被逼不过,只得含泪而言道:"⋯⋯"十娘大惊道:"郎君意将如何?"公子道:"⋯⋯"十娘道:"孙友者何人?计如果善,何不可从?"公子道:"⋯⋯"⋯⋯十娘放开两手,冷笑一声道:"为郎君画此计者,此人乃大英雄也。郎君千金元资,既得恢复,而妾归他姓,又不致为行李之累,发乎情,止乎礼,诚两便之策也。那千金在那里?"

杜十娘的故事,相传是明代发生的实事。詹外史(冯梦龙)编述的《情史》卷十四"杜十娘"篇末提到"浙人作《负情侬传》"。明宋懋澄《九籥集》卷五收有《负情侬传》,传尾宋氏自称:"庚子(万历二十八年)秋闻其事于友人,岁暮多暇,援笔叙事。"那么《情史》提到的"浙人",当指宋懋澄,可是孙楷第《日本东京所见中国小说书目提要》中说:"幼清,云间人,不得云浙,岂负《负情侬传》自为浙人所作,抑冯氏一时误记,偶以文属之浙人耶?"不过却以此蓝本,改为白话小说《杜十娘怒沉百宝箱》。仔细对比《负情侬传》,冯梦龙按照白话小说的规模,自然比文言文细致,多了杜十娘两次问,透露十娘的焦灼心理。文字上似乎比原文通俗,属白话文范畴,但还是有点典雅,这并非是个别或局部吸收文言成分,如"怀抱郁郁"、"频频"、"委决"、"哀戚"等等,而是整体语式上做了雅化,好像明万历以后就已定型了,关键是靠近口语,还是靠近文言。清初的才子佳人小说也是距口语远了。

《玉娇梨》第二回

话说杨御史自从在白公衙里赏菊饮酒,见了白小姐诗句,便思量要求与儿子为妻。原来杨御史有一子一女,儿子叫做杨芳,年才二十岁,人物虽不丑,只是文章学问难对人言。赖父亲之力替他夤缘,倒中了江南乡试,因会试不中,就随在任上读书。杨御史虽怀此心,却知道白公为人执拗,在女婿上留心选择,轻易开口决不能成。再三思索决无对策。

《平山冷燕》第二回

原来山显仁原是晋朝山巨源之后,世代阀阅名家,山显仁又是少年进士,才将近五十岁,就拜了相。为人最有才干,遇事敢作敢为。天子十分信重，同官往往畏惧。山显仁正在贵盛之时，未免有骄傲之色，凌虐之气。但这个女儿山黛，却与父亲不大相同：生得美如珠玉，秀若芝兰，洁如冰雪，淡若烟云，比其容貌，一望而知者。至于性情沉静，言笑不轻；生于宰相之家，而锦绣珠翠非其所好；每日只是淡妆素服，静坐高楼，焚香啜茗，读书作文，以自娱乐。举止幽闲，宛如一寒素书生；闺阁脂粉、妖淫之态，一切洗尽；虽才交十岁，而体度已如成人。

很明显地说，《杜十娘怒沉百宝箱》、《玉娇梨》、《平山冷燕》都是按照文人的思维方式在写小说，词语选择、语句链也是按文言小说习惯创作，情不禁的冒出许多文言句子。《平山冷燕》则用骈体描绘山黛的美，距口语更远了。

（4）亦白亦俗

纵观所有长篇白话小说，只有《水浒传》、《金瓶梅》、《红楼梦》、《儿女英雄传》既有白话小说的纯正，又杂有许多口语，应是白话小说的发展方向。

《水浒传》第五回

且说这鲁智深寻思道："这两个人好生悭客。见放着有许多金银，却不送与俺，直等他去打劫得别人的，送与洒家。这个不是把官路当人情，只苦别人。洒家且教这厮吃俺一惊。"便唤这几个小喽啰近前来筛酒吃。方才吃得两盏，跳起身来，两拳打翻两个小喽啰，便解搭膊，做一块儿捆了，口里都塞了些麻核桃。

《金瓶梅》第十四回

孟玉楼见春梅立在旁边，便问春梅："你娘在前边做甚么哩？你去，连你娘、潘姥姥快请来，就说大娘请来，陪你花二娘吃酒哩。"春梅去不多时，回来道："俺姥姥身上疼，睡哩。俺娘在房里匀脸,就来。"

《红楼梦》第十九回

　　一语未了,只见宝钗走来,笑问:"谁说故典呢? 我也听听。"黛玉忙让座,笑道:"你瞧瞧,还有谁! 他饶骂了,还说是故典."宝钗笑道:"哦! 是宝兄弟哟! 怪不得他,他肚子里的故典本来多么! ——就是可惜一句,该用故典的时候儿他就偏忘了。有今日记得的,前儿夜里的芭蕉诗就该记得呀! 眼面前儿的倒想不起来,别人冷的不得了,他只是出汗。这会子偏又有记性了。"黛玉听了笑道:"阿弥陀佛! 到底是我的好姐姐,——你一般也遇见对子了。可知一还一报,不爽不错的。"

《儿女英雄传》第四回

　　正说到这句话,只见一个人骑着一头黑驴儿,从路南一步步慢慢的走了过去。白脸儿狼一眼看见,便低声向傻狗说:"嗐! 你瞧好一个小黑驴儿,黄墨儿似的东西。可是个白耳腮儿,白眼圈儿,白胸脯儿,白肚囊儿,白尾巴梢儿? 你瞧外带着还是四个银蹄儿,脑袋上还有个玉顶儿,长了个全,可怪不怪! 这东西要搁在世上,碰见爱主儿,二百吊钱管保买不下来!"傻狗说:"你管人家呢! 你爱呀,还算得你的吗?"说着,只见那人把扯手往怀里一带,就转过山坡儿过山后去了,不提。

　　这四部小说都是白话小说语式的典范,只是生存于不同时代不同地域而又有不同格调,不同色彩。《水浒传》保留了中古音用语习惯,如"好生"、"洒家"、"官路"、"筛酒"、"做一环儿"等等,应是宋元时白话。《金瓶梅》话语偏重于山东土白和山西方言,如"俺"、"做甚哩"、"吃酒哩"、"睡哩"等等。《红楼梦》和《儿女英雄传》都是以北京官话为基础的普通话,如"故典"、"眼面前的"、"搁在"等;同时,词尾后的儿化音较多,较比《水浒传》、《金瓶梅》,更像是向现代纯正白话小说演化的典范。

2. 方言土语

语言是一种工具，一种文化载体，各个民族各地区都有自己的特定语言，通过这种载体表达本地区人的思维方式，生活习惯，人物风貌，性情喜好，小说当然是反映某地区方言的最多的载体。纯粹用方言写小说并不多见，但是人物对话用方言的，当属韩邦庆的《海上花列传》，叙述用国语，对话用苏州话，如第一回：

> 杨家妈站在一旁，向洪善卿道："赵大少爷公馆来哚陆里嗄？"善卿道："俚搭张大少爷一淘来哚悦来找。"杨家妈转问张小村道："张大少爷可有相好啊？"小村微笑摇头。杨家妈道："张大少爷无拨相好末，也攀一个哉口宛。"小村道："阿是耐教我攀相好，我就攀仔耐末哉口宛，好？"说得大家哄然一笑。杨家妈笑了，又道："攀仔相好末，搭赵大少爷一淘走走，阿是热闹点？"小村冷笑不答，自去榻床躺下吸烟。

"来哚陆里嗄"、"俚搭"、"一淘来哚悦"、"无拨"、"哉口宛"、"攀仔"是什么意思，倘如不加注释，除了苏州，或者江浙以外的读者是不知何意的。所以小说家不能把小说写成方言小说，这大约是因为作家是某地区的人，熟悉那个地区的方言，不自觉地带进小说；其次是掺入些方言可以增强语言的形象色彩，比喻确当，点化人物性格。鲁迅先生在《且介亭杂文·门外文谈》中说："方言土语里，很有些意味深长的话，我们那里叫'炼话'，用起来是很有意思的，恰如文言的用古典，读者也觉得津津有味。"比如《水浒传》第二回，高俅上任做殿帅府太尉，王进因病未来报道，遭到高俅训斥，王进叹口气道："俺的性命今番难保了！俺道是甚么高殿帅，却原来正是东京帮闲的圆社高二。""他却是个帮闲的破落户，没信行的人，……"第二十回，宋江初时不肯接受阎婆的女儿阎婆惜，"怎当这婆子撮合山的口嘴，撺掇宋江依允了。"《金瓶梅》第二十四回，说话人介绍西门庆时说："原来只是阳谷县一个破落财主，就县前开着个生药铺……"西门庆管王婆叫"干娘",也是当时的称谓方言。早在南宋时期,杭州瓦子里的艺人,就已有说唱水浒的故事,杭州吴语必然影响说话艺人和书会才人,其间许多艺人是北方汴京移民南迁,杭州吴语与北方官话混合成了变异的吴语方言。

《金瓶梅》则以山东方言为主,兼及山西、江淮、黑龙江一带方言,如"捏出水儿来的一个小后生"、"这老杀才"、"这苍根"、"俺两个自凭下一盘耍子"、"吓了个立睁"、"走百病"、"吃的不割不截的"、"涎脸的囚根子"、"体己",等等。

《红楼梦》毫无疑问是以北方官话为基础的,但作者谙熟江淮方言,特别是扬州方言,所以小说中有许多江淮一带下江官话成分。比如第三十三回宝玉被打,急盼有人给贾母送信,偏偏遇到一个耳聋的老妈妈,让她"快进去告诉,老爷要打我呢! 快去,快去! 要紧,要紧"! 把"要紧"二字,误听为"跳井",这可能是以谐音误会,照应金钏的跳井,其实"值得注意的是:'紧'读'jin','井'读'jing',这种前后不分鼻韵不分的情况在北方话中很少误用,而在扬州方言中则从来不分"。又,庚辰本《红楼梦》第三回,王熙凤见林黛玉说"我来迟了,不曾迎接远客"。程乙本则改为"我来迟了,没得迎接远客"。"不曾"是扬州方言,"没得"是南京方言,都是"没有能够"的意思。⑫

《龙图耳录》第二十四回,在城中鼓楼大街开木厂的兄弟俩屈申、屈良是山西人,说话不只是带山西声调,而且许多词语用山西方言,如"若对净(劲)儿咱们批下些"、"锅锅(哥哥)要去,须要早些去"、"饿(我)装的是九八蝇(银)四毙(百)两",等等,显然这是说话艺人擅长于模仿的部分,可以增加平话的情趣和场面的丰富。可惜《三侠五义》却把山西口气和方言全删去,不如原本活泼。

3. 谚语、成语

所谓谚语系指世代传闻的古训、俗语。其辞如歌诗,简练、工整、音韵和谐,寄寓丰富,概括了古人对社会生活、为人处事的经验教训及价值判断。如"画虎画皮难画骨,知人知面不知心",如"世情有冷暖,人面逐高低"。语言形式有四字格,如"乐极生悲";有多字格,如"一客不烦二主";有单句子式,也有多字句式的,如"四海之内,皆兄弟也"。成语性质与谚语相类,多为四字格固定词组或短句组成,如"逢凶化吉"、"逢场作戏"。

由于谚语、俗语、成语起源于民间,具有形象、比喻、衬托、突出等作用,作为白话通俗小说很自然的引入,每部长篇白话小说几乎采用上百条。最著名的如《水浒传》第二十一回,阎婆惜发现宋江私通梁山的信件和银两,先是兴奋的自言自语说"我只道'吊桶落在井里',原来也有'井落在吊桶里'。之后宋江索要招文袋,不相信宋江不要梁山泊晁盖送的银两,说:"常言道:公人见钱,如蝇子见血。……做公人的,那个猫儿不吃腥?阎王面前须没回的鬼。"连续用了四个谚语描绘了阎婆惜的刁蛮、刻薄,但又有丰富的阅历。《红楼梦》第六十五回,兴儿用"嘴甜心苦,两面三刀","明是一盆火,暗是一把刀",形象的概括了王熙凤虚伪奸诈的两面派性格。第十一回,贾瑞色胆包天的向王熙凤示爱,王熙凤暗忖"知人知面不知心",平儿说贾瑞"癞蛤蟆想吃天鹅肉",比喻贾瑞这个穷教书匠孙子的癞蛤蟆,竟然毫不掩饰地向一个出身高贵、掌控荣府的天鹅求欢,把王熙凤降低为一个下作的女人,真是活腻了。第十三回秦可卿死前向王熙凤托梦,说"月满则亏,水满则溢"、"登高必跌重"、"乐极生悲"、"树倒猢狲散"种种自然法则,告诫王熙凤荣府必然有败亡之日,应早作对应,显然精炼的谚语,比长篇高论有说服力。《水浒传》第十五回,吴用说服三阮兄弟入伙,阮小七道:"人生一世,草生一秋。……"人生与植物的生命有一定的限定,在有限的时间内做出一番事业,改变现存环境,这是三阮的本意。

比较《水浒传》、《金瓶梅》的谚语俗语,《红楼梦》收进的较为通俗,有鲜明的形象和个性色彩,如"少说些有一万个心眼子","胳膊折了往袖子里藏","杀人不过头点地","治得病治不得命","人家

给了棒槌，我就认作针"，"吃着碗里看着锅里"，"拿着草棍儿戳老
虎鼻子眼儿"，等等。而《金瓶梅》谚语中则藏有许多典故，如第十
一回，西门庆听说潘金莲哭闹着要休书，便"三尸神暴跳"，"五陵气
冲天"。道家言上尸名为青姑，在人头中，中尸名白姑，在人腹中，
下尸名血姑，在人足中。"三尸暴跳"，谓人从头到脚都充满了怒
气，形容愤怒到极点。"五陵气"原指长安京城的少年，也是说少年
血气方刚，好动气。⑬又如第四十回，潘金莲批评西门庆与乔大户结
亲不般配："险道神撞见那寿星老儿，你也休说我的长，我也休忍嫌
你那短。"险道神，是葬礼时棺前开道的神，身长丈余。寿星老儿，
乃南极仙翁，体短头大，两者根本不能相比，故云。这两个例子倘
如不加注释是很难理解本意的，所以此类谚语流传不广。

四、小说语言的表达方式

1. 直接引语与间接引语⑭

本节讨论人物话语的表达方式。小说与戏剧、电影、电视不
同，人物的话语是靠叙述者转述的，但转述的方式有不同：一是直
接的原原本本的转述人物话语，或称直接引语，转述的人物话语都
加引号和叙述者语言区别，转述语前一般都有一引导句，如"智深
道"、"太公问智深"，转述语中说话的是"我"，而不是叙述者。如智
深道："俺是五台山来的僧人，粥也胡乱请洒家吃半碗。"如《老残游
记》第十八回，白公问道："你叫什么？你是四美斋的什么人？"答
称："小人叫王辅庭，在四美斋掌柜。"问："魏家定做月饼，共做了多
少公斤？"答："做了二十斤。"问："馅子是魏家送来的吗？"答称：
"是"。前句有"白公问道"，后句有王辅庭的"答称"，以后的引导句
省了姓名，只用"问"与"答"做引句。

另一种方式是间接引语，或称间接转述语，是说人物话语不是
由人物自己说出来，而是叙述者用自己的口气把人物的话语转述

出来,转述人物话语时,尽量保持人物话语的色彩、特点。由于是间接转述(间接引语),因此人物话语前不加引导句,话语不加引号。如《二十年目睹之怪现状》第四十四回:"请贴当中,也有请的女客贴子。他老婆便问去不去。"李渔《连城璧》第一回:"谭楚玉过了几时,忽然懊悔起来道,有心学戏,除非学了个正生,还存一线斯文之体。即使前世无缘,不能够与他同床共枕,也在戏台上面,借题说法,两下里诉诉衷肠。我叫他一声妻,他少不得叫我一声夫,虽然做不得正经,且占那一时三刻的风流,了了从前的心事,也不枉我入班一场。"其实要把"忽然懊悔起来道"作为引导句,再在"有心学戏……也不枉我入班一场"话语上加引号,就是符合规格的直接转述语。可能是校点者考虑到小说是以第一人称视点叙事,不便于随意转换,所以采取了间接转述,比较简便。换言之,间接引语的表达方式如同等三人称或全知全能的叙事视点,具有概括性,加速叙事流程,调节叙事距离,加强讽刺效果。

2. 不完句法

百回本《水浒传》第六回,鲁智深来到瓦罐寺,提着禅仗指问崔道成、丘小乙道:"你这两个如何把寺来废了?"那和尚便道:"师兄请坐,听小僧说。"智深睁着眼道:"你说! 你说!"那和尚道:"……"金本《水浒传》第五回将"听小僧说"的"说"字删去,改为"听小僧——"的不完整句。一字改动,突出了鲁智深的性急。金圣叹很欣赏这句改动,评曰:"'说'字与上'听小僧',本是接着成句,智深自气忿忿在一边,夹着'你说你说'耳。章法奇绝,从古未有。"类似这种改动还有若干条:

百回本第四十一回,江州劫法场后,宋江劝说众好汉齐上梁山,宋江说:"如不愿去的,一听尊命。只恐事发,反遭负累。烦可寻思。""说言未绝,李逵跳将起来便叫道:都去! 都去! 但有不去的……"金本第四十回改为"只恐事发,反遭——","负累"及"烦可寻思"统统删去,以突出李逵的爽直。

百回本第四十二回,宋江被赵能、赵得追捕,躲入九天玄女庙中,宋江道:"却不是神明保佑! 若还得了性命,必当重修庙宇,再建祠堂,神灵保佑则个!""话犹未了,只听的……"金本第四十一回将"再建祠堂"改为"再塑——"的断句,突出宋江祈求的话还未说完,便听到士兵喊叫的紧张气氛。

百回本第四十七回,李应的主管杜兴到祝家庄请求放时迁,却受到羞辱,祝彪、祝虎发话道:"休要惹老爷们性发,把你那李应捉来,也做梁山泊强寇解了去。"金本《水浒传》第四十六回则采用断句法改为"祝彪、祝虎发话道:'休要惹老爷们性发,把你那——小人本不敢尽言,实被那三个畜生无礼,说:'把你那李——李应捉来,也做梁山泊强寇解了去!'"祝彪、祝虎的秽骂是对着杜兴骂的,杜兴回来向李应转述时,为了尊重主人,他不能把祝彪、祝虎说的"把你那李——李应捉来,也做梁山泊强寇解了去"的话直白的转告给李应。这种断句,不仅使前后句有变化,而且也写出杜兴怕唐突主人的心理。

百回本第六十二回,燕青讨了半罐子饭送到监狱给卢俊义吃,原本是:"节级哥哥,可怜见小人的主人卢员外,吃屈官司,又无送饭的钱,小人城外叫化得这半罐子饭,权与主人充饥。节级哥哥怎地做个方便,便是重生父母,再长爷娘!"金本第六十一回改为"怎地做个方——",缩一"便"字,又删除了"便是重生父母,再长爷娘",再配合下文"气早咽住,爬倒在地"的动作,燕青对卢俊义的真实情感,不能不让人赞赏和同情的。

这不完句法金圣叹认为"从古未有",好像是他的发明专利,其实钱钟书先生《管锥编》第一册《左传正义》中指出"此章法开于《左传》",金圣叹"于眼前经史未尝细读也"。⑮如《左传》襄公四年,魏绛曰:"获戎失华,无乃不可乎!《夏训》有之曰:'有穷后羿'——"公曰:"后羿何如?"《汉书·霍光传》:"光与群臣连名奏王,尚书令读奏曰:'……与孝昭皇帝宫人蒙等淫乱,诏掖庭令,敢泄言要斩——'太后曰:'止! 为人臣子当悖乱如是耶?'王离席伏。尚书令复读曰……"《魏书·蠕瑰传》:"阿拿瑰起而言曰:'臣之先逐草放牧,遂居漠北——'诏曰:'卿言未尽,可具陈之。'阿拿瑰又言曰:'臣先祖以来,世居北上——'"云云,看来不完句法,或断句法古已有之,后来的不只金圣叹在用,《红楼梦》中也有许多断句的例子,表现的内涵比金本《水浒传》还要深刻。按回目举例如下:

《红楼梦》第三十回,黛玉与宝玉发生争吵,黛玉说"我回家去"是气话,父母双亡,无家可回了。宝玉说他要跟了去,黛玉再问:"我死了呢?"话里有测度宝玉情感的含金量,但这个傻小子却说"我做和尚",此话有点不祥,所以黛玉听到宝玉的"胡说",两眼直瞪瞪地瞅了他半天,咬着牙,用指头狠命的在他额上戳了一下子,哼了一声,说道:"你这个——"刚说了三个字便不说了。未说出的话,大约是和"冤家"有联系的话语,倘如是,我们不必求实,已足以说明两个人如同争吵后的小夫妻的互道衷情。

第三十四回宝玉被打后,许多人都去探视,有人也哭,袭人说:"倘或打出个残废来,可叫人怎么样哟?"注意:袭人强调的"人",包括她这个准姨娘在内。宝钗来看宝玉说:"早听人一句话,也不至有今日! 别说老太太、太太心疼,就是我们看着,心里也——"宝钗说的这"人"明确的指称自己,而那"一句话",正是宝玉说过的"国贼禄鬼"之流的混账话。问题是"我们看着,心里也——",就不只是表姐对表弟的心疼,而是透露她对宝玉的情感,她立刻发觉说走了嘴,所以"刚说了半句,又忙咽住,不觉眼圈微红,双腮带赤,低头不语了"。

第六十八回,王熙凤大闹宁国府,贾蓉旁边笑着劝道:"好婶娘! 亲婶娘! 以后蓉儿要不真心孝顺你老人家,天打雷劈!"凤姐瞅了他一眼,啐道:"谁信你这——"说到这里又咽住了。何以咽住了只说半句? 显然话里有话。联系焦大痛骂爬灰的爬灰,养小叔子的养小叔子,凤姐和蓉儿的关系是令人怀疑的。

　　第七十七回,晴雯被王夫人逐出大观园,宝玉去看她,晴雯呜咽道:"只是一件,我死也不甘心,我虽生得比别人好些,并没有私情勾引你,怎么一口咬定我是'狐狸精'! 今儿担虚名,况且没了远限,不是我说一句后悔的话,早知如此,我当日——"我们不必过多猜测晴雯没说完的半句话的真实含义,那将亵渎晴雯的情感,因为晴雯对贾宝玉的感情是真诚纯洁的。

　　第九十八回,宝玉与宝钗成亲的那一日,黛玉已经昏晕过去,探春、李纨、紫鹃给黛玉擦洗,刚擦着,猛听黛玉直声叫道:"宝玉!宝玉! 你好——""你好"不会是祝福的话,可能包含着失望、埋怨,甚或有对宝玉未信守前盟的怨恨。

3. 选择精确的词语

　　古代诗人讲究炼字,其实炼的大多是动词或动词的使动用法,苦苦思索,拈出精妙的词则境界全出,全诗皆话,如"僧敲月下门"的"敲"字,如"春风又绿江南岸"的"绿"字。小说亦如是,为人物选择好精确的词语,再组成精妙的语链,对小说的绘事状物,叙事流程,刻画人物都将起到意想不到的奇效。我们仅以金本《水浒传》第二回至第七回鲁智深单传中,探究作家的词语选择,也就是作家要为人物选择既能表现人物性格,又能体现叙事程度的话语。

　　金圣叹在《读第五才子书法》中说:"鲁达自然是上上人物,写得心地厚实,体格阔大。论粗卤处,他有些粗卤;论精细处,他亦甚是精细。"我猜想作家对鲁达也是赞赏、尊重的,但有时给他的语言中加进一些调侃喜剧的成分。比如第二回,鲁提辖初见史进便两次叫"阿哥",看出鲁智深很喜欢史进,连忙还礼后,竟然说出"闻名不如见面,见面胜似闻名"的成语,倘若不是对史进的尊重,鲁智深不会挤出这几句词来的。下一句就有点露怯了。鲁提辖挽了史进的手便从茶坊出来,回头对茶博士说:"茶钱洒家自还你。"原来"阿哥"史进没有付茶钱,而鲁达却没带钱,大约鲁达吃茶是经常不付钱的,可是在史进面前又不能让人看出他赖账,因此说了句"自还你",茶博士心里明白鲁智深能否还钱,只能说"但吃不妨",说出茶家的无奈。其实鲁智深身上带着钱的。在酒楼上,鲁智深让金氏父女返回东京,"便去身边摸出五两来银子,放在桌上",他向史进说"你有银子,借些与俺,洒家明日便送还你"。史进很痛快:"直什么,要哥哥还。"去包裹里"取出一锭十两银子放在桌上"。鲁达看着李忠道:"你也借些出来与洒家。"李忠"去身边摸出二两来银子"。请读者仔细体味,史进是从包里"取"出十两银子,"放"在桌上,取得痛快,放得也痛快,没有任何犹豫,一取一放的动作,描绘了史进豪爽的性情。鲁达与李忠则是"摸"出银子,金圣叹评论说:"虽与鲁达同是一'摸'字,而一个快,一个摸得慢,须知之。"何以说一个摸得快,一个摸得慢?鲁达是把他身上带的五两来银子全部拿出来,所以摸得利索,李忠是手伸进包内,是在他卖艺赚来的整块的和零散的银子中摸出他要给的银子,而且李忠在摸银子时,肯定算计要摸出多少,所以摸得慢,显得小气慢性子。鲁提辖看了,当然嫌少,毫不客气的当面批评李忠:"也是个不爽利的人。"把十五两银子给了金老之后,竟然把李忠摸出的二两银子,"丢"还了李忠。选择动词"丢",而没有采用"退"、"给"的动词,充分地显示鲁达对李忠的不满和鄙视,特别是把钱"丢"还给李忠,不是送在李忠手里,而是丢在桌子上,"还"给李忠,如同当面羞辱他,这只有鲁智深才能做出。

我们再看鲁智深第二次酒醉后,大闹五台山时叙述者的用词。

武松过景阳冈喝了十八碗出门,尚且酒力发作后焦热起来,踉踉跄跄上岗。那么,鲁智深在镇子上喝了三十多碗,酒力发作起来又将如何?问题也在这里,小说之所以采用快节奏的戏谑和双关语,除了尽情挥洒鲁智深的性格外,还有调侃佛门清规的意思在。所以闹得极其放肆,无所顾忌,但在笔法上,仍显现脉络清晰、层次分明、错落有致的传统。

且看鲁智深上了半山亭,因好些时不曾拽拳使脚,"觉得身体都困倦了",使了几路,一膀子撞在亭子柱上,柱子折了,塌了半边亭子。门子先是"听"得半山里响,高处"看"鲁智深一步一颠抢上山来。有了前次被打倒在地的经验教训,此次"醉得不小",比上次更恶,竟然将亭柱子打折,不能再遭他打,便把山门关上,"只在门缝张时",只见智深叫门不开,扭过身来对左右两座泥塑金刚较劲。对左边的"鸟大汉",骂他"拿着拳头吓洒家",像撅葱一般扳开栅刺子,拿折木打金刚的腿,泥和颜色都脱落下来。对右边的金刚又变换了一种打法,鲁智深骂"这厮",骂他"张开大口,也来笑洒家",把那金刚脚上打了两下,于是那金刚从台基上倒撞下来。

"真正善知识,胸中便有丹霞烧佛眼界"。不知何种眼力,长老早已预测到鲁智深"眼下有些啰唣,后业却成得正果",因此任他闹去,"休说坏了金刚,便是打坏了殿上三世佛,也没有奈何",若是打坏了,"请他的施主赵员外来塑新的"。长老这种纵容姑息的态度,自然引起首座、监寺的不满。可话得说回来,倘如长老站出来,当面喝住,那就没有下文一系列有趣的场面。

由说话艺术传承下来的话本及话本类小说,或受说话艺术影响而形成的说书体长篇白话小说《水浒传》,注意场面的丰富性,也善于描述场面。所谓场面的丰富性,说的是在特定的空间场面内,个性突出的人物,同一个或一个以上人物发生强烈的性格撞击,场面诸元素随着中心人物的流动而转换,但叙述者又不忽略人物动作的逻辑关系。如鲁智深醉打山门时,门子所处的场面位置和形体动作,就与前次闹山门有不同的调度,鲁智深对左右金刚的单向话语,打金刚的部位及损坏情状,笔法也有区别。

接着,那鲁智深双手把山门尽力一推,"扑地颠将入来,吃了一跤,扒将起来,把头摸一摸,直奔僧堂来"。如果说鲁智深打毁金刚像的动作,暴露他性急蛮横的性格,而打像时说的胡话,又像是一个顽皮、撒野孩子的胡言乱语。而无论是打像和问像,都在发泄他对佛寺清规戒律的不满。因此,他"直奔僧堂来",不知要弄出怎样的恶作剧。不过小说在插写鲁智深直奔佛堂前,先用调侃的笔法描他一下,即推山门力量用过了头,跌了一跤,扒起来还摸一摸头,看一看自己是否受伤,让读者觉得这鲁智深其实是清醒的,是故意地"闹"酒,这"直奔"的兴头,就可预测他还要"闹"下去。

　　鲁智深到得选佛场中,禅和子正在打坐,"看见鲁智深揭起帘子,钻将入来"。"钻"字用得妙,好像是偷偷摸摸地进到屋子,要搞什么恶作剧。所以,他钻进来,禅和子们"都吃一惊,尽低了头",从禅和子的直接反应,间接描写鲁智深恶名在外,颇类《世说新语》中说的周处一类人,也是五台山一害,人见人怕。果然,到得禅床边,"喉咙里咯咯地响",看着地下便吐,把直裰带子,"都哔哔剥剥扯断了",狗腿掉下来,然后扯一块肉,扯将下首的禅和子的耳朵,硬塞向嘴里,众来劝,智深又提起拳头,"去那光脑袋上哔哔剥剥只顾凿"。鲁智深进入佛堂以后,他就没闲着,"扒、解、扯、脱、吃",对禅和子则是"塞、揪、撇"。小说正是借助这一连串动词的连缀,绘声绘色地表露了鲁智深的粗鲁、野蛮。而众僧们便把袖子遮了脸。上下肩两个禅和子远远地躲开。智深见他躲开,便扯一块狗肉,看着上着的道:"你也到口。"上首的和尚把两只袖子死掩了脸。禅和子们"遮、躲、掩"的动作,则把这些人的狼狈不堪的情状,跃然纸上。

　　鲁智深破坏门规的行为惹恼了上下,此时监寺、都寺"不与长老说知",紧拢了一二百人,都执杖叉棍棒,尽使手巾盘头,一齐打入僧堂来,看这阵势是决心同鲁智深大战一场,如告知长老则闹不成了。于是由鲁智深的一个人的闹转入群体的大闹,小说也采取戏曲的方法处理空间场面。你看众僧"一齐打入僧堂来",智深见了,大吼一声,可是手里别无器械,便抢入僧堂里。原来鲁智深把禅客一味打将出来,众人都被赶至廊下,智深也跟着在外站着。混乱之中,监寺点起的一二百人,不知鲁智深在外,反而"打入"僧堂,扑了一个空,喜欢打斗的鲁智深当然不能放弃这个机会,于是"抢入"僧堂里找器械,推翻供桌,撅两条桌脚,从堂里"打将出来",众僧都拖了棒"退到廊下",然后两下合拢来,鲁智深大怒,"指东打西,指南打北,只饶了两头的"。

一对一二百人的悬殊比例,"打人"、"抢人"、"打将出来","退到廊下",又"两下合拢",人群流动,空间场面的转换,紧随着鲁智深的走向而流动,构织了一场戏曲式的大闹场面。可长老一声断喝,终止了这场闹剧,鲁智深被推荐至东京大相国寺,赵员外赔偿了一切损失,但没有亲自到寺庙赔礼道歉,只来了一封"好生不然"的回信,这也省却了许多笔墨。

笔者啰啰嗦嗦的分析鲁智深大闹五台山,无非是想说明作者选择单个词语,或是由词语组成句子,再形成语链与语段,必须考虑特定环境(应是典型环境)下,人与人之间的交往及由此产生的冲突,而人物对冲突产生的言语和行为的反应,必须符和人物的个性、教养、身份,也就是说必须是"这一个",否则语言没有个性而乏味。其次是作者熟悉市民生活,更熟知底层和口语,所以他才能从口语中选择最精致的词语。白话小说被知识分子雅化过程中最大的危险是向文言雅化靠近,丧失白话小说"白"的特性。

4. 排比、重叠与重复

小说是由无数长短不一的句子链构成的,对叙述链的控制,也就是对小说叙述流的控制。作家在排列词语和句子时,或顺句排列重复,或是逆向排列重复,都会造成不同效果。例如《水浒传》第四十五回,潘巧云请裴如海做道场,两人眉来眼去早已被石秀看穿,两人正在喝茶,商谈做道场事,石秀揭起门帘,撞见出来,只见:

百回本《水浒传》

那和尚放下茶盏便道:"大郎请坐。"这妇人便插口道:"这个叔叔便是拙夫新认义的兄弟。"那和尚虚心冷气勤问道:"大郎贵乡何处? 高姓大名?"石秀道:"我姓石名秀,金陵人氏。因为只好闲管,替人出力,以此叫做拼命三郎。我是个粗卤汉子，礼数不到，和尚休怪！"裴如海道："不敢，不敢！小僧去接众僧来赴道场。"相别出门去了。那妇人道："师兄早来些个。"那和尚应道："便来了。"妇人送了和尚出门，自入里面来了。

金本《水浒传》

　　那贼秃连忙放茶，便道："大郎请坐。"这淫妇便插口道："这个叔叔，便是拙夫新认义的兄弟。"那贼秃虚心冷气，连忙问道："大郎贵乡何处？高姓大名？"石秀道："我么？姓石，名秀，金陵人氏。为要闲管，替人出力，又叫做拼命三郎。我是个粗卤汉子，倘有冲撞，和尚休怪！"贼秃连忙道："不敢，不敢！小僧去接众僧来赴道场。"连忙出门去了。那淫妇道："师兄早来些个！"那贼秃连忙走，更不答应。淫妇送了贼秃出门，自入里面去了。

　　文字下的黑点是笔者加的，"贼秃"、"淫妇"、"连忙"、"倘有冲撞"，是金圣叹添的。联系上文，石秀背叉着手，布帘里张看，看贼秃和淫妇怎样传情，所以称"贼秃"和"淫妇"好像是石秀在叙述，当然也包括金圣叹的情感在内。由于石秀是"掀开门帘，撞见出来"，来得突然，不免让贼秃有些紧张。石秀自报家门，强调自己专爱"闲管，替人出力"，有"拼命三郎"绰号，特别是日后"倘有冲撞，和尚休怪"，显然是暗示贼秃你要老实点，这都给裴如海增加心理压力，所以金圣叹加"连忙"二字，并重复了四次，透露出裴如海内心的紧张、恐惧、尴尬，急于离开石秀咄咄逼人的眼光。

　　同一词或相似动作让另一个人物重复，则往往产生反讽的效果，如《儒林外史》第四十五回，余敷、余殷兄弟为人看坟地风水，鉴别坟土，一个是"把头歪在右边看了一会，把头歪在左边又看了一会，拿手指掐下一块土来，送在嘴里，歪着嘴乱嚼"。另一个是把土"拿着在灯底下，翻过来把正面看了一会，翻过来又把反面看了一会，也掐了一块土送在嘴里，闭着嘴，闭着眼，慢慢的嚼"。歪着头又歪着嘴乱嚼的显然是个急性子；闭着嘴，闭着眼，慢慢的嚼着，自然是慢性子的情态了。假如把这个场面放在二张画面上，构成了漫画夸张的统一性。反复看，用嘴嚼，反映了风水先生的职业习惯，然而对一块土的品尝做得如此庄重严肃，装模作样显得极其滑稽可笑不协调，这就构成了讽刺性对照。这还不够，吴敬梓运用语言结构的变化，再给可鄙的人物画了一道彩笔：余殷介绍新造坟地的好处，说道："大哥你看，这是三尖峰。那边来路远哩！从浦口山上发脉，一个墩，一个炮；一个墩，一个炮；一个墩，一个炮；弯弯曲曲，骨里骨碌，一路接着滚了来。滚到县里周家冈，龙身跌落过峡，又是一个墩，一个炮，骨骨碌碌几十个炮赶了来，结成一个穴情。这穴情叫做'荷花出水'。"这很类似歌谣里复沓结构，复沓的句子，以比较齐整的结构，在反复加强某种难忘的情绪上起着作用，它甚至可以构成抒情文的基调。但要把它挪到讽刺小说里，却构成嘲弄的气氛，幽默的旋律。你看余殷"一个墩，一个炮"的强调，再配上"骨骨碌碌"象声辞，好像他发现了绝好的土穴，多么得意啊！很显然，余殷内心得意之情，是透过复辞结构而显露的，读者也正是在这急速的旋律中，捕捉到了作者的轻蔑和憎恶。市侩冠以尊称，地痞穿上贵人的衣裳，骗子却做着庄严的行动，丑恶的特征在哪儿，就在哪儿给它漂亮的装扮起来，让人们惊奇地发现他们奇怪的美。

倘如把不同声音的"声"字加以排列对比，同样产生讽刺作用，如第八回写南昌府两任太守，前任蘧太守是清官，衙门里有三样声息："是吟诗声，下棋声，唱曲声。"后一任王太守是贪官，换了三样声息："是戥子声，算盘声，板子声。""吟诗声"与"戥子声"几组词汇的对照，"声"字的反复，表面看似相混而实际上是矛盾对立关系，揭露了两类官吏的作风。在讽刺语言里，这种对照可以强化印象的作用，而利用复字可以重复加深印象，同时由于各组词义不同，排列起来，就有不同的节奏，它有助于人们从情感上对真善美的赞赏,对于假恶丑的轻视和嘲笑。

注释:

①维·波·柯尔尊《文艺学概论》,高等教育出版社,1959 年 12 月版。

②参见张中行《文言与白话》第十一章《何谓白话》,黑龙江人民出版社,1988 年 4 月版。

③关于四种说唱本《三侠五义》的版式、文字与所属系统,见拙著《说包公案》之《四种〈三侠五义〉说唱本与〈龙图耳录〉的异同辩证》,中华书局 2008 年 1 月版,有详细考略。

④鲁迅《中国小说的历史的变迁》,《鲁迅全集》第九卷,人民文学出版社,1981 年版。

⑤鲁迅《看书琐记》,《鲁迅全集》第五卷,人民文学出版,1981 年版。

⑥鲁迅《且介亭杂文二集》,《鲁迅全集》第六卷,人民文学出版社,1981 年版。

⑦祁彪佳《远山堂曲品》,转引自《中国古典戏曲论著集成》第六集,中国戏剧出版社,1959 年 7 月版。

⑧吕天成《曲品》,转引自《中国古典戏曲论著集成》第六集,中国戏剧出版社,1959 年 7 月版。

⑨李渔《闲情偶寄》,转引自《中国古典戏曲论著集成》第七集,中国戏剧出版社,1959 年 7 月版。

⑩鲁迅《中国小说史略》第二十三篇《清之讽刺小说》,人民文学出版社,1973 年版。

⑪参见徐扶明《红楼梦与戏曲比较研究》,上海古籍出版社,1984 年 12 月版。

⑫参见柯玲《民俗视野中的清代扬州俗文学》,上海科学院出版社,2006 年 6 月版。

⑬魏子云《金瓶梅词话注释》,中州古籍出版社,1987 年 7 月版。

⑭参见申丹《叙述学与小说文体学研究》第十章,北京大学出版社,1998 年 7 月版。又,赵毅衡《当说者被说的时候》,中国人民大学出版社,1998 年 10 月版。

⑮钱钟书《管锥编》第一册,中华书局,1979 年 8 月版。

第八章　细节论

一、细节不细

笔者看了几十年的中国古代白话小说,坦率地说,入上眼的长篇小说也只有《水浒传》、《三国演义》(严格地说不应列属白话小说)、《西游记》、《金瓶梅》、《儒林外史》、《红楼梦》等属一流;短篇白话则有《简帖和尚》、《错斩崔宁》、《卖油郎独占花魁》等若干篇耐看,其他小说则平平。究其原因不外乎缺乏深刻有意义的主题,没有塑造出有独特个性的典型形象和选择好真实的符合人物性格及其行动的细节。可以说没有丰富的细节,就没有成功的小说,细节丰厚与否是小说成熟的标志。

就细节选择而论,凡是叙述者过度掌控叙述过程,完全靠叙述者的叙述来说明故事,而不是靠人物自己的表现再现生活;或是在小说内热衷宣示封建伦理道德观念,随时发表多余的评论,插入多余的诗词韵语,压缩了人物自我表现的空间,往往忽视甚或排斥细节的选择。换言之,时间流程压缩了空间再现,也压缩了细节的存在。

用口语讲说故事的说话,尽管以全知全能的叙事视点讲说故事,但是以擅于细节描写而见长。围绕曲折有趣的故事,运用大量的细节描述人物的动作行为,心理意识,或是用细节引起故事,串联故事情节,增加了小说的趣味。由说话转入文人创作的白话小说,如《水浒传》,尽管说话人频频出入小说世界,可仍通过无数个空间形式表现人物,推进故事,因而不缺少精彩的细节描写。《儒林外史》、《红楼梦》进入了小说的成熟期,细节描写成为构织小说世界的主要表现手段。

反之,以叙述者叙述为主的小说,如李渔《连城璧》第一回《谭楚玉戏里传情　刘藐姑曲终死节》,令人不解的是,深得戏曲三昧的李渔,却没有把通过人物自身的言语和人物行动及人物之间的冲突表现剧情的理念,运用到短篇白话小说创作。反之,小说的故事情节却靠叙述者"说出",而非是人物再现。从叙事角度而言,这可能是一种标新立异的写法,但对小说艺术创作而言,并不是成功之作,因为他排斥了细节描写。那么,什么是细节呢?

在工作和社会生活中,我们常看到和听到说"细节打败了婚姻"、"工作细节"、"再补充细节"等等,这同小说中细节的概念是否为同一的,有何不同?[①]

日常用语中的细节系指细小的具体的详情,作为艺术用语的细节,包括小说的细节是指对人物的形貌、言语形态、动作行为和空间细小单位的表现。从表层看,描绘人物细小和局部的表征,可以透露出深层次中某些人物性格痕迹和心理信息,如《红楼梦》晴雯撕扇子。而对局部的自然空间描述,有的纯写自然环境,如大观园内的某些花草;有的自然环境的细节,却又和人物密不可分,所谓以景写人,如史湘云、林黛玉凹晶馆联诗时的孤寂环境。

所以,日常用语所言细节与艺术细节,就细小、局部而言是相似或相同的,但其构成与作用却是有原则区别,艺术细节是经过加工提炼后的细节。

二、细节选择

小说家并非随意选择后塞给小说。仔细揣摩经典小说的作为，大体看出其选择原则主要有二：

1. 切合人物的身份与性格

《红楼梦》中晴雯撕扇子让给袭人去作，她肯定做不来。第六十五回，贾琏挑逗尤三姐，让她和大哥贾珍吃个双钟儿，尤三姐听了贾琏的话，"就跳起来，站在炕上"，指着贾琏痛斥贾府爷们的无耻，说着自己拿起酒壶，斟了一杯，自己先喝了半盏，"揪过贾琏来就灌"，逆来顺受的尤二姐敢跳上炕上骂贾家爷们儿吗？《水浒传》第二十回，宋江遗落的招文袋被阎婆惜看到，两次"笑道"。《警世通言》第三十二卷《杜十娘怒沉百宝箱》，杜十娘听到李甲以一千两银子卖给孙富后"冷笑道"。同样是笑，但笑的原因、内涵，形态不一，毫无疑问，小说家要依据人物的不同身份与性格而精确地选择不同细节。

2. 细节是情节的一部分

作家依据主题需要来提炼情节，细节是作为情节的一部分共同提炼的，必因上一个情节中某种因素而引出下一个细节。《红楼梦》第二十八回，贾元妃赐宝玉和宝钗上等宫扇两柄，红麝香珠两串，凤尾罗两端，芙蓉簟一领。据袭人说，林黛玉和其他姑娘只有扇子和数珠儿。第二天，宝玉碰见宝钗，对他说"瞧瞧你的那香串子"，"可巧宝钗左腕上笼着一串"。这个细节的设置显然是前有元妃的赐予，才有下文宝钗戴在左腕上。让读者深思的，元妃何以只赐给宝玉和宝钗二人香珠串而不给林黛玉呢？礼品的差别是否已表明了元妃对弟媳选择的倾向性？更让人可疑的，元妃赐予后宝钗便立即戴上，她是否有点得意忘形，故意显摆？依据冷美人的性格，我以为她不会这么小家子气，浅薄的自我张扬。倒是元妃赐予后的兴奋,对未来幻想的喜悦,不经意的将香串过早戴腕上,恰暴露出她隐秘的内心,而这也说明细节选择是离不开情节的。

三、细节的功能

作为语言艺术的小说,是小说家用语言为手段,通过记述或描写,借助读者的想象,再现生活的影像,不同于造型艺术的雕塑,通过人们的直观,看到形象的凹凸线条,看得见摸得着。也不同于戏剧与影视,观众通过演员的表演动作和人物语言把握剧情和人物性格。高明的小说家描绘人物的性格不是靠叙述者说出来,而是由人物自己去表现,细节则是刻画人物性格的功能之一。

1. 刻画人物性格

金本《水浒传》第六回,林冲家女使锦儿跑来告诉林冲,说林冲的妻子被人拦住不肯放,林冲急忙跑去,见那后生,把那后生肩胛只一扳过来,恰待下拳打时,却认的是高太尉的螟蛉之子高衙内,"先自手软了","林冲怒气未消,一双眼睁着瞅那高衙内"。由愤怒地扳过高衙内肩胛,举起拳要打,却发现是高衙内,手软了打不下去,最后眼睁睁的瞧着高衙内离去,这三个细节,如同三个特写镜头,描绘出林冲虽然痛恨高衙内对妻子的无礼,但英雄在人廊底下,欲说不得说,欲打不能打,只好忍气吞声。不过对同一事件,鲁智深要比林冲爽快,听说有人欺负林冲娘子,便"提着铁禅杖,引着那二三十个破落户,大踏步抢入庙来,帮林冲厮打"。见林冲自我解嘲,"不怕官,只怕管","权且让他这一次",鲁智深却认为"你却怕他官太尉,洒家怕他甚鸟"? 出身、心境、地位、性格不同,对待"官"的态度也不一样。可见性格不同,选择表现个性的细节也应有别;反之,精确的细节则能精确地刻画人物性格。如四十五回,石秀发现潘巧云与和尚裴如海关系暧昧,当妇人下楼来见和尚时,"石秀却背叉着手,随后跟出来,在布帘里张看"。之后潘巧云拿起一盏茶来,把袖子去茶钟口边抹一抹,双手递与和尚,那和尚两只眼怎样涎瞪瞪的只顾睃那妇人的眼,而那妇人又怎样笑眯眯的只管睃这和尚的眼,如此细微的动,都是石秀"在布帘里一眼张见"。当潘巧云、裴如海调情成奸,报晓头陀直来巷里敲木鱼,高声叫佛。石秀是个乖觉的人,冷地里思量,这条巷是条死巷,何有这头陀连日来这里敲木鱼叫佛,因此,十一月中旬之日,五更时分,头陀直敲入巷里来,石秀便跳将起来,"去门缝里张时,只见一个人……",由此发现了两个人的奸情,裴如海、潘巧云色胆包天,哪里想到背后有一双眼睛监视着,而小说家正是透过"布帘里张见","背叉着手跟着","门缝里张"看这一系列细节,描绘石秀的乖觉心细,做事周到细致,有根有据,作家在选择细节时,恰好选择了最能突显石秀个性的细节。

2.补充主题

小说的主题不能靠叙述者的说明,而主要通过人物形象和人物之间的冲突来揭示,而细节描写则为不可或缺的手段。如《红楼梦》第四回门子拿出一张"护官符",上面记着本地贾史王薛四大家族的俗谚口碑,作者借此尖锐地指出各省都有"最有权势极富贵的大乡绅,组成特殊利益集团,相互勾结,相互支持。因此,有的批评家据护官符的四句话判定是全书的总纲,《红楼梦》的主题是写四大家族盛衰史的,这话说得不错,但不准确。小说的确描写了贾家由盛而衰的过程。尽管曹雪芹不懂得阶级斗争的观点,但他却忠实地通过被称作封建社会基石的阶级——贵族地主阶级日常生活的描写,把隐蔽在物质装饰和社会道德礼法背后的腐朽本质,他们丑恶的生活以及意识形态,从里到外揭个透,证明这个阶级不配有好的命运。不过笔者却认为这并不是《红楼梦》的主要意旨,只能是主题思想之一。换言之,作者只是把荣宁二府当作主人公生活的背景,随着盛衰过程,诸种矛盾关系的加剧,主人公们在探索追求永恒的青春生命和人性的价值。

第十六回凤姐同赵嬷嬷谈论皇帝南巡贾家接驾时的点滴细节，即接驾一次，银子花的像淌海水似的。第十七回，为迎接大小姐元春省亲，修建了"天上人间诸景备"的大观园，单派贾蔷下姑苏请聘教习，置办乐器行头等事，由于江南甄家存着贾家五万两银子，那么先支出三万两，剩下二万两，用做置办彩灯花烛并各色帷帐。第三十九回贾母请刘姥姥吃螃蟹，"这一顿的银子，够我们庄家人过一年"，一个鸽子蛋值一两银子，从不同角度，通过不同细节，揭示了贾家生活的豪华与奢靡。

那么，贾家豪华生活的经费由何而来呢？读者仔细的参读小说，才能发现小说家埋藏的细节，有助于我们了解曹雪芹是怎样描绘贾府的财政来源的。如贾敬、贾赦各袭其父的官职，朝廷有一点供给。贾政任员外郎官职，吃公家俸禄，但不能解决流水般支出。皇上天恩，每年春祭，赏赐宁国公荣国公祖宗的银子，但也不过"净折银若干两"，对于"那些世袭穷官儿家，要不仗着这银子，拿什么上供过年"，而对于贾家，并不等这几两银子使。此外是元妃按时按节，"就是赏，也不过一两金子，才值一千多两银子"，那么，其主要来源是贾家自己田庄的供给。

第五十三回，庄头乌进孝进奉物品和银两的单子，不只让读者看到贾家花费的来源主要靠剥削农奴，也就是贾珍所说："这一二年里赔了许多，不和你们要，找谁去？"另一方面，从乌进孝对庄子生活艰难的诉苦中，提供了清代庄田农奴制向租佃制过渡的点滴情况。但更主要的，随着庄田的不景气，贾家也是"黄柏木作了磬槌子——外头体面里头苦"，逐渐露出衰败下世的光景。巧妙的是，作家由人物对谈中不经意的显露，如贾蓉告诉贾珍："前儿我听见二婶娘和鸳鸯悄悄商议，要偷老太太的东西去当银子呢。"资金周转不灵，靠抵当周转。当然这也可能如贾珍说："那又是凤姑娘的鬼，那里就穷到如此？"可实际上贾家入不敷出，财政吃紧，却是事实，不只如此，曹雪芹用生活物品的短缺或某种物件的朽烂，预示贾家的没落。如七十五回，贾母吃完了红稻米粥，也让尤氏来吃，但尤氏吃的仍是白饭，贾母问怎么不盛她的饭，鸳鸯说："如今都是'可着头做帽子'了，要一点儿富余也不能的！"这不经意的细节插入，直接说明贾家已出现了严重的财政危机，露出衰败景象。但是贾家的子弟们照样高乐，只知斗鸡走狗，吃酒赌钱。到了晚上贾珍带领妻子姬妾，在汇芳园丛缘堂中，开怀赏月，到了三更分，"忽听那边墙下有人长叹之声。大家明明听见，都毛发悚然"。贾珍连问几声，无人答应。尤氏说必是外边家里人，也未可知。贾珍说四面皆无下人的房子，况且那边又紧靠着祠堂，一语未了，"只听得一阵风声，竟过墙去了。恍惚闻得槅扇开阖之声"，只觉得风气森森，比先更觉凄惨起来。看那月色时，也淡淡的，不似先前明朗，众人觉得毛发倒竖。

我们换个角度来理解这一段的细节描写，与其说是贾珍自己吓唬自己，不如说是贾家祖先们对贾珍等子孙们不肖的失望，总之显现了贾家不祥的预兆。东府的中秋佳节过得很凄凉，西府的境况也好不到那去。虽然东府的贾珍带着尤氏、贾蓉等过来荣府共贺佳节，可团团围坐，只坐了半桌，下面还有半桌余空。贾母笑道："往常还不觉人少，今日看来，究竟咱们的人也甚少，算不得甚么。想当年过的日子，今夜男女三四十个，何等热闹！今日哪有那些人？"庆祝中秋佳节，"只坐了半桌，下面还有半桌余空"，这一细节不仅是因李纨、凤姐二人有病，宝钗、宝琴不在，回自己家赏月，少了这几个人，便觉得冷清，实际是透露出贾府下世的光景。第七十七回，王夫人需用上等人参二两，翻寻了半日，只在匣内找到几枝像簪子粗细的，命人再找，又找了一大包须末出来。王夫人很焦躁，以为下人随意放东西，用时找不到。一面遣人问凤姐要。凤姐回说也只有些参膏，节须虽有几根，也不是上好的。只得问邢夫人，也说早已用完了。王夫人没法，只得请问贾母。鸳鸯虽找出一大包，皆有手指头粗细不等，遂秤了二两，王夫人让周瑞家的，拿给医生配茶,医生回答说:"那包人参,固然是好的,只是年代太陈。这东西比别的却不同,凭是怎么好的,只过一百年后,就自已成了灰了,如今这个虽未成灰,然已成了糟朽烂木,也没有力量的了。"这其中的暗寓,是否说贾家不只财政上陷入危机,整体上"年代太陈",支撑不了多少年月了。

3. 推动情节发展

一般来说,小说故事情节的展开由叙述者掌控调度,高明的艺术家则由小说人物或设置某个细节推动情节发展。

(1)贯穿情节的引线

《京本通俗小说》的《错斩崔宁》(冯梦龙《醒世恒言》卷三十三改作《十五贯戏言成巧祸》),说的是一宗错斩冤案,昏官判案的依据之一,则是十五贯钱,在小说中共出现了二十一次,可以说十五贯这个细节串联了全书各个情节,在不同背景下出现起着不同的作用。《清平山堂话本》卷一《简帖和尚》里的"官人",从将一封简帖儿(短信)和落索银儿、金钗让卖骨朵馉饳儿的僧儿交给皇甫松的小娘子始,此后六次提到这三件物事。作为细节的三件物事成为小说引发人物冲突和情节走向的关键。让僧儿送三件物事的"官人"其实是一个和尚,为了骗娶皇甫的妻子而施的巧计。说是让僧儿把这三件物事只送给小娘子,千万不要交给皇甫松,实际是有意挑起皇甫松和妻子的矛盾,达到行骗的目的。试想一个"官人"竟然给自己的娘子送东西,的确有点蹊跷,特别是带有示爱意味的落索银儿、金钗,更令皇甫感到"物事"的性质,加之简帖儿的话语,《诉衷情》的词意,都说明他的小夫人与"那官人"有私情。皇甫被"那官人"抓住了弱点,点燃他心中的怒火,引发无限猜疑,进而错误的判断自己的妻子有婚外情。主观主义的思维逻辑,过分情绪化,已使他不念多年夫妻,不听各方解释,不分是非,死死认定妻子与外人有染,根据这三件物事休了小娘子。之后,小娘子被一位"姑姑"接到家里,过两三日"那官人"出现,小娘子已觉察到"好似那僧儿说的寄柬帖儿官人",在"姑姑"的劝说下嫁给了这个"官人"。后来相国寺的行者揭穿了"那官人"的真面目,原来是因偷盗而被赶出寺庙的和尚,小娘子追问和尚是否是阴谋的制造者,和尚不得不说设计诬陷的原委,开封府判其"重杖处死",小娘子又像皇甫的私有财产,责领归去,"再成夫妻"。由三件物事作为情节引线,展开矛盾,然后再贯串各个情节之中,最后又收尾三件物事上,细节与情节与人物如此紧密地拧在一起,在古典小说中还比较少见。

《警世通言》卷三十二《杜十娘怒沉百宝箱》,看其题名,"百宝箱"应是全书的关键词,但是并未像《错斩崔宁》的十五贯,《简帖和尚》的三件物事多次出现,贯串各个情节,只是在杜十娘从良,月朗等姐妹送行时,怕"十姊从郎君千里间关,囊中消索,吾等甚不能忘情。今合具薄赆,十姊可检收,或长途空乏,亦可少助","从人挈一描金文具至前,封锁甚固,正不知甚么东西在里面",十娘也不开看,也不推迟。当知道李甲用一千两银子卖给孙富之后,杜十娘才亮出描金文具,安放在船头之上,让李甲逐层抽出,竟然是价值连城的宝物,最后杜十娘抱持宝匣,跳江自尽。小说结尾时宝匣才露庐山真面目,不只是作为引线,更主要的是作为一种比照和衬托,因为李甲不敢"为妾而触父,因妓而弃家",为了一千两银子便将杜十娘像物品一样转让给了孙富,孰不知十娘宝匣的价值远远超过了一千两;特别是杜十娘的人格价值更超越了狭隘的伦理观念。杜十娘有眼无珠,错看了李甲,而李甲眼内无珠,辜负了十娘一片真情!

(2)情节开端的引线

有一种细节只做情节开端的引线,不贯串情节之中,其本身不隐含各种意思,只做引线而已。如《水浒传》第七回,林冲买刀中了高太尉奸计,持刀误入白虎堂,招来杀身之祸,最后被迫上梁山。第十三回杨志卖刀,泼皮牛二挑衅,杀了牛二,杨志被押入死囚牢监收,迭配北京大名府留守司充军,梁中书看中了杨志,接着是北京斗武,押送金银担,吴用智取生辰纲等事件。《三国演义》第四回,曹操借献宝刀刺杀董卓不果,逃出京城,途经成皋,剑杀吕伯奢及其家人。

《古今小说》卷一《蒋兴哥重会珍珠衫》,《廉明公案》的《洪大巡究淹死侍婢》,第三者都是假借卖珠宝首饰而成奸。《律条公案》的《马代巡断问一妇死五命》,银匠之妻杨氏,常请徽商刘信七辨别金银首饰真伪,日久生情而出轨,接连发生五条人命案。《古今小说》第二十六卷《沈小官一鸟害七命》,沈秀因喜欢画眉鸟丢了性命,因沈秀之死又扯出六条人命案。

上述细节引线都是以"物事"做为开端的,其实古代小说多以人物的行为动作开启事件,也就是说每一个动作是一个单元行动,再把每个动作单元分解为若干个小单元,即细节性、具有特写性的小单元,而这个小单元是经过艺术提炼,精确选择,符合人物性格需要的,同样能引起好的开端。如《水浒传》第三回,鲁智深打死镇关西郑屠,逃亡至代州雁门县城,见人们围住了十字街口看榜,鲁达也挤进人丛里听人念,鲁智深不认识字,正听到那里,只听得背后一人大叫到:"张大哥,你如何在这里?"拦腰抱住,扯离了十字路口。原来是金老儿拖鲁达离开捉拿他的危险之地,这一扯引出了赵员外介绍鲁智深上五台山,演出了大闹五台山的喜剧。第二十四回,潘金莲向门前来叉那帘子,恰好一个人从帘子边走过。无巧不成书,潘金莲正手里拿叉竿不牢,失手将竿子掉下去,正好打在那人——西门庆头巾上,引出王婆说风情,西门庆、潘金莲毒死武大,武松杀嫂及斗杀西门庆的惊天动地情节。《古今小说》第四卷《沈小霞相会出师表》,在一次宴会上,奸相严世蕃强迫冯给事饮酒,冯再三告免,严不依,亲手揪住冯的耳朵将酒灌下,拍手呵呵大笑。沈炼忽然揎袖而起,抢那巨觥在手,斟得满满的,走到严世蕃面前说道:"此杯别人吃得,你也吃得,别人怕着你,我沈炼不怕你!"也揪了世蕃的耳朵灌去,世蕃一饮而尽。沈炼掷杯于案,拍手呵呵大笑。同样是揪着耳朵灌酒的细节,却表现了不同的性格和心态,同时成为展开矛盾的引线。

4. 暗托人物心态

我最欣赏的是《金瓶梅》中潘金莲四次嗑瓜子的细节,表现四种不同的心态。第十五回,正月十五日街上闹花灯,又恰是李瓶儿生日,众婆姨到狮子街灯市李瓶儿新买的房子贺寿,吴月娘、李娇儿、孟玉楼、潘金莲伏定楼窗往下看灯。见楼下人乱,吴月娘、李娇儿各归席上吃酒去了,唯有潘金莲、孟玉楼同两个唱的,只顾搭伏着楼窗子往下观看:

> 那潘金莲一径把白绫袖子儿搂着,显他那遍地金掏袖儿,露出那十指春葱来,带着六个金马镫戒指儿。探着半截身子,口中嗑瓜子儿,把嗑的瓜子皮儿都吐下来,落在人身上,和玉楼两个嘻笑不止。一回指道:"大姐姐,你看……"一回又道:"二姐姐,你来看……"一回又叫孟玉楼:"三姐姐,你看……"

这大约是潘金莲嫁西门庆家之后第一次抛头露面,尽管是在李瓶儿的楼上,面对楼下观看的人群,非常兴奋,不知羞耻地表演着自己的情态。她故意露出手指和戒指,轻佻地嗑着瓜子,让瓜子皮儿落在人们的身上,满足炫耀溢于言表。一会儿叫着大姐姐,一会儿叫着二姐姐,张狂过了度,好像是引逗人们对她的关注。岂知真有人认出了她:"那穿大红遍地金比甲儿,上带着个翠面花儿的,倒好似卖炊饼武大郎的娘子。大郎因为在王婆茶房内捉奸,被大官踢中死了,把他娶在家里做妾。"潘金莲的自我欣赏的表演和"那一个"看客的揭穿,是否是小说家有意构成反讽效果?

第二次写潘金莲嗑瓜子是第三十回李瓶儿即将分娩,倘若生的是男孩,李瓶儿在西门家就获得财产和权利继承的领先地位,而且瓶儿本人也将更受到西门庆的宠爱,对潘金莲当然是巨大威胁。

她不理解,"一个后婚老婆,汉子不知见过多少",竟还能生育,因此只能在人格上攻击李瓶儿生的孩子不是咱家孩子,但是她又无法否认李瓶儿要生育的事实,看着人们忙碌的进出,"潘金莲用手扶着庭柱儿,一只脚趿着门槛儿,口里嗑着瓜子儿",看似平静地等待生育的信息,其实潘金莲的内心是充满嫉恨的。所以当房里呱的一声,生出来,接生婆蔡老娘宣布:"对当家的老爹说,讨喜钱,分娩了一位哥儿。"潘金莲"听见生下孩子来了,合家欢喜,乱成一块,越发怒气生,走去了房里,自闭门户,向床上哭去了"。

再看第六十七回,李瓶儿死后,有一次西门庆睡在书房,夜梦李瓶儿诉幽情。早晨潘金莲推开书房门,一屁股坐在椅子上,口中嗑瓜子儿,问西门庆想什么心思,西门庆不说,潘金莲便拆穿他想的是李瓶儿,"一面把嗑了的瓜子仁,满口哺与西门庆吃。两个又哂了一回舌头,自觉甜唾溶心,脂满香唇"。在情欲竞技场,李瓶儿死去,对潘金莲来说,自然是消除了一个竞争对手,她内心的喜悦是可想而知的。不过潘金莲很懂得怎样影响西门庆,一方面她用嘻笑怒骂的口吻,清除李瓶儿在西门庆心中的位置;另一方面,从感官上挑逗西门庆,瓜子就是潘金莲的武器之一。

李瓶儿母子相继过世,潘金莲的丫环春梅又勾住了西门庆,西门庆让潘金莲管理银钱,显然在家中的权利、地位和性占有率都得到提升。第七十六回,卖茶的王婆有事请托西门庆,武安让她去见潘金莲,"王婆进去,见妇人家常戴着卧兔儿,穿着一身锦段衣裳,搽抹的如粉妆玉琢,正在房中炕上,脚登着炉台儿,坐的嗑瓜子儿",一派满足、自得、安逸的神态。值得注意的,王婆未进屋之前,潘金莲是一个人静静地嗑着瓜子儿在沉思,她是否在思考下一个进攻对象?因为之前她刚刚和吴月娘发生了一次争吵。

依笔者守旧的经历,出嫁或是未出嫁的淑女,在外人面前,嗑着瓜子说话,被看作是轻薄没有礼貌的行为。奇怪的是,《红楼梦》作者曹雪芹却偏偏让林黛玉在第八回,当薛宝钗要赏鉴宝玉的玉,而且从怀里把自己的金锁掏出来给宝玉看,宝玉闻着宝钗身上的香气,要吃冷香丸时,林黛玉"摇摇摆摆"的走进来,她更看到宝玉要吃酒,奶母李嬷嬷不让宝玉饮酒,怕贾母追究责任,而薛姨妈下保证,她来承担责任。宝玉要喝冷酒,宝钗借此批评宝玉"每日家杂学旁收",却不知酒性,于是讲了一通冷酒对五脏的害处。薛姨妈母女俩表演全看在林黛玉的眼中,妙的是"黛玉嗑着瓜子儿,只管抿着嘴儿笑",一言不发。笑什么呢?笑薛姨妈、薛宝钗对宝玉的热情过了头,迁就维护贾宝玉,一切都围着他转的生动表演;她笑薛宝钗真像个大姐姐,不,可能还包含隐藏着的情感,如此亲切的教导着宝玉,而宝玉听这话有理,那么,她林黛玉说的话听不听呢?

5. 写人物形貌

先看《儒林外史》第二回周进的形体:"众人看周进时,头戴一顶旧毡帽,身穿元色绸旧直裰,那右边袖子同后边坐处都破了,脚下一双大红绸鞋,黑瘦面皮,花白胡子。"不用说,若干细节构成了周进穷教书先生的形象,可虽落魄,还未狼狈到范进的地步。第三回,周进中举后被钦点广东学道,你看他眼中的范进:"落后进一个童生来,面黄肌瘦,花白胡须,头上戴毡帽。广东虽是地气温暖,这时已是十二月上旬,那童生还穿着麻布直裰,冻得乞乞缩缩,接了卷子,下去归号。"穷困,吃不饱肚子,仍匍匐科举的穷酸相跃然纸上。作家对范进夫人形体细节的描写就更精彩了,何美之浑家说道:"范家老奶奶,我们自小看见他的,是个和气不过的老人家。只有他媳妇儿,是庄南头胡屠户的女儿,一双红镶边的眼睛,一窝子黄头发,那日在这里住,鞋也没有一双,夏天靸着个蒲窝子,歪腿烂脚的,而今弄两件'尸皮子'穿起来,听见说做了夫人,好不体面,你说那里看人去!"

东晋著名画家顾恺之曾言:"四体妍蚩,本无关于妙处,传神写照,正在阿堵中。"阿堵是指眼睛。眼睛是人心灵窗子,抓住了人的眼神也就捕捉到了人的精神世界。但对于小说家来说，要像抓住人的眼神那样去抓住人体和面部的细部特征。吴敬梓对于范进的细节刻画是动态的，可作家并没有像话本小说那一套"但见"、"有诗为证"公式化的整体赞颂，而是寥寥几笔，通过几个细节就把人物立起来。十二月上旬已是冬季，还穿着夏天的麻布直裰，难怪冻得乞乞缩缩，可见穷困潦倒到何种地步。范夫人的形貌是何美之浑家向大家介绍的，应是静态描写，但说的很精妙。不说范夫人有眼病，而说"红镶边的眼睛"，再配"一窝子黄头发"、"歪腿烂脚"，范进夫人的尊容实在让人不敢恭维。何美之浑家不满意范家骤然由贫而富，发表这番高论不免有夸张的意味，但却解答了读者一个疑问，即范进何以娶胡屠户的女儿为妻呢？胡屠户说："我自倒运，把个女儿嫁与这现世报穷鬼，历年以来，不知累了我多少。"对照何美之浑家的评述，人们不难理解，一个丑陋的先天不足的老姑娘，只能下嫁"现世报穷鬼"范进，而范进也只能无可奈何地接受这门不当户不对婚姻。

《红楼梦》第三十九回，刘姥姥二进荣国府，在贾母宴请刘姥姥的宴席上，按照凤姐和鸳鸯的导演，当贾母这边说声"请"，刘姥姥便站起身来，高声说道："老刘，老刘，食量大如牛，吃个老母猪，不抬头！"说完，鼓着腮帮子，两眼直视，一声不语。我相信小说家在设置这一细节时，是怀着悲愤的心情下笔的，因为贫穷且精于世故的刘姥姥为了哄老太太开心，不得不卖弄自己的机灵，自我羞辱的搞怪。但就是这番妙语和表演动作，引起在场人的大笑，作家抓住每个人的性格特点，笑的各有性格，各有姿态，再一次显示出运用细节描写的才能。如惜春年龄最小，笑痛了肚子。她不会向王夫人或别的长辈撒娇，便自然地离开了座位，拉着奶母叫揉肚子，贾宝玉是贾母的心肝儿，所以滚到贾母怀里；多愁善感而体质柔弱的林黛玉，也笑岔了气，伏着桌子叫"哎哟"；坐在贾母身边的史湘云，一向喜欢说说笑笑。然而，此次她是来贾府作客的，而且她是被还席的对象,更何况她又坐在贾母身边,不能不有所克制,但是刘姥姥逗人的表演,使她毕竟"撑不住",笑得"一口饭都喷出来"。坐在另一边的王夫人,一则是贾母的儿媳妇,一则是府里的太太,不敢在贾母面前放肆。她猜中这是凤丫头和鸳鸯导演的恶作剧,装样子要说两句,但又忍不住,只能"用手指着凤姐,却说不出话来"。外戚薛姨妈,也"撑不住"了,和史湘云一样,口里的茶喷了探春一裙子。落落大方的探春,也笑得饭碗竟拿不住,"合在迎春身上"。至于席上席下那些丫头妈妈,强忍着又忍不住,又怕主子的衣服弄湿了,强忍着赶忙给主子换衣裳。这里唯独薛宝钗没有笑,因为她根本不觉得好笑。四十二回,众姐妹为惜春作画的事情互相取笑时,宝钗就说:"昨日那笑语,虽然可笑,回想是没有味的。"所以这位处处以封建礼教规范自己,性格又内向的小姐,没有忘记自己是陪客,加之长期以来喜怒不形于色,不能像其他人那样控制不住自己,显示不庄重的样子,似乎现实中发生的一切,引动不起冷小姐的笑意。

　　值得注意的,在《金瓶梅》之类的小说,小说家描写群相的细节时,文字里常绵里藏针,暗含反讽意味。如第十二回,妓女李桂姐借笑话讽刺应伯爵等人是白吃党,伤了众人,应伯爵道:"可见的俺每只自白爵你家孤老,就还不起个东道?"庄重的宣布要请李桂姐。可是众人却不从自己腰包里拿钱? 而是解下身上戴的小物件做为抵当换成钱:应伯爵从头上拔下一根银耳斡儿,重一钱;谢希大一对镀金网中圈,称了称,只九分半;祝日念袖中掏出一方旧汗巾儿,算二百文;孙寡嘴腰间解下一条白布男裙,当二壶半坛酒;常时节向西门庆借了一钱银子,勉强凑了一桌酒席,透露出他们是多么的寒酸,同时也说明习惯于白嚼西门庆,不打算也没有诚意去请西门庆和李桂姐,何况拿出抵当的竟然是旧汗巾,白布男裙,让人恶心,同宴请构成不怎么雅兴的反讽。再看这伙仁兄的吃相,就更加丑陋了。众人坐下,说一声动筷吃时,说时迟,那时快,但见:

人人动嘴,个个低头。遮天映日,犹如蝗蝻一齐来;挤眼
搦肩,好似饿牢才打出,这个抢风膀臂,如经年未见酒和肴;那
个连二筷子,成岁不逢筵与席。一个汗流满面,恰似与鸡骨朵
有冤仇;一个油抹唇边,把猪毛皮连唾咽。吃片时,杯盘狼藉;
啖良久,箸子纵横。杯盘狼藉,如水洗之光滑;箸子纵横,似打
磨之干净。这个称为食王元帅,那个号做净盘将军。酒壶番
晒又重斟,盘馔已无还去探。

这不是在请客,简直就是一批饥民在抢食。叙事者的话语虽
有些夸张,用了漫画的讽刺彩笔,描绘了众人抢食的细节,小说家
实际上视他们类如乞丐,他们也无须为了面子而牺牲了口腹。何
况是自己拿钱吃自己,当然不必谦让,甚至"临出门来,孙寡嘴把李
家明间内供养的镀金铜佛,塞在裤腰里;应伯爵推斗桂姐亲嘴,把
头上金啄针儿戏了,谢希大把西门庆扇儿藏了,祝日念走到桂卿房
里照脸,溜了他一面水银镜子,常时节借的西门庆一钱八成银子,
竟是写在嫖账上了,原来这起人是一群帮闲的无赖。

四、细节构成

小说中的细节大体由两种构成:一种是人物做出来的,即通过
人物的动作反映出来;一种是人物说出来的,即人物说自己和别人
时形成的细节描写。组成细节时可以单一细节表现,也可以若干
个细节组成细节链表现人物。

1. 人物做出来的细节

有经验的成熟的小说家的细节描写,对人物性格的刻画采取
了动态的笔法,也就是说通过人物表现出细节,而此类细节的含意
是潜藏的,须要读者的体味,而读者只有整体把握了小说才能体验
到细节的价值。如《三国演义》第四十二回,赵云救主,身突重围,
双手将阿斗递与刘备,刘备接过,掷之于地曰:"为汝这孺子,几损

我一员大将!"民间俗谚所谓"刘备摔孩子,邀买人心"。刘备"双手过膝",说不定是轻轻掷之地上。《水浒传》第四回,鲁智深在桃花山上,把李忠、周通手下两小喽啰捆了,"只拿桌上金银酒器,都踏扁了,栓在包里",说明鲁智深粗中有细,不糊涂。如同他打得郑屠挺在地下,口里只有出的气,没了入的气,动弹不得。鲁智深假意道:"你这厮诈死,洒家再打!"待看到郑屠的面皮渐渐地变了,才知自己要吃官司,"拔步便走",还回头说郑屠"诈死",看来鲁智深有时也很狡猾。第二十二回,武松不听酒保劝告,走上景阳冈,老虎出现,双手轮起哨棒,尽平生力气只一棒,从半空劈将下来,只听得一声响,没打着老虎,正打在枯树上,哨棒折做两截。这里写棒的细节是为了写人。如果武松一棒下去,把个虎头打得粉碎,还能显出武松的神勇吗?还有下文徒手打虎的精彩文字吗?武松之所以英雄了得,不是因为他用哨棒打死猛虎,而是单凭一双拳头;其次,哨棒折断,既说明武松的心情之急,也是情势之急。老虎在武松醉意朦胧之时突然跳出,当然让人一时不知所措,况且当时已是傍晚时分,看不真切,又处在乱树林之中,打在树上是完全可能的。同时,这一棒也制造了一个悬念,令读者为之心忧的强烈的戏剧效果。有这一折,才有险象再生,故事跌宕起伏,才使作者得以转入对武松勇猛的描写,可见此处哨棒的细节描写之妙。

　　动作性细节既然由人物的行动表现出来,作家赋予某个人物动作细节时,必须考虑彼时彼地的情境,人物之间的关系和人物的心境,不是随意设置的。如第九回,忽一日,李小二正在门前安排菜蔬下饭,"只见一个人闪进来,酒店里坐下,随后又一个人闪入来。看时,前面那个人是军官的打扮,后面这个走卒模样,跟着,也来坐下"。这两"闪"字的动作细节用得很妙。光明正大的到饭店饮酒吃饭,大大方方走进去,不必"闪"进去的。说"闪"好像是有什么不可告人之事,躲躲闪闪让人不知不觉地钻进屋内。更让人怀疑的,来者两个人,是一先一后,都是"闪"进来,而不是一齐进来。

那个"闪"进来军官模样的人带有东京人口音,让李小二去请管营、差拨来相见。当管营问那人时,那人却不答姓名,只说"有书在此,少刻便知",神秘兮兮的更使人狐疑。后来从管营和差拨的谈话中漏出一句"高太尉",才推测与林冲有联系,告诉了林冲,读者才知是陆虞候来沧州企图谋害林冲。

再看《清平山堂话本》之《简帖和尚》,小说家为送信的僧儿选择的动作细节也是非常精彩的,僧儿的表演动作也巧合小孩子的心理。当"那官人"给僧儿五十钱小费,再拿出一对落索环儿,两支短金钗,一封短信,告诉他只送给小娘子"笑留"。也许是接受了"官人"的小费而"可煞喜欢",这对于收入微薄的叫卖,大约是个不菲的数字,何况只是送送东西呢。"官人"把如此重任交给他,于是僧儿好像是一位钦命的信差,完成一件神圣差事。他"入刺槃苍来,到皇甫殿直的门前,把青竹帘掀起,探一探"。这一连串动作细节,显然是描绘了僧儿趾高气扬的行动过程。我猜想僧儿平时去皇甫家卖吃食一定是非常恭谨的,可是这次小孩子身负使命,有点神圣感,有点忘乎所以,乃至旁若无人,"掀起帘子,猖猖狂狂,探一探了便走",竟然忽视了皇甫大官人的存在。在僧儿,他信守着"官人"叮嘱的"你见殿直,不要送与他",他找的是小娘子,理所当然地"探了探便走",没有必要理睬皇甫。僧儿之来非比常时,"掀起帘子,猖猖狂狂",如此无礼,已然引起皇甫的不满,更为猖狂的,僧儿"探一探了便走",这更激起了皇甫的愤怒,突然震威一喝——说话人用了一句"当阳桥上张飞勇,一喝曹公百万兵"的气势,比喻皇甫的愤怒。

2. 说出来的细节

许多细节并非都是通过人物的动作表现出来,有时——甚或大多靠人物说出来,或者人物表现与人物说出两者间而有之。如《金瓶梅》第三十四回,西门庆让应伯爵陪他翡翠轩吃饭,并命玳安把糟鱼蒸来,应伯爵道:

我还没谢的哥，昨日蒙哥送了那两尾好鲥鱼，与我送了一尾与家兄去。剩下一尾，对房下说，拿刀儿劈开，送了一段与小女；余者打成窄窄的块儿，拿他原旧红糟儿培着，再搅些香油，安放在一个磁罐内，留着我一早一晚吃饭儿，或遇有个客儿来，蒸恁一碟儿上去，也不辜负了哥的盛情。

鲥鱼是河鱼中名品，但吃得如此精细，有滋有味，要么是应伯爵像破落的八旗子弟那样，品尝中回忆富有生活；要么是穷酸的他未吃过几次鲥鱼，需仔细地尝鲜儿，更多的是给西门庆听的，表明他对"哥"（其实西门庆小于应伯爵）的感谢与尊重，以后多送几次。

《红楼梦》第五十一回，有人回王夫人说袭人的母亲病重，她哥哥花自芳来求恩典，接袭人回家去看看。王夫人批准并命王熙凤具体安排，其间细节描写就有说出来的和做出来的。王熙凤吩咐周瑞家的再跟一个年纪大一点媳妇，带二个小丫头，再派四个有年纪的跟车，要一辆大车和小车。王凤姐又让周瑞家转告袭人，要穿颜色好的衣裳，大大的包一包衣服拿着，手炉也要拿好的，如此等等细节是王熙凤说出来的。袭人临走前凤姐亲自检查了袭人的行装，觉得穿的褂子太素了些，应该穿一件大毛的，她说她有一件拿给她穿，接着又让平儿拿出马皮褂子，哆罗呢的包袱，又命包上一件雪褂子，平儿则拿出一件旧大红猩猩毡的衣服等等，这是人物做出来的细节。

读者应当考察这些细节说明了什么？凤姐何以如此热情地关心袭人？袭人不过是宝玉房中的大丫头，何以派出两辆车，八九个跟随，手炉、包袱都拿最好的呢？凤姐解释说是为了"大家的体面"，就是说贾府最讲究面子和排场的。如果从贾府走出去的丫环们的穿戴像"烧糊了卷子似的"寒酸，不仅影响了王熙凤的当家人形象，也有损于贾家贵族的声誉。因为衣食住行的形式和内容，象征着某人财富占有的数量，地位的高低，身份的价值。当今款爷、白领爱穿名牌，暴发户爱戴黄灿灿大戒指、大项链，表明他（她）不差钱。豪宅当然是富有者所居。修五星级祖坟,大约也是显富的一种形式,所以不能让"人先笑话我"。

其实凤姐关注袭人回家不只是因为贵族贾家和她个人的面子,更深层的用意是为了讨好贾母和王夫人。她可能知道宝玉和袭人发生过云雨情,可是从宝玉被打之后,由于袭人告密有功,王夫人便提高了袭人的工资,享受和姨娘们同等级别待遇。显然袭人此次出行,王熙凤是按照准姨娘的身份分派人马的。袭人是宝玉房里的大丫头,把袭人伺候好了,也就讨得了贾母和王夫人的欢心。"在上体贴太太"是其用心,"在下又疼顾下人",未必是真心。

3.组成细节链

任何一部作品离不开细节描写,但是描绘人物时不只是一两个细节,而是若干个,甚至是许多细节组成细节链,把人物的个性、心理深刻地挥洒出来,最为典型的例子是《卖油郎独占花魁》中秦重对花魁娘子醉酒时的看护、体贴。秦重为了实现与花魁娘子一宿的嫖客欲望,用了一年时间积攒了十六两银子,终于以嫖客的身份前进至王九妈的妓院。请看秦重准备到妓院见王九妈的情态:"秦重打扮得齐齐整整,取银藏于袖中,把房门锁了,一径望王九妈家而来。那一时好不高兴。"准备了一年多的银子,相与花魁娘子的愿望,即将要实现了,兴奋、欢乐是可想而知的。"取"银两,"锁"房门,做得很利索,并且是毫不犹豫地"一径望"王九妈家前进,这一连串动作透露出秦重的自信和持之以恒后获得结果的自我满足。可是到了门首,愧心复萌,想到:"时常挑了担子在他家卖油,今日忽地去做嫖客,如何开口?"达官贵人做嫖客出入妓家,那是习以为常的事,而在秦重却产生了一种自卑感、角色的转换着实让秦重有点不适应。正在踌躇之际,只听得呀的一声门响,王九妈走将出来,见了秦重便问:"秦小官今日怎的不做生意,打扮得恁般齐整,往那里贵干?"事已如此,"秦重只得老着脸皮,上前作揖"。"老着脸皮"的作揖动作,显示老实厚道的小青年初入妓院的尴尬。

"小可并无别事,专来拜望妈妈",这言不由衷的答语更现出内心的
矛盾和胆怯。那鸨儿是老积年,鉴貌辨色,已猜测到秦重的来意,
所谓"搭在篮里便是菜,捉在篮里便是蟹","赚他钱把银子买葱菜
也是好的","便满脸堆下笑来",把问题说到点上:"秦小官拜望老
身,必有好处。"秦重道:"小可有句不识进退的言语,只是不好启
齿。"不好启齿不是王九妈所说的"看上了我家那个丫头,要嫖一
夜,或是会一个房",而是嫖一夜花魁娘子。王九妈根本就没想到
秦重如此"出言无度",就连送茶水的小丫环也疑惑常来卖油的秦
重,如今穿得齐齐整整,是来卖油,抑是做嫖客呢? 所以"格格低了
头只是笑"。这喜剧性场面,风趣的对话,细节穿插,叙述者调侃性
的干预,深刻描写了王九妈的老道,秦重的尴尬,小丫环的天真。

　　但是,秦重也有狡狯和自信的时候。王九妈听说秦重"单单要
与花魁娘子相处一宵"时,认为他出言无度,蔑视地说道:"粪桶也
有两个耳朵,你岂不晓得我家美儿的身价? 倒了你卖油的灶,还不
勾半夜歇钱哩。不知将就拣一个适兴罢。"在王九妈看来,秦重根
本没有资格相与王美娘。此时小说家为秦重设计了一个滑稽动
作:"秦重把头一缩,舌头一伸,道:'凭的好卖弄! 不敢动问,你家
花魁娘子一夜歇钱要几千两?'"秦重故意缩颈伸舌头,表示花魁娘
子一夜的歇价听起来很吓人,再高不过是几千两,言外之意是我拿
得起。秦重早就知道是十两银子一夜,为此做了一年准备,当然不
相信老鸨儿的夸大之词。王九妈见秦重说"耍话",却又回嗔作喜,
带笑而言道:"那要许多! 只要得十两敲丝。其他东道杂费,不在
其内。"秦重道:"原来如此,不大为事。"你看秦重话说得多么自信,
多么轻松。"原来如此",意思说歇一夜不过是十两银子,我真以为
几千两银子一夜呢!"不大为事",这就有点说大话了。秦重的银
子只够一个晚上的三陪消费,而且是经过长年的积累,精细的秦重
怕拿出散碎银子被人看低了,让银匠倾成一个足色大锭,因此从
"袖中摸出这秃秃里一大锭放光细丝银子,递与鸨儿","又摸出一

小锭来,也递与鸨儿"。分两次"摸"出,前者是宿夜费,后者是做小东的,分配得很清楚,显示秦重的精细,有板有眼。用"一摸"字,看来摸得很自豪,其实也透出他舍不得,这毕竟是他一年的辛苦钱!

可是面对酒醉的王美娘时,他却没有按照预付的定钱,进入嫖客的角色,反而担负起护花使者的责任,一系列精妙的细节,精确地衬出秦重的性格和品格。如秦重看美娘面对里床,睡得正熟,把锦被压于身下。秦重想酒醉之人,必然怕冷,又不敢惊醒她。忽见阑干上放着一床大红丝的锦被。轻轻地取下,盖在美娘身上,把灯挑得亮亮的,他向丫环"有热茶要一壶",不是为了自己,而是想到酒醉之人醒后必然口渴,于是取了这壶热茶,脱靴上床,挨上美娘身边,怕茶凉了,左手抱着茶壶在怀,右手搭在美娘身上,眼也不敢闭一闭。

　　却说美娘睡到半夜,醒将转来,自觉酒力不胜,胸中似有满溢之状。爬起来,坐在被窝中,垂着头,只管打干哕。秦重慌忙也坐起来,知他要吐,放下茶壶,用手抚摩其背。良久,美娘喉间忍不住了,说时迟,那时快,美娘放开喉咙便吐。秦重怕污了被窝,把自己的道袍袖子张开,罩在他嘴上。美娘不知所以,尽情一呕,呕毕,还闭着眼,讨茶漱口。秦重下床,将道袍轻轻脱下,放在地平之上。摸茶壶还是暖的,斟上一瓯香喷喷的浓茶,递与美娘。美娘连吃了二碗……向里睡去了。秦重脱下道袍,将吐下一袖的腌臜,重重裹着,放于床侧,依然上床,拥抱如初。

不必多加解释,只要有一定阅读能力的读者,不难体悟到小说通过上述细节的描写,不仅写出了秦重的善良温存、体贴、细心、宽容,而且字里行间透露出他对美娘及妓女生活的同情。这是秦重生平第一次以嫖客身份进入妓院,也就是在这一次才体察到王孙公子们对美好事物的践踏。"母亲早丧,父亲秦良十三岁上将他卖了",没有享受太多的母爱亲情,他却以母亲般情感关照美娘。这不单单是对美丽天使的崇拜,更多的是人性的显现。

五、细节描写的方法

1.背面敷粉

中国古代小说戏曲对女孩子的美,特别是美到极致的美人,有很多描绘词语和手法。唐传奇对李娃貌美的赞词是"妖姿妙要,绝代未有",莺莺则是"颜色艳丽,光辉动人"。这些都是静态的、抽象的,读者只可意会,不能言传,说不出美到何种级别。明末清初才子佳人小说形容美女的词,如什么"粉脂红",什么"夭夭如桃,盈盈似柳"。用颜色和花柳树物体的形态比喻人,似乎比抽象描述前进了一步。《卖油郎独占花魁》里秦重从远处看花魁女子:"此女容颜娇丽,体态轻盈,目所未睹,准准的呆了半晌。"虽然是从秦重眼中看出,描写方法有所不同,可是其中鉴定式评语是作者的判词,不是秦重的言语,反而"准准的呆了半晌",直接描写花魁的美让秦重惊呆,间接描写花魁的美,更能引发联想。明传奇《牡丹亭》第十出"惊梦",则借助于物像的反映,凸显被描写对象的形象。如说杜丽娘的美时写道:"不提防沉鱼落雁鸟惊喧,则怕的羞花闭月花愁颤。"鱼被杜丽娘的美惊羡得沉入水底,雁见了也要落下来多看几眼,鸟儿们叽叽喳喳的议论着。花羞、月闭、花颤,自惭不如美人之美,这几乎成为戏曲小说形容美的套话,其实是沿袭《庄子·齐物论》:"毛嫱、丽姬,人之所美也。鱼见之深入,鸟见之高飞。"

不过唐传奇《任氏传》则用另一种笔法写女人的美。郑介说他新获的丽人"容色姝丽",韦岑不相信,认为平庸的郑介不可能得到美女的垂青,于是派出干练的家童去探美。不一会"奔走返命",惊呼从来没有看过这么美的,韦岑以身旁任何一类美女来比较任氏,都被家童"非其伦也"否掉,并且连续用了三个"非其伦",连称艳如

仙的内妹，也是"非其伦也"。这里作者无一字诸如"艳绝一时"、
"倾城倾国之色"的抽象判词，和直接的正面描述，而是从侧面，或
是从形象本身对立的情感去表现，所谓通过间接表现直接，或用古
代小说批评家的语言来说，这叫背面敷粉。

　　毫无疑问，为了突出人物性格，或是反映某个事件，古代小说
家们并不直奔创作对象，完全靠直接描写去表现对象，而是从反
面，从侧面设置细节描绘人物。如《三国演义》第五回关羽斩华雄，
董卓的大将华雄在短短几天内连斩以袁绍为首的讨卓联军四将，
打至联军指挥部的城下，公开叫阵，令诸侯变色。但强中更有强中
手，关羽出战，酒尚温的顷刻间便解决了战斗，把华雄头掷与帐下，
这直接描写华雄的骁勇，正是间接描写了关羽比华雄更骁勇。倘
若没有描写华雄连斩四将的战绩，关羽出战，一刀便解决问题，那
华雄不过是不堪一击的豆腐渣战将，根本衬不出关羽的神勇。特
别是出战前，曹操叫人给关羽斟一杯酒预祝胜利的细节，既揭示了
曹操对人的尊重，也表现了关羽的自信。关羽说："酒且斟下，某去
便来。"根本没有把华雄放在眼内，这就是为什么先锋孙坚败于华
雄，袁绍与诸侯束手无策时，独刘关张冷笑的原因。事实也证明，
在酒尚温时关羽就提华雄头返回中军帐，这"酒温"形象地表现了
关羽战斗时的神速、威猛与敏捷。

　　金圣叹在《读第五才子书法》时说："有背面铺粉法。如要衬宋
江奸诈，不觉写李逵直率；要衬石秀尖利，不觉写作杨雄糊涂是
也。"严格说来，这属于人物性格对比而形成的差异，而细节描写上
的背面敷粉，系指通过间接事物写人物本身，而不是人物之间的对
比与比较。如《金瓶梅》第六十二回，李瓶儿病逝，孟玉楼等人进入
李瓶儿房间，寻找为她装裹的衣服和鞋子，李娇儿打开李瓶儿盛鞋
的四个小描金箱儿，约有百十双鞋。这细节描写，如同菲律宾某前
总统夫人有上千双高跟鞋，小巫见大巫，都间接说明了她们生活的
奢华。《红楼梦》第二十五回，马道婆往各房间闲逛，来到赵姨娘屋

里,只见"炕上堆着些零星绸缎",赵姨娘对马道婆说这些零碎绸缎那里还有块像样儿的,"有好东西也到不了我这里"。对零碎绸缎细节的直接描写,间接描写了赵姨娘在贾家困窘的地位;同时也间接描写了掌管家政大权的王熙凤对赵姨娘的轻贱、怠慢、排斥,是凤姐故意不给赵姨娘充足的后勤保障。可是就是这些只能做鞋子的零碎绸缎,马道婆还想要一点做鞋穿,一个细节,一击三鸟,也间接描写了马道婆的贪婪,漫不经心地敛财。

2.细节的对比

　　设置两个细节当场对比,前后不同时空的细节对比,或在现实细节中人物的言语行为同人物固有品格的对比。对比中看出差异、矛盾和对立,而在不对称的错位的对立中产生反讽效果。《拍案惊奇》卷三《刘东山夸技顺城门 十八兄奇踪村酒肆》中刘东山射一手好箭,人称连珠箭,大言吹嘘无对手。可是途中遇到一位二十岁左右的小青年,拉刘东山用的弓,犹如玩一条绢带,可刘东山用尽平生之力拉少年的弓,不要说拉满,扯到半圆都办不到,少年老弟的神力不说自明。《儒林外史》中范进考上了秀才,老丈人胡屠户手里拿着一付大肠和一瓶酒做为贺礼,一边饮酒,一边骂范进是"现世报穷鬼"。范进中了举人,贺礼的内容提高了点档次:后面跟着一个烧汤的二汉,提前七八斤肉,四五千钱,称范进为老爷。贺礼与称谓细节的变化,揭示了小市民的人情观念。

　　《官场现形记》第五十三回细节对比的效果就更为强烈了。按文制台的规定,凡是吃饭的时候,无论是什么客人来拜,或是下属禀见,统统不准巡捕上来回,无奈这位客人非比平常,平时文制台见了他还让三分,不能让这位老等下去,巡捕正在为难之时,文制台瞧见,问什么事,巡捕见问,立刻回说:"回大帅的话,有客来拜。"话未说完,只听啪的一声响,那巡捕早被大帅打了一个耳刮子,又是一脚。巡捕说这个客是要紧的,与别的客不同。文制台说随你是谁,"总不能盖过我"!巡捕立即道:"回大帅,来的不是别人是洋人。'""那制台一听'洋人'二字,不知为何,顿时气焰矮了大半截,怔在那里半天,后首想了想,蓦地站起来,拍挞一声响,举起手来又打了巡捕一个耳刮子,接着骂道:"混账王八蛋!我当是谁!原来是洋人!洋人来了,为什么不早回,叫他在外等了这半天?还不快请进来!"同是打巡捕耳光的细节,揭示的意思却不相同。第一个耳光,说明这位文制台很蛮横,架子不小,吃饭时间不见客,谁回就打谁。可洋人来了就换了一副嘴脸,不仅要快请进来,而且还埋怨巡捕不早回,奴颜媚目,顿现无遗。问题是普通客人来了回报也挨打,洋人来见不立即报也要挨耳光,可见此位制台的专横霸道,怎么说他都有理。

暗藏讽喻的细节对比,需要通过读者的联想才能显现,并非是立竿见影,马上碰出火花的。例如《水浒传》第三十一回,武松离开张青、孙二娘,在白虎山孔家庄,为了喝酒又与人动粗,打了孔亮、孔明,请看以下叙述:

> 武行者醉饱了……沿溪而走,却被那北风卷将起来,武行者捉脚不住,一路上抢将来,离那酒店走不得四五里路,旁边土墙里走出一只黄狗,看着武松叫。武行者看时,一只大黄狗赶着吠。武行者大醉,正要寻事,恨那狗赶着他只管吠,便将左手鞘里掣一口戒刀来,大踏步赶。那黄狗绕着溪岸叫。武行者一刀砍将去,却砍个空,使得力猛,头重脚轻,翻筋斗倒撞下溪里去,却起不来。黄狗便立定了叫。冬月天道,虽只有一二尺深浅的水,却寒冷得当不得,爬将起来,淋淋的一身水。却见那口戒刀浸在溪里,亮得耀人。便再蹲下去捞那刀时,扑地又落下去,再起不来,只在那溪水里滚。

中国古代小说批评家很看重小说字里行间的"曲笔"、"隐笔"、"阳秋之笔",也就是我们今天语言修辞的反讽。"旁边土墙里走出一只黄狗"的细节一出现,金圣叹就提醒读者:"无端忽想出一只黄狗,文心千奇百怪,真乃意想不到。"想当初景阳冈上空手打死猛虎,尔今却被大黄狗捉弄得倒撞溪里去,在溪中蹲下捞那刀时,竟然站不起来,只在水里滚。究其原因,景阳冈上,吊睛白额大虫,从半空里撺将下来,武松被那一惊,酒都做冷汗出去了。此时面对的是一只黄狗,"只管吠",俗话说会咬人的狗不叫,武松根本不把黄狗放在眼内,可武松的确是喝醉了,意识不清,头重脚轻,把握不住自己,乃至掉进溪里。值得深思的是作者何以在此布置一个黄狗的细节呢?金圣叹在武松掉下溪里,再起不来,只在那溪水里滚的夹批中说:"此段不只活画醉人而已,喻言君子用世,每每一蹶之后,不能再振,所以深望其慎之也。"换言之,设黄狗的细节是有喻意的,按金圣叹的解释:"狗上加一恨字,赶狗上着一戒刀字,皆喻古今君子,有时忽与小人相持,为可深可痛惜也。夫狗岂足恨之人,戒刀岂赶狗之具哉。"把狗视为小人,武松当然是君子。君子不慎被小人算计,也有失手时,甚或不能再振,英雄一世的武松,亦有可能走向反面。这可能是打虎与砍狗,或砍狗与打虎、杀嫂、误杀张都监对比后的反讽本意。

《儒林外史》第四回,范进居丧期间吃虾元也属此类。范进中举后便死了母亲,七七过后,他换掉孝服同张敬斋一道去高要县找汤知县打秋风。席上用的是银镶杯箸。范进久久不举杯箸,知县不解其故。张敬斋笑着说:"世先生因遵制,想是不用这个杯箸。"知县忙叫换了一个瓷杯,一双象牙箸来。范进仍不肯举动。敬斋道:"这个也不用。"随即换了一双白颜色竹子的来。方才罢了。知县疑惑他居丧如此尽礼,倘若不用荤酒,却又未曾准备素菜。落后看见范进在燕窝碗里拣了一个大虾元子送在嘴里,方才放心。银镶杯箸、瓷杯、象牙箸范进都不肯举动,换了竹筷子,人们以为范进真的"遵制丁忧",不敢动荤了,谁知范进竟挟了个大虾元。虾元细节打败了"遵制丁忧",暴露了范进内心的矛盾和虚假做作的丑态。

3. 象征与比喻

用某种物件作为小说的细节来象征或比喻人物的性格，预示人物的命运及某个物件的价值。如《红楼梦》第七回，薛宝钗胎里带来一股热毒，和尚给了个海上仙方，需用春夏秋冬四种花蕊，然后将这四样花蕊在次年春天晒干，同和尚给的药末一处研好，又要用雨水节这天下的雨，白露这天的露水，霜降的霜，小雪这天的雪和成药丸，盛在旧瓷坛里，埋在花根底下，发病时取一丸，用黄柏煎汤送下。此丸名为冷香丸。就其研制过程令人匪夷所思，但其用意不在花理，而是暗喻冷美人的性格和悲剧命运。前人王雪香《评刻本石头记》第七回回末评已指出："薛宝钗冷香丸经历春夏秋冬，风露霜雪，临服用黄柏煎汤，备尝盛衰滋味，终于一苦。俱于十二为数，真是香固香到十二分，冷亦冷到十二分也。"

再说第十二回，贾瑞病重，跛足道人给他一个风月宝鉴，正反面皆可照人。道士告诫道："这物出自太虚幻境空灵殿上，警幻仙子所制，专治邪思妄动之症，有济世保生之功。所以带他到世上来，单与那些聪明俊秀，风雅王孙等照看。千万不可照正面，只照背面，要紧！要紧！三日后我来收取，管叫你病好。"原来镜子的反面是一个骷髅立在里面，正面则是凤姐站在里面点手叫他，贾瑞心中一喜，荡悠悠觉得进了镜子，与凤姐云雨一番，如此三四次，贾瑞便一命呜呼了。显然风月鉴这个细节具有多重的象征含义。从事物本身的性质而言，任何事物都有两面性。正面看似美人，反面则是骷髅。如同《聊斋》中的《画皮》，只看到美的一面，或是只信任美，必然上当受骗，遭致杀身之祸，自己也变成了骷髅。王熙凤看似是个美人，实则是个阴谋家。读者观照其他事物亦如是，不只看表面，看人物性格，还应看到内在的本质，看到人物性格的另一面。看贾府不只看表面烈火烹油，鲜花着锦之盛，也要看到有一天必将走向衰落。看《红楼梦》不只看文字表层，重要的是挖掘表层下潜藏的内容和言外之意。

此外,第二十八回,蒋玉菡与贾宝玉两人一见如故,交换信物,蒋玉菡的大红汗巾送给了宝玉,而后汗巾又系在袭人腰上。在宴席上,蒋玉菡说的四句酒令,酒底又是"花气袭人知昼暖"。这"汗巾"的细节,预示了袭人离开宝玉而后与蒋玉菡结为夫妻,回应了第五回金陵十二钗又副册花袭人的判词中所云,"堪羡优伶有福,谁知公子无缘"。第三十六回,贾蔷给龄官买个雀儿,那雀儿能在戏台上衔着鬼脸儿和旗帜乱申,众女孩都笑了,独龄官冷笑两声,说:"你们家把好好的人弄了来,关在这牢坑里,学这个不算,你这会子又弄个雀儿来,也干这浪事。"龄官由雀儿关在笼子里,主子高兴时放出来作戏,比喻唱戏的孩子和奴婢们身在贾家牢坑中没有人身自由。这是由雀笼的细节比喻龄官们的处境。

4. 幻变与夸张

某些细节不同于现实生活中真实细节,而带有幻化和夸张性质,无非是把现实的细节变形,幻变到超现实层面,或是通过夸张的细节,突出人物,强调事件的意义。《西游记》孙悟空大闹天宫的种种超现实的细节,一方面,作家极度夸张人的本质潜能,超自然的约束,呈现奇谲怪诞的幻想形式;另一方面,光怪陆离的幻想,又是和神魔的品级关系,动物习性和现实社会人的行为、心理交融在一起,总能让读者从幻想中体悟到现实的社会关系。所以幻变夸张了的细节有时是对社会现实更尖锐的批评,有时是调侃开心、娱乐读者。如孙悟空与二郎神的斗法,身躯变做庙宇,尾巴变做旗杆按在庙后,充满了幽默调侃,与其是斗法,不如说是孙悟空像一个顽皮的孩子捉弄二郎神。《封神演义》中的申公豹劝姜子牙保纣灭周,吹牛皮说他有把自己的头抛向天空,依旧还原的法术。子牙不信,申公豹真的割下脑袋,掷上天空,岂料被白鹤衔去,姜子牙恳求了南极仙翁,仙翁看在子牙对申公豹的怜恤,才命白鹤童子放下申公豹的头。有趣的是,头落急了,脸朝向了脊背,申公豹忙把手端着耳朵一转,才转正了。这大约是对助纣为虐,逆历史潮流而动的人一种惩罚,一种调侃。

　　比较《西游记》和《封神演义》,《聊斋》的幻想性细节同现实结合得更为紧密和巧妙,很自然的翻空至超现实,强化现实中提出的问题。如《司文郎》中的盲和尚用鼻子嗅文章,能分别等次,分毫不差。毫无疑问,作者通过这个细节不是论证和尚的特异功能,考察通感和嗅觉的作用,而是揭露有眼睛的考官们竟然录取了不学无术的草包余杭生,不仅瞎了眼,而且丧失了最基本的判断力。《席方平》用幻想形式揭露豪绅与阴府各级官吏——实为阳间官府狼狈为奸,纳贿枉法,席方平二下阴府抗争,终为其父平反冤狱。有趣的是,庄严的抗争中,小说用一系列细节,如锯解声,鬼卒“壮哉此汉”的赞扬声,鬼卒上堂大声的报告声,堂上传呼声,汇聚成悲壮而又恐怖的场面;与此同时,小说又穿插两个戏剧性的细节缓和情节的张力,说明鬼差役中尚有同情心在。如一鬼同情席方平是孝子,让锯锋曲折而下,勿损其心;一鬼于腰间出丝带授席速束之,减轻点痛苦。

　　《拍案惊奇》卷三《刘东山夸技顺城门 十八兄奇踪村酒肆》中的入话叙述的故事,既有细节的对比,又有细节的夸张,但一切在现实环境中实现。入话说举子某,膂力过人,武艺出众,一生豪侠仗义,路见不平,拔刀相助。一日路经一庄借宿,屋中老妈妈说她做不得主,需经媳妇同意,言谈中面带凄惨,好像常受媳妇凌辱。举子听后,不觉双眉倒竖,两眼圆睁,誓言一定为老婆婆讨个公道。举子很自信,话说得很满,老太太提醒他说媳妇有“一身大力气,雄悍异常”,“我妇媳不好惹”,常“空身走在山里,寻几个獐鹿兔还家”,显然不同于弱不禁风的小女子。可举子不听老人劝告,仍大言说“我生平专一欺硬怕软,替人出力。谅一个妇女,到得那里?既是妈妈靠他度日,我饶他性命,不杀他,只痛打他一顿,教训他一番,使他改过性子便了”。

　　不用说作家采用了夸张的手法描写举子的“豪侠仗义”,极度夸张举子要代替婆婆教训不孝顺的儿媳妇，可以免她一死，但要"痛打他一顿"，教训她一番。作家也通过老婆婆多次提醒举子，她这个儿媳妇非同一般女子，"此人赛得男子，一身大力气，雄悍异常"，"一句差池，经不得一指头，擦着便倒"，"我媳妇是不好惹的"。举子有什么本事敢于要教训悍妇，而悍妇怎样雄悍，都不做交代，让两种不同的主观的假定逻辑和现实生活中现实逻辑关系错列下去，待到举子面对真实的悍妇，经过尖锐的对撞，得出孰优孰劣的结论，然后产生反讽效果。

　　妙的是，作家不让举子和"恶妇"过招，像鲁智深拳打镇关西，武松醉打蒋门神，武功上比个高下，小说只通过直接描写"恶妇"的几个细节动作，间接描写举子的心理变化，透出强弱。您看举子发过豪言壮语之后，只见门外"一大黑影"，一个人走将进来，"将肩上叉口也似一件东西往庭中一摔"，叫道："老嬷，快拿火来，收拾行货。""一大黑影"，形容"恶妇"形体粗壮高大，也就是"举子暗里看时，却是黑长妇人"。把肩上扛着的东西往地上一摔，这个细节很夸张，也很吓人，那东西竟然是一只死了的斑斓猛虎，印证了老妈妈说的，"恶妇"有一身大气力，而且雄悍异常。武松打死的也是一只斑斓大虫，被阳谷县百姓称颂为英雄好汉，而今一个妇女不但打死了老虎，而且独自扛着大虫走回家来，岂不胜过武松一筹？怪不得举子见了，"心里就有几分惧他"，说话的底气就不如在婆婆面前那么充足："看娘子如此英雄，举止恁地贤明，怎么尊卑上觉得欠些个？""英雄"、"贤明"云云，是举子的阿谀之辞。看下一句，举子不敢在尊卑上痛斥"恶妇"，而是语气变得婉转不确定，是他举子"觉得""欠些"，非是先前双眉倒竖、两眼圆睁，"我为尔除之"的气概；也没有先前"不杀他，只痛打一顿"的狂言，而是"算计"打他一顿，降为"算计"的小动作。那妇人不客气地扯了举子的袖子，拉他到湖石边来。妇人依着太湖石，就在石上拍拍手道："前日有一事，如此如此，这般这般，是我不是，是他不是？"说罢，便把一个食指向石上一划，只见那石皮乱爆起来，已自抠去了一寸有余深，连连数了三件，划了三件，那太湖石上便似锥子凿成了一个"川"字，斜着看来，又是"三"字，就像才刻的一样，惊得举子浑身是汗，连说"都是娘子的是"，从此再不敢管闲事了。

5. 衬托与暗喻

如果说薛宝钗吃的冷香丸细节，象征着这位冷美人的性格和暗喻着她的悲剧命运，那么林黛玉同史湘云在凸碧山庄联诗，林黛玉咏到"寒塘渡鹤影，冷月葬花魂"的孤寂形象，感伤的心怀，也同样暗喻着黛玉命运走向。程甲本《红楼梦》第九十八回，林黛玉气绝时，正是宝玉娶宝钗的时辰，贾母、王夫人、王熙凤都没有人来看她，只有探春、李纨在身旁。大家痛哭了一阵，"只听得远远一阵音乐之声，侧耳一听，却又没有了。探春、李纨走出院外再听时，唯有竹梢风动，月影移墙，好不凄凉冷淡"。为谁而奏起的音乐之声？倘是贾宝玉与薛宝钗成婚大礼时的喜乐，以喜衬悲，林黛玉死得悲惨痛苦，难怪黛玉临咽气时，直声叫道："宝玉！宝玉！你好！……"这"你好"绝不是祝福，而是"你好狠心"、"你好无情"之类；倘若是"音乐之声"来自上天仙女接绛珠仙草回大荒山，同样不是喜庆的让人惊羡的乐声，而是还泪后的痛苦。

第四十一回，贾母带刘姥姥来至妙玉的栊翠庵，妙玉亲自捧了一个海棠花式雕漆填金"云龙献寿"的小茶盘，里面放一个成窑五彩钟，捧与贾母。贾母说："我不吃六安茶。"妙玉笑说："知道。这是'老君眉'。""六安茶"产于安徽六安县霍山地区，属于不发酵的绿茶。"老君眉"为乌龙茶的一种。贾母说不吃六安茶，大约是两宴刘姥姥的席上，"我们才都吃了肉"，饮绿茶可能伤肠胃，所以奉上"老君眉"。这个细节衬出妙玉不仅精于茶道，而且也透出她精于揣摩讨好贾母心理的聪明乖巧。接着，贾母喝了半盏递于刘姥姥，让她尝尝用旧年雨水沏的"老君眉"茶。道婆来收茶盏，妙玉命"成窑的茶杯别收了，搁在外头去罢"。这个细节说明了妙玉的孤傲与洁僻有点不近人情,甚或有点变态。如果嫌弃刘姥姥而将其饮过的杯子搁在外面,可在此之前,是贾母饮过半盏后递与姥姥的,妙玉是否也嫌弃贾母腌臜呢? 特别是妙玉竟然丢开贾母,暗中拉了宝钗、黛玉二人出去,宝玉随后跟了来,妙玉单独给三人沏茶。给宝钗用的是晋代王恺的珍玩,又经过宋代苏轼鉴赏过的杯子,黛玉用的也是古代名器,毫无疑问,从侧面托出妙玉出身书香仕宦之家,否则她怎么有这么多古玩奇珍? 宝玉故意开玩笑说黛玉、宝钗用的是名器,而给他用的是俗器,妙玉嘲讽说"只怕你的家里未必找得出这么一个俗器来",并不是夸张之词。尤令人可疑的,宝玉说等我们出去了,叫几个人来河里打几桶水来洗地,妙玉居然说:"这更好了。只是你嘱咐他们,抬了水,只搁在山外头墙根下,别进门来。"看来洁僻得有些变态了。问题是何以要拿自己常用的那只绿玉斗杯子给宝玉用呢? 按常理,倘若不是亲近之人,一个出家的女孩子不会拿天天沾染自己口齿的杯子给一个俗家男孩子用的。这个细节无疑透露了妙玉内心的隐秘,可见云洁未必洁的。

注释:

①有关细节的定义与分类参看左人《细节描写技巧》,四川文艺出版社,1986 年 5 月版。关于什么是细节的概念,我吸收了左氏的一些观点。

②林岗《明清之际小说评点学之研究》第七章《语文修辞的文笔意趣》有较深入论证。北京大学出版社 1999 年 11 月版。

后　记

　　本书稿写了三年，时写时停。去年初，写完第六章便停笔，处理诸种杂务。延至年底，忽然惊醒，年已八十，倘驾鹤西游，留下未完稿，岂不令人遗憾？于是奋起捉笔，不顾老眼昏花，今年初全部杀青。

　　小书虽名为"导论"，但我是随性而行之人，未按教科书模式书写，所以每章字数大体相等，但各章内的小节则多寡不均，每小节的字数也不相等。有话则长，无话则短，字数拉长了，浪费读者的时间，也增加购书的负担。

　　本书主要论证中国古代白话小说的艺术形态，引述的例证全部摘自中国古代白话小说，也间有文言小说的例子，如唐传奇与《聊斋志异》。

　　毋庸置疑，本书所论还不够全面，某些问题尚未铺开深入，待有生之年再补充论证。

　　本书出版承蒙社长孙克强、副总编王之江先生指导，责编李力夫先生细心编排，对文中观点、词语及引文都提出了许多宝贵意见，在此一并深致谢忱。

鲁德才

二〇一二年元月于天津南开大学